Nueva esperanza

Nora Roberts, la autora número 1 en ventas de *The New York Times* y «la escritora favorita de Estados Unidos», como la describió la revista *The New Yorker*, comentó en una ocasión: «Yo no escribo sobre Cenicientas que esperan sentadas a que venga a salvarlas su príncipe azul. Ellas se bastan y se sobran para salir adelante solas. El "príncipe" es como la paga extra, un complemento, algo más..., pero no la única respuesta a sus problemas». Más de quinientos millones de ejemplares impresos de sus libros avalan la complicidad que Nora Roberts consigue establecer con mujeres de todo el mundo.

Su éxito es incuestionable; quienes la leen una vez repiten. Sabe hablar a las mujeres de hoy sobre sí mismas y sus historias llegan a un público femenino muy amplio porque son mucho más que novelas románticas. Nora Roberts ha escrito más de 215 libros que se han publicado en 34 países. Se venden unas 27 novelas suyas cada minuto y 60 han llegado al codiciado número 1 de *The New York Times* en la primera semana de ventas.

Para más información, visita la página web de la autora:
www.noraroberts.com

También puedes seguir a Nora Roberts en Facebook o en Instagram:

[f] Nora Roberts
[Instagram] norarobertsauthor

Biblioteca

NORA ROBERTS

Nueva esperanza

Traducción de
Nieves Calvino Gutiérrez

DEBOLS!LLO

Papel certificado por el Forest Stewardship Council®

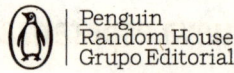

Penguin
Random House
Grupo Editorial

Título original: *The Rise of Magicks*

Primera edición en Debolsillo: julio de 2024

Printed in Spain – Impreso en España

ISBN: 978-84-663-5580-3
Depósito legal: B-9.111-2024

Compuesto en Comptex & Ass., S.L.
Impreso en Black Print CPI Ibérica
Sant Andreu de la Barca (Barcelona)

P 3 5 5 8 0 3

Para Bruce,
por el hogar y la familia
que hemos formado juntos

LIBERTAD

En las alturas de antaño la libertad sentada,
los truenos a sus pies rompían,
estremecida la luz de las estrellas
los torrentes confluir oía.

Alfred, lord Tennyson

PRÓLOGO

En el escudo, uno de los siete forjados en el pasado atemporal para contener la oscuridad, cayó una única gota de sangre.

Así se debilitaron las defensas, y la oscuridad, paciente como una araña, aguardó mientras pasaban las décadas, y la herida se extendió bajo la hierba y la tierra.

Y en el último día del mundo que fue, un hombre bueno e inocente rompió el escudo. La oscuridad le recompensó con la infección mortal, que se transmitió de marido a mujer, de padre a hijo, de desconocido a desconocido.

Mientras el mundo moribundo se tambaleaba, su infraestructura —los gobiernos, la tecnología, las leyes, el transporte, las comunicaciones— se desmoronaba como ladrillos de barro.

El mundo terminó entre explosiones y lamentos, sangre y dolor, miedo y terror. Una cajera dándole el cambio a un cliente, una madre amamantando a su hijo, un ejecutivo estrechando una mano al cerrar un trato... Esos y otros gestos mucho más simples propagaron la muerte sobre el mundo igual que una nube ponzoñosa.

Y cayeron millones.

Lo llamaron el Juicio Final, pues eso era: una enfermedad brutalmente fulminante, sin cura, que mataba con igual placer a villanos e inocentes, a estadistas y anarquistas, a los privilegiados y a los pobres.

A pesar de que murieron miles de millones, los que sobrevivieron, los inmunes, lucharon por vivir un día más, por encontrar comida, por defender el refugio que tenían, fuera el que fuese, y por escapar y eludir la desenfrenada violencia que se había desatado. Pues había quienes, incluso en los momentos de mayor desesperación, incendiaban, saqueaban, violaban y mataban por puro placer.

La luz prendió entre la ponzoñosa nube que envolvía el mundo. La oscuridad palpitó. Los poderes, durante tanto tiempo latentes, despertaron. Mediante las decisiones tomadas, algunos se desarrollaron de manera luminosa; otros de forma oscura. Pero se desarrollaron de todos modos.

La magia comenzó a bullir.

Algunos aceptaban a los prodigios con los brazos abiertos, mientras que otros los temían. Y había quienes los odiaban.

Los otros, los diferentes, siempre inspirarán desprecio en algunos corazones. Aquellos a los que se acabó denominando sobrenaturales se enfrentaron al miedo y al odio de quienes les daban caza. Los gobiernos, desesperados por conservar su propio poder, trataron de atraparlos y encerrarlos para experimentar con ellos.

Los seres mágicos se escondían o luchaban contra aquellos que apelaban a un dios feroz e implacable para torturar y destruir, contra quienes se unían a su propia intolerancia como si de un amante se tratara.

Y contra aquellos que florecieron en la oscuridad.

Una noche de tormenta, una niña cuya luz brilló en el momento de la muerte de un hombre bueno, tomó su primer aliento. Era fruto del amor y del sacrificio, de la esperanza y de la lucha, de la fortaleza y de la pena.

Con aquel llanto de vida, las lágrimas de una madre y las fuertes manos del hombre que la sostuvieron, la guerrera, la líder, la Elegida dio su primer paso hacia su destino.

La magia comenzó a latir.

En los años siguientes estalló la guerra entre los hombres, entre la oscuridad y la luz, entre aquellos que luchaban por sobrevivir y construir y quienes intentaban destruir y gobernar entre los escombros.

La niña creció, igual que lo hicieron sus poderes. Con su adiestramiento, con sus errores y sus triunfos, siguió adelante. Y así, una joven rebosante de fe y colmada de dones introdujo la mano en el fuego y cogió la espada y el escudo. Y se convirtió en la Elegida.

Las personas mágicas comenzaron a alzarse.

1

Se había desatado una tormenta. Arreciaba a su alrededor en forma de lluvia torrencial, vientos huracanados, crepitantes relámpagos y el rugido de los truenos. Se arremolinaba en su interior como un torrente de ira que sabía que debía contener.

Esa noche llevaría la muerte, con su espada, sus poderes y sus órdenes. Cada gota de sangre derramada mancharía sus manos; ese era el peso del liderazgo y así lo aceptaba.

Aún no había cumplido los veinte.

Fallon Swift se llevó los dedos al brazalete que llevaba en la muñeca; lo había conjurado a partir de un árbol que destruyó en un arrebato de ira y tallado para recordar que jamás debía sembrar la destrucción llevada por la cólera.

Solas don Saol, decía.

Luz para la vida.

Esa noche llevaría la muerte, pensó de nuevo, pero ayudaría a vivir a otros.

Estudió las instalaciones bajo la tormenta. Mallick, su maestro, la había llevado a un recinto muy parecido en su decimocuarto cumpleaños, un lugar desierto en el que perduraba tan solo el hedor a magia negra, los restos calcinados de los muertos y los gritos de los torturados; donde estaba ahora, sin embargo, había más de seiscientas personas, doscientas ochenta del personal y trescientos treinta y dos prisioneros.

Cuarenta y siete de esos presos eran, según la información de la que disponían, menores de doce años.

Tenía en la cabeza cada centímetro del complejo, en realidad un centro de confinamiento; cada habitación, cada pasillo, cada cámara y cada alarma. Había elaborado mapas detallados y dedicado meses a planificar esa operación de rescate.

En los tres años que habían pasado desde que comenzó a reunir su ejército, desde que su familia y ella habían abandonado su hogar para ir a Nueva Esperanza, esa iba a ser la mayor operación de rescate llevada a cabo por las fuerzas de la resistencia que ella misma capitaneaba.

Si fracasaba...

Una mano le agarró el hombro y la tranquilizó como siempre hacía. Volvió la cabeza y miró a su padre.

—Lo tenemos bien planeado —le aseguró Simon.

Fallon suspiró.

—Hechizad las cámaras de vigilancia —murmuró, y lo transmitió mentalmente a los duendes para que corrieran la voz.

Quienes estuvieran pendientes de los monitores de seguridad solo verían los árboles, la lluvia y el suelo empapado.

—Anulad las alarmas.

Fallon y los demás brujos lanzaron el hechizo de manera meticulosa mientras rugía la tormenta.

Cuando corrió la voz de que todo estaba despejado, hizo caso omiso de la punzada que sintió y dio la orden:

—Arqueros, adelante.

Había que inhabilitar las torres de vigilancia rápida y sigilosamente. Sintió cómo Tonia, la arquera jefe, su amiga y sangre de su sangre, colocaba una flecha y disparaba.

Con sus ojos grises concentrados, vio las flechas volar y a

los hombres caer en las torres situadas en las cuatro esquinas de los muros de la prisión.

Intervino para ocuparse de las verjas electrónicas, utilizando su poder para desactivarlas. A su señal, las tropas atravesaron la abertura, los duendes escalaron los muros y las vallas, los cambiantes saltaron aferrándose con uñas y dientes y las hadas se desplazaron con sus alas silenciosas.

Sincronización, pensó mientras hablaba mentalmente con Flynn, comandante de los duendes, y con Tonia. Iban a atravesar las tres puertas de manera simultánea y el líder de cada equipo haría que sus tropas se centraran en las prioridades. Destruir las comunicaciones, anular la seguridad, apoderarse de la armería, asegurar el laboratorio. Por encima de todo, proteger a los prisioneros.

Lanzó una última mirada a su padre, vio el coraje y la resolución en el rostro en el que confiaba a ciegas y dio la orden.

Desenvainó la espada y voló las cerraduras de las entradas principales, irrumpió en el interior y abrió por la fuerza las puertas secundarias.

Una parte de su mente superpuso el presente a la prisión de Hatteras, las visiones que tuvo allí a los catorce años. Eran iguales.

Pero aquí los soldados estaban vivos y reaccionaron con violencia. Fallon atacó mientras sonaban los disparos; envolvió en llamas las armas, lo que hizo que sus manos se llenaran de ampollas y los hombres gritaran de dolor. Embistió con la espada, se abrió paso entre el enemigo con el escudo.

Mientras avanzaba sin dejar de luchar oyó los gritos, los gemidos y los ruegos, súplicas desde detrás de las puertas de acero, y percibió el miedo, la terrible esperanza, el dolor y la confusión de las personas encerradas.

Presa de todos aquellos sentimientos, liquidó a un soldado cuando echó a correr hacia su equipo de comunicación, asestó una estocada a la radio y lanzó una descarga a todo el sistema.

Saltaron chispas y los monitores se apagaron de golpe.

Oyó el sonido de botas en las escaleras metálicas y la muerte, más muerte, los recibió mientras las flechas cortaban el aire. Fallon paró un disparo con el escudo y lo envió de vuelta para alcanzar al tirador mientras ella giraba hacia la puerta de hierro que alguien dentro de la prisión había logrado asegurar.

La voló por los aires, acabó con dos soldados más al otro lado de esta y, saltando sobre el humeante y retorcido metal, atravesó con su espada a un tercero antes de correr hacia las escaleras que bajaban.

Los gritos de guerra la siguieron. Sus tropas se desplegaron y entraron a toda velocidad; barracones, despachos, cantina, cocina y enfermería.

Pero Fallon y quienes la acompañaban enfilaron hacia el laboratorio y su cámara de los horrores. Allí encontraron otra puerta de hierro. Se valió de su poder para atravesarla y se detuvo un instante antes de la explosión al percibir algo más, algo oscuro.

Magia negra y letal. Levantó una mano para frenar a su equipo.

Alta, ataviada con unas botas confeccionadas por los duendes y un chaleco de cuero, el negro cabello corto y los ojos nublados por el poder, inspeccionó el lugar, obligándose a tener paciencia.

—Quedaos atrás —ordenó. Acto seguido se colgó el escudo al hombro y envainó la espada para poner las manos en la puerta, en las cerraduras, en el profundo marco y el grueso metal—. Trampas explosivas —murmuró—. Estallarán si entramos por la fuerza. No os acerquéis.

—Fallon.

—No te acerques —le dijo a su padre—. Podría desactivarlas, pero tardaría demasiado. —Blandió su escudo y la espada de nuevo—. En tres, dos...

Arrojó su poder, luz contra la oscuridad.

Las puertas estallaron, escupiendo fuego, lanzando una lluvia de metal dentado y en llamas. La metralla impactó en su escudo, pasó a toda velocidad para acabar incrustada en la pared a su espalda. Se lanzó en medio del aluvión.

Vio al hombre desnudo, con los ojos vidriosos y el rostro pálido, encadenado a una mesa de examen. Otro hombre con bata blanca saltó hacia atrás, se impulsó con las manos y escaló la pared del fondo con asombrosa velocidad.

Fallon dirigió su poder hacia el techo e hizo que el de la bata se desplomara en el suelo mientras Simon esquivaba la puñalada del bisturí de un tercero antes de encargarse de él con un golpe rápido.

—Buscad a otros —ordenó Fallon—. Confiscad todos los documentos. Dos para asegurar este sector y el resto en marcha; despejad el resto del nivel. —Se acercó al hombre sobre la mesa—. ¿Puedes hablar?

Me han torturado. No puedo moverme. Ayúdame. ¿Me vas a ayudar?

—Estamos aquí para ayudar. —Observó su rostro mientras envainaba la espada. Bloqueó el caos de la lucha que se libraba arriba mientras mantenía la mente unida a la de él.

—Hay una mujer aquí —gritó Simon—. Drogada, destrozada, pero todavía respira.

Nos han hecho daño, nos han hecho daño. Ayúdanos.

—Sí. —Fallon posó una mano en uno de los grilletes para que se abriera—. ¿Cuánto tiempo lleváis aquí?

No lo sé. No lo sé. Por favor. Por favor.

Rodeó la mesa para abrir el grillete de la otra muñeca.

—¿Elegiste la oscuridad antes o después de venir aquí? —preguntó.

El hombre se incorporó de golpe, con una expresión de regocijo en la cara mientras le lanzaba un rayo. Fallon se limitó a devolvérselo ayudándose del escudo, empalándolo con su propia maldad.

—Supongo que jamás lo sabremos —farfulló.

—Por Dios santo, Fallon. —Simon se puso en pie, con el cuerpo laxo de la mujer sobre el hombro y la pistola desenfundada.

—Tenía que estar segura. ¿Puedes llevársela a un médico?

—Sí.

—Despejaremos el resto.

Cuando lo hicieron, la cuenta ascendía a cuarenta y cuatro prisioneros enemigos que transportar. Al resto tendrían que enterrarlos. Los médicos intervinieron para atender a los heridos de ambos bandos mientras Fallon comenzaba con el laborioso proceso de examinar a los que estaban encerrados en las celdas.

Sabía que era posible que algunos fueran como los del laboratorio. Otros tal vez tuvieran la mente quebrada, lo que podría suponer un peligro para el resto.

—Tómate un descanso —le sugirió Simon, y le puso un café en la mano.

—Algunos están débiles. —Bebió un trago mientras estudiaba el rostro de su padre. Se había limpiado la sangre y sus ojos castaños estaban despejados. Había sido soldado hacía mucho, en otro tiempo. Y ahora volvía a serlo—. Habrá que llevarlos a uno de los centros de tratamiento antes de que estén bien para irse. ¿Por qué siempre da la impresión de que los mantenemos prisioneros al hacer eso?

—No debería, porque no es así. Algunos jamás volverán a estar bien, y aun así los dejamos ir a menos que supongan un verdadero peligro. Y ahora dime cómo sabías que el cabrón de la mesa del laboratorio era malo.

—En primer lugar, no era tan poderoso como se creía y pude verlo a través de él. Y además, el hechizo de la puerta era obra de brujería. La otra persona que había en el laboratorio era un duende. Un duende malo —apostilló con media sonrisa—. A los duendes se les da bien forzar cerraduras, pero no pueden hechizarlas. Sentí su pulso cuando liberé el primer grillete y lo tenía acelerado. Eso no habría pasado si hubiera estado bajo los efectos de un agente paralizante.

—Pero abriste el segundo grillete.

—Podría haberlo hecho él mismo. —Se encogió de hombros—. Esperaba poder interrogarle, pero... En fin. —Se bebió el resto del café y bendijo a su madre y a los demás brujos que habían recreado los trópicos para cultivar los granos—. ¿Sabes algo del estado de la mujer que tiraron de la mesa?

—Es un hada. No volverá a volar... Le extirparon casi toda el ala izquierda, pero está viva. Tu madre está con ella en una unidad médica móvil.

—Bien. Esa hada tuvo mucha suerte de que no la mataran en vez de arrojarla al suelo. Necesito que informes en cuanto hayamos evacuado a nuestros prisioneros. Sé que será difícil para ti —agregó—. Son soldados y la mayoría solo obedece órdenes.

—Son soldados —convino Simon— que se quedaron de brazos cruzados o incluso fueron cómplices mientras sus prisioneros eran torturados, mientras retenían a niños en celdas. No, cielo, para mí no es difícil.

—Podría hacer esto sin ti porque tengo que hacerlo, pero no sé cómo.

Simon la besó en la frente.

—Jamás tendrás que averiguarlo.

Habló con niños mágicos a los que habían separado por la fuerza de progenitores no mágicos y reunió a dos a cuyos padres, por sangre o por elección, habían encerrado en otra celda.

Habló con algunos que llevaban años prisioneros, y con otros que habían sido capturados hacía solo unos días.

Comprobó cada uno de los detallados expedientes que llevaba el ahora difunto alcaide de la prisión y revisó la espeluznante documentación de los experimentos realizados en el laboratorio.

Los dos sobrenaturales oscuros, el brujo y el duende, que trabajaban allí, habían ocultado su naturaleza, de modo que según la información de la que disponía nadie del personal había mostrado capacidades mágicas.

Los datos tenían un límite, pensó mientras marcaba al brujo como fallecido y al duende como prisionero de guerra.

La tormenta había pasado y ya amanecía cuando realizó un último recorrido por el edificio. Los equipos de limpieza habían eliminado la sangre que manchaba los suelos de hormigón, las paredes y las escaleras. Los responsables de abastecimiento habían reunido todo lo que merecía la pena llevarse: raciones, equipo, vehículos, armas, ropa, zapatos, botas, suministros médicos. Todo se registraría y después se repartiría donde fuera más necesario o se almacenaría hasta que se necesitara.

El grupo de sepelios excavaría tumbas. Demasiadas tumbas, pensó Fallon mientras salía y atravesaba la tierra embarrada. Pero ese día no cavarían ninguna para ellos, y eso hacía que fuera un buen día.

Flynn salió del bosque con su lobo, Lupa, a su lado.

—Siete de los prisioneros necesitan más tratamiento —dijo—. Tu madre está ayudando en su traslado a Cedarsville. Es la clínica más cercana en la que pueden atender sus heridas. El resto va de camino al centro de internamiento de Hatteras.

—Bien.

Pensó en Flynn, rápido como todos los duendes, eficiente y firme como las rocas con las que podía fundirse; conoció a sus padres biológicos siendo él adolescente.

Convertido ya en un hombre, era uno de sus comandantes.

—Necesitaremos un equipo de seguridad rotatorio aquí —prosiguió—. Hatteras está al límite de su capacidad, así que nos van a hacer falta estas instalaciones. Y puede que vengan a echar un vistazo cuando descubran que no pueden ponerse en contacto, o que traigan más prisioneros.

Fallon recitó varios nombres para el equipo, incluido el de su hermano Colin.

—Me ocuparé de ello —le aseguró Flynn—, pero a Colin le han alcanzado en la operación, así que...

—¿Qué? —Se giró de golpe hacia el duende y le agarró del brazo con excesiva fuerza—. ¿Y me entero ahora de esto?

—Eres la Elegida, pero la madre de la Elegida da mucho miedo, por eso cuando dice que me calle algo, yo me lo callo. Está bien —se apresuró a añadir—. Ha recibido un balazo en el hombro derecho, pero el proyectil salió y se está recuperando. ¿Crees que tu madre se iría a atender las heridas del enemigo si su hijo no estuviera bien?

—No, pero...

—No quería distraerte, y tampoco tu hermano, que está más cabreado que herido. Tu padre le ha metido ya en la unidad móvil que vuelve a Nueva Esperanza.

—Vale, muy bien. —Se pasó las manos por su corto cabello, frustrada—. ¡Mierda!

—Hemos liberado a trescientas treinta y dos personas y no hemos sufrido bajas. —Alto y delgado, con unos avispados ojos verdes, Flynn volvió la vista hacia el edificio—. No volverán a torturar a nadie en ese cuchitril. Acepta la victoria y vete a casa, Fallon. Nosotros aseguraremos el lugar.

Ella asintió y se internó en el bosque, inhaló el olor a tierra mojada y a hojas empapadas. En esa zona pantanosa de lo que en otro tiempo era Virginia, cerca de la frontera con Carolina, los insectos zumbaban y el zumaque crecía formando densas paredes.

Continuó avanzando hasta que se encontró dentro del círculo de brillante sol matutino y llamó a Laoch.

El enorme animal blanco descendió a tierra con sus luminosas alas desplegadas y su resplandeciente cuerno plateado.

Durante un momento apoyó el rostro contra su fuerte cuello; a pesar de la victoria estaba totalmente agotada. En este instante no fue más que una cría, con dolorosos moratones, los ojos grises cerrados y la sangre de los muertos en la camisa, los pantalones y las botas.

Luego montó, erguida en la silla de cuero dorado. No utilizaba riendas ni bocado con el alicornio.

—*Baile* —murmuró. A casa.

Y Laoch se elevó en el azul cielo de la mañana.

Cuando llegó a la gran casa situada entre el cuartel de Nueva Esperanza y la granja en la que Eddie y Fred criaban a sus hijos y sembraban sus cultivos, encontró a su padre esperándola en el porche, con las botas apoyadas en la barandilla y una jarra de café en la mano.

Se había dado una ducha, y llevaba la espesa mata de pelo castaño todavía mojada. Se levantó, se acercó a ella y posó una mano en el cuello de Laoch.

—Entra y ve a verle. Está durmiendo, pero te sentirás mejor. Yo me ocuparé de Laoch, y después hay un desayuno caliente esperándonos en el horno.

—Sabías que le habían herido.

—Sabía que le habían herido y que estaba bien. —Simon hizo una pausa cuando ella desmontó—. Tu madre dijo que no te lo contara hasta que hubieras terminado. Dijo «y punto», y cuando tu madre dice eso...

—Y punto. Voy a verlo con mis propios ojos y a darme una ducha. No me vendría mal desayunar después. ¿Travis y Ethan?

—Travis está en los barracones, trabajando con algunos reclutas nuevos. Ethan está en casa de Eddie y de Fred, ayudando con el ganado.

Ahora que sabía dónde estaban sus otros hermanos, fue a ver a Colin.

Entró y se dirigió hacia las escaleras de la casa que hacía las veces de hogar, aunque dudaba que alguna vez lo fuera. La granja donde había nacido y en la que se había criado siempre sería su hogar. Pero aquel lugar, lo mismo que la cabaña en el bosque en la que Mallick la había adiestrado, servía a un propósito.

Fue al cuarto de Colin. Su hermano estaba despatarrado en la cama, ataviado con unos viejos bóxers bastantes desgastados. Roncaba como un campeón.

Se acercó a él y apoyó la mano con delicadeza, con mucha delicadeza, en su hombro derecho. Notó que estaba agarrotado y dolorido, pero era una herida limpia que ya estaba bien curada.

Recordó que su madre poseía habilidades increíbles. Pese a todo, se tomó otro minuto y le acarició el pelo, de un rubio más oscuro que el de su madre y que ahora llevaba recogido en lo que él llamaba la trenza de un guerrero; corta y gruesa.

Tenía el cuerpo de un guerrero, musculoso y fuerte, con una serpiente enroscada tatuada en el omóplato izquierdo, que se hizo a los dieciséis años sin el permiso de sus padres.

Permaneció unos momentos en el caos de su cuarto: todavía coleccionaba cualquier pequeño tesoro que le llamara la atención. Monedas peculiares, piedras, trozos de vidrio, cables, botellas raras. Y al parecer no había aprendido a colgar ni a doblar una sola prenda de ropa.

De sus tres hermanos era el único que no poseía poderes mágicos. Y de los tres, era el único que parecía haber nacido para ser soldado.

Dejó que durmiera, bajó las escaleras y descendió otro piso hasta sus dependencias en el sótano.

A diferencia de la habitación de Colin, la suya estaba escrupulosamente recogida. En las paredes había colgado mapas, unos hechos a mano y otros impresos, antiguos y nuevos. En la cómoda guardaba libros, novelas, biografías, libros de historia, de ciencia, de magia. En su mesa apilaba documentos sobre tropas, civiles, bases, prisiones, suministros de alimentos, abastecimiento médico, maniobras, horarios de tareas y rotaciones.

En la mesilla junto a su cama había una vela blanca y una bola de cristal, regalos del hombre que la había adiestrado.

Se despojó de la ropa y la arrojó al cesto de la colada. Con un sentido suspiro, se metió en la ducha para lavarse la sangre, el sudor, la suciedad y el hedor de la batalla.

Luego se puso unos vaqueros, desgastados en la zona de las rodillas y que apenas le llegaban a los tobillos de sus largas piernas, y una camiseta un tanto holgada para su delgado cuerpo. Se calzó su segundo par de botas. Tenía que limpiar las que había utilizado en la operación.

Se sujetó la espada y subió a desayunar con su padre.

—Tu madre ha vuelto —anunció mientras ella se acercaba al horno para sacar los platos—. Está en la clínica, pero aquí.

—Me pasaré por allí después de desayunar. —Optó por un zumo; le apetecía algo fresco.

—Necesitas dormir, cielo. Llevas despierta más de veinticuatro horas.

Huevos revueltos, beicon crujiente. Atacó la comida como si estuviera muerta de hambre.

—Tú también —señaló.

—He dormido un poco a la vuelta y he echado una agradable cabezadita en el porche, como solía llamarlo mi padre, antes de que llegaras.

Fallon se sirvió más huevos.

—No tengo ni un rasguño. Ni uno solo. Los soldados a los que mando han sangrado. Colin está herido. Yo no tengo ni un rasguño.

—Sangraste antes. —Posó una mano sobre la de ella—. Volverás a hacerlo.

—He de ver a los heridos y ellos deberían verme. Y a los que hemos rescatado. Dormiré después.

—Te acompañaré.

Fallon levantó la vista al techo y pensó en el soldado que dormía.

—Deberías quedarte con Colin.

—Le diré a Ethan que vuelva a sentarse junto a su cama. Tu madre ha dicho que lo más probable es que duerma hasta la tarde.

—Vale. Dime lo que puedas sobre los prisioneros —pidió, y Simon exhaló un suspiro.

—Una mezcla. Algunos son tipos duros con mucho odio y miedo por las personas mágicas. Suelen ser los de más edad y es improbable que tengamos suerte a la hora de cambiar eso. Pero es posible que podamos educar a algunos de los más jóvenes.

—Tienen que ver las grabaciones del laboratorio. Tienen que ver cómo drogaban, ataban, torturaban y experimentaban con la gente por el simple hecho de que son diferentes. —Aunque lo que había revisado en la prisión le había revuelto el estómago, continuó comiendo. Necesitaba combustible para funcionar—. Que eso les despierte la conciencia.

A Simon no le pasó por alto la amargura que destilaba su voz, de modo que le acarició la mano de nuevo.

—Estoy de acuerdo, pero eso puede esperar unos días. Muchos de ellos esperan que los torturemos y después los ejecutemos. Les demostraremos que tratamos a nuestros prisioneros con humanidad y decencia.

—Pues les enseñaremos la prueba para que vean la diferencia —concluyó—. Muy bien. Pero algunos jamás cambiarán, ¿verdad?

—Jamás.

Se levantó, cogió los platos y los llevó al fregadero para lavarlos.

—De nada sirve preguntar por qué, aunque no dejo de darle vueltas. El mundo que mamá y tú conocíais murió hace veinte años. Miles de millones murieron de manera espantosa por culpa del Juicio Final. Nosotros somos lo que quedó y nos estamos matando unos a otros.

Se volvió para mirarle, para mirar a aquel hombre bueno que había ayudado a traerla al mundo, que la había amado y había luchado con ella. Un soldado que se había convertido en granjero, ahora un granjero que vivía de nuevo la vida de soldado.

No poseía magia, pensó, y sin embargo él encarnaba todo cuanto representaba la luz.

—Tú no odias ni temes —dijo—. Abriste tu hogar y después tu vida a una desconocida, una bruja, a la que además perseguían. Podrías haberla rechazado a ella y a mí, que estaba dentro de ella, pero no lo hiciste. ¿Por qué?

Demasiadas respuestas, pensó Simon. Se decidió por una.

—Ella era un milagro, y también tú, dentro de ella. El mundo necesitaba milagros.

Fallon le sonrió.

—Estén o no preparados, les va a afectar.

Cabalgó con él hasta la ciudad. Montaba a Grace, su yegua necesitaba un poco de atención y ejercicio. Las montañas se extendían a su alrededor, cubiertas de verdor gracias al verano y cuajadas de flores silvestres. Olió a tierra recién removida y sembrada, oyó los gritos, el choque del metal procedente del cuartel donde entrenaban los reclutas.

Una pequeña manada de ciervos salió de los árboles y enfiló una frondosa y empinada cresta mientras pacían. El cielo era de un suave y esperanzador azul tras la tormenta de la noche.

La carretera, despejada de coches y camiones abandonados, que habían remolcado con gran esfuerzo hasta un garaje a las afueras para repararlos o desmontarlos, conducía a Nueva Esperanza.

Casas, pensó, en buenas condiciones y ocupadas ahora en su mayoría. Aquellas que no se podían salvar las habían desmantelado por partes, lo mismo que los vehículos. Madera, tuberías, baldosas, cables, cualquier cosa que se pudiera utilizar. Ganado vacuno, vacas lecheras, cabras, ovejas, algunas llamas y más caballos pastaban tras las vallas, que cuidaban con sumo esmero.

La magia de los trópicos que su madre había ayudado a crear vibraba en una curva de la carretera. Allí se cultivaban huertos de cítricos, olivos, palmeras, cafetos, pimienta y otras hierbas y especias. Los trabajadores del equipo agrícola pararon para saludarlos.

—Milagros —dijo Simon, sin más.

Después de pasar por el puesto de control, entraron en Nueva Esperanza. Una vez, durante el apogeo del Juicio Final, estuvo habitada solo por muertos y fantasmas del pasado. Ahora prosperaba, con una población superior a los dos mil habitantes y un árbol conmemorativo en honor a los fallecidos. El huerto y los invernaderos comunitarios, lugar de dos cruentos ataques, continuaban floreciendo y creciendo. La cocina colectiva que había montado su madre antes de que Fallon naciera servía comidas a diario.

La Academia de Magia Max Fallon, llamada así en honor a su padre biológico, los colegios de Nueva Esperanza, el ayuntamiento, las tiendas abiertas en las que podían hacerse intercambios, las casas que se sucedían a lo largo de la calle principal, la clínica, la biblioteca, la vida reclamada a base de sudor, empeño y sacrificio.

Se preguntó si acaso no era todo aquello otra especie de milagro.

—Echas de menos la granja —dijo Fallon mientras conducían a los caballos hasta los amarraderos y los abrevaderos.

—Volveré.

—Echas de menos la granja —repitió—. La dejaste por mí, así que cada vez que entro en Nueva Esperanza me alegro de que la dejaras por un buen lugar con buena gente.

Desmontó y acarició a Grace antes de atar las riendas al amarradero.

Se dirigió con su padre hasta lo que una vez fue la escuela elemental y que ahora albergaba la clínica de Nueva Esperanza.

Habían hecho cambios a lo largo de los años; Fallon había retrocedido en el tiempo a través de la bola de cristal para ver cómo empezó todo. En el vestíbulo había sillas para los que esperaban para hacerse un chequeo o una revisión. En un rincón había juguetes y libros recogidos en casas abandonadas.

Un par de niños pequeños jugaban con bloques de construcción; uno tenía unas alas que batía con placer. Una embarazada hacía punto con las agujas por encima de su abultado vientre. Había un adolescente medio tumbado en otra silla, con pinta de estar aburrido. Y un anciano sentado con los hombros encorvados al que le costaba respirar.

Cuando se encaminaron hacia los despachos vieron a Hannah Parsoni, la hija de la alcaldesa y hermana de Duncan y de Tonia, que se acercaba con paso acelerado por el pasillo, con una carpeta en la mano y un estetoscopio al cuello.

Llevaba su lustrosa melena rubia oscura recogida en una larga coleta. Sus ojos, de un intenso tono castaño, se iluminaron de placer al verlos.

—Esperaba veros a los dos. Estamos desbordados, así que solo tengo un minuto —añadió—. Rachel me tiene atendiendo a los pacientes con cita y a los que pueden entrar por su propio pie, pero he ayudado con la primera clasificación de los heridos. No hemos perdido a ninguno. Algunas de las personas a las que habéis liberado... —. Tan profunda era la compasión que emanaba que Fallon la sintió en su piel—. Algunos van a necesitar tratamiento prolongado y asesoramiento, pero ninguno se encuentra ya en estado crítico. Lana... es asombrosa. ¿Cómo está Colin?

—Durmiendo —respondió Simon.

—No hay fiebre ni infección —agregó Fallon.

—Asegúrate de decírselo a tu madre. Lo sabe, pero le vendrá bien oírlo. —Hannah acercó la mano para tocarlos a los dos, de esa forma tan típica que tenía de ofrecer consuelo—. Parecéis muy cansados.

—Tal vez debería hacerme...

Cuando Fallon se llevó la mano a la cara, Hannah se la agarró.

—¿Un encantamiento? Preferiría que no lo hicieras. Deberían ver el esfuerzo. Saber lo que cuesta, el precio de la libertad. Tú también lo pagas.

Le dio un pequeño apretón en la mano a Fallon y después siguió su camino.

—Hola, señor Barker, vamos a echarle un vistazo.

El hombre se agitó y resolló.

—Puedo esperar a la doctora.

—¿Por qué no vamos a la consulta para ver cómo está? Puedo empezar con usted hasta que venga Rachel.

Tranquilizar, persuadir en lugar de sentirse ofendida, pensó Fallon. Así era Hannah, la joven que había estado estudiando y formándose para ser médico desde que era pequeña y que había trabajado como médico de campo en las operaciones de rescate durante años.

Fallon comprendió que la paciencia era solo una de las formas que adoptaba la magia de Hannah.

Vio a la chica que estaba en el despacho trabajando con brío en un ordenador; una habilidad que ella aún no había dominado del todo. Recordó que se llamaba April. Un hada de más o menos su misma edad. Herida en el ataque en el huerto de hacía dos años. Un asalto instigado por los de su misma sangre, la hija del hermano de su padre biológico y de su mujer. Sobrenaturales oscuros que deseaban su muerte por encima de todo.

La chica levantó la vista y esbozó una sonrisa.

—Ah, hola. ¿Buscas a Lana?

—Quería ver a los heridos, a cualquiera que esté bien para recibir visitas.

—A los reclusos liberados a los que hemos atendido los tenemos en el auditorio del colegio, y a los efectivos a los que hemos tratado los hemos enviado a casa o al cuartel. El resto está en el pabellón. Jonah y Carol están haciendo rondas y Ray supervisa a los que les hemos dado el alta médica. La mañanita ha sido de aúpa. Y en estos momentos Rachel y Lana están atendiendo un parto. —Le brindó una deslumbrante sonrisa de hada.

—¿Un parto?

—Una de las prisioneras...

—Lissandra Ye, cambiante lobo —concluyó Fallon, que había leído todos los informes—. No salía de cuentas hasta dentro de casi ocho semanas.

—Se puso de parto en la ambulancia de camino aquí. No pudieron impedirlo. —April apretó los labios mientras dejaba entrever parte de su preocupación—. Han montado una especie de unidad neonatal de cuidados intensivos lo mejor que han podido, pero vi que Rachel estaba preocupada a pesar de que Jonah dijo que no veía la muerte. —Y añadió—: Él lo vería, ¿verdad? —April buscó confirmación—. Jonah lo sabría.

Fallon asintió y salió.

—La muerte no es la única consecuencia —le dijo en voz baja a Simon—. Lissandra Ye ha estado catorce meses en esa prisión. Fue violada allí dentro y continuaron con los experimentos después de que se quedara embarazada.

—Tienes que confiar en tu madre y en Rachel.

—Confío en ellas.

Recorrió otro pasillo. Aulas convertidas en salas de examen, consultas médicas, quirófanos, almacenes para suministros, otros para medicamentos y fármacos.

Maternidad y paritorio. Puso una mano en la puerta y sintió

vibrar el poder. El poder de su madre. Oyó la voz serena y tranquilizadora de Rachel y los gemidos de la mujer que estaba de parto.

—Confío en ellas —repitió, y como ese destino estaba en manos de ellas, continuó hasta la amplia cafetería montada como sala para pacientes que necesitaban tratamiento u observación constantes.

Unas cortinas, que habían encontrado o confeccionado, separaban las camas y componían un festivo despliegue de color y dibujos. Los monitores pitaban. No eran suficientes, ni mucho menos, para tantísimos pacientes. Sabía que los rotaban según las necesidades.

Vio a Jonah, que parecía tan cansado como ella se sentía, colgando una bolsa nueva de suero.

—Empieza por el lado de Jonah —sugirió Simon—. Yo empezaré por el de Carol.

Fallon se encaminó hasta Jonah y la desconocida postrada en la cama de hospital con los ojos cerrados. Tenía unas marcadas ojeras. Su piel mostraba un tono ceniciento y le habían rapado sin ningún cuidado el pelo negro, como si fuera un solideo.

—¿Cómo está? —preguntó.

Él se frotó los ojos.

—Deshidratada, desnutrida..., eso es algo común en todos. Cicatrices de quemaduras, antiguas y recientes, en más del treinta por ciento del cuerpo. Le rompieron los dedos y dejaron que soldasen sin colocárselos. Tu madre se ha ocupado de eso y creemos que recuperará el uso de las manos. Su historial muestra que ha estado más de siete años allí, una de las estancias más largas en las instalaciones.

Fallon echó un vistazo al cuadro médico. Naomi Rodriguez, cuarenta y tres años. Bruja.

—En el expediente figura que se había hecho cargo de un duende.

—Dimitri —dijo Jonah—. No conoce su apellido, o no lo recuerda. Tiene doce años. Está bien, si es que alguno lo está. Por fin ha accedido a irse con un par de las mujeres que hemos liberado.

—De acuerdo. Quiero...

Se interrumpió cuando la mujer abrió los ojos y los fijó en ella. Unos ojos casi tan oscuros como las sombras que los surcaban.

—Eres la Elegida.

—Fallon Swift.

Al ver que la mujer buscaba a tientas su mano, Fallon se la asió. Se percató de que no había dolor físico; los médicos se habían ocupado de eso. Pero no podían influir en su angustia mental.

—Mi chico.

—Dimitri está bien. Iré a verle muy pronto.

—Le traeremos para que le vea en cuanto podamos —agregó Jonah—. Ahora está a salvo, y usted también.

—Le pusieron una pistola en la cabeza, así que tuve que ir con ellos. Dijeron que le soltarían si lo hacía, pero mintieron. Siempre mienten. Nos drogaron a mi chico y a mí. Es solo un niño. No me dejaban verlo, pero podía sentirle, escucharle. Nos mantenían drogados para que no pudiéramos utilizar nuestros poderes. A veces nos tenían amordazados, con los ojos vendados y encadenados durante horas, tal vez días. Nos llevaban con ese chacal y con sus demonios para torturarnos. Algunos parecían avergonzados, pero nos llevaban con él. Y sabían lo que nos hacía. —Cerró los ojos de nuevo. Las lágrimas brotaron y resbalaron por sus mejillas—. Perdí la fe.

—No hay nada de que avergonzarse.

—Tuve deseos de matar. Al principio sobrevivía imaginando que los mataba a todos. Después solo quería morir, ponerle fin.

—No hay de qué avergonzarse —repitió Fallon.

Aquellos ojos repletos de angustia se abrieron de nuevo.

—Pero tú viniste, a pesar de que no tenía fe.

Fallon se acercó.

—¿Me ves? ¿Ves la luz en mí?

—Brilla como el sol.

—Yo te veo a ti, Naomi. Veo en ti la luz. —Cuando Naomi meneó la cabeza, Fallon apoyó la mano que tenía libre en la mejilla de la mujer y dejó que parte de esa luz fluyera—. Ellos la atenuaron, pero yo veo tu luz. Veo la luz que brillaba, que acogió a un chico asustado, a un niño pequeño, confuso y que sufría, y le dio un hogar. Veo la luz que estaba dispuesta a sacrificarse por el muchacho. Yo te veo, Naomi. —Fallon se enderezó—. Te traeremos a Dimitri.

—Lucharé a tu lado.

—Cuando estés bien —respondió Fallon, y se desplazó hasta la siguiente cama.

Le llevó casi dos horas. Bromeó con un soldado que afirmaba que para él, que le dispararan, patearan y pisotearan era solo rutina. Consoló a los afligidos, tranquilizó a los que se sentían confusos.

Antes de marcharse vio al chico, el niño escuálido de piel oscura, sentado en la cama de Naomi. Le leía con voz entrecortada, ronca por el desuso, uno de los libros infantiles de la sala de espera.

Salió en silencio para tomar un poco de aire y vio que su padre había hecho lo mismo y estaba besando a su madre.

—¿Sabéis qué, chicos? No tenéis que buscaros una habitación. Disponéis de una casa entera.

Lana desvió sus ojos azules hacia Fallon y esbozó una sonrisa.

—Esta es mi niña. —Se acercó a toda prisa y la abrazó con fuerza—. Estás muy cansada.

—No soy la única.

—No, no lo eres. —Se apartó—. No hemos perdido a nadie. Gracias a Dios.

—¿Ni siquiera el bebé prematuro?

—Ni siquiera el bebé. Ha sido duro, pero al final conseguí que se girara. Rachel quería evitar una cesárea a menos que continuara de nalgas.

—Es niño.

—Brennan. Un kilo y ochocientos noventa y nueve gramos, y cuarenta centímetros y medio. Rachel todavía lo está monitorizando, pero está contenta con él y con su madre. Es una mujer muy fuerte.

—Tú también. Y ahora vete a casa, echa un ojo a Colin y luego duerme un poco.

—Eso voy a hacer. Aquí está a punto de cambiar el turno. Vámonos todos a casa.

—Tengo que hablar con la gente del auditorio y después me iré.

Lana asintió mientras le acariciaba el cabello a Fallon.

—Verás que algunos necesitan más tiempo para adaptarse. Katie se está encargando del alojamiento; son muchos y a un gran número de ellos no se les puede dejar solos todavía.

—Tenemos voluntarios que acogerán a algunos —señaló Simon—. Los que parecen más tranquilos pueden ocupar algunas de las viviendas que preparamos antes de la operación de rescate. Pero es posible que otros quieran marcharse.

—No deberían, todavía no, pero...

—Hablaré con ellos —le aseguró Fallon, y condujo a su madre hasta los caballos—. ¿Quieres que te teletransporte?

—En realidad me vendrá bien un paseo a caballo. —Lana esperó a que Simon montara, le tendió una mano y se aupó detrás de él, como si ella, antaño una urbanita oriunda de Nueva York, hubiera montado a caballo toda la vida—. Ven pronto a casa —repitió. Luego se acomodó contra la espalda de Simon y le rodeó con los brazos.

Amor, pensó Fallon mientras se marchaban. Quizá ese fuera el mayor milagro de todos. Sentirlo, prodigarlo, conocerlo.

Se subió a lomos de Grace y se dirigió al colegio con la esperanza de convencer a los atormentados, a los exhaustos, a los afligidos para que creyeran.

2

Cuando Fallon llegó a casa vio a Ethan saliendo de los establos con los perros, Scout y Jem, trotando tras él, como de costumbre. El reciente estirón que había pegado le perturbaba un poco. Recordaba con claridad el día en que nació, en casa, en la misma gran cama en la que Colin, Travis y ella habían venido al mundo.

El berrido que profirió le recordó a una risa. Cuando le permitieron cogerle en brazos por primera vez, la miró con aquellos penetrantes ojos de recién nacido y Fallon juró, y todavía lo juraba, que le había sonreído.

Como el pequeño de la familia, su naturaleza alegre se reveló en aquel primer llanto risueño y todos los días desde entonces. Pero Fallon tuvo que admitir, reticente, que ya no era un bebé.

Si bien conservaba su complexión delgada, había desarrollado algo de músculo. Tenía el cabello rubio de su madre y sus preciosos ojos azules, pero parecía que había heredado la altura de su padre, ya que había crecido muchísimo en lo que parecían ser cinco minutos.

Mientras desmontaba captó el olor a establo en él; no cabía duda de que había estado retirando el estiércol.

—¿Cómo está Colin?

—Mamá dice que bien. Ha dormido todo el tiempo que mamá y papá han estado fuera. Seguramente siga durmiendo. —Mientras la miraba, Ethan cogió las riendas de Grace al tiempo que los perros brincaban, se agachaban y buscaban atención—. Tú también deberías dormir.

—Lo haré. ¿Y Travis?

—Ha venido a casa hace unos minutos para ver cómo iba todo. Se está ocupando de las clases de Colin con los reclutas, así que ha tenido que volver.

Puede que a su hermano mediano siguiera gustándole gastar bromas, pero se podía contar con él. Siempre se podía contar con Travis.

—Grace se alegra de que la hayas sacado a dar una vuelta —le aseguró Ethan mientras se las apañaba para acariciar a los perros y al caballo al mismo tiempo. Ethan era capaz de comprender los pensamientos, sentimientos y necesidades de los animales. Ese era su don—. Ahora espera recibir una zanahoria.

—¿De veras?

Fallon imaginó el huerto, los surcos de zanahorias, los conos naranjas en la tierra, las frondosas matas verdes. Eligió una, dejó que las palabras tomaran forma en su cabeza y extendió una mano.

Al instante sostenía en la palma una zanahoria recién cogida de la tierra. Ethan rio junto a ella.

—Qué bueno.

—He estado trabajando en ello. —Fallon frotó la zanahoria contra la tela del vaquero para quitarle la tierra y se la dio a la tranquila y leal yegua.

—La refrescaré y la pondré cómoda —se ofreció Ethan—. Ve a dormir un poco. Mamá me ha pedido que te diga que hay pasta si tienes hambre. Ellos también se han quedado fritos.

—Vale. Gracias, Ethan.

Se dispuso a llevarse a Grace, pero se detuvo.

—Cuando Eddie ha vuelto..., cuando ha vuelto mientras yo estaba ayudando a Fred con la granja, ha dicho que lo que le hacían a la gente a la que has rescatado era una abominación. Ese ha sido el término que ha empleado.

—Lo era. Es la palabra justa para describirlo.

—Ha dicho que había niños pequeños encerrados allí.

—Los había. Ahora están a salvo, son libres y nadie les hará daño.

Aquellos preciosos ojos azules, tan parecidos a los de su madre, se enturbiaron.

—No tiene sentido, ¿sabes? Ser malo jamás tiene sentido.

Para Ethan, ser bueno siempre sería la primera y la última opción, pensó mientras se encaminaba hasta la casa. Detestaba saber que todos los días entrenaba para ir a la guerra.

Pensó en la pasta, pero decidió que estaba más cansada que hambrienta, de modo que bajó directamente a su cuarto.

Encontró a Colin esperándola en la sala de estar. Era evidente que se había despertado con apetito, ya que había un tazón, un plato y un vaso vacíos en la mesa.

Una buena señal, pensó, lo mismo que el color y la expresión lúcida de sus ojos castaños.

—¿Qué tal el hombro?

Colin encogió el hombro ileso y levantó el otro brazo con el cabestrillo.

—Está bien. Mamá dice que tengo que llevar esta mierda el resto del día y puede que mañana, y que no lo menee ni lo fastidie todo. Un coñazo.

—Más coñazo será si la fastidias.

—Ya. —Tal vez fuera un soldado valiente, pero no era tan tonto como para enfrentarse a su madre—. Menuda pelea, ¿eh?

Fallon dejó que se desahogara. Sabía que lo necesitaba, igual que lo habían necesitado la mayoría de los hombres y las mujeres a los que había visitado en la clínica.

—Estábamos despejando, ¿sabes? Los teníamos, joder, los teníamos, Fallon. En ese momento tú estabas abajo, en la cámara de tortura, ¿vale? Eddie dijo que estabas ahí abajo. —Se paseó de un lado a otro mientras hablaba, un hábito nervioso que entendía, ya que a veces ella hacía lo mismo—. En fin, un par de hadas se estaban ocupando de las cerraduras de las celdas porque nosotros teníamos todo bajo control, ¿vale? Podíamos oír a algunos de ellos, que estaban muy drogados, pidiendo auxilio. Y a críos llorando. Dios santo. —Hizo una pausa—. Críos, Dios santo. A eso no te acostumbras nunca.

»El caso es que un tío se agacha y levanta las manos. No iba a liquidar a un tío que se está rindiendo, así que me acerco para quitarle las armas y él las deja en el suelo, por Dios. Y, joder, Fallon, uno de los suyos le dispara y me hiere a mí antes de que pueda liquidarle. —La furia se entremezclaba con la indignación de Colin, un soldado hasta la médula, que había forjado un fuerte grupo de hermanos y hermanas de armas—. Disparó a su propio hombre. A su hombre, desarmado. ¿Quién cojones hace eso?

—Los verdaderos creyentes —respondió Fallon, sin más—. No subestimes a un verdadero creyente.

—Bueno, da igual lo que creyera ese hijo de puta; yo creo que ahora está ardiendo en el infierno. Disparó a su propio hombre, a un hombre con los brazos en alto. No era una amenaza. En fin. —Volvió a encoger el hombro sano—. Conseguimos sacarlos. ¿Has hablado con Clarence?

—Sí. Está bien.

—Bien. Bien. Vi que bajaba, pero no he podido hablar con él.

—La mayoría de nuestros heridos han sido atendidos y les han dejado marchar. Los demás tienen que quedarse un poco más de tiempo en la clínica, pero se pondrán bien.

—Sí, eso ha dicho mamá. De todas formas, creo que voy a ir a la ciudad a ver cómo están todos.

—Avisa a Ethan para que pueda decírselo a mamá y a papá si yo sigo dormida.

—Claro. —Apiló el plato, el tazón y el vaso con la mano libre y los cogió, manteniéndolos en equilibrio. Entonces sus miradas se encontraron; de guerrero a guerrero—. Ha sido una buena misión. Trescientos treinta y dos prisioneros liberados.

—Trescientos treinta y tres. Una de las prisioneras acaba de tener un niño.

—¿En serio? —Esbozó una amplia sonrisa—. Qué bien. Nos vemos luego.

Fallon siguió hacia su habitación mientras él comenzaba a subir las escaleras. Lo habían criado como a un granjero, pensó mientras se desvestía, uno al que le encantaba el baloncesto, fanfarronear y buscar pequeños tesoros. Una vez afirmó que sería presidente. Ella sabía que no lo sería. Era, y siempre sería, un soldado. Y muy bueno.

Se puso una camiseta enorme que había encontrado hacía años y que utilizaba para dormir, junto con unos bóxers de chico. Después de innumerables lavados, la imagen del hombre con guitarra de la camiseta se había desvanecido como un fantasma. Su padre le había llamado «el Boss» y decía que había sido —o que era, a saber— una especie de roquero trovador.

Ella no poseía el más mínimo talento musical, pero sabía lo que suponía ser el jefe.

Así que se metió en la cama, dando gracias a los dioses porque ninguna persona a la que amaba o que estaba a sus órdenes hubiera muerto. Y mientras las voces, las historias y las pesadillas de aquellos a los que había ayudado a salvar resonaban en su cabeza, junto con sus temores, su gratitud y su llanto, se ordenó a sí misma acallarlo todo.

Y dormir.

Despertó bajo la luz de la luna, con el fresco aire otoñal. La niebla alfombraba la tierra como humo fino que serpenteaba entre el círculo de piedra. La escarcha, afilada como diamantes, brillaba en la alta hierba del campo.

El bosque que se extendía más allá se agitaba y gemía con el viento.

—Bueno. —Duncan, que estaba a su lado, escudriñó el campo, el bosque, y después se volvió para estudiarla con sus ojos verde oscuro—. Qué inesperado. ¿Me has traído tú?

—No lo sé.

Llevaba casi dos años sin verlo, y solo de forma breve cuando se teletransportaba hasta Nueva Esperanza para informar. Sabía que volvería en Navidad para ver a su familia porque Tonia lo había mencionado.

Se había marchado de Nueva Esperanza hacía dos años, en octubre, después de la batalla en el huerto, cuando perdió a un amigo que había sido como un hermano para él. Cuando Fallon derribó al hermano de su padre, su asesino, y Simon Swift acabó con él.

Había ido para adiestrar a las tropas y trabajar con Mallick, su propio maestro, en una base lo bastante alejada como para concederles a ambos tiempo y espacio.

—Bueno —repitió—. Ya que estamos aquí... —Mantuvo la mano sobre la empuñadura de la espada mientras hablaba, y su mirada se dedicaba de nuevo a escudriñar el bosque, las sombras, la noche—. He oído que la operación de rescate ha sido todo un éxito. Uno bien grande —agregó, mirándola de nuevo—. Podríamos haber echado una mano.

—Éramos suficientes para encargarnos nosotros. Se avecinan más. Tú...

Reparó en que se había dejado el pelo más largo, o simplemente no se había molestado en cortárselo. Se le rizaba por encima del cuello de la chaqueta. Tampoco se había molestado en afeitarse, y una barba incipiente cubría su rostro de rasgos marcados.

Ojalá no le sentara tan bien. Ojalá no sintiera aquel... deseo por él.

—¿Yo? —la instó.

—Estoy desorientada. No me gusta. —Captó el tonillo furioso en su voz, pero le dio igual—. A lo mejor me has traído tú.

—No sé decírtelo. En todo caso, no ha sido intencionado. Para mí era una noche de verano. Estaba en mi cuarto, pensando en ponerle el colofón a un largo día con una birra. Tenemos una estupenda cervecería en la base. ¿Y tú?

Le respondió, esforzándose por mantener la calma.

—Verano, el día después de la operación de rescate. Acababa de llegar a casa. Estaba durmiendo. Puede que ya sea de noche.

—De acuerdo, entonces es probable que estemos en el mismo tiempo en ambos lados. Aquí no es verano. En la tierra de los MacLeod, la tierra de la familia de mi madre. El primer escudo, el que rompió mi abuelo.

—El escudo lo rompió la oscuridad. El chico y el hombre en el que se convirtió fue una herramienta inocente. Era inocente.

Su voz cambió, se tornó más grave cuando le sobrevino una visión. Ella cambió, casi resplandecía. Duncan ya lo había visto antes.

—Y allá va —murmuró.

—Eres de él, Duncan de los MacLeod. Yo soy de él, pues pertenecemos a los Tuatha de Danann. Ya que nuestra sangre y la ponzoña de la sangre de aquello que aguarda abrieron el escudo a la magia, de luz y de oscuridad, la sangre lo cerrará de nuevo.

—¿La de quién?

—La nuestra.

—Pues vamos a hacerlo. —Sacó el cuchillo de la funda de su cinturón y se preparó para hacerse un corte en la palma.

—¡Aún no! —Le agarró el brazo y Duncan sintió el poder

en ella, fluyendo a través de él—. Te arriesgas a abrirlos todos, a acabar con todo. Hambruna e inundaciones, tierra calcinada y el mundo reducido a cenizas. Queda mucho más por venir. La magia despierta, de luz y de oscuridad, de oscuridad y de luz. La tormenta ruge, las espadas chocan. —Posó la mano sobre el corazón de Duncan y un sinfín de sensaciones le inundaron. Hasta el último músculo de su cuerpo temblaba cuando sus ojos, oscurecidos por las visiones, se clavaron en los de él—. Estoy contigo, en la batalla, en la cama, en la vida, en la muerte. Pero no esta noche —prosiguió—. ¿Oyes los cuervos?

Duncan miró hacia arriba y los vio sobrevolar.

—Sí. Los oigo.

—Ellos esperan, la oscuridad espera, nosotros esperamos. Pero el momento se acerca.

—Ya está tardando —farfulló.

Fallon le brindó una sonrisa pícara, seductora y llena de poder.

—Piensas en mí.

—Pienso en muchas cosas. —Dios, Fallon le hacía la boca agua—. A lo mejor deberías alegrar esa cara.

—Piensas en mí —repitió, y deslizó las manos por su torso hasta rodearle el cuello con los brazos—. Y en esto.

Amoldó su cuerpo al de Duncan; le rozó la boca con la suya una vez, dos veces. Provocándole, tentándole. Una maldita carcajada burbujeaba en su garganta. A Duncan le dolía todo al mismo tiempo, y deseaba, necesitaba más de lo que podía soportar.

—A la mierda. A la mierda todo.

En la garganta de Fallon se oyó un sonido triunfal cuando él aceptó los labios que ella le ofrecía.

Ella saboreaba lo salvaje e hizo que él lo deseara. Lo primitivo y la libertad, lo desconocido, lo siempre conocido. Por fin sus manos ascendieron por su cuerpo, lo recorrieron con desesperación mientras cambiaba la posición para profundizar el beso.

Los cuervos sobrevolaban el cielo, las piedras flotaban en la niebla, el viento era como música febril sobre el campo y el bosque.

Duro contra ella, con el corazón retumbando como si fueran truenos, la habría arrastrado a ese suelo cubierto de escarcha y la habría llevado a la perdición.

Pero Fallon le empujó y estuvo a punto de perder el equilibrio con una súbita descarga de poder, cargada de indignación.

La miró, resollando, y supo que las visiones se habían esfumado. Quien le miraba era una mujer muy cabreada.

—¿Qué coño te pasa? —exigió—. ¿Crees que hemos venido aquí para que pudieras abalanzarte sobre mí y...?

—No sé por qué coño estamos aquí, pero no me vas a echar la culpa de esto. Has empezado tú, colega. Tú te has abalanzado sobre mí.

—Yo...

Duncan vio que la furia daba paso a la confusión y después, con cierta satisfacción, a la conmoción y la vergüenza.

—No era dueña de mis actos.

—Gilipolleces. Presa o no de las visiones, siempre eres dueña de tus actos. —Y él seguía tan duro, tan necesitado, que tuvo que esforzarse para no temblar—. La carta de las visiones no te sirve conmigo.

—Lo siento —masculló con tirantez, pero lo dijo de todos modos—. No sé por qué...

—Otra gilipollez. Los dos sabemos por qué. Tarde o temprano llegaremos hasta el final y veremos si eso zanja el asunto. Entretanto...

—No soy una calentorra.

—¿Una qué?

Se percató de que todavía sentía mucho calor. Por culpa de la lujuria —no era tan terca como para no reconocerlo— y de la vergüenza.

—Así llama Colin a las chicas que se insinúan a los chicos y después los mandan a paseo. Yo no soy así.

—No, tú no eres así. —La miró, más calmado—. Tú y yo sentimos lo que sentimos. Una de las razones de que me fuera es que no estoy listo para sentirlo. Supongo que a ti te pasa lo mismo.

—Sería más fácil si siguieras cabreado.

—Sería más fácil si me dejaras tenerte. Es una lástima para ambos. —Inclinó la cabeza hacia atrás y contempló los cuervos—. Tú y yo hemos estado antes aquí.

—Sí. Y volveremos de nuevo. Lo que hagamos entonces, lo que hagamos desde ahora hasta ese momento y lo que hagamos después es muy importante. No puedo pensar en... el sexo.

—Todo el mundo piensa en el sexo —masculló con aire distraído—. Te dije que volvería a Nueva Esperanza y volveré. Te dije que volvería a por ti y lo haré.

Desenvainó su espada, la envolvió en llamas y arrojó fuego a los cuervos. Se volvió de nuevo hacia ella mientras las aves estallaban y caían.

—Tú también piensas en mí.

Fallon despertó en su cama, con la luz de la noche estival colándose con suavidad por sus ventanas. Suspiró y se levantó de la cama para vestirse e ir a buscar a su familia.

Duncan reapareció en sus dependencias con la misma brusquedad con la que había desaparecido.

—¡Me cago en la puta!

Se dejó caer en un lateral de su catre para recobrar el aliento. No había sido como teletransportarse. Eso generaba cierta chispa en la sangre, pero aquello, la ida y la vuelta, había sido como que le disparasen desde un cañón.

No le gustaba lo más mínimo.

Necesitaba una cerveza, tal vez un largo y vigoroso paseo. Necesitaba ponerle las manos encima a Fallon otra vez. No, no;

deseaba ponerle las manos encima, y eso distaba mucho de ser una necesidad.

Las había mantenido apartadas de ella casi dos puñeteros años, se recordó, y las habría mantenido alejadas más tiempo si ella no se le hubiese echado encima. Se levantó para pasearse por la habitación de la casa que compartía con Mallick.

No era culpa de Fallon; en cualquier caso, no del todo. No era tan tonto como para pensar lo contrario. Se habían visto atrapados en algo, era mejor dejarlo ahí.

¿Cuántas veces había estado en ese lugar en sueños, en sus visiones? El círculo de piedras, los campos, el bosque. Jamás había entrado en la granja en la que los MacLeod habían vivido durante generaciones antes del Juicio Final, pero la conocía.

Tonia la conocía, se lo había dicho.

¿La conocía Fallon?

Debería habérselo preguntado. Si volvía a encontrarse de nuevo en aquel campo, iría a la casa y buscaría a sus fantasmas. Buscaría a la familia que había labrado la tierra, vivido y muerto allí durante generaciones.

Conocía sus nombres porque su madre se los había dicho. Sus nombres, sus historias. Pero no era lo mismo.

Se colgó la espada. Qué extraño, la llevaba en las piedras, pero la había dejado para ducharse tras el largo día de entrenamiento. Llevaba puesta su preciada chaqueta de cuero, que había encontrado cuando algunos soldados y él se teletransportaron hasta Kentucky en misión de reconocimiento.

Vestido acorde con el clima y para protegerse, reflexionó. Recordó que Fallon también. Chaleco de cuero marrón, con un jersey y unos pantalones de lana. Era evidente que no dormía con ropa de abrigo.

Eso sí que era interesante. Para él, la magia era sumamente interesante. Una ciencia, un arte, un milagro, todo ello envuelto en poder.

Echó una ojeada al montón de libros, la mayoría prestados por Mallick. Estudia, le repetía sin cesar ese hombre. Lee y aprende, mira y ve, entrena y haz.

Su propio Yoda particular.

Cuánto echaba de menos las noches de DVD en casa.

Deambuló por la habitación, contemplando los dibujos que había colgado en las paredes. Su madre, sus hermanas, sus amigos, uno de Bill Anderson en la fachada de Trastos Viejos. Uno del árbol en memoria de los fallecidos. Ahí estaba el nombre de su padre y el del hombre que hizo de padre por poco tiempo.

El hombre al que había amado su madre durante ese corto período de tiempo. Austin le había regalado un juego de dibujo, un bien más preciado aún que la chaqueta de cuero. Hacía mucho que había gastado los lápices de colores, los carboncillos, las pinturas pastel. Pero había buscado más.

Mallick le había sorprendido. Supuso que un hombre que era tan duro como un capataz se burlaría de los dibujos y se quejaría por el despilfarro de papel y suministros.

En cambio, Mallick buscó a un alquimista capaz de crear más.

El arte era un don, le había dicho.

Por supuesto, no venía mal que Duncan también dibujara mapas, minuciosos hasta el más mínimo detalle. O que supiera recrear una base enemiga en papel para ayudar a planear una misión.

Pese a todo, Duncan no le había enseñado los bosquejos de Fallon. Ni siquiera el dibujo en el que la había retratado sacando la espada y el escudo del fuego en el Pozo de la Luz.

Estuvo a punto de abrir el cajón en el que guardaba los dibujos de ella, pero lo cerró de nuevo. Decidió que eso solo era buscarse problemas. Así que se pasó los dedos por su despeinado cabello negro, consideró que estaba presentable y fue al salón, donde Mallick permanecía sentado al amor de la lumbre.

Sabía que Mallick había elegido lo que en esencia era una cabaña de vacaciones por la chimenea y por los árboles, una parcela de tierra en la que cultivaba un huerto y para tener colmenas. También disponía de una buhardilla para alojar su taller.

Duncan, que se creía muy versado en el arte de la magia —joder, en Nueva Esperanza enseñaba a los más jóvenes con poderes mágicos—, había aprendido muchísimo en esa buhardilla.

El lugar no era nada del otro mundo —en invierno tenían que hechizarlo para no morir congelados—, pero se las apañaban bastante bien. Quizá ninguno de los dos fuera un cocinero decente, pero no se morían de hambre.

—Voy a salir a tomar una cerveza.

—Bebe vino y háblame de Fallon —le pidió Mallick.

Duncan se detuvo en seco.

—¿Tú nos has enviado allí? ¡Joder!

—No, pero os he visto a los dos en el fuego.

—¿No has sido tú?

—No. —Mallick se inclinó hacia delante y sirvió una segunda copa del excelente vino de manzanas ácidas que había ayudado a elaborar el pasado otoño.

Duncan se sentó en el otro extremo del maltrecho sillón. Habría preferido una cerveza, pero el vino estaba bien si no había más remedio.

Tomó un sorbo y miró a Mallick de arriba abajo.

El hombre no mentía, menos mal. Permanecía sentado, paciente; a menudo mostraba la paciencia de un puñetero gato delante de una ratonera. Algunas hebras grises se entretejían en su negro cabello, que llevaba aún más largo que Duncan. El blanco mechón en su barba le aportaba una extraña clase de... chispa. Mantenía el cuerpo en forma como un soldado.

Duncan suponía que no estaba mal para tratarse de un tío con unos cuantos siglos a sus espaldas.

—Estaba pensando en ir a tomar una cerveza y ¡zas! Ahí estábamos. Me dijo que se había echado una pequeña siesta. Por lo que Tonia nos contó, se la tenía más que merecida.

—Sí.

—Tuvo una visión mientras estábamos ahí.

Mallick asintió.

—Cuéntamelo. Podía ver, pero no oír.

En vez de la cerveza y el paseo, Duncan bebió vino junto al fuego y habló de visiones.

—Su sangre, la mía y probablemente la de Tonia, por eso de que somos gemelos. Nada que sorprenda. Cómo y cuándo es el misterio —reflexionó—. Las visiones son un coñazo casi siempre. Más preguntas que respuestas con tanta chorrada críptica.

—Las respuestas están ahí —le corrigió Mallick—. Desciendes de los Tuatha de Danann, igual que Fallon. Igual que tu abuelo. Su sangre, sangre inocente, contribuyó a abrir el escudo. Tu sangre y la sangre de la Elegida lo cerrarán.

Duncan bebió otro trago de vino.

—¿Cómo y cuándo? —repitió.

—Coraje, fe. Eso es lo que conduce al cómo. Cuando se tienen, cuando se haya hecho cuanto ha de hacerse, te llevarán al cuándo.

Más chorradas crípticas, pensó Duncan.

—He arriesgado la vida y lo volveré a hacer. Ella también. Lo mismo que la gente de Nueva Esperanza, la gente de aquí, de cada base que hemos establecido. Lo mismo que los que luchan y a los que no hemos podido llegar.

—Los dioses son codiciosos, muchacho —repuso Mallick, tranquilo.

—A mí me lo vas a contar. No pregunto por qué, qué sentido tiene, que algunas personas maten, torturen y esclavicen a otras. Simplemente lo hacen.

—Miedo, ignorancia, sed de poder.

—No son más que palabras. —Duncan las apartó como lo

haría con una fina capa de polvo—. Es la naturaleza, algunos sencillamente son así. He leído la historia. La gente ha hecho lo mismo a lo largo de los años. Antes de que la magia se desvaneciera y después. Puede que sobre todo antes. El mundo se va a la mierda y ellos siguen haciéndolo.

—La vida es larga.

Duncan esbozó una sonrisita irónica.

—La tuya sí.

Mallick meneó la cabeza, divertido.

—La vida de todos, de los mundos, de los dioses, de las personas mágicas y de los hombres. Pero como la mía ha sido larga, puedo decirte que ha habido épocas de armonía y equilibrio, y las posibilidades de que así sea están siempre ahí. La fe y el coraje fomentan dichas posibilidades.

—¿Fe en los dioses y en sus chorradas crípticas?

—En la luz, muchacho. En lo que tiene y en lo que ofrece. Lucharías y morirías por tus creencias, por tus ideales, para defender al inocente y al oprimido. Pero después de la batalla, de las guerras, ¿vivirás por ellos? Luz para la vida.

—*Solas don Saol.* —Duncan pensó en las palabras grabadas en el brazalete de madera que llevaba Fallon.

—La Elegida comprendió que la lucha no sería suficiente. —Se inclinó hacia delante y se sirvió más vino—. Has olvidado informar del resto del tiempo que has pasado con ella esta noche.

—No es relevante. —Irritado, Duncan decidió que no le vendría mal un poco más de vino—. Además, lo has visto con tus propios ojos.

Mallick no dijo nada, sino que se limitó a beber. Maldita fuera esa paciencia felina.

—Se abalanzó sobre mí. No le puse las manos encima hasta que ella dio el paso. Y paré en cuanto dijo no. Aunque no dijo que no. Nunca dice exactamente no. Y no pienso hablar de esto contigo. Es raro.

—Eres joven y estás sano, igual que ella. Solo eso ya genera atracción de por sí. Pero entre vosotros hay algo más que un deseo de liberación física, y lo sabéis.

—Liberación física. —Duncan se pasó las manos por la cara y no las apartó—. Por Dios bendito.

—¿Crees que porque no he gozado de los placeres de la carne no entiendo el deseo?

—No quiero... —Bajó las manos y se le quedó mirando con sus ojos verdes llenos de fascinación y espanto—. ¿Nunca? ¿Nada de sexo jamás de los jamases? No, no, no me lo cuentes. Eso sí que es raro.

—Cuerpo, mente y alma —prosiguió Mallick con naturalidad—. Hay quien encuentra compañero en los tres.

—Yo no busco compañera.

Mallick asintió y tomó otro sorbo de vino.

—Cuando no miras, no ves.

Basta, pensó Duncan mientras se levantaba. Ya era suficiente.

—Me voy a dar un paseo.

Mallick se quedó sentado donde estaba mientras Duncan salía. Pensó que el muchacho necesitaba darle vueltas al tema. También echaría un vistazo a los centinelas, revisaría los niveles de seguridad y realizaría una inspección sorpresa a los nuevos reclutas.

Había nacido para ser soldado, un líder nato, aunque todavía tenía mucho que aprender.

Desahogaría su frustración y sus quebraderos de cabeza, del mismo modo que al final uniría su considerable valor a una fe en la que aún no confiaba. Llegaría adonde tenía que llegar.

El mundo dependía de ello.

3

Fallon dedicaba el tiempo a sus mapas, a estudiar imágenes en su bola de cristal, y se introducía en ellas para recabar más información. Por costumbre, entrenaba antes de que su familia se levantara, en la oscuridad que precede al alba, conjurando espectros para luchar con ellos.

Ayudaba a preparar ungüentos, pócimas y tónicos, ya que eran necesarios y la habilidad de elaborarlos requería de un constante perfeccionamiento, igual que una buena herramienta. Salía con las partidas de caza, los equipos de reconocimiento y de búsqueda, pues también esas habilidades precisaban de práctica.

Había aprendido de sus padres que no podía dirigir una comunidad sin formar parte de ella. De Mallick, que el adiestramiento, el estudio y la búsqueda no terminaban nunca.

El choque del acero, el restallar de las balas de fogueo (la munición real seguía siendo demasiado valiosa como para utilizarla en un entrenamiento) y el silbido de las flechas en vuelo resonaban en el aire mientras se encaminaba hacia el cuartel.

Vio a los soldados y a los aspirantes realizar simulacros de batallas, con Colin gritando órdenes e insultos con igual vehemencia.

—¡Joder, Riaz, estás muerto! ¡Sácate las putas piedras de las botas y mueve los pies! Mueve el culo, Petrie. ¿Recobras el aliento? —Oyó que su hermano le imprimía tanta incredulidad que rio con disimulo cuando agarró el arma de Petrie y utilizó la espada encantada para fingir que le rajaba el gaznate—. Intenta respirar sin tráquea. Y ahora haz cincuenta.

Petrie, que le doblaba la edad a Colin, se dio la vuelta. Tal vez gruñera para sus adentros, pero comenzó a hacer flexiones.

La marca que Petrie tenía en la muñeca brillaba a causa del sudor. Entrenaba y acataba órdenes de un adolescente porque sabía lo que era ser un esclavo de los guerreros de la pureza.

La secta creada por el fanático Jeremiah White marcaba a las personas mágicas con un pentagrama en la frente. Después las torturaba y ejecutaba. La gente como Petrie, los no mágicos, eran marcados como esclavos y utilizados a su antojo en nombre de su cruel dios.

Por eso entrenaba, por eso hacía esas cincuenta flexiones, recogía su espada de entrenamiento y luchaba de nuevo.

Otros no. Algunos de los liberados de la esclavitud o de la muerte inminente se negaban a empuñar una espada o un arco. Fallon pensaba que eso era decisión de cada uno. Había otras formas de luchar. Sembrar, construir, atender el ganado, enseñar, coser, tejer, cocinar, cuidar a los enfermos o a los heridos, a los niños.

Muchas maneras de luchar.

Petrie había optado por la espada, y mientras sudaba haciendo las cincuenta flexiones, mientras los brazos le temblaban en las últimas cinco, vio al futuro soldado.

Entrenaba, pensó de nuevo, y acto seguido dirigió la mirada hacia los gritos.

Travis salió del bosque con otro pelotón, lo llevó campo a través y cruzó el brutal último sector del circuito de obstáculos. Una chica iba a la cabeza; tendría unos dieciséis años, calculó

Fallon, con la piel muy pálida, enrojecida ahora a causa del esfuerzo. Rasgos delicados y una feroz determinación en sus exóticos ojos mientras cruzaba los viejos neumáticos. Tenía un mechón rojo en el negro cabello, como una pincelada de rebeldía, mientras la larga coleta se bamboleaba al tiempo que trepaba por la pared agarrada a la cuerda.

Fallon observó satisfecha que escalaba igual que una lagartija por una roca. El sudor le empapaba la camisa, resbalaba por su cara, pero pasó de soga en soga y subió corriendo una rampa para saltar a la siguiente pared. Buscó a tientas los asideros, giró hacia un lado y hacia abajo y a continuación superó como un rayo la línea de meta.

Un observador gritó su tiempo. Veintitrés minutos y cuarenta y un segundos.

Impresionada, Fallon se acercó y le ofreció una cantimplora mientras otro par de soldados llegaban a la última pared.

—Gracias.

—Marichu, ¿verdad?

—Sí.

—Es un tiempo cojonudo.

La chica se limpió el sudor.

—Sigues teniendo el récord con veintiuno doce. Lo batiré.

—¿Tú crees?

—Lo batiré. —Le devolvió la cantimplora—. Quiero ir en la siguiente misión.

—¿Cuánto tiempo llevas aquí? ¿Tres semanas?

—Cinco. Estoy preparada.

—Eso depende de tus instructores, y te faltan tres semanas más para cumplir con el mínimo de ocho.

—Estoy preparada —repitió Marichu, y se alejó para hacer estiramientos.

Fallon esperó a Travis, aguardó hasta que su hermano vio al último hombre en el circuito y ordenó a su pelotón que se fuera a las duchas antes de la siguiente ronda; táctica, la clase que su padre impartía ese día.

—Marichu —dijo.

Travis asintió y bebió agua sin parar. Larguirucho, con el cabello veteado por el sol y últimamente con tres trenzas en el lado izquierdo, dirigió la vista hacia la chica mientras ella enfilaba hacia el cuartel con los demás.

—Fuerte, lista y rápida como una condenada. Casi tan rápida como un duende. Bueno, un duende lento.

—Pero no es un duende, ¿verdad? Es un hada.

—Es la que escapó de los guerreros de la pureza antes de que la llevaran a una de sus instalaciones, pero no antes de que la violaran, la golpearan y le destrozaran un ala de forma irreparable.

—Sí, lo recuerdo.

—Estaba muy mal cuando nos topamos con ella de camino aquí. Fuimos Flynn, Eddie, Starr y yo. Tenía fiebre por la infección, estaba medio muerta de hambre y aún sufría mucho. A pesar de todo, tenía un palo que había afilado como una lanza y nos habría ensartado si hubiera podido antes de que la convenciéramos de que éramos los buenos.

—Yo no estaba aquí cuando la trajisteis. Los sanadores intentaron curarle el ala. Mamá lo intentó.

—No pudo. Demasiados daños, había transcurrido demasiado tiempo desde que se la rompieron hasta que la trajimos aquí. Es duro para ella, pero he de decir que lo ha subsanado bien. Es buena con el arco, no genial, pero podría serlo. Todavía es descuidada con la espada, pero posee rapidez, aguante, agilidad; nadie de su grupo se le acerca.

—¿Pensamientos, sentimientos?

Travis soltó todo el aire de sus pulmones. Le habían educado para que no hurgase en los pensamientos privados de los demás; aunque no es que no lo hiciera de vez en cuando. Y ahora, desde que Petra se infiltró y los atacó, formaba parte de su trabajo.

—Debo decir que se le da bien bloquear la incursión. Pero sé que está cabreada, más decidida, pero también cabreada. Quiere luchar. Le gusta aprender a montar a caballo, quiere aprender a conducir. Es normal, Fallon. No hay ningún aspecto oculto, puedo sentirlo. Ah, y se ha dado cuenta de que Colin siente algo por ella.

—¿Qué?

—No lo dice porque ella es joven y es una recluta. Pero siente algo. No he hurgado; podía verlo. En fin...

—En fin —repitió a falta de algo que decir—. ¿Cuántos están listos para participar en una misión?

—Deberías preguntárselo a papá.

—Lo haré. Y a Poe, a Tonia, a Colin y a todos los instructores. Ahora te lo pregunto a ti.

Travis enganchó los pulgares en los bolsillos delanteros mientras reflexionaba. El hecho de que lo pensara con sumo cuidado era la razón de que le hubiera preguntado a él primero.

—Cuatro, puede que cinco. Anson, Jingle, Quint, Lorimar... y puede que Yip. NM..., no mágico..., duende, brujo, NM y cambiante. En ese orden.

—Vale, gracias. Te veo luego.

Fue hasta donde estaba rotando el grupo de tiro con arco de Tonia.

La gemela de Duncan. Le resultaba imposible mirarla y no verle a él, a pesar de que los rasgos de Tonia eran más delicados y tenía los ojos de color azul intenso en vez de verde bosque. La humedad había hecho que el cabello se le rizara sin control, como si luchara por liberarse de la restrictiva goma.

Colocó una flecha en posición y disparó. Acertó en el centro de la diana en forma de corazón del hombre de paja.

—¿Qué tal?

Tonia colocó otra flecha.

—No demasiado mal. En el grupo con el que acabo de terminar tengo a uno o dos que es posible que no se disparen una flecha en el pie.

—¿Trabajas con Marichu?

—Claro. Tiene potencial y estoy pensando cambiarla a una ballesta. Tiene la fuerza necesaria y creo que será mejor con la ballesta que con el arco compuesto. Tiende a bajar el hombro izquierdo, seguramente porque tiene dañada esa ala. Estamos trabajando en ello. —Disparó una tercera flecha. La segunda se había clavado entre los ojos en la cabeza de paja. La tercera fue directa a la ingle—. Nada de muñecos de paja para ti —dijo Tonia, y esbozó una sonrisa—. Esta noche hay música en el huerto. ¿Salimos? —Le puso una mano en el brazo a Fallon antes de que pudiera responder—. Lo hemos reclamado. No permitiremos que Petra ni la zorra de su madre nos lo arrebaten. Tú misma lo dijiste.

—Sí, lo dije. —Petra, su prima, la hija del hermano de su padre biológico... y su asesino, recordó. Sangre de su sangre. Fallon apartó ese pensamiento—. Lo hice —repitió—. No lo permitiremos.

—Pero casi nunca vienes. Además, hay un chico al que le tengo echado el ojo. Podrías darme tu opinión.

Fallon envidiaba la naturalidad y facilidad con la que Tonia podía «echarle el ojo» a un chico. Y si esa parte funcionaba, dar el siguiente paso.

—¿Qué chico?

—Anson, un recluta, se abrió camino hasta aquí desde Tennessee. Tiene un acento muy mono, unos abdominales de infarto y por ahora no es un gilipollas.

—Travis me ha dicho que está listo para entrar en combate.

—Estoy de acuerdo. Así que ven a verle esta noche. Ven con Hannah y conmigo.

—La próxima vez —dijo, y hablaba en serio—. Esta noche no puedo.

—¿Estás preparando algo?

—Sí. Sigo trabajando en los detalles y necesito hablar con mi padre, con Will y con algunos más, incluyéndote a ti. Para empezar, ¿cuántos crees que están listos para una misión?

—¿De los reclutas? Muchos están verdes aún. —Tonia le hizo una seña para que la acompañara a recuperar las flechas—. Diría que Anson, con sus abdominales de infarto. Ya lleva casi dos meses de adiestramiento. Es un NM, valiente pero no estúpido. Está Quint, que llegó casi al mismo tiempo. Brujo, cojonudo con la espada. Todavía está aprendiendo a emplear su magia, pero lo disimula bien.

—¿Solo esos dos?

—Estoy pensando —replicó Tonia, que se limpió el sudor de la frente—. Está Sylvia..., no —añadió, meneando la cabeza—. Todavía no está a ese nivel. Mierda, Hanson Lorimar. Es un creído y me saca de quicio, pero es bueno. NM —agregó—. Está Jingle, una duende muy rápida. Es un poco torpe, pero va al grano cuando importa.

—¿Qué hay de Yip?

—Cambiante. Posible. ¿Cuál es la misión?

Fallon comenzó a eludir la pregunta. Pero era Tonia.

—Enclave de los guerreros de la pureza, Arlington.

Tonia abrió los ojos como platos.

—¿Arlington? Es gordo y está al ladito de Washington.

—Así es.

—Se dice que han forjado alianzas con sobrenaturales oscuros y con saqueadores, que han fortificado de la hostia el lugar.

—Eso también es correcto.

Al igual que Travis, Tonia se tomaba su tiempo para pensar. Un rollizo arrendajo pasó volando para posarse en el hombre de paja al que había matado y picotearlo.

—Fallon, estoy contigo, pero no tenemos suficiente para conquistarlo.

—Estoy trabajando en eso. Mantenlo en secreto hasta que hable con mi padre, con Will y con algunos más, ¿vale?

—No hay problema. Si pudiéramos conquistar Arlington...

—Sería una patada de las gordas en sus traseros —concluyó Fallon—. Esa es la idea.

Dado que su padre, Colin y Poe estaban haciendo labores de instrucción, regresó a casa.

Para su sorpresa, encontró a su madre, a Fred, a Arlys y a Katie nadando en la piscina del patio trasero.

—¡Nos has pillado! —exclamó Lana con una carcajada—. Así que únete a nosotras.

—¿Qué ocurre?

—Comité de bienvenida. —Katie, alcaldesa de la ciudad y una de sus fundadoras, de quien Tonia había heredado su rizado cabello negro y Duncan sus ojos verdes, inclinó la cabeza hacia atrás para meterla en el agua y rio.

—Alguien le ha estado pegando al vino —dedujo Fallon.

—¡Ah, a base de bien! —Fred, desnuda, desplegó las alas, se elevó, sacudió su rizada melena pelirroja y después se sumergió de nuevo.

—Vamos, cielo, tómate tú también un respiro. Los dos pequeños de Fred están durmiendo la siesta. —Lana señaló hacia el lugar donde los hijos menores de Fred y de Eddie dormían sobre una manta a la sombra—. El resto de los niños están haciendo lo que hacen los niños un caluroso día de verano.

—Y nosotras estamos celebrando una pequeña fiesta privada —concluyó Arlys.

La cronista, trabajadora infatigable y fundadora de Nueva Esperanza no estaba desnuda. Llevaba una camiseta de tirantes y unos pantalones cortos mientras flotaba boca arriba de manera placentera.

—No recuerdo la última vez que nadé en una piscina solo por gusto —agregó.

A Fallon le vino a la cabeza que jamás había visto a las cuatro tan relajadas, y se preguntó si de vez en cuando celebraban fiestecitas privadas en su ausencia.

Bien sabía Dios que se lo habían ganado.

—¡Métete, vamos! —Fred agitó las manos, generando pequeños chorros en el agua—. Estamos hablando de hombres. Y de sexo. Me encanta el sexo. Hace que resplandezca.

—Yo no he tenido sexo desde... A saber —finalizó Katie—. Los hombres con los que tengo sexo acaban muertos. —Se tapó la boca con la mano cuando se le escapó una carcajada y Fred la rodeó con el brazo—. Oh, no tiene gracia. Es la verdad. No estoy triste —le aseguró a Fred—. Los amaba a ambos. Ya sabes lo que es, Lana.

—Sí.

—Estaba pensando en acostarme con Jess Barlow.

Arlys se sumergió y emergió escupiendo agua.

—¡Jess Barlow!

—Lo estoy considerando. Por Dios, no quiero matarle. —Katie rio de nuevo y se apartó los mojados mechones—. Pero como se trata de un poco de lujuria y no de amor, a lo mejor lo hago.

—Es un buen soldado —apuntó Fallon. Esperaba que eso fuera de ayuda.

Katie le guiñó el ojo de manera indulgente.

—Más bien estaba pensando que tiene un buen culo, cielo.

—Oh. Bueno. —Podía percibir la diversión de su madre mientras Lana agitaba el agua con los brazos y sonreía—. Yo diría que Mark McKinnon tiene mejor culo y tampoco tiene ni mujer ni novia.

Arlys rompió a reír mientras Katie meneaba la cabeza.

—Tiene mejor culo —reflexionó Katie—, pero es por lo menos diez años más joven que yo.

—¿Qué más da eso?

—Esa es mi chica. Mark McKinnon. —Lana señaló a Katie—. A por él.

—No puedo... A lo mejor.

—Procura no matarle —agregó Fallon, y tras un instante de sorpresa, las cuatro prorrumpieron en carcajadas.

—Ya eres oficialmente un miembro de nuestro grupo privado. —Arlys arrojó agua en dirección a Fallon—. A la piscina, colega.

Tenía que ir a la ciudad, tenía que hablar con Will, tenía que ir a ver cómo estaban los rescatados. Tenía que... ¡Qué narices!

Se soltó la espada y se despojó de las botas. Tras pensarlo un momento, se quedó en cueros, igual que su madre y que Fred. Y por divertirse saltó, dio dos volteretas en el aire y se sumergió.

Más tarde, cuando fue a la ciudad, Fallon pensó en lo mucho que había disfrutado esa media hora haciendo el tonto con un grupo de mujeres. El círculo de su madre, menos Rachel, que no había podido escaparse de la clínica, y Kim, que tenía que dar una clase de medicina natural.

Conocía el poder de su madre, su fortaleza. Confiaba en ella. ¿Cuánta entereza y fuerza de voluntad había necesitado Lana Bingham, con un hijo en su vientre y el corazón lleno de dolor, para abandonar Nueva Esperanza y ese círculo? ¿Para abandonarlo a fin de salvar a su hijo y a todos y todo cuanto había dejado atrás?

Más que nadie que conociera, decidió Fallon.

Pensó en las demás mujeres; conocía sus historias.

Katie, que había perdido a su marido, a sus padres, a toda su familia, excepto a los gemelos que llevaba en su vientre. Sobrevivir había exigido fortaleza, más que eso, y una compasión inconmensurable para acoger a otro bebé, cuya madre no había sobrevivido.

Con la ayuda y la amistad de Rachel y de Jonah, Katie escapó de Nueva York con sus tres bebés.

Arlys Reid, reportera intrépida, había visto a sus colegas enfermar y morir a causa del Juicio Final, había visto caer la ciudad, derrumbarse el mundo. Pero junto con unas cuantas almas valientes, incluida Fred, continuó emitiendo tanto tiempo como pudo.

Con Chuck, un pirata informático y genio de la informática, como fuente, desveló la verdad y las mentiras. ¿Cuántas vidas había salvado al decir la verdad?, se preguntó Fallon.

¿Qué había supuesto para Fred descubrir la magia dentro de ella, que le salieran alas? A algunos, la aparición de poderes los llevó a la locura o a convertirse a la oscuridad.

A Fred le reportó dicha, una pasión por difundir esa felicidad, y dedicarse a defender y proteger a todos.

Su madre había elegido bien ese círculo. Sin ellas, sin los sacrificios que habían hecho, la voluntad no solo de sobrevivir, sino también de reconstruir, no existiría Nueva Esperanza.

Sin Nueva Esperanza y otras comunidades semejantes, la luz se extinguiría y prevalecería la oscuridad.

Su intención era atravesar la ciudad a caballo hasta la comisaría con la esperanza de encontrar a Will Anderson, pero le vio parado en la acera, hablando con una pareja. Anne y Marla, recordó, tejedoras que criaban llamas. Will se acuclilló para ponerse a la altura del niño que habían acogido. Petra había asesinado a su madre. Tendría unos cinco años, calculó Fallon, y parloteaba alegremente con Will mientras ellas examinaban un pequeño caballo de juguete.

Pero cuando se aproximó con Laoch, el pequeño se escondió detrás de su madre y asomó la cabeza para mirarla.

—No pasa nada, cielo. —Anne le acarició el rizado pelo—. Es Fallon. ¿Te acuerdas de ella? Es tímido hasta que te conoce —le dijo a Fallon.

—Está bien. No quiero interrumpir.

—Hemos venido a la ciudad para traer algunos calcetines —explicó Marla—. Y hemos pasado por Trastos Viejos. Elijah le ha recitado el alfabeto al señor Anderson y se ha ganado un premio.

—Qué caballo tan bonito. —Tal y como había hecho Will, se acuclilló, pero no se acercó—. Mi papá me hizo un caballito de madera cuando era pequeña. Todavía lo tengo. Y ahora también tengo a este grandullón.

Había mirado dentro del muchacho; esbozó una sonrisa y después le murmuró a Laoch en gaélico.

El animal desplegó las alas.

—Como las tuyas, Elijah. Veo la luz en ti.

El niño agachó la cabeza, pero Fallon vio su tímida y dulce sonrisa. Y sus alas; un veloz aleteo azul.

Anne se llevó los dedos a los labios al tiempo que las lágrimas le anegaban los ojos.

—Nunca ha... No teníamos ni idea. Oh, Elijah, fíjate qué bonitas son.

—Nos lo preguntábamos. —Marla se agachó para besar a Elijah en la cabeza—. Pero nunca había dado señales.

—A algunos les lleva tiempo, sobre todo... —Fallon dejó la frase inacabada mientras Anne le cogía y se lo apoyaba en la cadera.

—Sí, sobre todo... Creo que esta noche, después de cenar, vamos a hacer una fiesta de helado con Clarence y Miranda.

—¡Helado! —Elijah inclinó la cabeza hacia atrás y rio—. ¡*Freza*!

—Sí, de fresa. Ya trabajaremos con las eses otro día. Vamos, Marla, llevemos a nuestro hombrecito a casa. Un placer veros, Fallon, Will.

Acomodaron a Elijah en el asiento portabebés de una bicicleta. Marla se montó en ella y Anna, en otra. Tras despedirse con la mano, se pusieron en marcha, con Elijah agitando aún sus alas.

—Son buena gente —comentó Will—. Tienen a tres críos desfavorecidos y han formado una familia. Tres críos mágicos, según parece. ¿Podías ver que era un hada?

—Su luz es serena y tímida. Y dulce —añadió—. Muy dulce.

—Su madre era una de las personas a las que rescatamos de la secta antimagia. Les habían adoctrinado y lavado el cerebro para que creyeran que la magia era maligna. Le habría inculcado eso y tratado de reprimir lo que era.

—Me acuerdo. Petra fingió que venía de la misma secta y vivió con ellos aquí. Sabe Dios lo que intentó enseñarle. Sus madres de ahora son buena gente. Si hubieran reaccionado de otro modo, con demasiada contundencia o sin la suficiente firmeza, podría haber intentado ocultar su naturaleza en vez de aceptarla.

—El helado de fresa nunca viene mal. Tienes algo en mente —apostilló.

—He venido a la ciudad para hablar contigo.

—De acuerdo. Podemos ir a la comisaría o a la casa. Estaba saliendo e iba a ver a Chuck. Trataba de dar con mi mujer.

—Oh, está en mi casa. Está... de reunión con mi madre, con Fred y con Katie. ¿Podríamos ir a casa de Chuck? Estaría bien que se incorporase a esto.

—Claro.

Fallon se volvió hacia Laoch y le acarició. Él alzó el vuelo y se marchó.

—Nunca deja de impresionar. —Will se protegió los ojos con la palma de la mano mientras veía volar a Laoch—. ¿Adónde va?

—Adonde quiere. Vendrá cuando le necesite. —Igual que su lobo y que su búho—. ¿Puedes decirme si las personas rescatadas se están adaptando? Es un término erróneo —comprendió—. Suena a secta, ¿no es así?

—No cuando sé lo que quieres decir. Los médicos han determinado terapia, de grupo e individual. Algunos de ellos todavía necesitan un poco de tiempo para sanar a nivel físico. Hacerlo a nivel emocional les va a llevar más tiempo a la mayoría. Conoces a Marlene, ¿verdad?

—Urbanista.

—Sí. Es supervisora en uno de los hogares sociales. Además, unas de las personas a las que rescatamos era terapeuta antes del Juicio Final. Todavía está un poco afectado, pero parece buena idea que uno de los suyos trabaje con ellos.

—Así es. —La resiliencia era una luz en sí misma, pensó—. ¿Cuántos se han ido de Nueva Esperanza?

—Hasta ahora, tres.

—Menos de lo que imaginaba. ¿Y el bebé y su madre?

—Según Jonah, ambos están bien. Le he visto antes.

Rodearon la casa en la que vivían Rachel y Jonah con sus hijos hasta la parte de atrás, donde estaba la entrada del sótano de Chuck.

Antes de entrar y bajar olió a césped recién cortado, a hierba bañada por el sol.

También le llegó un olor a sal, y a algo azucarado.

Chuck estaba sentado frente a sus monitores, teclados, extrañas cajas electrónicas, interruptores y joysticks.

Fallon hablaba infinidad de idiomas, en su interior guardaba hasta el último hechizo jamás escrito, pero el mundo de los ordenadores era para ella un espinoso enigma.

Desde su llegada a Nueva Esperanza había adquirido cierta habilidad con la ayuda de Chuck, pero toda su vida antes de que dejara la granja por Nueva Esperanza había estado exenta de tecnología.

—¿Quién entra en la guarida del maestro? —Chuck sorbió ese algo azucarado de su vaso—. Hola, chicos.

—¿Hoy no hay ningún subalterno? —preguntó Will, refiriéndose a los aprendices de Chuck.

—La clase ha terminado. Es verano, tío. Y mis chavalotes y chavalotas están trabajando por su cuenta con algunos de los regalitos que me trajisteis de las mazmorras. Freísteis unos cuantos.

—Estábamos más centrados en salir con vida de allí —le recordó Fallon.

—Ya, ya. Bueno, los componentes también son personas. En fin, le he encargado a Hester que vea si puede resucitar algunos con su abracadabra. —Metió la mano en un cuenco de patatas fritas—. ¿Queréis? Tengo más. Ayer arreglé la vieja PlayStation de casa de Fred y me las gané.

—Paso de las patatas, pero me vendría bien algo frío, si tienes —pidió Will.

—¿Una birra?

—Sigo de servicio.

—Limonada.

—Hecho.

Will fue hasta la nevera de Chuck y sacó la jarra.

—¿Qué estás vigilando?

—Tengo una base de los guerreros de la pureza en Utah, es nueva. Acaban de montarla.

—Se están expandiendo —agregó Will.

—Estoy viendo que nuestro lunático favorito, Jeremiah White, envió a unos veinte hombres de Michigan, hizo que se reunieran con un grupo de Kansas y después los juntó con algunos reclutas nuevos en Utah para montar esto. Perdieron más o menos al quince por ciento, pero reunieron a la mayoría de una comunidad de Nebraska, un asentamiento agrícola de personas mágicas y no mágicas. Calculan que para finales de semana tendrán la base asegurada; el alojamiento, la armería, los suministros y todo eso. —Empujó el cuenco de patatas fritas a un lado—. Cabrones.

—Nunca hemos intentado llevar a cabo un rescate tan lejos —le dijo Will a Fallon—. Aún no están asegurados, pero...

—Ahora es el momento. No habrá ningún sobrenatural oscuro con ellos.

—Si lo hubiera, no tardarían tanto en asegurar la base —intervino Chuck—. Así que no hay ningún sobrenatural oscuro.

Fallon apartó Arlington de su mente por el momento.

—¿Puedes conseguir las coordenadas exactas?

—Estoy en ello.

—¿Hasta qué punto estás seguro de tus cifras?

—Estoy seguro de que eso es lo que informan a Arlington. Llevo un tiempo captando fragmentos de conversaciones de vez en cuando, pero no era gran cosa antes de esta mañana. Y como ha dicho Will, están muchísimo más lejos de lo que hemos llegado hasta ahora. He estado recopilando esos fragmentos, haciendo un seguimiento cuando he podido.

Un nuevo plan, aún más ambicioso, comenzó a gestarse en la mente de Fallon.

—Necesitamos todo lo que tengas. Se lo llevaremos a Mallick y a Duncan. Ambos se han transportado más allá de Utah con anterioridad y sabrán quién de su base puede encargarse de seguirles.

Aceptó la limonada de Will, pero la dejó de nuevo mientras se paseaba por la gran habitación atestada de aparatos electrónicos, con monitores, pantallas y estanterías a rebosar de cables enrollados, componentes y piezas sueltas.

Y los muñecos encontrados a los que Chuck, altanero, llamaba figuras de acción.

—Duendes y cambiantes suelen ser los mejores para ese fin —propuso Will.

—Sí. Él lo sabrá. Pasa la información. Has dicho a finales de semana.

—Informan de que estarán completamente operativos para el viernes —confirmó Chuck.

—Eso les deja tres días. Pero se puede hacer. Los prisioneros se defenderán. Han formado una comunidad, así que lucharán cuando sean capaces. Y en cuanto ataquen...

Sí, sí, podía verlo, ver cómo podía hacerse. El destino acababa de presentarle una oportunidad.

—No eliminaremos sus comunicaciones.

—¡Yupiii! —Chuck levantó el puño en alto—. Más juguetes para mí.

—No las eliminaremos. Dejaremos que den el aviso del ataque... a Arlington. Y cuando lo hagan, cuando Arlington se esté ocupando de eso, atacamos Arlington.

Will bajó su vaso.

—Perdona, ¿qué? ¿Acabas de decir que ataquemos Arlington?

—Sí. De eso quería hablar contigo. Había pensado en la semana que viene, pero este es el momento. —Lo pensó durante un instante—. Y otra más. Está la base de Carolina del Sur que hemos estado vigilando.

—Sí, cerca de Myrtle Beach, pero es más un puesto de avanzada, casi un lugar de vacaciones para los guerreros de la pureza buenos —matizó Chuck.

—Tampoco hemos llegado tan lejos, y no estaba en lo alto de la lista, ya que es más bien un puesto fronterizo. Pero ahora atacaremos los tres de forma simultánea. —Se paseó por la habitación de nuevo.

—Hostia puta, Fallon. —Will, un hombre que había sobrevivido al Juicio Final y todos sus horrores, que había luchado con sobrenaturales oscuros, guerreros de la pureza y saqueadores, que había comandado tropas, se sentó..., o más bien se dejó caer.

—Jamás se lo esperarían. Les llegarán informes de ataques en dos bases en el culo del mundo. Se armará revuelo, será una distracción. Añade que se trata de una base amurallada; una comunidad cerrada de lujo que han fortificado.

—Cuentan con sobrenaturales oscuros —le recordó Chuck, tirándose con aire distraído de la perilla, que se había teñido de color magenta—. Me has ayudado a derribar los escudos que sus sobrenaturales oscuros erigieron para que pudiera obtener algo de información, pero cuentan con sobrenaturales oscuros, saqueadores y, según dicha información, exmilitares con experiencia. Expolicías. Es su canal principal a la guerra en Washington. Sé que hemos comentado esto...

—¿Lo habéis comentado? —la interrumpió Will.

—De forma hipotética —le dijo Fallon—. Y anoche le hablé de ello a mi padre. Lo había planeado de otra manera, pero esto es mejor. Es más que un rescate, aunque sacar a la gente es siempre la prioridad. Pero se trata de algo más. Tres bases, las armas, equipamiento, suministros... y el daño causado a la organización de White. A su reputación. A su red eléctrica. Duncan y Mallick a Utah, Thomas y Minh a Carolina del Sur —decidió, pensando en la comunidad de elfos y la base establecida cerca de la cabaña de Mallick—. Y nosotros atacamos el objetivo principal. Tomamos Arlington. —Miró a su alrededor—. Necesito un mapa.

—Tengo uno..., en alguna parte.

No esperaba que Chuck encontrara nada que no fuera electrónico o comestible, así que se transportó a su habitación y regresó con un mapa.

—Déjame que te enseñe cómo lo veo yo. Después, puedes enseñarme cómo se puede mejorar.

4

Con tan corto plazo de tiempo y un objetivo tan ambicioso, Fallon convocó una reunión esa noche y les pidió a los miembros clave del equipo que acudiesen a su casa.

Dado que a su madre, como tal, jamás se le ocurriría celebrar ningún tipo de reunión sin comida de por medio, Lana organizó un menú. Cuando Fallon terminó sus propios preparativos, salió y la encontró ocupada con los suyos en su cocina al aire libre.

—¿Los hombres te han abandonado? Te echaré una mano.

—Pepinos, finos, ondulados —ordenó Lana.

—Entendido. —Fallon tanteó el ambiente mientras trabajaba—. Te preocupa el alcance de estas misiones, el momento, pero...

—Pues claro que me preocupa. —Con las manos atareadas, Lana seleccionó las verduras que ya había convertido en obras de arte—. Tres de mis hijos, mi marido y mis amigos se irán a la guerra en cuestión de días. —Mientras la ansiedad se filtraba, Lana continuó poniendo capas de galletitas saladas que había horneado, sazonadas con romero o con ajo, con diversas guarniciones.

—No puedo retener a Travis, esta vez no. Él...

—Eso lo sé, Fallon. He sabido que llegaría este día desde que empezó a adiestrarse en la granja. Lo que no sé, lo que no entiendo, es por qué has hablado con tu padre de esto, con Will, con Chuck, con todo el mundo, parecer ser, menos conmigo.

—Solo hablé en serio con papá sobre Arlington anoche, después de resolver los detalles. Le pedí que no dijera nada hasta que hubiera hablado con...

—Todos los demás.

—Mamá. —Fallón dejó la herramienta de cocina y se volvió—. Tenía que hablar con Travis y con Tonia sobre los reclutas, hacerme una idea de si podíamos contar con alguno de ellos o si alguno estaba listo para... ascender si perdíamos a gente en esta misión.

—Y aun así no...

—Espera, por favor.

Una abeja se coló y revoloteó sobre las galletitas. Fallon se limitó a lanzarle una mirada de advertencia para conseguir que se esfumara.

—Volví a casa después de hablar con ellos, de echar un vistazo por mí misma. Sabía que tenías reunión con Arlys, con Katie y con Fred para abordar el tema de crear hogares permanentes para los nuevos rescates. Quería hablar con las cuatro sobre Arlington, pero os estabais divirtiendo y no quise aguaros la fiesta.

Lana dejó de hacer lo que estaba haciendo y se giró hacia Fallon.

—Lo siento. Tendría que haberme dado cuenta.

—Parecíais tan felices, ebrias de vino y de amistad. Deseaba con toda mi alma que lo disfrutarais. Y yo también quería un poco. Disfruté de ello con vosotras.

—Sí que disfrutaste. —Lana la abrazó—. Me alegra que lo hicieras, y lo siento.

—No lo sientas. Todo esto es duro y desagradable, y... pensé en las cuatro cuando me marché. Pensé en lo que habéis hecho, en todo aquello a lo que os habéis tenido que enfrentar, superar, en lo que habéis conseguido. Las personas de tu círculo..., no el círculo al completo, ya que Rachel y Kim no estaban..., son mis heroínas.

—Algún día. —Lana acarició el cabello de Fallon con la mano—. Algún día mi círculo y el tuyo se embriagará de vino, de amistad, y charlarán sobre hombres y sobre sexo.

—Espero tener algo de experiencia con los dos últimos para entonces y así poder sumarme a la conversación.

—La tendrás. Pero esta noche haremos lo que tenemos que hacer.

—Empezando por la comida.

Lana se echó a reír.

—Eso siempre.

Así pues, una bochornosa noche de verano, mientras los más pequeños estaban al cuidado de niñeras o de los hermanos mayores, los originales de Nueva Esperanza se reunieron en el patio. Miembros de la siguiente generación se unieron a ellos para comer, beber y hablar de la guerra.

Las vacas pastaban al otro lado del verde campo, mientras las primeras y titilantes estrellas comenzaban a despertar. Las ovejas, a las que volvía a crecerles el pelo tras haber sido esquiladas, salpicaban las suaves montañas igual que pequeñas nubes. En el corral podía oírse el murmullo de las gallinas mientras dormían.

Vio a Faol Ban deslizarse como humo blanco entre los árboles más allá de donde el sabio Taibhse estaba posado en silencio en una rama. El sol descendía lentamente sobre las redondeadas cimas de las montañas occidentales.

Contempló a Jem y a Scout jugando con Hobo, el perro de Eddie, mientras el viejo Joe, siempre fiel, dormitaba a los pies de su amo.

No se parecía a la fiesta privada de su madre de esa tarde, pero aun así era un círculo de amigos, pensó.

—Debería empezar diciendo que he hablado con Mallick y con Thomas.

—¿Por radio? —preguntó Katie.

—No, me teletransporté. Quería hablar cara a cara.

—¿Viste a Duncan?

—No, lo siento. Estaba de maniobras. He informado a los dos y están de acuerdo en que se puede hacer. Trabajarán en la táctica, en la logística, se ocuparán del reconocimiento, y nosotros continuaremos coordinando. No por radio ni por ordenador —agregó—. Sé que Chuck tiene cubiertos ambos frentes y que hemos añadido escudos. Pero si se filtra alguna de nuestras comunicaciones, todo se irá a la mierda.

—No me ofendo. —Chuck se metió una generosa fresa en la boca. Calzaba unas sandalias de cordón trenzado, con la suela hecha de tiras de neumáticos viejos—. Cuentan con algunos hackers buenos —añadió—. Yo soy mejor, pero tienen algunos decentes. Continuaré vigilando las tres bases. No se puede conseguir nada directamente de Arlington, pero tengo línea despejada a las demás y esta retorna a ellas. Te enterarás del más mínimo cambio, campeona.

—Y nosotros nos adaptaremos a ellos —confirmó Fallon—. Hasta el momento justo en que ataquemos. Will y yo hemos ideado antes los detalles básicos y algunos más minuciosos. Para empezar.

Levantó las manos en alto, hizo brotar su poder y lo desplegó mientras mantenía las manos suspendidas en el aire.

El mapa que había dibujado apareció, inmóvil, como si estuviera sujeto a una pared.

—Excelente —aplaudió Eddie, y le dio un mordisco a una galletita.

—Tonia y yo trabajamos en ello. Las bases enemigas están en

rojo; la nuestra, en azul. Tendré mapas más detallados después de que reconozcamos los objetivos.

—¿Qué es lo que está en verde? —preguntó Flynn. Se fijó en que él no llevaba sandalias, sino unas recias botas que sin duda habría hecho él mismo.

—Lugares en los que tal vez podríamos reubicar a los que rescatemos. Estamos casi al límite de capacidad en Nueva Esperanza, teniendo en cuenta alojamiento, avituallamiento y suministros médicos. Tenemos que empezar a establecer bases más al sur, al oeste y al norte. Colin, papá y tú tenéis que sacar a algunos de vuestros soldados con experiencia y pedir voluntarios para reubicarse.

»También vamos a necesitar que el consejo municipal hable con gente con habilidades y experimentada de la que se pueda prescindir para que ayude con eso. Tonia y yo hablaremos con algunas de las personas rescatadas, y Hannah, Rachel y Jonah tienen que decidir de quién podemos privarnos que tenga experiencia médica, y si podemos pasar sin algunos suministros. Si no podemos, buscaremos según avancemos. —Se volvió de nuevo hacia el mapa—. El grupo de Utah al que hicieron cautivo los guerreros de la pureza se había asentado en Nebraska; una comunidad agrícola, y por lo que hemos recabado, cuenta con escasa seguridad y defensa. Podemos llevarlos de nuevo a Nebraska, pero estableceremos una base.

—Es un largo camino —intervino Rachel. Sujetaba una copa de vino, pero todavía no había bebido de ella. A sus pies se encontraba el pequeño maletín médico que llevaba consigo a todas partes.

—Podemos hacer rotación de voluntarios, pero necesitamos un contingente estable para construir y proteger no solo una comunidad, sino una base, que pueda defenderse de los guerreros de la pureza, de los saqueadores y de las fuerzas gubernamentales que todavía cazan a personas mágicas. Necesitamos lo mismo en Carolina del Sur. Allí hay un bosque. —Señaló el mapa—. Y acceso al mar. Podemos empezar a extraer sal.

—Hay que despejar las carreteras. —Arlys dejó de tomar notas un momento y miró el mapa con el ceño fruncido.

—Y repararlas —agregó Poe—. Seguramente también los puentes. Se necesita agua, electricidad, alcantarillado y fosas sépticas... Los servicios básicos.

—Combustible, madera, herramientas —intervino Kim.

—Transportaremos lo que podamos, buscaremos. Construiremos. Debería haber abundante caza en ambos lugares, y en el oeste hay buena tierra de labranza. Despejaremos terrenos para cultivar en el sur, si es necesario. Hacemos planes para llevar a cabo todo esto, para conquistar los objetivos y sacar a la gente, pero no tenemos dónde ponerlos a salvo. Y debemos empezar a añadir ubicaciones. Una vez tengamos estas bases, pueden explorar, buscar donde nosotros no lo hagamos.

—Hablas de hacer muchas cosas en un plazo de tiempo muy corto. —Will se colocó bien la gorra que Fallon sabía que le había hecho su hija en clase de manualidades. En medio de la tela de color verde bosque podía leerse POLICÍA bordado en blanco.

—Lo sé. Las nuevas bases serían rudimentarias al principio, pero reclamaremos nuestro terreno y después construiremos. Igual que tú, que todos vosotros hicisteis aquí. Necesitamos a más como vosotros. Tenemos que encontrar a más como vosotros, a más gente como mi padre, como Thomas, Troy y otras personas a las que mi familia y yo encontramos de camino aquí. Aún no los conocéis, pero han levantado comunidades, sociedades, y lucharán para protegerlas porque, al igual que vosotros, saben que la supervivencia es lo primero, pero no es suficiente.

—Nosotros no conocemos el mundo que conocisteis vosotros. —Tonia se puso en pie—. Solo por los libros, por los DVD y por lo que nos contáis. Éramos bebés o no habíamos nacido siquiera durante aquellos primeros años en los que cada día era una cuestión de vida o muerte, cuando todo lo que conocíais desapareció. Pero conocemos este mundo, lo que conlleva vivir en él.

—Hemos visto lo que habéis hecho. —Ahora fue Travis quien se levantó—. En la granja, en la cooperativa, en el pueblo, allá en casa, papá. Aquí, en Nueva Esperanza, y en todos los lugares en los que encontramos a gente luchando para construir una vida. Aquí nos sentamos juntos, nos sentimos a salvo en una agradable noche, con la granja de Eddie allí y los barracones ahí. No se puede tener lo uno —dijo, señalando hacia la granja— sin lo otro. —Y señaló a los barracones—. Tal y como ha dicho Tonia, conocemos este mundo y sabemos lo que conlleva vivir en él porque vosotros nos lo disteis, luchasteis por ello, lo construisteis y nos enseñasteis a vivir en él —prosiguió—. Pero el mundo se extiende más allá de nuestra granja, de Nueva Esperanza y de los lugares que hay desde aquí hasta allí. Si no lo conquistamos para la luz, lo conquistarán para la oscuridad.

—Tienen razón. —Hannah suspiró—. A veces imagino cómo sería si Nueva Esperanza fuera el mundo. Si no hubiera nada más que esto. Nuestras casas, nuestros vecinos, trabajar en la clínica, formarme como médico, pasar el tiempo con los amigos, escuchar música en el huerto en una noche como esta. Entonces recuerdo otra noche en el huerto. Recuerdo que alguien que creía que era una amiga destrozó nuestro hogar. Pienso en Denzel, en Carlee y en todas las personas a las que mató. Pienso en lo que hacemos Rachel, Jonah y yo en la clínica después de una misión. Vosotros me enseñasteis qué hacer —prosiguió—. Yo no tengo poderes mágicos como Fallon, Tonia y Travis. No soy soldado como Colin. Pero sé qué hacer y lo que se necesita para hacerlo porque todos vosotros me lo habéis enseñado.

—Básicamente, lo que decimos es que es hora de patear algunos culos —añadió Colin tras una pausa.

Eso provocó risas, reticentes en algunos rincones, pero risas al fin y al cabo.

—No te equivocas —le dijo Fallon—. Patear culos está en la lista. Lo mismo que rescatar, entrenar, reclamar, construir y expandirnos.

—De acuerdo. —Katie levantó las manos en lo que dio la impresión de ser una señal de rendición. Sus ojos, los ojos de Duncan, pensó Fallon, estudiaron al grupo—. Primero diré que estoy orgullosa de todos vosotros. Después voy a decir que parece que nos estáis diciendo que es hora de pasar la antorcha.

—No. No quiero que paséis la antorcha —se apresuró a decir Fallon—. Espero de corazón que no la paséis.

—Pero necesitamos más antorchas —concluyó Simon, e hizo que Fallon exhalara un suspiro de alivio.

—Sí. Necesitamos más antorchas. Las antorchas traen la luz.

—La luz crecerá —repuso Lana.

Fallon sintió que una visión se apoderaba de su madre al tiempo que lo hacía de ella.

—De la fuente a la Elegida y más allá. —Surgió dentro de Fallon, brotó con las palabras que pronunciaba—. El final terminó, el principio comenzó. Los cinco eslabones unidos están, para bien o para mal.

—Con sangre y con muerte, con locura y artimañas, la oscuridad vendrá. Vive para extinguir la luz. A lomos de una negra bestia cabalga para traer dolor y pérdida. Llorarás, hija mía, hija de los Tuatha de Danann, y la oscuridad de tus lágrimas beberá. Desesperarás y la oscuridad de tu corazón se alimentará. Este es el pesar de tu madre.

—La luz contra la oscuridad, la vida contra la muerte, sangre contra sangre. Nos alzaremos, nos alzaremos, nos alzaremos, y cuando pase la tormenta, si la luz persiste, los cinco unidos se mantendrán.

—Los cinco eslabones unidos jamás volverán a romperse —dijeron al unísono—. Quien cabalgue en la tormenta y resista traerá el bien o el mal a todos.

Fallon agarró a Lana de la mano mientras la visión se desvanecía.

—No fracasaré. No puedo.

—La bestia negra es real. Un caballo negro. No, un dragón.

—Con un pentagrama rojo invertido. —Fallon dibujó con un dedo un sendero descendente por su frente—. Lo he visto. No puedo decirte que no te preocupes porque sería una estupidez. Pero te pido que creas en mí.

—Si no lo hiciera, habría desafiado a los dioses y te habría retenido en la granja.

—¿Qué hay de los cinco eslabones? —preguntó Eddie.

—Es el símbolo de Fallon. Bueno, el símbolo quíntuple —se corrigió Fred—. Lo considero de Fallon porque lo lleva en su espada.

—Los cuatro elementos, unidos por la magia —explicó Fallon—. Así que quienquiera que gane, esos eslabones son para hacer el bien o el mal.

—Por eso ganaremos nosotros —repuso Colin, lisa y llanamente.

—Ahí tienes razón. Vamos a empezar a encender esas antorchas. Tonia, Flynn y yo reconoceremos Arlington esta noche.

—¿Esta noche? —Katie saltó en su asiento—. No hemos empezado a organizar las cosas.

—Hay mucho por hacer en poco tiempo. Podemos teletransportar a Flynn; siempre es más fácil con otra persona mágica. Duncan, Mallick y otra persona que ellos elijan harán un reconocimiento de la base de Utah; Thomas y dos de los suyos se ocuparán de la de Carolina del Sur. Después nos coordinaremos y trazaremos planes de acción. —Miró de nuevo a Katie—. Tú, organiza. Entretanto, tenemos una idea del trazado de Arlington, y de nuevo hablo de algo rudimentario, que hemos sacado de lo que Chuck ha descifrado y de lo que he descifrado yo mediante una serie de hechizos de observación.

—Te habría ayudado con eso.

Fallon miró a su madre.

—Lo sé. Empecé a hacerlo cuando no podía dormir y después comprendí que la razón de que no pudiera dormir era que tenía que hacerlo. —Sacó otro mapa—. Los problemas son la distancia para la observación y los escudos realizados por sobrenaturales oscuros, así que algunas zonas están trazadas basándome más en una suposición lógica que en algo que haya visto con mis propios ojos. Los sobrenaturales oscuros que colaboran con ellos están muy cualificados, así que no quise arriesgarme a dejar un rastro que ellos pudieran captar.

—Es más grande de lo que imaginaba. —Will se levantó para acercarse al mapa.

—Más de ciento cuarenta mil metros cuadrados, amurallados y protegidos mediante escudos. He señalado los puestos de vigilancia, en los que hay centinelas de patrulla las veinticuatro horas del día, los siete días de la semana. Cuentan con seguridad adicional con los escudos de magia negra. Vi caer a un par de ciervos cuando se acercaron a menos de un metro del muro. Cuando estemos preparados, no nos preocuparemos de rastros y alertas; los liquidaremos.

—¿Podemos hacerlo? —Kim, una mujer con valor y cerebro a la que Fallon respetaba, se levantó y se acercó a los mapas—. No sirve de nada perder a gente antes de que atravesemos el muro.

—Lo derribaremos. No todos los edificios estarán fortificados ni protegidos. Eso requiere muchísimo poder y demasiados suministros. Pero podemos estar seguros de que las dos prisiones que tienen, la armería y otros edificios importantes cuentan con escudos y están fortificados.

Revisó el trazado sector a sector y le pidió a Chuck que lo completase con los fragmentos de información que poseía.

—Bien, calculamos que tienen entre cuatrocientos y quinientos soldados en la base en todo momento. Y posiblemente otros cincuenta saqueadores que utilizan la base entre ataques gracias a una alianza. —Señaló a Poe con la cabeza—. Los rotan, hacen algún entrenamiento allí, han designado escuadrones para redadas y rastreos de sobrenaturales. Por lo que sabemos, los saqueadores no colaboran en la seguridad, ni como guardias ni como mano de obra básica.

—Tienen algunos animales —intervino Chuck—. Huevos y leche fresca para complementar sus partidas de caza. Y cultivan algunas cosas; de todo ello se ocupan sus esclavos. Son muchas bocas que alimentar, vestir y cosas así. Los saqueadores traen suministros y utilizan la base.

—Calculamos que tienen por lo menos un centenar de esclavos —prosiguió Fallon—. Parece que también los rotan. Cuando necesitan a más en otro lugar, los trasladan. En estos momentos no podemos calcular a los prisioneros. Mientras lleven a cabo ejecuciones semanales de acuerdo con su puta tradición... —Se contuvo y miró a su madre—. Lo siento.

—Teniendo en cuenta el tema, me cuesta hacer ningún comentario sobre tu lenguaje.

—Vale. Celebran sus ejecuciones públicas todos los domingos, pero según la información que tenemos se limitan a un único prisionero. La base se utiliza como una especie de centro de detención para todo aquel que atrapan, muy probablemente entre Virginia, Carolina del Norte, Virginia Occidental y, casi con seguridad, el este de Tennessee.

—Mirad, los traen y después, si alguna de sus otras bases anda escasa para el picnic del domingo, envían a algunos.

—A eso hay que añadir a cualquier persona, civil o mágica, que detienen en una misión y llevan a Washington. El supuesto gobierno aún conserva la ciudad. James Hargrove es el presidente.

—Hijo de puta. —Chuck levantó el dedo corazón para darle más énfasis—. Y no lo siento.

—Eso no es democracia —continuó Fallon—. En esencia, es un déspota que dirige el espectáculo con los militares.

—No podemos conseguir demasiado de dentro de la Casa Blanca —apostilló Chuck—. Pero corren rumores. Ejecuciones otra vez, pero no públicas.

—Aparentan ser civilizados —medió Arlys—. Pero está claro que ha destrozado la Constitución y que su plan oculto es deshacerse de las personas mágicas a toda costa.

—Experimentos, centros de contención —siguió Chuck—. Cámaras llenas de tesoros; es un rumor, así que, quién sabe. Pero es más que evidente que nada en la abundancia y le gusta.

—Mantiene el centro de poder en una ciudad muerta. —Fallon había estado allí, lo había percibido—. La resistencia sigue luchando, ha conseguido algunas victorias. Y los sobrenaturales oscuros viven a costa de ambos.

—White quiere Washington —comentó Simon—. Hay montones de lugares, como los suyos en Arlington, más alejados de esa zona de guerra, desde hace ya veinte años. Eligió de manera estratégica, se alió con los saqueadores para no tener que preocuparse por ellos. Pactó con los sobrenaturales oscuros por su poder y, una vez más, para que no fueran a por él.

—Estoy de acuerdo. Se equivoca, porque irán a por él cuando no les resulte de utilidad, pero estoy de acuerdo. White quiere la ciudad.

—Simbolismo, una sede de poder. Si puede conquistarla y ejecutar de forma pública a Hargrove y a algunos de los suyos, será toda una declaración.

—Hargrove es más un comandante en jefe que un presidente —le dijo Travis—. Es más militar.

—Él era militar —intervino Fallon—. Sirvió durante el Juicio Final y comandó las fuerzas que barrieron Nueva York, Chicago y Baltimore. —Sabía más cosas de él, muchas más, pero lo dejó ahí—. Quieren la ciudad, a Hargrove y a tantos oficiales importantes como puedan echar el guante. Pero a su vez quieren a los mágicos, oscuros y de luz, allí retenidos. Quieren las ubicaciones de otros campos de contención. Por mucho que White desee Washington, sus símbolos, su estructura, y los recursos que queden, su razón de ser es destruirnos.

—Pues va a morir decepcionado.

Le sonrió a su padre.

—Sí, así es. Porque no va a conquistar Washington. Nosotros sí.

—¡Vaya! —Jonah cogió la cerveza que había dejado a un lado—. Aunque consigamos contactar con la resistencia de allí, son cien veces más que nosotros. En la clínica hemos tratado a personas que escaparon de Washington. Es un baño de sangre diario.

—Hoy nos superan en número. No será así cuando la conquistemos, y lo haremos. Esto empieza aquí. —Se volvió de nuevo hacia el primer mapa—. Con Utah, Carolina del Sur. Y Arlington.

Fallon esperó a que hubiera anochecido del todo para alejarse de la casa con Tonia y Flynn. Lupa caminaba al lado de su amo.

—Quería dejarle con Joe y con Eddie, pero... —Posó una mano en la cabeza de Lupa—. No lo consentiría.

—Es bienvenido.

Flynn llevaba un rifle colgado al hombro y un cuchillo en el cinturón. Tonia cargaba con su arco, un carcaj y su cuchillo, y Fallon con su espada y su escudo.

Cuando levantó el brazo, el búho blanco salió de la oscuridad para posarse en él.

—Vale. ¿Quién explora mejor que un búho? —accedió Tonia—. ¿Sabes? Esta noche les hemos dejado pasmados.

—Ojalá tuviéramos más tiempo, pero no lo tenemos. Flynn, tú llevas con ellos desde el principio.

—Y era más joven que cualquiera de vosotras dos cuando empezamos. Lo sobrellevarán. Es duro, sois sus hijos, pero lo soportarán.

Nunca había tenido pareja, pensó Fallon, aunque sabía que había tenido amantes de vez en cuando. Se preguntó por qué.

Nadie me ha hecho tilín, le dijo Flynn telepáticamente, y esbozó una media sonrisa al ver que ella hacía una mueca.

Lo siento, respondió.

—Empecemos —dijo en voz alta—. Antes de que lo hagamos, estoy apuntando a un lugar a poco más de ochocientos metros de la base. Es una estimación, ya que no podía arriesgarme a entrar en la bola y dejar un rastro para localizarlo con mayor exactitud.

—¿No dejaremos ese rastro esta noche? —preguntó Tonia.

—Voy a utilizar un hechizo de ocultación. —Sacó del bolsillo bolsas de encantamientos—. Llevadlos encima —les pidió, después posó las manos en los brazos de ambos—. Al amigo y al enemigo por igual, ocultos a su vista estamos. Aunque en nuestro interior arda la luz, en la noche no deja rastro. Pueden mirar, pero no verán. Hágase mi voluntad.

—¿Vamos a ser invisibles? —Tonia se guardó la bolsa en el bolsillo y le dio una palmadita—. Es muy muy guay.

—Invisibles no, aunque es muy guay. Más bien sombras, siluetas. Los mágicos que busquen hechizos deberían obviarnos.

—¿Deberían?

—Hay hechizos para contrarrestar los encantamientos de ocultación. Correremos el riesgo. Al menor problema, nos teletransportamos. No podemos poner en peligro la misión. ¿Listos?

Aparecieron en una carretera desierta que atravesaba un tramo de casas vacías. Algunas habían ardido hasta los cimientos; un desperdicio de recursos y refugio. Alguien más emprendedor y práctico había desmantelado otras por completo, y otro puñado permanecía en pie, con los cristales de las ventanas hechos añicos, sin puertas o con ellas abiertas y colgando.

Lo sintió mientras escudriñaba lo que había sido un barrio antes de que ella naciera.

—Dejaron a los muertos —declaró Fallon.

—¿Dónde? —Con la mano en la empuñadura del cuchillo, Tonia examinó la zona.

—En las casas. Todavía hay restos del Juicio Final en algunas de las casas. Los niños jugaron aquí en otro tiempo. Los amigos se juntaban en los patios, igual que hicimos nosotros anoche. Ahora hay ratas.

Vio un túnel a través del jardín cubierto de maleza mientras caminaban.

—Ochocientos metros —dijo Flynn—. Y aún hay algunas viviendas fáciles de reparar. Cuando tomemos la base podríamos utilizar esto como puesto de avanzada y de control.

Siguieron la carretera y se internaron en lo que antaño había sido un pequeño parque. Ahora los árboles se habían espesado y todo crecía en estado salvaje, en una especie de esplendor carente de cualquier orden o concierto.

—Seguramente haya serpientes —dijo Tonia.

—Seguramente.

Vieron ciervos, un zorro rojo y una comadreja deambulando; cruzaron un estrecho arroyo lleno de escombros.

Fallon y Flynn se detuvieron y ladearon la cabeza.

—Oído de duende —farfulló Tonia—. Los dos. ¿Qué oís?

—Un motor. —Flynn miró a Fallon y asintió. Lupa se mantuvo al lado de Fallon mientras él desaparecía en la oscuridad.

—Va a echar un vistazo. La base debería estar a menos de doscientos metros hacia el este y el motor viene de la carretera que lleva allí.

Avanzaron, manteniéndose al amparo de las sombras mientras las luces de seguridad del complejo relucían en la oscuridad.

Flynn regresó con sigilo.

—Un solo camión de carga, le han autorizado a cruzar la puerta principal. Puestos de guardia coordinados con tu mapa. Los muros tienen más de cuatro metros y medio de alto. No vamos a poder ver por encima de ellos desde este punto estratégico y estaremos al descubierto si nos acercamos otros diez metros. Puedo reconocer el perímetro y ver si hay un ángulo mejor, un terreno más elevado.

—Tenemos que ir más arriba, pero no por tierra. Nos separaremos. Flynn reconocerá el lado este, Tonia el oeste. Os encontraréis al norte. Tenemos que reconocer el terreno, cualquier puesto de vigilancia o medidas de seguridad adicionales, posibles puntos débiles. Conocéis la práctica. Tonia os transportará a ambos de nuevo aquí.

—¿Y tú? —preguntó Tonia.

—Yo subiré.

—¿Ahora puedes volar?

—Taibhse sí puede, y yo veré a través de sus ojos.

—Puedes fundirte con él —comenzó Flynn mientras Tonia meneaba la cabeza.

—Entonces Flynn y yo deberíamos quedarnos contigo. Serás vulnerable; el cuerpo aquí, el espíritu allí. Y me dijiste que todavía estabas trabajando para lograr una verdadera fusión.

—El dios búho es mío por una razón. Y Faol Ban me protegerá.

—Lupa también se queda —insistió Flynn.

—De acuerdo. —Levantó el brazo, Taibhse descendió de la rama del árbol en la que se había posado y aterrizó con suavidad—. Desplegaos. Nos encontraremos de nuevo aquí. Lo que consigamos esta noche supondrá la diferencia entre el éxito y el fracaso.

—Puedes comunicarte telepáticamente con los dos —repuso Tonia—. Al menor problema, nos haces una señal.

—Lo mismo os digo.

Fallon esperó, y cuando se quedó sola con el búho, le miró a los ojos.

—Soy tuya; eres mío. Eres la sabiduría y la paciencia. Eres el cazador. Mi corazón late con el tuyo; mi sangre fluye con la tuya. Sé mis ojos. —Mientras le miraba a los suyos, se vio a sí misma; una sombra en sombras—. Sé mis oídos.

Oyó todos los susurros de la noche. La respiración de un ratón, una araña trepando por una hoja, un zorro escabulléndose por la hierba.

—Taibhse el sabio, mi espíritu se une al tuyo. Ahora sé mis alas.

Se alzó en él, a través de él, y con el magnífico despliegue de sus alas se elevó más y más, por encima de los árboles. Sintió la caricia del aire, olfateó al ratón, a la araña, al zorro en tierra.

Durante un momento se apoderó de ella la emoción, la libertad del vuelo, la agudeza de su vista, que le permitió ver a una ardilla metida en un árbol, y la unión que le permitía volar.

El punzante olor a combustible, el hedor a magia negra, el olor a hombre.

Vio al duende al este, a la bruja al oeste, moviéndose como sombras en las sombras.

Voló en círculo por encima de las casas y las calles que las conectaban. Un jardín rodeado de una valla, ganado cercado. Se fijó en los guardias apostados fuera de los edificios, utilizó el mapa de su cabeza.

Cuatro hombres descargaban el camión que Flynn había visto. Llevaba prisioneros. Captó el olor a sangre fresca, observó mientras los arrastraban hasta un edificio vigilado. Alguien condujo el camión por el complejo. Otra área vigilada, otra verja.

Contó los vehículos dentro de la verja y los tanques de combustibles.

Un grupo de saqueadores —cuatro, cinco, seis, siete— estaban sentados fuera, en la parte trasera de una gran casa con tejado a dos aguas. Dos de ellos fumaban algo que saturaba el aire. Los demás bebían... ¿whisky?

Con los oídos de Taibhse oyó sus voces, roncas y ebrias. Comprendió que celebraban el exitoso ataque de ese día. Dos muertos y tres esclavos que intercambiar con los guerreros de la pureza.

Otro tiró de una mujer con una correa. Fallon vio la marca de la esclavitud en su muñeca, los moratones en su cuerpo desnudo. Una de las mujeres saqueadoras se levantó, se acercó, le hundió el puño en el vientre a la esclava, que se habría doblado si la correa no hubiera tirado de ella hacia atrás.

—Coqueteas con mi hombre, puta.

Eso provocó estentóreas carcajadas, gritos pidiendo una pelea de gatas.

La mujer le dio otro puñetazo.

—No la lastimes demasiado, Sadie —le advirtió uno de los hombres mientras soltaba una bocanada de humo—. Tenemos que devolverla por la mañana.

—Te estaba haciendo ojitos. —Sadie sacó un cuchillo—. Puede que se los saque.

—La hemos alquilado solo por esta noche. No tiene sentido pagar por una compra. Ven y trae aquí ese culito. ¿Quién la cata primero?

Uno de los otros se levantó y se frotó la entrepierna.

—Bueno, llévala adentro y empieza a disfrutar lo que hemos pagado.

Sadie giró el cuchillo delante de la cara de la esclava y luego le escupió antes de darse la vuelta y alejarse.

El alma de Fallon echaba chispas. Podría ayudar a la esclava. Pero si la ayudaba, ponía en peligro a todos los demás a los que podrían salvar. Se alejó, con el corazón roto.

Juró que los recordaría. A Sadie y a los otros; los recordaría.

Y esperaba con toda su alma que ellos siguieran en la base cuando dirigiera el ataque.

Vio a un hombre de negro salir de un edificio y sintió el poder que emanaba, el horrible contorno de su poder. En cuanto se dio cuenta de que él podía sentir el suyo, vaciló y comenzó a levantar la cara hacia el cielo, Taibhse se alejó.

Fallon se separó de él, con los lobos a su lado, y Flynn y Tonia esperando.

—Has estado fuera mucho tiempo —protestó Tonia.

—Había mucho que ver. Aquí no —se apresuró a decir Fallon—. Tienen al menos a un oscuro poderoso y es posible que me haya percibido. Si lo ha hecho, explorará. Tenemos que regresar ya.

Agarró la mano de Flynn, llamó a Taibhse para que se posara en su brazo y, con Tonia, se teletransportó a casa.

5

Duncan nunca había visto nada parecido a Utah. Se había teletransportado al oeste con anterioridad, cuando Tonia, Fallon y él buscaban cabezas nucleares para transformar y destruir. Pero pasaron todo el tiempo en el interior, en las entrañas de aquellas bases y complejos.

No había visto la singular e interminable tierra, las escarpadas montañas, las fascinantes esculturas de roca ni los profundos cañones con serpenteantes ríos.

No había sentido el sofocante calor, ni contemplado la sobrecogedora belleza del cielo del desierto, cuajado de estrellas por la noche.

Mallick y él debían hacer un reconocimiento de la base enemiga vacía, o más bien de lo que quedaba de ella, pero volvió con mucho más que planes de batalla y cuestiones de logística. Regresó maravillado.

Aunque se preguntaba qué llevaba a la gente a asentarse en una tierra tan inhóspita, lo comprendía.

Sobrecogedora o no, había belleza y el marco absoluto del espacio. Deseaba volver de día, ver qué colores arrancaba la luz a la abrasadora tierra, las torres y las espirales de roca, las accidentadas cumbres.

Algo había llevado y empujado a la gente a dejar el verdor del este y viajar hasta tan lejos, en condiciones tan hostiles, a los tonos terrosos y dorados del oeste. A construir pequeñas ciudades en el desierto, como la que ahora usaban los guerreros de la pureza.

Estudió con Mallick el objetivo, apenas un puñado de edificios, la mitad en muy mal estado. Camiones, motos, un establo con media docena de caballos, una vaca lechera, unas cuantas gallinas.

Y un solo centinela, que se había dormido estando de guardia.

No hablaron mucho mientras rodeaban el objetivo. El aire del desierto transportaba los sonidos. Duncan oyó los ecos de las llamadas del coyote, del lobo, y la tediosa conversación de tres hombres sentados a una mesa de picnic, jugando a las cartas.

Sintió la magia en el aire, tenue, apenas contenida, que procedía del edificio detrás de la partida de cartas. Prisioneros, drogados o heridos, o ambas cosas, pensó.

La furia logró atravesar su estado de embeleso.

—Podríamos liquidarlos nosotros mismos esta noche —le susurró a Mallick—. Son imbéciles.

Mallick asintió.

—No cabe duda, pero no es por nosotros, esta noche no.

—Lo entiendo, pero cuesta marcharse, tío. Voy a echar un vistazo más de cerca a la parte de atrás del edificio donde tienen a los mágicos.

—Date prisa y no hagas ruido.

Podría teletransportarse, pero así no captaría los detalles de la configuración del terreno. Así que se movió con celeridad por la tierra endurecida por el sol, manteniéndose fuera del alcance de las luces de seguridad, alimentadas por una batería.

A medida que se aproximaba se percató de que el edificio fue, y era, una auténtica prisión, con ventanas enrejadas y sin puerta trasera.

Echó un vistazo dentro y vio tres pequeñas celdas y una puerta interior cerrada con llave que las separaba del resto del edificio.

Contó veintiséis prisioneros, niños incluidos, sumidos todos ellos en un sueño narcotizado. Vio marcas recientes en sus frentes, moratones frescos y antiguos, sangre seca. Pies descalzos; destrozados por haber sido obligados a caminar sabía Dios cuánto. El pelo, rapado y cortado de forma tan desastrosa que tenían heridas aún tiernas en el cuero cabelludo.

Divisó dos frascos sucios en el suelo fuera de una celda y unas tenues luces dentro. Oyó deslizarse las cerraduras de la puerta interior y se agachó para apartarse de la ventana.

—Te dije que estaban todos fuera de combate.

—Tenemos órdenes de comprobarlo cada cuatro horas, así que lo comprobamos cada cuatro horas. Y ahora ve a hacer lo mismo a las dependencias de los esclavos. Y esta vez mantén la polla dentro de los pantalones.

—¿De qué sirve tener esclavos si no podemos divertirnos un poco con ellos?

—Me han puesto a mí al mando y los esclavos son para trabajar, no para que te entretengas. Si quieres follarte algo, fóllate a una de las zorras de aquí antes de que las colguemos. Y ahora ve a echar un vistazo a las celdas de los esclavos, joder.

—Vale, vale.

Duncan oyó que uno se marchaba y el otro se adentraba más en la habitación.

—Soñad con el infierno —farfulló el hombre—, porque pronto vais a volver allí. Os vamos a enviar a todos, hijos e hijas de demonios, de vuelta al infierno. Vamos a recuperar nuestro mundo. —Se quedó ahí, en silencio, un minuto entero—. Mañana empezaremos a construir el patíbulo ahí mismo. —Fue hasta la ventana junto a la que Duncan se había agachado y miró fuera—. Para que podáis verlo cada puto día y saber lo que os va a pasar. Vamos a eliminar la abominación que sois de la faz de la tierra colgándoos uno tras otro.

Salió y cerró la puerta con llave.

Cuando terminaron la misión y regresaron a la cabaña, Duncan cogió una cerveza del cajón refrigerador para él y le sirvió a Mallick una copa de vino.

—Lo dibujaré todo. Si no consiguen refuerzos antes de que vayamos nosotros, podemos tomarlos con cincuenta soldados, como máximo.

—Estoy de acuerdo. Les impediremos el acceso a las armas. Hasta ahora, están mal organizados y todavía no se han fortificado.

—Creen que están fuera del radar, ese es el término, ¿no? No se imaginan que estemos al tanto de su presencia y piensan que disponen de tiempo de sobra para instalarse. Se están tomando un descanso después de viajar hasta allí. —Bebió un buen trago—. Veintiséis prisioneros drogados, la mayoría heridos. Desconozco de cuánta gravedad. Al menos uno de los guerreros de la pureza al mando es un devoto creyente.

Mallick tomó un sorbo de vino, sereno como un lago.

—Estás furioso, y la furia nubla el juicio.

—Tenían hadas en puñeteros frascos en el suelo. Uno de los niños de las celdas no tendría más de tres o cuatro años. Tienes razón, estoy furioso, joder. Tú y yo podríamos haberle puesto fin esta noche. —Levantó una mano antes de que Mallick pudiera responder—. Entiendo por qué no lo hemos hecho. Entiendo por qué no podíamos. Es un plan cojonudo y podría significar una victoria en Arlington. Eso no quiere decir que no haya sido duro alejarme de lo que he visto allí.

Sus pensamientos eran tan turbulentos como la áspera barba incipiente de su cara. Duncan se dejó caer en una silla.

—Van a empezar a construir el patíbulo mañana. Podrían utilizarlo antes de que ataquemos.

—Piensa de forma estratégica —le aconsejó Mallick.

—Lo haré. No hay ninguna ley que me prohíba quejarme. Sé que no podemos salvar a todos. Lo aprendí muy pronto.

Pero eso siempre le reconcomía por dentro.

Mallick se sentó y bebió un sorbo de vino.

—Avísame cuando hayas terminado de despotricar para que podamos empezar con el trabajo necesario para salvar a los que sí podemos salvar.

Duncan estudió al hechicero, con su mechón blanco en la barba, sus ojos oscuros y su imperturbable dignidad.

—Eres duro de pelar, Mallick. He de admirar eso. He contado cincuenta y dos hombres.

—Tus cuentas son incorrectas. Son cincuenta y cuatro.

Duncan podría haber discutido, pero sabía que a Mallick no se le pasaba nada. Jamás.

—Vale, cincuenta y cuatro. La mayoría lleva pistola o rifle. Todos los que he visto tenían un cuchillo. No he visto ninguna espada.

—Tienen tres guardadas en el edificio que utilizan como armería.

Duncan entrecerró los ojos.

—¿Cómo lo sabes?

—He mirado. Mientras tú echabas un vistazo a los prisioneros, yo entré. He hecho recuento de las armas que tienen almacenadas.

—Dijiste que nada de entrar en los edificios.

—Dije que no entraras dentro —le corrigió Mallick sin inmutarse—. Se me presentó la ocasión y la aproveché. Y ahora sabemos que tienen tres espadas, diez rifles más, otras doce pistolas y munición, pero no suficiente para todas las armas.

Duncan dejó el resentimiento para más tarde.

—Andan cortos de munición. Bueno es saberlo.

—Es posible que tengan más en otras localizaciones.

—Yo lo haría —coincidió Duncan—. Tendría al menos otra arma aparte de la que llevo encima en el lugar en el que duermo, así que hay que tenerlo en cuenta. Puede que tuvieran una o dos en algunos de los vehículos. Pero el caso es que no están especialmente bien armados y, como has dicho, tampoco bien organizados aún.

—¿Cómo tomarías la base?

—Depende. Debemos coordinarnos con otros dos ataques. Ella atacará Arlington al anochecer, pero aún podría haber luz en Utah. Eso es importante.

—Habrá tenido eso en cuenta. Asume que atacamos de noche.

Sí, ella lo habría tenido en cuenta, tuvo que reconocer Duncan. Fallon era otra persona a la que raras veces se le pasaba algo.

—Vale. Eliminamos al cabrón del centinela, o centinelas, si hay más apostados. Rápido, silencioso, así que arqueros o duendes con cuchillos. Entramos desde el oeste y el este y cubrimos primero la prisión, las celdas de los esclavos y la armería. Aseguramos a los prisioneros, los sacamos. Aseguramos las armas y los vehículos. Neutralizamos a toda la fuerza enemiga que sea necesario para conseguirlo.

—¿Quieres muerto al enemigo o libres a los prisioneros?

—¿Una pregunta trampa?

Al ver que Mallick enarcaba las cejas y no decía nada más, Duncan exhaló una bocanada de aire.

—Vale, de acuerdo. No tienen a ningún oscuro, no a menos que estén haciéndose pasar por civiles. Así que podemos dominarlos con nuestros poderes, neutralizarlos de ese modo y reducir las bajas. Eliminar al centinela o centinelas con un golpe de poder. Les damos una descarga, los atamos y entramos. Fallon quiere que les demos tiempo para que envíen un SOS, y eso es parte de lo que hace que el plan sea brillante. Dejamos que lo hagan y después anulamos las comunicaciones. —Tomó otro trago de cerveza—. Pero no pienso poner a nadie en peligro para conseguir una reducción de bajas enemigas. Llegado el caso, los liquidamos.

—Entonces estamos de acuerdo. Haz tu mapa. Trazaremos la estrategia y elegiremos a nuestras tropas. Le llevaremos el mapa y el plan a Fallon por la mañana.

Duncan estudió su cerveza.

—No nos necesita a los dos. Encárgate tú de la reunión. Yo me quedaré aquí a trabajar con el equipo que designemos.

—Puede que tengas razón.

Tal vez Mallick fuera demasiado digno para esbozar una sonrisita de satisfacción, pero Duncan la captó en su tono.

—Llegará el momento, viejo. Solo que no es este. Lucharé por ella, lucharé con ella. Lucharé por la luz hasta mi último aliento. Pero que me aspen si me tiro a una mujer porque los dioses así lo han decidido. Yo decido quién, cuándo y dónde.

—Todo es una elección, muchacho.

—¿Lo es? —Se levantó y comenzó a pasearse—. ¿Quién tiene la culpa de que la vea en mis sueños, de lo que siento por ella?

—¿De verdad no conoces la respuesta?

Duncan gesticuló con la cerveza.

—Estás diciendo que la culpa es mía. Eso es una gilipollez. Mi madre dice que me alteraba y me ponía contento cuando venía Lana, antes de que Fallon naciera. Y la putada es que lo recuerdo en parte.

—Reconocimiento. De luz a luz, de sangre a sangre. El resto, si el resto ha de ser, depende de ti y de ella.

—¿En serio? ¿Y si decido..., ya sabes..., que esa rubia o esa pelirroja me pone más que la Elegida? ¿Perdemos esa conexión? Porque la conexión importa, es un punto clave para poner fin a esto. Yo lo sé. Ella lo sabe. Y estoy convencido de que eso le cabrea tanto como me cabrea a mí.

—Entonces ella sería tan lerda y tan corta de miras como tú. —Mucho por aprender aún, pensó Mallick. Mucho por aprender—. Vuestra conexión es vuestra sangre, vuestra luz, vuestros antepasados; no es el sexo lo que os une. ¿O acaso percibes que Tonia y Fallon están destinadas a unirse también de ese modo? ¿O que los tres...?

—¡Para el carro! —Horrorizado de verdad, Duncan levantó una mano como una señal de stop. De las yemas de sus dedos saltaban chispas de luz—. Es mi hermana.

—Tu gemela. Más unida a ti que nadie. Su luz se conecta con la tuya, igual que su sangre. Nada puede romper eso. Tu luz, la de Fallon. Su sangre, la tuya. Es un vínculo irrompible. Te acostarás con quien decidas, igual que ella.

Duncan se sentó de nuevo.

—¿No se ha decretado así? Porque pensar que puede que sí me saca de quicio.

—Los dioses no te obligan, Duncan.

—¿No estás tú obligado?

—Yo hice un juramento. Elegí hacerlo. Así que la obligación es mía. Jamás faltaré a él.

Duncan contempló su cerveza antes de apurarla de un trago. Si algo sabía con absoluta certeza sobre Mallick era que ese hombre jamás mentía.

—Muy bien. Entonces, cuando regrese a por ella, y lo haré, será porque es lo que deseo.

—Ten presente que ella también decide, muchacho. Bueno, mantén la calma y dibuja el mapa. Todavía nos queda trabajo.

Duncan dibujó los mapas y luego, junto con Mallick, trazó su plan de ataque. Momento, indicaciones, números.

Eligieron a los efectivos, una combinación de mágicos y no mágicos, localizaron una zona segura, que reforzarían, para trasladar a los prisioneros, incluso a los heridos, y un sistema para transportarlos al este mientras dejaban un contingente en Utah.

Establecerían su primera base en el oeste.

Mucho después de que Mallick se fuera a acostar, Duncan seguía sin poder dormir. En su lugar, estaba sentado a su mesa, dibujando la tierra que había visto, ese cielo del desierto, aquellos oteros y mesetas, caprichosos en su opinión.

No sintió que la visión se apoderaba de él, pero se vio atrapado en ella; su mano elegía lápices, se movía sobre el papel, bosquejando, sombreando, detallando lo que tomaba forma en su mente.

Hacía algo más que ver las imágenes. Las oía, las olía, las sentía.

Cuando emergió, tenía los dedos agarrotados y le dolía el brazo. Había gastado uno de sus preciados lápices casi hasta el final, había sacado punta y utilizado otro.

El dibujo estaba completo. Sabía que jamás había hecho nada que lo igualara. Las grandes torres alzándose, los escombros, el humo, que nublaba el aire en el que los cuervos volaban en círculo. Calles abarrotadas de vehículos. Los cadáveres, algunos despedazados en las aceras o desparramados sobre los cristales rotos de las ventanas, de las puertas.

Había dibujado un perro devorando lo que había sido un hombre, con el hocico manchado de sangre y vísceras; lo plasmó mientras gruñía con ferocidad. Algo más grande, más oscuro aún que los cuervos, volaba en lo alto, y los ramificados rayos resquebrajaban el cielo.

Él estaba allí, con la espada desenvainada y manchada de sangre. Ella estaba a su lado. Fallon Swift, espada en mano, manchada igual que la suya.

Estaban juntos en medio de la masacre, del humo y de la tormenta. Y se miraban el uno al otro.

—Nueva York —murmuró. Solo lo sabía porque la visión le llevó esa certeza. Tenía solo un día de vida cuando su madre huyó de la ciudad con sus hermanas y con él.

Pero ahora sabía que volvería, que lucharía allí. Y que estaría con Fallon.

Guardó el dibujo. Se tumbó en la cama, exhausto de repente. Soñó con ella, pero los sueños se desvanecieron con la mañana.

Teniendo en cuenta su espacio y su ubicación, Fallon convirtió el piso inferior de la casa familiar en el centro de operaciones bélicas. Hasta que pudiera construir o buscar algo mejor, utilizó un tablón de contrachapado sobre caballetes como mesa y llevó un variado surtido de sillas extra con la ayuda de Ethan.

Era verano y no había colegio, así que pidió prestada una pizarra y se hizo con una tiza, elaborada a base de cáscaras de huevo trituradas y de harina.

Anotó en la pizarra los tres objetivos y debajo de Arlington enumeró las tropas de combate de Nueva Esperanza, por nombre y designación, que había elegido junto con su padre y Will, y cierta colaboración de Colin. A continuación, las tropas de apoyo: efectivos de rescate directos, médicos y transporte.

Con ellos, y según los informes de los que disponían y sus estimaciones, enumeró las cifras y recursos conocidos del enemigo, el número de prisioneros mágicos y de esclavos.

Sujetó sobre la mesa el mapa de la base y empleó piezas de ajedrez que Poe y Kim le prestaron —negras para el enemigo, blancas para sus fuerzas— para designar las posiciones de las tropas.

Cuando bajó su padre con una taza de café en cada mano, estudió el trabajo que había hecho.

—Llevas un buen rato con esto y apenas ha amanecido. Te habría echado una mano.

—Me ayuda a concentrarme. Lo mismo que ese café, gracias.

—Es un buen trabajo.

—He tenido buenos profesores. Tengo las piezas de ajedrez de Kim, pero no hay suficientes para los tres objetivos. Y tengo esto de Bill, de Trastos Viejos. No ha querido nada por ellos. —Le enseñó a Simon un recipiente con soldaditos de plástico y animales de la selva—. Nosotros somos los soldados y ellos los animales. No es muy serio, pero...

—Sirve. ¿Estás nerviosa?

—Creía que lo estaría, pero más bien es impaciencia por empezar. Pronto llegarán Mallick, Thomas, Troy, Mae Pickett, Boris y Charlie, junto con los fundadores de Nueva Esperanza. Es la primera vez que se reunirán todos en el mismo lugar a la vez.

—Y la mayoría están acostumbrados, más o menos, a llevar la voz cantante.

—Pues sí.

—Hemos elegido a buena gente para dirigir, Fallon. Es el momento de que utilices sus puntos fuertes, equilibres cualquier punto débil y avancemos hacia el conjunto.

Will y Arlys llegaron los primeros, y los demás lo hicieron poco a poco. Esperaría a que estuvieran allí los líderes de cada base antes de comenzar con las presentaciones y los agradecimientos. Algunos lucharían juntos por primera vez, o enviarían tropas bajo su mando a luchar a las órdenes de otro líder.

Los agradecimientos eran importantes.

Salió fuera, intentando serenarse y prepararse para la parte diplomática. A su padre eso se le daba mucho mejor.

Mientras estaba ahí, con el sonido de las voces colándose por las ventanas abiertas situadas a su espalda, llegaron los primeros invitados de fuera de Nueva Esperanza.

Eran Thomas y Minh, con Sabine y Vick, dos de las brujas a las que les había pedido que se unieran a la colonia de duendes. Y uno más.

La última vez que vio a Mick estaba en el borde del bosque que rodeaba la casa de Mallick, despidiéndose con la mano alzada mientras ella se marchaba a casa.

Había sido su primer amigo fuera de casa, el primer duende con el que había forjado un vínculo. Le había dado su primer beso.

Mick sonrió, con sus vívidos ojos verdes resplandecientes. Se había dejado crecer el pelo de color bronce y llevaba tres finas trenzas a cada lado para sujetárselo. Su rostro se había afinado y lucía una perilla triangular en la barbilla.

Pero estaba casi igual.

—¡Mick! —Corrió a abrazarle. Él se meció con ella, riendo.

Se percató de que era más fuerte, más musculoso. Ahora era un soldado, aunque todavía llevaba la pulsera trenzada con los amuletos que le había hecho como regalo de despedida.

—Fallon Swift. —La apartó para estudiar su rostro—. Tienes buen aspecto.

—Tú también —respondió mientras le tiraba de la barba—. Thomas, Minh. —Los abrazo uno detrás de otro y estrechó la mano al resto—. ¿Estáis bien? ¿Y los demás?

—Lo estamos —respondió Thomas—. Y estamos preparados.

—Dejad que os acompañe dentro. Quiero que conozcáis a mis padres y a los demás. —Agarró a Mick de la mano—. Tenemos que ponernos al día.

Llegaron más, y Fallon se esforzó para saludarlos personalmente y hacer las presentaciones. Así podía calibrar las reacciones, los estados de ánimo.

Entonces llegó Mallick, solo.

Se acercó a él.

—Mallick, el hechicero.

—Fallon Swift.

Le dio un beso en la mejilla y se apartó.

—Vienes solo.

—Así es. Tengo el mapa de la base de Utah y de sus alrededores.

—Muy bien. —Se volvió, llevó el mapa a la mesa para colocarlo junto al suyo y al que había llevado Thomas.

Observó a los allí reunidos. Duendes, hadas, brujos, cambiantes, granjeros, profesores, madres, padres, hijos e hijas.

Soldados.

—Comencemos. Vamos a trabajar juntos para coordinar tres ataques simultáneos a bases enemigas. Las tomaremos, liberaremos a todos los prisioneros, aseguraremos y fortificaremos esas bases y todos los bienes que contengan y los haremos nuestros. Enviaremos a Jeremiah White y a todos los que le siguen el mensaje de que vamos a poner fin a su reinado de miedo y brutalidad. Y ese mensaje se hará extensivo a todo el que amenace la luz y las vidas de otros. Hoy estamos aquí juntos, mágicos y no mágicos, con un único propósito. Para hacer retroceder a la oscuridad. —Hizo una pausa y luego siguió—: Thomas, ten la bondad de informar sobre los resultados de vuestra misión de reconocimiento.

Escuchó los detalles, observó mientras él señalaba zonas en el mapa y daba su estimación sobre el número de enemigos, de prisioneros.

Fallon asintió y añadió la información a la pizarra.

—¿Cuántos efectivos y fuerzas de apoyo necesitarás para tomar la base?

Para su sorpresa, Thomas miró a Mick, que tomó el testigo.

—Podemos hacerlo con sesenta. Setenta sería mejor, porque es amplia. Mira, nosotros... —Se acercó al mapa, cogió uno de los soldaditos de juguete y esbozó la sonrisa típica de Mick—. Mola. Tienen puestos de vigilancia aquí, aquí y aquí.

Fallon no mencionó que había usado los soldaditos de juguete para el enemigo. No cabía duda de que Mick prefería estar representado por un león o un tigre.

Pero su estrategia estaba clara mientras movía las piezas.

—Tienen cuatro botes aquí; dos a vela. Podríamos cortar cualquier intento de escapar por agua si tuviéramos de tres a cinco seres acuáticos.

—Los conseguiremos —le aseguró Fallon.

—Eso les cortaría el paso hacia el este —prosiguió—. Tienen a los prisioneros aquí; es básicamente una choza fortificada en la playa. Un guardia. Los esclavos están en este nivel de la base principal.

—Era un hotel.

—Montones de habitaciones —convino—. Los guerreros de la pureza más importantes viven en la planta superior.

—Por las vistas —intervino Poe—. Y por el estatus.

—Supongo.

Mick analizó el complejo, punto por punto.

—¿De dónde obtienen la electricidad? —preguntó Fallon.

—Tienes tres generadores que funcionan con baterías y magia —respondió Sabine.

—¿Cuentan con oscuros?

—No. —Tenía la piel dorada y penetrantes ojos oscuros; el cabello lacio, negro como ala de cuervo, le llegaba hasta la cintura—. Puede que torturaran a brujas para que les ayudaran a conseguir electricidad o que usaran sobrenaturales oscuros en algún momento.

—Les cortaremos la electricidad. ¿Podéis hacerlo?

—Puedo invalidar la magia. Necesito a otro brujo para hacerlo. Pero Minh dice que si las baterías están cargadas, seguirán operativos. No sé cómo desactivarlas.

—Conseguiremos a alguien para que trabaje contigo. —Fallon tomó nota—. Sin electricidad, tras el ataque inicial, después de que tengan tiempo de dar la voz de alarma, los líderes tendrán que ir a la batalla por las escaleras.

Cuando Mick concluyó el informe y el plan, Fallon se acercó de nuevo a la pizarra.

—Setenta efectivos, incluyendo a cuatro seres acuáticos, doce de apoyo para transporte médico y de rescate. ¿Cuántos tienes listos para la misión?

—Cincuenta —respondió Thomas—. Tenemos a los doce extra, pero solo cincuenta con suficiente experiencia para esta clase de misión.

—Hacen falta veinte más. ¿Mallick?

Escuchó sin hacer comentarios mientras él informaba. No se permitió preguntarse ni por un momento por qué Duncan no le había acompañado.

Cuando hubo terminado, Fallon se giró hacia la pizarra.

—Tú necesitas cincuenta. ¿A cuántos tienes?

—Tenemos a los cincuenta.

—¿Y los ocho de apoyo?

—Los tenemos.

—Bien. —Tomó aire—. Arlington.

Percibió sus dudas, un cambio en el ánimo en algunos rincones.

—Tengo algo que decir. —John Little, un hombre grande al que había reclutado al darle una patada en las pelotas, se aclaró la garganta—. Atacar esas dos bases tiene sentido. Un golpe doble. Y tenerlas nos facilitará la expansión. Pero Arlington... —Meneó la cabeza—. A decir verdad, cuesta verlo. Nadie ha debilitado esa base. El gobierno lo ha intentado, según he oído.

—Nosotros no somos el gobierno —respondió ella en medio de algunos murmullos que estaban de acuerdo con él—. Además de liberar prisioneros, Arlington es el objetivo. Puede que con ello no quebremos la columna vertebral de los guerreros de la pureza, pero les amputaremos un brazo.

—Si nos matan en el intento y perdemos, es como si a nosotros nos cortaran los dos. Y las piernas.

Había previsto que se toparía con objeciones, incluso esperaba que su padre iniciara el debate. Pero él se mantuvo en silencio, con la vista clavada en ella.

Pues muy bien, pensó.

—Mientras Arlington siga en sus manos, tendrán ventaja. La posición estratégica, el tamaño mismo de la base y sus recursos, su campo de adiestramiento. Necesitamos hacernos con ello. Y lo haremos.

—Muy bien. —Mae Pickett se removió en su asiento y se apartó su largo pelo gris—. Entiendo por qué lo quieres, pero me parece que abarcas demasiado para llevar tan poco tiempo en esto. Muchos de nosotros llevamos menos aún. Quizá deberíamos dar bocados más pequeños de momento.

—Veo esos números —siguió John Little—. Los que figuran debajo de Arlington. Es una cifra elevada. Y eso sin mencionar que hemos oído que tienen lanzacohetes y sobrenaturales oscuros colaborando con ellos, que pueden freír a un hombre con solo mirarlo. Algunos vuelan como murciélagos. En fin, me gusta una buena pelea como al que más, pero ya estamos hasta arriba de trabajo. A lo mejor podemos estudiar esto durante un tiempo, disponer de algunos meses para adiestrar a más hombres, conseguir mejor información sobre la situación general. Volveremos a verlo más adelante.

—Atacaremos los tres objetivos mañana por la noche.

—¿Mañana? —Eso no solo levantó a John Little de su asiento, sino que originó una oleada de murmullos y quejas—. Escucha, niña...

—He aquí la luz. —Desenvainó su espada, que estalló en llamas—. He aquí la tormenta. —El aire de la habitación se estremeció ante sus palabras—. No estáis obligados, y por ello elegiréis. Luchar o huir, coraje o precaución. ¿Creéis que esto es el principio? El principio fue hace mucho mucho tiempo, cuando los hombres se apartaron de la magia. Cuando la pérdida de la fe se convirtió en odio y en miedo. Cuando la oscuridad se arrastró y atravesó el velo.

—De acuerdo. —John Little agitó la mano ante el aire arremolinado—. Apaga eso.

Fallon le detuvo con una mirada de sus ojos grises, que habían adquirido el color del humo.

—Siete son los escudos y uno está abierto. Lo que se coló mató a vuestras madres, a vuestros hijos, y aún dudáis. Se alimenta de vuestro miedo, como un festín, y aún cuestionáis el coraje. Mirad y ved, mirad y ved lo que viene si el siguiente se abre.

Extendió una mano. Donde estaba la pizarra había ahora una ventana y, al otro lado, la locura.

Hombres golpeando a hombres en campos en los que los cultivos se marchitaban y morían. Niños amontonados, con los ojos vidriosos y los vientres abultados a causa del hambre. Un cielo resquebrajado por rayos rojos y negros.

Y los cuervos, siempre los cuervos, graznando victoriosos mientras el mundo ardía y sangraba.

—Blandiré la luz contra la oscuridad y la atravesaré hasta que su negra sangre corra por la tierra. Prenderé fuego a la sangre, traeré una tormenta para que se lleve el humo. Asestaremos este golpe, uno, dos, tres, en el desierto, junto al mar, cerca de los gritos de guerra de la ciudad muerta. Antes de que despunte el alba, ondeará el estandarte de la Elegida.

Envainó la espada cuando sintió que el poder se desvanecía.

—De acuerdo, entonces. —Eddie acarició la mano de Fred—. Arlington.

—Arlington —repitió Mick tras asentir con aprobación mirando a Eddie.

Colin se acercó a ella.

—Arlington.

Mientras los demás hacían lo mismo, John Little se frotó la mandíbula.

—Una vez me dejaste fuera de combate. Supongo que lo has vuelto a hacer. Arlington.

PROPÓSITO

¡Duro aprieto de la penuria!

WILLIAM SHAKESPEARE

6

Con el plan en marcha, Fallon abordó de nuevo los números.

—Diez hombres de Mae y diez de Troy se han incorporado a las tropas de Thomas. Boris, Charlie aporta el resto a las de Nueva Esperanza. Necesitaremos voluntarios dispuestos a trasladarse, a asegurar y a conservar esas bases, a reclutar en esos lugares y a adiestrar.

—Quince han accedido a ir a Carolina del Sur —le dijo Thomas.

—Necesitarás a otros tantos o más para empezar, y al menos a uno con conocimientos técnicos y a dos con formación médica.

—Ray irá —aseguró Rachel—. Le echaremos de menos aquí, pero vino a verme y me dijo que le gustaría ir. Nació no muy lejos de allí.

—Podemos enviar a un sanador. —Troy colocó una mano encima de otra—. De ese modo también contarán con un brujo. Mae, tú tienes a Benny.

—Sí. Es poco más que un crío, pero sabe mucho de ordenadores y todo eso. Irá.

—¿A quién pondrías al mando, Thomas?

—A Mick.

Fallon se dispuso a protestar. En una parte de su mente seguía siendo el muchacho bobalicón que saltaba de los árboles y corría a toda velocidad por el bosque. Pero era más que eso, pensó mientras le miraba. Mucho más.

—Bien. ¿Mallick?

—Cuarenta. Los tenemos, y también a los médicos y a los técnicos. Necesitaremos materiales de construcción. Hay mucho en mal estado.

—Lo solucionaremos. ¿A quién pondrás al mando?

—A Duncan. Durante los próximos seis meses, según hemos calculado.

Lo sabía, ya lo sabía. Pero oyó el gemido afligido de Katie.

—Parece lejos. —Fallon se acercó a ella y le asió una mano mientras Hannah le cogía la otra—. Pero puede estar contigo igual de rápido desde allí. Tonia puede llevarte a verle, a ver dónde está. A ambas —añadió, dirigiéndose a Hannah.

—¿Está preparado y dispuesto? —le preguntó Katie a Mallick.

—Lo está. Puedes estar muy orgullosa del hijo que has criado.

—Lo estoy. Me... A Hannah y a mí nos gustaría ir y ver dónde está cuando sea posible.

—Nos aseguraremos de ello. Vamos a necesitar a doscientos, como mínimo, para Arlington —continuó Fallon—. Quisiera a algunos de cada base. Incluso algunos reclutas novatos, ya que tendremos campo de adiestramiento. Cuatro médicos, para empezar, y que al menos uno de ellos sea un brujo con experiencia y habilidades sanadoras. Tres técnicos.

Satisfecha con los números, se dio la vuelta. Era consciente de que algunos todavía albergaban dudas, pero lucharían.

—A las tres de la madrugada en Carolina del Sur y Arlington. La una de la madrugada en Utah. Aprovecharemos la oscuridad para derrotar a la oscuridad. Lo que necesitéis, tropas, armas, apoyo..., se os enviará al caer la noche. Gracias por lo que habéis hecho, por lo que hacéis y por lo que haréis.

Lana, que no había dicho ni una palabra, se levantó en ese instante.

—Ahora os ruego que subáis. Deberías comer y beber antes de emprender el viaje a casa.

Por supuesto que sí, pensó Fallon, pero tocó a Mallick en el brazo.

—¿Tienes un momento?

Cuando él salió, empleó parte de ese momento para echar un vistazo a su alrededor. Sonrió al ver la colmena.

Escuchó zumbar a las abejas, olió la hierba, la dulzura de las flores, las especias, los olores a comida madurando en la tierra y sobre ella, en las ramas.

Observó con serena diversión mientras un gran pájaro carpintero con su cresta roja picoteaba sin parar un pastel en un comedero.

—Sebo —le dijo Fallon—. Mi padre construyó el comedero y mi madre prepara el sebo. A los pájaros les vuelve locos.

—No es tu granja, pero sigue siendo un lugar fuerte. Lo has hecho bien aquí. —Señaló hacia el cuartel—. Me gustaría ver vuestros campos de adiestramiento antes de irme.

—Te llevaré a ti y a todo el que quiera verlos. Tenemos soldados fuertes y diestros. Estamos preparados para Arlington.

—Estoy seguro.

—Pero tú sabías que John Little tenía dudas.

—Sí, lo mismo que otros las tendrán. —Se volvió de nuevo hacia ella—. Si no puedes despejar los reparos o convencer a quienes los albergan para que te sigan a pesar de todo, ¿cómo puedes liderar?

—¿Lo he hecho? ¿Despejar las dudas o convencerlos? ¿Lo suficiente para que quienes dudan continúen siguiéndome incluso cuando enterremos a nuestros muertos? Porque enterraremos muertos después de Arlington. Y nos esperan batallas más duras.

—La guerra significa pérdida, muchacha. —Agarró a Fallon del hombro cuando ella comenzó a menear la cabeza—. No librar esta guerra significa perderlo todo. Si olvidamos eso, ya estamos perdidos. Pierde la fe en ti misma y nadie creerá en ti. Ya lo sabes.

—Saberlo a los trece, a los catorce años, cuando me adiestrabas, cuando cogí la espada y el escudo, es casi una fotografía en un libro o palabras en una página. Utilizar como utilizo mi espada, mis poderes, para derramar sangre, para arrebatar vidas, no es poca cosa, Mallick.

—La guerra jamás debería serlo.

—Emplearé mi espada, mis poderes, en esta guerra. Llevaré a los hombres a la batalla y a algunos los conduciré a la muerte. Y nunca jamás consideraré una sola muerte por mi mano, una sola muerte por orden mía, una táctica. Si no siento el peso de cada vida perdida, ¿qué hemos ganado? ¿Quiénes seremos cuando esto acabe?

La mano que tenía en el hombro se tornó más amable.

—Has aprendido bien. Acepta el peso y continúa luchando.

—¿Por qué no ha venido Duncan? —No tenía intención de preguntar, pero se le escapó—. Su madre le echa de menos. Y Hannah. Tonia al menos lo ve de vez en cuando.

—Le pareció que sería más útil quedándose y trabajando con los que hemos elegido para la misión.

—¿Igual que le parece que sería más útil quedándose seis meses en Utah?

—Sí.

—¿Estás de acuerdo?

—Sí. Aquellos a quienes adiestra y están a sus órdenes confían en él y le respetan. Y lleva consigo lo que ha aprendido en Nueva Esperanza para construir allí. El oeste es vasto y en su mayoría está desierto. Encontrarás buenas formas de aprovechar aquello. Él las encontrará para ti.

—Entonces veremos qué es capaz de hacer en seis meses.

Ve a comer. Ya te he apartado bastante rato de la comida de mi madre. Te llevaré a los barracones antes de que te marches.

—¿Tú no comes?

—Dejemos que disfruten de un poco de hospitalidad sin que la Elegida ande merodeando.

Se encaminó hacia la colmena. Habían construido una allí y otra en los barracones. Suficientes, ya que Fred tenía cuatro en la granja de al lado y otros vecinos también tenían.

Recordó cuando su padre la enseñó a construir las colmenas, cuando gracias a lo que palpitaba dentro de ella aprendió a llamar a la reina y al enjambre.

Luego ella enseñó a Mallick a construir una colmena, llamó al enjambre para él y le enseñó a cuidarla, a recolectar la miel, el propóleo.

Necesitarían colmenas en las nuevas bases. ¿Sabía Duncan construir una colmena, llamar a la reina, cuidar y recolectar?

Alargó una mano. Docenas de abejas salieron volando para cubrirle la mano, la muñeca.

—Eso siempre me acojona —dijo Mick, detrás de ella.

—Las necesitamos más que ellas a nosotros. —Hizo que las abejas se alejaran de nuevo—. Me alegro mucho de verte, Mick. Las dos veces que fui a visitar a Thomas tú estabas fuera, cazando, explorando o buscando.

—Mala sincronización. Yo también me alegro mucho de verte. Y de conocer todo esto. Esperaba visitar toda la comunidad, la ciudad y todo eso, pero será la próxima vez.

—La próxima vez.

—Siempre me decías lo buena cocinera que es tu madre. Colega, qué razón tenías. —Se dio una palmada en el abdomen y después sacó una galleta—. Te he traído esto.

—Gracias.

—Me caen bien tu padre y tus hermanos. Tienes otro hermano más, ¿verdad?

—Ethan, el menor. Le hemos enviado a él y a los hijos de Fred a la ciudad durante la reunión. Aún son muy jóvenes para luchar. —Pero no lo serían por mucho más tiempo, pensó—. Reciben adiestramiento, pero hoy están ayudando en el huerto comunitario. —Gesticuló con la galleta en la mano y echó a andar hacia los barracones—. ¿Cómo están Twila, Jojo, Bagger y..., en fin, todos?

—Estamos bien. Hemos cuidado de la casa, de los huertos y de todo lo demás. También de las tribus de las hadas y de los cambiantes. Ahora somos más y hay algunos normales.

—¿Normales?

—Ya sabes, como tu padre y Colin.

—No mágicos.

—Eso. Oye, ahí está Taibhse. —El búho estaba posado en su rama y le lanzó a Mick una mirada impertérrita—. Todavía está cabreado porque intenté disparar a la manzana. Colega, hace años de eso.

Fallon recordaba el claro de las hadas, con su preciosa luz verde, el estanque, el gran búho blanco y su manzana de oro. Y su espanto cuando creyó que el joven duende pretendía dispararle una flecha al búho. Había saltado, fue la primera vez que sus poderes la llevaron tan alto. Al detener la flecha, derramando su propia sangre, el búho se unió con ella.

Y, por extraño que pueda parecer, así comenzó su amistad con Mick.

—¿Dónde están Faol Ban y Laoch?

—Están aquí. Vendrán conmigo a Arlington. —Entonces se volvió hacia él—. Tomaremos Arlington.

—Lo sé. Lo creía antes de que viniéramos aquí. Solo que ahora creo más en ello.

Su fe, tan natural, le llegó al corazón.

—¿Y tú quieres ir a Carolina? ¿Abandonar el campamento de los duendes y construir nuestra base allí?

—Nunca he visto el mar. Sabine nos ha llevado a lo alto de las montañas, hemos bajado a los valles, pero ¿el mar? El mar, por Dios, colega. Sabine y mi padre han intimado.

—Yo... ¿Qué?

—Sí, ya sabes, están juntos. A mí me parece bien. Ella le hace feliz. Y es inteligente, sosegada, como él. Supongo que funcionan juntos.

—Me alegro.

—En fin, esto es lo más lejos que me ha transportado hasta ahora, y menudo viaje. Me gustaría ver el mar. He aprendido mucho —le aseguró, apartando la mirada de los grupos que trabajaban en el campo de adiestramiento—. Nosotros entrenamos igual. Minh nos mete mucha caña. Construimos. Como he dicho, ahora somos más. Minh era la primera opción, pero Orelana y él no quieren desarraigar a sus hijos de la vida que conocen. Todavía no. Yo soy la segunda opción, pero...

—Para mí no. —Le puso una mano en el brazo—. Incluso de niños, los demás te seguían. Cuando tu campamento enfermó, fuiste tú quien consiguió acudir a nosotros en busca de ayuda, aun estando enfermo tú también.

—No estaba seguro de qué te parecería que yo dirigiera una base.

—Pues entonces te diré que sé que esa base y su gente estarán en buenas manos.

—Eso significa mucho. Te he echado de menos. —Posó una mano sobre la de ella y Fallon lo sintió, lo vio en sus ojos.

Lo que sentía por ella cuando era un muchacho, lo que sintió con aquel primer beso, palpitaba aún dentro de él. Ojalá pudiera corresponderle, sentir eso por él, desearle igual que él la deseaba a ella.

Pero no podía, así que giró la mano debajo de la suya y le dio un fuerte apretón. De amistad.

—Te he echado de menos.

Y aunque ella sabía que le dolía, dio media vuelta y se encaminó de nuevo hacia la casa mientras charlaba, como una amiga, de sus aventuras de la infancia.

Después de que se marcharan y acompañar a Mallick en una visita por el cuartel, se sentó con sus padres y comió la ensalada de pasta que su madre le puso delante.

—Me parece que ha ido muy bien.

—No has dicho demasiado —dijo Fallon mirando a su madre entre bocado y bocado.

—No tenía nada que añadir. Tú sabías qué decir y cómo decirlo. Sabías qué mostrarles cuando necesitaban que se lo mostraras. —Mientras hablaba, sentada en la mesa al aire libre bajo el calor estival, Lana partía las judías que iba a preparar para la cena—. He visto lo que les has mostrado, y cosas peores, en mis propias visiones.

—Nunca me lo has dicho.

—Quiero que sepas que entiendo lo que hay en juego. No entro en combate como tú...

—Tú peleas cada día.

—No como tú, no desde hace mucho tiempo. Pero sé defenderme a mí y a otros. Por eso voy a ir a Arlington. Espera —dijo antes de que Fallon pudiera poner objeciones—. Tu padre y yo ya llevamos varios asaltos sobre este tema y he ganado yo.

—Yo lo llamo KO técnico —apostilló Simon.

—Una victoria es una victoria. Rachel, Hannah y yo instalaremos las unidades médicas móviles. Sabemos luchar si el combate nos alcanza, pero además habrá un montón de bajas en ambos bandos. Nos necesitas.

No podía soportarlo. Su madre partía las judías que iba a hervir para la cena y hablaba de ir a la guerra.

—Me llevo a tu marido y a dos de tus hijos. Envío a dos de los hijos de Katie a la lucha. Jonah y Rachel tienen tres hijos aún pequeños. Uno de ellos debería quedarse en Nueva Esperanza.

—Nos necesitas. Jonah y Rachel lo han organizado todo para sus hijos si algo les ocurriera. Lo mismo que Poe y Kim para los suyos. Me ha costado mucho convencer a Fred y a Arlys para que se queden, pero los niños ayudaron a inclinar la balanza —añadió—. Fuimos la primera oleada. No nos excluirás de esto.

—Hannah no es una guerrera.

—Es médico. Los médicos van a la guerra porque los soldados van a la guerra. Mis poderes no están a la altura de los tuyos, pero son considerables, Fallon. Confía en ellos y en mí.

—No la vas a convencer —le advirtió Simon—. Hablemos de lo que no has comentado en la reunión. No has dicho a quién tienes en mente para dirigir Arlington.

—Teniendo en cuenta su tamaño y ubicación, necesitamos un equipo de líderes allí. Mi primera opción habrías sido tú. —Tomó la mano de su madre cuando los nudillos se le pusieron blancos—. Pero aquí eres necesaria. Así que le he preguntado a Mallick si iría y, dado que Duncan se queda en Utah, a quién pondría al mando de esa base. Me ha sorprendido al nombrar a John Little. Así que... voy a confiar en él. Vendrá a Arlington, junto con Aaron y Bryar, si acceden. Necesitaremos instructores, profesores. Hay una duende, Jojo, la mejor buscadora y exploradora que he visto jamás. Thomas se lo pedirá a ella y... Quiero pedírselo a Colin.

Oyó el suspiro de su madre —de resignación, no de sorpresa— mientras Simon le daba la mano a Lana.

—Lo esperábamos. Me gustaría decir que es demasiado joven para ser un líder —dijo—, pero no lo es. Así pues, una vez más, envío uno de mis hijos con Mallick.

—Todo lo que ambos le habéis enseñado, todo lo que ha aprendido desde que vinimos aquí, se lo llevará con él. Si me pedís que elija a otro, lo haré.

—Él estará de acuerdo —afirmó Lana—. Querrá ir. Te he pedido que confíes en mí. Confía en ti. Ve a hablar con él.

—Lo haré. —Se levantó para llevar su plato al fregadero—. Después iré a ver a Aaron y Bryar antes de pasar por la clínica para hablar con Rachel y con Hannah de las unidades médicas móviles.

Ensilló a Grace para el viaje a la ciudad y se dirigió a los barracones en primer lugar.

Colin, con los brazos en jarra y una expresión de indignación en la cara, reprendía a dos reclutas por una penosa demostración de combate cuerpo a cuerpo.

Dejó que terminara con los insultos —«vagos de mierda», «descerebrados», «niños de mamá», etcétera— y después le hizo señas para que se acercara.

—Clipper, quédate al cargo aquí. Y si uno de estos bailarines no consigue dar un puñetazo, dales uno a los dos. —Se acercó a ella—. Que sea rápido, ¿vale? Todavía voy con retraso por lo de esta mañana y tengo que entrenar al pelotón de Arlington.

—Se trata de Arlington..., o del después de Arlington. Le he pedido a Mallick que se traslade allí.

—Buena elección —convino.

—Y a algunos más —prosiguió—, incluyendo a Aaron y a Bryar.

—Ah. —Lo meditó mientras observaba la, sin duda según su criterio, patética demostración de combate cuerpo a cuerpo—. Sí, entiendo. Tienen un par de hijos, pero lo harán bien. Ambos son listos, buenos profesores e ingeniosos.

—Me gustaría que tú también fueras. Para ayudar a asegurar, a mantener la base, a adiestrar. Para dirigir.

Colin se giró despacio hacia ella. El antiguo Colin habría saltado con un: «¡Joder, sí!». Y todavía podía ver eso en él. Pero, por encima de ello, el hombre en el que se había convertido la estudió, se tomó su tiempo.

—¿Por qué?

—Porque eres listo, buen instructor, ingenioso. Eres un soldado cojonudo e incluso sabes algo de tecnología. Porque conservar Arlington es tan importante como tomarlo. Y confío en que puedes hacerlo.

—¿Qué hay de Travis?

—Le necesito aquí, al menos por ahora. A ti te necesito allí.

—Entonces supongo que tengo que hacer la maleta. Salvo que... —Se frotó la mandíbula—. Puede que mamá y papá sean un problema.

—No, no lo serán. Hemos hablado y la decisión es tuya.

Se tomó otro minuto y miró a su alrededor.

—Me gusta este lugar —le dijo—. Me gusta la gente. Hasta me gustan los reclutas gallinas. Me encanta la granja, ¿sabes? Pero nunca seré un auténtico granjero.

—Tampoco serás nunca presidente —repuso, y le hizo reír—. Eres un soldado, Colin.

—Oye, los soldados pueden ser presidentes. Conservaré Arlington para ti. Pero, una cosa. ¿Cuál es mi rango?

—¿Desde cuándo tenemos rangos?

—Desde ahora. ¿Cuál es el mío?

—¿Qué te parece Gilipollas de Primera?

Colin le dio un puñetazo suave en el brazo.

—Me gusta más excelentísimo comandante.

—¿Excelentísimo?

—Eso es.

Fallon se limitó a poner los ojos en blanco.

—Coge a diez reclutas, dispuestos y capaces de ir contigo. Si tienen familia, tienen que estar dispuestos a dejarlos marchar o a trasladarse con ellos.

—Hecho. Por Dios, ¿has visto a esos dos? Tengo que volver. —Se alejó y miró hacia atrás—. No te fallaré.

—Lo sé.

Montó en Grace sin dejar de mirarle. Después hizo girar al caballo y cabalgó hacia Nueva Esperanza.

Cuando pasó por delante del huerto de la comunidad, vio grupos de voluntarios arrancando las malas hierbas, mientras otros recogían verduras y frutas en cestas confeccionadas por otros voluntarios y artesanos.

Los niños demasiado pequeños para ayudar o que se cansaban enseguida jugaban en los columpios y toboganes, balancines y circuitos, todos recuperados y reparados o construidos con partes que habían encontrado. Miembros de lo que en Nueva Esperanza llamaban la GC —guardería comunitaria— los vigilaban.

Sabía que los padres cambiaban el servicio de canguro por otras prestaciones, como artesanía o comida. Vio a un hada, de no más de tres años, probando sus alas. Una de las cuidadoras la cogió en brazos antes de que se elevara o se alejara demasiado.

El sistema funcionaba, pensó mientras continuaba hacia la clínica. Del mismo modo que funcionaba el intercambio de servicios médicos o de leche, huevos y mantequilla producidos en las granjas, de lana esquilada o de tejidos.

Lo había visto funcionar en algunas comunidades, igual que había visto en otras la ausencia de corazón, de liderazgo, de estructura. Y en otras todavía una sutil segregación y falta de confianza entre personas mágicas y no mágicas.

Ganar la guerra no sería el único reto. Establecer ese corazón, esa estructura, esa confianza sería un reto particular.

Después de atar a Grace, entró en la clínica, pasó por la sala de espera, donde ese día solo había un puñado de personas, y giró hacia el mostrador.

—Necesito hablar con Rachel cuando esté desocupada. Con Hannah también, si es posible.

—Rachel está con un paciente. Creo que Hannah está haciendo una ronda en maternidad y pediatría. —April hizo un gesto—. Hasta el fondo y gira a la derecha.

—Gracias.

Fue hasta el fondo, pasó las consultas y salas de tratamiento, más allá del pabellón; solo había tres camas ocupadas, lo cual era buena señal. Al girar a la derecha oyó el llanto inquieto de un bebé y la voz tranquilizadora de Hannah.

—Alguien quiere a su mamá. Es hora de comer, ¿verdad, cielito?

Entró en lo que había sido un aula y vio a Hannah coger a una niña envuelta en pañales de una de las camas transparentes para bebés. En otra dormía un pequeño con un gorrito azul de punto.

Al fondo de la estancia había una mujer sentada en una mecedora, dándole el pecho a un diminuto bebé.

Hannah acurrucó a la bebé que lloraba y le frotó la espalda mientras sonreía a Fallon.

—Bienvenida al lugar más feliz de la clínica. ¿Buscas a Rachel?

—Y a ti.

—Tengo que llevar a esta monada con su madre. Estamos dándoles un respiro a las mamás, pero alguien tiene hambre. Si me das un par de minutos, buscaré a Rachel en cuanto deje a Jasmine.

—Claro. Te acompaño.

—Fallon Swift. —En la mecedora, Lissandra Ye se cambió al bebé de pecho—. ¿Puedo hablar contigo?

—Claro.

—No tardaré —le aseguró Hannah, y se llevó a la niña.

—Solo puede estar fuera durante poco tiempo —le explicó Lissandra, que miró hacia la incubadora—. Todavía es muy pequeño. Mi leche no era suficiente para ayudarle a crecer, pero tu madre me ayudó y ahora pesa casi dos kilos y doscientos setenta gramos. Rachel dice que no necesitará la incubadora cuando sea un poquito más grande.

—Eso es bueno. —Se acercó—. Es realmente precioso.

A Lissandra se le empañaron los ojos al oír sus palabras y no pudo contener las lágrimas.

—Lo siento. —Fallon acercó una segunda silla y posó una mano en el brazo de la madre—. Estás preocupada, pero aquí está en buenas manos.

—Lo sé. Confío en eso. Al principio no creía que lograra sobrevivir. Era tan pequeño. No estaba segura de querer que lo hiciera. Me avergüenzo de ello.

—No deberías.

—Es mío, ¿entiendes? Es mío, pero... No me violó solo uno, y no una sola vez. No podía luchar. Nos administraban drogas para que no pudiéramos defendernos, pero podía sentir y ver. Dejaban que los guardias nos poseyeran cuando se les antojaba.

Fallon había oído historias similares antes, demasiadas veces. Pero nunca dejaban de impactarle y enfurecerla.

—Ya estás a salvo. ¿Hablas con los terapeutas de aquí?

—Sí, sí. No eran solo los guardias. El torturador. El sobrenatural oscuro del laboratorio. Él...

Fallon se apoyó contra el respaldo. Lo había comprendido.

—Te preocupa que pueda ser de él, que tu hijo tenga su sangre.

—Es mío —repitió con ferocidad, entre lágrimas—. Le he puesto el nombre del hombre que murió intentando salvarme. Brennan. Es mi hijo, y pase lo que pase, le quiero. Pensé que no le querría, que no podría, pero es mi hijo. Sin embargo, tengo que saberlo. Si lleva dentro de él la oscuridad, tengo que saberlo para poder ayudarle a luchar contra ella. Por favor, tú puedes verlo. Puedes ver, saberlo, y decírmelo.

—La oscuridad es una elección, Lissandra, igual que la luz.

—Por favor. —El niño estaba tranquilo, su boca floja mientras la leche y el calor le arrullaban hasta quedarse dormido. Con los ojos llenos de esperanza y de lágrimas, Lissandra se lo ofreció a Fallon—. Por favor.

¿Qué tormento había soportado ya esa mujer? ¿Y cuánto más soportaría sin respuestas, sin su consuelo?

De modo que Fallon cogió al bebé. Recordó que sus hermanos también parecían diminutos al nacer. Pero comparados con el hijo de Lissandra, fueron robustos.

—Brennan, hijo de Lissandra —susurró—. Te veo. —Le miró, miró dentro de él, posó una mano sobre su pecho, donde el corazón latía debajo de su palma—. Veo la luz en ti. —Bajó la cabeza y rozó su aterciopelada cabeza con los labios—. Te veo.

Miró de nuevo a Lissandra con una sonrisa.

—Este es tu hijo y lleva luz.

—¿Me lo juras?

—Te lo juro. Es inocente, igual que tú. Inocente, y es tu hijo. Es tu retoño.

La alegría resplandeció entre las lágrimas.

—¿Es... como yo?

—Sí.

—¿Le bendices?

—Yo no...

—Por favor.

—Uh... —Siguiendo su instinto, Fallon posó los dedos en la cabeza, en los labios y en el corazón del bebé—. Las mejores bendiciones para ti, Brennan, hijo de Lissandra.

Luego repitió las palabras en mandarín.

Lissandra sonrió.

—No he oído a nadie hablar mandarín desde que falleció mi abuela. Te lo agradezco más de lo que puedo expresar. —La mujer cogió de nuevo al bebé y se meció con él—. Más de lo que puedo expresar. Has sido bendecido por la Elegida —murmuró.

Rachel entró cuando Fallon se levantaba.

—Permanece cinco minutos piel con piel con él, Lissandra, y después puedes cambiarle antes de devolverle a la incubadora.

—Ha comido muy bien.

—Le pesaremos más tarde, pero creo que quizá mañana podremos ponerlo en una cuna normal.

—¿Has oído eso, peque? Te vas a graduar.

—Una de las enfermeras vendrá a ayudarte.

Lissandra asintió, pero miró a Fallon.

—Puedo luchar. Lucharé por ti. Lucharé por él.

—Yo lucharé por él —le dijo Fallon—. Él necesita que tú le cuides. Os veré de nuevo a los dos.

Fue con Rachel hasta la entrada, donde Hannah las esperaba.

—Eso ha sido tan importante como cualquier cuidado que hayamos podido prodigarles.

—Es fuerte —declaró Fallon.

—Y ahora lo será más. ¿Querías verme?

—Quería hablar con Hannah y contigo sobre las unidades médicas móviles. Es una gran carga teletransportar vuestro personal y equipos hasta la zona segura en Arlington.

—Lana ya ha hablado con nosotras, pero podemos seguir en mi despacho. Quiero enseñarte unos planos.

—¿Planos?

—Para ampliar la clínica. —Rachel, con su suave halo de rizos en torno a su rostro y calzada con unas gastadas zapatillas, encabezó la marcha—. Sé que ahora mismo no es una prioridad en tu cabeza, pero nosotras casi no pensamos en otra cosa.

—No sabía que queríais ampliar.

—Es más una necesidad que un deseo. Hablamos con Roger Unger hace unas semanas. Era arquitecto antes del Juicio Final, acababa de empezar. Ha estado dando clases a algunos estudiantes con interés.

—Necesitamos gente que sepa diseñar y construir.

—A Jonah y a mí nos gustan sus planos. Tal vez hagamos algunos cambios, pero son muy acertados. Buscamos..., bueno, podemos ir a por lo mejor, convertir esto en un complejo médico, incorporar servicios dentales y lo básico que hemos conseguido reunir para oftalmología. Falta mucho para llegar a eso —añadió, dando una palmadita a las gafas de leer que llevaba enganchadas en el bolsillo de la pechera—, pero es un comienzo. Los herboristas se apuntan, y Kim, y los químicos. Los sanadores. Todo en un único lugar en vez de estar desperdigados por ahí —prosiguió—. Necesitaremos más equipos, más camas, más personal, pero no llegaremos a eso hasta que tengamos el lugar.

—Suena... ambicioso.

—Como tomar Arlington.

Fallon consiguió proferir media carcajada.

—Tienes razón. Hablemos de Arlington una vez más. Luego me gustaría ver los planos.

Los planos, pensó Fallon más tarde, mientras regresaba a casa, hablaban de esperanza, de optimismo y determinación. Iban a necesitar todo eso para ganar, para sobrevivir y para construir esos centros.

Pretendía llevarlo todo a Arlington y más allá.

7

Media luna se elevaba sobre la base mientras permanecía con los hombres y las mujeres que llevaría a la batalla. Con espadas, con flechas, con balas, con garras y con dientes, con puños, lucharían con ella en una noche tan tórrida, tan oscura que el aire resultaba pesado.

Lucharían al sur, en la playa. Y lo harían a más de tres mil doscientos kilómetros hacia el oeste, en el desierto.

Lucharían y darían el siguiente paso en el viaje que había comenzado hacía siglos.

—Ahora —murmuró, y la orden pasó de un lugar a otro, del sur al oeste.

Alzó las manos y pensó en las lecciones que Mallick le había enseñado en una prisión desierta. Paciencia, serenidad, control.

Extendió con suavidad su poder a lo largo de la magia negra que rodeaba la base como un mortífero foso. El poder oscuro apareció en su imaginación fuerte, empapado de sacrificios de sangre, nutriéndose de la carne y de los huesos de cualquier criatura que caía en sus fauces al intentar cruzarlo.

Negro y burbujeante.

—Sobre la sangre de los inocentes asesinados hago un llamamiento. Oíd sus gritos, saboread sus lágrimas.

Los oyó; las saboreó.

Tristes. Amargas.

—Yo soy vuestra espada. Nosotros somos vuestra justicia.

—La magia negra se resistió con garras y zarpas, rugió mientras pugnaba contra ella. Negra, bullente, desprendiendo calor—. Que la luz de los asesinados prenda, brille, se alce en llamas y arda con tanta intensidad que rompa las cadenas. Cuerpos sacrificados por el mal, que la luz de vuestras almas se derrame.

Los oyó clamar, sintió ese despertar mientras los músculos se estremecían por abrazarlos, por estrecharlos.

Y sintió la mano de su padre en la espalda, bebió de esa fortaleza, de esa fe.

—En esta noche, en esta hora, invoco el poder de los asesinados. Oídme, uníos a mí para limpiar la mancha que la sangre ha dejado —declamó—. Vuestra luz, mi luz, nuestra luz el hechizo deshace. Y así, en silencio, al infierno cae. —Asintió, con el sudor resbalándole por la espalda a causa del esfuerzo—. Ha caído. Troy.

La bruja y su aquelarre encantaron las cámaras de seguridad. Incluso esos pocos minutos aumentarían su ventaja.

—Arqueros.

Las flechas llevaron por el aire la muerte silenciosa a los que controlaban las torres.

—Adelante primera oleada.

Mientras los duendes salían en tropel de la oscuridad para escalar los muros, Fallon arrojó su poder contra las puertas. Sintió ceder las cerraduras y se giró para mirar a su padre a los ojos.

—Las puertas están desactivadas. Adelante segunda oleada.

Entonces levantó el vuelo a lomos de Laoch y se lanzó hacia la base. Mientras sus huestes se dirigían a las puertas, llamó a la tercera oleada. Las hadas se abalanzaron sobre la prisión, sobre los cuartos de los esclavos.

No sonó ninguna alarma cuando aterrizó, todavía no. Un

equipo de duendes avanzó en tropel hacia el cuartel general y la sala de comunicaciones. Los cambiantes enfilaron hacia la armería. Esperaba salvar los tanques de combustible en lugar de destruirlos, así que los rodeó con un anillo de fuego frío.

Mientras sonaban los primeros gritos, se oía el primer choque de la batalla y volaban las primeras balas, desenvainó su espada y giró sobre Laoch. Cabalgó hacia la carga enemiga, espada en ristre, asestando golpe tras golpe, con la sangre tan fría como el fuego que había conjurado.

Los alaridos desgarraban el aire. Las balas impactaban en su escudo. Entonces arrojó su poder para envolver las armas en llamas. Cada pistola inutilizada era un arma menos que podría utilizarse contra su gente.

Oyó el clamoroso y veloz sonido del fuego automático, corrió hacia él y hacia el hombre que sembraba el aire de balas. Laoch lo empaló mientras este se volvía hacia ella.

Oyó los gritos de las mujeres, los chillidos de los niños mientras las hadas arriesgaban la vida para ponerlos a salvo. Escuchó los gemidos de los heridos. Se apeó de un salto de Laoch para liquidar a un enemigo antes de que pudiera rebanarle el pescuezo a uno de los suyos que yacía en el suelo, sangrando.

Vio a un cambiante recibir un disparo en pleno salto y luchó para abrirse paso hasta él mientras hablaba telepáticamente con Travis.

Necesitamos más transportes médicos.

Estoy en ello.

Date prisa.

Corrió hacia un nuevo aluvión de disparos procedentes de uno de los edificios fortificados. Las balas rebotaban en su escudo mientras se abría paso hacia allí. Derribó la puerta con una andanada de energía y acto seguido se elevó igual que hizo una vez de niña, en el claro de las hadas.

Pero esta vez lo hizo con una espada flameante en la mano y

arrojó un chorro de fuego al nido del francotirador. Realizó un salto mortal hacia atrás en el aire, tal y como le había enseñado Mick, y aterrizó. Se abalanzaron cinco contra ella a la vez.

Se ocupó del primero realizando un movimiento de barrido con la espada a las piernas antes de saltar. Arrojó a otro por los aires con un potente golpe de su escudo. Atajó una espada, giró y se impulsó hacia atrás para golpearlo con ambos pies.

Recibió golpes, pero la habían entrenado para luchar a pesar del dolor. Devolvió el ataque de una espada, esquivó un cuchillo. Con un golpe de su acero, cercenó el brazo de un enemigo, y con sus gritos resonando en sus oídos atravesó con la punta de su espada el corazón de otro.

Lucharon entre el hedor, el humo, los gritos. Los cuerpos, demasiados cuerpos, pavimentaban el suelo. Apartó cualquier pensamiento sobre la carnicería que la rodeaba y el coste de la operación. Sentía, sabía, que la situación se había decantado a su favor.

Parte de los enemigos corrían hacia las puertas, abandonando el campo. Se encontrarían con otra línea, pensó, y se les daría la oportunidad de rendirse.

Todos los prisioneros y los esclavos están a salvo, le dijo Travis.

Una flecha se clavó en su escudo a pocos centímetros de su corazón; la extrajo y se la arrojó al arquero con una descarga de energía.

Colin corrió hacia ella.

—Tenemos a cincuenta en la prisión. Algunos desertores lograron salir, pero hemos pillado a una docena de ellos. Están acabados.

Su escudo paró una nueva flecha, esta antes de que acabase con su hermano.

—No del todo.

—Ya solo hay que finiquitar.

Fallon percibió su presencia al tiempo que Colin esbozaba una amplia sonrisa.

—Ponte detrás de mí.

—Y una mierda.

—No discutas.

Se giró de golpe para enfrentarse al oscuro.

Era alto, bastante más de un metro ochenta. Vestía de negro y le rodeaba un aura oscura. Le lanzó un rayo, que Fallon paró sin problemas.

Él sonrió.

Fallon pudo verlo con claridad, lo vio derramando la sangre de los sacrificados en el suelo, encendiendo el fuego negro, recitando su sucio encantamiento para crear el foso.

—Estos no son nada. —Extendió los brazos para abarcar a los caídos—. Herramientas, incautos a los que utilizar y desechar.

Una flecha surcó el aire y cayó en medio de un remolino. Él se agachó para cogerla y echó un vistazo a la azotea en la que Tonia estaba apostada. La disparó de vuelta con un movimiento de su brazo.

Fallon la interceptó con su poder y la hizo pedazos.

Él volvió a reír.

—Ella sabía que vendrías, que tenías que intentar salvar a estas patéticas criaturas. Sabía que derramarías tu sangre por ellas. Tu prima ha enviado a su mejor hombre.

La energía que le lanzó hizo que le temblaran los huesos al golpear el escudo.

—Márchate —le ordenó a Colin.

—No pienso dejarte...

—Márchate. Y finiquita las cosas. Es una orden.

El hermano que había en él estuvo a punto de responderle, pero el soldado obedeció las órdenes.

—¿Te ha enviado a ti? —espetó con desinterés.

—Soy Raoul, el Hechicero Negro. Estoy ligado a Petra por

sangre, imbuido de oscuros y gloriosos poderes por aquello que habita en ella. Cazaré a la Elegida en su nombre.

—¿Raoul, el Hechicero Negro? —Había desprecio en su voz—. Tienes que estar de coña.

—Arde, arde, arde. —Movió las manos en círculo mientras gritaba el hechizo—. Ahora los fuegos y apetitos del infierno.

Un fuego negro golpeó su escudo y la rodeó. Fallon sintió palpitar el calor, su oscuro júbilo. Algunos de los suyos se apresuraron a defenderla. Mientras gritaba que no se acercaran, Raoul hizo restallar un rayo con forma de látigo, que salió disparado hacia Flynn. Rápido y letal. Antes de que le golpeara, Lupa saltó para protegerle.

Y cayó al suelo, cubierta de sangre y fuego.

Oyó en su cabeza el grito de dolor de Flynn, como un corazón que se hacía pedazos. Presa de la ira, arrojó su energía contra el fuego que la rodeaba, lo golpeó furiosa con puños hechos de luz.

La risa del oscuro resonaba mientras extraía rayos del cielo y aporreaba la tierra con ellos, como si fuera lluvia. Fallon se abrió paso a través del fuego agonizante, rechazando los rayos con su espada, lanzándolos hacia arriba con su escudo.

El oscuro entonó un cántico que hizo brotar del suelo un humo que serpenteaba y siseaba igual que las serpientes.

—Tu luz se oscurece y muere —vociferó—. Y el cascarón que de ti quede lo postraré a los pies de Petra.

Reunió su poder, lo impulsó hacia afuera, tiró de él mientras atravesaba el ensangrentado campo a toda velocidad. Podría jurar que oyó cantar la espada que blandía.

—Por la sangre de mi sangre. —El calor la rodeaba, pero siguió adelante con todas sus fuerzas—. Por la carne de mi carne, por los huesos de mis huesos. Por la luz de mi luz, maldito seas.

Cuando le derribó, cuando su risa se convirtió en un alarido, sintió la sacudida en todo su ser, dejándola casi sin respiración.

El oscuro yacía en el suelo mientras la sangre gorgoteaba en su boca con cada aliento.

—Ella será tu fin.

—No. Yo seré su fin. Igual que soy el tuyo.

Hundió la espada y acabó con él.

Acto seguido levantó el acero en alto e invocó la fría luz de la luna para que lo limpiase. Una vez limpia, clavó la punta en la tierra, que se sacudió, y la luz estalló como si fuera mediodía antes de disminuir hasta tornarse en luz de estrellas.

—Este lugar pertenece ahora a la luz. Lo reclamamos. Luz para la vida.

Hubo vítores, pero se abrió paso entre ellos en dirección a Flynn, con las lágrimas surcándole las mejillas.

Él estaba de pie y sostenía en sus brazos al lobo que había dado su vida para salvarle. Vio en sus ojos el desgarrador dolor.

—Lo siento. Lo siento tanto.

—Ha muerto como un guerrero, como un héroe. Ha muerto sirv... —Cuando se le quebró la voz, Flynn sepultó el rostro en el ensangrentado pelaje de Lupa.

—Ha muerto sirviendo a la Elegida. —Starr se colocó junto a Flynn, y aunque le temblaba la voz, prosiguió—: Sirviendo a la luz que ella representa. A la luz por la que luchamos. Vamos. —Ella, que pocas veces tocaba a otro o permitía que la tocasen, rodeó los hombros de Flynn con el brazo—. Le llevaremos a casa.

Fallon se volvió al oír otro grito y, con los ojos llorosos, observó mientras Colin sujetaba a un mástil un trozo de tela con el símbolo quíntuple, reluciente como la plata, sobre un campo blanco.

La marca de los guerreros de la pureza yacía en la tierra, pisoteada. E izaron el estandarte de la Elegida en Arlington.

Las hadas llegaron volando para trasladar a los heridos mientras otros sanadores se apresuraban a tratar allí mismo a algunos, con la base ya bajo su control.

Fallon ordenó que los centinelas ocuparan sus puestos y que los equipos registraran cada casa y cada edificio, cada cobertizo y cada estructura para cerciorarse de que no pasaban por alto a ningún enemigo ni a ningún herido.

A ningún muerto.

Buscó a su padre mientras realizaba sus propios registros. Se le empezó a encoger el corazón.

Cuando vio a Will dirigiendo a un equipo fuera de una casa fortificada, comunicando que estaba todo despejado para que una de las brujas pudiera colocar un símbolo quíntuple en la puerta, corrió hacia él.

—No he visto a mi padre. Tengo que...

—Está bien. Recibió un disparo, pero...

—¿Dónde está? ¿Es grave? Mi madre...

—Respira —le dijo—. Te juro que está bien. Le hemos aerotransportado hasta la unidad móvil. Tu madre le ha atendido. Entró y salió, en el costado derecho, prácticamente solo ha tocado la carne.

—Nadie me lo ha dicho.

—Me hizo jurar que no te lo diría y estuve de acuerdo con él. Uno de los médicos me acaba de informar de que está en pie y de camino hacia aquí. —Esbozó una sonrisa y le frotó otra vez la espalda—. Tu madre le ha dado permiso.

—Vale. —Hizo lo que Will le sugería y tomó aire—. Eddie, Aaron —nombró.

—Están bien. Hemos perdido a gente, y va a ser duro llevarlos de vuelta a Nueva Esperanza.

Fallon ya sentía un gran peso en el estómago, como si fueran piedras.

—Necesito nombres y cifras, bajas y heridos, lo antes posible.

—Los tendrás. ¿Te contamos a ti entre los heridos? Estás sangrando aquí y ahí, y tienes algunas quemaduras.

—Me ocuparé de ello cuando los demás hayan sido atendidos. Tenemos que... —Se le quebró la voz y consiguió articular un trémulo «papá», antes de correr hacia Simon.

Él la atrapó, abrazándola con tanta fuerza como ella a él.

—Estoy bien. Pero tú... —La apartó—. Necesitas un médico.

—Cuando todos estén atendidos. No es nada. Estás pálido. Déjame ver.

Le subió la camisa antes de que él pudiera objetar nada y estudió la herida en el costado derecho. Puso una mano sobre ella.

—Es limpia y está sanando. Estás pálido por la pérdida de sangre. Deberías descansar hasta...

—Estoy bastante bien y tu madre ha estado de acuerdo.

Contempló su rostro con atención y vio algo de dolor.

—Después de una fuerte discusión, imagino.

—Sí, pero la he convencido. Ya se está corriendo la voz de cómo has acabado con esto y luego quiero oírlo todo de tus labios. Tu madre, Travis y toda la gente del servicio médico y de apoyo están bien.

A Fallon se le heló la sangre.

—¿Qué significa eso? ¿Qué ha pasado?

—Un puñado de desertores consiguió atravesar nuestras líneas. Se les ocurrió coger una de las unidades móviles y escapar. No lo consiguieron, pero hubo una escaramuza. Tu madre, Travis, Rachel, Hannah, Jonah y algunos otros les dieron una buena paliza.

—¿La han herido?

—No solo no la han herido, sino que ella y los demás han protegido a los heridos, las unidades móviles y han hecho siete prisioneros. Acepta la victoria, cielo.

—El oscuro ha matado a Lupa. El lobo... No he podido pararlo a tiempo.

Simon apoyó la frente contra la suya.

—Lo siento. Lo siento muchísimo. ¿Y Flynn?

—Starr y él lo llevarán a casa. Nosotros trasladaremos a

nuestros muertos. Cremaremos a los del enemigo. Son demasiados para enterrarlos, y nos llevaremos a los nuestros a casa.

Miró a su alrededor y vio a Taibhse posado en el mástil por encima de la bandera. Buscó con la mente a Faol Ban y lo encontró donde le había pedido que estuviera, ayudando a proteger a los heridos. Y a Laoch volviendo con ella después de llevar al último herido para que recibiera ayuda médica.

Todos los suyos estaban sanos y salvos, pensó. Pero otros...

—Su sangre santifica la tierra.

Simon, que todavía la tenía cogida de una mano, sintió surgir su poder, y vio que otros que trabajaban para limpiar, para recoger a los muertos, se detenían. Su voz sonó, se elevó, llegó a todos los oídos.

—A este lugar, donde una vez reinó la oscuridad con crueldad e intolerancia por culpa de un dios falso y perverso, traeré una piedra blanca, pura y pulida. En esa piedra grabaré los nombres de todos los que fallecieron en nombre de la luz y la bondad, por el bien de los inocentes. Se llorará su pérdida. Se les honrará. Se les recordará. —Exhaló un suspiro y se volvió hacia Simon—. ¿Puedes ayudar a recopilar los nombres?

—Por supuesto.

Se quedó entre el humo, y recordando su propia visión, levantó los brazos para disipar el hedor del aire.

—He de traer a Chuck para que revise los equipos tecnológicos, y necesito informes de Thomas y de Mallick. Troy y algunos más pueden reforzar la seguridad con magia para impedir la entrada a los enemigos. Hay que hacer un inventario de las armas, los suministros, equipamiento y medicinas.

—Lo que necesitas es un cuartel general temporal. Ocupa el suyo por ahora. Colin ya está con el recuento de las armas. Le he visto cuando venía.

Haz la tarea siguiente, se dijo. Haz la tarea siguiente, y cuando esté hecha, dedícate a la siguiente.

—Si pueden prescindir de Jonah o de Hannah en las unidades móviles, me gustaría que uno de ellos se encargara de hacer el inventario de los equipos y los suministros médicos.

—Enviaré el recado. Pondremos a los demás equipos con el resto de los inventarios. Cielo, hazle un favor a tu padre y deja que te atienda uno de los médicos.

—Puedo hacerlo. Me instalaré en el cuartel general. Me vendría bien la ayuda de Chuck.

—Me ocuparé de que le traigan. ¿Fallon? Has hecho lo que nadie más ha sido capaz de hacer en los más de diez años transcurridos desde que White y los guerreros de la pureza tomaron este lugar.

—Lo hemos hecho todos —le corrigió.

—Tienes razón. Y tenías razón en que había que luchar por ello. No olvidaremos a los muertos, pero tú no olvides eso. Tenías razón. —Señaló al lugar donde un equipo ya había comenzado a desmantelar el patíbulo—. Pon una piedra ahí. Ponla ahí, donde los hijos de puta realizaban las ejecuciones públicas.

—Sí. —Dio gracias a Dios por tenerle. Dio gracias por un hombre que podía ver, sentir y conocer—. Sí, la pondré ahí.

Tonia la alcanzó cuando se disponía a cruzar la base.

—Gracias por salvarme.

—No hay de qué.

—Era más fuerte de lo que imaginaba; error mío. Jodida Petra.

—Su muerte no significará nada para ella. Se buscará a otro y ya está. Ya tiene otros.

Cruzó una acera con Tonia y subió tres escalones hasta un camino pavimentado que conducía a un espacioso porche cubierto.

—He hablado con Duncan. —Tonia se dio un golpecito con el dedo en la sien—. Tenemos Utah.

Fallon sintió idénticas punzadas de júbilo e inquietud.

—¿Cuántas bajas?

—Ninguna, cero. Ni una sola. Algunos heridos, pero ni una sola baja en nuestro bando. Ha dicho que su seguridad era de chiste y que la mitad de los enemigos estaban borrachos o colocados de peyote, lo que está muy mal visto para un guerrero de la pureza. No creo que White enviara allí a sus mejores hombres. Creo que Duncan está un poco decepcionado porque haya sido tan fácil.

—La próxima vez no lo será. —Fallon se detuvo en el porche—. Voy a necesitar un informe completo y detalles de lo que han hecho y lo que están haciendo por nuestra seguridad allí. Los suministros, los prisioneros, los rescatados, todo.

—Lo sabe. Mallick vendrá para informarte directamente a ti en cuanto hayan hecho inventario y tengan los números y todo lo demás.

—Bien. Iré a ver a Mick, y esperemos que sus noticias sean igual de positivas. Entretanto, vamos a establecer aquí nuestro cuartel general.

Abrió la puerta.

Tonia se quedó boquiabierta cuando entraron.

—¡Santo...! ¡Vaya!

El vestíbulo se desplegaba sobre relucientes suelos, con una altura de tres plantas. Una elaborada escalera se bifurcaba y giraba a derecha e izquierda en la segunda planta. En lo alto había una enorme araña de cristal.

De las paredes colgaban obras de arte en intrincados marcos.

Mientras Fallon avanzaba vio una especie de salón abierto a su izquierda, con sofás gemelos tapizados en seda, sillas de patas torneadas, mesas de madera pulida, lámparas con más cristales relucientes.

—Jamás he visto nada parecido —exclamó Tonia mientras se desplazaba hacia la derecha.

Una chimenea enmarcada en piedra blanca con vetas en gris plateado se alzaba entre altos pilares blancos. La estancia contaba con un piano dorado, más sofás, más sillas, mesas, lámparas y más obras de arte.

Algunas piezas se habían hecho añicos o roto durante la batalla. El postigo de acero sobre el gran ventanal central, comprometido en la contienda, colgaba torcido. La sangre manchaba la colorida alfombra. Parte se había derramado sobre el pulido suelo.

—Lujo —dijo Fallon—. Los líderes vivían rodeados de lujo, robando lo que querían para decorar sus nidos. Y ¿ves? —Fue hacia la ventana—. Podían sentarse aquí, plantarse en su palacio robado y observar a las masas vitorear mientras colgaban a los que son como nosotros.

—Ya no.

—No, ya no. Dejaremos lo que sea necesario y nos llevaremos lo que no lo sea para distribuirlo donde se necesite o para almacenarlo hasta que lo sea.

Continuó deambulando, alucinada por el espacio y el mobiliario de un comedor; otra chimenea, esta de una piedra verde que sabía que era malaquita; una larga y reluciente mesa, lo bastante grande como para sentar a ella a veinte personas, rodeada de sillas de respaldo alto y elegantes asientos. Aparadores con candelabros y fuentes de plata.

Una cocina, que sin duda habría hecho llorar de felicidad a su madre a pesar de la sangre del suelo; las puertas de cristal, que daban a un patio de piedra con piscina, jardín y una fuente, estaban rotas.

Una cocina donde los esclavos habían cocinado y servido, pensó.

Abrió otra puerta.

—Una despensa enorme y con provisiones suficientes para alimentar a cincuenta personas durante una semana.

—Lo mismo con esta nevera. —Tonia abrió otra puerta—. Es una especie de cuarto de la colada. Aquí hay un catre y cadenas. Tenían un esclavo personal.

—Ya no —repitió Fallon, y abrió otra puerta—. Conduce abajo. —Aunque sabía que habían revisado la casa, se llevó una mano a la empuñadura de su espada mientras descendían.

—El centro de comunicaciones. Bendita sea la diosa —entonó Tonia con una deslumbrante sonrisa—. A Chuck le va a dar un patatús. Joder, tía, hay más juguetitos que en ningún otro sitio que haya visto, aparte de las plantas nucleares que atacamos.

—Se han tomado muchas molestias para montar esto. —Fallon estudió los paneles de control, los monitores, las radios y los componentes—. Ahora los utilizaremos contra ellos.

—Tiene que estar lleno de datos, informes, ubicaciones... de todo. Chuck lo conseguirá todo.

—Ese es su don mágico.

Vio que la batalla había llegado hasta allí. Había sangre y vísceras, sillas volcadas, agujeros de bala en las paredes.

Se acercó hasta la puerta rota y salió a la húmeda noche. Después de cerrar los ojos, llamó a Mick.

Tía, hemos estado esperando para saber de ti. ¿Estás bien?

Tenemos Arlington.

¡Me cago en la puta! ¿Qué...?

Luego. Necesito un informe de situación.

Bueno, tenemos Carolina, o esta parte de Carolina. ¿Y Utah?

Sí.

¡Lo hemos conseguido, joder!

¿Bajas?

Le sintió titubear y se preparó para lo peor.

Ocho. Dieciséis heridos. Hemos perdido a ocho, Fallon. Hemos perdido a Bagger.

Fallon lloró por el duende al que conoció de niño, por el chico que adoraba los chistes.

Lo siento, Mick.

Ellos han perdido a más, eso te lo aseguro. A muchísimos más.

Miró hacia atrás cuando oyó la voz de Chuck.

—¡Oh, bomboncitos, venid con papá!

Necesito que Thomas o quien sea del que puedas prescindir venga a darme informes completos.

En cuanto estemos bien protegidos. Ahora ondea aquí el estandarte de la Elegida.

¿Controláis sus comunicaciones?

Sí, las controlamos, y el chico de la tecnología se ocupa de todo.

Necesito que enviéis un mensaje a mi señal.

¿Cuál y dónde?

Se lo dijo, y a continuación volvió a entrar para transmitirle lo mismo a Tonia a fin de que se lo diera a Duncan.

—¿Puedes programarlo para que pueda enviar un mensaje? —le preguntó a Chuck.

—Puedes apostar tu culito a que sí. No te ofendas.

—No me ofendo. ¿Puedes enviarlo para que se transmita a quien pueda escucharlo? ¿A quien sea que tenga capacidad de comunicación?

—Con lo que tengo aquí, dispongo de un largo alcance. Tonia y tú podríais aumentarlo. Es probable que no recuerdes que Duncan y tú impulsasteis nuestra primera emisión desde Nueva Esperanza.

—En realidad sí lo recuerdo, al menos un poco.

—Dile a Duncan que haga lo mismo desde allí —le pidió Fallon mientras le comunicaba la idea a Mick—. ¿Cuánto tiempo necesitas, Chuck?

Ya estaba trabajando con los controles.

—Solo un segundo. ¿Quieres vídeo o solo audio?

—Todo. Espera. —Se llevó las manos al rostro e hizo un conjuro para enmascarar la sangre, las magulladuras y las quemaduras—. No es vanidad —comenzó.

—Estás ilesa —corroboró Tonia—. Intacta. Cualquier rastro de sangre en la Elegida es sangre enemiga. Es una buena táctica.

—Diez segundos desde mi señal —les indicó a Tonia, Chuck y Mick—. Dale potencia.

Chuck rio mientras los controles se encendían y los monitores parpadeaban.

—No os volváis muy locas, chicas. Estamos listos cuando tú lo estés.

—Cuenta —dijo.

—Diez, nueve, ocho. —Chuck llevó la cuenta atrás y después abrió los canales.

—A todos los que se reúnen en paz, a todos los que desean la paz, a todos los que protegen, defienden, han sufrido o derramado sangre para proteger o defender, oíd mi voz y sabed que hay esperanza. Sabed que la luz está con vosotros, con todos vosotros, mágicos y no mágicos. A los granjeros, a los albañiles, a los profesores, a los soldados, a las madres, a los hijos, a los padres y a las hijas, sabed que la luz os apoya, lucha por vosotros. Alzaos, alzaos contra aquellos que os oprimen, contra quienes os persiguen y esclavizan. Sabed que por cada uno que pretende destruir, nosotros enviamos a veinte para detenerlos.

»Oíd mi voz, perseguidores, opresores. Oídla y sabed, guerreros de la pureza, sobrenaturales oscuros, cazarrecompensas, saqueadores, cualquiera que caza y encarcela, que tortura y mata, que vuestro tiempo se acaba. Lo que de la oscuridad viene perecerá en la oscuridad. —Desenvainó su espada y la llenó de luz—. La luz os consumirá.

»Esta noche, la luz ha roto las cadenas de los retenidos en las playas de Carolina y en el desierto de Utah, expulsando la oscuridad para reclamar esos lugares en su nombre. Esta noche, la luz ardió con fuerza en la oscuridad de Arlington y es nuestra. Temedme, todos aquellos que derramasteis sangre inocente, todos los que pretendisteis vivir en la abundancia, a costa del trabajo de los esclavos, temedme todos los que habéis elegido la oscuridad.

»Temedme a mí y a todo el que sigue la luz, pues acabaremos con vosotros. —Levantó la mano libre, y en la palma ardía una bola de fuego—. He aquí el fuego para consumir la oscuridad y a todo el que la siga. —Cerró la mano sobre las llamas y la abrió de nuevo. Sostenía una paloma blanca—. Y he aquí la esperanza ofrecida a todos los demás —concluyó—. Prometo ambos, la llama y la paloma.

»Soy Fallon Swift. Soy la Elegida.

Le hizo una señal a Chuck. La mano le temblaba un poco cuando terminó la emisión.

—Menudo discurso —acertó a decir.

—Sí. Vaya truco. —Tonia acarició el pecho de la paloma con la yema de un dedo.

—Simplemente vino a mí. —Soltó la paloma, que voló hacia la libertad a través de la puerta rota—. ¿Demasiado?

—¿Si yo fuera uno de los malos? —Chuck soltó una carcajada—. Me habría cagado en los pantalones.

—Bien. —Fallon posó una mano en su hombro—. Esa era mi intención.

—Pues has dado en el blanco.

8

Mientras Fallon establecía un cuartel general en Arlington, Duncan hacía lo mismo en Utah. No tenía cosas elegantes como ella, y ya había empezado a elaborar una lista de lo que iba a necesitar para construir y mantener una base de operaciones viable.

Necesitaría·suministros para construir mejores albergues, un invernadero para cultivar fruta. Más gallinas, vacas, algunas cabras, cerdos, lo que significaba corrales y rediles, y un granero. Aunque sabía ocuparse del ganado, en la base tenía que haber algún experto.

Delegaría en las hadas para que empezaran a cultivar verduras, hierbas aromáticas y cereales donde hubiera buena tierra, enviaría exploradores para que buscaran lo que pudieran y tal vez comerciaran con otras comunidades cuando las encontraran, si es que lo hacían.

Harina, azúcar, sal; los productos básicos tendrían que teletransportarlos desde Nueva Esperanza hasta que encontraran una manera mejor. Pensó que, básicamente, estaba empezando igual que su madre y los fundadores de Nueva Esperanza.

Al menos él tenía su modelo para trabajar y tropas con experiencia.

Calculó que la armería serviría por el momento, pero también les convendría ampliarla.

Estaba sentado en lo que era, en esencia, una choza, con sus listas y sus mapas. La estructura más segura, que él había reforzado, servía ahora de prisión, no para los esclavos ni las personas mágicas torturadas, sino para los enemigos capturados.

Necesitaba que salieran de su base lo antes posible y apuntó sugerencias para campos de prisioneros.

Levantó la mirada cuando entró Mallick.

—Voy a enviar partidas de caza, reconocimiento y búsqueda al amanecer. Supongo que las hadas que tenemos pueden comenzar a cultivar alimentos, para nosotros y para el ganado, pero tal vez necesitemos una especie de invernadero para árboles frutales.

—Preguntaré sobre eso cuando vaya a Nueva Esperanza. —Mallick dirigió la mirada hacia el lugar en el que Duncan había apilado botellas de whisky, ginebra, cerveza y vino.

—Imaginé que era más seguro tenerlas aquí conmigo. Nos quedaremos con algunas. Los soldados necesitan algo de diversión y algunas se pueden usar como medicina. El resto podemos intercambiarlas.

Mallick asintió con la cabeza, seleccionó una botella de vino, la abrió y la olió.

—Poco apetecible. Pero aun así... —Buscó unas copas, miró a Duncan y enarcó una ceja.

—Sí, ¿por qué no? Te daré una lista de cosas que necesitamos ahora y otra de lo que necesitaremos con el tiempo para que las lleves contigo.

—De acuerdo. Lo has hecho bien esta noche.

Duncan cogió la copa de vino y brindó con la de Mallick.

—Tú también. Pero claro, tampoco ha habido que luchar tanto.

—Porque habíamos preparado y planeado las cosas y nos hemos ceñido al plan.

—Y porque los enemigos eran unos imbéciles borrachos en su mayoría.

—Sí, pero hasta los imbéciles borrachos pueden matar. No hemos perdido a nadie. —Se sentó con su copa de vino—. En Carolina del Sur han caído ocho. —Contempló su copa antes de beber—. En Arlington han perdido a sesenta y tres, con otros noventa y ocho heridos.

Duncan dejó la copa y se levantó para acercarse a la ventana.

—Tonia me ha dicho que ha sido terrible. Me ha contado que Flynn ha perdido a Lupa. Sé que Lupa y el Joe de Eddie han vivido más tiempo de lo normal gracias a los tratamientos y a la curación mágicos, pero de todas formas, no me imagino Nueva Esperanza sin el lobo de Flynn. —Se dio la vuelta—. ¿Tienes los nombres de los fallecidos y de los heridos?

Mallick dejó un papel sobre la mesa, de modo que Duncan se acercó de nuevo.

Cogió la copa mientras leía y apuró el vino.

—Los conoces... —comenzó Mallick.

—Fui al colegio con dos de ellos. Len y yo solíamos jugar pachangas al baloncesto. Salí con Marly un par de veces. Ben Stikes solía tocar esa cosa..., el ukelele, en el porche delantero de su casa. Margie Frost nos dio clases de química a Tonia y a mí en la academia. Los conocía. Los conocía a todos.

Y podía verlos, oírlos. Conocía a sus familias, a sus amigos. Recordó que había salido con Marly en buena parte porque le había cautivado con su risa fácil y contagiosa.

—Esto la apena.

Duncan se presionó los ojos con los dedos y los bajó.

—Tiene que hacerlo. Jamás debería ser fácil.

—Correcto.

—No quiero decir que merezca...

—Sé lo que quieres decir, muchacho. Yo la adiestré, la he visto convertirse en lo que es. Y aunque he dedicado mi vida a hacer justo eso, cuando llegó el momento me apené por ella, por el peso que soportaría.

—Has llegado a quererla.

—Así es. Un acontecimiento inesperado. —Mallick bebió de nuevo—. Y esta noche, aunque es otro comienzo y no el final, ha demostrado ser lo que es.

—Ha incitado a un ataque. Aquí no. En estos momentos no somos lo bastante importantes. —Aunque se aseguraría de que lo fueran—. Quizá no en Carolina del Sur. Pero sí en Arlington.

—Era su intención. Conservará lo que tome.

—Lo sé. Tengo asuntos pendientes con ella aparte de este, pero creo en ella a ciegas.

—Eso también lo sé. Eres un motivo de orgullo para tu sangre, Duncan.

—¡Vaya! —Sinceramente sorprendido, Duncan trató de encontrar las palabras—. Eso se merece otra copa.

Tras proferir una carcajada, Mallick sirvió más vino para ambos.

—Convertiré este lugar en una fortaleza y desde aquí nos expandiremos hacia el oeste. Dile que... Mierda, no sé qué quiero decirle.

—Lo sabrás cuando la veas de nuevo.

—No lo sé. Tal vez. —Ahora mismo tenía que concentrarse por completo en construir esa fortaleza, en alimentar, vestir y entrenar a las tropas que la defenderían—. ¿Sabes lo que sí sé? —preguntó, encogiéndose de hombros—. Un acontecimiento inesperado; te voy a echar de menos.

—Y yo a ti, algo también inesperado. —Mallick levantó su copa—. Por la luz y por lo inesperado.

Duncan chocó su copa con la de Mallick una vez más y bebió.

Fallon se quedó en Arlington dos semanas, ayudando a organizar y a planear el alojamiento y el adiestramiento, controlando el traslado de prisioneros y trabajando para reubicar a los antiguos esclavos y capturados mágicos que decidieran marcharse.

Dado que fueron más los que optaron por quedarse, por vivir, trabajar y adiestrarse allí, supervisó la redistribución de suministros y mobiliario dentro de la base.

Los voluntarios sacaron de las casas del vecindario los restos de los muertos, exterminaron las ratas, limpiaron y repararon.

Empleó el proyecto de Katie de Nueva Esperanza para asignar puestos de trabajo —según habilidades, experiencia o interés por hacerse con ambas cosas— y elaborar hojas de inscripción de voluntariado.

El ataque se produjo al amanecer del tercer día después de la emisión. Preparados de antemano, las fuerzas que ahora se denominaban Luz para la vida repelieron a los guerreros de la pureza en menos de una hora. En opinión de Fallon, fue más un asalto fruto de la cólera y la arrogancia que un ataque organizado.

Habría más, pero tras dos semanas, confiaba en Colin y sus tropas para que defendieran la base y a cualquiera instalado en los alrededores.

Estaba con él junto a la piedra blanca conmemorativa que había colocado. Le había dado forma de torre como metáfora del resurgir, y con su luz grabó los nombres de todos los que habían dado la vida para tomar aquel lugar.

Debajo de los nombres había grabado el símbolo quíntuple y había añadido LUZ PARA LA VIDA.

Alguien había plantado ya flores en la base y habían florecido, tan blancas como la piedra.

—Mallick irá y vendrá de la base durante las dos próximas semanas. Ya sabes, manda a alguien a buscarle a él o a mí si lo necesitas. Y quiero informes semanales y detallados.

—Ya lo hemos repasado todo, Fallon. Informes detallados

semanales. Te avisaré de inmediato de cualquier cosa inusual o digna de atención que surja en las misiones de reconocimiento.

—Volverán a atacar. Los guerreros de la pureza y muy probablemente el gobierno o el ejército fuera de Washington. Vigila el cielo, Colin. —Suspiró. Tenía que confiar en que estaba preparado. Ya había enviado a Taibhse y a Faol Ban de regreso a Nueva Esperanza. Era hora de unirse a ellos. De modo que se volvió hacia él—. Haz caso a Mallick. Aprende de él. Tú estás al mando, pero no eres presidente.

Colin le brindó una amplia sonrisa.

—Prefiero la lucha a la política.

—No cabe duda, pero no te olvides de la política. Que entrenen duro.

Echó un vistazo a la base, a los soldados y reclutas en el campo de entrenamiento, a los voluntarios que trabajaban en el huerto, que atendían el ganado. De la casa que habían equipado como escuela salían risas, y un olor a pan recién horneado surgía de la vivienda que habían designado como cocina de la base.

Ya era mucho más que una base, pensó. Era una comunidad en ciernes.

—Que entrenen duro —repitió—. Tomaremos Washington este año.

—Estaremos listos.

Se volvió hacia él y le dio un fuerte abrazo.

—Mantenlos sanos y salvos —le pidió, y subió en Laoch acto seguido—. Sigues siendo un poco gilipollas, pero te quiero de todas formas.

—Lo mismo digo.

Laoch desplegó sus alas. Fallon se elevó sobre Arlington, dio una vuelta y a continuación se dirigió a Nueva Esperanza.

Le apetecía más volar que teletransportarse, y aprovechó el viaje para elaborar en su cabeza mapas de la tierra sobre la que pasaba. Demasiadas carreteras aún por despejar o en tan mal estado que eran infranqueables. Lo que en otro tiempo fueron ciudades, lo que habían llamado barrios residenciales, urbanizaciones y centros comerciales continuaban desiertos en su mayoría. La tierra misma había asumido el control en las dos décadas transcurridas desde el Juicio Final, de modo que la hierba crecía alta y espesa, los árboles se propagaban igual que las malas hierbas. Sobre ellos, entre ellos, la vida salvaje deambulaba en rebaños y manadas, e imaginaba los ríos y arroyos cuajados de peces y aves acuáticas.

Con su descabellada misión de erradicar a las personas mágicas, de esclavizarlos, los guerreros de la pureza no habían hecho casi nada por atender la tierra, por construir. Los saqueadores saqueaban y dejaban una estela de destrucción a su paso. Lo que quedaba del gobierno actual parecía volcado en gobernar y en las batallas en las ciudades más importantes, además de en su labor para contener y refrenar a aquellos con poderes a los que se negaban a entender.

Ella no cometería los mismos errores ni se fijaría un objetivo tan limitado.

Viró hacia el oeste, estudió las montañas, los bosques, las vías fluviales, los barbechos, los campos cubiertos de vegetación y los edificios; casas, vastas zonas comerciales y centros de servicios.

Hizo descender a Laoch un par de veces para echar un vistazo más de cerca al ver señales de algún asentamiento. Un camino despejado, algunas casas en buen estado, una vaca en un redil.

Marcó los lugares en su mente y continuó camino a casa.

Cuando aterrizó, Ethan lanzó un grito y se acercó corriendo desde la granja con Max, su mejor amigo, y un grupo de perros.

El sudor empapaba el cabello de Ethan bajo la descolorida y ajada gorra de béisbol. Los dos chicos olían a caballo, a perro y a suciedad. Max, larguirucho como su padre, se abrió paso entre los animales para poner una mano en el cuello de Laoch.

—Estábamos pendientes de tu llegada —dijo Ethan—. Mamá ha dicho que regresarías hoy.

—Hemos estado ayudando a mi padre y a Simon con el heno. —Max señaló el campo y la empacadora, que reparaban a menudo—. Pero nos han dicho que podíamos venir cuando te hemos visto en el cielo. Tu madre ha preparado tartas de cereza y la mía va a recoger maíz dulce.

—Vamos a hacer una barbacoa. —Ethan retiró las alforjas—. Porque has vuelto.

—¿Maíz dulce y tarta de cereza? —Fallon desmontó—. ¿Cuándo comemos?

No había nada que le gustara más, así que les entregó a Laoch. Ellos le refrescarían y le atenderían como a un rey.

Llevó sus bolsas adentro por la cocina.

Sobre la encimera vio tartas rellenas de relucientes cerezas entre la dorada celosía de hojaldre y pan fresco, que perfumaba el aire, envuelto en un paño. Flores silvestres en un jarrón, maduros melocotones en una fuente, florecientes macetas con hierbas en el alféizar de la ventana.

Después de la lucha y de la sangre, del trabajo y las preocupaciones, ahí estaba su hogar.

Y se dio cuenta de que ahí estaba lo que necesitaba llevar al mundo, tanto como la paz.

Dejó las bolsas, que podían esperar. Abrió la nevera y buscó otra jarra. Agradecida, se sirvió un vaso de limonada de su madre para aliviar el calor y la sed del viaje.

Entró Travis, casi tan sudoroso como Ethan.

—Te he visto llegar. —Agarró otro vaso—. Tenía que terminar una cosa, pero quería pasarme. ¿Va todo bien con Colin, en Arlington?

—Colin está bien. La base es segura.

—No he tenido ocasión de hablar contigo de verdad. —Se bebió la limonada de un trago—. Hemos aprovechado bien las cosas que enviaste; ya tenemos un par de casas amuebladas y aprovisionadas. La alcaldesa, los concejales y los comités trabajan para ayudar a la gente que quiso venir y afincarse aquí. —Enganchó un melocotón poco maduro, como le gustaban—. La semana pasada celebramos los funerales. Fue duro.

—Debería haber estado aquí.

—Todo el mundo sabía por qué no estabas. Vamos a organizar un homenaje. El ayuntamiento votó a favor. Siempre rendimos homenaje la mañana del Cuatro de Julio, pero haremos otro para colocar las estrellas ahora que has vuelto.

—Es genial. Es lo correcto.

—A los últimos heridos les dieron el alta hace un par de días. La mayoría ya ha vuelto a entrenar. Ha sido duro —repitió, hablando con rapidez mientras pegaba un mordisco al melocotón—. Pero tomar tres bases..., y Arlington, por el amor de Dios, y tu retransmisión de después... —Travis meneó la cabeza satisfecho y gesticuló con el melocotón en la mano—. Arlys lo imprimió palabra por palabra y lo publicó. En fin, aquí los ánimos están muy altos. En la última semana hemos conseguido catorce reclutas más de afuera. Mick acaba de informar de que han incorporado a dieciocho. Dieciocho.

—¿Duncan?

—Está muy lejos, pero Tonia, que va a reunirse contigo en cuanto pueda escaparse, me ha dicho que tenía a siete la última vez que los contó. Y uno es médico, o era..., ¿cómo se dice...?, un residente cuando el Juicio Final.

—Son buenas noticias, y tendremos que superar esto. Pero ahora...

—Ahí viene. —Levantó las manos en alto, con el melocotón a medio comer en una—. Primero, estábamos un poco liados ocupándonos de los desertores y evitando que los heridos y los médicos fueran atacados.

—Razón por la cual deberías haberme avisado.

—Liados —repitió— y con todo bajo control. Además, en plena faena... —Se encogió de hombros y le dio otro mordisco al melocotón, que crujió igual que una manzana—. Mamá fue..., impresionante, simplemente impresionante. Jamás la había visto en plan batalla, ¿sabes? El caso es que tenía a papá ido, como en trance, para poder tratar la herida de bala. Los guerreros de la pureza atravesaron las líneas para intentar llegar a las ambulancias y escapar, y mamá ¡zas! ¡Zas, pam! —Para demostrarlo, lanzó un puño y después el otro—. En serio, se ocupó de tres antes de que pudiera parpadear.

»Y he de decir que Rachel no se quedó atrás. Agarró un escalpelo con una mano, le pegó un codazo a uno y después le rajó. ¿Y Hannah? —Arrojó el hueso del melocotón al cesto de reciclaje de residuos orgánicos de la cocina y se giró para lavarse las manos—. Sabes que he trabajado con ella en entrenamiento de combate y defensa personal. Pues digamos que no era su fuerte, ¿vale? Estaba yendo de una ambulancia a otra cuando nos atacaron y yo le grité que se metiera dentro, que se atrincherara con los heridos. Pero se dio media vuelta. Pam, pam, pum, bum. Colega, es feroz cuando está acorralada. Una rompepelotas. Una rompepelotas del copón.

—¿Hannah? —Francamente, Fallon no podía imaginarse a su cariñosa y generosa amiga pateando a nadie en las pelotas.

—Puedes estar bien segura. No tardamos más de un minuto en vencerlos, dos a lo sumo. Hannah sangraba un poco; el tío cuyas pelotas seguramente sigan moradas consiguió pegarle en la cara. Así que Jonah y yo atamos a los desertores y mamá me dijo que no te avisara, no en ese momento. Rachel estaba echando un vistazo a Hannah y ella estuvo de acuerdo con eso. Hannah metió baza, tan contenta, y dijo que todos estábamos bien y que no te distrajéramos, y Jonah dijo lo mismo. Mamá me lanzó esa mirada. Ya sabes, la que dice que «no me jodas» y continuó atendiendo a papá —concluyó—. Ellos eran mayoría y tenían razón.

—Puede. —Comprendió la decisión, ya que Travis la había transportado a la acción con sus gestos y sus palabras. Se apoyó contra la encimera—. Puede, pero el enemigo no debería haber cruzado las líneas, y ese es un punto débil que solventaremos.

Travis lanzó una mirada a las tartas.

—Ni se te ocurra.

—Demasiado tarde, pero no soy tan tonto como para arriesgarme a sufrir la cólera de mamá. —Abrió la puerta y se giró de nuevo—. Pero si te hubiéramos necesitado, ni siquiera la poderosa cólera de mamá me habría impedido llamarte.

Satisfecha con eso, lavó su vaso y el de él y después llevó sus bolsas a su cuarto para deshacer el equipaje.

Cuando Lana llegó a casa cargada con provisiones, Fallon se bajó de un salto de la encimera de la cocina, donde se había acomodado para dibujar nuevos mapas.

—Mi niña. —Antes de que Fallon pudiera cogerle las bolsas de tela, Lana las dejó y la abrazó—. Esperaba haber vuelto antes de que llegaras, pero Rachel necesitaba ayuda en la clínica.

—¿Qué ha pasado?

—No, no, no es nada de eso. —Lana se apartó y ahuecó las manos sobre el rostro de su hija para contemplarlo—. Las clases empezarán pronto y están haciendo revisiones médicas, y quería enseñarme algunos cambios que han hecho en los planos de ampliación. Siéntate mientras guardo esto y cuéntame cómo está tu hermano.

—Siéntate tú mientras yo lo guardo.

Fallon empujó a su madre a un taburete de la encimera, encontró aceitunas de los trópicos, aceite de la almazara que su padre había ayudado a construir, pimienta y café en grano y una bolsa de sal.

—Colin está en su elemento —comenzó—. Las tropas le respetan, lo cual es vital, pero también les cae bien. Hemos convertido ese puto palacio... —Se interrumpió e hizo una mueca—. Lo siento.

—Creo que ya no tiene sentido que te regañe por ser malhablada.

Aun así tendría cuidado, pensó Fallon.

—Hemos sacado del palacio todo lo que no es necesario y lo hemos convertido en cuartel general.

—Y gran parte lo hemos aprovechado aquí y en otros sitios.

—Tenía siete dormitorios, y utilizamos otras habitaciones para alojar a los soldados. Mallick tendrá una habitación allí, con una especie de sala para instalar su taller. Colin cuenta con una habitación propia; es la más pequeña. Le sirve. Hemos montado más cuarteles y viviendas civiles.

Repasó los detalles generales mientras guardaba los comestibles y después se sentó.

Lana asintió, impresionada, de acuerdo con todo.

—Estás combinando los modelos de Nueva Esperanza y el de nuestra cooperativa en la granja.

—Sé cómo funcionan y que funcionan. Necesitamos esas estructuras fortificadas en lugares como Arlington, sobre todo para entrenar y mantener a salvo a la gente. Cuando Mallick vuelva allí...

—¿No está allí ahora?

—Le pedí que ayudara a Mick durante unos días y que después visite nuestras otras bases antes de venir aquí a informarme. Luego irá a Arlington. Colin es de fiar, mamá.

—Lo sé. De veras. Pero creo que le vendría bien un poco de la disciplina y la visión del mundo de Mallick.

—Las tendrá, confía en mí.

—Le guardé mucho rencor cuando te llevó con él. Y ahora confío en que ayude a otro de mis hijos. La vida es muy perversa y caprichosa.

—Necesito que esté con Colin, pero me hace falta su perspectiva en nuestras otras bases actuales y en las futuras.

Lana bajó la mirada a los mapas inacabados.

—Has elegido ubicaciones para otros.

—Para bases, para fortificaciones, para comunidades que ellos pueden proteger... y que tendrán que protegerse a sí mismos. En cuanto Duncan tenga la base de Utah segura y operativa, ampliaremos allí. Lo mismo ocurre con Mick en el sur. Y de aquí a Arlington. —Fallon pasó un dedo por el mapa—. Hay muchos recursos sin explotar, mucha tierra que debería cultivarse y aprovecharse. Muchísimas carreteras, la mayoría inutilizadas. Edificios que hay que desmantelar para conseguir suministros con los que poder construir esas bases y comunidades. Mucha gente a la que todavía persiguen y se oculta. Tenemos que reunirla.

—Tú has empezado bien.

—No lo suficiente. —Fallon se levantó y comenzó a pasearse—. Ni por asomo. Necesito doblar nuestras tropas de combate, es lo mínimo para tomar Washington. Necesito... —Se detuvo y se dio la vuelta—. No hay que hablar de todo esto ahora mismo. Acabo de volver a casa. Deja que te diga lo que ha sido entrar aquí y ver las tartas en la encimera, el pan recién hecho, la limonada y las flores. —Se acercó de nuevo y asió las manos de Lana—. Me ha recordado que no todo son batallas, guerras y vencer a la oscuridad. Porque hay lugares como este donde se ha derrotado a la oscuridad. Donde vive gente, los niños van al colegio y los vecinos hacen barbacoas. Necesito recordar eso. Necesito que tú me lo recuerdes cuando olvido por qué saqué la espada del fuego. Me temo que en ocasiones lo olvidaré.

—No, no lo harás. Pero me preocupa que si no te permites una vida, si no comes tarta, si no bailas al ritmo de la música ni ríes con tus amigos y, Dios, si no haces el amor con un hombre que te importe... entonces olvidarás lo que significa vivir. Vive, Fallon, vive.

Se llevó la mano de su madre a la mejilla.

—Seguro que me vendría bien zamparme un poco de tarta ahora.

La diversión danzaba en los ojos azules de Lana.

—Muy ingenioso por tu parte.

—¿Ha funcionado?

—Pon la tetera para el té —decidió Lana—. Las dos vamos a comer tarta.

Más tarde se dio un festín con los vecinos, rio con los amigos, bailó al ritmo de la música. Y vivió.

Al día siguiente visitó a todo el que había perdido a alguien en la batalla de Arlington. Su pena le desgarraba al mismo tiempo que su entereza hizo que se sintiera humilde. Sabía que también debía recordarles. Llegaría el día en que las vidas perdidas serían demasiadas como para visitarlos y consolarlos a todos.

Asistió al homenaje a los caídos y no ocultó sus lágrimas. Cuando vio a Flynn colgar la estrella de Lupa, se sorprendió de que su corazón no se rompiera en pedazos.

Cuando Flynn se lo pidió, le acompañó al bosque y deambuló con él en la quietud mientras Faol Ban cazaba en las sombras y Taibhse se movía entre los árboles.

—Quería decirte que he pensado en marcharme, tal vez a Utah, con Duncan —comenzó Flynn—. A algún lugar tan diferente que no vea a Lupa al doblar cada esquina.

—Donde quieras ir...

—Estoy aquí —dijo sin más—. Este es mi lugar. Max, tu madre, Eddie, Poe y Kim me ayudaron a traer a mi gente y a mí hasta aquí. Ayudaron a forjar este lugar. Es mi lugar. No me quedaba familia e hice una, después me dieron una familia y este hogar. Te esperé y lucharé por ti. Pero... una parte de mí murió con él. Tú lo entiendes.

Vio a su lobo deslizarse entre los árboles como humo blanco, sintió el latido de su corazón, conocía su espíritu.

—Sí, lo entiendo.

—Tu madre le dio estos últimos años a Lupa. Lo mantuvo con vida, vital, cuando su hora había llegado más que de sobra. Siempre le estaré agradecido. Murió por salvarme. Aprovecharé la vida que me salvó para luchar. Dame una misión.

¿Era el destino el que ponía a sus pies esa petición?

—Elige a una docena, no solo duchos en la batalla, sino que además entiendan qué se necesita para formar una comunidad segura. Tendrás que buscar cosas, explorar y reclutar a lo largo del camino. Igual que hiciste hace veinte años, de camino a Nueva Esperanza.

—¿Dónde? —fue cuanto preguntó.

—Tengo un mapa y te mostraré dónde tienes que ir. Necesitarás caballos, ya que muchas de las carreteras están intransitables y no puedes depender del combustible. He repasado todo esto con mi padre, de modo que cuando tengas a tus doce, tráenoslos. Llevará semanas, puede que más, Flynn.

—Eso no importa.

—Una vez hayas empezado lo que hay que empezar, regresarás. —Algo se removió dentro de ella, desapareció un peso al mirarle—. Pero no lo harás solo.

Antes de enviar a los hombres a una misión, a un viaje de casi quinientos kilómetros, quería pulir su mapa y echar otro vistazo de primera mano a la ubicación, al terreno, al emplazamiento.

Regresó a casa a lomos de Grace para reunir lo que necesitaba. Una hora, calculó mientras guardaba el mapa y los útiles de dibujo. Dos, a lo sumo, si exploraba la segunda ubicación en la que ya había pensado.

Volar hasta allí, decidió, después hasta la segunda. Teletransportarse de regreso.

Para esa tarea se llevaría al búho y al lobo, además de a Laoch. Lo que ella no viera, percibiera u oyera, ellos lo harían.

Cuando salió a llamarlos, Tonia se teletransportó a su lado.

—Tenía un presentimiento —dijo Tonia.

—¿Sobre qué?

—He oído a Flynn hablando con Starr y con otro par de personas. Le envías a construir otra base. Supuse que harías otra batida antes de enviarle a él.

—Has supuesto bien.

—Te acompañaré. Dos pares de ojos... En fin —agregó cuando Taibhse se posó en el brazo de Fallon y el alicornio se acercó al trote, con el lobo a su lado—. Un par más.

—Voy a dos lugares, el de Flynn y su equipo y otro que espero utilizar.

—Me apunto. —Tonia agarró el sombrero de ala ancha y plana que colgaba de un cordón a su espalda y se lo puso en la cabeza—. Lo cierto es que después del homenaje necesito hacer algo.

—De acuerdo. Me vendrá bien tu opinión.

Fallon le hizo una señal a Faol Ban y el lobo se subió a lomos de Laoch de un ágil salto antes de montar ella. Tonia se colocó detrás de ella.

Tonia alzó el rostro hacia el viento mientras se elevaban.

—Nunca me canso de esto. Bueno, ¿qué plan tienes?

Fallon liberó a Taibhse para que pudiera volar.

—El primer lugar, la ubicación en la que quiero a Flynn, era una localidad pequeña, más que Nueva Esperanza. Al pie de las montañas, de modo que el terreno es accidentado y escabroso. Hay un río, pero el puente sobre el mismo está roto, imposible de cruzar. Una parte del terreno es boscosa y otra parte, aunque rocosa, se puede cultivar. Cuando sobrevolé la zona y la marqué, no vi rastro de civilización. Hay casas y edificios, algunos irreparables, pero muchos de ellos son de piedra y ladrillo. Calles estrechas y algunos vehículos abandonados calcinados.

—¿Saqueadores?

—Seguramente. En estos momentos solo es accesible a caballo o en moto. O cruzando el río en una barca pequeña o a nado.

—Así que cuenta con ciertas defensas.

—Sí. Y tierra que sembrar, bosques en los que cazar, viviendas. Está en un lugar remoto, pero a unos cien kilómetros de Washington.

—Estupendo. ¿Dónde está el segundo lugar?

—Al este de Washington. La tierra es buena, llana en su mayoría, con algunos pantanos. Vías fluviales. Ríos, bahías, ensenadas, algunas playas. Cabañas, casas antiguas y otros edificios. Vi algunos grupos de gente, pero sus defensas son limitadas. Nómadas más que colonos, creo. Escondiéndose.

—Vale. —Tonia miró hacia abajo mientras volaban—. Cuánto espacio. Todas esas carreteras... No me puedo imaginar cómo era cuando estaban llenas de gente conduciendo de un sitio a otro. Como ellos.

—Un convoy militar. —Fallon estudió los tres camiones que se dirigían al este—. Blindados. Probablemente transporten tropas a Washington.

—Reclutados. Así funciona ahora. Cogen a los sanos que encuentran y cazan a la gente como nosotros. No tiene sentido. Si combinaran sus fuerzas con nosotros en lugar de cazarnos, podríamos luchar juntos contra los sobrenaturales oscuros.

—Para ellos, todas las personas mágicas, de luz o de oscuridad, son lo mismo. Tenemos poder. Ellos lo temen y lo desean.

—A uno de los nuevos reclutas lo cogieron la primavera pasada. El grupo con el que viajaba se vio atrapado en una riada y se separaron. Se rompió un tobillo. Un escuadrón del ejército le encontró y le dio a elegir. Alistarse o morir. Un no mágico de unos dieciséis años. ¿Quién hace eso, Fallon?

—Ellos.

—Sí, ellos. Y nos enteramos de más cosas de algunos de los que cogieron y obligaron a luchar. Encierran a sus familias y a ellos los amenazan. En cualquier caso, el chico se alistó, le curaron el tobillo y le metieron en adiestramiento. Les obligan a ver esas películas, ¿sabes? Películas de sobrenaturales oscuros matando gente y material antiguo sobre el Juicio Final.

—Lavado de cerebro.

—A él no se lo lavaron, pero fue lo bastante listo como para fingir ser un buen soldado. Escapó en cuanto tuvo ocasión. Uno de nuestros grupos de reconocimiento lo encontró solo, medio muerto de hambre, y lo trajo. Kim iba con el grupo, me dijo que el chico estaba aterrorizado, que creía que iban a llevarle de vuelta. Entonces le dieron a elegir.

—Quedarse, unirse a la comunidad, o que le diéramos las provisiones que necesitaba para marcharse.

—Se quedó.

—Más lo harán. Y es necesario que protejamos los lugares para ellos. Este será uno.

9

Tonia miró de nuevo hacia abajo mientras Fallon volaba en círculo. Vio el ancho río, marrón como el té, la elevación del terreno, las angostas calles y las casas en ellas erigidas. Densos bosques crecían cerca, con algunas hojas teñidas por las primeras pinceladas del otoño. Vio la alargada silueta de un coyote internarse de nuevo en los árboles y una pequeña manada de ciervos que pastaban en medio de la agreste y rocosa zona.

—Cultivar la tierra va a ser todo un reto —decidió Tonia—. Aunque, claro, a mí se me da mejor casi cualquier otra cosa que no sea eso. Pero sí, cuentan con algunas defensas incorporadas que se pueden fortificar sin apenas esfuerzo.

Cuando aterrizaron, el lobo se bajó de un salto y comenzó a explorar. El gran búho se dirigió hacia los árboles.

—¿Has visto que la carretera desciende y desciende? Zigzagueando. Un centinela vería aproximarse a cualquiera desde aquí. —Fallon desmontó—. Ese edificio, una antigua iglesia... —Señaló hacia la construcción de ladrillo descolorido, con su alta torre de un gris sucio a causa del clima y del abandono—. Es el punto más alto y un puesto de vigilancia perfecto.

—Y gran parte de la carretera se ha visto deteriorada en las zonas más bajas. —Igual que Fallon, Tonia estudió la tierra en busca de puntos defensivos y ofensivos—. Añadir una barricada. Acceso y refugio para una fuerza de avance por el bosque, pero eso se podría controlar.

—Y el terreno es campo abierto. No se puede cruzar sin que te vean.

Fallon pensó que se podría plantar trigo y cereales, y construir un molino en el río.

Subió hasta la iglesia. Las puertas, lo mismo que el campanario, fueron blancas en otra época. Alguien había escrito JUICIO FINAL en ellas hacía mucho tiempo. Ahora, la desalentadora pintura roja se estaba tornando gris.

Las bisagras protestaron, emitiendo un oxidado chirrido cuando abrió las puertas.

Más gris, pensó. El aire, las paredes, las ventanas. Alguien había intentado, sin demasiado éxito, prender fuego a los bancos, de modo que algunos estaban agrietados y chamuscados.

Sobre el altar colgaban unos restos disecados.

—No fueron saqueadores. —La voz de Tonia resonó en el almizclado ambiente—. No hay tantos daños como para que se trate de los saqueadores.

—No, no fueron los saqueadores. Lleva ahí mucho tiempo.

Se acercó y se abrió.

—Algunos pensaron que esta pesadilla era un castigo de Dios. Pero ¿de qué dios? Los condujo a todos, a cada alma, a la enfermedad y la locura que trajo consigo. Cuervos volando en círculo, humo. Oh, los gritos, la risa espantosa que ninguna oración podía vencer. El Juicio Final se arrastró incluso hasta aquí, a este lugar de culto. Demasiados para enterrarlos, y el hedor de la carne quemada se eleva con el humo, se eleva hasta los cuervos mientras me llaman. Me llama, me hace promesas, me miente. No hay salvación. Solo muerte.

—No. —Tonia tocó a Fallon en el brazo para hacerla volver—. No mires más. No sirve de nada.

—Él era uno de los nuestros, y el poder que despertó en su interior le asustaba. Lo que le llamaba le aterraba, porque deseaba responder. Intentó incendiar la iglesia. El fuego es la primera habilidad que se presenta en la mayoría, pero él tenía miedo y fue el último, el único que sobrevivió. Se ahorcó llevado por el miedo y la desesperación.

—Le bajaremos. Le enterraremos.

—Sí. Aquí no hay nadie ni lo ha habido desde que él hizo esto. Puede que lo que hiciera o lo que intentara hacer antes de quitarse la vida mantuviera alejada la oscuridad.

Tonia levantó una mano, arrojó su poder hacia la ventana para que el sol se abriera paso a través de ella.

—Traeremos de vuelta la luz.

Le enterraron en el pedregal que había detrás de la iglesia, y cuando terminaron, bajaron al río.

—Me alegro de que hayas venido —dijo Fallon.

—Yo te cubro las espaldas. No solamente por lo que eres, ni porque compartamos antepasados, sino porque somos amigas.

—Hannah y tú sois las primeras amigas..., chicas..., que he tenido. Solía desear una hermana y seguía teniendo hermanos. —Descubrió que podía sonreír de nuevo—. Había algunas chicas en otras granjas o en el pueblo, pero...

—Tus padres tenían que ser cautos.

—Sí, eso, y que nunca conecté de verdad con las demás muchachas. Supongo que estaba demasiado acostumbrada a los chicos.

Vio una libélula, iridiscente al sol, descender sobre la superficie del río y generar unas ondas. Un pájaro carpintero martilleaba con frenesí en algún lugar entre los árboles.

—Después me fui con Mallick. Mick fue mi primer amigo

de verdad ajeno a mi familia. No sé lo que habría hecho sin él. Siempre he sido minoría con respecto a los chicos.

—A Duncan le gusta quejarse de que las chicas le superamos en número. Y a nosotras nos gustaba, y aún nos gusta, disfrutar atormentándole. Sabes que puedes contar conmigo, ¿verdad? No solo en la lucha.

—Sí. Contigo y con Hannah. Hannah la rompepelotas.

Tonia rio mientras se echaba el sombrero hacia atrás.

—Ahora mismo está encantada con ese apelativo. ¿Qué te parece si las tres nos agenciamos una botella de vino esta noche, nos aposentamos en una casa sin chicos cerca y pasamos el rato?

Fallon se puso en cuclillas y arrancó una diminuta flor, amarilla como la mantequilla, del borde cubierto de maleza. Libélulas, pájaros carpinteros, flores silvestres, pensó. Había vida y belleza incluso en el vacío.

—Oh, sí. Hagámoslo.

Se tomaron tiempo para explorar más la ciudad, para completar los mapas de Fallon antes de poner rumbo al noreste.

Eludió Washington, el humo, los cuervos volando en círculo.

Se acercaba el momento en el que se enfrentaría a las fuerzas de allí, a todas ellas. Vendrían del sur, del oeste, del norte y del este, diez mil fuertes.

Y cuando liberara a aquellos retenidos en jaulas, en laboratorios y en campos, el ejército aumentaría.

—Tu mente no para —comentó Tonia—. Echa humo.

—Allí luchan por nada. No pueden parar. La ciudad está muerta, escombros sobre huesos calcinados, pero no van a parar. Cuando la tomemos, lo único que quedará serán fantasmas y el hueco resonar del falso poder. —Lo dejó atrás y se digirió al sur—. Mira, hay unos cuantos campamentos desperdigados por las montañas. Nada permanente ni estructurado.

—Buenos escondites —reconoció Tonia—. Malas carreteras, y los inviernos serán crudos. Con más de medio metro de nieve, será complicado transitar por las carreteras que haya sin un buen caballo o sin combustible suficiente para un Humvee como el de Chuck, o para un tanque o un quitanieves.

—Caza en abundancia, madera, agua. —Fallon viró.

—Mucha agua, y mucho pescado, y también mejillones, cangrejos, almejas. Unos barcos en buen estado para navegar y mariscada al canto.

—Seres marinos. —Fallon señaló el centelleo de las vistosas colas al sumergirse—. Buenos guerreros. —Sobrevolaron un acantilado. Terreno elevado y bueno—. No tienen electricidad, pero esas cabañas parecen resistentes —comentó Fallon—. Hay un claro. Voy a bajar.

El aire resultaba vigorizante, fresco, limpio, y más frío que antes. Olió a pinos, al agua de un riachuelo, a una pizca de humo de un campamento a unos kilómetros al oeste.

Se encaminó hacia la cabaña, que le recordaba a aquella en la que había pasado su primera noche con Mallick de camino a su casa.

—Un refugio de caza, casi con toda seguridad, o un lugar de vacaciones. De troncos, bien construida. Sin electricidad, pero podemos restablecerla.

Vio el rojo destello de un zorro, excrementos de ciervo, huellas de oso.

—Esto es bonito. —Tonia giró en redondo—. No me va demasiado la naturaleza, pero es bonito.

Fallon agitó una mano hacia la puerta, que se abrió mientras se aproximaba.

—Los carroñeros la han limpiado —comentó—. Es probable que fueran nómadas, ya que dejaron los muebles más pesados y no hay señales de que se haya instalado nadie desde hace mucho tiempo. Hay cenizas en la chimenea, antiguas y frías.

—Es muy probable que las otras cabañas de por aquí estén

igual. No hay suministros, pero cuenta con paredes y techo sólidos y tiene chimenea. Una cocina minúscula. —Tonia giró el grifo oxidado de un fregadero poco profundo—. No hay agua corriente, pero eso también lo podemos arreglar.

—Un cuarto de baño, retrete y ducha. Utilizable, y más de lo que yo tuve durante un año con Mallick.

Tonia se quedó boquiabierta.

—¿En serio? ¿Un año?

—Y tanto. Esto está mejor de lo que pensaba —decidió mientras salía y se abría paso por un camino cubierto de vegetación hasta otra cabaña—. Aislado, pero estratégico. Habría que poner en marcha lo básico, incorporar seguridad, puestos de vigilancia, instalar sistemas de comunicación. Limpiar parte de la tierra para poner un huerto decente, un invernadero, colmenas, fortificar las cabañas y utilizar una de ellas como armería. Conseguir barcos en las vías navegables. Traer suministros por aire o teletransportándolos. Hay abundante madera para construir más cabañas y para combustible. Vamos a ver cuántos... —Su voz se fue apagando y miró a Tonia.

Los oigo, dijo Tonia telepáticamente. *Norte y sur.*

Una docena, más o menos. Espera.

No quería espantarlos, pero estaba lista para defenderse. Fallon habló sin rodeos.

—No hemos venido a hacer daño ni a llevarnos a nadie. No tenéis nada que temer de nosotras a menos que ataquéis. Entonces tendríais buenas razones para tener miedo.

—Demasiado alardear para un par de crías.

El hombre que salió al claro hacía que John Little pareciera escuálido. Rondaría los dos metros veinte de altura y tenía un cuerpo fornido y musculoso; iba ataviado con chaleco y botas de cuero ajados y pantalones vaqueros, con agujeros en las rodillas por el uso.

Su rostro parecía esculpido en ébano, llevaba una barba negra que le llegaba hasta el pecho, y el pelo negro recogido en una serie de sucias trenzas.

Vieron una flecha colocada en su arco. Algunos de los que estaban detrás de él llevaban lanzas o arcos de madera. Uno blandía una espada de un modo que a Fallon le indicó que no sabía usarla.

—Cualquiera sería un enano en comparación contigo —dijo Fallon con naturalidad, y mantuvo las manos a los lados—. ¿Es tuya esta tierra?

—En ella estamos.

—Y también nosotras. Si la tierra es tuya, no has hecho demasiado uso de ella. De todas formas, no es necesario que la defendáis frente a nosotras. No hemos venido a luchar contigo.

La sonrisa del hombre se ensanchó, mostrando el hueco de un diente que le faltaba.

—¿Por qué ibais a hacerlo? Os superamos en número. Chica flacucha con una espada grande, más vale que te marches por donde has venido antes de que te hagamos daño.

—¿Sabes qué? —Tonia ladeó una cadera y apoyó la mano en ella con gesto desafiante—. No me gusta que me amenacen por pasear por el bosque. ¿Y a ti? —le dijo a Fallon.

—Tampoco. —Faol Ban emergió de entre los árboles y gruñó. Cuando el hombre alto giró y tensó la cuerda del arco, Taibhse se lanzó en picado y enganchó la flecha con sus garras—. Si alguno amenaza lo que es mío, lo lamentará. —Se dirigió a sus animales espirituales en voz baja y en gaélico. El lobo se adentró en las sombras y el búho se posó en una alta rama—. ¿Es así como tratas a los desconocidos con los que te encuentras?

—Desconocidos que intentan coger lo que tenemos y vendernos como esclavos.

—Nosotras no robamos. Y a los esclavos los liberamos.

Hizo una mueca feroz, dejando a la vista el agujero de su dentadura.

—¿Unas chicas flacuchas con un lobo y un búho amaestrados liberan esclavos?

—¿Hay alguna persona mágica entre vosotros?

Su rostro se endureció, y a pesar del búho y del lobo, sacó otra flecha de su carcaj.

—Marchaos. Mientras aún podáis andar.

Fallon sacó su poder, solo una mínima muestra. Mientras lo hacía, mientras el hombre y la gente situada detrás de él retrocedían, oyó el llanto de un bebé.

Lo replegó con celeridad.

—Tienes niños contigo.

El hombre le arrebató una lanza al hombre que tenía al lado, con una mueca feroz.

—Jamás te los llevarás.

—Oh, por el amor de los dioses. Nosotras no hacemos daño a los niños ni nos los llevamos. Espera. —Levantó una mano, agitó el aire entre ellos y sacó su espada. La levantó en alto y la inundó de luz para que su plateada hoja refulgiera.

—Soy Fallon Swift. He jurado defender la luz, proteger a los inocentes. Vengo para destruir la oscuridad, para despedazar a todo el que pretenda hacer daño a quienes buscan la paz. Con esta espada conduciré a la batalla a quienes decidan seguirme. Y acabaremos con todo el que se oponga a nosotros.

—Además, se le da muy bien —comentó Tonia—. Vamos, gente. ¿Es que no habéis oído hablar de la Elegida?

—No es más que un cuento. Una historia que se les cuenta a los niños alrededor de la fogata.

—No. —Una mujer se abrió paso. Llevaba un niño agarrado de la mano y un bebé sujeto con un pañuelo sobre el pecho.

—¡Liana, vuelve!

—No. —Le puso una mano en el brazo al hombre alto—. Te dije que no era ningún cuento. Kilo, ¿por qué no haces caso? Eres la Elegida.

—Sí. Y veo la luz en ti, tu sangre élfica.

La mujer tenía los ojos oscuros como la noche. En su oscuro rostro había una cicatriz que bajaba por su mejilla izquierda.

—Y en ti. —Fallon se acuclilló para ponerse a la altura del niño, que tenía un cabello tan denso y suave como una nube negra—. ¿Tú me ves a mí? ¿Ves la luz en mí? —El niño rio y acto seguido apretó la cara con timidez contra la pierna de su madre y la miró—. Tiene hambre. —Llamó a Laoch. Cuando el alicornio aterrizó en el claro, la gente lo miró con la boca abierta y murmuró, apiñados unos contra otros—. No queremos haceros daño, no somos una amenaza. Tonia, hay un melocotón en mi alforja.

Tonia se lo entregó y mantuvo la mirada, fría y serena, fija en el rostro de Kilo.

—¿Te parece bien? —le preguntó Fallon a Liana.

—Sí, sí, por supuesto. Gracias. Dale las gracias, Eli.

El niño susurró un agradecimiento, todavía aferrado con timidez a su madre. Pero alargó la mano para coger el melocotón después de que Fallon simulara morderlo.

Cuando el niño mordió la fruta, sus grandes ojos y el prolongado «mmm» que profirió mientras el jugo le chorreaba por la barbilla hicieron reír a Fallon.

—Es el único que tengo, pero podemos traeros más.

—¿Por qué? —exigió Kilo.

Le lanzó una mirada de absoluta irritación, todavía acuclillada.

—Porque tu chaval no tiene que pasar hambre, porque tu gente no debe tener miedo. Porque no somos vuestros enemigos. —Se enderezó—. Te lo pregunto de nuevo. ¿Es tuya esta tierra?

—Estamos acampados aquí hasta que sigamos adelante y acampemos en otra parte.

—¿Cuántos sois?

Liana exhaló un suspiro al ver que él cruzaba los brazos.

—Kilo, si no confías en ella, confía en mí. Veo quién y qué es. Lo que son.

—Treinta y seis —farfulló.

—Ocho son niños —agregó Liana—. Y una de las mujeres pronto traerá a otro a este mundo.

—¿Tenéis médicos, sanadores?

—Hago lo que puedo —repuso la elfa—. Pero no estoy lo suficientemente cualificada. La embarazada necesita descansar, así que nos detuvimos aquí hace solo unas horas. ¿Es que no ves el milagro, Kilo? Hace solo unas horas.

—Los milagros no existen.

Fallon levantó un brazo y el búho se posó en él. Faol Ban salió del bosque y se detuvo a su lado. Le hizo una señal a Laoch.

—Un líder, incluso uno obstinado, debería creer lo que ve con sus propios ojos. ¿Os quedaríais si tuvierais víveres, protección, más gente y armas? ¿Si se pudieran acondicionar bien los refugios?

—Un blanco en movimiento es difícil de alcanzar.

—¿Hasta cuándo queréis ser un blanco? —replicó—. ¿Hasta cuándo queréis que vuestros hijos sean blancos? Si os quedáis, puedo enviaros provisiones, armas y más gente que pueda enseñar a la tuya a luchar, a sembrar, a pescar, a construir una comunidad, y con medidas de seguridad. Leche —le dijo a Liana—. Fruta, verduras, mantas, ropa.

—¿Qué quieres a cambio de todo lo que traigas? —exigió Kilo.

—Un ejército. Se avecina la guerra. Reuniré un ejército os quedéis o no. Os traeré provisiones tanto si os marcháis como si os quedáis porque tu gente las necesita. Os vayáis o no, construiré aquí, en este lugar, porque sirve a mi causa. Y si os quedáis, o adondequiera que os vayáis, lucharé por vosotros. Ella luchará por vosotros —añadió, posando una mano en el hombro de Tonia—. El ejército que reunamos luchará por vosotros.

—En otras palabras, manda, sigue o quítate del medio. —Tonia se encogió de hombros—. Para no complicar las cosas. —Cuando él le hizo una mueca feroz, Tonia avanzó y le golpeó con el puño en el muro de ladrillos que era su pecho—. Y deja que te diga otra cosa, gilipollas...

—Tonia...

—No, que le den por el culo a la diplomacia. Chicas flacuchas, y una mierda. Esa flacucha condujo a esta flacucha y a un ejército de personas que no son capullos gigantes hasta Arlington y ganamos.

—Gilipolleces —respondió Kilo mientras otros murmuraban y farfullaban.

Pero alguien se abrió paso. Él también tenía cicatrices y cojeaba mientras se apoyaba en una vara. Pero la mano que agarró el brazo de Fallon tenía fuerza.

—¿Arlington? Se llevaron a mi hermana. A mí me dieron por muerto y a ella se la llevaron. Los guerreros de la pureza. La llevaron a Arlington.

—¿Cuándo?

—Encontramos a Sam el invierno pasado —dijo Liana—. Estaba gravemente herido. No creíamos que sobreviviera.

—Pero no le abandonasteis. Le ayudasteis.

—Puede que no sea un completo gilipollas —masculló Tonia.

—¿Tu hermana? ¿Es mágica?

—No. Por favor. Se llama Aggie. Agnes Haver. Por favor, ellos se la llevaron.

—Si estaba allí, liberamos a todos los esclavos. La encontraré y te la traeré. Tengo los nombres de todos los que sacamos de allí. Tomamos Arlington —le dijo a Kilo—. Y más de sesenta que lucharon conmigo murieron para liberar a aquellos como su hermana. Lucharon y murieron para tomar un lugar de tormento y crueldad y para llevar la luz. No deshonres a los muertos. Si puedes quedarte aquí y hacer eso, no eres digno de mandar ni de seguir. Así que puedes quitarte del medio. —Retrocedió y atrajo a su lado a sus animales espirituales—. Enviaré provisiones, y si tenían a Aggie en Arlington, la traeré.

Le hizo una señal con la cabeza a Tonia y se teletransportaron.

—Ese hombre es un puñetero gigante —dijo Tonia en cuanto estuvieron detrás de la casa de Fallon—. Y un auténtico capullo.

—Aun así, ha mantenido con vida a más de treinta personas, incluidos niños, y cuando se encontró a un desconocido medio muerto no se limitó a seguir su camino. De un modo u otro, la ubicación nos vale. Empezaremos a construirla mucho antes de lo que había pensado. Hay que seguir las señales cuando te das de bruces con ellas.

—¿A quién tienes pensando enviar allí?

—A Poe y a Kim. Sus hijos son lo bastante mayores para ir o para quedarse en el cuartel durante unas cuantas semanas. O meses, depende. Y Poe y Kim son duros, listos, tienen experiencia, y no se andan con tonterías.

—Tienes razón. —Tonia esbozó una sonrisa—. Además, Poe no es un puñetero gigante como Kilo, pero tiene músculos en los músculos, tía. Eso se granjea el respeto de los capullos. Y el cerebrín lógico de genio de Kim hará el resto. En fin. Hablaré con ellos.

—Si no quieren ir...

—Tengo la corazonada de que querrán. Es la clase de reto que les gusta.

Ella pensaba lo mismo, y dado que la conexión de Tonia con la pareja se remontaba casi al principio de todo, le dejaría a su amiga que abordase el asunto con ellos.

—Tendremos que enviar a un sanador y al menos a doce personas diestras en la lucha y en la construcción. Tres para ayudar a sembrar y a instalar un invernadero.

—Deja que hable con mi madre. Ella sabrá.

—No todos tienen que ser de Nueva Esperanza. Puedo recurrir a algunos de otras bases. Pero sí, pregúntale qué cree que daría mejor resultado en ese tipo de situación. Tengo que ir a revisar los nombres en busca de Agnes Haver.

—La encontrarás. Confía en las señales. Menudo viajecito, Fallon. Gracias por llevarme.

El sol poniente flameaba entre los árboles con sus rojas tonalidades cuando Fallon regresó al claro. Esa vez iba acompañada de otras cuatro personas mágicas, un antiguo esclavo y suministros.

Kilo se levantó de su asiento alrededor de la fogata con la lanza en mano.

No dijo nada cuando vio a Sam proferir un grito y avanzar a trompicones para abrazar a su hermana.

—Aggie. Oh, Dios mío, Aggie.

—Estás vivo. Creía que te habían matado. Sam. Sam.

—Debería sentarse y beber agua —les dijo Fallon—. Teletransportarse, incluso con el tónico, puede dejar a un NM..., un no mágico, un poco mareado y tembloroso.

—Llévala a la cabaña, Sam. —Liana también se puso en pie—. Llevémosla dentro.

Sam se volvió hacia Fallon con las lágrimas rodando por su cara.

—Lucharé por ti.

—Por el momento, cuida de tu hermana.

Kilo los observó mientras ayudaban a Aggie a entrar en la cabaña.

—Cumples tu palabra.

—Así es. Te he traído algunas cosas básicas, además de a una sanadora. Magda es también una soldado muy diestra. Tienes otros tres soldados experimentados. Buck puede ayudar a construir un invernadero y a sembrar si decides quedarte. Carolyn y Fritz pueden ayudar a empezar a fortificar vuestros refugios. Vienen más, pero tardarán algunos días, casi con seguridad un par de semanas, en llegar aquí.

—No pueden simplemente... —Chasqueó los dedos y la hizo sonreír.

—Poe y Kim estarán al mando. Sobrevivieron al Juicio Final, son guerreros feroces y ayudaron a construir una comunidad. Construirán una aquí. Sus hijos los acompañan; buenos soldados. Jóvenes, pero buenos soldados. Ayudarán a adiestrar a quienes se queden. Traen caballos, una vaca lechera, gallinas y más medicamentos. Además, Kim es herborista. —Miró a su alrededor—. Con el tiempo, si es que aún no tienes entre los tuyos, contarás con profesores, tejedores, granjeros, técnicos y pescadores. Os traeremos lo que necesitéis hasta que podáis ser autosuficientes. Y con el tiempo, en vez de un blanco, seréis la flecha.

Liana apareció en la puerta de la cabaña.

—¿Puede venir la sanadora? Kara ha roto aguas. He ayudado antes en un parto, pero...

—Enseguida voy. —Magda le dio una palmadita al maletín que llevaba consigo—. Una nueva vida. La mejor parte del trabajo. Las mejores bendiciones para ti, Fallon.

—Y para ti y para la nueva vida que ayudas a nacer. Carolyn, ¿por qué no llevas un par de mantas y un poco de té y de miel? ¿Dónde quieres que dejemos el resto? —le preguntó a Kilo.

—¿El resto?

—Pan, mantequilla, queso, huevos, algunos cereales, verduras, etcétera. Más mantas, calcetines, jerséis, menaje de cocina, cuchillos, espadas, flechas. Cosas básicas —repitió—. Es conveniente que designes por el momento una cabaña para los productos de alimentación y otros suministros, y otra para las armas.

—Traes todo esto y dices que nos lo quedemos tanto si luchamos contigo como si no.

—Luchar es una opción. La comida, el refugio y la ropa son necesarios para la vida. ¿Las armas? Si te marchas, se quedan aquí, pero de lo demás, puedes llevarte todo lo que seas capaz de transportar.

—Si nos quedamos, si luchamos, ¿será nuestra esta tierra? ¿Nos ayudarás a construir y defender un lugar que será nuestro?

—Sí.

Se acercó a ella y le ofreció una enorme mano.

—Trato hecho.

Fallon ayudó a organizar los suministros, se quedó a comer asado, que prepararon con algunas de las verduras y especias que había llevado consigo.

Al reconocer el acento del anciano que estaba a su lado, habló con él en castellano mientras comían.

Ofreció una botella de vino, que pasó de mano en mano alrededor de la fogata. Supuso que darían buen uso a las copas que había traído más tarde.

El llanto de un recién nacido llegó de la cabaña, por lo que la botella hizo una nueva ronda.

Liana salió a la puerta y vociferó:

—Es niña. ¡Una niña preciosa y sana! Se va a llamar Saol, en honor a la luz.

—Luz para la vida —murmuró Fallon, y cogió la botella que Kilo le pasaba—. Por la nueva vida —brindó, alzando la botella—. Por la luz que lleva dentro.

Y bebió.

10

Con los fríos vientos del otoño, Fallon viajó a ambas bases nacientes. Llevaba suministros y personal de Nueva Esperanza, de Arlington, incluso de lo que Mick había apodado la Playa, cuando era necesario.

Con Poe, con Kim y con la gente de Kilo fundó Bayview. Con Flynn y Starr, Forestville. Cuando octubre tocaba a su fin, tenía bases en tres de los flancos de Washington y planes para cubrir el cuarto.

—Rock Creek Forest. —Se lo mostró a su padre sobre el mapa.

—Cerca, y sin el río como frontera natural. Si llega a oídos de Washington que te asientas allí...

—Tiene que ser una operación encubierta. Es una zona boscosa, casi deshabitada. La mayoría de los que escaparon de Washington siguió adelante. Hay caza, un riachuelo caudaloso, casas cercanas. Esto de aquí era una universidad, un campus de buen tamaño y sus edificios están casi intactos.

—¿Lo has explorado?

—Unas cuantas veces. Desde un punto de vista estratégico, está hecho a medida como base de exploración. ¿Ves esto de aquí? —Movió el dedo sobre el mapa—. Es una pequeña localidad desierta, desperdiciada, que limita con Washington. Lo dejaremos por ahora, pero resultará útil más tarde.

—Después de que tomemos la capital.

No «si tomamos», pensó; su padre no usaba condicionales.

—Correcto. Thomas tiene ya a casi ciento cincuenta en su campamento, las hadas a más de sesenta, los cambiantes casi los mismos. He preguntado de quién pueden prescindir y podríamos aportar un centenar. Un centenar —repitió—, expertos en fundirse con el bosque, viviendo en y de ellos en Rock Creek. Nadie se mueve más rápido que un duende, y los cambiantes y las hadas no se quedan atrás.

—Cuando estemos listos, atacaremos desde todas las direcciones.

—Desde todas. —Sacó su mapa de Washington y repasó con él la estrategia y los tiempos, los movimientos de tropas. Después tomó aire—. Y con las fuerzas de Duncan, menos aquellos que se queden a defender Utah, las de Troy y las de Nueva Esperanza, atacaremos aquí.

Simon la miró cuando señaló con el dedo en el mapa.

—Por Dios, Fallon, ¿desde dentro? ¿Desde la avenida Pensilvania?

—Nos teletransportaremos. Cinco mil soldados.

Simon tuvo que recostarse.

—¿Puedes hacerlo? ¿Cinco mil?

Fallon esbozó una sonrisa.

—Vamos a necesitar tónico a espuertas para los no mágicos, pero sí, podemos hacerlo. Cinco mil desde dentro de las líneas, otros cinco mil atravesándolas desde todas las direcciones.

—Estarán en inferioridad numérica cuando añadas las fuerzas de la resistencia de dentro o en los alrededores de la ciudad. —Simon se levantó para pasearse por la cocina mientras pensaba—. De todas formas, es su territorio, las estructuras, los caminos. Tienen tanques y vehículos blindados y acceso a armas muy serias. Pero... —Se detuvo—. ¿Un ataque sorpresa conjunto? Es valiente, cielo. Podría funcionar.

—Necesitamos que funcione. Serán necesarios más de diez mil para tomar Nueva York, para hacernos con el oeste, para cruzar el océano. Tomar Arlington aumentó nuestro ejército, nuestros recursos. Es alentador. Pero tomar Washington, derrotar la sede del gobierno que persigue a su propia gente, que paga recompensas por niños porque son diferentes, será un golpe al corazón del enemigo.

—¿Cuándo?

—Queda mucho por hacer, pero... Aunque ha llevado más tiempo del previsto, había empezado a preocuparme que pudiéramos tardar todavía más. Arlington cambió eso. El 2 de enero.

Simon asintió; lo comprendía.

—El día en que murió el primero. El día que el padre de Katie falleció a causa del Juicio Final.

—Y el día en que fui concebida. En que la magia comenzó a alzarse, tanto de luz como de oscuridad. Supongo que es otro símbolo. —Lo sabía con la mente, con las tripas, con su sangre—. El 2 de enero.

Duncan realizó el ritual de Samhain —había que respetar los ritos y tradiciones— e hizo que fuera opcional. También había que respetar que algunas personas de la base, y muchos de los no mágicos que vivían en ella, no quisieran invocar a dioses y antepasados muertos.

Pero cuando trazó el círculo, encendió las velas y llevó comida y flores al altar, se sorprendió al ver cuántos aparecieron, bien para participar o bien para observar.

Decidió que ellos descubrirían, igual que hizo él, que a un grupo de ochenta y tres personas en una base en el desierto les venía bien todo el poder que pudieran conseguir.

De modo que pronunció las palabras, invocó a los elementos, dejó que el poder fluyera a través de él y que emanara de su ser. Pensó en sus abuelos, en el padre al que nunca conoció, en el hombre que había sido un padre para él, aunque durante un tiempo demasiado breve. Pensó en Denzel, que fue como un hermano. En Mary y en Len, en todos los que habían caído en la lucha.

El viento susurró y se agitó en ese vasto espacio; las voces se alzaron, igual que los oteros, hacia un cielo que el sol poniente había teñido de un rojo intenso.

Y la sintió, por primera vez en semanas la sintió en el susurro y en la caricia del viento, la oyó en las voces que se alzaban. Ella también habría trazado el círculo, encendido las velas, llevado comida y flores. Del mismo modo que conocía sus propios pensamientos, sabía que ella pensaba en el padre al que no conoció, en las personas que habían perdido y en los caídos.

Durante un momento, casi doloroso, estuvo conectado a ella, como si le agarrara la mano. Durante ese instante, tan cercano al dolor, se unieron en oración y en un propósito.

Luego desapareció.

Como de costumbre, patrulló la base después de que anocheciera. Los ochenta y dos que estaban con él conocían su cometido, pero patrullaba porque le mantenía ocupado y a las tropas alerta. Tenía centinelas armados en turnos de seis horas, había transformado la chapucera base de los guerreros de la pureza en una segura y fortificada, autosuficiente, con huertos, ganado, energía eólica y solar, una cabaña para los suministros, una armería y tropas disciplinadas.

Algunos todavía estaban verdes, pero las horas de adiestramiento, las rotaciones para explorar, buscar, cocinar y practicar les habían hecho espabilar.

Pese a todo, algunos eran muy inexpertos e iba a necesitar que todos fueran hábiles, muy hábiles, para el 2 de enero.

Eso lo había oído en el viento. Seguramente ella le informaría, aunque tenía que haberle sentido de forma tan tangible como él a ella. Pero Fallon le informaría, de un modo u otro, y prepararía a sus tropas para el ataque a Washington.

Todavía no eran suficientes, y eso le preocupaba. No todos a los que habían liberado se habían quedado. La mayoría lo habían hecho, aunque no todos, y en las exploraciones solo habían reunido a un puñado.

Sabía que había más, eso también lo había sentido. Observando. Esperando a saber qué ocurría.

Inquieto, nervioso, un poco cabreado por razones que no sabría definir, se subió en su moto. Recorrería unos cuantos kilómetros, se tomaría un poco de tiempo para estar a solas y dejaría que el viento y la velocidad se llevaran consigo ese estado de ánimo.

Pasó por un puesto de control y después dio rienda suelta a su moto por la larga y llana carretera. Agradeció las vistas, los olores, los sonidos del oeste desde el principio. Los resonantes cañones, los caudalosos ríos, con sus bravíos rápidos, el intenso brillo de las estrellas. Pero esa noche anhelaba su hogar, los campos y los bosques, las montañas, su familia, sus amigos. Todo lo que le era familiar.

Cuando trabajaba con Mallick había podido tomarse una o dos horas de vez en cuando para teletransportarse a casa. Pero allí, estando él al mando, no podía permitirse ese lujo.

El invernadero acababa de empezar —ja, ja— a dar frutos. Había que vigilar en todo momento al ganado y ahuyentar a los coyotes y gatos monteses. Solo buscar comida equivalía a un trabajo a jornada completa.

Sabía que no debería salir así, pero por Dios que lo necesitaba.

Había que mejorar el entrenamiento cuerpo a cuerpo. Washington significaba lucha callejera, de la fea y sangrienta. Se preguntó si podría idear un modo de conjurar la ilusión de calles, edificios, escombros. Le ayudaría tener una idea clara de cómo era Washington. Era más que evidente que no se parecería en nada a las fotos antiguas ni a los DVD.

Sumido en sus pensamientos, casi le pasó desapercibido aquel destello de poder en el aire. El instinto se impuso. Redujo la velocidad y agudizó sus sentidos.

Observa, pensó. Espera.

Bueno, pues a la mierda con eso.

Detuvo la moto y se bajó. Se llevó una mano a la empuñadura de su espada.

—Si necesitas ayuda, te la puedo ofrecer. Si quieres pelea, puedo darte el gusto. En un caso o en otro, échale huevos y sal.

—No me interesa echarle huevos. —La mujer emergió de la oscuridad en un caballo pinto, como si hubiera separado una cortina—. No me supone ningún problema cortárselos a un hombre, si es necesario.

—Creo que conservaré los míos.

Veintitantos años, pensó, y lo bastante imponente como para desear dibujar esos marcados pómulos, los penetrantes ojos, la larga trenza negra hasta la cintura. Llevaba un arco y un carcaj y montaba a pelo.

—A lo mejor dejo que los conserves y me llevo la moto.

—No. —Sintió un movimiento a su espalda, de modo que arrojó una andanada de poder hacia atrás y oyó el «uf» de alguien al perder la respiración.

—Buenos reflejos —aplaudió ella—. Pero poca cabeza al alejarte tanto con la moto y solo.

Otra docena de jinetes atravesaron la cortina para flanquearla. En un abrir y cerrar de ojos, tuvo la espada en la mano y trazó una línea de fuego entre ellos y él.

La mayoría de los caballos relincharon, pero no el de ella. Tanto la mujer como su montura mantuvieron la calma.

—¿Vale tu vida? —preguntó.

—¿Vale la tuya? —Comenzó a estudiar las caras y se detuvo en una, la de una chica de unos quince años—. Tú estabas con los guerreros de la pureza. Te convirtieron en esclava. Kerry..., no. Sherry. Te hicieron daño. Le hicieron daño. —Miró de nuevo a la líder—. La marcaron y le hicieron... cosas peores. ¿Es de las tuyas?

—Cabalga con nosotros.

—Entonces sabes que no le hemos hecho daño y que nos encargamos de quienes sí se lo hicieron. Nuestra médica la trató, pero ella cogió un caballo y se escapó del campamento antes del día siguiente. Te buscamos para ayudarte, para darte provisiones en caso de que quisieras irte, pero no dimos contigo —le dijo a la chica.

—¿Por qué iba a quedarse? Podríais haberle hecho lo mismo que los otros.

Muy cabreado, la mirada de Duncan retornó a la líder.

—No eres tan tonta como para pensar eso. ¿Qué gilipolleces son estas? ¿Así tratas a la gente que rescata a otra de los guerreros de la pureza?

La mujer le estudió, tan recta en su caballo como una de las flechas de su carcaj.

—No los matasteis a todos. ¿Por qué?

—A los que no matamos, se rindieron o ya no suponían una amenaza. Ahora están en prisión.

—¿Dónde?

—En el este. No volverán a hacer daño a nadie —le dijo a la chica.

—¿A ti qué más te da? Ella no es de los tuyos.

—No pareces tonta, pero esa pregunta es estúpida e ignorante —replicó.

Ella enarcó las cejas por encima de sus ojos penetrantes y oscuros.

—Tus antepasados mataron a los míos, les robaron sus tierras, les trajeron enfermedades y hambruna.

—Es posible. Los antepasados de mi madre vinieron de Escocia. Los ingleses mataron a nuestra gente, les robaron las tierras, quemaron sus hogares. Pero si algún inglés está dispuesto a luchar conmigo contra los guerreros de la pureza, los sobrenaturales oscuros y el resto de los hijos de puta, me importa una mierda qué fue lo que sus antepasados les hicieron a los míos. Estamos en el presente. —Miró de nuevo a la chica—. Me alegro de que estés bien y parece que estarás a salvo con ella.

—¿Por qué luchas? —exigió la líder—. ¿Para quién luchas?

—Mierda —farfulló Duncan cuando sintió que le sobrevenía una visión.

Resignado, dejó que se apoderara de él.

Levantó su espada y lanzó un rayo de luz al cielo antes de que esta flameara.

Esta vez el caballo de la líder se asustó y ella lo controló con un murmullo y dándole un apretón con las rodillas.

—Soy Duncan de los MacLeod, hijo de los Tuatha de Danann. Soy la espada que atraviesa la oscuridad, hermano de la flecha que la perfora. Soy sangre de la sangre de la Elegida y a ella soy leal. Lucho con ella, lucho por ella. Mi luz es para la vida. Mi luz es para ella y para todos aquellos que con ella luchan contra la oscuridad. —Bajó la espada y pasó la mano a lo largo del filo para extinguir las llamas—. ¿Entendido?

La mujer desmontó y se acercó a la baja pared de fuego.

—Entonces, Duncan de los MacLeod, es a ti a quien he estado buscando. —Le tendió una mano—. Yo soy Meda, de la primera tribu. Lucharemos contigo. Lucharemos con la Elegida.

Una vez más, confió en su instinto. Dejó que se extinguieran las llamas que los separaban y le estrechó la mano.

—Bienvenida a la guerra.

Fallon le había sentido, y eso la intranquilizó. Había sentido la pena de Duncan por las personas que había perdido entrelazarse con la suya. Una especie de afligida intimidad para la que no estaba preparada.

Al igual que él, después del ritual se sentía inquieta. Lo mismo que cada año desde que había acudido a ella, abrigaba la esperanza de que su padre biológico volviera a verla. Pero sabía que eso no ocurriría.

Todavía no.

Se excusó y se escabulló de los festejos de la ciudad, de las hogueras, las calabazas decoradas, las chucherías elaboradas para los niños disfrazados, la música en el huerto.

Se convenció a sí misma de que necesitaba volver con sus mapas, con sus planes, depurar todas sus estrategias de guerra. Pero sabía que mentía.

Decidió que era hora de hacer algo más que planes. Era hora de ver, hora de ser, hora de dar el siguiente paso.

Arriesgado, aunque merecía la pena. Pero primero miraría dentro del cristal y juzgaría si el camino estaba despejado.

En casa, encendió la vela que Mallick le había dado cuando era un bebé. En la quietud, con esa única luz, posó las manos sobre la bola de cristal.

—Ábrete ahora y aclárate para mí. Déjame ver lo que debo ver. —Igual que nubes que pasan, después un viento que sopla para separarlas. Y ahora colores, siluetas, espacio—. Más —instó, deslizado una mano hacia la derecha, mirando, observando, antes de deslizar una mano hacia la izquierda. Alzó una, esperando y observando con atención, y a continuación la bajó.

Pasó casi una hora con la bola, dibujando una vez más un mapa detallado, hasta que, ya satisfecha, fue hacia su armario.

Dentro guardaba el Libro de los Hechizos, pociones, amuletos, herramientas. Aunque todos los hechizos moraban en su interior desde el día en que se transformó, consideró que aquel era lo bastante importante como para confirmarlo.

Pasó una mano sobre el libro, que se abrió por el hechizo que tenía en mente. Con el celo y la precisión que había aprendido de su madre y de Mallick, reunió lo que necesitaba. Después de hacer flotar un pequeño caldero sobre su mesa y de encender el fuego debajo de él, añadió ingredientes, calculó otros y pronunció las palabras.

El poder fluyó a través de su ser, cálido y líquido. Parte se vertió dentro mientras el hechizo se fusionaba, palpitando con vida propia, y una columna de humo azul claro se alzaba, fina y recta como una aguja.

Apagó el fuego, enfrió el caldero y metió lo que había creado dentro de un saquito.

—Funcionará —dijo en voz alta, atándose el saquito al cinturón.

Una vez más, echó un vistazo a la bola de cristal. Se concentró al máximo.

—Mientras fluyen los poderes, a través de ti, dentro de ti, el cristal atravieso. A través de ti, dentro de ti, más allá de los escudos, tanto oscuros como luminosos, más allá de las cerraduras el vuelo emprendo. Donde me permitas ver me has de llevar. Hágase mi voluntad.

Tonia y Hannah entraron en la habitación cuando pronunciaba las últimas palabras y lanzaba su poder.

—Hostia... —dijo Tonia.

Entonces, la brutal succión que Fallon había desatado se las llevó a las tres.

—... puta —concluyó Tonia cuando la succión aflojó y las dejó caer—. ¿Qué...? —Se interrumpió y se derrumbó mientras Hannah se desplomaba en el suelo, sin fuerzas.

—Maldita sea. No os mováis, no habléis —ordenó Fallon—. Enseguida vuelvo.

Se desvaneció con su soplo de viento. Diez segundos más tarde, mientras Tonia palmeaba las pálidas mejillas de Hannah, apareció de nuevo.

—Está inconsciente. Por Dios. Eso en lo que nos hemos visto atrapadas no era un viaje normal. Era diferente, y más.

—Primero tenemos que hacer que recupere la consciencia y después vas a tener que conseguir que se beba este tónico. Todo. Deprisa. —Fallon le dio la pequeña botella a Tonia y a continuación posó una mano sobre el corazón de Hannah y la otra en su frente. Cuando los párpados de Hannah se agitaron y gimió, espetó—: Dáselo.

Hannah tragó sin pensar, se atragantó un poco, espurreó y después consiguió decir:

—¿Qué coño ha pasado?

—Os he llevado conmigo a través del cristal. Es más potente que teletransportarse y no estabas preparada.

Y aún no se encontraba estable, decidió Fallon, ya que las pupilas de Hannah convertían sus ojos en lunas nuevas.

—No te levantes hasta dentro de otro minuto. No podía correr el riesgo de teletransportarme —prosiguió Fallon—. Tendrán escudos conjurados por sobrenaturales oscuros o por personas mágicas obligadas o coaccionadas. Tenía que atravesarlos sin disparar ninguna alerta ni dejar rastro alguno. —Se sentó sobre los talones—. Esperemos que eso os cubra también a vosotras.

Tonia echó un vistazo a la habitación mientras ayudaba a Hanna a incorporarse, sin dejar de rodearla con un brazo.

—Santo Dios. ¿Estamos donde creo que estamos?

—La Casa Blanca. El despacho oval.

—¿En el presente?

—En el presente. Perdieron el Capitolio, pero han fortificado y protegido la Casa Blanca. Según la información de Chuck, lo controlan casi todo en este lugar.

—¿Dónde está el cabrón de Hargrove?

—En la residencia. Por lo que he visto en el cristal, tienen cerca de un millar de militares y guardias civiles dentro y alrededor del edificio. Han construido una base militar en lo que creo que era la rosaleda. Todo protegido mediante magia. Desde fuera.

Tonia dejó de contemplarlo todo con la boca abierta y dirigió la mirada hacia Fallon.

—Y nosotras estamos dentro.

—Así es.

—¿Vamos a coger a Hargrove?

—No esta vez. Sin rastro —repitió antes de que Tonia pudiera discutir—. Pero antes de que le cojamos, de que tomemos Washington, tenemos que conocer sus movimientos, sus planes, sus números y, si la fortuna nos sonríe, las ubicaciones de todos sus centros de confinamiento. He conjurado dispositivos de escucha.

—Micrófonos. No, estoy bien. —Hannah apartó a Tonia de un manotazo—. Puede que me sienta un poco mareada, pero estoy bien. Micrófonos —repitió—. ¿No hacen rastreos rutinarios en busca de micros?

—Estos no los encontrarán. He elegido las que creo que son las ubicaciones más estratégicas, empezando por aquí.

—¡El puto despacho oval! —exclamó Hannah con asombro—. Parece más una sala del trono que un despacho.

Mareada o no, el comentario de Hannah daba en el clavo, pensó Fallon. Se giró, observó las lujosas cortinas doradas —tela suficiente para confeccionar ropa y mantas para una docena de personas—, la alfombra con el sello presidencial para un hombre al que nadie había elegido. Todos los muebles de reluciente madera pulida, tejidos de seda. Las obras de arte en ornamentados marcos.

A su modo de ver no se diferenciaba del acaparamiento de belleza y lujo que había encontrado en Arlington. Solo más de lo mismo, y por el ego y la ambición de un solo hombre.

Juró que no iba a conservarlo. No después del 2 de enero.

—Vamos a movernos deprisa y en silencio. Tonia, si surge un problema, el que sea, os teletransportáis de regreso.

—No vamos a abandonarte —protestó Hannah.

—Yo volveré del mismo modo que he venido, a través del cristal. Nos transportaré a todas si es posible. No pongamos en peligro el 2 de enero.

—Veo cámaras —señaló Tonia—. Tienen seguridad aquí.

—Me he ocupado de esas —repuso Fallon—. Vamos a centrarnos en una zona y después en otra. Colocamos el dispositivo y vamos al siguiente.

Abrió la bolsita y sacó una larga y fina hoja.

Tonia la ojeó.

—¿En serio?

—Tiene dos plantas, ¿las ves ahí? Flanqueando esa puerta.

Se acercó a una y deslizó el dispositivo entre las hojas. Lo fijó mientras pronunciaba las palabras.

—Bonito. Muy bonito. ¿Qué idioma era?

—Arameo antiguo. Es una palmera datilera. —Se encogió de hombros—. Encaja y ayuda a protegerlo de los rastreos, ya que es improbable que puedan romper un hechizo sellado en arameo.

Hannah echó un vistazo más de cerca.

—Es orgánico.

—Eso también ayuda. Recogerá todo lo que se diga en esta habitación. Si lo he hecho todo bien, Chuck podrá escuchar.

—Va a tener un orgasmo —decidió Tonia—. ¿Adónde ahora?

—La llamaban la sala de crisis. Ellos la llaman la sala de guerra. —Sacó un trozo de madera tallado pintado de dorado—. Hay un retrato de Hargrove enmarcado en la pared del fondo.

—¿Qué idioma para este? —se preguntó Hannah.

—Hargrove es un antiguo apellido inglés, así que...

—En inglés antiguo. Como hablaba Chaucer.

—Esa es la idea. Si conseguimos colocar solo dos, este es importante. Tengo otro para el despacho de su jefe de personal, uno para la residencia y, si es posible, otro para la cocina.

—¿La cocina?

—Cotilleos del servicio. Oyen cosas y luego hablan. —Estaban tardando demasiado, pensó Fallon. Iba demasiado despacio—. Deberíais teletransportaros, yo me ocuparé de esto.

—No solo no vamos a abandonarte, sino que además no te vas a quedar con toda la diversión. ¿Hannah?

La poción había devuelto el color a sus mejillas. Le brillaban los ojos.

—A por todas.

—Discutir nos hace perder tiempo, así que vamos a movernos; lo haremos pensando en las prioridades.

—Si me enseñas el hechizo, podríamos separarnos y cubrir más terreno en menos tiempo.

—No, seguiremos juntas y colocaremos los que podamos, moviéndonos lo menos posible. Cuanto más nos movamos, más posibilidades de que disparemos una alarma que no haya visto o nos topemos con un guardia. Así que atacamos y nos transportamos. Será un poco duro para ti, Hannah, pero no puedo arriesgarme a dejarte aquí.

—Puedo con ello.

—Tendrás que hacerlo. —Cogió a Hannah de la mano y asintió.

Al cabo de veinte minutos, Hannah se sentó de golpe en la cama de Fallon. Luego se rindió y se tumbó.

—Estoy bien. Un poco débil. Ha sido alucinante. Todo. He estado dentro de la Casa Blanca y he ayudado a colocar micrófonos mágicos. ¿Ya podemos beber un buen copazo de vino?

—Razón por la cual hemos venido aquí en primer lugar —recordó Tonia—. Mira, Fallon, sé que seguramente quieras llevarle todo esto a Chuck, pero el caso es que Hargrove y quienquiera que comparta su cama estaban durmiendo, y el resto de las habitaciones en las que hemos estado estaban vacías y cerradas con llave. Hasta cierran la cocina por la noche. Tomemos una copa a la salud de las chicas sigilosas que acaban de infiltrarse en la puñetera Casa Blanca.

Muy buenos argumentos, reconoció Fallon.

—De acuerdo. Bastará con que vaya mañana a primera hora. —Encabezó la comitiva hasta su propia sala de guerra, cogió la botella de vino que guardaba allí y unas copas—. Parece que aún no hay nadie en casa.

—Creo que no están —confirmó Hannah—. Tus padres iban a ir a nuestra casa, junto con unos cuantos. Tu madre comentó que deberíamos venir aquí y convencerte para que dejaras de trabajar esta noche.

Tonia cogió la botella entre risas y sirvió una copa de forma generosa.

—No lo hemos conseguido, ¿verdad? ¿Siempre es así cuando vas a algún lado a través de la bola de cristal?

—No. Suele ser como meterse en una piscina, una muy profunda. Pero en este caso necesitaba un empujón bastante grande para atravesar las barreras de allí.

—Pues está claro que ha sido un buen empujón. —Hannah bebió un generoso trago.

—Se te pusieron los ojos en blanco, y después... —Con una amplia sonrisa, Tonia describió una pausada curva descendente con una mano—. De hecho, incluso te desmayas con elegancia. Resulta irritante.

—Se llama clase. Clase pura y dura. —Hannah se sentó en una silla, suspiró y bebió de nuevo—. Nunca he participado en nada parecido a lo que hemos hecho esta noche. Es emocionante.

—Has entrado en batalla —le recordó Fallon—. Tratando a los heridos. Y golpeando en los huevos a guerreros de la pureza.

—Eso es diferente. No piensas; simplemente actúas. Vosotras hacéis aquello para lo que os han adiestrado. Pero ¿esto? Hay que pensar a cada segundo en lo que estás haciendo, en lo que hay a tu alrededor en vez de en cómo detener una hemorragia o colocar un hueso. Y la magia. Como es evidente, siempre estoy rodeada de ella, pero nunca he estado en ella, no de un modo tan íntimo, ya sabéis. Dejando a un lado cuando veo lo que los sanadores pueden hacer, esta es la única vez que he deseado poseer un poco de eso.

—Eres médica —le rebatió Tonia—. Salvas vidas, alivias el dolor; esa es tu magia. Y es increíble.

—Te vi —añadió Fallon con voz serena—. La noche en que Petra atacó, en que atacaron sus perversos padres. Te vi desde arriba, protegiendo a alguien con tu propio cuerpo. Eres médica y una guerrera.

—La guerrera rompepelotas.

—No tenía una espada en ese momento. Gracias. En fin, no pretendía dar la impresión de que estoy celosa. Es posible que tuviera algunos momentos cuando éramos niños...

—¡Mamá! ¡Buahhh! Tonia ha hecho volar al perrito otra vez. Hannah soltó un bufido y puso los ojos en blanco.

—Tenía seis años.

—Siete.

—Lo que sea. Se suponía que no debías hacer volar al perrito.

—Le gustaba.

—Si tú lo dices. En fin. —Hannah exageró las palabras mientras gesticulaba con su copa—. Como persona no mágica, puedo decirte que he observado que la magia es divertida, poderosa e importante. Pero también es una gran responsabilidad. Me alegra no poseerla. Vosotras dos habéis nacido para ello. Creo que..., no, sé a ciencia cierta, que nací para ser médica. A veces pienso en mi madre biológica. Tú debes de pensar en Max a veces, Fallon.

—Sí. Esta noche pensé en él.

—Igual que Duncan y Tonia con su padre. Puede que sobre todo en noches como esta. Cuando pienso en ella siento con total seguridad que estaba destinada a vivir lo suficiente para traerme a este mundo. Tuvo que ser espantoso para ella, para todos ellos, pero sobrevivieron hasta que yo pude vivir. Y mamá estaba ahí, justo ahí, y Rachel y Jonah, todos estaban ahí, y creo que eso también era el destino.

Tonia alargó el brazo para darle un apretón en la mano.

—Estábamos destinadas.

—Sí, lo estábamos. Jamás habrían abandonado a un bebé indefenso, pero hicieron más que eso. Mamá hizo mucho más que eso. Me hizo suya y no solo me mantuvo con vida, sino que me dio su amor. Me dio la vida, y yo estaba destinada a salvar otras. Estamos todos aquí por eso. —Hannah cogió la botella y sirvió otra ronda para las tres—. Y ¿lo de esta noche? Hemos pateado culos... con sigilo.

—Habla un montón cuando bebe —comentó Tonia.

—Ya me he fijado.

—Sí que hablo, sí. Pero, mierda, ¿habéis visto todo aquello? En el despacho, en..., ¿cómo se llamaba...? La residencia. ¿Qué coño se creen que son esos putos cabrones, viviendo como reyes mientras la gente, tantísima gente, sigue luchando para dar de comer a sus hijos?

—Y Hannah la bocazas utiliza la palabra que empieza con «p» sin miramientos.

—¡Bueno, que les jodan!

—Oh, eso haremos —le aseguró Fallon, disfrutando de Hannah la bocazas.

—Bien. ¿Crees que hay pizza? Podríamos comer pizza y hablar de hombres.

—Por ejemplo, de cómo Justin te mira con ojos de cachorrito que no vuela.

Hannah le lanzó una fría mirada a su hermana.

—Todavía es un crío. He dicho hombres. No como Garret, que sigue poniéndote ojitos de corderito degollado, sino más bien como Roland, con quien te vi liándote hace unas cuantas noches.

—Olvídate de Roland. No besa bien. No me ponen los que besan mal. Podríamos hablar de todos los chicos que le hacen ojitos a Fallon.

—¿A mí? —La sonrisa que había empezado a aflorar a sus labios mientras escuchaba a las hermanas se convirtió en turbación—. ¿Qué?

—Podría nombrar a una docena que te lamerían de arriba abajo como si fueras un helado arco iris de Fred.

—Qué tontería, y de todas formas, no tengo tiempo para eso. —Pero sentía curiosidad—. Tenemos pizza. —Se levantó y agarró la botella para acompañarla—. Subamos a comer; nos lo hemos ganado. —Se detuvo al pie de las escaleras—. A lo mejor deberíais hacerme una lista con esos chicos.

Tonia rio y rodeó a Fallon con un brazo.

—Sería una lista muy larga.

GUERRA Y SANGRE

La osada garganta de la guerra.

JOHN MILTON

11

Fallon esperaba recibir una pequeña bronca de sus padres por la misión en Washington. Pero no se esperaba semejante chaparrón.

—Podrían haberte cogido o algo peor. No habríamos sabido dónde estabas ni qué había ocurrido.

—No me cogieron —le hizo ver Fallon a su madre—. Tomé precauciones.

—Una precaución era no contárnoslo —replicó Simon.

Su esperanza había sido apelar a él como soldado, pero en ese momento estaba en plan padre.

—Había que hacerlo. Estaba preparada. Tuve cuidado.

—Tanto cuidado que acabaste arrastrando a Tonia y a Hannah contigo.

Tal vez su madre la hubiera pillado en eso, pero...

—Se metieron en medio. Yo me adapté. La información que obtendremos gracias a esto es inestimable.

—También tú. No solo para tu padre y para mí. Para todo el mundo.

Se preguntó cómo era posible que sus padres pudieran borrar de un plumazo todos los años, el adiestramiento, el puñetero destino, y conseguir que se sintiera como una niña de ocho años que necesitaba imperiosamente un buen rapapolvo.

—Hice lo que sabía que había que hacer para tomar Washington y minimizar nuestras bajas. Voy a hacer otras cosas que os preocuparán y os disgustarán. Tenéis que confiar en mí.

—Es un toma y daca, Fallon. Tú hiciste lo que creías que tenías que hacer, pero no confiaste en nosotros. —Simon mantuvo la mirada fija en su hija y posó una mano en el hombro de su esposa. Eran un frente unido—. No nos merecemos eso.

Aquello ya fue malo de por sí, pero tuvo que sufrir la misma reacción por parte de casi todos los fundadores de Nueva Esperanza, desde los ojos tristes de Fred hasta la fría ofensa de Arlys, pasando por la justificada ira de Katie porque sus dos hijas estaban involucradas sin su conocimiento.

Lo mismo le sucedió, por descorazonador que fuera, con Chuck.

—¿Sabes cuál es el método infalible para desmoralizar y perjudicar a una fuerza opositora? Cualquier videojuego lo demuestra, por no hablar de la historia. Arrancarle la cabeza, eliminar al líder. Tú te arriesgaste a eso, niña.

—Por Dios, tú también no. Mis padres se me echan encima y todavía me escuece el sermón de Will. Suponía que al menos tú estarías de mi lado.

—Todo el mundo está de tu lado. Tienes que recordar eso la próxima vez. —El genio de pelo rubio platino con mechones morados y una minúscula y puntiaguda barba la miró e hizo que se diera cuenta de que no solo sus padres podían conseguir que se sintiera como una estúpida cría de ocho años.

Y fue la gota que colmó el vaso.

—¿Sabes qué? Ya me he hartado de esta mierda. —Extendió las manos, en cuyas yemas de los dedos había chispas de luz provocadas por el arrebato de furia—. Yo no causé el Juicio Final, no pedí ser la puñetera salvadora del mundo ni pasarme la vida luchando, pero esa es la puta realidad. El jodido mundo es así.

Por eso cuando llevo a cabo una operación de alto riesgo y elevados beneficios, no me gusta que me traten como a una cría que se ha saltado el toque de queda porque antes no he discutido hasta el más mínimo detalle con todo el mundo. Yo soy la líder y es mi pescuezo. —Le dio una patada a una silla porque estaba ahí. Esta levitó a dos palmos del suelo, se sacudió y cayó con un ruido sordo—. Y así son las cosas, joder.

Chuck no dijo nada hasta que se tragó parte del zumo de mango y ginger ale que tanto le gustaba.

—¿Te sientes mejor?

—Ni una pizca.

—Qué lástima. Esto es lo que no me gusta. Que me pongan en la tesitura de tener que pensar y actuar como un adulto reprimido.

La señaló con su dedo índice, donde llevaba su tatuaje con las iniciales WTF.

—¡Pues no lo hagas!

—Ajá. Ahora estoy en eso, y ya que lo estoy, te diré que puedes entonar un pequeño *mea culpa* para calmar los ánimos o seguir en ese pedestal en el que estás instalada. Te ha tocado ser líder, pues te jodes, pero un líder que no respeta a quienes lidera no recibe demasiado respeto a cambio.

—Mierda. —Tenía ganas de volver a darle otra patada a la silla, pero ya se sentía como una idiota—. Sí que los respeto, a ti y a todos, y más que nada a los fundadores. Tanto que no puedo expresarlo con palabras. No estaba segura de que pudiera hacerlo hasta que lo estuve, y entonces necesitaba actuar, no hacer una reunión. Y... —Recordó las palabras de su padre—. Es un toma y daca.

Quizá sí le daría otra patada a la silla.

—Tienes razón.

—Por eso, cuando... ¿Qué?

—Que tienes razón —repitió Chuck, y bebió más zumo con gas—. Nosotros tenemos razón. Das un poco, recibes un poco.

Además, ya he consumido mi cuota de adulto para una semana. Quiero ponerme con esto.

Se giró hacia su ordenador y se frotó las manos. Entonces entró Eddie.

—Aquí llega otro más —farfulló Fallon.

—Ya se ha terminado la sesión de azotes. —Chuck hizo una mueca—. No lo decía en plan viejo verde.

—Le has dado por mí, entonces. Y más. Colega. —Le dio una pequeña colleja a Fallon antes de volverse hacia Chuck—. ¿Has conseguido algo?

—Estoy a punto de ponerme con eso.

—Antes de que lo hagas, Fred ha estado trabajando en una cosa. —Sostuvo en alto un frasco sellado lleno de un líquido oscuro—. Quería que lo probaras.

—Fenomenal. ¿Qué tenemos?

—Dímelo tú. —Cuando Eddie abrió el frasco, se oyó un siseo y comenzaron a subir las burbujas y, al echar un poco en una taza, el aire gorgoteó por encima.

Chuck la cogió y lo olió.

—No puede ser. —Miró a Eddie con lo que a Fallon le pareció desesperada ilusión—. No puede ser. ¿O sí? —Tomó un pequeño sorbo. Cerró los ojos... y gimió un poco antes de beber un trago más largo—. Es un milagro. Un auténtico y sorprendente milagro.

Se levantó de golpe y se puso a bailar, meneando los hombros y las caderas.

—¿Qué coño es?

—¡Saborea el milagro!

Fallon cogió la taza, picada por la curiosidad, y bebió.

—Oh, oh, qué bueno. —Potente, dulce, diferente a cuanto había probado. Le provocó un pequeño subidón—. ¿Qué es?

—La versión de Fred de la Coca-Cola —le dijo Eddie con una amplia sonrisa—. Lleva trabajando en ella desde que pusimos en marcha los trópicos. Tu madre ha ayudado un poco y yo he hecho de catador. Creo que lo hemos conseguido.

—Está mejor, aún mejor que la Coca-Cola original. Oh, cuánto tiempo. Ven con papi. —Cogió la taza y bebió de nuevo. Otra vez se puso a bailar—. Aún mejor. Es CCF. Coca-Cola de Fred.

—Me gusta.

Chuck echó una mirada al frasco.

—¿Me lo puedo quedar?

—Todo tuyo, tío.

—Voy a llorar. Dejad que os diga que armado con CCF voy a darle caña a este asuntillo de aquí. —Vació la taza—. Uau, mejor ir despacio. —Se sentó de nuevo y volvió a frotarse las manos.

Comenzó a manejar los controles.

—¿Escribiste tú los códigos? ¿Hasta qué punto son precisos? —le preguntó a Fallon.

—Tanto como he podido. No es mi punto fuerte, pero sé que se acercan.

—Empecemos por el despacho oval. Es decir, ya que te pones, hay que ir a por todas.

Fallon esperó mientras él introducía los códigos, trasteaba y hacía cosas que ella jamás comprendería. Por los altavoces no se oía más que un continuo zumbido.

—Creo que entiendo el problema. Un segundo.

Ajustó el código dos veces y el zumbido se convirtió en una especie de ruido sordo.

—Micrófonos mágicos. Recuérdame qué era este.

—Una hoja.

—Uh. Dispositivos de escucha orgánicos. ¡La madre que me parió! Dame un empujoncito, campeona. Solo un empujoncito. Voy a interconectar la magia, ¿me pillas?

—Puede.

Fallon le dio un empujón. El ruido sordo se convirtió en un estallido.

—Retrocede... Demasiado. Solo un toquecito.

—Vale.

Pasó del estallido a un graznido y, después, a un murmullo.

—Lo tengo. Lo tengo. Puedes parar. Allá vamos.

«—Ya basta de esta gilipollez, Carter.

—Señor presidente, comandante..., si pudiera...

—He dicho que basta. Estamos gastando demasiados recursos para conseguir muy poco. Exijo resultados, pero solo obtengo excusas y peticiones de más recursos.

—Señor, si reduce nuestros recursos, si retira más personal del proyecto MHA, es lo mismo que cancelar el proyecto. Ya hemos hecho todos los recortes posibles.

—Esa es la idea, Carter.

—Señor, lo que hemos averiguado y lo que podemos averiguar, los avances que hemos realizado y que realizaremos, son fundamentales para controlar la amenaza de los sobrenaturales. Nuestra investigación...

—No ha dado resultados tangibles en veinte putos años. Los supuestos líderes que se sentaron a esta mesa desperdiciaron años con sus discusiones, negociando y comprometiéndose con científicos como tú. Menuda panda de peleles. De patéticos peleles. Te di una oportunidad, contraviniendo mi propio sentido común, Carter.

—Si pudiera ver...

—¡Ocupo este sillón porque actúo! —La voz de Hargrove resonó con fuerza—. Estoy harto de perder el tiempo, harto de consentir a esos engendros de la naturaleza. Nuestros recursos y nuestro personal están mejor empleados para erradicar la amenaza de una vez por todas. ¿Confinamiento, investigación, experimentación? ¿Para qué? ¿Para que los engendros puedan seguir reproduciéndose, atacar nuestras ciudades, a nuestra gente?

—Sin nuestro trabajo, sin nuestra ciencia, jamás entenderemos el fenómeno.

—A la mierda tu puñetera ciencia y a la mierda el fenómeno. Es hora de acabar con ellos.

—Comandante Hargrove, señor, tenemos más de doscientos especímenes solo en estas instalaciones y creemos que estamos cerca de crear un suero que, en esencia, esterilizará a los sobrenaturales y evitará que se reproduzcan.

—Dijiste lo mismo hace seis putos meses.

—Estamos cerca. Unos pocos meses más.

—Tienes dos. Si no lo consigues, no solo te dejaré sin recursos, sino que cancelaré tu estudio y eliminaré a tus especímenes, además de todos los que hay en las demás instalaciones. Hasta el último de ellos.

—Sí, señor. Gracias, señor.

—Ciencia, y una mierda. ¡Debra!

—Sí, comandante Hargrove —respondió una voz chillona.

—Contacta con el imbécil de Pruitt y dile que más vale que tenga un informe provisional sobre las negociaciones con White y los guerreros de la pureza al finalizar el día. Y si continúa dando vueltas, debería recordarle lo que le pasó al imbécil al que sustituyó. Voy a salir a echar un vistazo a los campos de entrenamiento y a dar una pequeña arenga a las tropas. Envíe a mi escolta. ¡Ya!»

Fallon oyó movimiento, puertas que se abrían. Sí, cerraduras abriéndose. Ruido de disparos, órdenes a gritos antes de que las puertas se cerraran de nuevo. Y silencio.

—Santo Dios. —Chuck exhaló una profunda bocanada—. ¿Cómo cojones le pusieron al mando?

—Por miedo —repuso Fallon—. Miedo a nosotros, a otra plaga, miedo a la magia.

—Quizá sea eso, quizá, pero la mayoría no son así, no son como él. —Eddie se frotó la cara con las manos; la notaba entumecida—. Ni como él ni como White. Habla de esterilizar a personas. Habla de genocidio.

—Para él no somos personas. Somos engendros.

—Mis hijos —insistió Eddie—. Y los hijos de muchas otras personas. No lo apoyarán.

—Antes tienen que saberlo, y lo harán. —Al cuerno con los sermones, pensó Fallon. Habían conseguido lo que necesitaban—. Le ha dado dos meses a ese tal Carter, a ese torturador. Lo que no sabe es el tiempo que le queda. —Se volvió hacia Eddie—. Jamás tocará a tus hijos.

—Tienes mucha razón en que no los tocará.

—Continúa escuchando todos los dispositivos, Chuck. Pretende involucrar a los guerreros de la pureza. Nos conviene saber cómo le va con eso. Sabemos que tienen a más de doscientos mágicos confinados dentro o alrededor de la Casa Blanca. Tendrán más en otros lugares. —Miró al frente—. Dos meses y juro por todo lo que soy que los haremos pedazos.

Diciembre trajo consigo las primeras nevadas y los preparativos para Yule, Navidad y Año Nuevo. Y para la batalla que se avecinaba. Nueva Esperanza colgó sus guirnaldas, quemó sus troncos, decoró sus árboles, elaboró e intercambió regalos. Y entrenó sin descanso.

La alegre tarde del día de Nochebuena, Fallon se reunió con Arlys después de su programa semanal.

—Ha estado muy bien —la felicitó Fallon—. Optimista y potente.

—Si no puedes ser optimista en Navidad, entonces ¿cuándo? Chuck, ¿puedo usar la habitación?

—Sí, claro. He de terminar de hacer algunas compras navideñas. Hargrove está disfrutando de sus vacaciones —añadió—. Celebra elegantes fiestas para miembros clave de su puta dictadura. De todas formas no hay demasiado movimiento, aunque seguimos escuchando.

—Que coma, que beba y que sea feliz —dijo Fallon—. Casi ha llegado su hora.

Cuando Chuck salió, Arlys se levantó y empezó a pasearse por el sótano.

—Chuck ha puesto grabaciones de algunas cosas importantes que me he perdido. Tú ya sabes que Hargrove cree estar cerca de alcanzar un acuerdo con White.

—No lo cerrará antes de que ataquemos, y no le ayudará.

—También planea que White sea asesinado después de que se alcance el acuerdo. Declarará que ha sido uno de nosotros y proporcionará el chivo expiatorio para la ejecución.

—Eso no ocurrirá.

Arlys continuó paseándose, cogió una de las figuras de acción y la dejó de nuevo.

—El gobierno mintió durante el Juicio Final e inmediatamente después. Pero creo, he de creer, que mintió en un erróneo e incluso arrogante intento de controlar el pánico. Esto no se parece en nada. Hargrove es un psicópata y está tan obsesionado como White. —Señaló el monitor, y en su rostro Fallon atisbó tristeza y un intenso debate interno—. Comprendo por qué no puedo informar de nada de lo que hemos descubierto gracias a los micros, pero esto me lleva de vuelta al pasado, Fallon. Me recuerda a cuando estaba sentada en la mesa del presentador en Nueva York y sabía que mentía a todo el que me escuchaba.

—Ahora no estás mintiendo, y cuando tomemos Washington podrás informar de todo.

—Entiendo las razones. Incluso las comparto. Mi Theo, mi niño, se va a la guerra. —Arlys se llevó una mano a los labios y agitó la otra cuando Fallon se acercó a ella—. Estoy aterrada. Conozco a Will y sé que cuidará de Theo lo mejor que pueda, pero mi hijo, mi corazón, va a la guerra y tengo mucho miedo. El hijo mayor de Rachel también va.

—Lo sé. Acabo de hablar con ella. Venía a hablar contigo antes incluso de que me pidieras que viniera. No tengo hijos ni hijas, pero sé lo que supone para ti. Lo veo en mi madre y sé que es lo más duro que hay.

—Creo en ti. Creí en ti antes de que nacieras, cuando te vi a través de Lana. Creo en ti. —Exhaló un suspiro—. Sé por qué va Theo. Sé por qué no puedo informar de los horrores que Hargrove perpetúa, de los que planea. Pero sí puedo informar de lo que hacemos al respecto. Quiero que me incorpores cuando ataquemos Washington.

—Puedes informar desde aquí —comenzó Fallon.

—Mediante repetidor, cuando alguien pueda decirme algo, cualquier cosa. No es suficiente —insistió Arlys con firmeza—. Voy a ir y se lo voy a contar a la gente, a enseñárselo cuando me sea posible, mientras ocurre. Les enseñaré, cuando bajes al centro de confinamiento, lo que Hargrove y su gobierno corrupto han hecho. Te mostraré a ti, Fallon. Les enseñaré a la Elegida. Para la mayoría ver es creer. Necesitas esto y me lo he ganado.

—¿Has hablado de esto con Will? —Al ver la mirada fría de Arlys, Fallon puso los ojos en blanco—. No porque sea un hombre. Porque es tu pareja y un comandante.

—Vale. Sí, hemos hablado. No esgrimió ningún argumento que venciera los míos. Tú tampoco.

—No, yo tampoco. Eres amiga de mi madre. Creo en ti. Creía en ti antes de conocerte porque te vi a través de ella. No puedes llevarte a Chuck.

—Entiendo. No le va a gustar, pero sabe que aquí es esencial. Quiero una cosa más.

—¿Qué?

—Quiero entrevistar a Hargrove después de que lo atrapes. Sé que le quieres con vida, y si sigue vivo cuando esto acabe, quiero una entrevista.

—Eso es fácil.

Al salir fuera, Fallon se detuvo bajo el sol invernal a contemplar los muñecos de nieve que los niños habían hecho en los patios delanteros y laterales, las alegres guirnaldas en ventanas y puertas. Candelabros artesanales adornaban algunas ventanas. Podía oír gritos cerca. No había clases y la gente se deslizaba en trineo o se arrojaba bolas de nieve.

Se giró cuando una de esas bolas le dio de lleno en la espalda.

Y casi pegó un salto cuando vio a Duncan sacudiéndose la nieve de las manos mientras se aproximaba a ella por la acera.

—Un cobarde dispara por la espalda.

—O un oportunista —replicó él—. Era demasiado bueno como para no hacerlo.

—No sabía que estabas aquí.

—Solo un par de horas. Tienes buen aspecto. Ha pasado bastante tiempo.

—Bastante.

—Iba a ir a tu casa, pero Hannah me ha dicho que estabas en la ciudad. Demos un paseo.

Caminó con él. Duncan parecía más... maduro, decidió. Más centrado.

—¿Has recibido toda la información?

—Sí, esta misma mañana. Estoy deseando desbaratar sus planes. La maniobra para poner micros en la Casa Blanca fue cojonuda. Siento habérmelo perdido.

—Había que hacerlo.

—Claro que sí. —Duncan prosiguió mientras Fallon se permitía sentir cierta satisfacción—. Una pena que no se te ocurriera antes. Hemos podido reclutar en base a los rumores..., los catalogamos como rumores..., de que Hargrove y White están intentando llegar a un acuerdo.

—Si eso se sabe...

—No somos idiotas, Fallon. Estamos diciendo que lo sabemos por un guerrero de la pureza al que capturamos.

—Tus números han aumentado con tu alianza con la primera tribu, con Meda.

—No solo los números. No he visto a nadie que sepa montar o luchar a caballo como la primera tribu. —Tal vez dijera aquello de forma brusca, pero había admiración en su voz—. Están ayudándonos a dominar esa habilidad. Hace un mes teníamos algunos efectivos que casi no sabían ni sentarse en un caballo. Ahora cabalgan como vaqueros.

—Cuentas con cuatrocientos cuarenta y dos efectivos.

—Quinientos tres. Hemos incorporado algunos más en los últimos días. Pensaba decírtelo en persona.

—Es una buena cifra, y de una localización lejana. —Se detuvo para estudiarle—. ¿Cómo?

—Meda conoce formas de avisar a más gente de la primera tribu. He enviado exploradores, incluido yo, que viajan o se teletransportan a donde hemos oído que puede haber asentamientos. Te puedo decir que desde que hemos hecho correr los rumores, hemos tenido un ingreso continuo de reclutas. Puede que antes del día 2 tengamos más, algunos listos y capaces de luchar.

Se encaminaron hacia el huerto.

Se había afeitado para visitar a su familia, pensó Fallon. Y olía a limpio, como la nieve. El sol del desierto había teñido su piel de un tono dorado que hacía que sus ojos parecieran más verdes.

—¿Estás listo para volver? ¿A Nueva Esperanza?

Duncan contempló la nieve, los invernaderos, el parque infantil. El árbol conmemorativo. Y se dio cuenta de que se encontraba casi en el mismo punto en el que estaba cuando Petra mató a su mejor amigo.

—Después de Washington, sí. He estado fuera mucho tiempo.

—Has ayudado a reunir el ejército que tomará Washington.

—Es cierto. Ayudaré a reunir más gente desde aquí y dedicaré algo de tiempo a mi familia. Si tengo que ir a otra parte, iré. Pero es hora de volver, por ahora.

—Tu familia te echa de menos.

—Yo también a ellos. Echo de menos Nueva Esperanza. El desierto... es un lugar impresionante. Pero añoro mi casa. Aunque no es lo único por lo que vuelvo. Cuando me fui, te dije que volvería a por ti.

Fallon meneó la cabeza. No se apartó; eso sería una cobardía.

—No puedo pensar en nada que no sea el 2 de enero. Diez mil personas dependen de mí para que los conduzca a la batalla. Y de ti, Duncan, para que los guíes.

—Y lo haremos. Pero después, tú y yo... —Le sacudió un poco de nieve del hombro—. Tenemos que ocuparnos de esto.

—Haces que parezca una tarea.

—No sé lo que es. —Le agarró el brazo antes de que diera media vuelta—. No lo sé, pero lo llevo dentro desde la primera vez que soñé contigo. Empiezo a pensar que comenzó con mi primer aliento. Te deseo, y las demás a las que alguna vez he deseado no son más que humo, fácil de disipar. No parece justo, pero así son las cosas. Eres tú.

Fallon entendía ese deseo, porque sentía lo mismo.

—¿Sabes cuánta parte de mi vida estaba decidida no solo con mi primer aliento, sino cientos, miles de años antes de eso? ¿Eres capaz de entender que necesite resistirme a que también decidan a quién deseo?

—Claro, porque yo siento exactamente lo mismo. Por eso nos ocuparemos de ello.

Fallon no puso objeciones cuando él le asió los hombros, tiró de ella y se apoderó de su boca. Lo deseaba, deseaba sentir de nuevo lo que había sentido la noche que Duncan se fue. Ese deseo, esa pasión.

Pero cuando la atrajo y la abrazó hasta que el calor se fue entibiando y tornándose en calidez, la dejó temblorosa mucho después de que se apartara de nuevo.

—Bueno. —Se metió las manos en los bolsillos—. Tengo las coordenadas para el día 2. Hemos estado estudiando a fondo los mapas que enviaste. Estamos demasiado lejos para hacer otra cosa, así que teletransportaremos a los quinientos efectivos y a los doscientos caballos. Ya hemos empezado a preparar a los no mágicos y a los caballos.

Era más fácil, menos complicado hablar de batallas, pensó Fallon.

—¿Estás seguro de que puedes teletransportar a tantos?

—Es la única forma de llegar allí, estoy seguro. Necesito una señal, de ti, no de un duende. Estás planeando atacar al alba, así que estaremos listos para partir dos horas antes de que amanezca. Pero necesito la señal. —Sus ojos, más verdes, más firmes, le sostuvieron la mirada—. Directamente de ti, Fallon.

—La tendrás. Vamos a ganar, tenemos que hacerlo, Duncan.

—Es un buen plan. Muy arriesgado, pero es lo que necesitamos. Has elegido bien a los comandantes de tus bases. Me incluyo ahí —agregó con una sonrisa que apareció y desapareció—. Todos sabemos capitanear y lo que hay en juego. Cuando ganemos, porque sí, tenemos que ganar, quién sabe a cuántos sobrenaturales oscuros nos cargaremos con ese estado policial que llaman gobierno. Quién sabe a cuántas personas mágicas liberaremos del confinamiento.

—Tienen a doscientos en las instalaciones de la Casa Blanca.

—Tienen... ¿qué?

—Es información obtenida de los dispositivos de escucha. Los científicos que trabajan para Hargrove están intentando crear un suero que los esterilice.

—La madre que los parió.

—Hargrove les ha dado un plazo. Si no lo consiguen, quiere que los exterminen.

Sus entrañas se endurecieron y todo su ser se enfureció.

—¿Qué plazo? ¿Cuándo captasteis esto?

—El día después de que pusiéramos los micrófonos. Les dio dos meses.

—¿Hace semanas que lo sabes? —Sus ojos lanzaban fuego mientras se enfurecía con ella—. ¿Sabías que ese puto plazo se cumple justo el día del ataque? ¿Y no me lo has contado ni a mí ni a ninguno de los comandantes? Porque me habría enterado si lo hubieras hecho. ¿Quién cojones te crees que eres?

—La Elegida.

—A la mierda con eso. A la mierda. —Se marchó hecho un basilisco y volvió—. No tenías derecho.

La ira, esa furia, la arrasó, la atravesó, pero se mantuvo firme.

—Puede que no. Puede que el derecho no, pero sí la necesidad. Si os hubiera contado lo que están tratando de hacer, si te hubiera dicho que descubrimos hace solo unos días que están fertilizando a personas mágicas por la fuerza para estudiar a los bebés, que han experimentado con recién nacidos, ¿cuántos romperíais filas y lanzaríais un ataque antes de que estuviéramos preparados, antes de que pudiéramos ganar?

Fallon podía ver en su cara que eso le repugnaba, y sintió que a ella también se le revolvía el estómago.

Duncan la miró con desprecio.

—Eres fría de cojones, ¿sabes?

—No lo soy. —Se le quebró la voz, y también el muro de fortaleza que con tanto esfuerzo había levantado—. No lo soy. Bebés. ¿Cuántos? No lo sé. No sabía que los tenían justo en la Casa Blanca, donde en otro tiempo tenían una bolera, un cine. Ahora tienen laboratorios y celdas, y yo no lo sabía. Estuve encima de ellos esa noche y no lo sabía. —Se cubrió el rostro con las manos—. Si lo hubiera sabido, habría tenido que dejarlos. Habría tenido que hacerlo, porque aunque de alguna forma hubiera podido salvar a unos pocos, el resto estarían perdidos.

—Está bien. Vale.

—No está bien. —Montó en cólera—. No vale en absoluto.

Pero es necesario. Ahora lo sé y oigo el llanto de los bebés. Los oigo cuando duermo. Así que, ¿cómo voy a dormir?

—Para. —La asió de los hombros de nuevo, con una firmeza que se suavizó al tiempo que deslizaba las manos por sus brazos y ascendía otra vez—. Para ya.

—Quiero hundirles mi espada en el corazón. —Fallon le agarró, clavándole los dedos en los brazos—. De Washington a Nueva York, de un océano al otro, y más allá de los mares, hasta el último rincón del mundo. Y juro que lo haré, por mi vida juro que les arrancaré el corazón, y se lo arrancaré a la bestia que los utiliza como si fueran marionetas.

—Sola no, Fallon.

—No, no, Dios mío, no quiero hacerlo sola. Pero me conozco y sé lo que es capaz de desatar mi propia cólera sin control, y conozco también la tuya. Te juro, juro, que tenemos que atacar el día 2. Ni un día antes. Es un círculo en muchos, Duncan. No es el primero ni el último, sino uno de muchos.

—Te creo. —Fallon temblaba. Ahuecó las manos sobre sus mejillas y clavó los ojos en los suyos—. Te creo. Pero ahí es donde te equivocas. Antes te he dicho que habías elegido bien a tus comandantes y es cierto. Hasta el último de nosotros habríamos abogado por lanzar un ataque antes. Pero —añadió antes de que ella pudiera hablar— habríamos escuchado tus razones en contra. Por Dios, Fallon, ¿crees que no he aprendido a controlarme después de pasar tantos meses con Mallick? Es el rey del control.

—Eso me cabreaba mucho.

—Sí, me he unido al club. Pero funciona. —Bajó las manos y se apartó una vez más—. Quiero las coordenadas de las instalaciones de confinamiento. En cuanto se den cuenta de que Washington está cayendo, alguien ahí abajo podría dejarse llevar por el pánico y empezar a matar prisioneros. Algo en lo que tú ya has pensado —añadió.

—Pensaba contarles a los demás comandantes lo que te he contado a ti. Haremos que un equipo de rescate tome el centro de contención y libere y transporte a los prisioneros a Arlington. Tú ya estabas en él.

Duncan asintió.

—Voy a compartir esto con mi gente de confianza en cuanto vuelva hoy.

—Elige a dos para el equipo de rescate.

—Eso puedo hacerlo. También se lo diré a las tropas cuando estemos listos para teletransportarnos a Washington. La ira les infundirá fuerzas. He de regresar y pasar algo de tiempo con la familia antes de marcharme. —Echó un vistazo a su alrededor—. Sabes, no imaginaba que echaría de menos la nieve. Pero la echo de menos. —Clavó los ojos en los de ella—. Feliz Navidad.

—Feliz Navidad.

Cuando se dio la vuelta, Fallon cogió nieve, hizo una bola y la arrojó. El impulso y su sonrisa por encima del hombro la hicieron reír.

—Ahora estamos en paz.

—Hasta la próxima. Te veré en el campo de batalla.

Después de que Duncan se fuera, Fallon pensó que no se verían solo en el campo de batalla de Washington. Se verían en muchos más.

12

Justo antes del amanecer del 2 de enero, Fallon se encontraba frente a los barracones. Más de dos mil soldados se desplegaron con ella. Algunos montaban a caballo; otros, en moto. Los soldados de infantería se pusieron en formación.

Vaporosas nubes de vaho se elevaban en el aire.

La fría y despejada noche se desvanecía, la luna menguante descendía mientras las estrellas centelleaban. Una nevada reciente se extendía sobre las hojas como un manto de armiño mientras hombres y mujeres la pisoteaban para colocarse en formación.

Vio a Marichu ocupar su posición, con su carcaj a la espalda y una expresión feroz en los ojos.

Los que se quedaban ya se habían despedido, habían abrazado a sus seres queridos y aguardaban ahora en la trémula oscuridad.

Cuando sintió la proximidad del sol, montó en Laoch, llamó a Taibhse para que se posara en su brazo y a Faol Ban para que acudiera a su lado.

Hizo girar a su montura de cara a las tropas.

—Lo que hacéis hoy, lo hacéis por todos. Cada golpe asestado es un golpe a la persecución, al fanatismo, al sufrimiento. Sois valientes y leales. Hoy lucháis por todos aquellos que son perseguidos y encerrados, atormentados y masacrados, y lo que hoy hacéis hará que las campanas de la esperanza y la libertad resuenen en las ciudades cubiertas de humo, en los bosques, en las montañas y en los mares.

»Somos guerreros de la luz. —Desenvainó su espada y la alzó mientras resonaban los vítores—. Y hoy, tan seguro como que el día sigue a la noche, nuestra luz luchará contra la oscuridad. ¡*Solas don Saol*!

Miles de voces repitieron el lema.

—¡*Solas don Saol*!

Mientras el sol brillaba, tiñendo de rosa las montañas del este, Fallon hizo que su espada llameara.

Y asestó el primer golpe en el corazón de Washington.

En cuestión se segundos, el aire se llenó de gritos, alaridos, disparos, las llamas de las flechas, el estruendo de los caballos, el rugido de motores. El humo de las peleas libradas en la noche se elevaba en gran parte de la ciudad, ya en ruinas.

Los cuervos volaban en círculo y proferían una especie de graznidos jubilosos. Taibhse alzó el vuelo desde su brazo, e igual que un misil blanco surcó el humo y atacó a los cuervos con el pico y las garras.

Fallon cabalgó hacia la energía. La sentía fluir, negra y atroz; se abrió paso a través del oleoso caudal en dirección a una mujer que arrojaba rayos rojos y negros a las tropas que se aproximaban.

Lanzó con su escudo un rayo al suelo, que penetró en los escombros, y le dio fin con su espada mientras Laoch se elevaba por encima del cuerpo postrado y de las piedras calcinadas.

Un hombre con un bate tachonado de clavos avanzó a toda velocidad y abatió a uno de los militares del gobierno.

—¡Resistencia! —gritó, y detrás de él aparecieron una docena más mientras Fallon se adentraba en el caos.

Las flechas de fuego volaban en la mortecina luz de la mañana. Las estruendosas explosiones dejaban un rastro ígneo, haciendo que el suelo se sacudiera mientras ladrillos y piedras caían de los edificios en ruinas. El polvo generado formaba una niebla tan espesa que los soldados se tornaban espectros.

Fallon se abría paso a golpes allá donde sentía vibrar la energía oscura, atacando, luchando. Mientras los gritos de guerra resonaban no pensaba en otra cosa que en el siguiente adversario, los siguientes centímetros de tierra. El sudor y la sangre manaban en medio del frío viento mientras los poderes se enfrentaban, los aceros resonaban y las balas silbaban.

Sus fuerzas atravesaron las barricadas por el norte, el sur, el este y el oeste. Docenas de espantosas batallas inundaban una ciudad que ya no defendía a su gente, que ya no hacía honor a la sangre derramada, a las vidas sacrificadas durante siglos para preservar los derechos de su gente.

Monumentos desfigurados, parques reducidos a cenizas, la cúpula del Capitolio rota y tiznada.

En ese amanecer, a lo largo de la mañana, lucharon sin tregua contra las fuerzas del gobierno, los sobrenaturales oscuros, las frías manos de la crueldad que habían aniquilado toda vida, toda esperanza de una ciudad en otro tiempo floreciente.

Hizo que Laoch se elevase, se abatió sobre la base y arrojó bolas de fuego.

Desde las alturas pudo ver huecos en las líneas enemigas y en sus propias defensas. Envió orden de aprovechar los primeros y cerrar los segundos.

Tenemos que avanzar hacia el centro de confinamiento, gritó Duncan en su cabeza. *Podrían estar ejecutando prisioneros. Tenemos que ir allí ya.*

Ahora, convino.

Descendió con Laoch y se apeó de un salto.

—Lucha —le dijo, y se teletransportó.

Hombres y mujeres se afanaban en guardar viales, muestras,

equipos. En lo que le pareció que era un calabozo, un chico de no más de dieciséis años forcejeaba con sus cadenas. Oyó el eco de gritos más allá del laboratorio principal.

Una mujer que corría hacia una puerta de acero empujando una caja con ruedas, la vio y chilló.

—Deberías temerme. Deberías tener miedo. —Como si diera un revés con la mano, Fallon la tiró al suelo con una onda de poder.

Sonaron las alarmas. Uno de los hombres, cuyo inmaculado uniforme negro destacaba entre las batas blancas de laboratorio, sacó una pistola. Fallon la derritió en sus manos y él la dejó caer al suelo.

Los demás se pusieron de rodillas y levantaron las manos en alto. Oyó luchar al equipo de rescate y supo con todo su ser que no fracasarían.

—Carter —llamó, y leyó el miedo en un par de ojos.

Mientras se acercaba a él, las lágrimas resbalaron por su cara.

—Por favor. Solo seguía órdenes. El presidente y comandante en jefe Hargrove en persona...

—Tortura, violación, mutilación, genocidio. Experimentación con bebés. ¿Son esas sus órdenes?

—Por favor. Soy científico.

—Eres un criminal de guerra. —Merecía tal insulto, y mucho más, y por eso le estrelló el puño en la cara.

Marichu se abrió paso, con el rostro cubierto de hollín, la misma expresión feroz en la mirada que al despuntar el día. Aquellos ojos y la flecha ya colocada dejaban claras sus intenciones.

Fallon se limitó a colocarse delante de Carter.

—No —dijo.

Ella se volvió hacia la celda, abrió los cerrojos y quitó las cadenas. El chico salió tambaleándose.

—Dame un arma. Déjame que los mate.

—No matamos prisioneros. No somos como ellos. —Volvió la mirada hacia Marichu—. No seremos como ellos. Dentro de la celda —ordenó al resto, y señaló a Carter—. Llévatelo contigo. Deprisa, o puede que cambie de opinión y al final le dé un arma a este chico.

Se giró hacia el muchacho.

—¿Puedes luchar?

—Sí.

—Pues lucha. —Le dio su cuchillo—. Necesitaré que me lo devuelvas. En marcha. —Le condujo hacia los ruidos del combate y se detuvo en seco cuando vio a Arlys.

—Se supone que tienes que estar...

—Justo aquí —le recordó ella, ataviada con chaleco antibalas y casco—. Justo aquí. Termina con esto. Por el amor de Dios, termina con esto y saca a esta gente de aquí.

—Hecho. —Duncan giró la espada a derecha e izquierda e hizo lo que Arlys pedía. Terminó.

—Asegurad las puertas —ordenó Fallon—. Tú —llamó a Marichu—, ayuda a asegurar las puertas y no hagas que me arrepienta de haberte concedido tu deseo.

Las celdas con paredes de cristal ocupaban más de quince metros a cada lado del espacio. La gente se hacinaba en cada sección, algunos inconscientes, otros con los ojos vidriosos y otros pidiendo a gritos que los liberasen. Los niños, separados de los adultos, se apiñaban unos contra otros. En otra, seis bebés lloraban en contenedores limpios, con las tapas cerradas con cerrojo.

Igual que animales, pensó Fallon. Hasta los bebés estaban encerrados igual que animales.

—Vamos a sacaros. Los que podáis luchar, salid y dirigíos hacia la izquierda cuando lleguéis a las puertas abiertas. Nosotros pondremos a los demás a salvo.

Agarró a Duncan de la mano.

—Ayúdame.

Se unieron, poder con poder, determinación con determinación.

—Sellado mágicamente —murmuró Duncan.

—Sí, lo percibo. Pero nosotros somos más.

Tonia, con la gruesa chaqueta salpicada de sangre, unió sus manos con las de ellos cuando Fallon la llamó.

El vidrio comenzó a emitir un zumbido, a estremecerse, a vibrar.

—Abrir, no romper. Allí las cerraduras, aquí la llave. Gira la llave para liberarlos.

El vidrio se movió un centímetro, dos, treinta, pieza a pieza, hilera a hilera.

La gente salió en tropel, ayudando e incluso llevando a otros. Algunos corrieron hacia los niños para cogerlos en brazos mientras lloraban. Por encima de la cacofonía de idiomas, Fallon optó por el suyo.

—¡Permaneced juntos! ¡Tenemos que actuar deprisa! —Reparó en que más de una docena se dirigieron hacia la izquierda, preparados para luchar—. Agarrad bien a los niños, a los bebés y a los heridos.

—¿Adónde iremos? —gritó alguien.

—A Arlington. Os están esperando. Permaneced juntos, confiad en la luz. Llévalos —le dijo a Tonia—. Con Greta y con Mace, como planeamos.

—Nosotras nos ocupamos. —Tonia encauzó su poder junto con las otras dos brujas—. Volveremos —dijo, y teletransportó a los rescatados.

Fallon se acercó a su padre y le puso una mano en el brazo para curarle una herida.

—Dales armas. Dirígelos. Tomad esta casa.

—Tu estandarte ondeará en lo alto esta noche.

—Encerrad a los prisioneros en las celdas. Traeremos otro.

—Miró a Duncan—. Es hora de cortarle la cabeza. ¿Estás conmigo?

—Sabes que sí.

Le asió la mano y le habló con la mente. Él enarcó las cejas.

—¿Sabes dónde está?

—Sí. No ensayaron hasta la semana pasada. El búnker está sellado mediante magia, así que...

—Juntos.

—Juntos. —Introdujo la ubicación en su mente y la envió a la de Duncan.

La luz chisporroteaba en sus manos unidas mientras se miraban a los ojos, uniendo sus poderes. La sangre de Fallon vibraba, casi entonaba una melodía mientras el vínculo fluía por todo su ser. Sintió el corazón de Duncan latir dentro del suyo. Y de ese modo, esa luz fusionada fue eliminando las capas de oscuridad.

Entonces estalló.

Mientras metían a los prisioneros en las celdas que habían utilizado para encerrar a otros, mientras las tropas salían a toda velocidad para luchar, se teletransportó con Duncan.

Hargrove se encontraba en un pequeño cuarto detrás de cuatro hombres armados y una gruesa puerta de acero. Al igual que el militar del laboratorio, vestía de negro, más un uniforme que un traje. Las medallas relucían en su pecho y los puños estaban adornados con trencilla dorada.

Sus zapatos relucían como espejos; los zapatos de un hombre que jamás caminaba por la tierra y el barro de la ciudad que había reclamado como suya.

En sus ojos asomó una expresión frenética cuando Fallon golpeó con su poder al guardia que le disparó. La bala rebotó en su escudo y perforó el pecho del hombre. Mientras caía, Duncan esgrimió su espada con destreza. Los guardias yacían muertos en cuestión de segundos.

Hargrove retrocedió como un cobarde, levantando una mano.

—Necesitas que...

—No. —Fallon prendió fuego a la pistola que él se sacó de la espalda, provocándole un dolor que le hizo gritar y caer de rodillas—. Pero quiero que pruebes de tu propia medicina. —Le obligó a levantarse, le teletransportó al centro de confinamiento y al interior de una celda—. Quedas depuesto —dijo—. ¿Arlys?

—Estoy aquí. Lo estoy grabando todo.

—Cuando tengamos el control de las comunicaciones aquí, ¿podrás emitir sin Chuck?

—Oh, sí. Ahora mismo estoy escribiendo el guion.

Fallon continuó estudiando a Hargrove, sentado con su elegante uniforme y sus falsas condecoraciones, que brillaban mientras se sujetaba la mano quemada. No poseía poderes, pensó. Solo lo que había robado, aquello por lo que había matado, de lo que se había aprovechado.

Ahora sus manos estaban vacías.

—¿Por qué no haces ya la entrevista? A lo mejor quieres conseguir algunas declaraciones de los demás. Mandaremos a un médico para que atienda a los heridos.

—Es más de lo que ellos hacían con los prisioneros —comentó Duncan.

—Sí. Nosotros somos mejores que ellos. —Le dio la espalda a Hargrove—. ¿Las comunicaciones?

—Estoy contigo. —Duncan le agarró la mano.

La batalla de Washington se libró del alba al anochecer. Más de cuatro mil perdieron la vida, y otros tres mil resultaron heridos en el día más sangriento desde el Juicio Final.

Las fuerzas de la Luz para la vida liberaron a más de doscientos prisioneros, y sus fuerzas de ataque encontraron y liberaron a otros cincuenta en centros de confinamiento secundarios y a sesenta más, sobre todo niños, retenidos en un sector subterráneo de lo que en otro tiempo era la Galería Nacional de Arte.

La resistencia, con un número aproximado de mil quinientos efectivos, se unió a Luz para la vida para derrotar a las tropas del gobierno y a los sobrenaturales oscuros.

El general Dennis Urla se rindió oficialmente. James Hargrove, el doctor Terrance Carter, el comandante Lawrence Otts, otras figuras claves del gobierno de la ciudad y él, junto con dos mil soldados enemigos, fueron hechos prisioneros de guerra.

Fallon se encontraba con su padre en una cámara, contemplando con cierto asombro las montañas de lingotes de oro y de plata, el rutilante brillo de las joyas engastadas en más oro para ornamentación. Cajas de fríos y blancos diamantes.

—Quería que lo vieras —le dijo—. Hemos encontrado otra llena de obras de arte de los maestros antiguos. He reconocido algunos por los libros. Duncan ha reconocido más.

—Acaparándolo todo. El tesoro oculto personal de Hargrove. Él, o alguien en su nombre, saqueó los museos. Puede que al principio, vamos a darles el beneficio de la duda, lo hicieran para proteger los tesoros, pero ¿esto? Es acaparar, y ¿para qué?

—Él, y los que son como él, siguen viendo esto como riqueza, y la riqueza como poder. El metal y las piedras pueden ser útiles en la ingeniería, la construcción, la mecánica y la magia. El arte se debería preservar. Un día debería exhibirse de nuevo donde la gente pueda verlo y los estudiantes puedan estudiarlo. No pertenece a nadie, porque pertenece a todo el mundo.

Simon toqueteó un lingote de oro con un dedo manchado por la batalla.

—Los hay que matarían por esto. Da igual que no se pueda plantar o comer ni que sirva para dar calor.

—Ya. White mata por fanatismo, por su colérico dios, pero aun así ha cubierto Arlington de riquezas, en su opinión. Hargrove mata por poder y por esto. Y esto. —Hizo un gesto que abarcaba la cámara—. Porque para él y para los que son como él, esos lingotes de metal pueden convertir en rey a un hombre y la falta de ellos convierte en esclavos a otros. Esos tiempos han terminado.

Arlys lo grabó todo, con imágenes de la batalla, de las condiciones de los prisioneros del gobierno y su rescate en la retransmisión desde la Casa Blanca. Terminó con una imagen del blanco estandarte ondeando en medio del humo de la batalla sobre la ciudad en ruinas.

Junto a Fallon, se sentó con Hargrove en su celda. Colocó su cámara sobre un trípode y tomó notas.

Aunque pálido, Hargrove había recuperado parte de su arrogancia.

—Han cometido traición contra los Estados Unidos de América. Los ahorcarán por ello. Les prometo que nuestro ejército y nuestros aliados les harán picadillo y los barrerán de la faz de la tierra.

—¿Aliados como Jeremiah White y su secta? ¿Aliados que se quedan de brazos cruzados mientras firma órdenes de tortura, mutilación y asesinato? ¿Órdenes que decretan que se encierre a niños en la oscuridad, medio muertos de hambre? Ha tenido encerrados a bebés, niños nacidos después de que dejara embarazadas a mujeres por la fuerza. Seis bebés en este lugar, que en otro tiempo fue la casa del pueblo. Y se han hallado embriones y fetos en tarros en sus laboratorios. ¿Cuánta gente, niños, bebés y nonatos más hay encerrados por orden suya?

—No sois personas. No sois humanos.

—Sangro, respiro, pienso y siento. Sé distinguir el bien del mal, la luz de la oscuridad. ¿Cuántos más y en qué lugares?

—¡Soy el presidente de Estados Unidos! Soy el comandante en jefe.

—Autoproclamado tras un golpe de estado militar a lo que quedaba del gobierno y de esta ciudad —dijo Arlys de manera enérgica mientras tomaba notas—. No eran mucho mejores que usted.

—No —convino Fallon—, no eran mucho mejores. Si fuéramos como ellos, como usted, como los sobrenaturales oscuros que han utilizado y contra los que han luchado a la vez, le haría picadillo con solo pensarlo.

Hargrove palideció al oír eso y se echó hacia atrás.

—White no se equivocaba con vosotros. Venís del infierno.

—No, pero ¿usted? Veo la oscuridad en usted, la oscuridad humana, la oscuridad sin otro poder que la fuerza y la crueldad. Su tiempo ha acabado. —Se puso en pie—. No es necesario que me diga dónde retiene a los prisioneros. Hay otras formas de encontrarlos.

—Tortura. Magia negra.

Se dio cuenta de que Hargrove creía en eso. Creía hasta la última palabra de sus propias mentiras.

—Está vivo. Se le ha dispensado atención médica para su mano. Se le ha tratado con humanidad. Pero jamás volverá a conocer la libertad. No lo quiero muerto. Basta saber que estará aquí, debajo de esta ciudad marchita, el resto de su vida.

—Tengo un par de preguntas más, señor Hargrove —comenzó Arlys.

—¡Soy el presidente y comandante en jefe!

—Hay ciertas dudas al respecto, pero como presidente juró defender la Constitución. ¿Acaso no es una violación de la Constitución, de los derechos humanos, de la decencia, embarazar por la fuerza a mujeres retenidas y confinadas con fines experimentales?

—¡No son humanas! ¡Son engendros! ¡Abominaciones!

—¿Considera abominaciones a los niños medio muertos de hambre que he grabado siendo liberados de lo que es básicamente una mazmorra? —Arlys cruzó las piernas y se acomodó—. Hablemos de abominaciones.

Fallon le dejó en las capaces manos de Arlys. Dejó a los que lo habían seguido, que habían acatado sus órdenes e ignorado su humanidad en las celdas de vidrio y regresó andando a la zona del laboratorio.

Mallick la estaba esperando.

Le dio un vuelco el corazón.

—Me alegro mucho de verte. Me alegra verte ileso.

—Tienes la ciudad. Hasta los cuervos la han abandonado. En el pasado fue sede del poder. ¿Será la tuya?

—No. Los que son como Hargrove han destruido su luz. No volverá a brillar. Ahora es una prisión. La protegeremos, la conservaremos, pero este lugar no será sede de nada.

—Estoy de acuerdo.

—El problema va a ser alimentar, proporcionar alojamiento y protección y atender las necesidades médicas de los prisioneros. Mi último informe los cifra en cuatro mil. No podemos retener a tantos aquí, no en condiciones humanitarias.

—Ya he pensado en eso. Debería decir que Duncan y yo tuvimos una idea común.

—Me gustaría oírla. Aquí no. —Miró los restos de tortura a su alrededor—. Quiero aire y movimiento. Vamos a la base. Me siento más cómoda en un emplazamiento militar, aunque fuera del enemigo.

Mientras subían y atravesaban el edificio vio a su gente asegurando las zonas, trasladando suministros, llevando más a lo que serviría de enfermería temporal para los heridos leves.

—Me han dicho que has ordenado que se preserve y proteja todo lo que tenga auténtico valor histórico.

—Tenemos a gente con ciertos conocimientos ayudando a clasificar las cosas —confirmó—. Esta casa, esta ciudad, el país, el mundo..., jamás volverán a ser lo que fueron. Aun así, necesitamos valorar la historia y el arte, necesitamos recordar.

—Has aprendido bien.

—Me has enseñado bien.

Salió con él a la fría y ventosa noche. Gran parte de la base había quedado en ruinas; ella misma había destruido parte. Pero se podría reconstruir, y así lo harían en función de las necesidades.

—Apostarás a alguien aquí.

—Sí. Una ruta directa a Nueva York. Pronto, Mallick. Tenemos el ímpetu. Y tendremos más armas, más tropas. Solo he oído parte de la emisión de Arlys, pero nos traerá a más.

—Y a más contra ti.

—Es hora de hacer que salgan.

—Esperas a una en particular.

Contempló la noche.

—A dos. No solo a Petra. A su madre junto a ella. Lo ansío en mi corazón, en mis entrañas.

Mallick exhaló un suspiro que liberó una nube de vaho.

—Anhelos como ese oscurecen la luz.

—¿De veras? —¿Acaso el escudo no colgaba a su espalda, presto para defender? ¿Acaso su espada no aguardaba al costado, presta para atacar?—. Dentro de mí siento que son el camino a la oscuridad, la ausencia misma de luz que observa agazapada. ¿Lo siento así porque quiero que sea o porque lo es? No lo sé.

—Yo tampoco.

—Han causado muertes, locura, sufrimiento y pena. Mientras existan, eso no cesará. Petra y Allegra no pararán hasta que las detenga. —Dejó el tema—. Pero no será hoy. Lo que hoy hemos detenido es parte de ello, pero solo una parte. ¿Cuál es tu idea?

—Duncan y yo comentamos el problema de los prisioneros. Las cifras, y que esas cifras aumentarán. Cuántos de nuestros efectivos y recursos se necesitan para mantenerlos.

—No podemos eliminarlos.

—Hay lugares, islas lejanas, pero inaccesibles para los no

mágicos. Sitios con recursos naturales. Comida, materiales para construir refugios. Tierra que se podría labrar y utilizar como pastos.

—Islas prisiones.

—Prisiones más fáciles de supervisar, y lejanas. Les proporcionamos las herramientas y materiales básicos. Su vida será lo que hagan con ella.

—Nos evitamos emplear tropas y médicos para vigilarlos y atenderlos, recursos para alimentarlos y vestirlos. ¿Tienes algunos lugares en mente?

—Sí.

—Me gustaría verlos. Si lo hacemos, deberíamos empezar con prisioneros que creamos que son capaces de vivir sin cerraduras y paredes que los contengan. Travis y otros empáticos podrían ayudar a seleccionar a los primeros. Algunos tendrán familia, Mallick.

—Sí.

—Entonces se les puede ofrecer la posibilidad a ellos y a sus familias. —Se pasó una mano por el pelo—. Dios, si por ahora podemos reubicar aunque sea a unos cientos, aliviaría parte de la tensión.

—Algunos te jurarán lealtad.

—Y algunos lo harán de verdad. Esos aumentarán nuestro número. ¿A cuántos se les obligó a luchar? ¿Cuántos fingían no saberlo? ¿Y cuántos lo sabían y les parecía bien? Lo averiguaremos. —Entonces miró a Mallick con detenimiento y se dio cuenta de que parecía cansado, un poco ojeroso—. Tengo que ir a Arlington, ver a los rescatados, a las tropas, y después a casa. A Nueva Esperanza. Ochenta y dos de Nueva Esperanza a los que capitaneé esta mañana no volverán. Algunos tenían familia.

—Se les llorará y se les honrará.

—Así será. ¿Sabe Duncan las islas que tienes en mente?

—Se las enseñé.

—Muy bien, entonces puede enseñármelas a mí. Tú regresa a la cabaña.

La sorpresa surcó su rostro, seguida rápidamente de irritación.

—No creo que mi utilidad acabe este día.

—No, y como te necesito, vete a casa, Mallick. Una semana. Es lo que mi padre llama descanso y recuperación. Tómate una semana, atiende las colmenas, bebe vino al amor de la lumbre. Después vuelve conmigo.

—Y tú, niña, ¿te vas a tomar una semana para dedicarla a las colmenas y al vino?

—Por supuesto que pienso tomarme un día o dos. Una semana para ti, anciano. —Antes de que Mallick pudiera escaparse, le rodeó con los brazos—. Necesitaré tus consejos, tu fortaleza. Por favor, tómate una semana.

Mallick le acarició el cabello.

—Entonces tómate tú esos dos días.

—Trato hecho. Empezando desde mañana. Ahora tengo que encontrar a Colin y llevarle de vuelta a Arlington. ¿Pido a alguien que te traiga tu caballo?

—Puedo buscar yo a mi propio caballo. Mis bendiciones para ti, Fallon Swift.

—Y para ti, Mallick de Gales.

Mallick se teletransportó y Fallon entró.

No solo encontró a Colin, sino también a Flynn y a Starr en la residencia, separando copas y platos. Y con Flynn, cerca de él, había un lobo.

Reparó en que aún era joven, de color gris humo, con unos ojos dorados que dirigió hacia ella y la observó.

—Flynn.

Él se giró, con tazas de té en las manos, magulladuras en la mejilla izquierda y sangre seca en la derecha.

—Vino a mí ayer —le dijo—. Salió del bosque y me esperó. —Flynn dejó las tazas y posó una mano en la cabeza del lobo—. Desciende de Lupa. Puedo sentirlo. Uno de los hijos de sus hijos, sangre de su sangre.

—Sí, y es tuyo. ¿Cómo se llama?

—Se llama Blaidd.

—«Lobo» en galés.

Junto a Flynn, Starr, que raras veces sonreía, esbozó una amplia sonrisa.

—Mallick lo envió. Mallick lo puso en el camino de Flynn.

—Quiero decirle que le estoy agradecido. Durante la batalla no tuve tiempo.

—Le he mandado a su cabaña durante una semana. Quiero que descanse unos días.

Satisfecho, Flynn cogió más platos.

—Me pasaré por allí de regreso a la base.

—Ahora te necesito en Nueva Esperanza. ¿Quién puede asumir tu puesto?

Flynn miró a Starr.

—¿Lo quieres? —le preguntó Fallon, y al ver que Starr asentía, le dijo—: El puesto es tuyo. Y espero enviarte un centenar de combatientes de la resistencia.

—Entonces necesitarás todos estos elegantes platos —comentó Colin—. Más vale que encuentres algo para transportarlos. Mick ha pedido parte del material de cocina. Quiere montar un campamento secundario.

—¿Has visto a Mick? —Otro suspiro de alivio—. ¿Está bien?

—Sí, está bien. Vamos a necesitar algunas sábanas y cosas de esas para Arlington si vamos a ocuparnos de las personas rescatadas por ahora.

—Coged lo que necesitéis y marchaos. Quiero ver a todos los comandantes en Nueva Esperanza mañana... —Se interrumpió al recordar el trato que había hecho—. No, dentro de dos días. Flynn, ¿puedes avisar? Y avisa a mis padres de que iré a casa mañana o pasado mañana.

Cogió sábanas y toallas con Colin.

—¿Estás bien? —le preguntó.

—Estoy muy bien. Una batalla cojonuda, Fallon. Algunos huyeron como conejos al final. Había un par de oscuros acercándose a mí. Tengo que dar las gracias a un par de brujas por bloquearlos. —Se detuvo y sonrió—. Hemos tomado la puñetera ciudad de Washington. ¿Quién es ahora el presidente?

—Sigues sin serlo tú. —Y, tomándole de la mano, se teletransportó a Arlington.

Fallon visitó las casas donde reubicaron a los rescatados. Voluntarios y soldados habían llevado camas, catres y colchones extra. En las cocinas, más voluntarios preparaban sopa y té mientras los médicos atendían a los heridos.

Fallon contó veinticinco camas en una espaciosa sala. Algunos dormían, otros comían y los más simplemente permanecían sentados, arrebujados en mantas.

Podía sentir su fatiga, su confusión, sus miedos y sus esperanzas en el ambiente. Los voluntarios iban de un lado a otro, ofreciendo té, sopa y a veces solo una mano a la que aferrarse.

Vio a Travis sentado con una mujer. Tenía el cabello largo y gris y un rostro ajado. Le murmuraba algo mientras le echaba una manta por los hombros. Cerca de ahí, Hannah arropó a dos niños juntos. Se abrazaron el uno al otro.

Travis se levantó y, carpeta en mano, se encaminó hacia ella entre las camas.

—Me estoy ocupando de apuntar nombres, edades, habilidades, lo que puedo. Historias. Es... una mierda. Mucho más que una mierda.

Le puso una mano en el hombro al sentir su furia.

—Ahora están a salvo. Cuidaremos de ellos.

—¿Cómo van a superarlo? La mujer con la que acabo de hablar, Susan Grant, es empática, igual que yo. Era profesora, perdió a todos durante el Juicio Final. Salió de Dallas con un pequeño grupo, un par de estudiantes y ella, y acabó en el este de Tennessee, donde decidieron asentarse. Puso en marcha un pequeño colegio. Me ha dicho que no había explorado sus otros poderes porque le asustaban. Solo quería enseñar, ¿sabes?

—¿Cuánto tiempo la han tenido confinada?

—No está segura. Cree que cinco o seis años. Las fuerzas del gobierno llegaron de repente; una redada nocturna. Cree que algunos escaparon. La sometieron a terapia de electroshock, Fallon. La pusieron en aislamiento, privación sensorial. Y cree que le realizaron algún tipo de cirugía cerebral. No lo recuerda. Pero después de aquello, si intentaba sentir, percibir a alguien, le sobrevenía una jaqueca muy fuerte. Convirtieron su don en dolor.

—No volverán a tocarla.

—¿Cuántos más? —exigió—. ¿Cuántos más hay como ella, como el resto de los que hoy hemos liberado? Por Dios, ¿no puedes oír sus gritos?

Fallon hizo lo único que se le ocurrió. Le atrajo contra sí y le infundió calma.

—Necesitas un respiro.

—Ellos no lo tuvieron. Lo siento. —Inspiró hondo mientras trataba de tranquilizarse y se apartó—. Me está superando. Algunos ni siquiera pueden recordar su nombre hasta que no ahondo lo suficiente para encontrarlo. Los muy cabrones hicieron todo lo que pudieron para borrarlos. Para reducirlos a la nada. —Tomó aire de nuevo—. Sí, tienes razón. Necesito un descanso o no seré capaz de ayudar. Daré un paseo y tomaré un poco el aire.

—Bien.

—Y mientras lo hago, transmitiré lo que tengo por la cadena de mando para los expedientes. Volveré.

—No te vendría mal dormir un poco.

Miró alrededor de la habitación, con los ojos rebosantes de sentimientos.

—Ninguno de nosotros va a dormir demasiado esta noche. Volveré.

Hannah se acercó cuando él salió.

—No quería interrumpir. Se está haciendo cargo de mucho. Estos rescates son tremendos. —La fatiga despojaba a su rostro de color, pero la compasión se atisbaba debajo mientras se llevaba una mano al corazón—. ¿Sabes qué quiero decir? Y Travis no puede evitar interiorizarlo. ¿Le has convencido de que lo deje por hoy?

—No, pero va a hacer un descanso. ¿Qué hay de ti?

—Yo voy a dormir aquí. Estamos colocando médicos en cada área de rescate esta noche.

—¿Dónde están los bebés, el resto de los niños?

Hannah la cogió del brazo y la apartó un poco.

—Rachel y tu madre se los han llevado a Nueva Esperanza. Nadie sabe a quién pertenecen los bebés. Algunas de las mujeres recuerdan haber estado embarazadas, pero no recuerdan haber dado a luz. Por lo que he podido deducir, las llevaban al laboratorio y las dejaban inconscientes. Tenemos que revisar los historiales médicos.

—Los tenemos.

—No todas las mujeres recuperaron la consciencia. Y no todas estaban fuera de cuentas cuando se las llevaron. Fallon, siempre lo supe, pero..., imagino que una parte de mí no quería creer que alguien..., que alguien pudiera hacer lo que han hecho. Ahora sé que era peor de lo que creía.

—Lo pagarán. Quienes lo aprobaron, quienes lo ordenaron, quienes lo llevaron a cabo. Ajustaremos cuentas.

—Te creo. Y espero que lo que hemos hecho hoy tenga consecuencias para todos los que han participado en esto. Por ahora... —Se frotó la nuca de forma distraída—. Voy a ocuparme del siguiente que quiera una ducha y una muda de ropa. ¿Ves a la mujer que trae Lydia? ¿La rubia?

—Sí.

—Deberías hablar con ella antes de irte. La cogieron en las primeras redadas. Ha estado veinte años confinada. Se llama Nadia.

Mientras Lydia acomodaba a la mujer en un catre y Hannah ayudaba a otro a ir a la ducha, Fallon se acercó.

Varios trataron de tocarle la mano, la pierna. Eso hizo que se sintiera humilde y rara cuando se paraba para decirles unas palabras. Nada de lo que había vivido rozaba siquiera lo que todas y cada una de aquellas mujeres y niños habían soportado.

La rubia de ojos azul claro la miró mientras se aproximaba.

—Nadia. Soy Fallon. ¿Has comido?

—Nos han dado sopa, pan y té. Gracias.

Se sentó y, al oír el acento, le habló en ruso:

—Veo la luz en ti. Y a la tigresa.

—Ha pasado veinte años desde la última vez que oí mi lengua materna. —Las lágrimas inundaron sus ojos—. Vine a Estados Unidos, a Washington, para trabajar en la embajada. Tenía veintiséis años.

—¿Tu familia?

—Mi hermano también. Nuestros padres y el resto estaban en Moscú. Mi hermano falleció aquel horrible mes de enero. La mayoría murió. Yo no. Mi amiga..., compartíamos apartamento..., la llevé al hospital cuando enfermó. Todavía teníamos esperanzas. La ciudad estaba en llamas, pero todavía teníamos esperanzas. Pero ella también murió. Intenté llamar a mis padres, pero no logré hablar con ellos. —Los dedos de Nadia frotaban la manta sobre su regazo con nerviosismo, con incertidumbre—. Sentí lo que había en mí, lo vi en otros. Pero no lo entendía. ¿Lo ves?

—Cambió de posición, se bajó la camisa del hombro para dejar al descubierto un tatuaje de un tigre agazapado en su espalda—.

Siempre amé al tigre, pero no lo entendía. Tanta locura, tanta dicha. Y todo en medio de las muertes, de los asesinatos, de la locura y de las llamas. Los cuervos volando en círculo y el humo.

Fallon le asió la mano; la entendía.

—Mi madre sobrevivió al Juicio Final y se convirtió en lo que es. Mi padre biológico y ella escaparon de Nueva York.

—Así que lo sabes. Has oído historias como la mía.

—Cuéntame el resto de la tuya.

—Había un hombre que conocía. Me acostaba con él. Estábamos empezando, no era nada serio. Pero me fui con él. Tenía miedo, así que me fui con él. Trabajaba para el gobierno. Me dijo que me ayudaría. Llamó a los soldados. Dijeron que me ayudarían y yo les creí. No me resistí. Aquel día nos sacaron de la ciudad a doce de nosotros.

—¿Os sacaron de la ciudad?

—Para llevarnos a un lugar seguro, según dijeron.

—¿Todos mágicos?

—No, algunos mágicos y otros inmunes. Nos llevaron fuera de la ciudad, pero no sé adónde. Creo que había algo en el agua que nos dieron. Me parece que un lugar bajo tierra. Y ahí empezó. Al principio solo eran pruebas; sacaban sangre, orina, hacían preguntas. Parecía casi inofensivo, aun a pesar de que nos mantenían separados y encerrados. Nos daban comida, nos hablaban en voz baja. Todo por nuestro propio bien, decían. Para encontrar una cura. Les creí, incluso cuando pasaban los meses y los médicos cambiaban.

—¿Cambiaban?

—Venían otros nuevos. Del ejército. Y las pruebas ya no eran tan inofensivas. Trajeron el dolor y trajeron al tigre. Intentaba escapar, atacar, y me daban descargas o me tranquilizaban..., solo lo suficiente. Me hicieron dormir, me llevaron a otro lugar con otras personas que podían transformarse en animales espirituales. Luego a otro lugar y después a otro.

—Y aquí otra vez —la instó Fallon.

—Sí. No sabía que estaba de nuevo en Washington, pero otros a los que trajeron lo sabían. No podíamos escapar. Había violaciones y palizas, drogas y cadenas. A algunos se los llevaban y no volvían. Me dejaron embarazada. El niño tendría ocho años si hubiera vivido. Entonces los vigilé. Carter, así le llamaban. Me sometió a sus crueles pruebas a mí y a otros como yo. Y un día me cogieron. Cuando desperté, ya no tenía al niño. —Se levantó la camisa para enseñar la cicatriz de una cesárea.

»Me sacaron al niño. Durante meses, me ataban todos los días y me sacaban leche del pecho. Me decía que el niño vivía, que el niño bebía mi leche. Pero ellos no me lo decían. Pensé en encontrar la forma de ponerle fin, de acabar con mi vida, pero entonces pensaba que si el niño vivía... Quería aferrarme a esa esperanza. Algunos de entre nosotros podían hablar con la mente. Hablaban de ti, de la Elegida. De que llegaría el día en que la Elegida atacaría con su espada y la luz aniquilaría la oscuridad.

13

El amanecer ya despuntaba por el este cuando Fallon entró en las dependencias habilitadas para ella. La de Nadia no había sido la única historia que había escuchado durante la noche, y todas ellas daban vueltas sin cesar en su cabeza. En su corazón.

Historias de tortura y de desesperación, de familias destrozadas. Pero creía que a través de esas historias podría localizar otros centros de confinamiento.

Necesitaba sus mapas. Necesitaba tener la cabeza despejada. Dios, necesitaba una ducha. Una copa. Una noche de sueño.

Echó mano del vino que algún alma caritativa había dejado en su mesa, bajo la ventana, cuando alguien llamó a la puerta.

«Largo» fue lo primero en lo que pensó. Largo, aunque solo sean cinco minutos. Pero fue hasta la puerta y la abrió.

Duncan estaba ahí, tan sucio por la batalla como ella.

—Colin me dijo que acababas de llegar.

Fallon no dijo nada, se limitó a hacerse a un lado para dejarle pasar.

—Sé que has enviado a Mallick a pasar unos días en su cabaña. Es una buena decisión. Le vamos a necesitar cuando llegue su momento. Y sé que te ha hablado de las islas. No podemos prescindir de ningún soldado para que se ocupe de los prisioneros de guerra que hemos capturado, y no podemos tener encerrada a la gente para siempre jamás, o no seríamos mucho mejores que ellos. Eso es lo primero. Después están los recursos que necesitaríamos para alojarlos, alimentarlos, atenderlos y vestirlos. No podemos prescindir de ellos, no de manera indefinida.

—Duncan.

Él continuó paseándose por la habitación, alterando el ambiente, la energía. Alterándolo todo.

—Necesitamos una solución. Una con la que podamos vivir y donde esos recursos se dediquen a las personas rescatadas, a las tropas, a la gente que intenta sobrevivir a esta putada.

—Duncan —le llamó de nuevo.

Él se volvió hacia ella, dominado por la furia y la fatiga.

—¿Qué?

—Cállate. —Le agarró y le rodeó con los brazos—. Cállate, cállate —repitió mientras se apoderaba de su boca.

Duncan se aferró con fuerza a la parte posterior de su chaqueta. Después sus manos ascendieron para agarrarle el cabello con la misma furia, al tiempo que le inclinaba la cabeza hacia atrás. Sus penetrantes ojos verdes se clavaron en los de ella.

—No me pidas que me detenga.

—Cállate —dijo una vez más.

Le agarró el cinturón y tiró hasta que su espada y la vaina cayeron al suelo, emitiendo un ruido metálico. Sus manos se mantuvieron ocupadas mientras ella tironeaba de su camisa. Duncan estiró un brazo para cerrar la puerta con llave antes de que la espada de Fallon cayera junto a la suya.

Ella, como granjera, tenía nociones básicas sobre el apareamiento y sabía que aquello iría a más. Quería más. Lo quería todo.

—Tócame. Por Dios, tócame.

—Lo intento. —La despojó de la chaqueta y la empujó hacia la cama. Se colocó encima de ella, dándose un festín con su boca, y tomó sus pechos con las manos.

Otra marea, intensa y ardiente, se desbordaba desde su entrepierna, extendiéndose más y más, por todas partes. Oh, sí, ahí había más. ¿Debería haber sabido —cómo iba a saberlo— que sentir sus manos tan duras y ásperas la elevaría tan alto y tan rápido?

Tiró de su camisa mientras él se la arrancaba a ella. Sus manos, esas duras palmas, esos fuertes dedos, tocaron su carne. La dejaron sin aliento. Arqueó la espalda y presionó su entrepierna contra la de Duncan.

Igual que la fusión de poderes, aquella unión vibraba, vibraba en la sangre.

Su cuerpo terso, delgado, se estremecía debajo del suyo. Aquellos marcados músculos se contraían con fuerza. La piel de Duncan —por fin, por fin su piel—, tan infinita, tan suave, tan caliente, como si las llamas ardieran bajo ella.

El corazón de Fallon palpitaba a toda velocidad bajo sus manos, después contra su boca. Dios, su sabor era embriagador. Corría por su organismo, como un whisky caliente tras un frío helador. Tenía moratones, cortes, quemaduras de la batalla que no le habían curado. Todavía furioso, la sanó mientras la tocaba, la saboreaba, mientras recorría el cuerpo que había deseado más tiempo del que alcanzaba a recordar.

Sus manos, tan ávidas e inquisitivas como las de él, descendieron, se hundieron en sus costillas. Una intensa punzada de dolor lo atravesó. Exhaló entre dientes mientras se afanaba por desabrochar los botones de sus pantalones.

—Estás herido.

—Calla tú ahora.

Su boca volvió a la de ella mientras le bajaba los pantalones. Y sintió su tibieza penetrar en sus costillas heridas, prodigándole alivio, sanándolas. Se curaron el uno al otro mientras se despojaban de la ropa. Frustrado al no poder librarse de las botas, Duncan empleó su poder para hacer que los dos pares salieran volando por la habitación.

Deseaba verla, contemplarla, saborearla, pero la necesidad le cegaba. Y Fallon le buscaba ya, tomándolo y abriéndose a él.

—Ahora —urgió, con los ojos del color del humo—. *Anois ag deireadh.*

Ahora, por fin.

Duncan se hundió dentro de ella, profunda y desesperadamente, y podría jurar que su alma dio un vuelco. Una brillante e intensa luz estalló en él, en ella, atravesó las ventanas, el aire. Llegó el trueno, el remolino de viento. Volando con él, buscó sus manos y se aferró a ellas.

Fallon se entregó a la luz, a la tormenta, a él. Le llevó a través de la vorágine de cuerpos, mentes y poderes en comunión. La emoción la atravesó, afilada como una espada, y después fluyó sin cesar, igual que una inmensa ola. Alzándose sobre ella, surcándola, saboreó una libertad tan dulce y embriagadora que gritó.

Fue un grito de felicidad.

Sin aliento, ebrio, drogado, estupefacto, Duncan se tendió sobre ella. La luz, más suave ahora, se extendía sobre ellos, resplandecía y fluía entre los dos como si fuera líquido. La sintió estremecerse, no de frío ni de dolor, sino por la misma abrumadora sensación que le había atravesado a él con la fuerza de un ciclón.

Fallon suspiró; se sentía en medio de un sueño.

—Estaba muy cansada y triste. Ya no. Tenías una costilla rota.

—Ya no. —Deseaba quedarse donde estaba, pero se incorporó para estudiar su rostro. Lo sintió, como sabía que lo haría, y le sobrepasó de nuevo—. Nos hemos visto así antes.

—Sí.

—En sueños y en visiones.

—La realidad es más intensa. —Su mirada recorrió su rostro y parte de la luz se esfumó de sus ojos—. Si vas a lamentarlo, nos limitaremos a achacarlo al agotamiento de la batalla.

Alzó una mano para empujarle y Duncan la agarró y apretó con fuerza.

—Se acabó. Maldita sea, se acabó. Dame un minuto para lidiar con eso. Para asimilar el hecho de que no importa por qué. He luchado contra esto toda mi vida. Íbamos a terminar aquí, está claro. Pero entonces..., no sé qué coño ha pasado. Ahora sé que ya está y no importa por qué.

Qué frustrado se sentía, pensó mientras se le derretía el corazón. Acercó la mano libre a su rostro y la introdujo entre su cabello.

—No, no importa. Duncan de los MacLeod —murmuró—. *Tha gaol agam ort.*

Duncan bajó la cabeza para rozarle los labios con los suyos.

—No sé qué significa eso.

—Duncan de los MacLeod, deberías aprender un poco de gaélico escocés. Te quiero.

Él apoyó la frente en la suya mientras la emoción le inundaba.

—Seguramente pudiera intentarlo en el irlandés que aprendí en el colegio, pero me ceñiré al idioma que domino. Te quiero.

Tiró de él para sellar con un beso las palabras, la promesa que encerraban.

Duncan se dio la vuelta y la atrajo hacia él.

—Solo quería verte. Necesitaba hablar contigo sobre las islas, pero era más bien una excusa. Necesitaba verte. No esperaba que me saltases encima.

—Yo quería una copa, una ducha y dormir. Entonces te he visto. Cubierto de sangre, magullado, cabizbajo. Y solo te deseaba a ti. Creo que si no hubieras venido a mí, me habría llevado la tristeza conmigo a la cama en vez de recordar lo bueno que hemos hecho hoy.

—Entiendo lo de la copa, la ducha y dormir. ¿Por qué estabas triste?

—Por lo que les hicieron a esas personas. Escuchar lo que han sufrido...

—Lo sé. —Le acarició el brazo con la mano—. He hablado con la mayoría de la gente a la que hemos rescatado.

—A uno de ellos lo cogieron en las primeras redadas en Washington. Algunos de los niños nacieron en ese lugar. No han conocido otra cosa, solo la oscuridad.

—Nosotros les mostraremos la luz. Debe de haber un modo de averiguar si alguna de las mujeres tiene hijos que rescatamos. Ignoro si Rachel sabe cómo hacerlo de forma mágica en vez de médica.

—Algunas no los querrán.

—Otras sí. —Se incorporó, y al ver de nuevo en sus ojos la tristeza, como nubes grises, la incorporó consigo—. Otras sí, Fallon. ¿Cuántas veces lo hemos visto? Fíjate en Rachel y Jonah con Gabriel; la biología no significa una mierda. Ese crío es suyo. Fíjate en Anne y en Marla con Elijah. Hay cientos de casos más como ese. Todos los conocemos.

—Tienes razón. —Las nubes se disiparon—. Tienes toda la razón. Me alegro mucho de que estés aquí.

Duncan era un hombro en el que apoyarse, alguien sensato, comprendió. Y, gracias a todos los dioses, sensible.

—Oh, hay mucho por hacer. Creo que puedo trabajar con lo que he averiguado a través de algunos de los rescatados a los que trasladaron a otros centros de contención. Y Mallick y tú tenéis razón, debemos reubicar a los prisioneros de guerra. Tenemos que hablar de cómo llevar a cabo todo eso. De cómo y cuándo...

La atrajo y la calló con un beso.

—Haremos todo eso, pero vamos a tomarnos un par de horas. Nos daremos una ducha y averiguaremos cómo es el sexo cuando no estamos cubiertos de sangre y maltrechos.

—Es un plan.

—Es un buen plan. Podemos comer algo.

—Comer. —Se llevó una mano al estómago—. Me muero de hambre.

—¿Lo ves? Es un buen plan. —La hizo levantarse—. Después puedo llevarte a las islas que Mallick y yo tenemos en mente. Solucionaremos lo demás. —Hizo una pausa y se permitió contemplarla. Alta, delgada y desnuda—. Por Dios, tenía bastante prisa. Tienes más curvas que la última vez que te vi desnuda.

—En esa ocasión no te impresioné.

—Mentí.

Fallon esbozó una sonrisa y, cogida de su mano, caminó hacia el baño.

—Lo sé.

A última hora de la mañana, con las pilas cargadas de nuevo y el estómago lleno, se reunió con Colin en su cuartel general para explicarle los aspectos básicos del plan para los prisioneros de guerra.

—Islas. —Se apartó de su ordenador. Por motivos que la irritaban, Colin tenía un don para la tecnología del que ella carecía—. Islas tropicales con recursos, refugios o medios para construirlos.

—Seguirían bajo vigilancia. No pondríamos guardias en las islas, pero tenemos formas de hacerlo, de mantener el control.

—Eso lo entiendo. —Se levantó y se metió las manos en los bolsillos—. Algunos no merecen ningún tipo de libertad.

—Eso lo decidiremos. No podemos mantenerlos encerrados a todos de manera indefinida. Y no solo porque no somos así, sino porque además no podemos prescindir de los hombres ni de los suministros. Tengo que ver los lugares antes, así que Duncan me va a llevar. Pero parece una buena solución.

—No para Hargrove ni para Carter. —Le dedicó una mirada feroz—. Para esos dos no. Esa es mi línea roja.

—No es necesario. Pasarán el resto de su vida en prisión. Voy a echar un vistazo y después, cuando nos reunamos todos en Nueva Esperanza, Duncan y yo expondremos el plan a todos los comandantes. Necesitamos proyectos para el futuro, Colin. No solo para la siguiente batalla, sino para el mundo que queremos cuando todo acabe.

—Preocúpate tú por el mundo. Yo me preocuparé por la siguiente batalla. —Se encogió de hombros y comenzó a pasearse.

Se movía como un soldado, pensó, y lo parecía gracias a su fornida constitución, la espalda recta y la trenza de guerrero. El soldado siempre había estado ahí, en el irritante y amado hermano que coleccionaba tesoros curiosos y adoraba el baloncesto.

Se disponía a decirle justo eso cuando él volvió la vista hacia ella por encima del hombro.

—Así que Duncan y tú.

—Ya ha estado en las islas y Mallick está descansando y recargando las pilas, así que me lo enseñará y ya veremos.

—Ya, ya, me refería a que Duncan y tú por fin lo habéis hecho. Ya sabes, habéis llegado hasta el final.

—¿Qué? —Tras la sorpresa llegó una intensa sensación de vergüenza que solo una hermana puede sentir al enfrentarse a un hermano con una sonrisa de oreja a oreja—. ¿Cómo lo sabes?

—Joder, Fallon, lo sabe todo el mundo. Fue como si explotara el puto sol. Y ¿has echado un vistazo ahí afuera? —Señaló la ventana con el pulgar—. Al árbol detrás de la piedra conmemorativa.

—¿Qué quieres decir con que lo sabe todo el mundo? ¿Qué tiene que ver un árbol con...? —Miró fuera—. Un árbol de vida —murmuró.

Había florecido y estaba cuajado de flores y frutos, igual que el de la casa de Mallick.

—En fin, que me parece bien. Es un buen tío. Pero resulta difícil cuestionar cosas así. Papá es harina de otro costal.

—No entremos en eso. Necesito ver las islas y regresar a

Nueva Esperanza. No permitas que Travis abarque demasiado. Él... lo siente todo.

—Yo me encargo. —Esbozó una sonrisa engreída—. Debió sentirlo cuando anoche le hice una jugarreta con las sábanas, y eso le tendrá ocupado pensando cómo devolvérmela.

Hermanos, pensó. Así eran.

—Buen viaje y todo eso —agregó Colin—. Oh, espera.

Volvió a su mesa y abrió un cajón. Sacó el cuchillo de Fallon y la funda que Travis le había hecho para su decimotercer cumpleaños—. El chico me dijo que le habías prestado esto y me pidió que te lo devolviera. Marichu le trajo. Se ocupó ella misma —repuso de un modo que a Fallon le hizo pensar que había un asuntillo ahí.

—Gracias. ¿Está bien el chico?

—Está en el cuartel. Es uno de nuestros nuevos reclutas.

Fallon asintió y se sujetó el cuchillo al cinturón.

—Adiéstrale bien. Nos vemos en Nueva Esperanza.

—Oye, Fallon —añadió cuando se encaminó hacia la puerta—. Están huyendo.

—Hagamos que sigan así.

Llegó a casa al anochecer y encontró a su madre removiendo algo en la cocina que olía a gloria bendita. Normalidad, pensó, después de la sangre y de la batalla, de un día lleno de sorpresas.

Corrió a rodear a Lana con los brazos y se apretó con fuerza contra su espalda, llena de agradecimiento.

—Aquí está mi chica.

—Aquí está mi mami.

Lana se volvió y la abrazó con la misma fuerza antes de apartarse con una sonrisa. La sonrisa cambió mientras estudiaba el rostro de Fallon, un rostro que enmarcó con las manos mientras decía:

—Tu primera vez.

—¿Qué...?

—Duncan. Duncan, por supuesto.

—Yo..., tú... ¿Cómo lo sabes?

—Yo también tuve una primera vez. Llevas impreso en los ojos ese conocimiento, junto con la expresión soñadora. Te ha hecho feliz.

—Sí. —La timidez inicial desapareció—. Le quiero. Y él me quiere a mí.

—Lo sé.

—Fue maravilloso. —Fallon giró en círculo mientras lo rememoraba todo—. No sabía que podía sentir con semejante intensidad. Había leído historias y oído hablar de sexo a los soldados, incluso he visto cómo os miráis papá y tú, pero era imposible que lo supiera. Era imposible que lo supiera hasta que él me tocara. —Suspiró y se llevó la mano al corazón—. Y entonces lo hizo. Cuando estamos juntos de ese modo no soy la Salvadora ni la Elegida, ni nada parecido... Soy simplemente yo misma.

—Lo sé —repitió Lana.

—¿Es así con papá, en tu caso?

Lana también suspiró mientras ponía la tetera al fuego y elegía el té.

—Todos los meses que estuvimos juntos, el tiempo antes de que nacieras, y después, nunca me tocó, nunca me lo pidió. Me deseaba, y yo lo sabía. Igual que él sabía que necesitaba mi período de luto por Max. Durante ese tiempo me enamoré de manera pausada, perdidamente.

Sacó las tazas y la miel que a Fallon le encantaba.

—Fue el día que vino Mallick. En Año Nuevo. Al final del Año Uno. Cuando nos quedamos solos de nuevo, los tres, le dije que le amaba y que deseaba que nuestras vidas comenzaran de nuevo, juntos. Esa fue nuestra primera vez. Y cuando por fin me tocó, fui yo misma.

—Nunca me lo habías contado.

—Antes habría sido solo una historia bonita. Ahora lo entiendes. Tú y yo somos afortunadas por amar y ser amadas por hombres buenos. En medio de todo esto, de la guerra, de las pérdidas, de las victorias, podemos seguir siendo mujeres enamoradas de hombres buenos.

Preparó el té, cogió unas galletas y se sentó a charlar, a escuchar.

—No estaba segura de saber qué hacer..., es decir, aparte de la mecánica. Hay muchísimo más.

Lana le dio un mordisco a una galleta y soltó una carcajada.

—Gracias a las diosas por eso.

—O por que sea tan increíble. Todo. Aún estábamos maltrechos y manchados de sangre y no importó nada.

—Puede que eso sumara —replicó Lana.

—Luego, en la ducha... —Su voz se fue apagando mientras removía la miel en el té—. ¿Te resulta raro oír esto?

—Ahora mismo me estoy dando palmaditas en la espalda por ser la clase de madre cuya hija se siente cómoda hablándole de esto. Pero no compartamos los detalles con tu padre.

Hablando de incomodidad, pensó Fallon.

—¿Él lo sabrá, como tú?

—Es poco probable. Deja que yo se lo diga poco a poco.

Mejor, pensó Fallon, mucho mejor dejarle esa parte a su madre.

—Buena idea. Oh, se me olvidaba. Cuando..., la primera vez, cuando... Bueno, hubo una explosión de luz. Estalló por todas partes, y a través de mí, de él. El árbol que hay detrás de la piedra conmemorativa cambió. Es un árbol de la vida, como el de Mallick.

—Ah. —Lana apoyó la espalda en la silla—. Eso lo explica. Pasó lo mismo con nuestro árbol conmemorativo. Pensé que era una señal de victoria, pero ahora lo entiendo. Pero claro, el amor es una victoria. —Puso las manos sobre las de Fallon—. Sin amor, las batallas no significan nada.

—Habrá más batallas.

—Pero las librarás con algo más por lo que luchar.

—Me preocupaba que me volviera débil, pero soy fuerte. Me siento más fuerte. Necesitaré ser más fuerte. Se avecinan cosas... No puedo verlas con claridad, pero llegarán pronto. Una llama del norte, una locura en ciernes, un alma negra tras una máscara de inocencia. ¿Puedes verlo? Un rayo atravesando un corazón leal. El dragón negro proyectando su alargada sombra para aniquilar la esperanza. ¿Qué acuerdos se deben alcanzar, qué pérdidas se han de sufrir, qué sacrificios habrá que realizar para que la luz arda en la oscuridad? —Fallon bajó la cabeza—. No puedo verlo, pero sé que se acerca.

—Cuando lo haga, le haremos frente. —Lana le asió ambas manos—. Hasta el último de nosotros.

—Necesito hablarte de muchas más cosas. A ti, a papá, a Travis y también a Ethan. Incluso antes de que nos reunamos con el resto de los comandantes y fundadores de Nueva Esperanza.

Lana miró hacia la puerta cuando esta se abrió. Entró Simon.

—Tienes suerte. Acabamos... —Algo en su rostro hizo que se detuviera—. Ethan.

Simon se acercó a Lana y le puso una mano en el hombro.

—Está bien. Se ha ido a casa de Eddie. Cielo, se trata de Joe.

—Oh. Iré...

—Lana, Ethan dice que es la hora.

—Oh, no. Pero...

—Dice que Joe está preparado. Solo necesita que Eddie le deje marchar.

Las lágrimas inundaron los ojos de Lana.

—Tengo que estar allí.

—Ve. —Fallon se levantó—. Ve tú. Yo terminaré de preparar la cena. Ve con Joe.

Lana no vaciló, no se apresuró a coger su abrigo. Se teletransportó.

Encontró a Eddie, a Fred y a todos los niños sentados en el suelo del salón de la granja. Joe tenía la cabeza apoyada en el regazo de Eddie. Ethan, su fuerte y dulce muchacho, estaba arrodillado y acariciaba a Joe con la mano, que respiraba con dificultad.

Se arrodilló a su lado y posó una mano en el viejo y leal perro. Y supo que su hijo tenía razón. Era el momento. Miró a Eddie a los ojos y se le partió el corazón al ver la esperanza reflejada en ellos.

—No quiere comer. A lo mejor podrías...

—Está muy cansado y le duele todo. —Ethan habló con suavidad, sin dejar de acariciarlo—. No te dejará hasta que tú le digas que te parece bien. Luchará por no descansar porque el amor es muy fuerte. Todavía sueña. Sueña con perseguir pelotas y palos y con dar largos paseos, con jugar contigo y con los niños. —Ethan reconfortó al perro con manos delicadas, leyó el corazón de Joe—. Jem, Scout y Hobo corren y juegan, pero él solo puede mirar. Quiere correr otra vez, jugar otra vez, pero no lo hará a menos que le digas que te parece bien. Echa de menos a Lupa, y sabe que Lupa le está esperando, le espera para jugar y correr con él. Pero necesita que le digas que puede marcharse.

—¿Crees eso? —Eddie se limpió las lágrimas de las mejillas—. Que irá a algún lugar donde pueda correr, perseguir pelotas y jugar con Lupa. ¿De verdad crees eso?

—Lo sé. Nuestros Harper y Lee están allí ahora. Quieren conocerle.

—¿Puede tener una pelota roja? —Willow sepultó su cabeza de rizados cabellos pelirrojos en el cuello de su madre—. ¿Puede tener una pelota roja, por favor?

—Por supuesto que puede. —Sin dejar de llorar, Fred le dio un beso en el pelo a Willow. Asió la mano de Eddie y la besó.

—Vale. De acuerdo. Decidle adiós ya. —Eddie tomó aire mientras Joe le miraba con sus ojos rebosantes de amor y confianza—. Me salvaste la vida. Supongo que nos salvamos mutuamente. Sí que hemos vivido aventuras, ¿verdad, muchacho? Ahora, sigue adelante. Descansa y déjate llevar. Después encuentra a Lupa y conoce a Harper, a Lee y a todos los demás. Y persigue a unas cuantas ardillas.

Joe lamió la mano de Eddie y, tras exhalar un suspiro, se quedó dormido.

Más tarde, mientras volvía a pie a casa con un abrigo prestado, rodeó a Ethan con un brazo.

—No habría podido hacerlo, no habría podido dejar ir a Joe sin ti, Ethan.

—Yo no quería dejarle ir, pero Joe necesitaba hacerlo. —Miró hacia atrás—. Están encendiendo velas en las ventanas para ayudarle a encontrar su camino.

—Nosotros también las encenderemos. Mira. —Señaló al frente—. Ya lo hemos hecho.

—Volverá, ¿sabes? Encontrará la forma de volver después de un tiempo. Volverá con Eddie. La gente lo hace, y algunos animales también cuando aman lo suficiente.

Ethan la miró. Lana se sorprendió al darse cuenta de que su hijo pequeño tenía su misma estatura.

—Por eso no pueden vencernos. No sé por qué quieren matarnos, por qué quieren destruir todo lo que es bueno. Puedo sentir lo que sienten, pero no puedo comprenderlo. Sé que pueden hacernos daño, aprovecharse de nosotros, pero no pueden vencernos, porque nosotros podemos amar a un buen perro lo suficiente como para dejarle ir aunque duela. Pueden quemar la tierra, pero la sembraremos. Pueden quemarla de nuevo, pero la sembraremos otra vez. No pueden detenernos. No pueden ganar.

—Oh, Ethan. —Le atrajo más hacia ella mientras se encaminaban hacia las luces en las ventanas—. Eso es justo lo que necesitaba oír esta noche.

—Tienes que dejarme ir con Fallon.

—Eso no es lo que necesitaba oír.

—Les hace falta personal de apoyo para lidiar con los caballos y los perros de caza y de pelea. Puedo luchar, pero sería más útil liberando a un soldado mejor. Tú..., es el momento de que me dejes ir, mamá.

—Ya has hablado con tu padre.

—Ahora estoy hablando contigo. Todos os vais y yo me quedo.

—Lo que haces aquí es...

—Importante, desde luego. Pero ya no soy un niño y poseo habilidades que pueden y que ayudarán durante una batalla. Necesito utilizarlas. Tienes que dejar que lo haga.

—Los dioses piden demasiado. —Levantó la vista a las estrellas—. Habla con Fallon. No me interpondré en tu camino. Concédeme una cosa. Cenaremos sin hablar de la guerra. Contaremos historias de Joe. Después hablaremos de esto y de lo que sea que tu hermana tenga que contarnos.

—¿Va a contarnos que Duncan y ella se han desmelenado?

—Yo... ¡Ethan! —La sonrisa de su hijo le devolvió a su pequeño—. ¿Cómo sabes tú eso?

—Me lo dijo un pajarito.

Lana no pudo evitar reír.

—Eres una de las pocas personas que puede decir eso y que sea literalmente cierto. Pero guárdatelo para ti. —Se detuvo en la puerta—. Hablo en serio.

—Papá no lo sabe.

—Solo historias de Joe —repitió y abrió la puerta.

Después de cenar, con los platos recogidos y las historias mitigando parte de la pena, Lana sirvió vino para Fallon y para ella. Travis, que había vuelto de Arlington, cogió una cerveza para él y otra para Simon.

Ethan contempló el té de su taza.

—¿Por qué yo no puedo beber cerveza? Fallon se bebió una cerveza cuando tenía mi edad.

—Era un poco más mayor —le corrigió Lana.

—Y acababa de cargarse a un hombre de más de cien kilos —recordó Simon—. Sin ayuda mágica. Haz tú eso y yo mismo te serviré tu primera cerveza. Mientras tanto...

—Mientras tanto —repitió Fallon— quiero repasar algunas cosas aquí antes de la reunión formal. Quiero conocer el estado de los heridos, pero antes de eso he de hablaros sobre los prisioneros de guerra.

—Hemos informado de sesenta hasta ahora —le dijo Simon—. Hay algunos tipos duros. Y varios a los que reclutaron, si podemos llamar así a que los acorralaran y los obligaran a servir. Los hay apenas mayores que Ethan, a los que apartaron de sus familias y los metieron en campos de adiestramiento, donde les machacaban día sí y día también sobre la amenaza que suponían los sobrenaturales. Y la mayoría, casi todos, tienen familia, miembros mágicos en la familia.

—Los volvieron contra nosotros, o lo intentaron. —Travis, con expresión severa, inclinó su vaso de cerveza—. Para ellos somos lo mismo que los sobrenaturales oscuros. Joder, muchos de ellos están esperando que los torturemos como hacen ellos con nosotros, o que invoquemos un rayo y los matemos en el acto.

—Los han adoctrinado, les han lavado el cerebro. Eso lo sabemos. —Fallon levantó una mano—. Podemos recuperar a algunos con éxito, ya lo hemos hecho. Es vital que sigamos intentándolo. Pero necesitamos otra solución para los que siguen decididos a liquidarnos. Para unos, como Hargrove, será cadena perpetua. Pero no podemos condenar a miles de personas a lo mismo. Debe de haber una alternativa para nosotros y para ellos.

—¿Como cuál? —preguntó Simon.

Les habló de las islas, les contó el esquema básico que Duncan y ella habían mejorado.

—Puede que empleemos una para los tipos más duros entre los duros y la otra para los que creemos o confiamos en que puedan llevar otra clase de vida.

—Es muy radical —comenzó Travis.

Simon meneó la cabeza.

—No carece de precedentes. Los ingleses enviaban a la gente aquí, que eran las Colonias, y a Australia.

—Sin una alternativa y como siervos. Nosotros les daremos una opción —agregó Fallon—. Y ellos disfrutarán de algo parecido a la libertad. Quizá no sea una opción perfecta. Prisión o traslado. Necesitamos un comité de algún tipo para determinar quién sería apto para esa alternativa. Y para decidir a quién se le da la opción de regresar y cuándo. Tenemos que calcular cuántos suministros, equipamiento y recursos mandar con ellos. Va a ser complicado, y más de uno se opondrá a que se conceda una alternativa a un combatiente enemigo.

—Pero es lo correcto. —Aunque no había dicho nada, Lana había escuchado, sopesado y rebuscado en su mente y en su corazón—. De camino aquí la primera vez vi a gente, con poderes y sin ellos, a la que nunca se podrá redimir. Incluso antes del Juicio Final era igual. Pero vi personas que tenían miedo o estaban desesperadas y que hicieron cosas llevadas por el temor y la desesperación que de otro modo jamás habrían hecho. Es una posibilidad con la que todos vivimos porque aquello contra lo que luchamos así lo exige. Pero nosotros no somos aquello contra lo que luchamos, y cuando hay posibilidad de elección, elegimos lo que es correcto. Esto es lo correcto.

—No podría haberlo dicho mejor. —Simon brindó por ella con su cerveza—. Trabajemos para que cuando nos topemos con esos argumentos, tengamos las respuestas. ¿Quieres a Duncan en esto?

Fallon lanzó una mirada amenazadora a Ethan cuando le vio reír con disimulo. Simon parecía desconcertado.

—¿Qué?

—Nada. —Con una sonrisa, Lana le dio un maternal empujoncito mágico a Travis—. No me cabe duda de que Katie se alegra de tener cerca a Duncan. Dejemos eso para mañana. Bueno, ¿dónde están exactamente esas islas?

—Tengo mapas. —Fallon se levantó, fue a por su bolsa y después desplegó los mapas sobre la mesa.

Cuando bajó a su cuarto, sentía que tenían más respuestas y, con el apoyo de una familia unida, una potente fuerza contra cualquier disidente.

Al abrir la puerta de su dormitorio, Duncan se levantó de la butaca y dejó su cuaderno de dibujo a un lado.

—Has tardado lo tuyo.

—No sabía que estabas aquí. Estábamos ultimando los detalles sobre las islas. Deberías haber subido..., o entrado. Ah, vaya.

—Es un poco raro con tu familia arriba, y está la idea de que si tu padre me pilla aquí, me dará una paliza. Pero, en fin.

—En fin. —Cerró la puerta y se acercó a él.

14

Cuando llegaron los comandantes, Fallon se preguntó cuánto duraría el ambiente festivo después de que expusiera el programa que tenía en mente. Saludó a Mick y, divertida, le tiró de la trenza que se había teñido de color azul eléctrico.

—Son cosas de duendes —le dijo.

—Si tú lo dices.

—Muchos de los cambiantes se hacen tatuajes de sus animales espíritu. Es un modo de...

—Abrazar su legado —concluyó Fallon. Echó un vistazo a la mezcolanza de gente a su alrededor—. Y una declaración. Los mágicos no ocultan quiénes y qué son. Me gusta.

Duncan se acercó a ella y le puso una mano en el hombro de una forma que hizo que la sonrisa del duende desapareciera.

—Mick. Me gusta el azul. Mallick está aquí.

—Oh. —Fallon cambió de posición para ir a buscarle—. No esperaba que...

Miró hacia atrás y vio la expresión dolida en los ojos de Mick, la sintió. Él se apartó a toda prisa antes de que pudiera hablar.

—Tengo cosas que hacer.

—Es duro para él —comentó Duncan, y eso hizo que Fallon se girara.

—¿Qué sabes tú?

—Por Dios, Fallon, tengo ojos. Veo cómo te mira, seguramente porque yo te miro del mismo modo.

—¿Te has acercado a decirme lo de Mallick o a reclamar tus derechos?

—A ambas cosas.

—Gilipollas.

Duncan no se ofendió, se encogió de hombros mientras ella atravesaba la habitación para ir con Mallick.

—Has abandonado tus abejas.

—Estarán ahí cuando regrese. Pensé que a lo mejor me necesitabas hoy.

—Te necesito. Me alegra que hayas venido. Espero encontrarme con serias objeciones a lo que voy a plantear.

—¿Es una propuesta?

—Lo que vi en Washington, más allá de la batalla... En las cámaras del poder, si se las puede llamar así... No volveremos a eso. —Pensó en la trenza azul de Mick, en los tatuajes de animales espíritu—. Se están formando tribus y se sienten orgullosos, Mallick. Necesitan que se oigan sus voces. Y sin embargo...

—Se les debe dirigir y deben estar unidos con un mismo fin. Se deben establecer leyes para mantener la paz cuando la paz haya ganado. Eso te toca a ti.

—Entonces será mejor que empecemos. ¿Te sientas a mi lado?

—Siempre.

Captó la mirada de su padre mientras se encaminaba hasta la gran mesa y asintió. Él le hizo una señal a Colin y acarició el brazo de Lana.

Otros los siguieron cuando tomaron asiento.

—Sé que todos tenéis historias de la batalla de Washington —comenzó Fallon—. Hemos enterrado a nuestros difuntos, hemos atendido a los heridos. Os estoy agradecida a todos por vuestro liderazgo, el mismo que nos llevará de esta victoria a Nueva York.

Oyó los vítores y los gritos de guerra, el golpear de puños en la mesa. Se forman tribus, pensó de nuevo, y los tambores de guerra todavía resuenan.

—Llevamos a diez mil a Washington. —Alzó la voz para que la oyeran a pesar del barullo—. Llevaremos a más de diez mil a Nueva York. Allí gobiernan los sobrenaturales oscuros, y los saqueadores incendian y saquean sus confines. Aunque el gobierno de Hargrove ha terminado, sigue habiendo militares que nos persiguen de forma tan implacable como los sobrenaturales oscuros, que reclutan por la fuerza a personas no mágicas para aumentar su ejército, y guerreros de la pureza que tienen esclavos y celebran ejecuciones.

—No quedarán muchos cuando tomemos Nueva York. —John Little dio otro puñetazo en la mesa—. Los liquidaremos. Los encerraremos. Mis tropas están listas.

Fallon asintió y aprovechó la entrada.

—Todos estaremos listos. Pero necesitamos a los diez mil y a más. Y a más —repitió—. Algunos de los que hemos encerrado fueron reclutados. Se les obligó a luchar. Lucharían con nosotros o nos servirían de apoyo.

—¿A cuántos de nosotros mataron? —exigió John Little.

—¿A cuántos matamos nosotros?

Duncan aprovechó el pie que le daban.

—Jamie Patterson —comenzó—, diecisiete años, no mágico. Separado de su familia en una redada militar, reclutado. También cogieron a los suyos. Su hermana, una duende, catorce años. Y sus padres. Le dijeron que su hermana ayudaría en un campo de confinamiento. Que su padre iría a otro centro de adiestramiento y su madre, a otro. Que los liberarían del servicio después de cinco años. Y que si intentaba desertar, si se negaba a luchar, el resto de su familia y él serían juzgados por traición y ejecutados.

—Puede que esa sea su historia —comenzó John Little—, pero...

—Es su verdad —le corrigió Duncan—. Su hermana, Sarah Patterson, estaba en la prisión de Washington. ¿Le mantenemos encerrado? ¿Le decimos a ella que su hermano luchó contra nosotros, aunque le obligaron a hacerlo, así que mala suerte?

—Hay docenas más con historias parecidas —intervino Simon—. ¿No es contra eso contra lo que luchamos?

—Mira, tengo mi corazoncito. —John Little se frotó el rostro con una de sus grandes manos—. Pero ¿cómo confiamos en ellos?

—¿Cómo confiamos en alguien que acude a nosotros? —preguntó Lana—. No todos los que se integran en nuestras comunidades tienen buenas intenciones.

—El puto Kurt Rove —farfulló Eddie—. Tendremos a los indeseables, pero no se les puede meter a todos en el mismo saco, tío.

—Se les puede y se les debe dar una opción. —Fallon esperó un instante—. Los que sean capaces y estén dispuestos a luchar, deberían luchar. Ser adiestrados por comandantes leales. Los que no sean capaces ni estén dispuestos, servirán de otras maneras. Si poseen alguna habilidad, ofrecerán esa habilidad. Y los que tengan familias sabrán y tendrán nuestra palabra de que haremos lo que esté en nuestras manos para encontrar a esas familias y reunirlos con ellas.

—Tenemos a un par de cambiantes, gemelos. —Mick tamborileó con los dedos sobre la mesa, sin mirar a Fallon a los ojos—. Llegaron unos días después de que tomáramos la Playa. Llevaban seis o siete años confinados; perdieron la noción del tiempo. Escaparon en medio de la confusión cuando un puñado de saqueadores pirados atacó el centro de confinamiento. Tenían unos ocho años cuando los militares los cogieron. Los padres intentaron detenerlos, luchar. Los soldados mataron a su madre delante de ellos, prendieron fuego a la casa y sacaron al padre a rastras. Le dispararon, de modo que no saben si está vivo. —Miró a John Little y después alrededor de la mesa—. Todos hemos oído historias como esa. No sé cómo podemos hacer prisioneros a prisioneros, porque eso es lo que eran.

John Little exhaló una bocanada de aire.

—Algunos serán gilipollas.

Mick esbozó una amplia sonrisa.

—Si encerramos gilipollas, ¿dónde nos deja eso a ti y a mí?

John rio y agitó una mano.

—Vale, vale.

Thomas se inclinó hacia la mesa.

—¿Cómo verificamos que fueron reclutados o que tienen las familias que afirman tener?

—Tenemos expedientes —apostilló Chuck—. Todavía los estamos revisando. Tengo una puñetera montaña de documentos de Washington, así que va a llevar su tiempo.

—Estamos progresando. —Arlys tomaba notas, como de costumbre—. La mayoría fueron reclutados con edades comprendidas entre los quince y los treinta y cinco años. Es una práctica que se ha llevado a cabo durante casi dos décadas. Algunos de los que cogieron también fueron adoctrinados. Se acostumbraron, ya fuera por naturaleza o por el tiempo, quién sabe. Pero no encontramos a ninguno que fuera liberado. Una vez encerraban a alguien, no le soltaban. —Dejó sus notas—. También hay numerosos informes de juicios y ejecuciones. Algunos que intentaron escapar, otros que no estaban satisfechos con las órdenes. Los utilizaban como ejemplo para «motivar» a las tropas.

—Cabrones. —John Little se apoyó en el respaldo de la silla—. Si tenemos a unos que se acostumbraron o como coño lo llames, no podemos soltarlos y darles un arma.

—Estoy de acuerdo —asintió Thomas. Los murmullos se incrementaron alrededor de la mesa.

—¿Cuánto tiempo los mantenemos encerrados? —preguntó Eddie—. ¿Cuántos efectivos apartamos de las fuerzas de combate para vigilarlos? Además hay que darles de comer, medicamentos, ropa...

—¿Y después de que ganemos? —intervino Will—. Entonces, ¿qué?

—Ya son demasiados. —Troy miró alrededor de la mesa de uno en uno mientras la gente hablaba, pisándose unos a otros—. ¿Dónde metemos a más?

—No podemos soltarlos, y desde luego no vamos a empezar a ejecutar a nadie. Es una cerradura y una celda —insistió John Little—. Es todo.

—No tiene por qué. Hay otro modo. —Fallon se volvió hacia Mallick—. ¿Se lo enseñas?

Él enarcó las cejas, sin duda sorprendido porque le cediera la palabra.

—Muy bien. —Se levantó y, tras un momento de deliberación, extendió las manos, las alzó y conjuró un mapa por los dos lados—. Este es el mundo. Un lugar grande, masas de tierra, grandes océanos y mares. La mayor parte de este mundo está ahora deshabitado. Ha muerto mucha gente.

—¿Cuánta, Kim? —preguntó Fallon.

—Hummm. —La aludida frunció los labios—. La mayoría de los informes calculan una aniquilación del ochenta por ciento desde el Juicio Final. Incluso en los años siguientes, teniendo en cuenta los nacimientos, las defunciones y la guerra, no habrá habido un gran crecimiento demográfico. Un par de miles de millones. Parece mucho. No lo es si tenemos en cuenta que la superficie de la tierra es de unos quinientos dieciocho millones de kilómetros cuadrados.

—Era una empollona —farfulló Poe, que se ganó un codazo.

—¿Cuánta de esa superficie es agua?

—Un setenta por ciento, más o menos.

—Inmenso. —Fallon miró de nuevo a Mallick—. Y nuestra capacidad de viajar por los mares no es lo que era. Falta de combustible, de equipamiento.

—En esa inmensidad hay islas —prosiguió Mallick—. Algunas están y estaban habitadas. Muchas no, o ya no. Aquí y ahí hay dos. —Con un gesto hizo que dos pequeñas islas centellearan en el mapa—. Son habitables. Hay caza, agua potable, recursos naturales y tierra que se puede sembrar.

Thomas estudió las islas, las ubicaciones, lleno de interés.

—¿Transporte?

—¡Espera, espera, espera! —John Little agitó las manos—. ¿Quieres darles a los prisioneros de guerra unas vacaciones en una isla tropical? Joder, apúntame.

—Nada de vacaciones —le corrigió Fallon.

—¿Palmeras, playas?

El argumento recorrió la mesa; palabras acaloradas, frías, irascibles.

—Basta —espetó Mallick al ver que Fallon permanecía en silencio—. He vivido mucho tiempo. He visto el ascenso y la caída de los poderes, una guerra tras otra. He sido testigo incluso dormido. La luz siempre ha de buscar la luz. En esa luz hay sombras que se han de escoger con sumo cuidado. ¿Qué os importa si a quienes derrotamos sienten una cálida brisa o pueden coger fruta de un árbol? La sombra que elegimos es el aislamiento. Algunos jamás volverán a ver de nuevo la patria. Y si algunos forjan una vida, hallan incluso cierta felicidad, ¿os perjudica eso a vosotros o a vuestra felicidad? Atenúa las sombras que elegimos.

—Hargrove...

—Vivirá su vida con esa cerradura y esa celda —le aseguró Fallon a John Little—. Lo mismo que los que son como él. Pero algunos son soldados, John, igual que todos nosotros. Algunos tienen familia, o puede que formen una, y con ello acabarán dándose cuenta del mal que hicieron.

—¿Puedo decir algo que zanjará el asunto a nivel práctico? —Duncan cambió de posición—. Suministros, seguridad. De este modo les proporcionamos lo suficiente para que empiecen en vez de recortar nuestros propios recursos durante el tiempo necesario para mantenerlos. Echad cuentas —sugirió—. ¿Cuántos kilos de carne y cereales, cuántos litros de agua potable, cuántos suministros médicos y cuánto personal? He estado en esas islas. Sí, son bonitas. También hay pulgas de arena, serpientes, estación de lluvias y huracanes. Tendrán que plantar sus propios cultivos, construir sus propios refugios, cazar su propia carne, pescar, encontrar el modo de vivir rodeados por kilómetros de océano.

—¿Qué hay de la seguridad? —preguntó Mick.

—Gente del mar, sobre todo —respondió Duncan.

Mick asintió.

—Puedo soportarlo. Tenemos que ser mejores que ellos. Si cogieran a uno de nosotros, lo matarían o lo arrojarían a un agujero hasta que muriese. Tenemos que ser mejor que ellos.

—Puede que me gustara más la idea si habláramos de islas en el Mar del Norte. —Colin se encogió de hombros—. Pero Mallick tiene razón. Calor o frío, no es nuestro pellejo.

—¿Estamos de acuerdo? —Fallon paseó la mirada alrededor de la mesa.

—¿Qué suministros les daremos? —preguntó Troy—. ¿Cuánto y durante cuánto tiempo? ¿Y qué pasa si tienen niños?

—Hemos resuelto la mayor parte de esas cuestiones, pero tenemos que ponernos de acuerdo en lo básico antes de pasar a eso.

—Tú eres la Elegida —señaló Troy.

—Pero no estoy sola en esta lucha. Todos aquí tenéis voz y voto.

—Pues el mío es a favor.

El acuerdo favorable recorrió la mesa, hasta que John infló las mejillas.

—Podríamos hablar sobre esa idea del Mar del Norte.

Fallon esbozó una sonrisa.

—Primero veamos cómo funciona esto.

Trabajaron en la logística, con Kim y Chuck —la empollona y el bicho raro— como encargados de calcular cuántos suministros se necesitarían para cada hombre. Su padre, Travis y otros empáticos trabajarían en equipo para determinar qué prisioneros eran los más aptos para optar a la alternativa, con Arlys ayudando con la verificación gracias a los expedientes y Rachel dando el visto bueno médico a los candidatos.

Con el optimista fin de trasladar a los primeros quinientos prisioneros en un plazo de diez días, Fallon se concentró en Nueva York y pasó a los planes de batalla.

Irritada, Fallon levantó la vista de los nuevos mapas que había extendido sobre la mesa cuando Ethan y Max irrumpieron.

—Lo siento —se apresuró a decir su hermano—, pero tienes que salir. Hay alguien aquí y... tienes que verla.

Fallon llegó a la puerta a la vez que Duncan y Mick, con una mano en la empuñadura de la espada.

Había una mujer en el jardín, ahora cubierto de nieve. El cabello flamígero y rizado le llegaba casi a la cintura. Llevaba un abrigo blanco, ribeteado de piel en el cuello y los puños, y parecía salida de un cuento de hadas, con deslumbrantes diamantes en los dedos y las orejas.

No llevaba armas a la vista, pero los dos hombres que la flanqueaban —ambos vestidos de riguroso negro— portaban espadas en vainas cuajadas de gemas.

Fallon sintió el flujo de poder a juego con la confianza de los labios de color rojo intenso y los ojos esmeraldas.

Hablaba con un encantador acento francés.

—No te haré daño, Fallon Swift. Me llamo Vivienne de Quebec. He venido a ofrecerte una alianza.

Fallon vio que su mirada se desviaba hacia Duncan y Mick, y que aquellos ojos color esmeralda centelleaban con coqueta aprobación.

—¿Podemos hablar? ¿Tal vez dejar a nuestros guapos hombres y tener un pequeño *tête-à-tête* tú y yo?

—De acuerdo.

—Fallon, espera.

Ella apartó de un manotazo la mano de Mick de su brazo.

—No pasa nada. ¿Puedes decirle a mi madre que tengo una invitada y preguntarle si es tan amable de traernos café al salón?

—Qué detalle. —Vivienne caminó, prácticamente se deslizó, sobre la nieve. Fallon captó su intenso aroma y evaluó su belleza. Perfecta.

Fascinada, la condujo hasta la puerta principal de la casa.

—Has recorrido un largo camino.

—Sí. Mi acompañante, Regis, es un brujo, así que hacemos chas.

Teletransporte, pensó Fallon.

—Tú no eres bruja. Eres cambiante.

—Ves deprisa. Yo también veo que tienes a dos hombres muy guapos enamorados de ti. Yo tengo hombres enamorados de mí. Es agradable, ¿sí? Creía que la Elegida sería fría y..., ¿cómo es...? Aguerrida. Pero eres muy guapa.

Fallon abrió la puerta.

—Pasa, por favor.

—Ah. —Al entrar, Vivienne echó un vistazo al vestíbulo, al salón y al crepitante fuego—. Qué... acogedor.

—¿Me permites tu abrigo?

—Sí, cómo no. —Deambuló mientras se lo desabrochaba—. Creía que serías más... ¿Sofisticada es la palabra? Sí, que la Elegida viviría de manera más lujosa.

—Todavía hay gente que vive en cuevas o donde consiguen encontrar refugio. Esto es un lujo.

—*Bien sûr.* —Debajo del abrigo que le entregó a Fallon llevaba un vestido también blanco que se ceñía a su voluptuoso cuerpo hasta los tobillos de sus blancas botas—. Pero la Elegida no es una persona más, ¿verdad?

—En eso te equivocas. Toma asiento, por favor. *Préférez-vous que je parle français?*

Vivienne enarcó las cejas al tiempo que dejaba escapar una ligera y musical risa.

—*Vous parlez très bien français.*

—*Merci.*

—Pero preferiría hablar en inglés. Me gustaría ser más..., eh..., competente.

—De acuerdo. —Fallon se giró y le cogió la bandeja a Lana cuando entró—. Mamá, te presento a Vivienne de Quebec. Mi madre, Lana.

—Es un placer conocer a la madre de la Elegida. He oído muchas historias sobre ti.

—Yo he oído algunas sobre ti —replicó Lana.

—Me siento halagada. Y te has tomado muchas molestias por mí. *Merci.*

Se sentó mientras Fallon dejaba la bandeja de café.

—Os dejaré a solas para que habléis.

—No, quédate. —Fallon asió la mano de Lana—. Solo chicas, ¿verdad, Vivienne?

—Divino.

—¿Leche, azúcar?

—¡Ambas cosas, y los pastelitos! No tengo fuerza de voluntad para resistirme al dulce. Me gustan los dulces, las cosas bonitas y los hombres guapos. ¿Has hecho tus amantes a los dos hombres guapos?

Fallon sirvió el café y se sentó.

—No. Me basta con uno.

—Yo soy muy codiciosa. —Vivienne cogió dos de los pasteles glaseados como si fuera a probarlos—. Era una niña cuando llegó el Juicio Final, y durante un tiempo después de eso pasamos hambre. Mi padre murió en la epidemia y *maman* y yo tuvimos que escondernos cuando yo me convertí. Temía por mí, sabes. Y también me temía a mí. La mataron antes de que yo cumpliera trece años.

—Lo siento mucho.

Vivienne asintió en reconocimiento a la compasión de Fallon.

—Fueron los que llamáis saqueadores. No fui lo bastante rápida para salvarla a ella, pero los maté a todos. Y fue entonces cuando juré sobre la sangre de mi madre que ya no me escondería, que ya no viviría pasando hambre, frío o miedo. —Probó un pastel—. Juré que buscaría un lugar donde nadie matara a la madre de ninguna niña. Utilicé lo que tenía para hacer lo que fuera necesario. Ahora tengo Quebec. O lo suficiente por ahora. Una casa bonita y soldados. Amantes.

Tomó un bocado de pastel con una sonrisa.

—¿Esclavos?

—No. Nadie tiene derecho a ser dueño de otro. Criados, sí, tengo criados. Pero son libres, no se les obliga a servir. Tienen comida, un techo, ropa. Les doy trabajo si así lo desean y son libres de quedarse o de irse. Ofrecemos protección de los sobrenaturales oscuros, los saqueadores y del resto. Son mi gente, me entienden. Yo no paso hambre y ellos tampoco —sentenció—. Qué café tan bueno, gracias. Nosotros no tenemos café tan bueno. Hemos conseguido un poco, pero no tan bueno como este.

—Te daremos algunos granos para que te los lleves —le ofreció Lana.

—Es muy amable y generoso por tu parte. —Mordió un segundo pastel con suma delicadeza y se lamió una pizca de glaseado del dedo—. *Maintenant*, puede que mis reglas no sean las tuyas, pero aun así luchamos contra los mismos enemigos. Has obtenido una gran victoria. Puedo ofrecerte una alianza. Tengo dos mil soldados. Casi —agregó con otra sonrisa.

—Ofreces una alianza después de una gran victoria.

—Pues claro. Si te hubieran derrotado, mis soldados, mi gente habría sufrido con la tuya. Mi consejo y mis generales informan de que es muy probable que marches sobre Nueva York este año. Quizá en seis meses. Sería tu aliada. Te daría mi lealtad. No es algo que haga a la ligera. Y he elegido la luz —añadió—. Puede que no resplandezca tanto como tú, pero la luz.

—Y por tu lealtad, por tus dos mil soldados, ¿qué quieres a cambio?

—Quebec. —Vivienne posó en el regazo sus bonitas manos con sus relucientes anillos—. La seguridad de mi gente, mi reino. La promesa de que ni tú ni tus soldados nos invadiréis ni me quitaréis lo que he creado. Lo que aún pueda crear. Si tú vas al norte, los que allí luchan podrían ir más al norte. Pueden codiciar lo que tengo. Así pues, una alianza. Promesas. Condiciones. Mi gente luchará con la tuya y tú respetarás y ayudarás a proteger lo que es mi país.

—Yo lucho con mi gente. ¿Luchas tú con la tuya?

—No soy una guerrera, sino una dirigente. Sin embargo, protejo lo que es mío. Mataré para protegerlo.

—Demuéstramelo.

Vivienne dejó su café con delicadeza y se limpió las migas de los dedos. Y se transformó.

Fallon estudió al dragón rojo de brillantes ojos verdes.

La roja llama del norte, pensó.

—Impresionante. Y solo eres el segundo que he visto.

Vivienne se transformó de nuevo.

—Somos pocos. No sé por qué. ¿Has visto otro?

—Dos veces. Más grande. De la oscuridad.

—Me entristece que siendo pocos, alguno elija la oscuridad. —Se encogió de hombros con delicadeza y cogió de nuevo su café—. Oh, en fin. No te entretendré, pero confío en que pensarás en mi oferta.

—Lo haré.

—Te traeré unos granos de café.

—Eres muy amable. —Vivienne le ofreció la mano a Fallon cuando se levantó—. Yo no soy descortés, pero tampoco soy desinteresada. Y no creo que sean... ¡Ah! —Con un gesto de frustración, soltó una frase en francés.

—Incompatibles —dijo Fallon.

—Sí, gracias. No son incompatibles. Se sabe que miento. A un amante, cuando es... ¿simple? No miento sobre la vida y la muerte, sobre la oscuridad y la luz. Puedo mentirte a ti —dijo con una sonrisa alegre—. Pero no sobre eso. —Cuando Lana regresó, cogió la bolsa de tela que le ofrecía y se la guardó en el bolsillo antes de ponerse de nuevo el abrigo—. Muchas gracias. Tendré un regalo para ti la próxima vez que nos veamos. Y te enviaré al general D'Arcy si procedemos con la alianza. Te resultará muy inteligente.

—Buen viaje, Vivienne.

—Lo mismo digo, Fallon Swift. *Madame.*

Fallon la vio salir y acercarse a sus hombres. Y, de pie entre ellos, se teletransportó.

—Es... interesante —decidió Lana.

—Y complicada. Tiene sombras, pero no pertenece a la oscuridad. No es como ellos. No es como nosotros. Una alianza. Dos mil soldados. —Fallon cerró la puerta—. Tiene más de dos mil o no habría ofrecido esa cantidad.

—Ahora que lo dices, no me sorprendería. Es astuta. La astucia es buena aliada.

—Podría ser. Veamos qué han oído sobre ella, qué podemos averiguar. Como mínimo valdrá la pena conocer a ese general.

—Es muy probable que recibas objeciones de algunos cuarteles.

—¿Alguna otra novedad? —Mientras emprendía la vuelta, miró a su madre—. ¿Y de ti?

—No. Vas a necesitar alianzas. Nueva York no es el final. No me habías vuelto a hablar del dragón negro.

—Fue en una visión durante un sueño, con Petra.

Lana se detuvo y agarró a Fallon del brazo.

—Petra.

—Creo que ella lo montaba. No está muy claro, y no estaba segura hasta ahora de que fuera real. Necesito hablar con Mallick.

—Comamos algo —sugirió Lana—. Puede que una alianza con una reina dragón baje mejor con un poco de asado.

—Tienes razón.

15

Mientras los demás comían, Fallon se llevó a Mallick y a su padre aparte y les contó el encuentro con Vivienne.

—He oído hablar de ella —confirmó Mallick—. Fragmentos, rumores, cotilleos. Por lo que sé, tiene un reino, un palacio y gente, y le son leales. Se conforma, o se conformaba, con eso. Sospecho que si ha venido es porque le preocupa una invasión.

—Si expulsamos a los sobrenaturales oscuros de Nueva York, puede que se dirijan al norte —convino Simon—. Ella sería más vulnerable. ¿Es en serio lo del dragón?

—Sí, y es impresionante.

—Incorporar un dragón y dos mil soldados a nuestras filas contra Nueva York no estaría nada mal. Y es probable que tenga más de los dos mil que ha ofrecido —añadió él.

Que su padre y ella pensaran igual reforzó su confianza.

—Exacto.

—Es igual de probable que tenga otras alianzas.

—Eso también me lo he planteado. Es sociable y astuta. Está claro que quiere preservar lo suyo, y ¿por qué no habría de quererlo? Si sus consejeros calculan que avanzaremos hacia Nueva York este año, tal vez en seis meses, es probable que el enemigo piense lo mismo. Si podemos contar con ella, y quizá con los otros con los que esté aliada, consideraría seriamente hacerlo en seis u ocho semanas.

—¿No le has dicho eso?

—Estoy aquí con dos hombres que me enseñaron a ser astuta, así que no. Y mantendremos eso entre nosotros hasta que estemos seguros de ella. ¿Puedes ir tú? —le preguntó a Mallick—. Ha propuesto enviar a uno de sus generales para negociar, pero quiero hacerme una idea mejor sobre ella, su gente, su ciudad. Tú podrías hacerlo. Ella te respetaría y tú no te tragarías ninguna gilipollez.

—Por supuesto. ¿Cuándo?

—Lo antes posible. Apareció aquí y nosotros le devolveremos el favor. Me gustaría que te llevaras a Travis contigo. —Miró a Simon—. Como empático, sentirá tanto como verá o escuchará. Y es diplomático, un buen político.

—Le encantará, y es una buena opción. No quiero decir que Mallick y Travis no puedan valerse por sí mismos si la cosa se pone delicada, pero necesitas a otro, al menos a uno más.

—Estaba pensando en Meda. Es mujer y además dirige su propia tribu. Y Arlys. Nuestra cronista. Travis verá, oirá, y sentirá, pero a Arlys no se le escapará ningún detalle. Además, sabe negociar y mandar.

—Bien elegidos. ¿Estás de acuerdo, Simon?

—Sí, es una buena combinación.

—Genial. Hagamos que suceda.

Todo el mundo tenía algo que decir, pensó Fallon más tarde. El hecho de que ella defendiera ese derecho a capa y espada no hacía que fuera menos molesto.

Pese todo, después de las quejas, las objeciones y las críticas, tuvo su equipo de negociación listo y preparándose para dirigirse al norte.

Cuando los comandantes se marcharon, Fallon se escabulló en busca de Mick.

—Tengo una pregunta. —Duncan la agarró del brazo y la llevó afuera—. ¿Por qué no me envías a mí a Quebec?

—Tengo varias razones. —Miró hacia el cuartel, pero no vio ni rastro de Mick—. La primera es que Vivienne intentaría seducirte.

—¿Celosa?

Miró hacia atrás y casi rio al ver su expresión engreída.

—Si pensara que te irías con ella a la cama, no te invitaría a la mía. Pero sería una distracción, y esto tiene que ir como la seda. La segunda es que el equipo está bien equilibrado. La tercera es que me gustaría que Travis trabajara más con Mallick. Y la última es que Tonia, tú y yo nos vamos de caza.

—¿De veras?

—A por un dragón negro.

—Ahora te escucho. ¿Cuándo?

—Esta noche. Pero ahora mismo necesito hablar con Mick.

—Se ha marchado —le dijo Duncan—. Cuando estabas hablando con Arlys y con Chuck de cómo obtener más información sobre la pelirroja.

—Pero... —Ni siquiera se ha despedido, pensó—. No puedo dejar las cosas así. Tengo que arreglar esto.

—No puedes arreglarlo todo, Fallon. El chico está enamorado de ti. Tendría que cabrearme, pero, joder, es imposible que no te caiga bien. Además, pelea como un hijo de puta.

Tal vez no pudiera arreglarlo todo, pero ¿aquello? Aquello era diferente.

—Tengo que intentarlo. No puedo explicar lo triste, solitaria y furiosa que estaba las primeras semanas que pasé con Mallick, cuánto echaba de menos a mi familia. Y Mick estuvo a mi lado. Fue importante. Mick es importante.

—Lo entiendo, pero...

—¿Qué debería decirle?

Descolocado, Duncan la miró fijamente.

—¿Quieres que yo te diga qué tienes que decirle a un tío que está enamorado de ti? Por Dios. —Se metió las manos en los bolsillos y se alejó de ella—. Joder, Fallon, eres mía. —Se acercó de nuevo a ella, con los ojos encendidos, y tomó su rostro entre las manos—. Mía.

¿Cómo podían las palabras, la ira que traslucían, emocionarla y enfurecerla al mismo tiempo?

—Tú no...

—Y una mierda que no. Tú eres mía. Y yo soy tuyo.

Con eso, la emoción ahogó todo lo demás. Le agarró las muñecas mientras la boca de Duncan se apoderaba de la suya y sintió sus pulsos latir a la vez.

Se apartó y le acarició la mejilla con los dedos.

—Ese es el problema. Así que ayúdame, por favor, ayúdame a intentarlo. ¿Qué necesitarías escuchar cuando alguien a quien amas no puede corresponderte del mismo modo? Le he herido, Duncan. ¿Qué debería decirle para aliviar el dolor?

—Joder. —Metió las manos en los bolsillos otra vez—. Dile la verdad y no utilices gilipolleces como «no eres tú, soy yo».

Perpleja, levantó las manos en alto.

—Pero que es que soy yo.

—No lo menciones, es ofensivo. Tampoco eso de «podemos ser solo amigos».

—Pero...

—¿No me has pedido ayuda? —replicó.

—Sí. —Se pasó los dedos por el pelo dos veces—. Sí. De acuerdo.

—No sueltes la mierda de «seamos amigos» a menos que quieras clavarle un puñal en las costillas. Díselo sin rodeos. Él te importa y siempre te va a importar. Y, por el amor de Dios, no esperes que se vaya a recuperar enseguida.

—Vale. Muy bien. Iré a la Playa y hablaré con él ahora.

—No se fue con su grupo. Mallick y él se teletransportaron.

—Oh. Bien, sé dónde está. Si vas a por Tonia, hablaremos cuando vuelva.

—E iremos a cazar dragones.

—Sí. Pero primero tengo que intentar arreglar esto. —Posó una mano en su mejilla otra vez—. Gracias.

Duncan la atrajo para besarla de nuevo, y si era reclamar su derecho, ¿qué coño importaba?

—No voy a decir que no hay de qué porque más vale que esta sea la última vez.

—Vale.

—No des cabida a la esperanza; eso solo dolería más.

Fallon asintió, se apartó y se teletransportó.

—Porque ¿quién coño va a poder olvidarte? —murmuró.

Acto seguido se volvió cuando Simon salió de la casa y le lanzó una mirada fría.

—Parece que debemos tener una conversación.

Aunque preferiría enfrentarse a una horda de sobrenaturales oscuros, Duncan se armó de valor.

—Supongo que sí.

Fallon atravesó la verde luz del claro de las hadas hacia el estanque donde Mick estaba sentado con las piernas cruzadas, contemplando con aire pensativo la bruma que se alzaba del agua. Se puso de pie y la mano que tenía sobre la empuñadura de su espada cayó al verla.

—No te has despedido.

—Estabas ocupada.

—Mick. —Se puso tenso cuando se dispuso a acercarse a él, de modo que se detuvo—. Lo siento.

—¿El qué? —Se encogió de hombros con rigidez—. ¿No estar conmigo como estás con Duncan?

—No me pidas que lamente amarle porque no puedo, pero siento que eso te duela.

—¿Por qué él? —exigió Mick mientras las luces de las hadas titilaban nerviosas en las verdes sombras—. ¿Por qué no yo?

La verdad, se recordó Fallon, y la buscó.

—Porque lo que siento por ti es diferente. Es real, es profundo y es auténtico, pero no es lo que siento por él.

—Así que yo solo soy tu viejo colega Mick —dijo con amargura.

—Eres quien estuvo conmigo cuando encontré a cada uno de mis animales espíritu. Eres quien me hacía reír cuando mi corazón anhelaba a mi familia. Eres el chico que me dio mi primer beso y el hombre que lucha conmigo. Tú me diste mi primera tribu aparte de mi familia. Eres una parte esencial en mi vida. Siempre lo serás.

—Pero jamás me amarás.

—Siempre te querré. Eso lo sabes.

—No es lo mismo.

—No, no lo es. Pero es real, profundo y auténtico.

—Creía que tal vez había una posibilidad. —Apartó la mirada de ella y la dirigió a la brumosa agua—. Ahora sé que no la hay. —Se dio la vuelta y la miró a los ojos, pero mantuvo un muro entre ellos—. Lucharé hasta mi último aliento por la Elegida. Pero ahora mismo no puedo estar cerca de Fallon. Mallick me llevará de regreso a la Playa y estaremos preparados para atacar Nueva York cuando tú digas. Por ahora, será mejor que me comuniques las órdenes a través de Jojo.

—De acuerdo. Yo..., si ni tú ni lo que sientes me importara, no habría venido. Si ni tú ni lo que sientes me importara, no me marcharía. Que Dios te bendiga, Mick.

No fue directa a casa, sino que llamó a Laoch. Se tomó una hora para despejarse las ideas y el corazón.

Sobrevoló campos, algunos en barbecho por el invierno, otros cubiertos de maleza a causa del abandono. Y carreteras y autopistas con coches y camiones abandonados desde hacía mucho tiempo, puentes que se derramaban sobre ríos. Manadas de ciervos y caballos salvajes corriendo en libertad.

Un halcón pasó cerca, antes de lanzarse en picado sobre su presa con un sonoro gañido. Tras esa pequeña muerte, el silencio. Un mundo de silencio.

Atisbó rastros de humanos aquí y allá, pequeños campamentos y comunidades, y el destello de paneles solares en algunos tejados cuando el sol invernal incidía en ellos.

Y la ceniza y el humo que un saqueo dejó en otro.

Más por rutina que por una cuestión de esperanza, hizo girar a Laoch hacia el humo para buscar supervivientes. Oyó gritos, ruido de motores, y entre el humo vio a un hombre tirado en el suelo mientras los saqueadores rodeaban con sus motos a una mujer.

Tres motos, aunque en dos de ellas iban dos ocupantes. Y todos armados. Un modo aún mejor de despejarse las ideas y el corazón, pensó.

Igual que el halcón, se lanzó en picado a lomos de Laoch.

Cuando saltó de su montura, esgrimiendo su espada, hizo volar por los aires a la primera moto y a sus dos ocupantes. Giró y se valió de su escudo para rechazar una andanada de disparos antes de decapitar al motorista que iba solo.

La última moto giró sobre una rueda y el hombre que iba de paquete saltó para intentar cogerla por detrás mientras la motorista, con docenas de trencitas, lanzaba un alarido y, con la muerte impresa en sus enloquecidos ojos, cargó contra ella.

Idiota, pensó Fallon, que se apartó, hizo una voltereta y golpeó a la mujer en la cara con el escudo. Giró de nuevo y asestó una patada en el vientre al hombre que intentaba atacar por su flanco.

Él se tambaleó, pero recuperó el equilibrio. La mujer, con la

sangre chorreando por su cara, se puso en pie y sacó un cuchillo. Uno de los primeros motoristas avanzó cojeando mientras cargaba al hombro el rifle que antes llevaba colgado a la espalda.

Igual que cuando luchaba con espectros en la cabaña de Mallick, pensó.

—Todavía tenéis la oportunidad de vivir —masculló mientras
la rodeaban—. Deponed las armas y rendíos.

La mujer respondió con un grito de guerra y se abalanzó con
ella, al mismo tiempo que el de la escopeta disparaba y el tercer
agresor la atacaba con una espada.

Fallon derribó a la mujer con un barrido de su espada a la
altura de las rodillas y devolvió las balas al tirador con un poco
de magia. Sonaron más disparos mientras esquivaba el acero con
su espada.

El cuerpo del hombre se sacudió en el sitio mientras su pecho empezaba a sangrar. Y cayó.

La mujer a la que habían rodeado se arrodilló y agarró con
las dos manos el arma del motorista decapitado. Su rostro, ceniciento a causa de la conmoción y con el terror impreso en sus
oscuros ojos, se había petrificado en una mueca furibunda.

—Ya no vas a necesitar eso —le dijo Fallon con delicadeza—.
Se acabó.

La mujer la dejó caer como si quemara.

—¡Johnny! —Se levantó como pudo y corrió hasta el hombre que yacía sobre la tierra cubierta de ceniza—. ¡Han matado
a mi Johnny!

—Déjame ver. —Tuvo que apartar las manos de la mujer para
buscarle el pulso, la luz—. Está vivo. Déjame ayudar.

Le habían disparado, pero la herida no era mortal. También le
habían dado una paliza tremenda y esas heridas sí podrían serlo
si no lograba que recuperara la consciencia.

—Ayúdale. Por favor, ayúdale.

—Eso hago. Lo haré. ¿Se llama Johnny?

—Sí, sí, Johnny. —Acunó su cabeza y besó su maltrecha frente.

—¿Tú cómo te llamas?

—Me llamo Lucia. Lucy.

—Háblale, Lucy. Hazle saber que estás bien.

Mientras la mujer murmuraba, lloraba y le acariciaba, Fallon se abrió a las heridas más graves y, tal y como le habían enseñado, comenzó a sanarlas despacio, capa a capa.

El cráneo fracturado. Su propia cabeza rugía de dolor y la obligó a retroceder más aún. Despacio, muy despacio, con sumo cuidado, sanando, aliviando. La mandíbula rota, y la nariz y los pómulos. Muñeca, brazo, costillas.

Cuando el hombre gimió y se removió, Fallon se retiró despacio.

—Es suficiente.

—No, no, por favor. Ayúdale.

—Lo he hecho. Confía en mí. Ahora está estable. Puedo llevaros a un médico, a los sanadores. Allí le atenderán mejor. Tú también estás herida.

—Solo un poco. ¿Johnny...?

—Conozco un lugar donde ambos recibiréis ayuda y estaréis a salvo. ¡Laoch! —El animal se acercó trotando y dobló las patas a su señal—. Monta.

Fallon vio miedo en los ojos de Lucy, pero se subió al lomo de Laoch. Luego levantó a Johnny con sumo cuidado, agitando el aire para elevarle hasta que quedó tendido sobre el lomo.

—Eres..., eres una sobrenatural.

—Así es. —Fallon volvió la vista a los cadáveres. No quedaba rastro de vida. Habían elegido ellos, pero aun así no se los dejaría a los cuervos ni a los buitres. Les prendió fuego con un gesto y acto seguido montó.

—Me llamo Fallon.

—Johnny contaba historias, pero yo no las creía. No creía que fueras real.

—Ahora lo sabes. No tengas miedo. No os dejaré caer.

Lucy se inclinó hacia delante cuando se elevaron y rodeó a Johnny con los brazos para protegerle a él tanto como a sí misma, pensó Fallon.

—Él quería acudir a ti, luchar contigo, pero le supliqué que se quedara conmigo. Y ahora...

—Estará bien. Has sido valiente. Podrías haber huido mientras luchaba con ellos, pero te has quedado y has peleado.

—Cuando han llegado, Johnny me ha dicho que huyera, que me escondiera, pero no he querido abandonarle. Él no me ha abandonado. Podría haberme dejado cuando han llegado. Puede correr muy deprisa, pero se ha quedado y ha intentado plantarles cara. Es un sobrenatural, como tú.

—Sí, un duende.

—Huimos. Mi abuela sobrevivió al Juicio Final. Yo era solo un bebé y ella me protegió cuando todos murieron. Es muy estricta y no cree que los mágicos puedan ser buenos, como Johnny. No es mala, no le haría daño ni a una mosca, pero...

—Entiendo.

—«Tienes que estar con los tuyos, Lucia», me decía. Aun así, una vez ayudó a una familia a esconderse de los guerreros de la pureza; el hijo pequeño tenía alas. Dice que los guerreros de la pureza son malvados, pero que los sobrenaturales no son como nosotros, y que tenemos que estar con los nuestros.

—Puede que un día lo vea de otro modo.

—Eso es lo que dice Johnny.

Aterrizó ante la clínica de Nueva Esperanza.

—Espera aquí. Voy a buscar a un médico.

Fallon corrió adentro y vio a Hannah.

—Estás sangrando.

—Yo no. Puede que un poco. —Se percató—. Tengo a un

hombre fuera. Herida de bala, paliza severa. Necesito ayuda para llevarlo dentro.

—Voy a por una camilla. ¡Jonah! —gritó mientras corría—. Fallon tiene un herido afuera. Herida de bala.

Jonah llegó corriendo y salió con Fallon sin detenerse.

—Tenía una fractura en el cráneo y he hecho lo que he podido. Dudaba si hacer más. La herida de bala no es mortal, pero ha perdido mucha sangre. —Recitó del tirón las otras lesiones que había encontrado.

Hannah condujo la camilla mientras Jonah y Fallon le subían y lo depositaban en ella.

—Por favor, no dejéis que muera.

Jonah ató a Johnny a la camilla, buscó signos de vida o de muerte y después miró a Lucy.

—No va a morir. Llevémoslo adentro, Hannah.

—¿Son médicos? —Lucy trató de apearse, con la torpeza de quien no está acostumbrado a montar a caballo.

—Son médicos, y muy buenos. Créeme, si Jonah te ha mirado a los ojos y te ha dicho que Johnny no va a morir, es que no va a morir. Ve con él.

—¿Tú no vienes?

—Ahora ya estás bien. Os veré mañana a los dos.

—Gracias. Tengo que... Gracias —dijo de nuevo mientras corría adentro.

Fallon regresó a casa al galope para complacer a Laoch, que quería correr. Campos, pensó, iguales a los que vio desde el aire, pero durante el barbecho invernal, caballos, vacas, cabras y ovejas deambulaban por ellos. Y la niebla surgía en volutas de los trópicos, donde el verano no tenía fin.

El comité de mantenimiento limpiaba de nieve las carreteras. Volvería a nevar, podía olerlo en el aire. También olía a humo de las chimeneas, a cultivos en los invernaderos. Podía sentir el pulso de la vida aquí, no solo en los árboles y en los pastos dormidos, en los abetos y los pinos, sino también en las casas dispersas donde la gente cocinaba o elaboraba artesanía, cuidaba a los niños, leía libros. Donde discutían o reían.

Muy diferentes del vacío que había sobrevolado, de la violencia sin sentido que deambulaba por ese vacío en busca de una presa; no como el halcón, que lo hacía para alimentarse y sobrevivir, sino por deporte.

Ese pulso le levantó el ánimo y lo hizo todavía más cuando Taibhse apareció en el cielo y Faol Ban salió como un rayo de los árboles para correr a su lado.

Se detuvo delante de los establos y se bajó del alicornio para darle un buen masaje al lobo.

—Cazaremos mañana. —Miró al búho cuando se posó en una rama—. Cuando amanezca iremos a cazar juntos para divertirnos. Pero esta noche iremos a por una presa diferente.

Con eso en mente, llevó a Laoch al interior del establo para que pudiera comer y descansar. Dentro encontró a su padre, almohazando a Grace.

—La he sacado un rato. —Continuó cepillándola de espaldas a Fallon mientras hablaba—. Ambos necesitábamos un paseo.

—Yo también. Bueno, un vuelo. Un rato para despejar la cabeza. Demasiada charla. Luchar es mucho más fácil que hablar de ello.

—Puede que sí, pero aun así tenemos una conversación pendiente. Tú y yo —dijo a la vez que se acercaba a la casilla donde ella estaba frotando con un paño a Laoch—. He de... ¿De quién es esa sangre? ¿Qué ha pasado?

Fallon bajó la mirada y vio la sangre en su chaqueta, en sus pantalones.

—Mierda. Saqueadores. Cinco, a unos trescientos kilómetros al oeste de aquí. Los he divisado después de que prendieran fuego a una casa para hacer salir a una pareja, un joven duende y su compañera no mágica. Están en la clínica. Ella no tiene heridas graves, pero a él le habían disparado y dado una paliza.

—¿Estás herida?

—No. Puede que me salgan un par de moratones. Eran imbéciles. Ahora están muertos. —Frotó la mejilla contra Laoch—. Les di una alternativa y eligieron la muerte.

—Has salvado dos vidas.

—Sí. —Vidas arrebatadas, vidas salvadas. Continuó con el masaje—. He salvado dos vidas. Esas dos vidas están enamoradas. Su abuela no aprueba las relaciones mixtas, así que huyeron juntos. Creo que ahora les irá bien.

Simon le puso una mano en el hombro.

—Tenemos que hablar.

—¿Ocurre algo? —Dejó el paño—. No he estado fuera tanto tiempo.

—Te vi marcharte. Estaba a punto de salir y resulta que os vi a Duncan y a ti.

—Oh. —Entonces comprendió—. Oh —repitió—. Papá...

—Espera. Espera.

Igual que hacía Duncan —cómo se parecía a él, se percató sorprendida— se metió las manos en los bolsillos, se alejó y se acercó de nuevo.

—Eres adulta —comenzó; una guerra se estaba librando en aquellos mutables ojos castaños que adoraba—. Más que eso. Eres una guerrera y una líder. No eres idiota. Nunca has sido..., qué sé yo..., caprichosa ni despreocupada y... —Guardó silencio y la miró, con la frustración pintada en su rostro—. Sigues siendo mi niña, maldita sea. Aún eres mi niña, así que tengo cosas que decir.

—Lo desapruebas. —Y su desaprobación, la suya más que la de nadie, le llegaría al alma.

—No. Sí. ¡Mierda! Sí, a nivel general, porque eres mi niña, maldita sea. ¿A Duncan en concreto? No. Yo tampoco soy imbécil.

—Lo que dices no tiene sentido.

—¿Por qué debería hablar con sentido? —Sacó las manos de los bolsillos con brusquedad y las levantó en alto—. Que le den a la sensatez cuando salgo y veo... y comprendo...

—Creía que mamá..., ya sabes, que te había preparado.

—Sí, sí. —Metió las manos en los bolsillos de nuevo y reanudó el paseo—. Me lo recordó, pero en realidad no... Simplemente imaginaba..., bueno, un pequeño amor adolescente. Da igual que en algún rincón de mi cabeza supiera que no era así, porque era un buen amortiguador hasta que salí y le pillé con las manos encima de ti, y os vi a los dos. A mi niña.

»¿Amortiguador? —Sacó las manos otra vez e hizo un gesto que imitaba una explosión—. Y de algún modo entiendo por qué hablaste de ello con tu madre y no conmigo, pero no lo hiciste, así que fue como una bofetada en toda la cara, y solo tuve unos treinta segundos para asimilarlo antes de interrogar a Duncan.

—¿Has... has interrogado a Duncan?

—Es mi puto trabajo, Fallon. Mi puto trabajo.

—Sí. —Conmovida, divertida y un poco horrorizada cogió una manzana del cubo y la cortó con cuidado por la mitad para Laoch y para Grace—. Lo es. ¿Qué tal lo hizo?

—Lo hizo bien —respondió Simon—. No es gilipollas.

—Bueno es saberlo.

—Puede que supiera que esto pasaría. Desde que llegamos aquí he visto cómo te mira cuando tú no le ves. Conozco esa mirada porque yo solía mirar a tu madre de la misma puta manera cuando ella no me veía. Pero...

—¿De veras?

—No voy a entrar en eso, por no mencionar el maldito brillo en tus ojos. Es demasiado para mí. Sé que es un buen soldado. Sé que es un buen hijo, un buen hombre. Sé que cuando me dice que te ama, lo cree.

—Yo también. Le quiero. Sentí algo por él desde la primera

vez que le vi en un sueño. La realidad es más potente. Sé que es leal a la Elegida, a la luz. No cabe la menor duda de eso. Pero me ve, papá. Ve a Fallon Swift y la ama. —Se acercó a él—. Tú fuiste el primero que me tuvo en brazos. Has sido el primer hombre que me ha querido. Que ha querido a Fallon, solo a Fallon. Durante toda mi vida me has enseñado lo que es un hombre con fortaleza, con corazón y con coraje. No amaría a un hombre que no superara el listón que tú has dejado. Podría desearlo, pero no amarlo. Así que sé con todo lo que me han exigido, todo lo que ha pasado antes, todo lo que está por venir, que he sido bendecida. Tú eres el amor de mi vida, papá. Y ahora se me ha otorgado otro. —Le rodeó con los brazos y apoyó la cabeza en su hombro—. Dos amores de mi vida.

Simon la abrazó con fuerza.

—Sigues siendo mi niña.

—Nací con el rayo, con la tormenta, como se predijo, y tus manos estuvieron ahí para traerme al mundo.

Simon se echó hacia atrás para mirarla a los ojos, nublados por la visión.

—Estuviste ahí para la madre, estuviste ahí para la hija, y amaste sin pedir y sin límites. Eso es amor puro. Es luz más allá del poder. Y con el sol de esa mañana, después de la tormenta, mientras la madre dormía, me sostuviste sobre tu corazón y te conocí. Eres el padre que me fue dado, un regalo de los dioses. —Regresó y exhaló una bocanada. Sonrió—. Papá.

Y al igual que Duncan, tan parecido a Duncan, Simon apoyó la frente sobre la suya.

Lana estaba con Simon bajo el frío, con los primeros copos de nieve cayendo mientras Fallon llamaba a Taibhse a su brazo.

—¿Estás segura de esto? Podríamos ir contigo.

—Tenemos que ser nosotros tres. Bueno, seis. —Posó una

mano en el cuello de Laoch mientras Faol Ban se sentaba a sus pies.

—A lo mejor podríais invitar a mi madre y a Hannah unos días —sugirió Tonia—. Creo que mi madre está un poco triste por el lugar al que vamos.

—Por supuesto. —Lana se apartó el pelo suelto que le caía sobre los hombros, pensando en su amiga—. Tendría que habérseme ocurrido. ¿Vais bien abrigados? Seguro que allí hace más frío y probablemente más humedad.

—Estaremos bien. —Fallon ya llevaba el gorro y la bufanda de punto por insistencia de su madre—. En realidad es una misión de reconocimiento.

—Con un dragón negro de por medio —añadió Simon.

—Si tenemos suerte. Volveremos lo antes que podamos. No os preocupéis más de lo necesario. ¿Listos?

Captó la mirada que su padre le lanzó a Duncan y estuvo a punto de reír antes de que se teletransportaran.

Allí reinaba la oscuridad, soplaba con furia un viento cortante entre los árboles, que se combaban y crujían, y aventaba la gruesa capa de nieve acumulada sobre los campos, haciéndola volar en racheadas cortinas.

Allí, las cosas respiraban en la noche, en la oscuridad, que observaba. Que aguardaba.

Allí estaba el círculo, su centro negro y resbaladizo como el petróleo.

—Por los dioses —soltó Tonia—. ¿Sentís eso? Es como un corazón negro que late.

—Podemos acabar con eso, podríamos intentarlo, pero...
—Duncan contempló el corazón y meneó la cabeza mientras el viento se colaba entre su cabello.

—Fracasaríamos. No sé por qué no se puede hacer ahora y acabar de una vez por todas. Solo sé que fracasaríamos si lo intentásemos en este momento. —Fallon desvió la mirada hacia el bosque—. Y si fracasamos, no seríamos capaces de intentarlo de nuevo.

—Vive aquí. Hay algunas huellas de animales. —Tonia señaló después de calarse bien el gorro—. Pero no tantas como cabría esperar. Y no se ve ni rastro de humanos.

Aparecieron los cuervos, que empezaron a volar en círculo y a graznar. Taibhse, con sus grandes ojos como llamas doradas, se agitó nervioso sobre su brazo.

—Aún no —le dijo—. Llegará su día, pero todavía no.

—Está allí.

Tonia siguió la mirada de Duncan hacia el bosque.

—Pues vamos a saludar.

—Sí. —Fallon trazó un círculo con una mano y conjuró una brillante bola que iluminó la nieve y alumbró el oscuro bosque, haciendo que resaltara—. A ver si les gusta un poco de luz. No os separéis —dijo mientras caminaban con dificultad por la nieve, que les llegaba hasta las rodillas—. Separarnos sería una victoria.

—No van a ganar. —Duncan desenvainó la espada cuando llegaron al límite entre la luz y la oscuridad.

Un paso más y el aire cambió de frío cortante a helador. El hielo recubrió los árboles de escamas, que se agrietaban y alteraban su forma, rugiendo como disparos en medio del ensordecedor silencio.

—No hay huellas. —La espesura, la niebla que brotaba de la nieve, convertía la voz de Tonia en un murmullo.

—Ni vida —añadió Fallon. Apoyó una mano en el tronco de un árbol y no encontró su pulso. Le hizo un gesto a Duncan. Cuando él perforó el tronco con la espada, un burbujeante líquido negro supuró de la herida.

El aire apestaba a azufre.

—Ha tomado estos bosques. —Sin prisa, limpió su espada con nieve—. Cualquier cosa que tenga la mala suerte de vagar por aquí no vuelve a salir.

Fallon orientó la luz a la izquierda y a la derecha.

—Elegiremos una dirección y...

El lobo la eligió por ellos y se dirigió a la izquierda. Fallon instó al búho a posarse en la silla de Laoch para que ella pudiera blandir la espada con la mano. Así que siguieron al lobo blanco a través de un mundo de árboles muertos que se estremecían con su escamosa capa de hielo, a través de espinosas zarzas a ras del suelo, escondidas bajo montículos de nieve y bajo la niebla, en el silencio en el que resonaba el hueco aliento de la oscuridad.

—Hay algo. —Fallon sintió un cosquilleo en la nuca y señaló la mancha oscura en la nieve y vísceras dispersas—. Congelado, pero no puede hacer tanto que han estado aquí. Ni la sangre ni las vísceras están cubiertas de nieve.

—¿Dónde está el resto? —preguntó Duncan—. No es suficiente, parece como si otro animal hubiera arrastrado algunos trozos hasta aquí. Y los pedazos son demasiado grandes para un conejo o un zorro. Más bien...

—Humana. Una chica. —Fallon buscó a tientas la mano de Duncan mientras Tonia se colocaba a su lado. Con sus poderes unidos a los de ella, vio con claridad—. Dieciséis años, solo dieciséis. Atraída en plena noche. Música bonita, luces brillantes.

A Faol Ban se le erizó el vello de la nuca y gruñó.

Fallon abandonó la visión y escudriñó el bosque.

—Nos acechan —susurró Tonia, y colocó una flecha en su arco.

Un lobo negro como la noche emergió con sigilo de la oscuridad. Luego otro, y otro más. Fallon contó trece, que los rodearon, mostrando los colmillos y con los ojos enloquecidos inyectados en sangre.

—No son reales.

—No son ilusiones —dijo Duncan.

—Nos despedazarán, pero son fruto de la magia de sangre.

—Si la magia los ha creado, la magia puede destruirlos. Tengo un carcaj lleno de flechas encantadas listas para demostrar mi teoría.

—Preparaos —avisó Fallon, y Duncan hizo flamear su espada.

Cuando atacó el primer lobo, la flecha de Tonia le atravesó el corazón. Faol Ban, con su collar de oro brillando con el fuego, se tiró a la garganta de otro. Fallon empaló a otro, protegiendo las espaldas de Duncan, y oyó el alarido de otro más, pisoteado por los cascos de Laoch.

El aire parecía aullar, apestaba a humo mientras un burbujeante residuo negro rezumaba de las heridas, hasta que solo quedó un charco oscuro.

Duncan prendió fuego a dos más que se retorcieron y aullaron, y luego giró para proteger a su hermana de otro. Taibhse le evitó las molestias al abrirle en canal con sus garras.

Fallon acabó con el último y acarició el pelaje de Faol Ban.

—Han cogido un hermoso animal y lo han convertido en algo malévolo.

—¿Han? —repitió Duncan.

—Quienquiera que atrajo a la chica. Allí. Eso es lo que estaban protegiendo.

—Alguien ha abierto un sendero. —Tonia se acercó—. Con magia, ¿verdad? También es posible que hayan despejado la nieve. ¿Por qué?

—Para que a la víctima le fuera más fácil llegar adonde querían que fuera. Un juego de huellas humanas. —Fallon miró a Tonia, la mejor rastreadora de los tres, en busca de confirmación.

—Sí, e iba descalza, por Dios santo.

—Puede que siga viva.

Duncan siempre pensaría primero en el rescate, pensó Fallon, aunque debía saber que en aquel lugar no había nadie vivo, salvo ellos seis.

—Seguiremos el rastro. La atrajeron con engaños cuando estaba en la cama —prosiguió Fallon mientras caminaban—. Salió por la ventana. Sumida en un trance, y soñaba que volaba como un hada.

—¿Por qué hacerla caminar una vez que estaba aquí? —preguntó Tonia.

—Por gusto. —Duncan, serio ante esa certeza, se mantuvo alerta a un nuevo ataque.

—Por gusto —convino Fallon—. Y porque mientras dejaban que ella despertara del trance, tendría miedo y se sentiría confusa. El miedo aumenta el poder del ritual.

A medida que se internaban vieron símbolos colgando de ramas y grabados en los árboles. Fallon sentía ahora un latido fuerte y profundo. El pulso de la magia negra.

—Lo que sostiene este lugar no realiza rituales. —Duncan, en un ataque de ira, descolgó los símbolos con la espada y les prendió fuego—. Hace que realicen los rituales por él. Trajeron a la chica hasta aquí y se la ofrecieron.

Fallon le tocó el brazo y sintió la contracción de los tensos músculos, que no se relajarían con nada.

—Tú me trajiste a las piedras la primera vez para que hiciera mi elección. Elegí luchar para detener esto. Lo detendremos.

—Lo sé. —Aunque distaba mucho de relajarse, Duncan asió sus manos—. Lo sé.

—Necesitamos más luz. —Tonia sumó sus manos a las de Fallon.

Gracias al resplandor vieron el círculo que tenían delante, grabado a fuego en el lecho del bosque. Los restos de la chica estaban tendidos encima.

—No hemos podido salvarla, pero podemos destruir esto. Duncan soltó una de las manos de Fallon.

—No vamos a dejarla en este maldito lugar. Voy a por ella.

—Duncan...

Se giró hacia Fallon.

—He dicho que voy a por ella.

No se inmutó; comprendía su furia.

—Tengo una manta en las alforjas. Podrías envolverla con ella. Dásela a Laoch. Nos la llevaremos con nosotros.

—Vale. Lo siento. Lo siento.

Fallon se limitó a menear la cabeza y se volvió hacia Tonia.

—Destruiremos los símbolos con fuego y después el círculo. También hay sal en mi bolsa. Un athame, un poco de agua y algunos cristales. La magia de sangre hizo esto y la sangre mágica, la nuestra, sangre de la luz, lo destruirá. Haremos lo que tenemos que hacer.

Tonia, cuyo corazón era también presa de la rabia y la impotencia, vio que Duncan empezaba a envolver los restos en la manta.

—Nunca le ha gustado ver sufrir a los inocentes. Es todavía peor desde lo que le pasó a Denzel.

—Me pregunto a mí misma por qué no me he visto arrastrada aquí antes de que esto ocurriera y no hay respuesta. —Extendió una mano y liberó su propia cólera para prender fuego a los símbolos—. No hay una puta respuesta.

Cuando unieron sus manos, mezclaron la sangre de los Tuatha de Danann, pronunciaron las palabras y llevaron la luz, algo rugió en el bosque. No era dolor, sino furia.

No le habían hecho daño, aún no, pensó Fallon mientras sus poderes unidos corrían por todo su ser. Solo lo habían enfurecido. Pero le harían daño. Lo harían.

—Aquí la luz arde en la oscuridad. Y la tierra su marca no llevará más. Por nuestra sangre, por nuestro poder, limpiamos este espacio. —El altar se partió, se desmoronó, y la tierra que abrieron se tragó la nube de polvo que levantó—. Así, a partir de este día, a partir de esta hora, ninguna vida inocente se puede arrebatar en este lugar. Que se oiga la voz de los tres. Hágase nuestra voluntad.

Luego esparcieron sal sobre la tierra.

—Su poder es menor. No ha desaparecido —dijo Tonia, olfateando el aire como un lobo—. No ha desaparecido, pero es menor.

—Tenemos que averiguar quién o qué ha hecho esto. No deberíamos llevarla a Nueva Esperanza. —Duncan contempló el cuerpo con los ojos desbordados de tristeza ahora que su ira se había esfumado—. Seguramente tenga familia por aquí. No debemos llevárnosla sin más. Y yo..., yo quiero ir a la casa, a la granja. Quiero verla antes de que regresemos.

—Yo también. Quizá..., quizá sea una estupidez, pero es posible que haya algo allí que podamos llevarle a mamá. Algo que pueda tener.

—No me parece ninguna estupidez. Es amor —dijo Fallon—. Necesitamos amor después de esto. —Algo bonito para disipar la tristeza, pensó—. Iremos a la casa. Y luego intentaremos encontrar a alguien que conozca a la chica.

—Y que sepa algo acerca de los sobrenaturales oscuros de la zona —agregó Duncan—. No será la última vez que vengamos aquí, así que deberíamos conocer el terreno antes de regresar.

—Sí, deberíamos conocer nuestro campo de batalla. —Fallon echó un vistazo al bosque marchito, a los árboles cubiertos de hielo, a la tierra salpicada de sal—. Se recuperará de nuevo y alguien encontrará la forma de volver a alimentarla. Pero por ahora hemos terminado aquí. —Una vez más, Fallon le puso una mano en el brazo a Duncan—. Si no conseguimos encontrar a nadie que la conozca, la enterraremos en la granja de tu familia.

16

Las casas oscuras y desiertas eran comunes en el mundo que Duncan conocía. Pero aquella, ese caserón con sus edificios anexos deteriorados por el tiempo, sus vacías ventanas cegadas y un terreno cubierto de maleza, estaba apartada de todas las demás.

La familia había construido aquella casa con piedra, madera y sudor, había vivido, dormido y despertado ahí, había trabajado la tierra hectárea a hectárea, generación tras generación. Hasta el virus.

—Casi esperaba que hubiera ardido hasta los cimientos. —Tonia asió a Duncan de la mano, sintiendo prácticamente lo mismo que su gemelo—. O que la hubieran desmontado para llevarse los materiales. Pero parece que...

—Está esperando —concluyó Duncan—. Bueno, pues se acabó la espera.

Fallon les concedió un momento mientras se aproximaban a la puerta de atrás y después les siguió. Los animales espíritu protegerían el cadáver.

Duncan esperaba encontrar la puerta cerrada con llave, pero se abrió con un prolongado chirrido. Habría podido jurar que sintió que la propia casa exhalaba una bocanada contenida desde hacía mucho tiempo. Encendió una tenue luz y entró.

En medio de la penumbra, bajo el polvo acumulado con el tiempo, distinguió una amplia y ordenada cocina. Encimeras despejadas, una mesa con un cuenco de cerámica de un vivo color azul perfectamente colocado en el centro y sillas dispuestas al milímetro. Curioso, abrió un armario y encontró un montón de platos apilados, cubiertos de telarañas. En otro había vasos.

Tonia abrió la nevera. Vacía, tan limpia que se apreciaba un ligerísimo toque de limón junto con el olor acre del desuso.

—Aquí hay una despensa..., vacía —dijo Fallon—. No quedó comida que se echase a perder.

—Pero sí platos, vasos, ollas, sartenes y todo eso. —Tonia continuó explorando—. Alguien sobrevivió al menos el tiempo suficiente como para limpiar y sacar los alimentos.

—Lleva mucho tiempo deshabitada. Mucho tiempo esperando. —Podía sentir la pena tanto como la dicha—. Estaban orgullosos de su hogar, de la tierra, de su legado.

—Vosotros sois el legado —respondió Fallon—. Tonia y tú. También Hannah. Esto es vuestro. Lo dejaron para vosotros.

—Está repleto de ellos. Las voces. —Podía oírlas murmurar en su interior; siguió avanzando y entró en el comedor—. Aquí debieron celebrar aquella última cena, la de Nochevieja. Mi madre decía que siempre daban una gran cena antes de la fiesta.

La estancia tenía un aparador antiguo. Candelabros y lo que le parecieron velas medio consumidas seguían aún en ellos, entre el polvo y las telarañas. Una vitrina con las puertas de cristal opaco exhibía lo que en otro tiempo fue la vajilla para invitados o para ocasiones especiales.

—¿Estaban ellos seis esa noche? —La imagen de aquella vajilla colocada cuidadosamente apareció con nitidez en la mente de Tonia—. ¿Puedes verlos?

Duncan podía verlos, fantasmas a la mesa, con copas de espumoso champán, grandes faisanes en una fuente, tazones y platos llenos de comida mientras brindaban. Un fuego crepitante y los aromas de las aves asadas, los platos caseros, perfume y velas de cera de abejas.

—El granjero en la cabecera —continuó—. Su mujer en el otro extremo. Los hermanos gemelos, sus esposas, que son como hermanas. Eran amigos además de familia. Sus hijos y los hijos de sus hijos no estaban aquí esa noche, sino que se habían marchado cada uno por su lado después de visitarles. Ni Katie, que tuvo que quedarse en casa embarazada de los gemelos. Así que estaban los seis, viejos amigos todos, familia, brindando por el final del año, sin saber que sería el final de todo.

—Se querían. —Tonia apoyó la cabeza en el hombro de Duncan, con lágrimas en los ojos—. Puedes verlo, sentirlo.

—Ya lo llevaba dentro. Ross MacLeod. —Duncan señaló hacia un asiento—. No lo sabía, pero lo llevaba dentro, oscuro y letal.

—Todos lo llevaban dentro antes de que se sirvieran los platos. Lo siento. —Fallon se mantuvo a cierta distancia para dejar que los gemelos tuvieran su momento. Apartó el polvo y las telarañas; aquello la entristecía mucho.

Duncan la miró a los ojos, con una pena inconmensurable en los suyos, y siguió adelante.

El salón —o lo que ellos llamarían una salita— estaba tan limpio como el resto de la casa. La leña estaba ordenada en el hogar, con yesca debajo, como si esperara el fósforo que la hiciera arder.

Tonia fue hasta la repisa, cogió una fotografía enmarcada y limpió el polvo.

—Duncan. Esta debieron de hacerla un año antes, o puede que dos. Están todos junto al árbol de Navidad. Mamá. Este debe de ser... Duncan.

Duncan la estudió con ella. Hugh y Millie; los granjeros. Sus abuelos, su tío abuelo y su tía abuela. Los primos a los que no llegaron a conocer. Su madre... ¡Qué joven! Y junto a ella, con el brazo sobre sus hombros...

—Nuestro padre.

—Nunca hemos visto una foto de él —dijo Tonia—. Cuando mamá se puso de parto no tuvo tiempo de coger ninguna. Nueva York estaba sumida en el caos y ella estaba sola. No se llevó nada cuando se fue en coche hasta el hospital. Su Tony ya había muerto. Era muy guapo.

—Deberíais llevársela. —Una vez más, Fallon se mantuvo alejada algunos pasos para darles espacio—. Nada significaría más para ella que una foto de su familia reunida.

Recorrieron el resto de la casa. Todas las habitaciones estaban en perfectas condiciones. Las camas hechas, las toallas dobladas, la ropa colgada y guardada en los cajones.

—Volveremos —decidió Duncan—. Cuanto todo haya acabado traeremos a mamá y a Hannah. Ellas querrán venir.

—Yo también. —Tonia le apretó la mano—. Quiero verlo a la luz. Es un buen lugar, Duncan. Necesita vida otra vez.

Cuando salieron, Fallon sacó su espada. La figura encapuchada que había junto a Laoch levantó las manos en alto.

—No te voy a hacer daño. Mi abuela me ha mandado a buscarte. —La voz, con un marcado y cerrado acento escocés, le temblaba un poco mientras contemplaba la espada—. Solo esperaba, no quería entrometerme.

Cuando se apartó la capucha, Fallon vio a una chica joven, más o menos de la misma edad que la que habían hallado en el altar. Una joven hada, de cabellos brillantes, ojos muy abiertos por el miedo y sin rastro de oscuridad en ella.

—¿Tu abuela?

—Sí. Ha dicho que vendrías, y que esperase y os pidiese que fuerais a verla. Vivimos un poco más allá. Ella se llama Dorcas Frazier y yo soy Nessa. Mi abuela conocía a vuestra familia y le encantaría que la visitarais. ¿Vendréis, por favor? Tiene ciento dos años y no he querido que saliera con este frío.

—Por supuesto que iremos. —Fallon envainó la espada.

—Se alegrará mucho. No queda lejos y ahora no hay demasiado peligro.

—¿Ahora? —repitió Duncan mientras los animales y ellos la seguían.

—Sí, ahora. —Volvió la vista hacia el bulto cubierto con la manta que llevaba Laoch—. Imagino que será Aileen. Era amiga mía. Temí por ella cuando no la encontramos.

—¿Sabes quién le hizo esto? —exigió Duncan.

—Es mejor que habléis con la abuela, pero los que se lo han hecho se han marchado por ahora. Vosotros sois los gemelos. Los hijos de Katie y de Tony. La abuela los conocía, y también a vuestros abuelos y al resto de los MacLeod.

Recorrieron la oscura carretera y pasaron de largo una o dos casas. Fallon vio luz procedente de velas encendidas, captó el olor a humo de las chimeneas y el de los animales que dormían en casillas y corrales.

—¿Cuántos sois?

—Cerca de un centenar, pero es un lugar tranquilo. Podría decirse que algunos siguen su camino y otros se quedan. La tierra es buena para la labranza y no falta caza y pesca.

—¿Algún problema con los sobrenaturales oscuros? —preguntó Tonia.

—No lo sé.

—Personas mágicas que causan el mal —explicó Fallon.

—Los oscuros. Os lo contará la abuela. Tiene unas cuantas historias. —Miró a Fallon con timidez—. Me ha contado muchas sobre ti. Esta es nuestra casa. El resto de la familia está allí, un poco más allá, carretera arriba. Pero yo vivo con la abuela y la ayudo a cuidar de la casa y de los animales.

Los condujo hasta una bonita casita con símbolos mágicos pintados en la puerta y otros que colgaban de los aleros, chocando y tintineando con el viento.

—Sois bienvenidos aquí —dijo Nessa y abrió la puerta.

El fuego crepitaba en la pequeña chimenea, convertida en el corazón de la habitación. Las velas iluminaban el cuarto con encanto y alegría.

La anciana estaba sentada cerca de la lumbre, con una manta de cuadros en el regazo y un chal rojo sobre los hombros a pesar del calor. Tenía un esponjoso halo de fino cabello blanco en torno a un rostro surcado de arrugas y unos ojos tan cristalinos y azules como un lago en verano.

Las lágrimas empañaron aquellos ojos cuando alargó una mano.

—Los has traído, mi buena muchacha. Tomaremos whisky, ¿verdad? Y un poco de tarta. Sed bienvenidos y sentaos, por favor. Oh, los pequeños de Katie. Qué emocionada estaba vuestra abuela con vuestra llegada al mundo. Angie MacLeod era una buena mujer, espero que lo sepáis. Tienes los ojos de tu abuelo, niña. Sentaos, sentaos.

—Soy Tonia. —Asió la mano que le ofrecía y después un taburete junto a la butaca—. Antonia.

—Por tu padre. Vi a Tony más de una vez. Oh, qué guapo y qué buen corazón, a juego con un gran sentido del humor. Estaba muy enamorado de tu madre, y ¡cómo la hacía sonreír! ¿Vive, niña? No he sido capaz de verlo.

—Él falleció antes de que naciéramos.

—Lo siento. Que descanse en paz. ¿Vuestra madre?

—Se encuentra bien.

—Y eso es una bendición. Y tú, muchacho, con el atractivo de tu padre y los ojos de tu madre.

—Duncan. Es un placer conocerla, señora Frazier.

—Duncan, por los MacLeod. Le darás recuerdos de mi parte a tu madre, ¿verdad? Recuerdos de la vieja Dorcas Frazier, que vivía carretera abajo y solía darle galletas de jengibre.

—Sí, señora.

—Tu familia era amiga mía. Conocí al Duncan por el que te

pusieron ese nombre. Coqueteé con él cuando éramos unos críos. Siéntate aquí, muchacho. —La mujer tomó aire y, de nuevo despejada, miró a Fallon a los ojos—. Muchas veces me he preguntado por qué vivía tanto, por qué despertaba cada mañana para ver un nuevo día. Tantísimos nuevos días. Pensaba que parte de la razón era por mi Nessa. ¿Cómo podría dejar a mi dulce Nessa? Ahora sé que he vivido tanto tiempo para dar la bienvenida de nuevo a casa a los MacLeod. Y para recibir en la mía a la Elegida. Las mejores bendiciones para ti, Fallon Swift.

—Y para ti, Dorcas Frazier.

Asió la mano de la señora Frazier y se maravilló al ver la vivacidad y la fuerza con la que ardía la luz en un cuerpo tan agarrotado y encorvado por la edad. Se sentó en la silla que le ofreció mientras Nessa repartía whisky y tarta.

—El whisky es bueno —les dijo la señora Frazier—. Todavía sabemos elaborarlo por estos lares. Y la tarta la ha preparado mi Nessa esta misma mañana.

—Me dijiste que esta noche tendríamos invitados y que pusiera una dosis extra de amor en ella.

Su abuela soltó una risotada.

—Así es. Mi Nessa está llena de amor. Brindaremos, pues, por el amor y por la luz.

Alzaron sus vasos y Fallon descubrió que el whisky estaba, en efecto, muy bueno.

—Tendréis preguntas. Siéntate, Nessa; debes escuchar las preguntas y las respuestas que puedo dar.

—¿Cómo es que la casa está intacta? Dentro hay cosas que serían útiles para usted y para otros —empezó Duncan.

—La casa es de los MacLeod. Los que somos de aquí respetamos eso, y a los que han venido después se lo hemos dicho. Creo que la casa mantiene a la gente alejada por sí misma. A vosotros os ha dejado entrar. A fin de cuentas, sois de su sangre. Hugh murió dos días después de que vuestra familia se marchara a casa y a

Londres por trabajo. Millie, qué mujer tan fuerte era, vivió dos días más. Yo la cuidé. Cuando llegó la enfermedad, me volví más fuerte. Así que la cuidé a ella y después a Jamie, vuestro primo.

—Usted limpió la casa —afirmó Tonia—. La limpió e hizo sus camas.

—Como haría cualquier amigo por otro. Mi hijo y mi nieta, que vivían, me ayudaron. Nos llevamos la comida, pero nada más.

—Gracias. —Duncan le asió la mano de nuevo y, haciendo caso a su corazón, le besó los delgados dedos—. Por cuidar de nuestra familia y de nuestra casa.

—Los enterramos a ellos y a muchos otros en el camposanto. Teníamos esperanzas de que aquello pasara y las cosas volvieran a la normalidad. También había miedo, y durante una temporada no hubo noticias de fuera. Algunos huyeron y no volvimos a verlos jamás. Otros vinieron y se quedaron. Los que eran como los de aquí y quienes aceptaban que la magia había vuelto al mundo.

»Sé qué día naciste —le dijo a Fallon—. Lo vi esa noche, la última noche con las luces festivas y la celebración. Agarré la mano de Ross MacLeod y lo vi. Un buen hombre, y no tuvo la culpa y tampoco lo sabía. Pero empezó con él. La noche que murió, en el momento que golpeó la oscuridad, tu luz se liberó, desatada por la sangre de los Tuatha de Danann, la sangre que los MacLeod legaron a los suyos.

»Tú nacerías en la tormenta y vendrías al mundo no a las manos de aquel que te engendró, sino a las de quien tenía que criarte. —Tomó un sorbo más de whisky—. Todos sabéis lo que es perder a alguien, y aún sois muy jóvenes. No serán las últimas pérdidas que conoceréis. La pérdida puede hacer que la fe se tambalee si lo permitís, y la oscuridad se regocija cuando la pérdida de los seres queridos empaña la fe.

—La oscuridad también viene aquí.

La anciana asintió a las palabras de Fallon.

—Así es. Vienen al *sgiath de solas*.

—El escudo de la luz.

—Sí, el círculo, el escudo, el mal que liberaron. Y cada año, próximo a la fecha en que se abrió, vienen y realizan un sacrificio a la oscuridad.

—Abuela, han encontrado a Aileen.

—Ah. —Exhaló un profundo suspiro mientras trataba de asir la mano de Nessa para proporcionarle consuelo—. Me lo temía. Vienen desde el primer año tras el Año Uno. Atraen a una persona joven hasta el bosque, por lo general una chica, aunque no siempre es así. El bosque, otrora verde y lleno de caza, un buen lugar. Ahora está maldito por lo que en él habita.

—¿Qué habita allí? —inquirió Tonia.

—No tiene nombre que yo conozca. Ni rostro, ni forma, salva los que roba. Ese bosque es ahora un lugar muerto y nadie osa entrar en él. Ignoro qué les hacen allí a las buenas chicas. No puedo verlo, o puede que no quiera verlo.

—El año pasado lo intentaron conmigo —dijo Nessa—. Pero la abuela encantó mi ventana y la puerta. Y llevo esto. —Agarró el amuleto que llevaba al cuello—. Todavía siento la llamada, todavía oigo la música, tan alegre y divertida. Fui con la abuela y me quedé en su cama. Esa noche fue Maggie quien desapareció y jamás la encontramos. Tenía solo doce años.

—¿Quiénes son ellos? —preguntó Fallon—. ¿Alguien los ha visto?

—El primer año eran dos, un hombre y una mujer. Guapos los dos, pero esa belleza es una falsa fachada. Debajo están llenos de cicatrices, y bajo la falsa apariencia, almas muertas y negras como la boca del lobo. —Se estremeció y se arrebujó en su chal—. Los vi volar sobre la granja MacLeod; él con alas negras, ella, blancas. La vi arrojar llamaradas de fuego a la casa, pero rebotaron como si fueran bolas mientras ellos se marchaban. Al círculo, al bosque. Esa fue la noche en que desapareció la primera niña.

—Eric y Allegra —declaró Fallon.

—¿Los conoces?

—Mataron a mi padre biológico. ¿Han venido todos los años en enero?

—Todos los años. Pero al siguiente, después del primero, tuvieron un bebé y pasaron a ser tres los que alimentan a la oscuridad. La niña creció, bonita como un sol, pero con un lado del cabello negro y otro claro. Igual que sus alas.

—Petra. —Duncan cerró un puño.

—Lleva en su interior más que ellos. —La señora Frazier se llevó el whisky a los labios con ambas manos, que le temblaban un poco.

Nessa avivó el fuego y volvió a servir whisky en los vasos.

—Hay más oscuridad en ella, y una locura que puedes palpar en el aire al pasar —prosiguió la señora Frazier—. Vinieron hace solo unos días, pero igual que los últimos años, solo la madre y la hija.

—Yo maté a Eric. O le herí —se corrigió Fallon—. Mi padre, el hombre que me ha criado, terminó con él.

—Como es justo.

—¿Solo vienen ellas? —preguntó Tonia—. ¿No acude ningún otro sobrenatural oscuro, otros oscuros?

—Oímos historias sobre los oscuros, otros oscuros, pero aquí no ha venido ninguno salvo esos tres. Ahora dos. Los veo, aunque cierro a cal y canto la casa durante la semana que está previsto que vengan. Pero los veo. —Se dio un golpecito en la sien con el dedo—. Y la noche que alimentan la oscuridad, rugen las tormentas.

—La abuela dice... —Nessa vaciló, pero continuó al ver que su abuela asentía—. Dice que nos dejan en paz para que nos quedemos y sigamos teniendo hijos que puedan llevar al bosque. Nos enseñan a no escuchar la música, a llevar amuletos, pero algunos no creen de verdad o la llamada es demasiado fuerte. ¿Podéis detenerlos?

—Los detendremos. ¿Habéis visto al dragón negro?

Cuando el vaso que la anciana sujetaba se ladeó, Nessa se apresuró a sujetarlo.

—Entonces, ¿es real? Creía que era una ilusión. Lo he visto volar sobre el bosque y dentro de él, pero nadie más. Y en un sueño lo vi durmiendo dentro del círculo de piedras, pero no hay ni rastro de semejante criatura.

—Protege la fuente. —Los ojos de Fallon se oscurecieron cuando le sobrevino la visión—. Espía con forma de dragón y forma de hombre, y siembra la discordia, igual que malas hierbas, para que crezca y asfixie la luz. Sirve a su amo lo mismo que su amazona, lo mismo que la bruja pálida. Se aparea con la demente, y en ella pretende plantar la semilla que se germinará en el hijo. En el hijo renacerá la fuente para que la oscuridad todo lo gobierne. —Fallon se levantó—. Acabaremos con ellos por la espada, por la flecha, por la luz cegadora, por la sangre de los dioses, pues debemos hacerlo. Busca la luz, *granaidh* —le dijo a la anciana—. Cuando las veas arder como el sol, cuando el árbol de la vida florezca en la tierra de los MacLeod, sabrás que ha terminado.

—La buscaré. Rezaré y os enviaremos nuestra luz.

Fallon asió la mano de la mujer.

—Gracias por tu hospitalidad. ¿Puedes decirnos dónde encontrar a la familia de Aileen?

—Nessa os llevará. —Besó la mano de Fallon—. Buen viaje para ti y para los MacLeod. Que los dioses os acompañen.

Lana había hecho lo que Tonia le había pedido, por eso cuando llegaron encontraron a Katie y a Hannah con ella y con Simon, bebiendo vino al amor de la lumbre. Sintieron una oleada de alivio cuando entraron.

—¡Los matadragones! —exclamó Hannah con una sonrisa.

—Esta noche no. Aun así, hay mucho que contar, pero antes... —Tonia se acercó a su madre y le ofreció la fotografía.

—Ay, ay, Dios mío. Oh, es de las Navidades anteriores. La última vez que estuve allí. —La apretó contra su corazón y se meció con ella—. Nunca imaginé que volvería a verlos. —La inclinó—. Vuestro padre. Es Tony. ¿Lo veis?

—Vamos a por más vino. —Lana se levantó e hizo una señal a Simon y a Fallon—. Démosles unos momentos. ¿Dónde habéis encontrado la fotografía?

—Hemos ido a la casa. A la granja de los MacLeod. No me importaría tomar esa copa de vino. Ha sido una noche muy intensa. Como ha dicho Tonia, hay mucho que contar. Deberíamos hacerlo cuando estemos todos juntos, después de que hayan disfrutado de ese momento.

—Y puede que también te apetezca algo de comer.

—No lo rechazaría.

Simon cogió el vino y frotó con una mano el hombro de Fallon.

—Otra vez estás manchada de sangre.

Ella se limitó a suspirar.

—Lobos demoníacos. Llegaremos a eso y a todo lo demás. —Pero para facilitar un poco las cosas, bajó las manos e hizo desaparecer las manchas de sangre.

Duncan entró en ese momento.

—Os agradezco el tacto mostrado. Y tenías razón, Fallon, no podríamos haberle traído nada que significara más para mi madre que esa foto. Si sois tan amables de venir, podríamos ponernos con esto. Hannah y mi madre tienen un montón de preguntas.

Lana cogió una bandeja con aperitivos.

—Nosotros también. Duncan, Fallon, llevad más vasos y platos pequeños, ¿queréis?

Cuando se quedaron a solas, Duncan acarició la espalda de Fallon con la mano mientras ella abría un armario. Le sorprendió lo mucho que necesitaba el contacto, pero no lo cuestionó.

—Nos va a llevar un buen rato contarles todo —comenzó—. Y después tendré que quedarme con mi madre. Lo está asimilando, pero ha removido las cosas.

—No me lo puedo ni imaginar. Crees que sí, porque has oído todas las historias, pero no se puede. Lo perdió todo, a todos, tan rápido y de una forma muy dura.

—Yo creía que lo entendía, pero no. No hasta que he entrado en esa casa y lo he sentido, los he sentido. Así que Tonia, Hannah y yo necesitamos estar cerca esta noche.

—Lo mismo va a pasar aquí en cuanto mi madre se entere de lo de Allegra y Petra. —Le pasó una pila de platos pequeños—. Removerá ciertas cosas. Les he prometido a mis tres animales que mañana iríamos a cazar. A lo mejor te gustaría apuntarte.

—Por la tarde doy un par de clases en la academia, pero tengo libre la mañana.

—¿A primera hora, en el bosque del este?

—Me parece bien. Te invito a desayunar en la cocina comunitaria después.

—Perfecto.

Mientras llevaban los platos, Duncan se dio cuenta de que había obedecido sin querer la firme sugerencia que Simon le había hecho durante su conversación. Iban a tener una cita.

Fallon cabalgó por el bosque con Duncan durante dos magníficas y dinámicas horas después de que amaneciera. La nevada de la noche dejó un reciente y esponjoso manto de más de veinte centímetros sobre el lecho del bosque. El aire olía a nieve, a pino y a limpio mientras seguían el rastro de un jabalí.

Taibhse volaba con sus blancas alas desplegadas entre los árboles, con las ramas cubiertas de nieve y relucientes agujas de hielo, mientras Faol Ban corría entre el sol y la sombra.

Allí el bosque rebosaba vida. El latido pausado y regular de los árboles durante su descanso invernal, el veloz palpitar de las aves en vuelo, de los animales pequeños y grandes, el alegre titilar de las hadas danzando sobre el hielo y la nieve.

Allí había luz y vida, pensó Fallon, a diferencia de la oscuridad y la muerte del bosque en las tierras de los MacLeod.

No hablaron del bosque marchito, de guerra ni de fantasmas, de tácticas ni de estrategias, pero sí debatieron sobre libros y DVD e intercambiaron algunos cotilleos. Pensó que nunca habían cabalgado por el bosque, con la caza más como una excusa para estar juntos que como auténtico objetivo. Pocas veces habían charlado de trivialidades o explorado lo que cada uno pensaba al respecto.

La gente hacía eso en otro tiempo, aunque tal vez no con espada y arco, pero dedicaban tiempo a hablar de muchas cosas que no eran cuestiones de vida o muerte. Ahora, cuando los tambores de guerra retumbaban de forma constante, tomarse una o dos horas para dedicarlas a tales menesteres se había vuelto un lujo.

Lo recordaría.

Y dado que iba a recordarlo, alargó el brazo, le atrajo y le besó mientras el búho volaba en lo alto y el sol brillaba sobre la nieve virgen. Duncan la cogió y le devolvió el beso con pasión; oh, sí que iba a recordarlo.

Entonces él se apartó y se llevó un dedo a los labios.

Ella también captó el olor y esperó mientras Duncan sacaba una flecha del carcaj que llevaba a la espalda. El jabalí emergió de los árboles. Mala suerte para él que el viento se llevara lejos el olor de ambos, supuso Fallon.

Duncan soltó la flecha, abatió la pieza y le lanzó una sonrisa a Fallon.

—Con esto pagaremos el desayuno.

—Y más.

Llevaron el jabalí a la cocina comunitaria, donde Duncan lo

cambió por el desayuno, algunos alimentos secos y una porción de carne. Cuando se sentaron a comer, reparó en que un par de heridos a los que habían atendido y que no se habían reincorporado al servicio compartían una comida con un puñado de las últimas personas a las que habían rescatado. Eso le recordó que tenía que pasar por la clínica a ver a Lucy y a Johnny antes de marcharse de la ciudad.

Apareció Fred, con una gorra con los colores del arco iris cubriendo su mata de pelo rojo y su hija pequeña a la cadera.

—Hola. ¿Puede sentarme un momento?

Duncan le dio una palmadita a la silla.

—¿Quieres desayunar? Aún me queda algo de crédito.

—No, gracias. —Con la facilidad de la experiencia, le quitó el abrigo y la gorra a la pequeña mientras hablaba—. Acabo de dejar a los chicos en el cole y a Dillon en la guardería. Los preescolares están haciendo muñecos de nieve. —Dejó a Willow en el suelo y sacó unos bloques de madera de una bolsa enorme—. Construye un castillo, cielito. Tu padre le hizo estos bloques para Navidad —le dijo a Fallon—. Está como loca con ellos. Eddie y tu padre están reparando el tractor..., otra vez. Los alquimistas están trabajando en el combustible de maíz, creen que funcionará. En fin... —Suspiró y miró de reojo a Willow para cerciorarse de que seguía enfrascada con su construcción—. He tomado café con tu madre esta mañana, Fallon. Me ha puesto al día. Aún no he hablado con Eddie, pero querrá formar parte de cualquier cosa relacionada con Allegra.

—Por lo que hemos averiguado, Petra y ella solo van allí una vez al año, así que las hemos perdido. Y es el primer avistamiento confirmado que hemos tenido en más de un año.

—No han terminado, y no me refiero solo a las cosas espantosas que están haciendo en Escocia. Sé que Arlys va de camino a Montreal, pero creo que Chuck y ella deberían lanzar una alerta cuando regresen. Allegra y Eric colaboraron con los guerreros de la pureza en el primer ataque a Nueva Esperanza. Puede que estén con ellos ahora o que siguieran con ellos.

—Las encontraremos, Fred —le aseguró Duncan con un brillo en los ojos que hablaba de venganza.

—Vendrán a por vosotros. Sobre todo a por Tonia, Fallon, Lana y a por ti. Nos quieren a todos, pero sobre todo a vosotros.

—Y eso juega a nuestro favor. —Fallon se terminó los huevos—. Ninguna de las dos tiene lo que llamaríamos la cabeza fría, y nosotros sí la tendremos. Ellas no están cuerdas y nosotros sí.

—Creo en ti, y creo que el bien siempre vence al mal. Pero ¿al mal y a la locura? Es impredecible, así que ya sabes, sé un poco cauta.

En cuanto Fred cogió los bloques y al bebé en brazos, Duncan miró a Fallon con atención.

—No hemos hablado de ello, de ellas.

—No. Quiero decirte que sé cuánto significaba Denzel para ti y entiendo la necesidad de ajustar cuentas.

—No pueden estar desajustadas.

—No, no pueden. Sé lo que sentí cuando golpeé a Eric, y lo que me recorrió era oscuro. Fue por venganza más que por justicia. Tuve que alejarme de eso, y también tendrás que hacerlo tú. Tendrás que ser un poco cauteloso, Duncan, porque es un sentimiento poderoso. Es seductor.

—Necesito acabar con ella, por Denzel, por esa chica que encontramos y por todas las demás a las que ha matado en ese altar. Será para hacer justicia. Ya lidiaré yo con cualquier otra cosa que sienta cuando acabe con ella.

FE

Empero no me opongo a la intervención divina ni a su voluntad, ni un ápice escatimo de corazón o esperanza, más aun así mantengo el ánimo y avanzo con paso firme.

JOHN MILTON

17

Aquello le preocupaba, pero Duncan tenía razón. Él tendría que lidiar con ello. Si le pedía que creyera en ella, tenía que creer en él, creer en que su luz y su corazón fueran lo bastante fuertes para resistirse a esa oleada oscura.

Conocía esa atracción y tenía que reconocer que había sentido que tiraba de ella la noche anterior, cuando vio lo que le habían hecho a una chica tan joven.

Asesinato, esclavitud, tortura, mutilación. Aquellos eran crímenes espantosos. Pero ¿el sacrificio humano? Un acto de maldad más profundo todavía. De modo que sí, deseaba acabar con ellas, con la pareja de su tío y con su propia prima. Deseaba derramar la sangre de su sangre, y sabía que tendría que combatir esa oleada de oscuridad para terminar entera de nuevo.

Otra elección, pensó mientras cabalgaba hacia la clínica. Una decisión que podría resultar la más difícil de todas.

Se sorprendió cuando Taibhse descendió a la silla de Laoch después de que ella desmontara. Faol Ban se mantuvo alerta. Esperaba que ambos siguieran su camino.

—No tenéis que esperarme —les dijo—. Pero si lo hacéis, no debería tardar mucho.

No había nadie en las sillas de la sala de espera, lo cual le pareció algo bueno de camino a los despachos. Encontró a Rachel en una mesa, leyendo documentos con sus gafas de media luna sobre la nariz.

—¿Un día tranquilo?

Rachel se quitó las gafas y apoyó la espalda en la silla.

—Al fin. Hannah y Jonah están realizando algunas revisiones de rutina. Ni una urgencia esta mañana —afirmó, y golpeó tres veces en la mesa con los nudillos—. Hemos podido dar el alta a algunos, así que todo está bastante tranquilo. Tanto como para que esté revisando la lista de suministros para la ampliación. Va a llevar algo de tiempo, pero Bill Anderson y su cuadrilla de obreros milagrosos, en la que está incluido tu padre, dicen que harán lo posible para que podamos empezar a construir esta primavera.

Fallon se acercó a los detallados dibujos colgados en un tablón de anuncios. En ellos vio potencial y visión, y sobre todo fe.

—Vas a necesitar más médicos.

Rachel exhaló un suspiro de satisfacción al oír eso.

—Por fortuna había una pediatra entre los rescatados de Washington. Aún no está lista para trabajar, ni física ni emocionalmente, pero lo estará. Y tengo a otra sanadora del mismo grupo. ¿Sabes qué es lo mejor de todo?

Fallon miró hacia atrás.

—¿Qué es lo mejor de todo?

—He preparado una serie de exámenes, la mayoría de memoria. Quiero que Hannah los haga el mes que viene. Si aprueba, como sé que hará, será médico. Todo lo oficial que podemos hacer que sea. He hablado con Katie y con el Consejo Municipal. Estamos todos de acuerdo.

—Creo, sin duda, que es lo mejor.

—Es joven, muy joven, pero se ha estado formando, formando de verdad, desde que tenía trece años. Tiene un don natural y pasión.

—¿Lo sabe ella?

—Se lo he dicho esta mañana. Quiero que tenga tiempo de estudiar. Los exámenes no son pan comido; no deberían serlo y no lo serán. Se habrá ganado su título de doctora.

Rachel se había dejado crecer el pelo desde el verano y lo llevaba recogido en una coletita. Se frotó la nuca debajo de la coleta.

Mañana tranquila o no, la médica y fundadora de la clínica trabajaba muchas horas.

—A lo mejor puedes dejar el papeleo para otro momento.

—Bueno. Estamos añadiendo una zona holística y otra de fisioterapia. Juro por Dios que cuando lo hagamos me voy a dar un masaje todas las semanas.

—Mientras tanto... —Se colocó detrás de ella y le masajeó el cuello y los hombros.

Rachel cerró los ojos y dejó escapar un suspiro.

—Vente a vivir conmigo y tráete tus mágicas manos.

—Puedes recurrir a ellas siempre que quieras. Buscaré a Hannah antes de marcharme. Quería pasar a ver a Lucy y a Johnny, los dos que traje ayer.

—Ella tiene el alta, pero le hemos dado una cama para que no tenga que dejarle hasta que él esté listo. Está despierto y lúcido. Tiene algunas lagunas de memoria, lo cual no es raro en casos de traumatismo craneal. Por lo que me ha contado Jonah, lo que hiciste *in situ* marcó la diferencia. Le he reconocido esta mañana y permanece estable. Le dejaremos aquí un tiempo, pero salvo que ocurra algún imprevisto, se recuperará por completo. Y ambos han preguntado por ti.

—Me pasaré a verlos. ¿Mejor?

—Estaba mejor a los dos segundos, lo que pasa es que quería el masaje. —Rachel llevó el brazo hacia atrás y le dio una palmadita a Fallon—. Deja que te acompañe. Oh, y hay más buenas noticias —añadió mientras se levantaba.

—Siempre estoy lista para eso.

—Lissandra y Brennan, el bebé prematuro, se han mudado oficialmente al apartamento encima del de Bill. Mucha gente pide un lugar diferente cuando se enteran de que allí hubo un asesinato, pero ella está encantada de tenerlo. Ha dicho que estuvo encerrada y que ahora su hijo y ella son libres. Además, ha hecho buenas migas con Bill, aunque ¿quién no? A él le encanta tenerlos arriba.

—Son muy buenas noticias.

—Está aprendiendo a hacer punto para poder contribuir, y dado que a Bill se le cae la baba con los bebés, ella baja a Brennan y le ayuda en Trastos Viejos un par de días a la semana.

—Eso está bien. Es bueno para todos ellos.

—Lo es. Le he aconsejado que esperara hasta la primavera antes de ofrecerse como voluntaria o de trabajar fuera. Es mejor para el bebé mantenerse alejado del frío por ahora, pero no pasa nada porque lo lleve al piso de abajo. Es buena gente, Fallon. —Se detuvo frente a la puerta—. Quería darles a estos dos algo de intimidad, y con todas las altas de los últimos días he podido facilitarles su propia habitación. Es pequeña, pero es toda para ellos. —Rachel llamó y abrió la puerta despacio—. Tenéis visita. No te quedes mucho rato —le murmuró a Fallon y se apartó.

—¡Oh, eres tú! —Lucy se levantó de una silla como un resorte, con el cabello lavado y recogido en una coleta y sin ese tono grisáceo en la cara—. Johnny, es Fallon Swift. Nos alegramos mucho de verte. Nos alegramos mucho.

Fallon apenas había entrado en el cuarto antes de que Lucy la abrazara.

—Nos salvaste. Jonah ha dicho que Johnny se va a poner bien. Rachel también lo ha dicho.

—Eso es bueno.

El hombre de la cama no tenía buen aspecto, pero se le veía muchísimo mejor que antes. Estaba incorporado en la cama, y aunque las sombras perseveraban en sus ojos, gran parte de los moratones habían desaparecido. Llevaba una camiseta blanca, el brazo en cabestrillo y una vía en el dorso de la otra mano.

—Eres la Elegida. —Sus ojos se empañaron de lágrimas cuando tendió la mano hacia ella. Aunque apenas tenía fuerzas, se aferró a ella—. Gracias por la vida de la mujer a la que amo. Gracias por la mía. Yo..., no pude detenerlos.

—Eran demasiados.

—Tú los detuviste. Cuando pueda, lucharé para ti.

—Ya hablaremos de eso cuando estés mejor.

—No, por favor. —Lucy se acercó y le acarició el cabello con una mano—. Lo hemos hablado. Me equivoqué al pedirle que no luchara. Queremos quedarnos aquí, así que lucharemos. No sé cómo hacerlo, mi abuela no me dejaba, pero aprenderé. Aprenderemos. Sé coser, cocinar y algo de jardinería. Puedo ayudar hasta que Johnny esté bien.

—Le pediré a alguien que venga y hable contigo de eso. Y cuando los médicos digan que estás lo bastante bien, ya veremos el resto. ¿A qué distancia habéis viajado?

—Tres días, de oeste a este —respondió Johnny—. Llevábamos dos días en la casa que encontramos antes de que los saqueadores dieran con nosotros.

—¿De dónde veníais? ¿Cuántas personas más había?

—Puede que un centenar. No estoy seguro. —Miró a Lucy.

—La gente como mi abuela no quería mezclarse con los sobrenaturales. Nosotros teníamos nuestro lugar y ellos, el suyo, con el río de por medio.

—Si os trajera un mapa, ¿podríais mostrármelo?

—Sí. —Johnny asintió—. Si fueras allí, algunos lucharían para ti.

—Volveré con un mapa. De momento, mejórate.

Fallon le dio vueltas a aquello cuando los dejó. Una pequeña comunidad segregada. Las había visto con anterioridad. Valdría la pena hacerles una visita y tratar de reunir a los que estuvieran dispuestos y fueran capaces de luchar.

Se dispuso a salir. Ya había hecho esperar bastante a sus animales. Vio a Hannah en la sala de espera con un niño. Un niño muy guapo, con las mejillas sonrosadas por el frío y el pelo rubio rizado bajo una gorra roja con muñecos de nieve bailarines. Hannah tenía una de sus manos cubierta con mitones entre las suyas.

—Por supuesto que iré a verla. Voy a por mi abrigo y a por el maletín médico.

—Está muy enferma. —Tenía un ligero y enternecedor ceceo y unos grandes ojos azules—. Tose y tose. Y tiene la cabeza muy caliente.

—Le llevaremos medicinas. Hola, Fallon, este es Bobby. Su mamá está enferma.

—Siento oír eso.

—No se siente bien. Me ha enviado a buscar a la médica. —El niño, de no más de seis o siete años, miró a Hannah con sus grandes ojos azules—. Tú puedes hacer que se ponga bien. Tienes que venir ya.

Fallon iba a ponerle una mano en el hombro para consolarle, pero él se apartó con brusquedad y se apretó contra Hannah.

—¿Dónde está? —preguntó Fallon como si nada. Contempló aquellos ojos, fascinada al no poder ver ni oscuridad ni luz en ellos. Solo el rostro de la inocencia—. Tengo fuera mi caballo. Puede llevarte allí muy rápido.

—¡Solo Hannah! ¡Tienes que venir ya!

—No pasa nada, Bobby. Iremos ya. No pasa nada. —Sonrió a su amiga, pero desde luego no la vio. No con aquellos ojos de mirada perdida.

—Claro. No querría interponerme.

Actuó deprisa. Empujó a Hannah hacia atrás y arrojó una descarga de poder al niño. Él le gritó y los ojos azules se tornaron negros, como el ala de un cuervo.

—¡La zorra es mía!

Disparó una andanada de fuego hacia Hannah con su mano de niño. Fallon se limitó a atraparla y aplastarla. Cuando le dirigió a ella la siguiente, se estrelló contra el escudo que había erigido.

—¿Crees que tu poder supera al mío, diablillo?

—¡La quiero a ella! —Aporreó la barrera con sus pequeños puños llenos de odio—. ¡La quiero a ella, la quiero a ella! ¡Devuélvemela!

—Vete al infierno —le sugirió Fallon mientras oía pasos a su espalda—. No os acerquéis.

—¡No es justo! —Los negros ojos y enrabietados se llenaron de lágrimas—. Eres mala y lo voy a contar. ¡Os mataremos a todos! Arderéis, arderéis y arderéis.

—Ahora te veo. Veo la oscuridad dentro de ti.

—Te comerá viva. Ñam, ñam, ñam.

Con una estentórea carcajada, intentó teletransportarse, y luego miró frenético a su alrededor al darse cuenta de que seguía en el mismo lugar.

Fallon lo observó asombrada cuando se tumbó en el suelo y empezó a dar patadas con los pies y puñetazos en el aire.

—Eres una chica mala, mala, mala. ¡Quiero irme a casa! Déjame salir, tonta del culo.

—Joder, menudo mocoso. No vas a ninguna parte, así que tranquilízate. ¿Quién te ha enviado?

La furia y las lágrimas teñían su cara y la enrojecían de forma espantosa. Pero aquellos ojos negros se clavaron en los de Fallon cuando se puso en cuclillas.

Una pequeña araña, pensó, venenosa a pesar de su tamaño.

—La princesa de la oscuridad tiene un mensaje para ti. ¡Cómete esto, prima!

Se recompuso al tiempo que hacía acopio de su poder, absorbiéndolo como si tomara aire para soplar. Mientras Fallon le advertía que no lo hiciera, soltó un torrente de fuego.

Vio el rostro del crío, la sorpresa y el miedo en su rostro, antes de que las llamas golpearan la barrera, rebotaran y lo consumieran.

—Oh, Dios mío. —Rachel, arrodillada aún junto a la temblorosa Hannah, se levantó como pudo.

—No. —Fallon la agarró del brazo—. Ha muerto. No hay nada que podamos hacer.

—Era..., era solo un niño.

—La edad no cambia nada. Era un sobrenatural oscuro envuelto de inocencia.

—No queda nada, ni siquiera cenizas.

—El fuego del infierno no deja cenizas. Querrás salvia blanca, sal, un ritual de limpieza. —Tratando de hallar sosiego, se dio la vuelta y ayudó a Hanna a levantarse—. Siento haberte empujado tan fuerte. Tenía que apartarte.

—¿Qué ha pasado? ¿Qué era eso?

—¿Qué recuerdas?

—Yo... —Se presionó la sien con la mano—. Acababa de terminar una revisión. Oí mi nombre. Alguien me llamaba, había un niño pequeño que estaba llorando y después... nada. —Hannah siguió masajeándose las sienes, como si quisiera empujar fuera el resto—. No recuerdo nada. Yo estaba en el suelo y él..., esa cosa..., gritaba.

—Te puso en trance. A pesar de su edad, tenía poderes y era hábil. Quería que te fueras con él. Te dijo que su madre estaba enferma en cama y que necesitaba un médico.

—Yo... Creo que sí. Está borroso. Iba a matarme.

—No lo creo. Me parece que le mandaron para que te llevara con ella. Con Petra. Como moneda de cambio.

—Para llegar a Duncan y a Tonia, a ti, pero sin duda a ellos. —La sorpresa y la confusión en su rostro se tornaron en el acto en fría ira—. Pequeño cabrón.

—¿Cómo ha conseguido pasar la seguridad? —exigió Rachel.

—Creo que por eso enviaron a un niño. Lo bastante pequeño como para escabullirse en los puestos de seguridad, y además ella le ha protegido. Ni siquiera yo he podido ver dentro de él al principio. Luego lo supe. No es tan lista como se cree. En cualquier caso, lo solucionaremos. ¿Estás bien? —le preguntó a Hannah.

—Sí. Lo noto. —Hizo una mueca de dolor mientras se frotaba el trasero—. Un pequeño precio a pagar.

—Que Duncan y Tonia te hagan un amuleto. Ellos sabrán qué hacer. Póntelo y no te lo quites en ningún momento.

—Ahora mismo voy a la consulta para echarte un vistazo.

—Estoy bien, Rachel. He caído de culo. Pero tal vez necesite algo para el dolor de cabeza.

—Es por haber salido del trance de forma tan brusca, y no por quien te sumió en él —explicó Fallon—. Para eso va mejor un remedio herbal que un medicamento.

—Yo me ocupo. Vamos, Hannah.

—Vale, vale. Gracias, Fallon.

Rachel se la llevó y volvió la vista por encima del hombro.

—Menos mal que era una mañana tranquila.

Fallon fue directamente a ver a Will para informar de la brecha en la seguridad y dejó que fuera él quien buscara la forma de reforzarla. Después fue a buscar a su madre para trabajar juntas en la mejora a nivel mágico.

Eso le dejó poco tiempo para supervisar el traslado de los prisioneros y los avances de la delegación de Quebec. Pasó la tarde probando varios hechizos de localización y buscando en la bola de cristal, aunque no consiguió encontrar rastro alguno de Petra ni de Allegra.

—Lo conseguiré —dijo en voz alta—. Tarde o temprano.

Cuando se metió en la cama, las dos horas que había pasado en el bosque, el beso, el silencio, le parecían muy lejanos. Y realmente preciados.

Acababa de quedarse dormida cuando sintió un crujido en el aire.

—Soy yo —susurró Duncan antes de que le tirara algo desagradable.

Se tumbó a su lado y la estrechó entre sus brazos.

—Hannah. Estoy muy agradecido de que estuvieras allí.

—Está bien, ¿verdad?

—Gracias a ti. —La besó en la nuca—. No puedo quedarme. Quiero estar cerca de ellas otra noche.

—Le habéis hecho un amuleto.

—Sí. Tenía que ser bonito; ella insistió. —Acarició de nuevo el cuello de Fallon—. Tonia se ha ocupado del diseño para que lo fuera. Así que es lo bastante bonito para Hannah, y efectivo.

Se dio la vuelta para devolverle las caricias.

—Mi madre y yo hemos reforzado la barrera mágica por seguridad. Creo que también es efectiva. Creíamos que ya era suficiente, pero...

—Un niño demonio del infierno. ¿Quién se espera eso? Maldita Petra.

—No consigo encontrarla, Duncan. He buscado, pero no he podido dar con ella. Lo haré.

—Lo haremos. Nadie se mete con mis hermanas. —La besó en las mejillas, en los labios—. No puedo quedarme. Pero puedo tomarme una hora.

Los labios de Fallon se curvaron contra los suyos.

—Esta es una manera estupenda de pasar una hora.

Fallon dedicó tiempo a sus mapas, charló con su padre, con Will, con Eddie y con los demás sobre los planes de batalla. Trabajó con su madre en las pociones y con Kim en los remedios herbales.

No quería perder la práctica, así que visitó el cuartel en busca de un contrincante con quien luchar y la academia para asistir a una clase sobre hechizos.

Y aunque continuó buscando a Petra en la bola de cristal, deambulaba a través de ella para señalar otras zonas, estudiar y tantear.

Cuando entró su madre, Fallon estaba sentada con sus mapas en la mesa del comedor.

—¿Otra vez con eso?

—Sí.

—¿Quieres té? Después de pasar la mañana en la cocina comunitaria lo necesito.

—Claro. Gracias.

—Hace un frío que pela —prosiguió Lana de camino a la chimenea para poner una tetera al fuego—. Creo que esta noche se tercia un estofado de ternera. ¿Estarás aquí para la cena?

—Eso creo. —Fallon se levantó cuando Lana pasaba las manos sobre una tetera para calentarla—. Mamá, tengo que preguntarte una cosa.

—De acuerdo. —Lana abrió el armario y contempló el surtido de té para decidirse por uno. Eligió el de jengibre.

—He localizado la zona de la que proceden Lucy y Johnny, la comunidad segregada. Te hablé de eso.

—Mmm. Algunas personas no aprenden nunca, ¿verdad? Todos estamos juntos en esto. Trabajar, vivir y amar juntos nos completa.

—Por eso, porque eres un ejemplo de ello, porque sabes comunicarlo, quiero que vayas tú.

—¿Que vaya yo? —Lana volvió la cabeza para mirarla.

—A lo que Lucy llama Riverbend. Hay al menos un centenar de personas que se las han apañado para defenderse de ataques puntuales. Algunos, de ambas orillas del río, lucharán si se les da un motivo. Necesito que les des uno. Papá y tú.

—Quieres que tu padre y yo vayamos e intentemos convencer a unas personas que se niegan a mezclarse para luchar juntas.

—No será la primera vez, y no se me ocurre nadie más capacitado. Papá, Ethan y tú.

—Ethan.

—Una familia. Una familia mixta.

—La familia de la Elegida.

—Es un aliciente —convino Fallon, y se acercó para medir el té—. Una bruja, un soldado no mágico, un joven empático con los animales. Dos personas que sobrevivieron al Juicio Final y se forjaron una vida. El hijo que ha crecido en el mundo que ellos han ayudado a construir y a proteger.

—¿Has hablado de esto con tu padre?

—Primero contigo. Para ti es más duro, porque te estoy pidiendo que lleves a Ethan. He visto a qué renunciaste al dejar Nueva Esperanza y sé a qué renunciaste al abandonar la granja y regresar aquí. Lo hiciste por mí, pero no solo por mí. Lo hiciste porque había que hacerlo. Necesito que le enseñes a esa gente lo que hay que hacer.

Lana se apartó mientras Fallon vertía el agua hirviendo en la tetera.

—Eso no es todo.

—No. Hay otros dos asentamientos. Los he marcado en el mapa. Cada persona que podáis reclutar para luchar aumenta nuestro ejército. Te pido que vayáis, que habléis con desconocidos sin estar seguros de cómo os recibirán, y que les convenzáis de que arriesguen la vida, que envíen a sus hijos e hijas a luchar.

—Cuándo...

—Me gustaría que estuvierais preparados para salir mañana.

—¿Mañana? Pero...

Tenía turno en la cocina comunitaria y necesitaba coger algunas cosas de los trópicos. Había prometido que trabajaría con los herboristas.

Y el hecho de que tuviera que hacer esas cosas, de que pudiera tener cosas que hacer, de que hubiera ayudado a formar la estructura para algo así eran precisamente las razones por las que Fallon le había pedido que fuera.

—¿No quieres esperar a que los demás vuelvan de Quebec?

—Está previsto que regresen dentro de uno o dos días. Entonces sabremos si contamos con el apoyo del norte. Disponemos de las instalaciones desaprovechadas en el Medio Oeste. Necesito que empieces a aprovecharlas. Te pido que vuelvas a dejar el hogar. Solo unos cuantos días, puede que una semana, pero que dejes el hogar, al fin y al cabo.

—La granja está donde la dejamos y Nueva Esperanza está aquí mismo. Por supuesto que iremos. Tenemos que hablar de... —Se interrumpió cuando llamaron a la puerta de la cocina.

Starr estaba al otro lado del cristal con Marichu, la veloz y joven recluta.

—Dos tazas más —le dijo a Fallon, y fue a abrir—. Hola. Pasad. Hace un frío que pela. Creía que habías vuelto a Forestville, Starr.

—Mañana.

—Estamos preparando té.

—No queremos molestar —comenzó Starr, y acto seguido miró a Fallon—. Deberías hablar con Marichu.

—Claro. Sentaos.

La chica echó un vistazo a la cocina, con cautela y cuidado. Se había cambiado el rojo de su pelo por un verde bosque y calzaba las recias botas que los duendes y otros zapateros hacían para las tropas.

—Dadme vuestros abrigos. —Lana se limitó a extender una mano, sabedora de que a Starr no le gustaba que la tocara—. Fallon, ¿por qué no os vais las tres al cuarto de estar? Yo llevaré el té.

—No es necesario que te molestes.

—No es ninguna molestia. —Si Starr decía que tenía que hablar con Marichu, tenía que hablar con Marichu, pensó Fallon mientras les indicaba que la siguieran.

Se percató de que había desatendido el fuego mientras trabajaba con sus mapas, así que agitó una mano para que las llamas prendieran de nuevo y echó otro leño.

La chica estudió la habitación igual que había hecho con la cocina.

—Sentaos —las invitó Fallon.

Starr, cuyo rostro lucía cicatrices de quemaduras tan profundas que ni siquiera la magia podían eliminar, se sentó en una silla. Fallon sabía que en su cuerpo también había cicatrices del ataque de Petra. Y había más en su alma y su corazón, fruto de heridas de la infancia.

Fuera del campo de adiestramiento y de batalla, confiaba y se relacionaba con muy pocos. Marichu le daba la misma impresión a Fallon, pero no cabía duda de que habían encajado.

Lana les llevó una bandeja.

—Quédate —murmuró Fallon cuando se acercó a cogérsela. Después la dejó sobre la mesa—. Galletas también. Estamos de suerte. Yo me ocupo, mamá —agregó, y empezó a servir el té—. Bueno, ¿de qué tenemos que hablar, Marichu?

—Necesito luchar cuando vayas a Nueva York.

Fallon dejó la primera taza delante de Starr y sirvió otra.

—La edad que dijiste tener no es suficiente aún para entrar en combate.

—Por muy poco, y habría mentido si hubiera sabido que había una estúpida norma al respecto. Luché en Washington.

—E incumpliste las órdenes. No formabas parte del escuadrón para el laboratorio y el centro de contención.

—¿Y qué?

—Esa no es la manera —replicó Starr.

—Luché en Washington —insistió Marichu—. Soy más rápida que cualquiera que no sea duende. Soy mejor en el cuerpo a cuerpo que la mayoría de los reclutas más mayores. Gané el último torneo de tiro con arco y soy mejor con una espada que la mayoría. Lo dijiste tú.

—Dije que habías mejorado con la espada. Lo ha hecho —le dijo Starr a Fallon—. Me he quedado desde la batalla de Washington para supervisar los progresos de los reclutas y mañana regreso a la base. Marichu ha mejorado en todos los aspectos.

Fallon sirvió té para su madre, para ella, y después se sentó en el suelo con las piernas cruzadas y una galleta en la mano.

—Te saltaste las órdenes —repitió Fallon— y le habrías disparado una flecha a Carter después de que se rindiera y ya no supusiera una amenaza.

—Yo... —La mirada severa que Starr le lanzó hizo que Marichu se interrumpiera—. Tienes razón, y me han castigado por ello. Lo merecía. Y tenías razón en lo que dijiste en el laboratorio. No somos como ellos. No podemos ser como ellos. Te estoy pidiendo luchar para demostrar mi valía.

—La de Nueva York hará que la batalla de Washington parezca una escaramuza. Las fuerzas de los sobrenaturales oscuros eran fuertes en la capital, pero llevan más de una década dominando Nueva York.

—Lo sé —replicó Marichu—. Yo nací allí.

Fallon le dio un mordisco a la galleta con la mirada impertérrita.

—¿De veras?

—Mis padres eran de la resistencia. Asesinaron a mi madre cuando yo tenía doce años.

—Lo siento —dijo Fallon.

—Era una soldado. —La voz de la chica destilaba orgullo—. Murió luchando. Encontraron la casa franca donde teníamos a los niños. Ella y los demás los derrotaron, nos protegieron a todos. Murió luchando. Después de eso, mi padre quiso sacarme de allí. Discutimos un montón por culpa de eso, pero decidió sacarme y traerme a Nueva Esperanza.

—¿Aquí?

—Todo el mundo conoce Nueva Esperanza, pero la mayoría no se lo cree. Todos saben de la Elegida pero, en general, tampoco lo creen. —Se acercó para coger una galleta, incapaz de seguir resistiéndose—. Pero luchan de todas formas. Mi padre me obligó a marcharme. A veces sacan a escondida a niños, a ancianos o a los que ya no pueden soportarlo más. Me obligó a ir con un grupo y me dijo que me buscaría cuando pudiera. Pero en cuanto salimos, todo se torció. Vinieron los cuervos y el rayo negro. Nos separamos. Luego llegaron los guerreros de la pureza y cogieron a todos los que pudieron o se limitaron a matarlos. Yo escapé. Soy rápida, así que escapé. Pero no pude volver a entrar en la ciudad.

—Estaba herida —intervino Starr.

—No fue tan grave. Te dije que no fue tan grave.

—Estaba herida —repitió Starr— y se perdió en medio del humo. No pudo encontrar el camino de vuelta. Unos exploradores de la resistencia la encontraron y la llevaron a su campamento. Después, a una pequeña base más al sur.

—No quisieron llevarme a Nueva York, así que me marché cuando pude. Y...

—Y... —la instó Fallon.

—Ahora sé que debí quedarme con ellos. Pero entonces solo quería volver con mi padre. Así que me fui, pero no pude regresar a Nueva York. Se me ocurrió intentar venir aquí; mi padre me había dibujado una ruta. No estaba del todo bien, pero la seguí. Me topé con más guerreros de la pureza y...

—Te hicieron daño —concluyó Fallon—. Esa vez te hicieron daño de verdad. Te dañaron el ala.

—Iban a ejecutarme, pero escapé. Aun así, escapé. Entonces me encontraron tus exploradores.

—¿Por qué no se lo has contado antes a nadie, por qué no has contado lo de Nueva York?

—No os conocía.

—Lo entiendo.

—Todo —la exhortó Starr.

—Vale, vale. Al principio pensé que aquí aprendería cosas, más habilidades, y que me marcharía otra vez e intentaría llegar a Nueva York. Pero entonces... Sé que no es la manera correcta. No puedo hacerlo yo sola. Nadie lo consigue solo.

—Una buena lección —reconoció Fallon.

—¿Conoces Chelsea? —le preguntó Lana.

—Sí. Nuestro grupo se quedaba sobre todo en la zona baja. Teníamos otros grupos en la zona alta y en la media.

—Yo vivía en Chelsea. —Lana les ofreció el plato de las galletas.

—Lo sé. Hay historias a montones. No es lo que era. Si mi padre dice que no lo es, es que no lo es. Pero yo sé cómo es. Sé dónde puedes encontrar gente de la resistencia que luchará. Sé dónde tienen los guerreros de la pureza una fortaleza, en lo que antes era Brooklyn, y dónde están las bases militares en Queens.

—Tengo mapas en la otra habitación. —Fallon se puso en pie—. Enséñamelo.

—Te lo enseñaré si puedo ir y luchar.

—Enséñamelo —repitió Fallon— y luego decidiremos.

Les llevó más de una hora, y cuando se marcharon, Fallon estudió con detenimiento los mapas, las notas y los nuevos lugares marcados.

—Necesito más papel para mapas. Tengo que volver a trazar...

—Vas a tener que dejar que vaya. —Lana se sentó, con las manos apoyadas en la mesa—. Es muy joven y todavía es testaruda. Puedes ver esa testarudez, aunque intenta ocultarla. Puede que también intente no serlo.

—Su padre está en Nueva York, y espero que haya aprendido la lección y que no vuelva a cometer los mismos errores. Aun así, le he dicho que tenía que afinar su destreza con la espada y que necesitaba el permiso de todos sus instructores.

—Vas a dejar que vaya. Te conozco —sonrió Lana.

—De acuerdo, sí. ¿Qué crees que haría si le prohibiera participar en esto? Se largaría. Si le dijera que necesita más disciplina, pasaría lo mismo.

—Eso también lo sé. Igual que sé que Duncan y Tonia, y la gran mayoría, ya luchaban a su edad. Pero con tanta gente uniéndose, hemos podido subir la edad mínima para combatir y darles más tiempo.

—Su padre está en Nueva York —repitió Fallon—. Toda la gente a la que conoce de verdad, el mundo que considera su hogar. No puedo detenerla, así que hago uso de ella, sí, pero va a regresar con un ejército. No va a volver sola.

—Aun así me entristece. Sé que tienes razón, que seguramente yo haría lo mismo, y aun así me entristece. Te traeré el papel.

Lana se levantó y se acercó para darle un beso en la cabeza a su hija.

Fallon se reunió con sus padres, con Duncan y con Tonia para tratar la nueva información. Incorporó a Katie, Jonah, Rachel y Fred por sus conocimientos de la antigua ciudad de Nueva York.

—Tony y yo vivíamos aquí. —Katie puso un dedo en el viejo mapa—. Mis padres aquí y los suyos ahí. Esto es el hospital en el que vinisteis al mundo.

—Ahora es la sede de los sobrenaturales oscuros —dijo Duncan, y se volvió de inmediato para mirar a su madre—. Lo siento, mamá.

—No, es la realidad. Nueva Esperanza es mi hogar, donde os he criado a tu hermana y ti, donde hemos construido nuestra vida. Ellos han pervertido e incendiado el que fue mi hogar, pero eso no significa que no podamos o vayamos a recuperarlo.

—Yo vivía aquí, empecé aquí —intervino Rachel—, pero quería mi propia casa y poder ir y venir del hospital con comodidad. No crecí ahí, como Katie, y no conocía la zona tan bien como Jonah, ya que al ser un paramédico, él recorría esas calles todos los días.

—Nosotros estábamos ubicados aquí y abarcábamos este sector. —Los nombres de aquellas calles llevaron a Jonah atrás en el tiempo—. Supongo que algunos de los edificios habrán desaparecido, que muchas calles han sido destruidas, pero el trazado es el trazado. Aquí cogimos el barco para salir cuando decidimos intentarlo en Hoboken.

—Menuda nochecita —intervino Rachel, y puso una mano sobre la de él.

—Sí que lo fue.

—Podríamos llevar tropas a Brooklyn por agua. Barcos, gente del mar.

Jonah miró a Fallon y asintió.

—Había puentes, túneles.

—Marichu dice que los túneles, en su mayoría, son para los muertos y los lunáticos. El puente de Manhattan a Brooklyn fue destruido, dejando Brooklyn prácticamente aislado. Si entramos del mismo modo en que vosotros salisteis, por mar, podemos recuperar ese territorio. De fuera adentro, mientras teletransportamos más soldados hasta el centro. Y hacemos lo mismo en Manhattan.

—Arlys y yo trabajábamos aquí, en el centro, en pleno Midtown. Ella vivía lo bastante cerca como para ir andando al trabajo. Todo ocurrió muy deprisa —recordó Fred—. Gente muriendo, gente matando, gente corriendo. Las personas mágicas... En fin, al principio hubo mucha confusión. Es decir, un día eres una becaria que está aprendiendo los entresijos del mundo de la televisión, corriendo por Nueva York con un trabajo guay y un apartamento de mala muerte que adoras, y al siguiente tienes alas. No es lo mismo que haber nacido sabiéndolo. Fue un subidón y un poco aterrador al principio. Algunos no pudieron asimilarlo, se volvieron locos, y otros se convirtieron a la oscuridad.

—Tú no —le recordó Eddie—. Mi Fred no.

—Podrías haberte marchado —señaló Tonia—. ¿Por qué no lo hiciste?

—Por Arlys y por la gente con la que trabajábamos. Me necesitaban. Después de la última emisión... Dios, fue horroroso. Jim, que entonces estaba al mando, dijo que Arlys tenía que marcharse, y supe que tenía que irme con ella —explicó—. Caminamos hasta la Treinta y cuatro, aquí. —Se lo mostró en el mapa—. Luego recorrimos el túnel del tren hasta Hoboken.

Eddie le puso una mano en el muslo y la acarició al ver que ella apretaba los labios.

—Lo cruzamos. —Ella posó la mano sobre la suya para darle un pequeño apretón—. El caso es que Hoboken estaba desierto, pero no lo habían destruido. Ni siquiera lo habían saqueado demasiado.

—Según Marichu, ahora es una base de los guerreros de la pureza. Podemos tomarlo y hacerlo nuestro —propuso Fallon.

—Tenemos muchos frentes abiertos. —Will estudió los mapas antiguos y los nuevos junto con los demás—. Guerreros de la pureza en New Jersey, sobrenaturales oscuros y guerreros de la pureza en Brooklyn, el ejército en Queens y todos en Manhattan.

—Por eso ganaremos. No en un día, ni en una semana ni en un mes, pero ganaremos. Los echaremos. Me concibieron allí, igual que a Duncan, a Tonia y a Hannah. Ross MacLeod regresó desde Escocia para morir allí. Los fundadores de Nueva Esperanza se encontraron allí y consiguieron escapar. Ha llegado el momento de regresar. —Miró a Fred—. Podrías haber escapado por agua o volando cuando llegó el momento, pero te adentraste en la oscuridad porque una amiga te necesitaba. Y tú, Jonah, al borde de la desesperación, elegiste la vida porque una desconocida te necesitaba.

»Arlys eligió la verdad en vez de la seguridad de las mentiras. Chuck dio cobijo a Arlys y a Fred y les ofreció una vía de escape. Katie dio una madre y una familia a un bebé indefenso. Rachel se adentró en lo desconocido porque la necesitaban. Mi madre dejó todo lo que conocía y amaba, encontró a un desconocido y a su perro en la carretera y los ayudó. Es por eso por lo que tomaremos Nueva York. Y es un arma poderosa.

—Eso no te lo puedo discutir —reconoció Will—. Pero me sentiría mejor si nos metiéramos en esto con un montón de espadas, flechas, balas y soldados.

—Y lo haremos. Pero también iremos con la luz, lo bastante potente y poderosa como para disipar la oscuridad.

18

Resultaba un poco raro y completamente alucinante estar sentado en la cocina de Fallon mientras ella preparaba el desayuno. Los dos solos, pensó Duncan, en la gran casa. Sus padres y Ethan se habían marchado en día anterior y su madre se había tranquilizado gracias a la fotografía enmarcada de su familia colocada sobre la repisa de la chimenea.

Sería imbécil si no aprovechase para pasar algo de tiempo con Fallon. Y no era imbécil. Por primera vez habían pasado la noche juntos en esa gran casa, y ahora, la mañana siguiente.

Le rondó por la cabeza la idea de si ella se preguntaría si aquello servía como una especie de puerta a su futuro. Y adónde llevaría esa puerta.

Dejó que ella cocinara después de dejar claro que él cocinaba de pena. No le parecía que lo hiciera tan mal, pero ¿para qué discutir? Además, le gustaba mirarla; la confianza en sí misma, incluso un cierto estilo.

Dejó los platos en la encimera y se sentó a su lado.

—Tiene buena pinta y huele genial. —Probó un poco con el tenedor—. Sabe... ¡Uau! ¿Qué es?

—Tortilla de pesto y tomates asados con un poco de queso de cabra.

—Has salido a tu madre. Es la mejor cocinera del mundo entero.

—Ella te diría que no tiene demasiada competencia.

—¿Estás preocupada por ella, por los dos?

Fallon probó la tortilla y se sintió satisfecha porque le hubiese salido como le habían enseñado a hacerla.

—No. Me preocupaba estar preocupada, ya me entiendes, pero no lo estoy. En cierto modo, todo son pasos. Yo solo tenía ganas de volar, de tomarme algo de tiempo para pensar, y ahí estaba Lucy. Ahora, gracias a ella, a lo mejor conseguimos un par de cientos de soldados. Y quizá uno de ellos nos señale la dirección que haga que consigamos otro par de cientos.

—Los necesitaremos. ¿Es eso lo que te preocupa? Nueva York. He captado la preocupación.

—Sería boba si no me preocupara. Es un ataque ambicioso. Y Will no se equivocaba en lo que dijo el otro día. No basta con que sea lo correcto. Necesitamos soldados y armas.

Duncan guardó silencio durante un momento mientras comían en el suave zumbido de la cocina, envueltos en su calor, con el crudo invierno arreciando fuera.

—No siempre pueden entenderlo —comenzó—. Will es un comandante cojonudo. Duro, inteligente, valiente y comprometido. De él aprendí a pelear, a luchar con inteligencia, pero no siempre lo entiende. Acepta y respeta la magia. Eso tampoco suele ser fácil, ¿verdad?

—Supongo que no siempre pienso lo suficiente desde su perspectiva. Solo con escuchar a Fred, cómo habló de esas semanas en Nueva York cuando todo cambio. Cómo cambió ella...

—Will, Eddie y los otros no mágicos, siendo tu padre la gran excepción, siempre van a pensar primero de la manera convencional. Incluso aunque lleven veinte años en este mundo, vivieron eso y más en el anterior. Supongo que es algo bueno.

Fallon se volvió hacia él, picada por la curiosidad.

—¿Por qué?

—Porque así es como funciona ahora el mundo. La mezcla. Somos una mezcla de lo convencional, o lo que era convencional, y de seres mágicos. La cosa funciona mejor cuando todo el mundo lo acepta. Tú y yo tenemos esa mezcla en el seno mismo de nuestras familias. Will y Eddie también. Supongo que es así como va a ser ahora.

—Esa es otra razón por la que ganaremos.

—Olvida eso. Desde mi vuelta he pasado algo de tiempo en el cuartel y en la academia. Algunos alumnos, algunos reclutas, van a necesitar curtirse un poco más. Hay algunos como Denzel. —Sintió una punzada, como de costumbre, cuando pensó en su amigo—. Jamás habría sido un soldado —prosiguió Duncan—, pero él pensaba..., joder, vivía para ser soldado. Porque imaginaba que combatir era emocionante, peligroso y, simplemente, guay.

Fallon recordó que deseaba con desesperación usar la espada que había encima de la chimenea de la casa de Mallick porque... era guay.

—¿Tú no, al principio?

—Es posible —reconoció entre risas—. No, joder, sí. Me quitaron la tontería por la fuerza, gracias a Will.

Fallon se levantó para ir a por más café.

—Necesitamos más soldados, Duncan.

—Te escucho. ¿Vas a comerte el resto?

—Sí. —Sirvió el café, se sentó y cogió el tenedor—. El número de soldados determinará cuándo podemos atacar Nueva York. ¿Puedes trabajar directamente con los que crees que necesitan curtirse?

—Claro. —Llevó su plato al fregadero, convencido de que no iba a conseguir comerse el resto de la tortilla de Fallon. Supuso, y acertó, que ya que ella había cocinado, él se ocuparía de fregar—. Me vendría bien contar con Mallick.

Fallon suspiró.

—En serio, quería dejar que disfrutara de un tiempo para él en su casa, pero tienes razón. Le necesitamos. —Cuando terminó, recogió su plato y fue hasta las puertas de cristal—. Yo también pasaré algún tiempo allí. Tengo que ir al campamento de los duendes que está cerca de la cabaña, echar un vistazo y dirigirme al norte. He pensado que Meda y yo deberíamos explorar en el oeste. Podríamos reclutar a más. Y tengo que volver a la granja, al pueblo. Dios, cuánto echo de menos la granja. —Se apoyó en la puerta y contempló el invierno, el jardín cubierto de nieve y el bosque más allá—. No sé si volverá a ser un hogar para mí. Es lo mismo que tu madre dijo de Brooklyn. Para ella ya no es su hogar. No sé si la granja lo será para mí, aunque la eche tanto de menos.

—Yo formaré un hogar contigo.

Aquello la dejó sin aliento, necesitó serenarse cuando se volvió hacia él. Duncan tenía un paño de cocina pero, por Dios santo, nunca le había parecido menos casero. El sol del invierno, pálido como la cera, entraba por las ventanas y se reflejaba en la espada que, lo mismo que ella, estaba tan acostumbrado a llevar como otros llevan zapatos.

—Podemos formar un hogar. Aquí, allí, en otra parte.

—Dejarías Nueva Esperanza si...

—Es a ti a quien no dejaré, Fallon.

Aquello, la absoluta certeza de él, en él, hizo que se estremeciera.

—Amarte hace que tenga miedo —le dijo—. Miedo de lo que está por venir, de dónde llevo a otros. ¿Tú tienes miedo?

—¿De morir en el campo de batalla? ¿De perder a otro ser querido? Pues claro que tengo miedo, joder. Y temer no significa una mierda. Lo que cuenta es hacer lo que hay que hacer.

Fallon profirió una media carcajada.

—Tú eres el único.

—Más vale.

—No, mira que eres idiota. Eres el único que estaba a la altura.

—¿De qué?

—De mis padres.

Duncan arrojó el trapo a un lado mientras se acercaba a ella.

—¿Estás llamando idiotas a tus padres?

—No, eso solo te lo llamo a ti. —Le agarró las manos—. Con catorce años abrí el Libro de los Hechizos y todo lo que contenía se descargó dentro de mí en medio de una tormenta de poder y de conocimiento. Con eso salté al Pozo de la Luz para coger la espada y el escudo del fuego.

—Estás presumiendo.

—No, no. —Rio y le apretó las manos—. Nada de eso, nada, es más mágico que poder estar aquí contigo, que saber que puedo tener miedo contigo y que podemos hacer lo que hay que hacer. Que saber que lo haremos. —Se llevó sus manos a los labios—. Formaré un hogar contigo. Aquí, allí, o en otra parte.

Duncan se dispuso a atraerla hacia él para atrapar ese momento. Y ambos lo sintieron.

—Han vuelto. —Mantuvo la mano posada sobre su corazón un segundo más—. Mallick y el resto.

Se reunieron en la sala de guerra después de que Duncan fuera a buscar a Will. Como buena hija de su madre, preparó café, té, encendió la chimenea y se esforzó por tener paciencia hasta que todos se acomodaron.

—Quiero daros las gracias a todos por hacer este viaje —comenzó Fallon.

Travis hizo un gesto con su taza.

—De entrada, quiero decir que la reina de las nieves tiene estilo, como ya sabéis. Su cuartel general es lo más parecido a un palacio que he visto.

—Excesivo. —Meda optó por el té, negro y sin miel. Sin extras.

—Sí, es posible, pero no me molestaría lo más mínimo probar un poco de ese lujo. Cosa que, sin duda, ella tiene.

Arlys, preparada para tomar notas, le lanzó una mirada indulgente a Travis.

—Ha convertido lo que fue un hotel de cinco estrellas en el corazón de Montreal en su cuartel general, en su hogar. Se pega la gran vida en la suite del ático, que ocupa la planta entera. Sin embargo, también cuida de que su gente tenga un techo, comida, ropa y atención médica. Otros edificios que hemos visitado han sido convertidos en clínicas, colegios, invernaderos y curtidurías.

—Se permite todos los caprichos que quiere —adujo Meda con manifiesta desaprobación—. Ropa elegante, joyas recargadas. Pero bueno. —Meneó un hombro con lo que Fallon interpretó como un reticente respeto—. Su gente no está desatendida ni sufre abusos. Tienen comida y un techo.

—Y los escucha —agregó Travis.

—Sí, a su manera. Utilizan sobre todo la energía eólica y solar. Su centro de adiestramiento se podría mejorar, pero cuentan con una buena seguridad.

—Fue muy amable y parecía receptiva a las sugerencias de Meda sobre sus instalaciones y métodos de entrenamiento. No cabe duda de que se trata de un estilo distinto al de Nueva Esperanza. Su centro es muy urbano y es obvio que ella está al mando. Tiene consejeros, pero no es la clase de lugar donde hagan algo más que aconsejar. Ella es quien gobierna.

—Y ¿qué opina su gente de eso?

—La quieren —aseguró Travis—. Confían en ella y se sienten a salvo. Ella los quiere. No es mentira. Su seguridad y bienestar son importantes para ella.

—¿Y tú? ¿Confías en ella?

—Sí. Se la ve venir a la legua.

—Probó con él sus armas de mujer —agregó Meda.

—¿De veras?

Travis esbozó una amplia sonrisa.

—Es demasiado... sofisticada —decidió—. Sexy, sí, pero demasiado sofisticada y no es mi tipo. Y más bien fue una prueba. Le gusta el sexo un montón, otra cosa que se ve a la legua. Pero más bien fue una prueba. Hizo lo mismo con Mallick.

—¿Le...? —Fallon desvió la mirada al hechicero, que estaba sentado plácido y en silencio—. ¿De veras?

—Una prueba, nada más —prosiguió Travis—. Puede que pensara obtener algo de ventaja si conseguía tirarse a Mallick el Hechicero y al hermano de la Elegida. En fin, no es mi tipo.

Le lanzó a Meda una mirada que quiso ser lasciva.

—Compórtate como corresponde a tu edad, hombrecito.

—Esto es comportarse como alguien de mi edad. Me gustan las guerreras sexis.

—Creo que podemos dejar ese tema. Mallick, aparte de intentar seducirte a ti y al adolescente, ¿hubo negociaciones?

—Sí. Desea de veras tu lealtad, aunque es muy consciente de que te necesita más a ti que tú a ella. La preocupación por su gente es real y profunda, tal y como ha dicho Travis. Sobre todo le preocupa que los niños de su región estén no solo a salvo y que reciban educación, sino que también sean felices. Su ambición no es baladí. Quiere a su región y cree que puede proporcionarle seguridad y prosperidad.

—No se equivoca —convino Arlys—. Se ha asegurado la lealtad de la gente porque ella misma la ofrece. Puede que sea una especie de dictadura amable, pero vivimos en un mundo diferente. No he visto crueldad en ella ni en su gobierno.

—Ofrece dos mil soldados para esa alianza.

—Ahora tres mil. —Mallick se sirvió más té. El invierno le helaba los huesos como no lo había hecho durante siglos.

—¿Tres mil?

—Tiene cuatro mil —explicó Travis—. Se la ve a la legua. Pero convinimos que necesitaba contar con una parte para proteger su ciudad y a su gente.

Mallick asintió.

—Hay ancianos, jóvenes y otros que no pueden luchar y que necesitan protección. Lo mismo que la ciudad. Los tres mil están armados, y sus forjas seguirán produciendo armas. Tal y como sospechabas, tiene otras alianzas. Trajo a otros dos líderes a estas negociaciones. Ambos son grupos más pequeños, pero entre ellos contamos con otros mil quinientos.

—Más de cuatro mil. —Fallon apoyó la espalda en la silla, sintiendo el subidón—. ¿Qué le hemos prometido a cambio?

—Reconocemos su gobierno y la soberanía de los otros aliados. Si es necesario, les ayudaremos a luchar contra nuestros enemigos comunes. Abrimos el comercio con ellos a la vez que respetamos sus fronteras. Un pequeño acuerdo paralelo con Vivienne es su petición de que ayudemos a su gente a crear una zona tropical y les dotemos de los medios para comenzar a cultivar café, té, cacao, pimienta y cítricos.

—Muy lista —decidió Fallon—. No solo tendrá la capacidad, sino que también podrá comerciar directamente con sus otros aliados. Preferiría enviarles un aquelarre para crearlo en vez de proporcionarles los medios para que lo hagan ellos mismos.

—Es lo que hemos acordado. Se da por satisfecha con eso.

—Bien. Más de cuatro mil soldados y, con suerte, cerca de cinco mil cuando mis padres y Ethan regresen.

—¿De dónde? —preguntó Travis—. Pensaba que estaban ocupados haciendo otras cosas.

Fallon les explicó la misión y escuchó el intercambio de opiniones. A continuación se puso en pie.

—Quiero daros las gracias a todos. Al negociar con éxito estas alianzas nos habéis proporcionado una gran ventaja. Tenemos aliados en el norte y miles de soldados que lucharán a nuestro lado. Tendremos que llevarlos a Nueva York. Meda, ¿estarías dispuesta a venir conmigo al oeste para buscar más? ¿Para, con algo de suerte, buscar y forjar otras alianzas?

—Respondo a la llamada de la Elegida.

—Travis, te necesito en esto.

Su hermano le lanzó una amplia sonrisa a Meda, que respondió con una mirada pétrea.

—Sin problema.

—Arlys, me encantaría leer lo que vas a escribir sobre esto en las *Noticias de Nueva Esperanza*.

—Está prácticamente terminado. Le prometí un ejemplar a Vivienne. Su tecnología es muy, y quiero decir muy, rudimentaria, pero Chuck lo solucionará.

—Muy bien. Mallick, ¿puedes quedarte un momento?

El resto se marcharon; Duncan y Travis fueron al cuartel; Will y Arlys de vuelta a Nueva Esperanza; y Meda fue a prepararse para su próximo viaje.

Fallon le sirvió más té a Mallick y se sentó a su lado.

—Describe a Vivienne con tres palabras.

—Vanidosa, ambiciosa y leal.

—Puedo trabajar con eso.

—Y he de añadir que te envidia.

—¿A mí?

—Tu poder y tu posición. La envidia lleva aparejada auténtica admiración y un poco de temor.

—También puedo trabajar con eso. ¿Hay alguna razón para pensar que si la ayudamos a proteger Quebec, a establecerse como jefe de ese estado, querrá más?

Cogió su té, satisfecho al ver que pensaba con vistas al futuro después de la batalla.

—No lo creo. Quebec es importante para ella a nivel personal. Tener más dominios exigiría más trabajo. Creo que será una aliada leal. Te envía un regalo.

Se levantó, fue a por la bolsa en la que lo había traído y sacó una bolsita más pequeña. Fallon la abrió, intrigada.

El colgante de blanca piedra de luna resplandecía. Tallado en él, como si fueran uno solo, se mezclaban tres figuras. El búho, el lobo, el alicornio.

—Es precioso. —La piedra estaba engastada en plata, y las palabras grabadas detrás rezaban: SABIDURÍA, VALOR, LEALTAD. LOS ESPÍRITUS DE LA ELEGIDA—. Y, como dijo Arlys, ha sido muy amable. Jamás he visto una pieza tan fina fuera de la cámara acorazada que encontramos en Washington.

—Sus artesanos no se limitan a hacer piezas prácticas. Tiene joyeros, plateros y orfebres, gente experta en trabajar la seda, el terciopelo, las pieles. Quebec será una monarquía bajo su mando. Creo que gobernará bien.

Conmovida, Fallon se colocó el colgante en la cadena con la alianza de Max y la medalla de san Miguel de Simon.

—¿No te tentó?

—Es demasiado sofisticada para mí —dijo, sin duda, divertido—. Y no es mi tipo. ¿Qué tenías que pedirme?

Entonces le miró.

—Quería dejar que pasaras un tiempo en tu casa, pero en vez de eso te pido que te quedes en Nueva Esperanza para que ayudes a Duncan a curtir a algunos de los reclutas. Siento...

Mallick agitó la mano para interrumpirla antes de que terminara.

—Quince siglos he esperado para cumplir con mi deber. Estoy hecho para esto. —Asió la mano de Fallon en una muestra de afecto poco común—. Respondo a la llamada de la Elegida.

—Puedes quedarte en la habitación de Colin mientras estés aquí.

—Bueno, eso sí que me tienta. Pero de cara a mi labor de curtir a los reclutas sería mejor que me quedara en el cuartel. Quizá me invitéis a comer cuando regrese tu madre.

—Me encargaré personalmente de ello. Entretanto, te aseguro que en los barracones se come bien. Nos hemos ocupado de eso.

—Entonces me uniré a Duncan y a Travis y comeré algo. Buen viaje al oeste. —Se levantó, cogió su bolsa y se volvió para mirarla—. Lo has hecho bien, niña.

—Gran elogio del anciano.

Una vez a solas, se quedó sentada un rato más. Ya no todo eran planes de batalla, adiestramiento, formar a las tropas. Ahora tocaba pensar en las alianzas, en la política, en la diplomacia, en las fronteras. Ahora las visiones para el futuro debían surgir del humo. Ella no tenía el más mínimo deseo de ser reina, de gobernar el mundo en proceso de reconstrucción. Pero si blandía la espada para llevar ese mundo a la guerra, tenía que conocer formas de abrazar la paz y mantenerla.

Una vez descorrió la cortina para mostrarle a Colin la sangre y la batalla, lo peor que la oscuridad exigía. Albergaba la esperanza de descorrerla de nuevo algún día para mostrar la paz, la unidad, todo lo que la luz ofrecía.

Pero por el momento se levantó a fin de prepararse para el viaje, para iniciar su cruzada para encontrar más almas que llevar a la guerra.

Mientras Fallon empaquetaba provisiones, Lana permanecía sentada en la inmaculada sala de Tereza Aldi, la abuela de Lucy. Una mujer guapa, con el canoso cabello recogido en un moño trenzado en la nuca. Se sentó en una silla, con la espalda bien erguida.

No le ofreció ningún refrigerio.

Una estufa de leña, sin duda recogida e instalada después del Juicio Final, ocupaba el rincón y proporcionaba algo de mísero calor.

Pese a todo, el frío de la habitación procedía de la mujer tanto como del invierno.

—Le agradezco que me reciba, señora Aldi.

—Le he dicho que no tenemos nada que decirnos, pero es usted muy insistente.

—Las mujeres que crían a hijos en este mundo tienen que serlo. Esperaba que tuviera algún mensaje que le gustaría que le trasladase a Lucy.

—Tomó su decisión.

—Lucy le dijo a mi hija que una vez escondió usted a una persona mágica de los guerreros de la pureza.

—No somos unos bárbaros. —Se llevó una mano al crucifijo que colgaba de su cuello—. Ni fanáticos como los de esa secta pagana.

—Fue un acto de bondad, de humanidad, que conllevó no poco riesgo.

—Habrían matado al chico, un crío de no más de diez años. Nosotros no les deseamos la muerte, señora Swift. Solo insistimos en que guarden las distancias. Aquí llevamos una vida tranquila y pacífica.

—Tienen una comunidad preciosa. Igual que los mágicos que viven al otro lado del río.

—Ellos se quedan en su orilla y nosotros en la nuestra. —Con férrea determinación, mantuvo las manos una encima de la otra sobre el regazo—. El chico se acercó, debería haber tenido más sentido común.

—Yo tengo tres hijos —dijo Lana con una sonrisa—. No puedo contar las veces que deberían haber tenido más sentido común. También tengo una hija.

—Sé quién es usted. Sé quién es ella y lo que afirma ser.

—No lo afirma; lo es. Pero lo que le atañe de forma más directa es que le salvó la vida a su nieta.

—Le he dicho que no tenía el más mínimo deseo de escuchar...

—Pero va a escucharlo. —La voz de Lana cambió, se tornó autoritaria. Había tolerado el frío, incluso lo que consideraba mala educación, pero no consentiría que la ignoraran—. Va a escuchar y después me iré. La niña que usted crio...

—¡Oiga usted! —Lágrimas fruto de la ira y de la pena brillaban en aquellos ojos oscuros, donde las arrugas se abrían en abanico, igual que profundos surcos—. Yo crie a Lucia. La crie porque su padre murió a causa del Juicio Final y su madre, mi propia hija, mi única hija superviviente, cambió.

Lana colocó también las manos en el regazo. Consideraba que el arrebato era un progreso comparado con el frío muro de piedra con el que antes había topado.

—¿Cómo?

—Se volvió como tú. Estaba maldita. Maldita y loca por culpa de eso. El mundo moría a nuestro alrededor, amigos y vecinos estaban enfermos o ya habían sido enterrados. Mi marido murió, mis dos hijos murieron. Y mi única hija, que antes era buena y afectuosa, se volvió loca y violenta.

Lana no dijo nada cuando la señora Aldi apartó la mirada, con los nudillos blancos como el hueso sobre el regazo. Era mejor esperar, pensó Lana, dejar que saliera todo.

—Mi cariñosa hija intentó quemar la casa con el fuego surgido de sus propias manos. Intentó prenderle fuego mientras el bebé que tanto había deseado chillaba en su cuna. El cuarto del bebé, inició el fuego en el cuarto de Lucia, mientras reía como una demente y lloraba como una lunática. Ni la razón ni las súplicas pudieron detenerla cuando entré corriendo para coger al bebé y otras personas se apresuraban a apagar el fuego.

Ella solo reía y lloraba y arrojaba más fuego por las manos. Esas llamas alcanzaron a uno de los hombres que habían venido a ayudar y ella reía y reía mientras él ardía. Reía y lloraba mientras los demás lo sacaban a rastras para intentar salvarle.

»Y cuando se volvió hacia mí, hacia la niña que tenía en mis brazos, vi lo que pretendía hacer. Le disparé. Maté a mi hija, una hija a la que amaba con todo mi corazón, para salvar a su pequeña —sentenció—. Así que no me hable de brujería ni de magia.

—Lo siento por su hija, por todos a los que perdió, y por la terrible decisión que tuvo que tomar.

—Usted no sabe nada.

—Se equivoca —repuso Lana en voz queda—. He visto la locura. Me he enfrentado a ella. Entiendo lo que es perder a un ser querido. Lo he sufrido. He conocido el mal, con y sin poderes. Todos los que hemos sobrevivido hemos tenido que tomar decisiones terribles. El chico al que ama su nieta tomó una decisión como la suya. Decidió para intentar salvar a la nieta a la que usted protegió. Los atacaron los saqueadores, no personas mágicas, señora Aldi. Solo hombres, hombres crueles. Johnny pudo haberse marchado, pudo haberla abandonado y haberse escapado o escondido gracias a sus habilidades de duende. En cambio, luchó para salvarla y casi perdió la vida en el intento. Habría muerto, igual que habría muerto ella si mi hija no hubiera acudido en su ayuda.

La señora Aldi apartó la mirada, pero le temblaban los labios a pesar de mantenerlos apretados.

—Él se la llevó.

—Según Lucy, más bien fue al revés. Johnny quería luchar contra los sobrenaturales oscuros, contra la oscuridad que nos amenaza a todos. Lucy le suplicó que no la dejara. Se marcharon del hogar que conocían porque usted les prohibió amarse.

—La mezcla no trae nada bueno.

—Oh, en eso discrepo absolutamente. Mi marido no tiene poderes mágicos, ni tampoco nuestro hijo mayor. Somos una familia a la que amo y de la que estoy orgullosa, señora Aldi. Estamos juntos en este mundo, y si usted se aparta, se aleja de ese mundo, el suyo se hace más y más pequeño. ¿Acaso la comunidad al otro lado del río les ha sometido a algún tipo de violencia?

—No nos molestamos entre nosotros.

—Salvo cuando usted ocultó a un chico asustado, o cuando ellos ofrecen ungüentos curativos u otras ayudas a la gente de aquí. Debería preguntarles a sus vecinos —añadió Lana cuando la señora Aldi parpadeó sorprendida—. Pregúntese si merece la pena aferrarse más a su orgullo y a sus prejuicios..., y sí, son prejuicios..., que a la niña a la que salvó a costa de tan alto precio. Una niña que la quiere y la echa de menos. Me ha pedido que le dé esto.

Lana se levantó y dejó una carta sobre la mesa situada al lado de la silla.

—Gracias por recibirme —dijo, y dejó a la mujer con una decisión que tomar.

Fallon pasó diez días en el oeste. A pesar del objetivo, sacó tiempo para divertirse viendo a Meda espantar a Travis como a un cachorro demasiado entusiasta. Disfrutó observando a Taibhse surcar los cielos orientales, sobrevolar la tierra que ofrecía kilómetros y kilómetros de espacios abiertos. A menudo dormían al aire libre, bajo un manto de estrellas tan brillantes que hacía que se le formase un nudo en la garganta, y se quedaba dormida con la música de los coyotes y los lobos.

Encontró el potencial para una base en Sedona, un lugar que esperaba volver a visitar, con la impresionante belleza de las montañas rojas y la magia que susurraba en el aire.

Faol Ban corrió y cazó en los cañones, junto a caudalosos ríos. Cerca de cristalinos lagos en los que se reflejaban las afiladas montañas, los halcones gañían y volaban en círculo, los ciervos deambulaban por los densos bosques, saltaban entre la hierba alta, agitando sus blancas colas. Los alces chocaban sus cornamentas al amanecer y deambulaban en manada por los pastos en los que no quedaban vallas que les bloquearan el paso.

Osos más grandes de los que había visto en su vida pescaban en los riachuelos mientras los pumas y los linces cazaban en las pendientes rocosas.

Presenció el vuelo majestuoso de un águila, la sobrecogedora caída en picado de un halcón peregrino, y comprendió el maravillado asombro que embargó a Duncan durante el tiempo que pasó en el oeste.

En los asentamientos y campamentos, habló con los dirigentes, conversó cuando convenía en arapahoe, sioux, y una vez lo hizo en holandés, para gran deleite de una anciana.

Deambularon por ciudades en ruinas, pueblos vacíos donde vagaban tantos fantasmas como ciervos y alces. Le impresionó cuántos suministros útiles habían abandonado, como los coches y los camiones, los ranchos, las cabañas, e incluso las armas en el interior de estas.

Los caballos salvajes corrían en las llanuras en riadas vivas desbordantes de velocidad y majestuosidad. Los búfalos, cuyo pelaje era más denso en invierno, pacían en los pastos mecidos por el viento.

—Hace generaciones, esta tierra le fue arrebatada a mi pueblo. —Meda escudriñó el terreno, las montañas, desde su montura—. La recuperaremos. No volverán a quitárnosla.

—¿Crees que es eso lo que quiero? ¿Conquistar?

—Si fuera así, no lucharía a tu lado. Pero igual que la reina del norte quiere lo que ella considera suyo, los míos y yo queremos lo que es nuestro. No habrá reservas. No nos echarán de nuevo. Este es nuestro hogar.

—¿Y aquellos que no pertenecen a vuestra tribu y vean esto y crean que es su hogar o que podría serlo?

—Hay espacio. —Meda se encogió de hombros—. Hay espacio para quienes respetan nuestros lugares sagrados, quienes trabajan la tierra con respeto o la dejan tal y como se la encuentran. Ya te he jurado lealtad. Esto no es una negociación. Es la verdad.

—Ya te he jurado lealtad —le dijo Fallon a su vez—. Esto no es una negociación, sino otra verdad. La tierra de aquí, la del este, sobre los océanos, y los océanos en sí mismos no me pertenecen. Pero tu pueblo y todos los pueblos la mantendrán en la luz.

—Rezo para que llegue el día en que veamos esa verdad. Pero antes tenemos que ganar una guerra.

Travis exhaló un profundo suspiro mientras continuaban cabalgando.

—Cada vez es más sexy.

Fallon puso los ojos en blanco y espoleó a Laoch para que emprendiera el trote.

Más tarde, mientras se ponía el sol y teñía de carmesí las montañas del oeste, divisó un asentamiento ubicado en la cuenca, a los pies de lo que según su mapa era Sierra Nevada.

—Tiene que ser buena tierra de labranza —comentó Travis—. Buenos pastos.

—Lo que quede de Reno hacia el noroeste. Y el lago Tahoe. Podría ser un buen lugar para una base. —Fallon oteó la casa, la granja; probablemente un rancho en estos lares, se corrigió—. Veamos si podemos convencerles para que se unan a nosotros y tal vez podamos pasar la noche aquí antes de dirigirnos al norte.

—No veo demasiada seguridad. —Meda continuó a paso tranquilo.

—Aún estamos a ¿cuánto?, ¿algo más de kilómetro y medio?

—Fallon buscó algo que indicara que el recibimiento sería hostil—. Hay hogueras encendidas. Puedo olerlas. Carne haciéndose. Sin electricidad. Veo paneles solares en algunos tejados y alguien ha construido un par de molinos de viento. Nos aproximaremos despacio para que tengan tiempo de echarnos un vistazo.

Entonces llegaron los cuervos.

Con el primer graznido sonó el frenético tañido de campanas dando la voz de alarma. Mientras Laoch emprendía el galope, jinetes a caballo emergieron en tropel de los árboles rumbo al asentamiento. Los disparos llenaron el silencio, desgarrado por los gritos. Fallon vio el destello de un disparo salir de una de las casas y acabar con un jinete.

Meda, también a galope, colocó una flecha y cogió otra.

—¡Travis! Engancha a esa cría, a las tres en punto.

Miró hacia donde le indicaba su hermana.

—¡Joder! —exclamó, y viró hacia la niña, que se había quedado paralizada en el sitio, tapándose los oídos con las manos.

Fallon desenvainó su espada y se lanzó a la batalla.

Al menos treinta, pensó, la mayoría armados con revólveres o rifles, algunos con hachas o espaldas. Disparaban sin control, de manera indiscriminada, y aun sin el don de la empatía de Travis, percibió la desesperación.

Esquivó las balas, esgrimió su espada. Si prendía fuego a las armas, también desarmaría a los defensores. Mientras pensaba en ello, Faol Ban se abalanzó sobre un jinete y le tiró de su montura. Fallon vio el símbolo de los guerreros de la pureza tatuado en su brazo.

Otro golpe de magia y una bola de fuego pasó de largo. Sintió su calor demasiado cerca. Hizo girar a Laoch y lanzó una bola de fuego a otro guerrero de la pureza. Cuando cayó al suelo, una mujer salió a toda prisa y comenzó a aporrearle con los puños.

Mientras cargaba contra un hombre con espada, Fallon tuvo que alzar su escudo para bloquear una flecha. Levantó la vista hacia el chico apostado en un tejado con un arco.

—¡Joder, ten cuidado! Nosotros somos los buenos.

Fueron menos de diez minutos cargados de brutalidad. Al final, los cuerpos alfombraban el suelo y la sangre empapaba la tierra. Miró a los cuervos, que volaban en círculo bajo un cielo infinito hecho de pinceladas rojas, doradas y rosas y de una gloriosa belleza.

—Aquí habéis terminado. —Alzó la espada y añadió sus cuerpos a los demás—. Se acabó —vociferó—. Han caído. ¿Travis?

—Perfecto. No están todos muertos —apostilló.

—Bien. Quiero saber de dónde han salido. Meda. —Se giró—. Te han alcanzado.

—Un rasguño. —Tan indignada como incómoda, Meda se miró la manga de la chaqueta, desgarrada por el disparo y manchada con la sangre de la herida—. Esta chaqueta me costó un riñón.

—Te la arreglaré, y a ti también. Se acabó —repitió Fallon—. Hemos venido a ayudar. Me llamo Fallon Swift y ellos son mi hermano Travis y Meda, de la primera tribu.

Un hombre salió al porche de una casa. Unos treinta años, pensó Fallon, barba descuidada, una mata de pelo castaño debajo de un sombrero de estilo vaquero.

—Yancy Logan. Gracias por la ayuda.

—Me alegro de que estuviéramos cerca. ¿Estás al mando?

El hombre se quitó el sombrero y se pasó los dedos por el pelo antes de volver a ponérselo.

—Puede ser, visto que han matado a Sam Tripper, que más o menos era quien estaba al mando.

Una mujer salió detrás de él con un bebé lloroso a la cadera. Fallon percibió un sereno poder que emanaba de ambos.

—Aquí sois bienvenidos. Yancy, es la Elegida.

—De acuerdo, cielo. —Exhaló una profunda bocanada de aire—. Supongo que deberíamos empezar a limpiar este desorden.

19

Incineraron veintidós cadáveres de guerreros de la pureza y tres del asentamiento al que llamaban Bright Valley. Fallon colaboró con un sanador para atender a los heridos, tanto amigos como enemigos.

Atendió por último los nudillos de la mujer que había salido corriendo para pegar puñetazos a un guerrero de la pureza caído.

—No creo que hubiéramos sido capaces de repelerlos si no hubierais aparecido, así que gracias. Me llamo Ann.

—Ann. No hay de qué. —Miró a la esposa de Yancy, Faith, apache por parte de padre, recordó Fallon, cuando le llevó una taza de té—. Gracias. Le he dado un poco de ungüento a Wanda, vuestra sanadora. Deberías ponértelo un par de veces al día durante uno o dos días.

—Ya los noto mejor.

—El ungüento hará que sigan así. Me he fijado en que la mayoría sois mujeres y niños.

—De ciento cincuenta y seis..., lo siento, ahora ciento cincuenta y tres, cincuenta y cinco son hombres de más de dieciocho años. No hemos tenido demasiados problemas hasta ahora. —Faith le entregó otra taza a Ann—. Pequeños grupos de nómadas o de saqueadores, pero nada parecido a lo de hoy. Creíamos que estábamos preparados, pero no.

—Nos hemos vuelto complacientes —decidió Ann—. No he visto a un guerrero de la pureza desde que llegué aquí.

—¿Hace cuánto de eso?

—Casi cinco años ya. —Ann, que tenía una pequeña cicatriz en forma de rombo en la mejilla izquierda, flexionó los nudillos en proceso de curación—. Nos atacó uno a las afueras de Reno y tuvimos que huir para salvar la vida. Tenía a mi hermana y a mi hermano pequeño. No eran hermanos de sangre, pero sí de corazón.

—Entiendo.

—Bueno, escapamos. Lo perdimos todo, salvo lo que podíamos llevar con nosotros, y huimos para salvar la vida.

Fallon percibió la amargura en su voz, y comprendió por qué había aporreado a aquel hombre.

—A veces hay que luchar y a veces hay que huir.

—Mi hermano consiguió caballos. Tenía un don con los caballos y los animales.

—Un empático con los animales. Mi hermano pequeño, de sangre y de corazón, es igual.

—Entonces lo sabes. Nos dirigimos al sur y acabamos aquí. Bright Valley es un buen lugar con buena gente. —Ann hizo una pausa y se frotó la cara con las manos. Le tembló la voz—. Sam... Quiero decir que Sam era un hombre realmente bueno. Un hombre con el que se podía contar, y todos aquí... —Bajó las manos de nuevo e irguió la espalda—. Le vamos a echar de menos. La gente de por aquí no está sedienta de sangre, pero querrán colgar a los que le mataron que no estén ya muertos.

—Yancy les calmará —predijo Faith con una firmeza impregnada de verdad—. Él es así.

—Si hay alguien que puede hacerlo, ese es Yancy.

Faith sonrió al oír eso, pero después la sonrisa se esfumó.

—Pero no sé qué coño vamos a hacer con ellos. Dónde los vamos a meter, cómo vamos a ocuparnos de ellos.

—Nosotros nos los llevaremos.

—¿Adónde? —Ann desvió su atención de nuevo a Fallon.

—Os lo explicaré, pero tenemos que hablar con los prisioneros.

—Yancy tiene a Sal vigilándolos. Están atados en la oficina del sheriff, la oficina de Sam. Sam —repitió Faith, y se presionó los ojos con los dedos durante un momento—. No tenemos cárcel, pero están atados y Sal no les consentirá tonterías. Ann, ¿puedes llevarla tú? Yo estoy ayudando a cuidar a los más jóvenes.

—Claro que puedo.

Salieron del pequeño edificio a la calle, donde la sangre manchaba aún el suelo. La gente se estaba ocupando de tapar las ventanas con tablas o de llevar los caballos al potrero del pueblo. Hizo señas a Travis y a Meda.

—¿Mandará él? —le preguntó a Ann—. ¿Tu Yancy?

—Yo diría que Sal y él ayudarán a llevar las cosas en la medida que puedan. Yancy es callado, pero no es tonto. Y no cabe duda de que Sal no se anda con tonterías.

Caminaron hasta un edificio cuadrado, con dos sillas en un estrecho porche. Los prisioneros estaban sentados en el suelo dentro, atados de pies y manos.

Sal tenía los pies apoyados en la mesa mientras bebía whisky. Fallon se fijó en que en otro tiempo había sido pelirroja, y todavía conservaba mechones rojizos entre el gris de su larga trenza. Al igual que Yancy, llevaba un sombrero vaquero bien calado sobre la frente, y una cartuchera con una pistola rodeando su estrecha cadera.

—Hola, Ann, ¿qué tal los nudillos?

—Ya están bien. Ella es Fallon Swift y... Lo siento, no me he quedado con los demás nombres.

—Son el joven Travis y Meda. He prestado atención —agregó Sal—. Encantada de conoceros. Quizá no me haga demasiada gracia que se te haya ocurrido que hay que curar a estos gilipollas, pero sigue siendo un placer.

—Es más fácil hablar con ellos si no sangran.

—No tengo nada que decirte, puta de Satanás. —Uno de ellos, barrigudo y con barba negra, escupió en el suelo—. Ni a los que son como tú.

—Oh, me parece que tendrás mucho de que hablar. —Fallon tamborileó con los dedos en la empuñadura de la espada al tiempo que caminaba alrededor de ellos, que estaban en el suelo, espalda con espalda.

El barrigudo llevaba botas de punta afilada, con una elegante bandera roja, blanca y azul ondeando a lo largo de los laterales. Las suelas estaban tan desgastadas por el uso que se habían agujereado en la zona de los dedos.

Decidió empezar por el más joven; también con barba, aunque rala y desigual. Llevaba una desgastada chaqueta vaquera con un bordado en la espalda que ponía: ¡GP Y ORGULLOSO!

Le habían alcanzado con una flecha en la cadera, y aunque le había curado, no le había aliviado el sufrimiento. Imaginaba que tendría un dolor de mil demonios.

No podía ser mucho mayor que Ethan.

—¿Cómo te llamas?

—No tengo nada que hablar contigo, puta.

Fallon le lanzó una mirada a Travis, que se acuclilló para ponerse a su altura.

—Puedo oler tu miedo.

—Que te jodan.

—Sigues a Jeremiah White.

Sus ojos, de un azul desvaído, traslucían odio, además de miedo y dolor.

—Os borrará a ti y a los que son como tú de la faz de la tierra.

—¿A cuántos has matado? ¿A cuántas mujeres has violado

en tu cruzada por la pureza según la definición de Jeremiah White?

El hombre hizo una mueca de asco que ayudó a disminuir cualquier compasión por su dolor.

—Tantas como he podido.

—Díselo, Ringo.

Fallon miró a su izquierda, al hombre calvo de barba canosa.

—¿En serio? ¿Ringo?

—Se hace llamar así porque hace que se sienta un tío duro —dijo Travis, como si tal cosa—. En realidad se llama Wilber.

—Tiene cara de Wilber —afirmó Fallon mientras él miraba a Travis con los ojos como platos—. Te voy a llamar Wilber. ¿De dónde habéis venido, Wilber? ¿Dónde está vuestra base? ¿Cuántos sois?

—¡Que te jodan, puta!

—Perdona, ¿cómo has dicho? —Travis rozó a Ann al pasar por su lado, se acercó y le estampó el puño en el rostro a Wilber—. Vuelve a llamar puta a mi hermana y te saco las tripas por la nariz rota.

Su reacción le sorprendió, no podía negarlo. Travis prefería la diplomacia a los puños. Pero en ese momento, el brillo en sus ojos no tenía nada de diplomático.

—No pasa nada, Travis. Que un violador cobarde llamado Wilber me llame puta no me molesta. Verás, esta gente quiere colgarte, igual que tú has colgado a los inocentes mágicos que has torturado. —Ladeó la cabeza y sonrió de un modo que hizo que a Wilber se le borrara de la cara todo rastro de color fruto de la bravuconería—. A lo mejor dejo que lo hagan. Después de todo, es su comunidad, sus reglas. O podría intentar hacerles entrar en razón si me dices lo que quiero saber. ¿Dónde está vuestra base?

No dijo nada, a pesar de las lágrimas que brotaban de sus ojos y la sangre que chorreaba de su nariz.

—California —dijo Travis—. Cree que en la zona norte, es una especie de central. Llamaban a esa base Segundo Edén.

—Cierra la puta mente, gilipollas —espetó el de la barba negra—. Ese demonio te está sacando pensamientos de la cabeza.

—Intenta cerrar tú la tuya, Pete —sugirió Travis—. Al amigo Wilbur le acojona que le cuelguen.

—No me extraña. —Sal bebió otro trago de whisky; se estaba divirtiendo—. Es algo que se practica mucho por aquí.

—¿Cuántos sois en vuestra base?

Fallon apartó a su hermano cuando golpeó de nuevo a Wilber.

—Por Dios, Travis, ya está bien.

—Tú no has oído lo que estaba pensando de ti, de Meda y de estas otras mujeres. Intentaba apartar la pregunta de su mente. Dame un minuto, están pensando todos a la vez. Terremoto. Ah, vale, vale. —Travis cerró los ojos—. Eran unos doscientos. El calvo..., hola, Tom..., y algunos otros llegaron allí desde la zona de Los Ángeles. Los terremotos los echaron. Después, zas, sufrieron otro en su Edén. Destruyó la base y mató a la mayoría. Los que han venido sobrevivieron al terremoto. Llevaban semanas cabalgando, perdieron a algunos por el camino. No han tenido demasiada suerte cazando, en buena parte porque son gilipollas, mejoraron y perdieron un par de veces. Repito que son gilipollas. Llevaban días sin provisiones y divisaron este asentamiento.

Fallon se levantó mientras asentía con la cabeza y empezó a caminar a su alrededor otra vez.

—Puedo seguir desde ahí, continuar la lógica. Iban a matar a todos los que pudieran, a violar y esclavizar al resto, a coger la comida, los caballos y el ganado. Tal vez se asentaran aquí mismo, hasta que se les ocurriera adónde ir.

—Es hora de colocar esa horca. —Sal apuró el resto del whisky y le guiñó un ojo a Fallon.

Wilber comenzó a lloriquear, esta vez de verdad, con lágrimas y moqueando.

Fallon apoyó la cadera en la esquina de la mesa. Ann se acercó para susurrarle al oído:

—No lo dice en serio.

—Lo sé. ¿Te importa si hablamos fuera, Sal? A lo mejor Ann podría ir a buscar a Yancy. Travis y Meda harán guardia aquí.

—No me vendría mal un poco de aire. Menudo don tienes, joven —le dijo a Travis—. Y también un buen gancho de derecha a juego. Ann, me parece que Yancy ha ido al establo.

Cuando salieron a la noche estrellada, Sal exhaló una bocanada con los dientes apretados.

—Sam Tripper era amigo mío, un buen amigo. No pienso tolerar un linchamiento, pero tampoco podemos soltar a esos cabrones.

—Tengo una solución que debería satisfaceros a ti y al resto.

—¿Es un agujero oscuro en el que jamás volverán a ver la luz ni a disfrutar de un solo minuto de felicidad? Porque Sam era amigo mío, maldita sea.

—Creo que se le parece mucho. Dime una cosa antes de que venga Yancy. ¿Cuántas mujeres podrían recibir adiestramiento para luchar y estarían dispuestas a ello?

—Todas. —No hubo vacilación—. Todas y cada una de ellas, benditas sean.

—Estupendo. Puedo enviar a alguien para que os ayude con eso y con la seguridad. ¿Cuántos calculas que están listos para luchar ya?

—¿Qué tipo de batalla?

—De las importantes.

Se quitó el sombrero y lo sacudió varias veces contra el muslo.

—Quizá haya una docena capaz de hacer frente a algo así. Quizá.

Fallon vio a Yancy salir del establo con paso desgarbado. La gente se apresuró a acercarse a él, sin duda para hacerle preguntas. Se fijó en que él se detuvo para responder a todo el mundo antes de seguir adelante.

—¿Sería él uno de esos doce?

—Lo sería. No es tan pachón como aparenta. Cabalga como un rayo y dispara igual de bien. Tiene la cabeza bien amueblada.

—Esa ha sido mi impresión. ¿Y tú?

—Sé cuidarme solita. Yancy —saludó cuando el hombre se unió a ellas.

—Sal. Señorita, quiero darle las gracias a usted y los que la acompañan por ayudarnos a excavar las tumbas. Celebraremos un funeral por la mañana y diremos unas palabras. Le he pedido al viejo Eb que se encargue del discurso.

—Es una buena elección.

—A mi Faith le gustaría que se quedaran todos a cenar. Eres bienvenida, Sal. Podemos dejar a alguien para que vigile a los prisioneros.

—¿Dejará que me los lleve? —preguntó Fallon.

—Será un placer entregárselos.

—Espera un momento —interrumpió Sal—. Me gustaría saber más detalles a ese respecto.

Yancy exhaló una bocanada y alzó la vista a las estrellas.

—No podemos tenerlos aquí, Sal, eso es un hecho. Seguro que alguien querrá cobrarse su venganza y se los cargará. Debo decir que buena parte de mí desea que lo hagan y acabar con esto.

—Nosotros tenemos prisioneros —explicó Fallon—. Travis y Meda pueden llevárselos esta noche. Estarán encerrados. Son unos asesinos. Permanecerán encerrados de por vida. Tenemos los medios, el sistema. Es vuestra tierra, vuestra gente, vuestra decisión, pero puedo prometeros que si dejáis que nos los llevemos, lo pagarán.

—¿Hablas de barrotes y cerrojos? —exigió Sal.

—Sí. Tenemos otras instalaciones para prisioneros de guerra que cumplan con los requisitos. Pero estos no son prisioneros de guerra. Son asesinos. Barrotes y cerrojos.

—Puedo vivir con eso. ¿A cuántos tienen encerrados?

—¿Incluidos prisioneros de guerra? Varios miles.

Sal se quedó boquiabierta. Yancy simplemente la miró con los ojos entornados.

—No tenéis comunicación con el exterior —dedujo Fallon.

—De vez en cuando pasa alguien por aquí —respondió Yancy—. A veces traen noticias. Oímos algunos rumores sobre la lucha en el este, sobre usted. Tenemos a Carrie; ella ve cosas. Dice que la ha visto luchando junto a un ejército, pero no sabía dónde.

—Ha habido más de un combate. No sabéis que hemos tomado Washington.

Sal agarró a Fallon del brazo.

—Chica, ¿habéis acabado con esos cabrones del gobierno?

—Así es.

—Eres la respuesta a las plegarias que temía hacer en voz alta. Tengo un montón de preguntas para ti.

—El gobierno cogió al hijo de Sal y a mi hermana.

—Responderé a tus preguntas. Dejad que me ocupe de que Travis y Meda transporten a los prisioneros. Me quedaré a pasar la noche. Tenemos mucho de que hablar.

Cuando llegó a casa caían grandes y suaves copos de nieve. Vio a su madre salir del invernadero con una cesta y avanzar por el camino que habían despejado a golpe de pala.

Lana, con el cabello recogido debajo de un gorro rojo a juego con unos guantes de punto, mantuvo la vista en el suelo para evitar las zonas resbaladizas. Fallon corrió hacia ella, arrastrada por una oleada de amor.

—Mamá.

Lana levantó la cabeza de golpe. Estuvo a punto de perder el equilibrio, pero después sonrió de oreja a oreja y abrió los brazos.

—¡Estás en casa! Por fin estás en casa.

—Acabo de llegar. Deja que instale a Laoch, y le he prometido a Faol Ban una de tus galletas.

—Iré a traérsela. —Fijó la mirada en los pacientes ojos del lobo mientras Taibhse volaba, blanco sobre blanco, hasta uno de sus lugares preferidos para posarse—. Me alegro mucho de veros a todos. Esto requiere un buen chocolate caliente.

—¿Con nata?

—No es bueno si no la lleva. No tardes mucho. Vamos, chico, tengo una galleta que lleva tu nombre escrito.

El hogar, pensó Fallon mientras cogía grano para el alicornio y le daba una zanahoria como premio a la leal Grace. No era la granja, pero aun así era su hogar. Salió de nuevo y dirigió la vista hacia los barracones en medio de la nevada. Duncan debía de estar allí, pensó.

Lanzó la mente hacia la suya.

Estoy en casa.

Al cabo de unos instantes oyó su voz en la cabeza.

Iré en cuanto pueda. Te he echado de menos.

Caminó en medio de la nieve con una sonrisa y entró en la cocina, que olía a sopa de pollo, a pan y maravillosamente a chocolate.

—¿Has comido?

—No desde el desayuno. Me he quedado un poco más de lo que había planeado.

—Entonces primero la sopa.

—Ya la traigo yo para las dos. ¿Dónde está papá? —preguntó mientras cogía los tazones y los llenaba de sopa.

—En una partida de caza. Ethan está en la ciudad. Se le ha

ocurrido la idea de montar una especie de clínica veterinaria. Estarían aquí si hubieran sabido con certeza que volverías hoy.

—Les he ayudado con parte del adiestramiento básico; en combate y mágico. Bright Valley es un lugar interesante.

—Eso he oído. Travis nos ha puesto al día. ¿Terremotos en California?

—Según parece, lo bastante fuertes como para destruir una base de los guerreros de la pureza. Volé hasta allí para verlo con mis propios ojos. Está en ruinas. ¿Los prisioneros?

—En la prisión de Hatteras. Parecía la mejor opción por ahora. Casos difíciles —dijo Lana mientras bajaba el fuego al chocolate caliente y se sentaba a comer con su hija—. Travis ha dicho que sus mentes están insensibilizadas, al menos por el momento. Incluso la del más joven. Además, tenía mucho que decir sobre las tierras del oeste. Las montañas, las llanuras. Ha disfrutado cada minuto del viaje, y nos ha contado que has conseguido reclutar a más de quinientos.

—Muchos están completamente verdes, pero se pueden emplear como no combatientes. Quiero que me hables de tu viaje.

—Bueno, ha quedado demostrado que soy una chica de la costa Este. Tanto terreno llano, kilómetros y kilómetros... A mí me gustan las montañas. Y, Dios mío, Fallon, qué viento sopla sobre esa tierra llana. Y la mayoría está desierta —añadió—. Solo hace que uno se dé cuenta de lo desolado que está el mundo hoy en día. Viviendo aquí, en una comunidad próspera, se te puede olvidar que hay kilómetros y kilómetros de tierra deshabitada.

—¿Y Riverbend?

—Pequeña y segregada, como dijiste. Ver tantos kilómetros y kilómetros sin un alma demuestra lo absurdo que es vivir a tiro de piedra de otras personas y comportarse como si no estuvieran ahí.

—Hay muchos niveles de intolerancia. Nunca es algo bueno, inteligente ni productivo. ¿Hablaste con la abuela de Lucy?

—La formidable señora Aldi. Un hueso duro de roer.

—¿Lo conseguiste?

—Yo diría que se abrieron algunas grietas. Quiere a Lucy, o Lucia, como ella la llama. Los sobrenaturales oscuros les atacaron cuando Lucy era solo un bebé, así que los prejuicios de la señora Aldi tienen su origen ahí. La madre de Lucy desarrolló poderes. Una bruja. —Lana acercó la mano, como si necesitara tocarla, y acarició el brazo de Fallon—. Como le pasó a mucha gente al principio, el cambio la volvió loca. Intentó quemar su casa, con el bebé dentro.

—Oh, Dios mío.

—La señora Aldi salvó a Lucy, y para salvarla, mató a su propia hija.

—Tener que tomar una decisión así... No es de extrañar que esté amargada.

—Es una carga terrible, un precio terrible, Fallon. Me compadecí más de ella cuando se rompió lo suficiente para contármelo. En cualquier caso, después de que habláramos, y después de que leyera la carta de Lucy, me dio una para su nieta. No le da sus bendiciones, pero sí su aceptación. Es una ventana abierta.

Es tan hermosa, pensó Fallon. Llevaba viéndola toda su vida y sabía que iba más allá del físico, pero en ese momento, mientras comían sopa en la cocina, le sobrevino con fuerza esa certeza.

Apoyó la cabeza en el hombro de su madre.

—Vio algo en ti. Tuvo que verlo.

—No lo sé, pero me escuchó. Al final.

—¿Y en la otra orilla del río?

—No son tan obstinados —dijo Lana—. Allí los sentimientos por sus vecinos parecen ir de la apatía al resentimiento. Creo que hiciste bien al enviar a tu familia. Eso nos proporcionó una relevancia y un estatus que de otro modo no habríamos tenido. Y Ethan, junto con un cachorro herido, ayudó a darles la vuelta a las cosas en el lado de los no mágicos.

—¿Y eso?

—El pobre cachorrito había sido atacado por un animal más grande. Iban a sacrificarlo, y la niñita que tanto le quería le suplicaba a su padre sin parar que no lo matara. Estaba sufriendo y no tenían medios para ayudarlo. Pero Ethan intervino, consiguió que el cachorro estuviera tranquilo y comenzó a sanarle, hasta que yo llegué. La niña aún no le había puesto nombre; al pobrecito apenas le habían destetado. Ahora se llama Ethan —dijo con una carcajada.

—Un dulce chucho al que le han puesto el nombre de nuestro chico, que les enseñó de una forma muy real y simple que la magia puede ser buena y compasiva.

—Lo bueno es que tenemos a cuarenta y ocho dispuestos a luchar. Y tu padre cree que otros se unirán.

—Son muy buenas noticias.

—Oh, y las tengo mejores. —Lana se levantó para terminar de preparar el chocolate—. Hemos encontrado las otras comunidades que señalaste. Suma otros setenta y tres. ¿Y sabes qué es lo mejor de todo? —Metió el dedo en un tazón de nata para montarla—. Hemos encontrado..., o ellos a nosotros, a un grupo de nómadas que han viajado al este desde Idaho y han atravesado Colorado hasta Kansas, recogiendo a más gente por el camino. Hacia aquí, Fallon. Venían al este para buscarte, para luchar contigo. Casi setecientos.

—¿Setecientos? —La cuchara de Fallon golpeó contra el tazón—. Es más de lo que esperaba.

—Y hay más. Mick ha informado de que ha incorporado a otros trescientos, de grupos que emigraban desde el sur y que también venían hacia aquí para buscarte. Cada base está sumando a más gente. La luz se propaga incluso a través de esos kilómetros y kilómetros sin un alma, cielo. Vienen para luchar por ti.

Sintió el subidón, la emoción de la luz propagándose.

—Tomaremos Nueva York. Se la arrebataremos a la oscuridad. La tomaremos en nombre de la luz, y por ti, mamá. Por Max y por ti.

Desvió la mirada cuando Duncan apareció en la puerta y la abrió.

—Bienvenida a casa. Hola, Lana.

—Hola. Entra y cierra la puerta. Estábamos a punto de tomarnos un chocolate caliente.

Sacudió la nieve de las botas contra el suelo.

—No me importaría tomarme uno, gracias.

Lana estudió la forma en que se miraban mientras cogía las tazas. Amor acompañado de anhelo y una saludable dosis de deseo, pensó, suspirando para sus adentros.

—Por Dios bendito, bésala.

—Buena idea. —Cruzó la cocina, levantó a Fallon del taburete y la hizo girar una vez. Y la besó.

No pudo quedarse mucho, pero pasó un poco más de tiempo con Fallon cuando ella le acompañó a los barracones para ver entrenar a los soldados. Las batallas no esperaban a la llegada del buen tiempo, así que realizaban los simulacros de combate en la nieve, enfrentándose a los espectros de Mallick y entre ellos.

Otros hacían lo mismo, pensó. En el oeste, en el Medio Oeste, en el sur, en el norte. Y llegarían más, todavía más.

Duncan y Mallick aceptaron la invitación de Lana y se unieron a la familia para la cena. Preparó un magnífico festín —una especie de bienvenida, supuso Duncan— con un costillar de cordero y patatas que parecían acordeones, como Ethan las llamaba, al horno con mantequilla y especias. La col rizada, que no figuraba en su lista de favoritos, hecha con una salsa cremosa le convirtió en un converso, y una elaborada ensalada crujiente con cereales espolvoreados. Pan, vino y la perspectiva de tarta de limón y frutas silvestres de postre.

Con todo eso, no le resultó difícil cumplir la norma de Lana de no hablar de la guerra durante la cena. En cambio, hablaron de los planes para la ampliación de la clínica, la incorporación de un consultorio veterinario a cargo de Ethan y los inminentes exámenes de Hannah. Y la broma pesada que algunos de los reclutas habían intentado gastarle a Mallick y en la que habían fracasado.

—Se les ocurrió pillar a Mallick mientras se duchaba —recordó Duncan— y que uno de los mágicos congelara el agua.

—Algunos habían protestado por tener que entrenar afuera con la reciente tormenta de hielo —explicó Mallick.

—Seguro que no te molestó. —Fallon agitó el tenedor, relajada—. Incluso cuando conseguí tener un baño de verdad, después de un año, Mallick siguió usando el riachuelo, que de octubre a mayo es lo mismo que bañarse en agua helada.

—Es refrescante. —Mallick alzó su copa de vino.

—Esperaban oír gritos y maldiciones, pero no oyeron nada —continuó Travis mientras masticaba—. Pero esa no es la mejor parte. Cuando los reclutas se fueron a las duchas después de entrenar y abrieron los grifos, no les salió solo agua.

—Serpientes —dijo Duncan con una amplia sonrisa—. Entonces sí que se oyeron gritos. Gritos, chillidos y caos. Travis y yo entramos corriendo, pensando que los estaban atacando.

—¡Hostia puta! Reclutas mojados y desnudos, de ambos lados, corriendo por ahí, y pequeñas y delgadas serpiente reptando por doquier. Y ¿este tío de aquí? —Travis señaló a Mallick con el pulgar—. Don Digno entró como si nada, hizo desaparecer las serpientes y después se marchó como si tal cosa. No dijo una sola palabra.

—Creo que lo entendieron sin necesidad de que dijera nada.

—Me gustan las serpientes —adujo Ethan con entusiasmo—. A papá no.

—Deberían tener pies, como todo el mundo. —Simon le brindó una sonrisa a Mallick—. Recuérdame que no me ponga a malas contigo.

—Toleraría muchas cosas a cambio de una invitación para una comida como esta.

—Y ni siquiera hemos llegado al postre.

Cuando lo hicieron, Lana levantó la prohibición de hablar de la guerra.

—Me gustaría ver a los vaqueros —musitó Ethan—. Y los búfalos, los caballos salvajes.

—Son realmente magníficos —confirmó Fallon—. Le he pedido a Meda que regrese para ayudarles a prepararse para la batalla. Ha aceptado.

—Es una buena elección —decidió Simon—. Los nómadas tienen a gente que puede trabajar con las comunidades del Medio Oeste, pero deberías pensar en hacerles una visita. Dejar que te vean.

—De acuerdo. En los próximos días.

—He conseguido una pequeña información que no he tenido ocasión de compartir. —Travis atacó su tarta con gran entusiasmo—. Cuando Meda y yo trasladamos los prisioneros a Hatteras los sondeé un poco más. Se les lee sin problemas —agregó—. White estuvo en su base antes del terremoto. Solo un par de días antes.

—White ¿en California? —Fallon apartó su tarta con el ceño fruncido—. No tenemos información que le sitúe en California.

—Ahora sí. ¿Te acuerdas del más joven?

—Wilber. Al que le diste un puñetazo en la cara. Dos veces.

—Sí, ese. Espera que White venga a salvarle..., a salvarlos a todos, y que los conduzca a una victoria justa. No dejaba de pensar que el día más grande de su vida fue cuando oyó a White en carne y hueso predicar en la base de California. Ese tío es un devoto creyente. Ni siquiera considera a White lo que llamaríamos un conducto a ese maldito dios vengativo y fanático al que adora. Más bien lo ve como su dios de mierda. Reza para que venga a sacarlo y para que pueda matarte personalmente en su nombre. Lo que imagina que te hará antes de matarte es lo que le valió ese puñetazo en la cara. Dos veces.

—Tiene que estar utilizando la teletransportación. —Travis ya le había contado lo que el hombre había pensado de Fallon, y no era algo de lo que se hablara en la cena, así que Duncan prosiguió—: De otro modo es imposible que pueda ir hasta California sin que nos hayamos enterado.

—Se sabe que ya ha colaborado antes con sobrenaturales oscuros. ¿Cómo justifican eso él o sus seguidores? —se preguntó Fallon.

—Un medio para un fin —respondió Simon—. Ese hombre lleva predicando su asqueroso racismo y su pervertido dios desde hace más de veinte años. Muchos hicieron lo mismo antes que él, antes del Juicio Final. Él solo lo ha llevado a otro nivel.

—Estamos mermando sus filas, y después de Nueva York, le capturaremos. Puede unirse a Hargrove en prisión. Le cortaremos la cabeza a la serpiente.

—Siempre hay otra serpiente —dijo Mallick.

—De una en una. —Volvió a acercar su plato de tarta despacio y comió un bocado—. Ya ha envenenado al mundo lo suficiente.

20

El crudo invierno continuó semana tras semana con su frío glacial, sus gélidos vientos, sus largas noches de nubes preñadas de nieve, que tapaban el sol, la luna y las estrellas. No hubo ningún esperanzador deshielo en febrero que interrumpiese su crudeza, por lo que el mundo parecía metido dentro de una bola de nieve que se agitaba de forma constante.

Fallon consideró la posibilidad de esperar otra semana, quizá dos, para lanzar el ataque sobre Nueva York. De hecho, algunas personas a las que respetaba le aconsejaban que hiciera justo eso.

Salió sola, trazó el círculo, se metió dentro bajo el pálido cielo e invocó a los dioses.

—Oh, dioses de la paz, dioses de la guerra, infundidme, verted dentro de mí vuestra sabiduría. Por este mundo que habéis depositado en mis manos, acepto todas vuestras demandas. Para ayudarme a guiar este mundo hacia la luz, abrid la cortina para que vea. Con humildad os lo pido, hágase vuestra voluntad.

Dejó que la visión se apoderara de ella.

La otrora gran ciudad ardía entre el humo, y las llamas y las cenizas se arremolinaban en medio de los vientos huracanados de una tormenta de nieve. Rojos relámpagos surcaban el cielo negro, manchándolo como si fuera sangre sobre un lóbrego lienzo. La batalla, brutal y cruenta como la noche, bramaba bajo el letal cielo con un rugido tan feroz como el vendaval. Hombres y mujeres luchaban en las calles mientras la nieve sucia se acumulaba, formando montículos.

Rollizas ratas de grandes dientes correteaban bajo esas calles para darse un festín con los muertos y los moribundos apilados en los túneles. Perros tan salvajes como las ratas deambulaban de un lado a otro y trataban de morder al que pillaban. Los más jóvenes y los ancianos se apiñaban unos contra otros, presas del terror, dentro de edificios o de las cuevas que se habían formado entre los escombros. Las bolas de fuego estallaban, convirtiendo a los hombres en antorchas humanas.

Vio un dragón negro sobrevolar el cielo. Sus ojos rojos destacaban entre el negro y se clavaron en los suyos durante un instante. Giró su sinuoso cuerpo con la gracilidad de un cisne. Y arrojó su letal aliento de fuego.

Petra cabalgaba a lomos de la bestia, con el cabello agitado al viento y una expresión exultante. Su risa resonaba sin cesar, como campanas frenéticas.

La cortina se cerró. Ya tenía su respuesta.

Fallon aguardó un instante más para que la visión se desvaneciera, y después cerró el círculo. Duncan estaba justo al lado, con el cabello agitado por el viento.

—No sabía que estabas aquí.

—Estabas un poco ocupada. No podía dormir, y entonces desperté soñando contigo aquí. He visto lo que has visto.

—No podemos esperar.

—No. Nunca me ha gustado esperar.

—No, eso no va contigo. Atacaremos como y cuando hemos planeado. Mañana a medianoche. —Le ofreció una mano, con los ojos grises como el humo, feroces como la batalla—. Tomémonos esta noche.

A medianoche, bajo el duro azote de febrero, Fallon montó a lomos de Laoch, con Taibhse en su brazo y Faol Ban a su lado. Las tropas aguardaban a pie o a caballo, igual que en Arlington, en la Playa, en bosques, en las llanuras, en los campos y en las cimas rocosas.

Miró a su madre y a Ethan, que se quedarían atrás por el momento. Iban a necesitar un flujo de sanadores y efectivos de apoyo, igual que lo necesitarían de soldados.

Conocía los pensamientos de su madre: «Vuelve a casa sana y salva. Trae a tu padre y a tus hermanos a casa, sanos y salvos».

Pero Lana dijo:

—Lucha bien, lucha con fortaleza.

Vio a Arlys agarrar con fuerza la mano de Bill Anderson. No pondría en peligro a la cronista ni al anciano en esta ofensiva. Fred, no solo con su prole, sino también con los hijos de otros listos para luchar, le brindó a Eddie una sonrisa cargada de esperanza.

Katie se acercó a Lana, y ambas mujeres se rodearon la cintura con el brazo la una a la otra. Sabía que Hannah y Jonah esperaban la señal en la clínica con un equipo junto a una unidad móvil.

Era hora de darles la señal.

Desenvainó la espada y proyectó su mente hacia la de los líderes de cada base.

—Luchad bien —les arengó, tal y como había dicho su madre—. Luchad con fortaleza.

Elevó la espada hacia el cielo y se teletransportó. Miles la siguieron.

Un rayo restalló en el cielo. Aún resaltaban con fuerza las ramificaciones, rojas como la sangre. El gélido aire estaba saturado del humo que expulsaban los recientes incendios, cuyo calor convertía la nieve en fango ceniciento. El eco de las risotadas resonaba en los destrozados y derruidos edificios que recorrían la ancha avenida que dividía la ciudad en este y oeste.

Del oeste llegaba un rugido de motores, el estruendo de explosiones, gritos torturados. Tal como estaba planeado, sus tropas se desplegaron a lo largo del trazado de lo que en otro tiempo fue el Midtown, el corazón de la ciudad.

Apareció un pequeño ejército de saqueadores con motos de nieve y grandes camiones.

Tú primero, pensó Fallon, y atacó.

Duncan desvió su montura a la izquierda mientras ella acababa de un tajo letal con el líder, lo que provocó que el ruidoso vehículo y el motorista que iba de paquete volaran por los aires.

Luchó para abrirse paso hasta el primer camión y golpeó el parabrisas con una andanada de poder, seguida de una enorme llamarada de fuego. Mientras el conductor y sus acompañantes gritaban, corrió por la pisoteada nieve hasta la parte trasera del camión y rompió las cerraduras para liberar a media docena de personas que estaban encerradas dentro.

—¡Alejaos! —gritó Duncan mientras el estruendo de los disparos y el silbido de las flechas atravesaban los desfiladeros urbanos.

Una chica de unos dieciséis años, con la sangre chorreando por su cara, se bajó de un salto.

—¡A la mierda! —Agarró un trozo chamuscado de madera y se lanzó a la lucha, blandiéndolo como si fuera una porra.

Sintió el primer latigazo de poder dirigido a él y se giró para responder. Un estallido rojo sangre tiñó el aire cuando colisionaron ambas magias, oscura y de luz. Duncan se giró, con la espada ardiendo en llamas y su poder palpitando.

Sabía que ocuparse de un grupo de saqueadores era solo el principio. Cuando atacó el siguiente camión y reventó las puertas para que los prisioneros salieran a trompicones, un relámpago negro cayó del cielo. Con él llegó una nueva avalancha de poder sobre negras alas.

Vio el rostro desfigurado por el júbilo, los penetrantes ojos negros. Mientras se preparaba, con la espada y sus poderes a punto, una flecha apareció y ensartó el corazón del enemigo. El viento desgarró las grandes alas afiladas y las hizo trizas a medida que el poder sucumbía. Duncan miró hacia Tonia cuando el cuerpo se precipitó sobre la nieve, manchada de hollín.

—Podría haberme encargado.

—Ya lo he hecho yo. —Tonia colocó otra flecha, guiando a su caballo con las rodillas; se lo había visto hacer a uno de los mejores alumnos de Meda—. ¿Preparado?

—¿Para esto? De toda la vida.

Juntos condujeron su escuadrón.

Mientras Duncan y Tonia se dirigían hacia el oeste, Simon iba hacia el sur y Fallon al norte, avanzando y peleando manzana a manzana, Colin luchaba en Queens y Mallick en Brooklyn. En barco, a pie, a caballo, el escuadrón de Mick se desplegó en la zona baja de Manhattan desde el este; Flynn llegó en tropel con el suyo desde el oeste.

Los gritos de guerra resonaban, los luchadores de la resistencia salieron a las calles, pasaron por encima de los escombros, muchos de ellos armados solo con porras o con sus puños. Mientras los cuervos graznaban, mientras la magia colisionaba con tanta violencia como las espadas, asaltaron la ciudad que la oscuridad había retenido durante una generación.

Las hadas atravesaban el fuego y el humo como las balas para sacar a los heridos de la refriega por aire y alejar a los niños y a los ancianos de la zona de guerra. A algunos caídos tuvieron que evacuarlos entre ataques con rayos y súbitas y estremecedoras explosiones.

Hora tras hora, agónico metro tras agónico metro, hicieron retroceder al enemigo. Cuando perdieron terreno, perdieron hombres, se reagruparon y siguieron adelante.

Con las primeras luces, apagadas, encapotadas y manchadas de humo, Fallon retiró a sus exhaustas tropas y avisó a soldados de refresco.

La primera ofensiva en la batalla de Nueva York duró catorce horas, con un resultado de quinientos muertos o heridos. Por ese precio recuperaron el corazón de la ciudad y varios sectores en sus márgenes.

Fallon ordenó que establecieran un protocolo de intervención para los heridos, un refugio para los caballos y guardias apostados para mantener las líneas que habían trazado. Alojaron a los soldados que habían combatido, se les dio de comer, y se les ordenó que descansaran.

Estaba fuera de un edificio en el corazón de la ciudad y, picada por la curiosidad, limpió algo de hollín con la manga de su ya sucia chaqueta.

Encontró símbolos mágicos. Símbolos protectores que aún palpitaban, que todavía tenían luz. Se acercó a las puertas de cristal, agitó una mano y entró cuando se abrieron.

Espacioso, resonante, de mármol y con dorados deslustrados por el tiempo, pero intactos. Muchas puertas..., ascensores, se corrigió. Fotografías de gente que sonreía tras una película de polvo adornaban las paredes. Algunas se habían caído por culpa de la vibración de las explosiones, imaginó.

Abrió su mente, buscó y buscó, pero no pudo encontrar ningún olor, ningún sabor, ni restos de la oscuridad. Allí instalaría su cuartel general.

Se volvió hacia Travis. Al igual que ella, estaba empapado de sangre, mugre y mojado por la nieve. Pero ileso, y por ello dio gracias a los dioses.

—Servirá. Está protegido, y la protección que sea ha sido lo bastante potente como para mantener la luz todos estos años.

Podemos alojar a más soldados aquí, y a los heridos que no hayamos trasladado o atendido. —Se frotó la suciedad de la cara, pero solo consiguió empeorar las cosas—. Habrá que enviar duendes a los demás comandantes y conseguir informes de situación actualizados.

—Necesitas dormir. Y yo también.

—En cuanto estemos instalados. Tenemos que retener el terreno que hemos ganado hoy. Y necesito una lista con las bajas y otra de los heridos lo antes posible. Tengo que hablar con los luchadores de la resistencia que se nos han unido hoy. Debemos coordinarnos.

Se masajeó la nuca e intentó hacer movimientos circulares con los hombros para aliviar el dolor. Le escocían los ojos, y cada vez que parpadeaba era como si se pasara papel de lija. Había mucho que hacer durante ese alto en la lucha a vida o muerte, en ese instante, en ese preciso instante, pensó.

—Hay que trasladar a los prisioneros de guerra.

Travis se quitó el gorro de lana y se pasó la mano por el pelo sucio.

—No sé si tenemos alguno.

—Cuando los tengamos, si los tenemos. Un equipo tiene que ocuparse de los cadáveres. Los nuestros y los suyos. Habría que poner a salvo a los menores, los ancianos, los enfermos o los que no estén dispuestos a luchar.

—Ya estamos en ello. Asignaste los equipos antes de salir de Nueva Esperanza, así que ya se están ocupando de eso.

—Bien. Travis, necesito comunicarme con Nueva Esperanza, tengo que estar segura, y después avisar de que papá y Colin están vivos, que Duncan y Tonia, que Eddie y Will y...

—Lo sé. Enviaré a unos duendes. ¿Qué era este lugar? —Sus ojos, enrojecidos igual que los de ella, escudriñaron el espacio.

—No lo sé, tengo que consultar los viejos mapas y averiguarlo. Fue lo bastante importante como para merecer una protección potente. Voy a recorrerlo para buscar el mejor lugar para montar una especie de centro de mando.

—¿Estás segura de que está despejado? No siento nada, pero...

—Está despejado.

Travis aceptó su palabra.

—Entonces, te buscaré en cuanto tenga los informes.

Buscó una escalera. La halló desierta, y sus pasos resonaron al subir por ella. Encontró despachos, la mayoría con mesas, algunos con más mobiliario. Mesas separadas por paredes divisorias en grandes espacios diáfanos.

Plantas marchitas, fotografías enmarcadas cubiertas de polvo, ordenadores que Chuck podría resucitar, extrañas notas, con los bordes curvados y el papel quebradizo como una tira de beicon.

Panecillos para las 8.00
Lectura 1/3

Mike (puede) 212-555-1021

Otra zona llena de ecos, con hileras de sillas, filas y filas, y una especie de escenario, grandes focos en lo alto, una enorme... ¿cámara?

¿Un espacio escénico?, se preguntó. ¿Un teatro? ¿Un estudio?

Iba a necesitar a alguien que hubiera sobrevivido al Juicio Final para examinarlo.

En otra planta encontró más mesas, sin particiones esta vez, restos de ordenadores destrozados, más focos, otra cámara, pantallas como las que Chuck tenía en su sótano. Monitores.

Atravesó el lugar sin prisa y entró en un amplio despacho con una gran mesa. Le serviría. La película de suciedad y el hollín que se había formado en el enorme ventanal era tan densa que no se veía nada. Así que posó las manos en el cristal hasta que se limpió.

Podía ver algunos focos todavía activos, un gran incendio al este, pequeños fuegos al oeste y al sur. A pie de calle, los soldados llevaban a los muertos en medio de otra nevada y de fuertes vientos.

Otros transportaban provisiones a otro edificio. Los duendes pasaban a toda velocidad. Los arqueros tomaban posiciones en los tejados y en las ventanas rotas de los pisos altos.

—Sí, servirá —murmuró.

Dejó sobre un sofá las alforjas que llevaba al hombro, levantando nubes de polvo. Harían limpieza, decidió. Quitarían el polvo, la mugre, las telarañas. De momento agitó la mano para limpiar la mesa y la silla. Sacó sus mapas y tomó asiento.

Desplegó el más reciente para señalar los avances de la primera ofensiva. Después, cansada, apoyó la cabeza en la mesa.

Cerraría los ojos durante un minuto, solo un minuto.

Se quedó dormida al instante y soñó con la guerra.

Duncan la encontró ahí. Dejó en la mesa la versión de Nueva Esperanza de las raciones de campaña, sacó una manta de las alforjas y se la echó por los hombros. Después, sin molestarse en limpiarlo, se tumbó en el sucio sillón para dormir un poco también él.

Despertó oliendo a café y a comida caliente; abrió los ojos poco a poco y vio a Fallon despierta en la mesa. Comía sopa con la cuchara mientras le observaba.

—¿Cómo puedes dormir en ese sillón tan sucio?

—No está más sucio que yo.

Mientras se incorporaba, ella colocó una mano sobre la segunda ración para calentarla.

—¿Cómo puedes dormir sentada? —preguntó, y se levantó para coger la comida—. Tu padre y Colin están bien —comenzó.

—Lo sé. Me lo ha dicho Travis. —Se dio un golpecito en la cabeza con el dedo—. Tonia, Mick y Mallick están aguantando, mantienen la línea. Pronto oscurecerá. Los soldados de la primera ofensiva deberían estar descansados y listos.

—Cogimos al enemigo por sorpresa con el primer ataque. —La sopa le pareció la más deliciosa en la historia de las sopas—. Ahora ellos también estarán preparados. Tenemos Times Square. Ya no se parece a lo que sale en los DVD y en los libros, pero lo tenemos y vamos a conservarlo. He oído que las fuerzas de Mallick mandaron al infierno a los guerreros de la pureza. Pero hay un montón de cambiantes y sobrenaturales oscuros que les están dando problemas.

Duncan le contó lo que sabía y Fallon modificó su mapa acorde a las nuevas noticias.

—Enviaremos más cambiantes a Mallick, y que la gente del mar bloquee la ruta de escape por agua a los guerreros de la pureza. Tendremos que tomar los túneles, pero por ahora nos limitaremos a cerrarlos. Todavía tengo que revisar los mapas antiguos. Hay puntos de interés que continúan en pie y podemos utilizarlos. Tomar la ciudad es más importante que conservar enclaves concretos, pero todo lo que podamos preservar será importante después. Sobre todo para los que sobrevivieron al Juicio Final.

—Todavía late —dijo mientras comía—. No como Washington.

—Sí, todavía late. Y este lugar era importante —agregó—. Suficiente como para envolverlo en una capa de protección tan potente que ha contenido a los sobrenaturales oscuros, al ejército y a los fanáticos.

—Puede que esto parezca una locura, pero creo que aquí es donde trabajaban Fred y Arlys.

Fallon se volvió hacia él, con el ceño fruncido.

—¿Fred y Arlys? ¿Por qué crees eso?

—Crecí oyendo sus historias. Sé que tú también las has oído, pero seguro que no tan a menudo ni con tanto detalle como yo. Una vez hice un bosquejo de Arlys en la mesa del presentador, con el tío muerto a su lado. Ya conoces la historia, ¿no?

—Su último programa desde Nueva York.

—Sí. Yo tenía unos doce años y creía que era superguay, así que lo dibujé..., tal y como me lo imaginaba. Cuando se lo enseñé a Arlys me di cuenta de que para ella no fue tan guay. Pero me dijo que lo había plasmado bien y me preguntó si podía quedárselo para que le recordara que siempre tenía que decir la verdad, aunque fuera aterradora. —Cogió a Fallon de la mano—. Vamos.

Duncan la sacó del despacho y la llevó a la estancia con las mesas y la larga encimera debajo de los focos situada frente a la cámara.

—Coloca a Arlys y al tío muerto ahí y estás viendo mi dibujo.

—Esa es la razón —se percató Fallon—. Es la razón de que esté aquí para nosotros, de que esté aquí para convertirse en nuestro centro de mando. Fred lo protegió, Arlys le contó la verdad al mundo. Contuvieron la oscuridad y ahora lo haremos nosotros.

Durante dos semanas de un frío helador, la guerra arrasó la ciudad ya destrozada. Devastó los barrios igual que una bestia salvaje. En la tercera semana, las fuerzas de Luz para la vida perdieron en una emboscada a cincuenta soldados que estaban trabajando para despejar un túnel que atravesaba la ciudad. Fallon lideró a un centenar más para derrotar a la alianza de sobrenaturales oscuros y saqueadores bajo el verde resplandor de la luz de las hadas.

Salió a la luz invernal que iluminaba los enormes montículos de nieve que sus soldados habían retirado de calles y entradas. Los cuervos seguían volando en círculo, el humo todavía se elevaba hacia el cielo, pero las cosas estaban cambiando. Lo sintió en los huesos, y con una esperanza que espantó la fatiga.

Se dispuso a montar a Laoch, pero se detuvo al escuchar que la llamaban por su nombre. Starr se acercó a ella como un rayo.

—Tienes que venir. Se trata de Colin.

—No, él no...

—Está vivo, pero herido. Está gravemente herido. Tienes que venir. —Starr, que raras veces establecía contacto con nadie, agarró la mano de Fallon—. Está con Jonah y con Hannah. Le han llevado a la ambulancia, pero...

Con la mano agarrada a la de Starr, Fallon las teletransportó a las dos.

Colin yacía en una camilla, con el rostro blanco como la cal, los ojos vidriosos y azotado por temblores. Fallon vio con espanto el torniquete por encima del codo del brazo izquierdo y a Hannah presionando unas compresas contra el muñón.

Jonah sumergió ese brazo, envuelto en gasa y sellado en una bolsa, dentro de un cubo de hielo.

—La hemorragia está cesando. Te vas a poner bien, Colin —le aseguró Hannah—. Te vamos a llevar a Nueva Esperanza. Está en shock. Starr le ha traído aquí deprisa..., también la extremidad, pero...

Fallon se volvió y miró a Jonah a los ojos.

—¿Vivirá?

—No lo sé. —Jonah posó una mano sobre Colin, invocando sin duda la visión sobre la vida o la muerte que en el pasado había estado a punto de llevarle a quitarse la vida—. No está claro, no es un sí o un no como suele ser.

—Entonces no es un no. ¿Puedes colocarle de nuevo el brazo?

—Aquí no y... —La llevó hasta la entrada de la ambulancia.

Habló en voz baja y serena—: No hemos hecho nada parecido a esto en la clínica. No sé si Rachel puede hacerlo o no. Lo intentará. Como ha dicho Hannah, Starr le ha traído rápido. Hemos limpiado el brazo, le hemos realizado el tratamiento de emergencia, pero se trata de un procedimiento quirúrgico enorme y complicado, Fallon. Y no podemos teletransportarle. La pérdida de sangre, el shock. No sobreviviría.

—Entonces se queda aquí. Starr, necesito que vayas a buscar a mi madre. Que te lleve alguien capaz de teletransportarse y traedla aquí. Tiene que traerse el caldero, tres velas blancas, pétalos de clavel, hojas de laurel, tierra fresca, agua bendita, tres piedras de heliotropo, un paño blanco y cuero. Piel suficiente para cubrirle el brazo hasta los dedos. Su ungüento sanador, su poción curativa más potente. ¿Lo tienes todo?

—Sí. Ha sido el golpe de una espada —agregó—. Le cercenó el brazo y aun así mató al enemigo antes de caer. No tardaré.

—¿Qué vas a hacer? —Hannah enjugó el sudor frío del rostro de Colin—. He limpiado la herida y Jonah ha protegido la viabilidad del miembro amputado, pero necesitamos un quirófano y ni siquiera así...

—No va a perder el brazo. —Fallon apartó a Hannah y se acercó a su hermano—. Colin, mírame. Óyeme, mírame. Puedo devolverte el brazo, pero tienes que elegirlo tú. No será igual que antes. ¿Entiendes?

—No. ¡Hijo de puta!

—Tendrás que aprender de nuevo a usarlo —insistió Fallon—. Y vas a sentir un dolor de mil demonios. El dolor es parte del precio. Es tu voluntad. Tienes que desearlo, que estar dispuesto a soportar el dolor. Tienes que estar despierto y consciente. Eres fuerte. Puedes hacerlo.

Le castañeaban los dientes y el dolor ahogaba sus ojos.

—¿No pueden cosérmelo de nuevo?

—No están seguros, y no sabemos cuánto tiempo tardaríamos en llevarte a Nueva Esperanza. —Abrió la mente hacia su herida mientras hablaba. El dolor era atroz a pesar de lo que Hannah le había administrado para mitigarlo. Pero estaba limpia. Había hecho bien su trabajo—. Pero yo sí estoy segura. Confía en mí.

Colin cerró los ojos un instante, y antes de abrirlos de nuevo Fallon sintió que esa férrea voluntad se fortalecía dentro de él.

—Quizá podrías utilizar un poco de magia. Convertirlo en un superbrazo.

—Vamos a dejarte de una pieza otra vez. Necesito más espacio. Tenemos que llevarlo afuera.

—¿Afuer...? —Al ver la mirada feroz de Fallon Swift, Hannah interrumpió su protesta.

Podía oír la encarnizada batalla a solo unas manzanas de la zona segura del Midtown. Fallon sabía que ahora avanzaban sin pausa y sin tregua hacia el norte. Dejaron la camilla en lo que un día fue un paseo próximo a la pista de hielo en la que durante los meses de invierno la gente daba vueltas, patinaba en círculo, se resbalaba y se tropezaba. Starr regresó no solo con su madre, sino también con Ethan.

Bien, pensó, cuanta más familia mejor.

Lana corrió junto a Colin.

—Aquí está mi chico. Mamá está aquí. Déjame ver.

—Tenemos que trazar el círculo. —Fallon cogió la cartera que llevaba su madre—. Y deprisa.

—Necesito verlo. Tal vez podría...

—No puedes. —Brusca hasta el punto de ser fría, Fallon interrumpió las palabras de su madre mientras se esforzaba en controlar el temblor de su voz—. He mirado. Pero nosotros podemos. El Libro de los Hechizos vive dentro de mí, su conocimiento está en mí. Existe una posibilidad, pero primero tenemos que trazar el círculo. Ethan, tú nos ayudarás. Coloca las velas formando un triángulo en la cabeza de Colin. Enciéndelas.

Starr, saca a algunas tropas de la rotación. La magia puede generar magia. No quiero interrupciones.

—¿Cómo podemos ayudar? —preguntó Jonah.

—Coged vuestras armas y montad guardia. Mamá, el círculo.

—Vale, vale. Espera. —Mientras la bufanda que se había puesto se agitaba al viento, Lana le dio un beso en la frente a Colin. Luego, con Fallon y Ethan trazó el círculo protector alrededor de su hijo mayor.

—Haz flotar el caldero sobre las velas —le dijo a su madre—. Y dentro del caldero pon siete pétalos de clavel, siete hojas de laurel, una piedra de heliotropo.

Fallon cogió el paño blanco y, después de pincharse el dedo con la punta de su cuchillo, escribió el nombre de Colin con cuidado.

—Este es mi hermano, sangre de mi sangre. Conoce su nombre. —Envolvió otro heliotropo en el paño y lo incorporó al caldero—. Esto es agua bendecida por la madre. Conoce su amor. Esto es tierra, entregada de hermano a hermano. —Le hizo una señal a Ethan—. Un puñado —le ordenó—. Conoce su fe. —Alzó las manos y el viento llegó con fuerza, formando torbellinos—. Esto es aire, removido por la hermana. Conoce mi devoción. Y ahora este aire aviva las llamas de las velas, blancas y puras, para ofrecer estos elementos. Elevaos, elevaos, elevaos, llama y poder, elevaos, elevaos, elevaos como una torre sanadora. Agua, tierra, viento y fuego mezclados, elevaos con rectitud, con lealtad, elevaos más alto.

Mientras las llamas se disparaban como lanzas de luz, lo que había en el caldero comenzó a burbujear y a soltar humo. Introdujo dentro la piel y la tercera piedra.

Sacó su cuchillo de su funda y desenvainó su espada, que había sacado del fuego, y la alzó con fe.

—Somos tres y somos familia, este hechizo sanador sellamos.

Alargó un brazo para asir la mano de Ethan y él se la ofreció sin vacilar y mantuvo los ojos fijos en los de ella cuando le hizo un corte en la palma para que su sangre goteara dentro del caldero.

—Aquí, en la sangre de un hermano radica la bondad. —Le hizo un corte a Lana—. Aquí, en la sangre de una madre radica el amor desinteresado. —Después hizo lo mismo con la suya—. Aquí, en la sangre de una hermana radica la fe. Somos tres. Somos familia. Este hechizo sellamos para esta herida sanar.

»Descubre la herida —le pidió a su madre—. Úntala con el ungüento. Después agárrale la mano derecha y dale todo lo que tienes cuando yo te lo diga. Ethan —continuó mientras cogía el brazo del cubo de hielo—, junto a sus hombros. Sujétale y dale todo lo que tienes.

Desenvolvió el brazo, alejó las dudas y el temor que pretendían colarse bajo el escudo de poder.

—Va a entrar en estado de shock otra vez —les avisó Hannah elevando la voz—. Deja que...

Fallon se limitó a agitar una mano e hizo que Hannah retrocediera un par de pasos. A continuación sacó del caldero el cuero, ahora liso y resplandeciente como la piel.

Sus ojos, oscuros e iluminados por el poder, se clavaron en los de Colin.

—Tu voluntad —le dijo—, tu coraje. Deja que vean tu poder, tu corazón. —Acercó la mano, capturó en la palma tres lágrimas de Lana y las dejó caer sobre las heridas mientras las unía con fuerza—. Sujétale. ¡Empuja! —Cuando colocó el cuero sobre su brazo, el repentino y descarnado dolor hizo que un grito se desgarrara de su garganta. Su cuerpo se arqueó y sus ojos se abrieron desmesuradamente y se tornaron vidriosos—. Deséalo —le espetó Fallon—. Ansíalo. Cógelo. Invoco el poder de la luz —gritó mientras le cubría sin piedad el brazo de las yemas de los dedos al codo con el resplandeciente y humeante cuero—.

Recobra a tu guerrero para la lucha. Fusiona y une para curar, piel con piel ahora se funden para sanar. Por el poder que me has otorgado, hágase mi voluntad.

La luz brotó con fuerza de sus manos, recorrió como un rayo su brazo.

Oyó a los cuervos, los ignoró. Otros desviaron el rayo que destelló en el círculo. Fallon continuó agarrando a Colin con las manos mientras su dolor la atravesaba y el viento la azotaba con toda su furia.

Entonces cesó, igual que si apagaran un interruptor, y el tormento, el atroz ardor, disminuyó hasta convertirse en un dolor latente. Sintió su pulso a través de su brazo.

—¿Me ves? —Se acercó. Cuando él asintió, pálido y sin aliento, posó una mano en su sudorosa frente—. Te veo, hermano. La luz en ti es mortal y humana, y más fuerte que la oscuridad. Dale la poción curativa, mamá.

Entre lágrimas, Lana le levantó la cabeza y acercó el vial a sus labios.

—Bébetelo, mi niño. Mi chico.

—¿Estoy moviendo los dedos? No lo sé.

—Tienes que desearlo —le dijo Fallon—. Entrenar de nuevo tu mente para que trabaje con tu brazo. Llevará tiempo, y puede que no funcione con tanta facilidad ni de forma tan completa como antes.

—Yo haré que funcione. —Bajó la mirada, sin duda desconcertado por el cuero que le cubría desde las yemas hasta el codo como si fuera piel—. ¿Es como una escayola?

—No.

Miró a Fallon con unos ojos que empezaban a adquirir una expresión cómica por la poción.

—¿Ahora tengo un brazo de cuero? Cómo mola.

—Sí, mola. Ahora duerme. —Fallon le dejó inconsciente—. Cerremos el círculo y...

Lana, con los ojos aún llorosos, pasó la mano por encima de su hijo dormido para coger la de su hija.

—Jamás he visto semejante poder. A pesar de cuanto he visto y cuanto he vivido. Jamás he visto nada ni remotamente parecido a lo que has sido capaz de hacer. Le estabas haciendo daño, te estabas haciendo daño a ti misma, y yo he intentado detenerte.

—No importa.

—Claro que importa. La falta de fe, aunque fuera solo un segundo, podría haberle costado muy caro. No volverá a ocurrir. Necesito quedarme con él.

—Le trasladaremos al cuartel general. Puedes ayudarle a trabajar para recuperar la movilidad. Se cabreará, así que mejor tú que yo.

—Yo también me quedo —dijo Ethan—. Puedo ayudar con los animales, con Colin.

Cerraron el círculo y recogieron las cosas. Cuando Hannah, en calidad de médico, y Starr, en calidad de guardia, ayudaron a llevarle al cuartel general, Fallon se sentó en la rampa de la ambulancia.

—Ahora está claro como el día —dijo Jonah—. Se iba poniendo más y más claro durante el hechizo. Vida. Creo que dependía de ti y de Colin, de que todos fuerais capaces de hacer lo que habéis hecho, así que se ha ido aclarando cada vez más. Y luego está eso.

Fallon vio su gesto y miró hacia la estatua del dios que miraba hacia la pista de hielo. Prometeo brillaba de nuevo allí donde la guerra y la magia negra lo habían convertido en un demonio con colmillos y cubierto el dorado de oleosa ceniza.

Los dioses la habían escuchado y habían respondido, pensó Fallon.

Jonah le puso una mano en el hombro.

—Parece que a ti tampoco te vendría mal un poco de elixir

mágico. —Entró en la ambulancia y salió con una botella—. No es la poción de tu madre, pero no te hará daño.

Fallon la cogió, bebió un trago de whisky y exhaló un suspiro.

Un dios dorado, una pista de hielo, pulso en un brazo.

La cabeza le retumba por los efectos del hechizo.

—Tengo que avisar a mi padre y a Travis de que le han herido, pero que está bien.

—Nosotros lo haremos. —Pero se sentó a su lado y le echó un brazo sobre los hombros.

Aunque Jonah no se sorprendió, Fallon sí lo hizo cuando apoyó el rostro en él y empezó a llorar.

21

Colin se cabreó mucho cuando Fallon se negó a dejarle volver al campo de batalla. No podía evitarlo. Consiguió mover los dedos en solo dos días, y después de una semana era capaz de agarrar cosas, aunque todavía sin fuerza.

Colin suponía que era más que suficiente. Fallon no estaba de acuerdo.

—De todas formas, no es la mano con la que manejo la espada —arguyó, paseándose por la habitación con paso airado y haciendo chocar entre sí las cuentas que colgaban de su trenza de guerrero—. ¿A qué viene tanta tontería?

Fallon, que estaba marcando su último mapa, casi lamentó que su hermano se hubiera recuperado lo suficiente para poder levantarse... y acosarla.

—Ni siquiera puedes levantar todavía una taza de café con la mano izquierda.

—No beberé café. Me voy a morir de aburrimiento, y a este paso la puñetera guerra acabará antes de que yo vuelva.

—Ojalá eso último fuera cierto.

Agitado, Colin movía sin cesar los dedos de cuero de su mano.

—Hemos tomado Queens, Brooklyn, casi toda la parte baja de Manhattan y todo el Midtown.

—Hemos perdido mil quinientos hombres y hay otros trescientos, incluyéndote a ti, no aptos para el servicio por causas médicas. Aún tenemos que conseguir avanzar por lo que fue la calle Cincuenta y ocho de la zona oeste.

Colin se paseaba mientras abría y cerraba sin parar los dedos del brazo reinsertado.

—Tenemos que tomar Central Park. Es su último bastión auténtico. En cuanto lo hagamos, estarán acabados.

—Soy consciente. Estoy en ello. Prepárate para la batalla, Colin, porque cuando tengamos esto asegurado, quiero que cojas mil soldados y expulses al enemigo de Pensilvania.

Colin dejó de pasearse, de flexionar los dedos, de fruncir el ceño y se dio la vuelta para mirarla.

—¿Todo el estado?

—Eso es. Allí están diseminados, pero aun así tienen presencia. Captúralos. Las tropas de Vivienne van al norte del estado de Nueva York y enviaré a Mick a Georgia.

Le indicó que se acercara para mostrarle sus planes sobre el mapa, y le fascinaron tanto que dejó de quejarse.

Se volvió cuando entraron Arlys y Fred.

—Creía que no vendrías hasta más tarde —le dijo a Arlys—. No sabía que también vendrías tú, Fred.

—Quería verlo. Tengo amigos cuidando de mi prole hasta mañana. —Fred asió la mano de Arlys.

—No puedo creer que siga en pie. Que siga casi todo aquí. Ni siquiera después de que nos lo dijeras podía creerlo. —Arlys fue hasta la ventana y apoyó una mano en el cristal—. Muchas cosas han desaparecido, pero otras muchas siguen aún aquí.

—No quería que vinierais hasta que sintiera que habíamos asegurado bien el lugar, pero mamá no dejaba de abogar por vuestra causa. Sabe lo mucho que significa para vosotras. Sabe lo que ambas hicisteis aquí.

—No estábamos solas —agregó Arlys—. Jim, Carol, Steve.

Podrían haberse marchado, pero se quedaron. Dios, ojalá supiéramos qué fue de ellos.

—Escaparon. —Fred se acercó para rodear la cintura de Arlys con el brazo y las dos permanecieron junto a las ventanas, con la cabeza inclinada la una hacia la otra.

—Dios, eso espero.

—Sé que escaparon. Simplemente sé que encontraron la manera de hacerlo.

Reconfortada, Arlys llevó a Fred a la sala de redacción.

—Cuando empecé a trabajar aquí fue un punto culminante en mi vida. Pensaba trabajar muy duro para abrirme paso hasta el puesto de presentadora.

—Lo hiciste —le recordó Fred.

—No de la forma que imaginaba. —Fue hasta la mesa en la que se había sentado durante aquella última emisión.

Lo habían limpiado, pensó mientras pasaba los dedos por encima. Pero todavía podía ver la sangre y las vísceras, todavía podía sentir la tibia sangre salpicando su cara cuando Bob, el pobre Bob, eligió la desesperación, la locura y la muerte.

¿Fue aquello lo que le hizo abrir los ojos?, se preguntó. ¿Le recordó aquella salpicadura de sangre que tenía que buscar el coraje para hacer su trabajo?

Para decir la verdad.

Dirigió la mirada hacia la lente de la cámara. Ese seguía siendo su trabajo.

—Quiero emitir nuestra victoria desde aquí, desde esta misma mesa, en esta misma redacción, Fallon. Quiero decirles a todas las personas a las que podamos llegar que hemos reclamado Nueva York.

—Tal vez Jim, Carol y Steve lo oigan.

Asintió con firmeza y asió de nuevo la mano de Fred.

—O tal vez T.J., o Noah, o alguien que trabajó en aquella tienda de Hoboken donde dejaste la nota de agradecimiento. Podemos traer a Chuck; debería formar parte de esto y puede averiguar cómo conseguirlo.

—Yo ayudaré a escribir el guion. —Las alas de Fred asomaron y empezó a revolotear.

—Claro que sí. Cuando estés lista para declarar la victoria, quiero informar de ello, Fallon. Chuck, Fred, tú y yo. Los tres vamos a cerrar ese círculo. Después le pasaremos este lugar, y el periodismo que se hace desde aquí, a otra persona. Porque nosotros somos ahora de Nueva Esperanza.

Eso era justo lo que esperaba oír, pensó Fallon.

—Mamá dijo que lo harías. Llegas antes de lo que pensaba, y como he dicho, no sabía que venía Fred. Will y Theo llegarán dentro de más o menos una hora. Puedo hacer que Eddie venga también.

Las alas de Fred se desplegaron y resplandecieron.

—¡Estoy impaciente!

—Consigamos algunas noticias para Nueva Esperanza mientras lo hacemos —sugirió Arlys—. ¿Qué te parece si damos un paseíto por el centro, Fred?

—Colin puede llevaros; solo por las áreas seguras.

—Genial, puedes ser nuestro primer entrevistado —le dijo Arlys a Colin—. Vamos, Fred, te alcanzaré.

—Me encanta tu brazo. —Fred asió su mano de cuero y le brindó una amplia sonrisa—. Mola un montón. Seguro que a las chicas les parece sexy.

Él también sonrió.

—Ahora que lo mencionas... —comentó mientras salían.

—Fallon, quería hablar un momento contigo. Tengo que reconocer que incluso después de tanto tiempo, de todo lo que ha pasado, muchas cosas relativas a la magia me desconciertan. —Mientras observaba a Fallon, Arlys pasó los dedos por la mesa del presentador—. Pero si una cosa sé con total y absoluta certeza es que lo que ocurrió aquí fue importante. Es significativo que hayas elegido este lugar de entre todos los lugares de Nueva York. Y significa mucho, muchísimo, saber que fue importante. —Tuvo que hacer una pausa y recobrar la compostura mientras las lágrimas brotaban de sus ojos.

»Cuando me siente de nuevo a esa mesa y le diga a quien sea que me escuche o me vea que la luz ha vuelto a Nueva York, se cerrará ese círculo para mí. Sé que eso no le pone fin, pero cerrará ese círculo, y sé con total y absoluta seguridad que eso también es importante. —Arlys exhaló una bocanada de aire y se limpió las lágrimas—. Y ahora, voy a hacer algo que pensé que jamás volvería a hacer. Voy a pasear por Nueva York.

—Podrías pasarte por la zona de triaje del primer piso. Mi madre debería estar ahí. Creo que le gustaría acompañaros en ese paseo.

—Lo haré. —Se acercó y la abrazó—. Todo importa.

Ya a solas, Fallon se concentró de nuevo en sus mapas. Tenía un plan y necesitaba pulirlo. Y ayudar a cerrar ese círculo.

Era surrealista, pensó Lana mientras paseaba por la Quinta Avenida con Fred y con Arlys. Un edificio reducido a escombros, el siguiente manchado de hollín, cubierto de pintadas, pero de pie, en pie. ¿Quién decidía qué seguía en pie y qué caía?, se preguntó.

Las temperaturas subieron y los fuertes vientos de marzo viraron, fundiendo la nieve de las altas montañas. Poco a poco, los largos y letales carámbanos colgados de los aleros empezaron a gotear y a mermar.

Los centinelas patrullaban, las ocasionales tropas de apoyo pasaban a caballo o en patinetes eléctricos. Algunos carros de suministros retumbaban y rebotaban, pero en aquel sector, conquistado y conservado por las fuerzas de Luz para la vida, junto con la avenida en otro tiempo abarrotada de tráfico y turistas, las voces de las tres mujeres sonaban claras como campanas de iglesia.

Alcanzaba a oler el humo de los incendios lejanos, oía el estruendo de las armas de fuego en el norte, el repentino estallido de luz de un rayo rasgando el cielo.

Y rememoró el olor de las castañas asadas, el sonido de los cláxones, el colorido despliegue de los escaparates.

El mar de personas moviéndose sin parar por las aceras, tantos lugares concurridos a los que ir.

—Compré mi abrigo ahí. —Fred señaló un edificio destrozado al otro lado de la Quinta Avenida—. Siempre tenían buenas rebajas —recordó—. Y justo ahí había un tío en la acera que vendía bufandas de cachemir falsas. Me compré una a juego con el abrigo. Diez pavos.

—Yo también compraba ahí —recordó Arlys—. Después tenía la costumbre de bajar al Starbucks a por un café con leche. Y esa última Navidad me premié con un escandalosamente caro par de botas de ante por encima de la rodilla en Saks.

Se volvió y contempló lo que un día fue un punto de referencia de la Quinta Avenida. La guerra había arrasado los pisos superiores y destrozado las ventanas. Por extraño que pareciera, un par de maniquíes desnudos yacían igual que los muertos detrás de los cristales rotos.

—Espero que algún luchador de la resistencia saqueara mi apartamento y las cogiera, y todo lo demás.

—¿Dónde comprabas tú, Lana?

Ella sonrió a Fred.

—Yo era una chica del centro. En el Barney's de la Séptima prácticamente aplaudían cuando entraba yo. Dios mío, me encantaba ir de compras..., comprar. Los zapatos eran mi gran debilidad. —Bajó la mirada a sus recias botas de piel con cordones hechas por los duendes y que le habían prestado un excelente servicio durante tres años—. Oh, sí.

—¿Lo echáis de menos? —preguntó Fred—. Yo echo de menos ir de compras; mirar, tocar, descubrir cosas. No es algo en lo que pensara demasiado, pero ver todo esto me lo ha devuelto a la memoria y lo echo de menos. —Enganchó los brazos con los de ellas—. Nos lo habríamos pasado bien las tres. Comprando, probándonos ropa, parando para comer.

Vieron a un grupo de búsqueda que sacaba bolsas y cajas de lo que había sido un Banana Republic, si a Arlys no le fallaba la memoria.

—Pero buscar también es divertido —decidió Fred.

—Me alucina que todavía quede algo que encontrar.

Al parecer sí lo había, siempre había algo que encontrar. Eso le levantó el ánimo a Lana.

—Bueno, esto es Nueva York. —Chocó la cadera con cada una de ellas—. Vámonos de compras.

Fallon pulió el plan de batalla junto con su padre y después convocó a los comandantes disponibles. Después de más de una hora de debate, los envió a que prepararan a sus tropas.

Will se detuvo y le puso una mano en el hombro mientras estudiaba su mapa flotante.

—Básicamente las mismas tácticas que en Arlington.

—Dieron resultado.

—Ya lo creo que sí. Bueno, voy a buscar a mi mujer antes de marcharme.

—Está con la mía —le dijo Simon—. Dame un minuto y te acompaño. —Antes se volvió y le dio un beso a Fallon en la frente.

—¿A qué viene eso?

—Para que tengas buena suerte.

Fallon alargó el brazo y le cogió la mano.

—¿Las cifras son correctas?

—Como siempre. Haremos correr la voz. Te invito a una copa

más tarde. Es la tradición. Una copa antes de la guerra. —Miró a Duncan—. A ti también.

—Claro. —Duncan esperó a que Simon saliera—. Se está ablandando conmigo.

—Siempre le has caído bien.

—Le caía mejor antes de que me tirara a su hija. Pero empiezo a caerle bien otra vez. Después de tomar esa copa, cumplamos con otra tradición y tengamos sexo antes de la guerra.

—Me apunto. Nos lo jugamos todo, Duncan.

—Y todo estará listo. Es el paso correcto, el momento adecuado. Estamos preparados. —Tiró de ella, se apoderó de su boca e hizo que ambos se evadieran durante un momento—. Más tarde habrá más de esto.

Ya sola, regresó con su mapa. Preveía una nueva discusión con Colin, pero le incluiría en el equipo de apoyo activo. Contaba con luchadores extra gracias a la resistencia; indisciplinados en su mayoría, pero fieros.

—Hola.

Fallon desvió la mirada.

—Mick.

—Siento no haber podido llegar antes. Hemos tenido una pequeña distracción.

Tenía el rostro y la ropa manchados de barro y de sangre, así que dudaba que hubiera sido una tontería o una mera distracción.

—¿Estás herido?

—No. —Se pasó el dorso de la mano por la cara—. Unos sobrenaturales oscuros creyeron que podrían echarnos de Chelsea, el viejo barrio de tu madre, ¿verdad? Nosotros no estábamos de acuerdo. Los hemos aplastado con la ayuda de un pequeño grupo de la resistencia, pero no he podido llegar a la sesión informativa. —Entró despacio, frunciendo la frente mientras miraba el mapa—. ¿Es el ejército?

—Sí.

—¿Cuándo atacamos?

—Al alba. Permite que haga un repaso.

Mientras lo hacía, Mick sacó del bolsillo un saquito con pipas de girasol, le ofreció un puñado a ella y comió con placer.

—Poe estará al mando de las tropas de Colin.

—Colin no está autorizado para el combate.

—Se va a cabrear. Sabes que se está esforzando para hacerse un tatuaje en el brazo después de que icemos el estandarte aquí. Eso no joderá la magia, ¿verdad?

—Ahora es igual que su propia piel. De hecho, es su piel, así que no.

—Mola mucho. Mierda, casi se me olvida. He traído a uno de los tíos de la resistencia. Quería echar un vistazo y ver si podíamos encontrar a su hija. La sacó hace un tiempo con instrucciones de cómo llegar a Nueva Esperanza.

—¿Te ha dicho cómo se llama?

—Tiene un nombre curioso. No estoy seguro...

—Marichu.

—Sí, eso es. Le he dicho que es probable que alguien de por aquí tuviera informes o pudiera averiguarlo.

—La conozco. Está aquí. —Se dispuso a salir y le indicó que la siguiera—. ¿Cómo se llama?

—Jon; un nombre fácil y sencillo de recordar. No imaginaba que estaría aquí. Ha dicho que tiene dieciséis años.

—Dice que ahora ya tiene diecisiete, pero sigue siendo muy joven. Y persuasiva. —Buscó a un duende corredor y le dio instrucciones—. Vamos a buscar a Jon.

Optaron por la escalera. Los ascensores funcionaban por energía mágica, pero a Fallon le parecían lentos y se sentía encerrada.

—Tenemos los informes en un despacho de la planta principal. El equipo de apoyo está intentando mantenerlos actualizados. Rotación de los efectivos, heridos, bajas. ¿Cómo está tu padre? ¿Y Minh?

—Papá está bien. A Minh lo alcanzaron, nada grave —se apresuró a matizar Mick—. Solo un poco de metralla en la pierna. Estará en pie y corriendo mañana.

—Me alegra oírlo. —Le miró de reojo—. Estamos bien, ¿no? Tú y yo.

—Sí. —Dudó un instante y le dio un codazo—. Cuando llevas semanas inmerso en todo esto cuesta pensar en nada que no sea la siguiente contienda. Hace que te des cuenta... de cosas. Estaré encantado de volver a la Playa. Colega, Nueva York es demasiado claustrofóbica y está cubierta de hormigón o lo que sea. ¿Cómo coño puede vivir alguien aquí?

—Millones de personas lo hacían.

—Yo paso. Pero eso no significa que puedan quedársela esos gilipollas. ¿Vamos abajo?

—Así es.

Esbozó una sonrisa de oreja a oreja.

—Te echo una carrera.

Durante unos minutos preciosos regresó al bosque, a su claro de las hadas, a su juventud, echándole una carrera a Mick hasta una línea de meta. Él ganó por escaso margen, y Fallon meneó la cabeza y rio.

—Tenías ventaja.

—Te he machacado.

Abrió la puerta.

En una parte del dorado vestíbulo los médicos atendían a los heridos. En otra, el personal de apoyo repartía los suministros necesarios. En una planta superior, habían convertido un economato en una cantina donde se preparaba la comida para los médicos y los heridos, además de las raciones de campaña.

Se dirigía con Mick hacia el fondo cuando él vociferó:

—¡Eh, Jon! Es ese.

Fallon vio al hombre encaminarse hacia ellos. Barba negra con algunas canas, ojos cansados, botas ajadas y embarradas.

Tenía una ligera cojera y llevaba un rifle colgado al hombro.

—Están revisando los informes. —Su voz grave y ronca denotaba la fatiga que veía en sus ojos—. Han dicho que llevaría un tiempo y que podía coger algunos paquetes de comida para mi gente.

—Libramos la misma guerra —dijo Mick con animación—. Te presento a Fallon.

—Fallon Swift. —Jon se limpió las manos en los pantalones antes de ofrecerle una—. Es un placer conocerte. Nunca perdimos la esperanza, pero había días y noches en que costaba mantenerla. Mi niña...

—Marichu —dijo—. Llegó a nosotros.

El hombre cerró los ojos y se los presionó con los dedos.

—Gracias a Dios. Gracias a Dios. Tenía que sacarla, hacer que se fuera. No veía otra forma de... ¿Está bien?

—Es... rápida —dijo con decisión Fallon cuando Marichu entró como un rayo por la puerta principal—. Compruébalo tú mismo.

—Papá. —Casi pegó un brinco sobre el suelo de mármol.

Jon la levantó en vilo y dejó escapar un sonido estrangulado. Toda la tensión de su rostro se esfumó de un plumazo.

—Démosles un poco de espacio —murmuró Fallon.

Mick retrocedió, pero observó la reunión y rodeó los hombros de Fallon con el brazo.

—De eso se trata. Esa es la razón.

—Sí. —El amor, pensó, tan radiante como el sol. Y la amistad. Rodeó la cintura de Mick con el brazo. Leal como el corazón.

Esa noche sintió ambas cosas en brazos de Duncan, y cuando se levantaron, juraron llevarse eso, aquella razón, a la batalla.

El poder palpitaba en todo su ser, a su alrededor, en aquellos apresurados momentos antes de que despuntara el día. Lo vio en su mente, vio las tropas en posición, situadas de forma estratégica alrededor de Central Park. Los guerreros agazapados en otras partes de la ciudad, listos para bloquear, para liquidar a cualquiera que intentara atravesar las líneas.

Aguantaron, los hombres, mujeres, brujos, guerreros, duendes, hadas y cambiantes, todos los que habían luchado durante semanas por una ciudad asfixiada por la magia negra. Todos los que lucharon para traer de vuelta la luz.

Igual que la estatua de Prometeo, la ciudad podía brillar de nuevo y lo haría, pensó.

Mientras la luz parpadeaba entre la neblina del este, entre las torres que se alzaban aún después de dos décadas de guerra, desenvainó su espada e hizo que las llamas la envolvieran.

Vio las llamas en la de Duncan, la punta de fuego de la flecha de Tonia, la explosión de luz en todas direcciones. A esa señal, apuntó con su espada hacia el este y extrajo luz del sol naciente.

El día estalló como una bomba.

Y atacaron.

Sacaron al enemigo de las madrigueras, lo arrojaron de los árboles, lo atrajeron, de modo que sus tropas del norte se abrieron paso para apoderarse de más terreno.

Las espadas chocaron, los poderes mágicos se enfrentaron sobre la tierra que la nieve había convertido en un lodazal al fundirse y succionaba con fuerza las botas y los cascos de los caballos.

Los guerreros de la pureza que no habían escapado de la ciudad, y que Fallon era consciente de que los sobrenaturales oscuros utilizaban ahora como carne de cañón, corrían presas del pánico al sufrir el ataque de ambos bandos. Taibhse se lanzó en picado para arrancar tiras de piel a un cambiante pantera mientras Faol Ban se unía para luchar contra una manada de cambiantes lobo. Los gritos de los hombres se desgarraban en medio de los graznidos de los cuervos, y la nieve fundida se volvió roja.

Emprendió con Laoch un abrupto ascenso, elevándose en el viento que se arremolinaba por el choque de los poderes mágicos. Atravesó con su acero las alas de un hada oscura e hizo que se precipitara al suelo. Vio estremecerse el suelo al paso de sus batallones y disparó bolas de fuego al grueso de sobrenaturales oscuros que trataban de abrir la tierra bajo sus pies.

Hizo girar a Laoch en el aire y vio que el comandante de Vivienne cumplía con su palabra. Sus tropas llegaron en tropel desde el norte, atrapando al enemigo entre muros de guerreros.

Se dirigió con rapidez al este para luchar con su padre, contraatacando las ráfagas de rayos negros a base de poder y de fuego que caían al suelo y lo quemaban.

—Atraedlos aquí —gritó, ignorando a los enemigos que huían. Se encontrarían otro muro en el batallón de Troy.

—Mantened la presión —gritó Simon—. Lo tenemos.

Galopó al sur, confiando en que fuera así.

Se unió a Will y después a Starr, se abrió paso hasta Poe a tiempo de ayudar a repeler un ataque dirigido por una indistinguible nube de veloces duendes y un aluvión de flechas. Hizo que dieran media vuelta y se las lanzó con una ráfaga de viento.

—Qué rápidos son los cabrones. —Poe se quitó el barro de la cara.

—Estás sangrando.

Tenía la respiración acelerada, pero meneó la cabeza y contrajo sus impresionantes bíceps.

—Es un rasguño.

A modo de respuesta, Fallon se acercó y le puso una mano en el brazo para cerrar la herida.

—Atráelos.

—Eso está hecho, jefa.

Fallon corrió hacia los soldados de Mick y cargó contra un sobrenatural oscuro que lanzaba rayos con las manos. Laoch le empaló con su cuerno y se lo quitó de encima.

—Tenemos algunos heridos —le dijo Mick.

—Los médicos y los refuerzos están de camino. —Se giró para

atacar al siguiente agresor y después salió disparada hacia Tonia—. Mick necesita ayuda.

Tonia agarró la mano de Fallon y se montó con ella.

—Demos una vuelta.

Levantaron el vuelo y se movieron en círculo. Las flechas de Tonia caían, clavándose en un blanco tras otro.

—¡Como en los viejos tiempos! —exclamó.

—Mira, Travis acude en ayuda de Mick. Atraedlos —ordenó Fallon—. Atraedlos.

—Meda y sus amazonas, todas mujeres, están haciendo justo eso. Santo Dios, Mallick y Duncan se han unido y están repartiendo leña de la buena. Déjame por ahí. Quiero participar.

Tonia saltó sobre un saliente rocoso, con una flecha ya preparada, y acto seguido disparó al vientre de un tigre.

Lucharon en medio del barro y de la sangre, de las abrasadoras llamas y del cortante viento, obligando al enemigo a replegarse, cercándolo como las paredes de un pozo.

Vio el despliegue, la aparición de las alas negras, sintió la ráfaga de poder golpear el aire. Durante un momento de estupefacción pensó en Eric. Pero había enterrado las cenizas de su tío con sus propias manos y había echado sal en la tierra que las cubría.

Pese a todo, se lanzó en su persecución a lomos de Laoch.

Arriba, arriba, por encima de la ciudad, más allá de los cuervos y sus graznidos. Entonces, él se giró.

No, no era Eric, pero sí un ser tan perverso y oscuro como él.

Esbozó una sonrisa, sus labios se curvaron en un rostro tan apuesto y terso como un ángel esculpido. Se dio cuenta casi demasiado tarde de que la había alejado, estaba aislada.

Cuando lanzó el primer rayo, Fallon lo paró con el escudo y se giró para arrojar con su espada una ráfaga de fuego al atacante que se había abalanzado sobre su costado.

Él desvió el fuego mientras un tercero arremetía.

Fallon pensó en los espectros de Mallick y se preguntó por qué a ninguno de los dos se les ocurrió practicar en el aire.

Los atacantes aunaron sus poderes y los encauzaron hacia ella. Fallon descendió en picado, sintió el calor del fogonazo pasar por su lado y la súbita punzada de dolor de Laoch. Pero el animal no flaqueó en ningún momento mientras remontaba el vuelo como un rayo, viraba al tiempo que ella blandía la espada, atravesaba un ala y seguía con un vendaval que arrojó al herido contra el segundo atacante.

Mientras se sacudían, detuvo un ataque del primero y retrocedió.

Ellos se reagruparon, el agresor apuesto, el herido y una mujer con docenas de trencitas negras agitándose al viento. Templó a Laoch para el siguiente ataque.

La voz de Duncan sonó en su cabeza.

Déjame sitio.

—No...

Pero apareció detrás de ella y esgrimió la espada de manera que el fuego golpeó como si fuera un látigo. Alcanzó al que ella había herido, que pareció encogerse mientras chillaba. El fuego lo envolvió, dejando un rastro de humo acre al caer.

—¿Con cuál te quedas? —le preguntó Duncan.

—Con el hombre. Qué hijo de puta.

Atacó una y otra vez con la espada. Estocada, bloqueo, golpe de poder. Sus poderes eran mayores de lo que deberían; a saber qué trato había hecho con algún demonio para aumentarlos.

—Estamos perdiendo el tiempo. Dame tu mano —ordenó.

—Estoy un poquito ocupada.

—¡Tu mano!

Llevó el brazo hacia atrás y le agarró la mano. La luz brotó de su unión, sus poderes se unieron, se fundieron. Disparó todo lo que tenía al ángel oscuro y sintió que Duncan liberaba su poder, que los atravesó como si fueran de cristal. No gritaron. No profirieron sonido alguno mientras se desplomaban.

—¿Estás herido?

—No. Pero tú sí.

No sintió el dolor hasta que se presionó la cadera con una mano para sanar el corte y la quemadura.

—Despacio —espetó—. Ve despacio. Laoch tiene una quemadura, pata izquierda trasera. Tengo que llevarlo a tierra y atenderle.

Duncan se movió para mirar atrás.

—No parece demasiado grave.

—Está sufriendo.

Descendió despacio y empezó a buscar el lugar más seguro para poder atenderlo.

—Duncan.

—Sí, entiendo. Abajo es un buen lugar. Tal y como lo planeamos, los que quedan están atrapados.

Aterrizó con suavidad y se bajó con cuidado.

—Yo me ocupo —le dijo Duncan—. Le curaré. Tú termina con esto.

—De acuerdo. —Acarició a Laoch y después atravesó el denso círculo de sus tropas.

No podía quedar más de un centenar dentro del círculo. Muchos más yacían en el suelo, muertos, moribundos o heridos. Un aquelarre de brujas rodeaba el círculo, formando un escudo contra cualquier magia negra que los vencidos pudieran invocar.

Fallon se abrió paso también entre ellos. Levantó su espada con una mano y el escudo con la otra.

Extrajo más y más poder del sol que ardía entre la neblina.

—Sentid la luz rodeándoos. Notad la luz que os obliga. Vuestros poderes aquí anulo y bajo llave los encierro. —Aguardó un segundo y el aquelarre sumó sus voces a la de ella—. La red a vuestro alrededor con firmeza os sujeta a todos. En nombre de la luz, contenidos y castigados. Pues vosotros habéis elegido este destino. Hágase mi voluntad. —Se volvió hacia Troy—. Estás ilesa.

—Sí. ¿Y tú?

—Bastante. Sabéis dónde llevarlos.

—Lo sabemos. La maldad permanece dentro de ellos aunque sus poderes estén anulados. —Troy se apartó su larga melena—. Seguramente se maten entre ellos antes de que hayan terminado.

—Es su decisión. La isla que hemos elegido puede mantenerlos o ser su tumba. Todo es una elección.

Se alejó para ir a ver a Laoch. Mick la alcanzó.

—Qué bien nos vendría ahora un chapuzón en el estanque de las hadas.

Miró a Mick, se miró ella, ambos cubiertos de barro, manchados de sangre, tiznados.

—Las hadas nos arrancarían las orejas si nos laváramos todo esto en su estanque.

—Tienes razón. Me has dado un buen susto ahí arriba.

Le frotó la mejilla con la mano, manchándosela más de barro.

—Ya estoy aquí abajo.

Él la manchó de barro a su vez y sonrió.

—No sabía que pudieras hacer eso. Ya sabes, encerrar la magia negra.

—No podríamos haberlo hecho si vosotros no hubierais reducido sus efectivos ni los hubierais acorralado. Y si no contáramos con un aquelarre entero preparado con un encantamiento. —Cerró los ojos y tomó aire—. Hemos recuperado Nueva York, Mick.

—Desde luego que sí, joder. Voy a buscar a mi padre. Voy a lavarme y a beber una buena cantidad de vino de hadas.

—Lo mismo digo.

Mick dio una voltereta hacia atrás y una serie de piruetas que la hicieron reír.

El rayo le alcanzó en la carrera final. Le atravesó la espalda hasta el corazón. Cayó como un peso muerto sobre el enlodado campo de batalla.

—¡No, no, no! —Sacó la espada y el escudo, saltó hacia él y alzó el escudo para protegerlo del siguiente rayo.

El dragón negro sobrevoló por encima de sus cabezas. Petra iba sobre su lomo.

Arrojó fuego para dispersar a las tropas, pero sus ojos, esos ojos enloquecidos, no se apartaron de los de Fallon. Su cabello, sus alas, ondeaban al viento; un lado negro, otro blanco.

—¡Crees que ha acabado, prima! —gritó, riendo—. ¿Crees que esto importa? Pero él sí importaba, ¿verdad, zorra estúpida y débil? A ti te importaba. Uy, se ha ido.

Fallon reunió su pena, la liberó junto con su poder y la proyectó hacia arriba.

—Y yo también. ¡Zas!

Petra y el dragón se desvanecieron un instante antes de que el poder de Fallon surcara el cielo como un cometa y estallara.

—Mick. Mick. —Apoyó su cabeza en el regazo—. Yo lo arreglaré. Por favor. Deja que lo arregle. —Apoyó la mejilla contra la de él y se meció.

—Fallon. —Duncan se arrodilló a su lado—. Se ha ido. Lo siento. Se ha ido.

—No. No. —Empujó a Duncan, recorrió con las manos el rostro de Mick, su cabello, su pecho en busca de vida, de su luz—. No. Aléjate de mí.

Pero Duncan la rodeó con sus brazos, la estrechó, igual que ella había hecho con él cuando sufría. Lloró en brazos de Duncan, en medio del campo ensangrentado, acunando a su amigo.

LUZ PARA LA VIDA

La vida es una llama pura, y nos guiamos por un sol invisible que arde dentro de nosotros.

Sir Thomas Browne

22

Creyó que podría ahogarse en el dolor. Se sumergió en las pantanosas olas de la pena hasta que con cada aliento solo inspiraba más dolor, hasta que su corazón se saturó de él. Apenas lo sentía latir.

Envió a buscar al padre de Mick, pero no permitiría que Thomas viera a su hijo tendido en el barro. Llevó a Mick a una tienda de atención de heridos, echó a todo el mundo y lavó ella misma su cuerpo mientras sus lágrimas se mezclaban con el agua cuando se inclinó para rozarle los labios con los suyos.

Limpió de su ropa el barro y la sangre y lo vistió de nuevo con ternura. Pese al temblor de sus manos, consiguió trenzarle el cabello.

—Me gusta el azul —consiguió decir, y después rozó con los dedos la pulsera que le había hecho hacía mucho tiempo—. No fue suficiente. No fue suficiente.

Thomas entró en ese momento y Fallon se apartó.

Para honrar su dolor, dejó el suyo a un lado.

—No tengo palabras —comenzó mientras él asía la mano de su hijo—. No tengo nada que darte salvo mi propia pena, y tu pena ya es bastante. Pero acepta este juramento que te hago, la promesa de que aquella que le quitó la vida, su radiante y alegre vida, lo pagará con la suya. Te lo juro.

Se dispuso a marcharse para concederle intimidad, pero Thomas le agarró la mano para detenerla.

—Era un ser de luz, alegre y valiente. Y muy listo. Fue mi estrella de luz desde que nació. Ha entregado su vida luchando contra todo lo que es oscuro, cruel y cobarde. Un padre jamás debería sobrevivir a un hijo, pero la guerra a menudo así lo exige. Habría dado mi vida para que él hubiera podido vivir la suya en paz y libertad. —Exhaló un suspiro entrecortado mientras se llevaba la mano de Mick a la mejilla—. Ha muerto como un guerrero, como un comandante, como un defensor de la luz. Se merece nuestro orgullo tanto como nuestra pena.

—Así es.

—Él te quería.

Incapaz de reprimir su dolor por más tiempo, dejó que la inundara de nuevo.

—Lo sé. Thomas...

Él meneó la cabeza.

—Ese amor le ayudó a convertirse en el hombre que era. Eso nos enorgullece. Tengo... —Se le quebró la voz—. Tengo que llevar a mi hijo a casa, al bosque, a la naturaleza.

—Sí. Yo os llevaré.

—Tú tienes que quedarte aquí, por los vivos y por los muertos. Los que han luchado para liberar esta ciudad necesitan verte a ti tanto como necesitan ver ondear los estandartes. Me iré a casa con mi chico. Mi hijo. Antes necesito estar unos momentos con él y después nos iremos a casa.

Fallon se encaminó hasta la abertura de la tienda.

—Yo también le quería.

—Lo sé. Y él también lo sabía.

Fuera el aire era fresco y limpio. Limpio, pensó Fallon, ahora que la oscuridad y la fría magia habían sido expulsadas. Algunos, como Mick, habían pagado esa limpieza con sus vidas. Honrarían esas vidas y conservarían la ciudad.

Y por los dioses que Petra lo pagaría con dolor, con su vida.

Vio a Mallick, cubierto de barro y de sangre, pero erguido como una flecha. Se encaminaron el uno hacia el otro.

—Incluso en la victoria, la pena más profunda llega al corazón. Le echaremos de menos.

—Los dioses exigen su pago —respondió ella con amargura—, su recompensa.

Su mirada no se apartó de la suya, rebosante de paciencia.

—La victoria de la luz sobre la oscuridad exige sacrificio.

—Como el de mi padre biológico, como Mick, como decenas y decenas. Soy consciente de ello. Lo que exige sacrificio se lo cobrará una y otra vez, hasta que esto acabe. Y yo, que fui elegida para liderar a otros en la lucha y en la muerte, me cobraré el mío.

—Matar con una espada cubierta de venganza conduce a las sombras.

—Si no estuviera destinada a sentir ira, pena, furia, no deberían haberme dado una voluntad, un corazón, una mente. Haré lo que se me pide, Mallick. Limpiaré el mundo igual que hago con esta ciudad. Pero me cobraré mi pago. —Miró afuera para ver el blanco estandarte ondeando sobre el campo—. Las tropas necesitan verme y aún queda trabajo por hacer. Thomas... quiere llevar a Mick a casa. ¿Los llevas tú?

—Sí, por supuesto. —Le puso una mano en el brazo—. Ahora no es ningún consuelo, pero con el tiempo se sabrá que Mick es parte de la luz.

—No, ahora no es ningún consuelo. Está muerto. Una estatua de un dios dorado brilla en el corazón de la ciudad y otro buen hombre que me amaba está muerto.

Cumplió con su deber, caminó por el campo de batalla, visitó las tiendas médicas, las ambulancias y las clínicas para hablar con los heridos y los sanitarios. Con la pena congelada en su interior, hizo todo lo que pudo para proporcionar consuelo a aquellos que habían perdido a un amigo o a un ser querido.

Fue a ver a Laoch y encontró a Faol Ban y a Taibhse con él. Al revisar al alicornio de las orejas a la cola descubrió que Duncan había sanado sus heridas.

Mientras los ecos de la victoria resonaban aún en su cabeza, se dirigió de nuevo a su cuartel general y a sus dependencias. Encontró a su padre esperándola.

Simon abrió una botella de whisky y sirvió dos vasos.

—Gracias, pero necesito más una ducha que una copa.

—Tómate la copa primero. —Le pasó el vaso—. Antes de nada quiero decirte que siento lo de Mick. Era un buen hombre, un buen amigo para ti, un buen soldado. Se merece que brindemos por él.

Los ojos de Fallon se mantuvieron fríos como la niebla sobre un lago congelado.

—Merece más.

—Empecemos por ahí. He dedicado más tiempo del que quiero recordar a combatir y gran parte de ese tiempo a dirigir a otros. Sé lo que es perder hombres como soldado y como oficial, y sé lo que es perder a un amigo.

No era lo mismo, pensó Fallon. No era lo mismo. No era lo mismo.

—No he sentido su presencia. No la he visto venir, no lo he previsto. Si hubiera...

—Eso es una gilipollez. Una gilipollez comprensible, pero una gilipollez al fin y al cabo.

—Le ha matado porque él me importaba, porque me quería. Sé lo que es, pero esto no lo he visto. He volcado mi poder en el hechizo para inhabilitar a los sobrenaturales oscuros que nos habrían matado a todos y cada uno de nosotros y no la he sentido acercarse.

—Ella no ha luchado —señaló Simon—. No se ha arriesgado. Pregúntate por qué. En vez de preguntarte por qué a Mick, pregúntate por qué no te ha atacado a ti, a mí, a tu madre, a tus hermanos o a Duncan.

—No lo sé.

—Porque aún no piensas con claridad. Ha sido fruto del momento, Fallon. Ha sido algo oportuno y poco arriesgado. Mick estaba contigo. Era el modo más fácil de hacerte daño sin ponerse ella en peligro. Quiere hacerte sufrir, quiere que te cuestiones a ti misma, que te culpes. No le des lo que quiere.

—No sé qué hacer. No pienso en nada más que en encontrarla y acabar con ella.

—Si eso pasa a ser lo principal, le das ventaja. Así piensa ella, Fallon, y tú eres más lista. ¿Dónde estaba Allegra?

Fallon levantó la vista, estupefacta por no haberse hecho ella esa pregunta.

—No he pensado más allá de Petra, del dragón. He visto al dragón sobrevolar Nueva York, el campo de Escocia..., pero no a Allegra. No he pensado en Allegra.

—¿Está muerta? ¿Está viva, pero demasiado débil o afectada para unirse a un ataque? ¿Está sana y salva y ocupándose de sus cosas en otro lugar? No podemos saberlo y no importa tampoco —añadió Simon—, pero sí sabemos que no ha formado parte de esto. Petra lo ha hecho por su cuenta.

—Sí, importa. Las respuestas importan. Petra ha dicho que le daba igual perder Nueva York, pero claro que le importaba. Por supuesto que le importaba —repitió Fallon mientras se paseaba.

Ahora estaba pensando, decidió Simon, y esperó a que siguiera.

—Ella esperaba. No es un soldado. Es una asesina, pero no una guerrera, así que esperaba. Debió de enfurecerse cuando los expulsamos. Esperaba una vuelta de honor y en vez de eso presenció una derrota. Has dicho que fue fruto del momento y sí, sí, fue ira ciega. Mick está muerto porque ella es una asesina, porque Mick era importante para mí, igual que Denzel lo era para Duncan. Seguramente se haya mantenido cerca todas estas semanas. No tanto como para que yo la perciba, como para arriesgar su propio pellejo, pero sí lo suficiente.

—Te tiene miedo, aunque te considere débil.

Fallon se detuvo.

—¿De veras?

—¿Qué habría hecho ella hoy en tu lugar? ¿Con el enemigo atrapado, derrotado, indefenso?

—Los habría destruido a todos.

—Tú no lo has hecho, y ella lo considera una debilidad. Tú amas, y ella piensa que eso es una debilidad. Ha matado a alguien a quien quieres para explotar esa debilidad.

—Ha cometido un error de cálculo.

—Lo sé.

—No puedo pensar, papá. —Roto, pensó mientras se cubría el rostro con las manos. Algo en ella se había roto—. No puedo sentir nada más allá del dolor y de la furia que bulle por debajo. Sé lo que hay que hacer, pero...

—Necesitas un poco de tiempo.

—No tengo tiempo para tomarme un tiempo. Pero...

—No todas las heridas son físicas, Fallon. Si no te tomas tiempo, entrarás de nuevo en combate debilitada. Tómate un par de semanas, porque el amor y la pena no son debilidades, cielo. Todo buen comandante sabe cuándo un soldado necesita un par de semanas para recuperarse. Eso te incluye a ti.

—Hay que rotar y traer soldados de refresco, instalar un equipo de seguridad aquí, traer a gente para que ayude a la resistencia a reparar parte de la infraestructura, a sembrar en los espacios verdes. La Playa necesita un comandante que pueda empezar a conducir a algunas de sus tropas al sur. Hay que...

—Será una larga lista —la interrumpió Simon—. Date esa ducha, pondremos otros cerebros a trabajar, comeremos algo y lo resolveremos. Pero antes... —Levantó su vaso en alto y esperó.

—Vale. —Exhaló una larga bocanada de aire y se serenó. A continuación levantó su vaso—. Por Mick.

Duncan dirigió el equipo funerario. A algunos los trasladarían a sus lugares de origen, pero muchos no tenían más hogar que las bases a las que habían emigrado. Para ellos reclamó una parte del parque donde una frondosa arboleda se extendía en el terreno elevado.

Era una tarea dolorosa y desgarradora, y por eso había pedido voluntarios para la comitiva en vez de dar órdenes. Contar con más de los que necesitaba infundió vida a su maltrecha alma. Los dividió en grupos asignados a separar a los muertos enemigos, a excavar tumbas, a tallar lápidas.

Vio a Tonia y se abrió paso hasta ella.

—Tómate un respiro.

—Lo haré cuando tú lo hagas —respondió ella, y continuó excavando.

—Hay maneras más fáciles de cavar una tumba.

—A veces hay que hacer las cosas así. Hemos perdido a Clarence.

—Mierda. —Duncan sintió que el alma se le caía de nuevo a los pies al recordar al chico que habían rescatado de la secta y a la mujer que le había acogido como a un hijo.

—Y a Keisha, a Morris, a Liah. A Mick. —Tonia se limpió la cara y se apoyó en la pala—. ¿Has visto a Fallon?

—No desde... No. Colin me ha dicho que está aguantando y que se van a reunir ahora para trabajar en la reconstrucción, la limpieza y la ampliación.

—¿Por qué no estás tú con eso?

—Necesito hacer esto.

—Yo también.

Duncan asintió, cogió una pala y la ayudó a cavar.

Después de que dieran sepultura a amigos, seres queridos y camaradas, Duncan supervisó la purificación e incineración de los muertos enemigos. Anochecía cuando regresó a las tumbas.

Quería hacer esto solo.

Recurrió a su poder para hacer que el verde se extendiera sobre el barro, como un mar de esperanza sobre lo que consideraba tierra sagrada. Por la mañana se celebraría una ceremonia en cuyos detalles Tonia trabajaba aún en esos momentos. Se dirían algunas palabras, se derramarían lágrimas. Pero esa noche él presentaría sus respetos.

Había elegido ese lugar por la elevación del terreno, por los árboles y por las toscas rocas que se alzaban en el suelo. Algunas formaban anchos escalones; otras, picos.

Ya había dibujado lo que quería en su cabeza y en ese momento utilizó su magia para llevarlo a la práctica.

Alisó parte de la superficie. Dibujaba mucho mejor que esculpía, así que le preocupaba un poco hacerlo mal.

Pero alisó, dio forma, talló, grabó, pulió, dejó que la imagen fluyera de él a la roca.

Eligió la forma de un hada por su elegancia, con las alas desplegadas, tendiendo los brazos a aquellos que yacían a sus pies.

Esculpió más, todavía más, hasta que el agua brotó de la roca y se derramó con delicadeza por los escalones de piedra. Construyó un estanque de piedra a sus pies y grabó en él el símbolo de cinco partes.

Por último se apartó y contempló su obra.

—Es cuanto puedo hacer.

Se dio la vuelta para marcharse y descubrió a Fallon, con el alicornio y el lobo a su lado y el búho en su brazo.

—Es precioso.

—No encontraba las palabras.

—No es necesario decir nada. Mira, las hadas lo están iluminando.

Miró hacia atrás y contempló la danza de luces.

—Has tomado el rostro de Fred.

—Supongo que sí. —Entonces lo vio—. No me había dado cuenta.

—Es precioso —repitió, y sintió de nuevo las lágrimas tratando de ascender por su garganta—. Es lo correcto. Tonia me ha dicho que tal vez estuvieras aún aquí, y que ella y los demás tienen los detalles para la ceremonia de mañana. Necesito pasear.

Duncan caminó con ella, pero no la tocó. La barrera que sentía era tan real como la piedra que él había esculpido.

—No has venido a la reunión.

—Necesitaba hacer esto.

—Entendido. Flynn va a asumir el mando de la Playa y empezará a desplazar las tropas hacia el sur.

—No podrías haber elegido a nadie mejor.

—Cierto. Estará ausente durante semanas, tal vez meses. He estado a punto de pedirte a ti que asumieras ese puesto, pero... no estaba segura de que pudiera soportar esas semanas o meses alejada de ti.

—Entonces ¿por qué ahora no quieres que te toque?

—No estoy segura de que pueda superar el siguiente minuto si lo hicieras. Debería haber ayudado con el entierro, con la purificación de los muertos enemigos. Sabía que tú te ocuparías de eso, así que me lo he evitado.

—Para. Maldita sea. Ahora mismo quieres compadecerte de ti misma y tienes derecho, pero me he ocupado de ello porque necesitaba hacerlo, porque quería hacerlo. Algunas de esas personas han muerto bajo mi mando, así que corta ya con todo el rollo ese de la Elegida. Todos hemos hecho lo que teníamos que hacer, todos hemos perdido amigos hoy. —Aquello pesaba sobre él; una piedra más—. Esos amigos sabían a lo que se exponían y han recuperado este lugar con valentía. Al asumir toda la responsabilidad menosprecias eso. Los menosprecias a ellos.

Aquello le dolió, la verdad que expresaba le dolió.

—Qué duro es eso, qué frío.

—Tal vez, pero así lo veo yo. Esos hombres y mujeres no han muerto por ti, han muerto por aquello que tú representas. Han muerto por sus familias, por sus vecinos, por su futuro.

—Mick ha muerto porque Petra quería hacerme daño a mí.

—Pues vamos a por esa puta y a por la arpía de su madre. —Lo deseaba tanto que casi podía saborear ese amargor en la sangre—. Regresaremos a Escocia, cerraremos el escudo y acabaremos con ese negro cabrón en el bosque. Haremos salir a Petra y a Allegra y le pondremos fin.

Fallon apoyó el rostro contra el cuello de Laoch.

—No es el momento.

—A la mierda, Fallon. Si no es ahora, ¿cuándo?

—¡No lo sé! —Y eso también le dolía—. Solo sé que no es el momento. Aún ha de venir más. No puedo... —Se giró hacia él y se detuvo. Tomó aire—. Ahí —dijo, y señaló. Ahí donde Mick había caído se alzaba un árbol de la vida, floreciente, con las ramas curvándose hacia el cielo—. ¿Es ese mi consuelo? —preguntó.

Duncan se giró hacia ella.

—Es un reconocimiento. Es gratitud y es honor.

Las lágrimas le quemaban en los ojos y tenía ganas de gritar y derramarlas.

—Sí, sí, tienes razón. El hecho de que no pueda sentir eso, que simplemente no pueda, es otra razón por la que tengo que marcharme.

—¿Marcharte? ¿Adónde?

—Necesito estar sola. Recuperar la fe. Necesito un par de semanas, estar un tiempo sola, Duncan.

—¿Sola?

—Todo lo que has dicho es cierto, pero no puedo sentirlo. Necesito sentirlo de nuevo, creer de nuevo. Y no puedo apoyarme en ti hasta que esté segura de que puedo sostenerme por mi propio pie. Algo en mí se ha roto y necesito tiempo para sanar. Cuando mató a Denzel, tú necesitaste marcharte.

—En parte necesitaba alejarme de ti, pero sí, es cierto.

—Un par de semanas —repitió, y aunque sentía la necesidad de Duncan, se quedó detrás del muro que había construido—. ¿Me representarás mañana en el homenaje?

—¿Te marchas ahora?

—Si no lo hago, ya no lo haré, porque quiero apoyarme en ti, quiero a mi familia, a mis amigos. Pero sé que no llegará el momento de terminar con esto hasta que recupere lo que ella me ha quitado hoy.

—Necesitamos..., necesito sentarme contigo. Tómate un minuto.

—No puedo. Es que no puedo. Tengo que irme.

—¿Adónde? —exigió—. ¿Adónde coño vas?

—Hacia la calma. —Sintió el dolor de Duncan, la necesidad que tenía de que ella le diera algo más. Pero no podía dárselo. Se montó en Laoch—. Después de la calma llega la furia, y con la furia, el final. El final de la oscuridad, el final de la luz; esto está en juego. Conoceréis el fuego, la hambruna, los ríos de sangre si la oscuridad inclina la balanza. Conoceréis el himno de la paz mil años sin la luz brilla con fuerza. Brilla con fuerza, Duncan de los MacLeod, y sabrás cuándo ha llegado el momento.

Salió de la visión, le miró a la luz de la luna, bajo el brillo de las estrellas que se extendían sobre la ciudad liberada.

—Te quiero —dijo, y se desvaneció.

—Has dicho que no —murmuró—. Por primera vez has dicho que no.

Las batallas estallaban a medida que las fuerzas de la Luz para la vida avanzaban en todas las direcciones. Duncan se entregó de lleno a la lucha, uniéndose a las tropas de Flynn en las verdes montañas de Georgia, teletransportándose para luchar junto a Meda en la ciudad de Santa Fe, Nuevo México, y en los ventosos campos de Nebraska.

Atendía sus propias heridas cuando las tenía, limpiaba su espada y buscaba la siguiente pelea.

Tal vez Fallon hubiera abrazado la calma, pero él deseaba la furia.

—Necesitas un descanso, hermano.

Se tomó una cerveza con Tonia en el huerto comunitario. Y se encogió de hombros.

—Ahora mismo estoy sentado.

—Sabes a qué me refiero. Hoy has vuelto solo para apaciguar a mamá. Sé que ya has interrogado a Chuck sobre dónde encontrar un poco de acción. En Maine, ¿no? Las tropas de Vivienne y las nuestras están a punto de enfrentarse en la costa.

—Allí me necesitan. Aquí no.

Oyó la armónica de Eddie unirse a la melodía de la guitarra de alguien. Y Rainbow, ahora una adolescente de largas piernas, bailaba en el aire con algunas hadas amigas.

La primavera, pensó. Había muchas señales de la primavera a su alrededor, con los verdes árboles, los cultivos jóvenes, la explosión de flores, la tibieza del ambiente a medida que se aproximaba el Primero de mayo.

La primavera florecía por doquier en Nueva Esperanza. Se preguntaba si florecía dondequiera que estuviera Fallon.

Apartó ese pensamiento y volvió la cabeza para mirar a Tonia.

—En fin, me parece que estabas en el fregado conmigo cuando acabamos con aquel ejército combinado en Georgia.

—Me necesitaban. También hay mucha necesidad aquí. A duras penas nos mantenemos al día con el adiestramiento. Y vamos a perder a Colin otra vez. Ha tomado Pennsylvania y regresa a Arlington mañana. Es primavera, y eso hace que Eddie y algunos de los granjeros abandonen las rotaciones de los equipos de reconocimiento. Han comenzado las obras de la ampliación de la clínica.

—Regresaré después de Maine.

—Eso mismo dijiste después de Nuevo México.

—Y regresé. —La irritación salpicaba sus palabras—. Los estamos mermando, Tonia. Intentan reagruparse, y eso puede ser un problema. Cada vez vemos más sobrenaturales oscuros luchando junto a guerreros de la pureza. Más saqueadores que se agrupan.

—Eso no te lo puedo discutir. Ahora ya ni siquiera los guerreros de la pureza tienen una excusa. No quieren destruir a las personas mágicas. Nos quieren a nosotros. ¿Te ha hablado Chuck de sus últimos despachos, de los mensajes que están enviando?

—Sí. Dicen que los sobrenaturales que luchan con ellos han sido purificados y se han redimido o algo así. Que utilizan sus poderes para la guerra santa, bla, bla, bla. White es un chalado y un imbécil si de verdad cree que los sobrenaturales oscuros no le liquidarán a él y al resto de los guerreros de la pureza en cuanto dejen de serles útiles.

—Un chalado y un imbécil, pero ha conseguido mantener su secta durante más de dos décadas.

—El miedo y el odio son grandes aliados. —Bebió otro trago de cerveza y contempló con aire pensativo las luces de colores que adornaban el jardín.

—Sé que la echas de menos. Todos la echamos de menos.

—No se trata de... —Y una mierda que no, reconoció—. Dijo un par de semanas. Han pasado casi cinco. No debería haber dejado que se fuera sola.

—¿Dejado? Y una mierda. Tú no la dejas más de lo que yo te dejo a ti ir a la jodida Maine. Estás preocupado, lo pillo. Por Dios, yo también. Y todo el mundo. Lleva siendo el objetivo principal desde antes de que naciera.

—Entonces deja de enumerar excusas.

—Excusas no. Razones. Creo que vivir siendo el objetivo principal, siendo la puñetera Elegida, pasa factura. Igual que perder a tu mejor amigo a metro y medio de ti. Igual que pasa factura adiestrar reclutas sabiendo que cuando estén listos para luchar no todos regresarán.

—Parece que alguien más necesita un descanso.

Tonia exhaló un suspiro.

—Es posible.

Un violín se unió a la guitarra y a la armónica. Algunas personas empezaron a entonar una canción que había escuchado unas cuantas veces sobre la vida en la granja.

Tal vez Fallon hubiera vuelto a su primer hogar. Podía ir y echar un vistazo. A la mierda, decidió, y bebió unos tragos de cerveza. No era un perrito que volvía arrastrándose de nuevo hacia la bota que le había dado una patada.

No solo se había marchado, sino que además le había bloqueado, de modo que ni siquiera podía rozar su mente, ni en sueños.

A la mierda.

—¿Y si te vienes conmigo a Maine y después, cuando echemos a esos cabrones al mar, regreso contigo? —sugirió—. Me haré cargo de algunos de tus reclutas.

—Me vendría bien la ayuda, Duncan, eso es cierto.

Hannah se acercó y se sentó de golpe en el césped con ellos.

—Aquí estáis. He estado revisando los planos de la clínica con Rachel y con mamá y estoy muerta. ¿Dónde está mi cerveza?

Duncan le pasó lo que le quedaba de la suya. Suspiró al ver el par de tragos que quedaban.

—Me bastará. Mamá dice que va a preparar tostadas francesas para desayunar... con beicon de cerdo.

Aunque Hannah no podía leer la mente, conocía a sus hermanos.

—Oh, venga ya. Acabas de volver. —Se bebió el último trago de la cerveza y apuntó a Tonia con el botellín—. ¿Tú también?

—Hemos hecho un trato. Yo voy a disparar unas cuantas flechas con Duncan y él volverá para hacerme unas pocas horas de adiestramiento.

Hannah dejó escapar un suspiro.

—Un trato es un trato. No hay mucho movimiento en la clínica. ¿Necesitáis un médico en Maine?

—Te estás ofreciendo voluntaria para comerte parte del marrón por nosotros —decidió Tonia.

—Vamos los tres, regresamos los tres... y nos quedamos —agregó Hannah—, al menos una semana completa. Mamá se lo tomará mejor si lo hacemos juntos.

—Eres la mejor hermana del mundo. —Duncan le echó el brazo por los hombros a Hannah.

—¡Oye!

Le sonrió a Tonia y la rodeó con el otro brazo.

—En plural.

Los que cantaban corearon a voces: *Thank God I'm a Country Boy*. Y Eddie añadió: «¡Yijaaa!».

En ese momento, Garrett, un cambiante al que los guerreros de la pureza habían estado a punto de ahorcar una vez, llegó corriendo.

Se transformó de puma en adolescente.

—Se avecinan problemas. He buscado a Will. —Resollaba mientras los tres se levantaban de golpe—. Se están movilizando. Ha dicho que Eddie estaba aquí y que debía...

—¿Qué problemas? —le interrumpió Duncan.

—Guerreros de la pureza, saqueadores y sobrenaturales oscuros con ellos. A unos cincuenta kilómetros más allá del punto de control. Vienen hacia aquí.

—Iré a buscar a Jonah, a Rachel y a mamá. —Hannah se marchó corriendo.

—¿Cuántos? —exigió Duncan.

—Parecen cientos. Acabábamos de salir a correr. Pasamos el punto de control. Sé que va contra las normas, pero...

—Ya nos preocuparemos de eso más tarde. ¿Cincuenta kilómetros? —insistió Tonia.

—Más o menos. No avanzan muy rápido, pero nosotros hechos echado a correr en cuanto los hemos divisado. Les he dicho a los demás que fueran a alertar a las granjas de las afueras. Pero el caso es que creo que White está con ellos. Cuando me tenían le vi en una ocasión. Creo que le he visto con ellos.

Duncan le lanzó una mirada a Tonia mientras le bullía la sangre. Llevaba toda su vida queriendo acabar con White. Ella asintió; le comprendía.

—Díselo a Eddie, Garrett. Él pondrá las cosas en marcha desde la ciudad. Nosotros tenemos que explorar más allá de otros puestos de control para ver si vienen desde todas las direcciones.

—Alertaré al cuartel y traeré a quien necesitemos por el camino. —Duncan se subió a su moto, otra cosa que salía en primavera—. Busca a los Swift y avisa a Fred. —Arrancó el motor—. Tú ve a por Flynn. Yo iré a por Mallick a Arlington.

—Deprisa —urgió Tonia—. Aunque vayan despacio, no tenemos mucho tiempo.

Se teletransportó mientras Duncan se alejaba.

Les habían adiestrado para esto, pensó mientras abandonaba Nueva Esperanza prácticamente volando. Todo hombre, mujer y niño conocía su puesto de emergencia y sus deberes. Los alertó al pasar, consumiendo un tiempo que sabía que sería precioso para hacer un alto y avisar a un hombre que le tiraba una pelota a su perro y a una anciana que se mecía en el porche.

En el cuartel, fue un golpe de suerte que Colin y Travis estuvieran allí, ocupados en adiestrar a algunos soldados en maniobras nocturnas.

—Han divisado fuerzas enemigas dirigiéndose hacia aquí desde el sur, están a menos de cincuenta kilómetros del puesto de control. Número indeterminado, posiblemente cientos. Puede que White esté con ellos.

—Cojonudo. —Colin se las arregló para juntar ambas manos y dar una palmada—. Muy bien, chicos y chicas, a ponerse el puto uniforme.

—Nosotros nos ocupamos —respondió Travis—. Busca a papá.

—Es la próxima parada.

Dio media vuelta a la moto y se dirigió a toda velocidad a casa de los Swift. Se bajó de un salto y abrió la puerta de un empujón, sin molestarse en llamar.

Simon y Lana interrumpieron lo que parecía un beso muy apasionado.

—Lo siento. Fuerzas enemigas se aproximan por el sur. —Mientras continuaba con los detalles que conocía, Simon corrió a la despensa y volvió con un rifle y con munición. Lana fue directa a la entrada a por las cazadoras.

—Ethan está con los caballos. Simon necesitará uno, así que él se lo dirá. —Lana metió los brazos por las mangas de su cazadora, con la voz firme y sin rastro de miedo en los ojos—. También puede avisar a Fred y a los niños; yo voy a por Mallick. Duncan, tú ve a por Poe. Simon. —Le agarró la mano y acto seguido la soltó y se teletransportó.

Simon se sujetó una pistolera al cinturón y miró a Duncan a los ojos.

—Vete.

El enemigo se detuvo a quince kilómetros del puesto de control. Jeremiah White, con el cabello canoso al viento y los ojos rebosantes de fervor, se subió al techo de un camión. Como estaba previsto, uno de los sobrenaturales oscuros se colocó a su lado y lo iluminó para que todos pudieran verle. La suave noche primaveral transportó su voz a pleno pulmón.

—Camaradas guerreros, amigos, compatriotas, esta noche por fin erradicaremos el santuario de los demonios que profanan nuestro mundo. Esta noche por fin termina nuestra sagrada cruzada para purificar la tierra, los mares, el mismo aire que respiramos. Señalaremos esta noche como la cólera de Dios, administrada a través de sus verdaderos hijos. Acabaremos con ellos, arrancaremos el palpitante corazón de su maldad.

»Esta noche, impulsados por nuestra justa furia, vengaremos a nuestros hermanos caídos. Arlington. Washington. Nueva York. Filadelfia. —Algunos entre la multitud gritaron los nombres de otras batallas, de otros lugares, mientras White abría los brazos y alzaba el rostro hacia el cielo estrellado—. Y nuestros hermanos gritarán desde sus tumbas, desgarrarán el aire con su gratitud mientras erradicamos de la faz de esta tierra a estos demonios y a todos los que con ellos se juntan.

—¡Quemad a las brujas!

Los sobrenaturales oscuros que estaban con ellos permanecieron impertérritos mientras esos gritos resonaban sin cesar. No se filtró el sentido de la ironía.

—Quemad a las brujas —repitió White—. Colgad a los demonios. Matadlos mientras huyen. Buscad hasta dar con la falsa profeta a la que adoran como a la Elegida, pues ella se enfrentará a nuestro juicio. Y con su muerte, tal y como se prometió, como se decretó, a manos de su propia espada flamígera, recuperaremos el mundo, conquistaremos la gloria. ¡Esta noche, Nueva Esperanza arderá!

Desenvainó su espada y la alzó, cortando con ella el aire para señalar las luces que brillaban en la distancia.

A continuación se desplegaron; escuadrones listos para atacar granjas, casas, familias; otros para rodear o transportarse al este y al oeste a fin de arremeter desde esas direcciones. Otro puñado para avanzar hasta el puesto de control y liquidar a los centinelas mientras el grueso de las tropas continuaba adelante.

White, que seguía ágil y en forma, se bajó del techo del camión e hizo una señal con la cabeza al par de corpulentos sobrenaturales oscuros convertidos en su guardia personal.

—Que ardan, que sangren, que pavimenten de cadáveres el suelo de este lugar maldito. Por el fuego y por la sangre la cogeremos al fin. Cuando mate a la bruja, los tendremos a todos.

Las tropas avanzaron en tropel, ansiosas de sangre. Otros, siguiendo el plan, se abrieron paso desde el norte mientras las avanzadillas atacaban los puestos de control.

Guerreros curtidos y experimentados, pensó White, algunos de los cuales llevaban con él desde el inicio. Saqueadores que mataban y mutilaban por puro placer. Sobrenaturales oscuros que deseaban acabar con Fallon Swift tanto como el guerrero de la pureza más fanático.

Y todos bajo sus órdenes.

Aguardó mientras su propia impaciencia aumentaba y la sed de venganza ardía en su garganta.

23

White oyó los primeros tiroteos, vio el lanzamiento del primer rayo rasgar la oscuridad. Vio a los cuervos aparecer en masa.

Música para sus oídos, pensó. Victoria.

Poder.

Por fin, aquello que había surgido de la oscuridad sabría todo lo que él era.

—Ahora. Al corazón, directo al corazón para arrancarlo.

Pero en lugar del huerto, como estaba previsto, el escudo protector aguantó. Cuando los poderes chocaron en el puesto de control, la luz se propagó. Bajo el pálido resplandor verde generado por las hadas, las tropas, la gente de Nueva Esperanza, con y sin poderes mágicos, granjeros, profesores, soldados, tejedores, alfareros, se enfrentaron al enemigo.

Les plantaron cara en la carretera que llevaba a la ciudad, en los bosques, en los campos, en las granjas de las afueras.

Colin y sus reclutas salieron al encuentro del enemigo que cargaba desde el sur. Flynn corrió con las tropas desde la Playa por el bosque, haciendo que la emboscada se volviera contra los atacantes. En la granja, Travis luchó con Eddie mientras Fred convertía en flores las antorchas y las flechas de fuego destinadas a incendiar su casa. Al este, Will luchó con su hijo, con Poe y con el hijo de este.

En el puesto de control, Simon disparó desde su nido de francotirador y bloqueó su preocupación por Lana. Se había negado a unirse a la segunda línea de defensa y blandía su poder contra la oscuridad en primera línea.

Entendía que White la había acosado y perseguido. Y Mallick estaba con ella. Tenía que confiar en su mujer.

Duncan se abrió paso con su moto entre las fuerzas que se aproximaban, atacando con la espada en una mano y sus poderes en la otra. Giró; la moto se convirtió en un arma más mientras Tonia disparaba flechas desde su nido de francotirador.

Un par de saqueadores —Duncan admiró un instante la moto que montaban— arremetieron contra él. El que iba de paquete levantó un hacha. Duncan viró para evitar la colisión, haciendo que el hacha saliera despedida y se incrustara en el cráneo del conductor con una ráfaga de poder. La velocidad y la repentina pérdida de control hizo que la moto se saliera de la carretera y se estrellara contra el árbol en el que estaba apostada Tonia.

—¡Ten cuidado! —espetó.

—Lo siento.

Duncan dio media vuelta y vio a otro par de saqueadores, algunos guerreros de la pureza a pie y a un par a caballo retrocediendo para emprender la retirada.

—No, hoy no.

Empezó a perseguirlos, y entonces vio a White.

—Hijo de puta. ¡Los gilipollas se retiran! —gritó, satisfecho cuando los saqueadores a caballo fueron tras ellos. Giró de nuevo para enfrentarse a White.

Duncan se percató de que parecía aturdido. Seguramente por el choque contra el escudo. Pero los dos sobrenaturales oscuros que le flanqueaban no tenían los mismos problemas.

Levantó un bloqueo, pero la potencia del ataque que le lanzaron estuvo a punto de hacerle perder el equilibrio. Aceleró y se dispuso a arrojar su propio ataque.

Fallon apareció de repente en el cielo, con Laoch alzando las alas como si fueran flechas. El lobo y el búho saltaron para unirse a la batalla. Y mientras Duncan luchaba por contener la avalancha de emociones en su interior, Fallon acabó con el guardia de la izquierda con un golpe de espada y liquidó al de la derecha con un rayo de luz.

Agitó la mano en el aire e hizo que White cayera al suelo.

—Duerme. —Con él tendido, giró con Laoch y miró a Duncan—. He vuelto —dijo, y arremetió contra el resto de los enemigos.

—Sí, ya lo veo.

El ataque con el que pretendía demoler Nueva Esperanza fue aplastado en menos de veinte minutos. La ciudad no sufrió bajas. Ni un solo edificio ardió. Consiguieron treinta caballos, diez camiones, seis motos, bastantes armas y más de seiscientos prisioneros.

Incluido Jeremiah White.

Fallon bajó la vista hacia él, que continuaba tendido en la carretera que llevaba a Nueva Esperanza.

—Sé que tenemos que hablar —le dijo a Duncan—. Pero antes debemos ocuparnos de esto.

—Sí. En ambos casos.

Dio un paso atrás cuando Lana se acercó a ella a toda prisa.

—Fallon.

—Mamá guerrera —murmuró, abrazándola con fuerza—. Papá. —Sin soltar aún a su madre, le tendió los brazos mientras él bajaba de su puesto de francotirador—. Te prometo que hablaremos, Mallick. Me alegro de que estuvieras aquí.

—Tu regreso ha sido muy oportuno.

—Lo vi en el fuego. Tenemos que revisar el resto de las fronteras, echar un vistazo a las casas y las granjas.

—Se está corriendo la voz, duende a duende. —Como Simon, Tonia bajó de su puesto defensivo—. Tenemos algunos heridos. No se ha comunicado ninguna baja hasta el momento. Todavía estamos persiguiendo a algunos. Hola, colega. —Le propinó un suave puñetazo en el brazo a Fallon—. Buena entrada. —Miró a White—. Y una pieza de primera.

—Llevémosle a la ciudad. Quizá al huerto. —Fallon miró a su madre—. Parece lo apropiado. Arlys querrá informar del ataque y de la captura. Vamos a retransmitirlo a todas partes.

—Ya le llevo yo. —Duncan plantó una bota en la nuca de White y se teletransportó con él.

—Está un poco tenso —le excusó Tonia.

—Lo sé. Lo siento. —Fallon suspiró—. Lo siento. Terminemos con esto.

Lana le puso una mano en el brazo.

—¿Qué vas a hacer con él?

—Una parte de mí le quiere muerto, pero esa no es la forma. Voy a interrogarle aquí, delante de tanta gente como sea posible, para que quien quiera oírlo pueda hacerlo. Espero que Chuck encuentre la manera de grabarlo para que podamos difundirlo. Para que más gente pueda oírlo, verlo y saberlo.

—Haremos correr la voz —le aseguró Simon—. Tengo la corazonada de que todos en Nueva Esperanza quieren oírlo.

Decidió que lo mejor sería mantenerlo inconsciente de momento. La gente se congregó bajo las coloridas luces del huerto. Fallon vio a Lissandra, con su hijo al lado; a Garrett, que llevaba la marca que White había ordenado que grabaran a fuego en la carne de las personas mágicas capturadas; a Anne y a Marla, que aún lloraban al hijo que perdieron en Nueva York, con los dos hijos que les quedaban. A su madre, que huyó del que se había convertido en su hogar para salvar a la hija que llevaba dentro.

Antes de avanzar y despertar a White, oyó un murmullo en la multitud que se elevaba cada vez más.

—Dios mío, Jonah —musitó Rachel con un hilo de voz y le agarró del brazo—. Con Eddie. ¿Es...?

—Kurt Rove. —Jonah posó una mano en el hombro de su hijo menor—. Es el hijo de puta de Rove.

Eddie, con una expresión tan dura como el granito, arrastró al hombre maniatado entre la multitud. Después lo empujó al suelo delante de Fallon.

—Este es Kurt Rove. Puede que no matara a Max Fallon con sus manos, pero participó en aquello. Traicionó a esta ciudad y a todos sus habitantes. Mató a la mujer dulce y buena cuyo nombre le pusimos a mi hija mayor. Le disparó por la espalda mientras ella protegía a un niño con su propio cuerpo. Habría matado a tu madre si hubiera podido, y a ti con ella. Tienes que saber eso, Fallon. Tienes que mirarle y saberlo.

—Lo sé, Eddie. —Miró a Rove, el amargado rostro marcado por el odio, los ojos que lo irradiaban—. Le veo.

—Quise matarle cuando vi que era uno de los prisioneros. Quise pegarle un tiro y terminar. Pero no podía matarlo a sangre fría. No podía hacer eso y mirar a mi mujer y a mis hijos.

—Eso es lo que hace de ti el hombre que eres y no uno como él.

—Solo te pido una cosa. Que no vaya a ninguna isla para forjarse una vida. No tiene derecho después de lo que ha hecho. Te pido que lo encierres, que viva encerrado, igual que hemos hecho con hombres como Hargrove, como harás con White. Es lo que merece, así que te lo pido.

—Está hecho.

—Entonces, perfecto. —Las lágrimas le anegaban los ojos y le temblaba la mandíbula, pero asintió con brusquedad y firmeza—. Perfecto. —Volvió con Fred, que le rodeó con los brazos.

—No vas a encerrarme, puta mentirosa —espetó Rove—. Todo el mundo sabe que quemas vivos a los justos con tu fuego del infierno.

—Te vas a llevar una buena decepción cuando pases en prisión el resto de tu vida. Nosotros no ejecutamos a los prisioneros. No los esclavizamos ni los torturamos.

—Embustera engendro del infierno. Debería haber degollado a la zorra de tu madre cuando tuve ocasión.

Fallon agarró la empuñadura de su espada.

—Os deseo a ti y a tu perversa alma una larga vida en la oscuridad que has elegido. No, déjale —dijo, cuando Will se acercó para llevárselo—. Deja que oiga lo que tiene que decir aquel al que sigue. —Se aproximó a White—. Despierta.

White abrió los ojos entre parpadeos, atontado aún por el hechizo. Su vista se despejó poco a poco e intentó ponerse en pie. Entonces se dio cuenta de que estaba atado y se puso violento.

Un odio profundo y delirante, teñido de miedo.

—Las cosas no han salido como planeabas —le dijo—. Nueva Esperanza sigue en pie. Tú no.

—Otros se alzarán en mi lugar. Vendrán legiones para acabar contigo.

—No lo creo, pero pueden intentarlo. Esta noche hay gente aquí que liberamos de ti y de tus seguidores. Niños a los que marcaste y esclavizaste, personas a las que violaste, criaturas mágicas a las que mutilaste y torturaste.

Miró a su alrededor. Vio a Garrett y recordó el sueño que había tenido hacía años, cuando vio a Duncan, a Tonia y a más personas de Nueva Esperanza rescatándole. Le indicó que se acercara.

—¿Qué te hicieron a ti?

—Sus guerreros de la pureza me capturaron y me encerraron con otras personas mágicas. Me marcaron. Me torturaron, me pegaron, me quemaron y me violaron. Me llevaban camino de la horca. Todos los domingos a medianoche celebraban ahorcamientos rituales como... ofrenda. La gente de Nueva Esperanza nos rescató. Tenía doce años.

—Engendro de Satanás —le espetó White—. El Todopoderoso os aniquilará a ti y a todos los que son como tú.

Consiguió ponerse de rodillas.

—¿No niegas que encarcelas, torturas, marcas, violas y ejecutas a niños? —preguntó Fallon.

—¡No son niños! No son humanos. ¡Son demonios! Demonios que propagan su ponzoña por la tierra.

—Él vive aquí, igual que otros, sin hacer daño a nadie, mientras que los saqueadores que te acompañan queman y matan. Los sobrenaturales oscuros que forman tu ejército, con los que atacaste la paz de Nueva Esperanza tratando de acabar conmigo antes de que naciera, queman y matan. Mataste a mi padre biológico en este mismo lugar.

El fuego del fanatismo ardía en sus ojos como si fueran antorchas.

—Deberías haber sido tú.

—No fue así.

—Lo será. —Echó la cabeza hacia atrás—. Mátame con tu espada, zorra demoníaca. Doy mi vida por el dios de Abraham. Derramo mi sangre sobre vuestro altar demoníaco, desgarro mi carne para que vuestras bestias infernales se den un festín con ella. Yo entraré en el reino mientras tú ardes en el infierno.

—Cuánto melodrama —repuso Fallon divertida, lo que hizo que a White le brillaran los ojos—. Nosotros no ejecutamos a los prisioneros, no tenemos altares demoníacos. Y, desde luego, no nos alimentamos de carne humana. Vas a tener que conformarte con ir a prisión.

Sintió en el acto el veloz pulso de poder oscuro. Y en ese instante extendió las manos para responder.

La magia negra y la blanca chocaron con una fuerza que estremeció la tierra. Las ligaduras se esfumaron y el rostro y el cuerpo de White desaparecieron.

Allegra se levantó con una mueca feroz.

—Imbécil. Eric mató a White hace años. Nos turnábamos para llevar su rostro y liderar a sus imbéciles contra ti. Y tú nunca lo viste.

—Ahora lo veo. —Toda su belleza había desaparecido al carecer de poder para ocultar las cicatrices que desfiguraban su rostro y los finos mechones grises que dejaban a la vista el cuero cabelludo en carne viva, destrozado por el fuego.

—Demasiado tarde. —Allegra se elevó con sus alas raídas, lanzando rayos de fuego—. Volveré con un ejército y acabaré contigo.

—No lo es —murmuró Fallon mientras ella y los demás apagaban las débiles llamas antes de que llegaran al suelo—. Y no lo conseguirás.

Desplegó unas alas plateadas como su espada. Fallon se elevó y disparó a Allegra con su fuego.

—Solo la magia negra y los sacrificios de sangre otorgan alas a la bruja.

—Te equivocas —respondió Fallon—. Otra vez. —Rechazó los rayos y continuó lanzándole fuego. Allegra estaba débil, por lo que era incapaz de sacar fuerzas para teletransportarse. Y estaba completamente loca—. Retira tu poder. Ríndete y vive.

—La oscuridad me protege, con la sangre que las legiones derramaron en su nombre. Tu luz palidece contra ella. —Atacó de nuevo a Fallon—. Tú destruiste al padre de mi hija, la hiciste sufrir. Mira ahora cómo arde la bruja que te parió.

Recurrió a cuanto tenía para proyectar un torrente de fuego. Miró a Lana con una mueca feroz y dirigió ese caudal hacia el suelo.

—¡No! —Con el poder fruto del miedo, Fallon hizo retroceder la tormenta de fuego y levantó su escudo para desviarla. Sintió el azote de la onda expansiva de calor envolviendo a Allegra.

Oyó un alarido, que se cortó en seco, y después nada. Nada de nada.

Arlys agarró el brazo de Chuck con mano temblorosa.

—Dime que has grabado eso.

—Sí. —Aunque temblaba un poco, mantuvo firme la cámara de vídeo que había encontrado y arreglado y enfocó a Fallon mientras aterrizaba con suavidad y plegaba sus alas plateadas—. Lo tengo. Necesito un buen copazo.

—Los dos nos beberemos uno cuando revise el material. —Se acercó a Lana—. ¿Tú sabías que podía hacer eso? Ya sabes, que podía volar...

—No. Sabía que la magia estaba dentro de ella, pero... Tendremos que hablar. Eric y ahora Allegra. —Lana asió la mano de Simon. Él había permanecido a su lado incluso cuando llovió fuego—. Los dos aquí, donde mataron a Max.

—Es justicia.

—Sí. —Con firmeza y seguridad, Lana se llevó su mano a los labios—. Es justicia.

La gente quería quedarse y hablar con Fallon y entre sí. Se fijó en que, al parecer, Duncan no estaba entre ellos.

Abrazó a su familia.

—¡Conque alas! —comentó Colin—. Son la leche.

—¿La qué?

—Es una expresión que estoy probando. Va a pegar fuerte.

—No —le corrigió Travis.

—Espera y verás. Reunamos a las tropas y llevémoslas de vuelta al cuartel. Tengo que estar en Arlington mañana. —Apretó los dientes, concentró su esfuerzo y levantó el brazo; luego cerró su mano de cuero en un puño y le dio a Fallon en el hombro—. Buen trabajo.

—Tengo que ayudar con los caballos. —Pero Ethan se acercó primero para darle otro abrazo—. Estaba perdida, no podía ser salvada.

—Lo sé.

—Intentó llamar a Petra —añadió Ethan—, pero no pudo conseguir poder suficiente. Si hubiera dejado de intentar matarte a ti, a mamá, podría haberlo hecho. Pero no podía parar. Me alegro de que hayas vuelto —agregó y se marchó.

—Piensa en Petra en otro momento —le aconsejó Simon—. Cuando venga, estaremos preparados. Voy a ayudar a Will con los prisioneros.

—Y yo ayudaré con los heridos. —Lana acarició la mejilla de Fallon—. Queda pollo de la cena en la cocina, si tienes hambre.

—Me lo comeré.

Entonces Lana posó una mano en la mejilla de Fallon.

—Ve a buscarle —susurró.

—Lo haré.

Pero antes se volvió hacia Mallick.

—Has aprovechado bien las últimas semanas.

—He viajado, he estudiado y he llorado. Necesitaba hacerlo. Fui a Gales porque quería ver dónde naciste. Es ahí donde descubrí mis alas.

—No me refería a las alas. No estaban perdidas, solo a la espera. Le habrías perdonado la vida. Aun cuando no te ha dejado más opción, no le has arrebatado la vida por venganza. Has aprovechado bien el tiempo. —Frunció el ceño al ver sangre seca en la manga y se la limpió como si fuera una pelusa—. Sin embargo, el chico ha dedicado la mayor parte del tiempo a comerse la cabeza. Me apetece una copa de vino y pillar mi cama.

—Hablaremos mañana. Aún queda trabajo por hacer.

No pudo encontrar a Duncan, así que buscó a Tonia.

—Magníficas alas. ¿Quieres una birra?

—Todavía no, gracias. Yo...

—Ha ido a ayudar con los prisioneros. Demasiados para hacer lo habitual, así que ha sugerido que utilicemos el granero de Howstein, lancemos un hechizo para cerrarlo y pongamos en trance a los sobrenaturales oscuros hasta que podamos empezar a trasladarlos mañana.

—Es una buena idea.

—Alguna se le ocurre. —Los ojos azules de Tonia MacLeod se ablandaron—. Te ha echado muchísimo de menos, Fallon. No seas dura con él.

—Más bien espero que él no sea duro conmigo.

Decidió que lo justo era hablar con él en su casa, si él estaba dispuesto a hablar. Así pues, cuando la ciudad se fue a dormir, se sentó en la acera frente a la casa de Duncan a esperar. Acabaría por volver.

Se le vino a la cabeza que jamás había hecho aquello, sentarse tranquilamente en medio del silencio de Nueva Esperanza. El hecho de que pudiera hacerlo y que tras una noche de ataques, derramamiento de sangre y violencia se sintiera de nuevo como en casa demostraba su resistencia.

En su opinión, eso servía como ejemplo de la resistencia del espíritu, de la unidad forjada por la comunidad.

Iluminada ahora solo por la luna y la luz de las estrellas, la ciudad dormía. Los padres habían echado un vistazo a sus hijos, los habían tranquilizado para que conciliaran el sueño. Los amantes compartían la cama. En la clínica, los médicos velaban por los enfermos o los heridos.

Los colegios estaban a oscuras, esperando a la mañana, cuando maestros y alumnos regresaran. Con el sol, las tiendas y los servicios comenzarían el día. Las granjas despertarían, la cocina comunitaria olería a café y a comida.

Podría haber paz después de la guerra, pensó. Habría normalidad después de las pesadillas.

Y sabía que podría haber consuelo después del sufrimiento. Renacimiento tras la duda.

Esperanza tras la desesperación.

Oyó el ruido del motor, el potente rugido a través de la quietud. Conducía rápido, pensó; conducía a casa. Se levantó para recibirle de pie.

Igual que la primera vez que le había visto, en sueños, con el cabello agitándose al viento. Pero entonces era un chico. El que desvió la moto hacia el bordillo, apagó el motor y se bajó para enfrentarse a ella era un hombre.

Había considerado una docena de formas de empezar esa conversación, pero en el momento crítico las apartó todas y dijo lo que primero le vino a la cabeza:

—Lo siento.

Él no se acercó, sino que se quedó donde estaba.

—¿El qué?

—Marcharme cuando querías que me quedara, cuando necesitabas más de mí de lo que yo podía encontrar en mi interior para poder darte. Por estar ausente más tiempo del que dije que estaría. Y por bloquearte mientras he estado ausente, a pesar de que sabía que eso te haría daño.

—Sé por qué te marchaste, o por qué creías que tenías que hacerlo. —Su voz denotaba calma; ni rastro de furia ni ira—. Imagino que hay una razón para que no regresaras cuando dijiste que lo harías. No entiendo por qué me has bloqueado. Eso no lo entiendo, y sí, me has hecho daño.

—Te he bloqueado porque temía que si te dejaba entrar, aunque fuera solo un minuto, regresaría.

—Y una mierda. —Ahora sí respondió con bastante brusquedad—. Yo no te habría presionado.

—No. Se supone que no debo decir que era por mí, no por ti —le recordó—, pero lo era. Habría vuelto antes de que estuviera preparada porque quería estar contigo y quería el consuelo que tú me habrías proporcionado. Te necesitaba más de lo que necesitaba encontrar de nuevo mi determinación. —Levantó las manos con impotencia—. Mi fe y mi verdadero fin, perdido en el dolor y la necesidad de venganza. Lo perdí con Mick, y tenía que encontrarlo de nuevo. Tenía que hacerlo, Duncan, o jamás sería capaz de hacer lo que hay que hacer. Todo lo que quería estaba aquí. Tú, mi familia, mis amigos. Si no hubiera dejado todo eso, no estoy segura de que hubiera encontrado lo que necesitaba dentro de mí misma para luchar de nuevo. O ser una líder otra vez.

—¿Lo has encontrado?

—Sí. Pero siento haberte hecho daño. Siento haber preocupado a mi familia y amigos. Siento no haber estado aquí para ayudar.

—Eso es mucho sentir.

—Tengo más si lo necesitas.

Duncan estudió su rostro y se encogió de hombros.

—Puede valer con eso.

En dos zancadas, la agarró, la atrajo hacia él y tomó lo que de verdad necesitaba.

—Oh, gracias a las diosas —murmuró Fallon, y se aferró a él—. Ven conmigo. ¿Vienes conmigo?

Se teletransportó sin esperar una respuesta.

La luz mostraba un pálido resplandor verde generado por el titilante centelleo de las hadas en danza. Un estanque puro, cristalino como el vidrio, con la luz de la luna filtrándose entre los árboles para derramarse sobre la superficie. Volutas de bruma como dedos de plata surgían del agua. El dulce y tibio aire se mantenía en calma.

—Es tu claro de hadas.

—Es donde estaba antes de regresar. Justo antes de... Te lo explicaré luego. —Hundió los dedos en su cabello—. ¿Podemos hablar después?

Duncan la quería desnuda. La recorrió con las manos y dejó su ropa y su espada en un desordenado montón junto con la suya antes de tenderla sobre la alfombra de hierba.

Primero esto, pensó, cuerpo con cuerpo, piel con piel. Primero esto.

—Tócame —dijo Fallon. Sus manos le recorrieron mientras murmuraba contra su boca—: Tráeme de nuevo hasta ti. Regresa a mí.

La luz brotó cuando se unieron, sobre la carne y debajo de ella. Lo sintió derramarse dentro de ella, colmar todos los huecos que ella había vaciado. Se había alejado de él para hallar su resolución y ahora, al volver con él, encontró amor.

Y placer. El latido de su corazón, la fuerza de sus manos, su forma, su sabor.

Allí, con él, podía entregar o exigir. Ceder el control o tomarlo. Allí, con él, podía sentir toda la alegría que había perdido.

Duncan le agarró las manos para hacer que fueran más despacio, que las suyas fueran más despacio. La miró, contempló la luz de la luna reflejada en sus ojos. Cuando se apoderó de su boca otra vez, derribó todas las barreras y volcó todo su corazón en el beso.

Eres mi luz.

Fallon se derritió debajo de él, dejó que su corazón se derramara en el suyo.

Y tú eres mi luz.

Se elevaron, se unieron, acunados por el dulce aire, bañados por la suave luz verde mientras la luz de ambos se unía y brillaba como las estrellas.

Cuando yacieron juntos una vez más sobre la alfombra de césped y su luz se atenuó hasta convertirse en un resplandor, Fallon le besó en el corazón.

—¿Estoy perdonada?

—Es posible. —Deslizó un dedo por su espalda y ascendió de

441

nuevo—. No estaba cabreado. Bueno, me cabreaba y se me pasaba. Estaba preocupado, todo el mundo lo estaba. ¿Adónde fuiste?

—A todas partes. —Apoyó la cabeza sobre su corazón—. Al principio solo necesitaba estar sola, marcharme. La pena era inmensa, y aun así era solo una parte. Hay tanto vacío en el mundo, Duncan. No es difícil encontrar lugares para estar solo. Toda mi vida he sabido lo que se me exigiría y he cargado con ello. Cargo con más desde que cumplí trece años. Así que me dije que los demás tendrían que ocuparse de todo durante un tiempo, porque yo no podía.

»Sabía que tú lo harías. Tú, mis padres, mis hermanos, Tonia, Arlys, Jonah, todos. Sabía que lo haríais. Si he sido egoísta..., bueno, los dioses tendrán que superarlo. Porque no podía liderar mis tropas a la guerra cuando mi corazón estaba sangrando, ni podía pedirle a nadie que me siguiera cuando no podía ver adónde ir. —Se impulsó para incorporarse y mirarlo a través de la bruma que flotaba sobre el estanque.

»Cuando vi lo que habías hecho, el homenaje que habías creado, todo se estremeció dentro de mí. No podía decirte todo lo que quería o me habría derrumbado por completo. Entones, el árbol donde Mick cayó... Quería que eso me consolase, pero no lo hacía. Sentía ira, y la ira y la sed de venganza lo bloqueaban todo. Quería invocar el rayo y reducir a cenizas ese árbol. —Hizo una pausa, pasó los dedos por el brazalete que llevaba, elaborado con otro árbol que había destruido por culpa de la cólera—. Quería dejarlo todo e ir a por Petra, solo a por Petra, hasta hacerla pedazos con mi espada. Una espada de luz y de justicia. ¿Cómo iba a quedarme? ¿Cómo iba a ser una líder?

—Podrías habérmelo contado.

—No podía. Ni siquiera podía reconocerlo ante mí misma. Solo podía sentir; pena, ira, desesperación. Si he hecho lo que me han pedido, si he hecho todo lo que sé hacer, ¿por qué exigen semejantes pagos? De Max a Mick, con tantos otros por el camino. ¿Por qué, por qué, por qué? ¿Cómo puedo ser la luz si no puedo sentirla ni encontrarla? —Le miró cuando se incorporó con ella—. No se trataba solo de quién o qué era Mick para mí, de lo mucho que le quería. Aunque, por Dios, pese a lo mucho que le quería, no es lo que siento por ti. ¿Y si hubieras sido tú?

—No fui yo.

Ella meneó la cabeza.

—Pero esa pregunta no dejaba de rondarme la cabeza. Tú, o mis padres. Colin perdió el brazo, ¿y si hubiera perdido la vida? Travis, Ethan, Tonia, Hannah, Mallick, hay tantos a los que quiero. ¿Y si el siguiente pago es uno de vosotros?

—Te diría que no puedes pensar así, pero eso ya lo sabes. —No tenía por qué gustarle, decidió, ni alcanzar siquiera a entenderlo—. Y por eso te marchaste.

—Es una parte importante. La que aumentó el dolor, las dudas eran peores. Esa ansia, esa sed de destrucción. Eric y Allegra mataron a Max porque querían matarme a mí, dentro de mi madre. Volvieron porque querían matarme a mí y destruirlo todo y a todos en Nueva Esperanza. Petra mató para hacerte daño a ti y por puro placer. Y Mick... —Cerró los ojos un instante—. Le mató para atacarme a mí. Creo, siento, que si hubiera caído en combate lo habría aceptado. Le habría llorado, sí, pero no me habría perturbado hasta el fondo de mi alma. Pero eligió el momento de la victoria. Eligió matarle en su momento de júbilo. En un momento que los dos compartíamos. Tardé un tiempo en comprender eso, en superar esa ansía y comprender.

—No ganará, Fallon.

—Lo sé, pero entonces no lo sabía. Dejé de creer en lo que somos. Fui a cimas y a desiertos, a bosques y a ciudades que hasta los fantasmas han abandonado y me pregunté por qué nos molestábamos. ¿Acaso la gente no encontraba otra razón para matar o dejar cicatrices en la tierra? ¿Acaso no han repelido a las personas mágicas por miedo?

Duncan le tiró del pelo.

—Vaya, sí que te regodeaste en la autocompasión.

—La verdad es que sí. —Apoyó la cabeza en su hombro—. Pero empecé a ver de nuevo la belleza. El sol reflejándose en el agua de un riachuelo o un puente atravesando un río. Fui a las montañas en las que Allegra y Eric atacaron a Max y a mi madre, a Poe y a Kim. La casa ya no está, pero la tierra es preciosa y había señales de que la gente la trabaja, ha encontrado un refugio y se labra una vida. —Y añadió—: No sé por qué eso fue tan importante, por qué hizo que empezara a abrirme de nuevo. Pero así fue. De modo que empecé a buscar más de eso. Resistencia, fe, esfuerzo, empatía. Y lo encontré. Hay muchísimos lugares desiertos, Duncan, pero también se cultiva la tierra, se cuidan las casas, se forman familias. Todavía existe la fortaleza y el valor, y todavía hay alegría. Solo tenía que mirar para verlo de nuevo. Estuve a punto de regresar entonces, pero sabía que no había terminado. No había terminado porque no era capaz de venir aquí, donde Mick está por todas partes. En vez de eso fui a Gales.

—Mallick.

—No comenzó con él, pero mucho de lo que soy viene de él. Mallick nunca titubea. Han puesto a prueba su fe en innumerables ocasiones, pero jamás flaquea. Quería ver dónde nació, dónde dio sus pasos de niño, lo que veía.

—Lo encontraste.

—Lo encontré. No se llevaron eso. Encontré la casa de piedra con siglos de antigüedad y la diosa situada junto a la puerta. Está allí, y allí le sentí. Decidió dedicar su vida a la luz, a mí, a nosotros, abandonar su hogar y encomendarse a los dioses. —Con la cabeza apoyada en el hombro de Duncan, contempló las volutas de bruma elevarse del estaque como si fueran espíritus, el viento en el aire.

»Sentí su fe, su coraje, y sentirlos restauró los míos. Y esa terrible ansia desapareció, se fue sin más. La ira puede resultar útil, pero esa ansia es peligrosa y destructiva. Por fin pude dejarla ir. Cuando lo hice y vertí vino en homenaje a Ernmas, a la diosa madre, sentí que la luz regresaba. Y las alas se abrieron —explicó.

»Pude venir aquí y despedirme de Mick. Pude volver a casa contigo. Quería traerte aquí, porque aquí conocí a Mick, porque aquí me senté con Max. Porque te quiero, y quería hacerte una promesa aquí. No volveré a alejarme de ti, no volveré a bloquearte ni a dejarte. Lucharé a tu lado, y cuando todo haya terminado, construiré una vida contigo.

—Fallon. —Asió su mano y la besó—. Ya hemos construido una vida. —Cerró su propia mano y al abrirla reveló un anillo en su palma—. Llévalo.

Una alianza de oro, blanco como la luna. Con el símbolo quíntuple grabado.

—¿Así de simple?

—¿Quieres que te lo pida? ¿Qué me arrodille, como en los libros?

Fallon lo pensó y se preguntó si un corazón podía rebosar más felicidad que el suyo en ese momento.

—No. Me gusta cómo lo has hecho. Pónmelo. —Y le ofreció la mano—. Lo llevaré.

—Yo también te hago una promesa —le dijo—. Lucharé a tu lado. Y cuando todo haya terminado, seguiremos construyendo la vida que hemos iniciado.

Cuando deslizó el anillo en el dedo, la luz estalló para sellar la promesa.

24

No perdió tiempo. Además de afianzar su resolución y fortalecer su fe, las semanas que había pasado en soledad habían generado más mapas, más información. Y un propósito claro.

Se sentó con sus padres a desayunar y le pidió a Mallick que se uniera a ellos. Primero ellos tres; los fundamentales.

—Más tarde os pediré perdón por preocuparos a vosotros y a todos y prometeré que me esforzaré más. Pero ahora mismo tengo que contaros algo de lo que encontré cuando me marché. ¡Cuánto he echado de menos tu comida, mamá! —añadió mientras se metía en la boca un trozo de tortilla.

—Podrías empezar contándonos dónde has estado —comenzó Simon.

—En todas partes. Estuve en la cima del Everest, donde el mundo es blanco y helado, y vi elefantes en la sabana de Kenia. Vi las pirámides, e interminables kilómetros de dorada arena. El mar Muerto, la estepa australiana, las marismas de Cornualles.

—Vaya —replicó Simon—. Sí que has estado ocupada.

—Sí. —Hizo una pausa y comió más tortilla—. En todas partes —repitió—. Al principio solo buscaba los lugares desiertos, en los que reinaba el silencio, pero... Dondequiera que fuera, hay tanta belleza, tanta luz en el mundo. Hay tanto, ya sea un regalo de los dioses, como Denali, o fruto del sudor y del ingenio del hombre, como una torre redonda en Irlanda. Palmeras y agua cristalina brillando en el desierto, un pueblo excavado en una selva tan densa que hasta el mismo aire es verde. —Recordarlo, el simple recuerdo, hizo que se iluminara por dentro—. Ni siquiera en los primeros días, cuando no quería verlo ni sentirlo, pude dejar de ver y de sentir esa belleza, esa luz.

—Viste el mundo. —Y más, comprendió Lana—. Un mundo que no es solo guerra y muerte, batallas y sangre.

—Quiero mostrároslo. Algún día os lo enseñaré. Vosotros me lo enseñasteis —les dijo a sus padres—. Con libros, con DVD, historias y mapas. Pero...

—Estar ahí es diferente —terminó Simon—. Es más.

—Mucho más. He visto un mundo que le procura todo al cuerpo, a la mente y al alma si simplemente... —Se volvió hacia Mallick, toqueteándose el flequillo que se había cortado sin ningún cuidado con su cuchillo de combate en una cueva en la provincia de Anhui, en China—. No puedes ver si no miras. ¿Cuántas veces me has dicho eso? Me dijiste que habías viajado por el mundo, pero no miraba, así que no vi que habías viajado para conocerlo, comprenderlo y honrarlo.

—Así que ahora has mirado.

—Ahora he mirado —reconoció—. Y veo. Los tesoros, los sueños, los peligros, la magnífica diversidad del mundo y de sus moradores. Es una madre generosa que proporciona todo lo que necesitamos, y es una hija que necesita que la cuidemos y atendamos. —Tendió la mano para asir la de Simon—. Tú siempre lo has sabido. Siempre has respetado, siempre has cuidado. Y sabías que merecía la pena luchar por el mundo.

—Tú también, cielo. Solo necesitabas un descanso.

—También tenías razón en eso. Quería que los tres, mis maestros, supierais que lo que he aprendido de vosotros me ha hecho seguir adelante. Porque una vez que miré, una vez que vi, una vez que empecé a pensar de nuevo con claridad, pasé más tiempo estudiando dónde estaba, pensando en dónde había estado.

—Se levantó a por la cafetera y cogió más tazas. Porque, una vez más, era momento de hablar de la guerra.

»Aquí va una parte vital de esa observación. Hay escaramuzas en Europa, Asia, África, etcétera. Pequeñas bandas, bastante dispersas y no muy organizadas. Al igual que aquí, los hay que trabajan para reconstruir, comunicarse, conectar, y los que prefieren el aislamiento. Pero los sobrenaturales oscuros apenas tienen presencia. Hay algunas tribus que se asemejan a los saqueadores, pero eso es más bien el lado desagradable de la naturaleza humana y allí hay una fuerte resistencia. —Siguió con su desayuno.

»A diferencia de lo que sucede aquí, no existe una sensación constante de estar en guerra ni una presencia importante de la oscuridad. Está concentrada aquí porque yo estoy aquí. Porque nosotros estamos aquí.

—Pero en Escocia encontraste lo que crees que es la fuente —arguyó Lana—. Y el escudo roto.

—Allí espera; allí se alimenta. Tiene que estar cerca del escudo dañado, porque eso también la alimenta. Es una teoría, pero encaja. Es donde tenemos que destruirla. La oscuridad concentra sus fuerzas aquí para intentar matarme a mí y a los míos, para erradicar cualquier amenaza. Una vez erradicada, puede pasar al siguiente escudo y hacer lo mismo, hasta que no quede nada. Además, nos mantienen ocupados aquí, luchando contra esas fuerzas.

—Y te impide llevar la lucha hasta ella.

Fallon asintió al escuchar las palabras de su padre.

—Eso es. Todavía nos queda trabajo por hacer antes de pasar a eso, pero en cuanto conoces la estrategia del enemigo...

—Eres capaz de ajustar la tuya —concluyó Simon.

—Sí. Vamos a tenerlos muy ocupados, a mermar su ejército. Puede que los guerreros de la pureza no hayan sido destruidos, pero están heridos de gravedad después de lo de anoche. Quizá encumbren a otro líder, pero estarán debilitados, desperdigados y turbados por la emisión de Arlys.

—Eso era palpable en la cara de Rove —reconoció Lana—. Podías ver la conmoción... no vergüenza, sino conmoción, cuando Allegra se despojó de la máscara y se dio cuenta de que le habían engañado.

—Va a pasarse el resto de su vida en prisión pensando en que le han engañado. —Fallon le restó importancia a aquello encogiéndose de hombros.

—Muchos de ellos se arrastrarán de nuevo a sus agujeros, desmoralizados. —Simon gesticuló con su taza—. Algunos intentarán ocultar o eliminar sus tatuajes de GP, fingir que no formaron parte de eso. Y otros intentarán recuperarse. Pero jamás volverán a ser una amenaza. —Fallon levantó su taza también; de un soldado a otro—. Los encerraremos cuando sea necesario. Hemos estado localizando y tomando campos de confinamiento y los laboratorios, y no pararemos hasta que los tengamos a todos. Con Hargrove a buen recaudo, no hay nadie al mando allí. No estamos luchando en múltiples frentes, como hacíamos antes. Pero...

Fallon mantuvo los ojos fijos en su padre.

—Creo que deberíamos formar equipos especiales para que se hagan cargo de eso. Fuerzas dedicadas a darles caza, a los guerreros de la pureza, a las milicias, y a acabar con ellos. Y hay que hacerlo antes de que puedan recuperarse o reagruparse.

—Eso sí que es adaptar bien la estrategia.

—¿Dirigirás eso? ¿Perfeccionarás el adiestramiento donde sea necesario y asumirás el mando de ese equipo?

—Sabes que lo haré.

—Donde vaya él, iré yo. —Conociendo a su marido, Lana

levantó una mano para evitar las objeciones de Simon—. Necesitarán una sanadora y una bruja, y yo soy ambas cosas. Si los chicos me necesitaran aquí, me quedaría aquí. No es el caso. Iré donde tú vayas. Y punto, Simon.

—No digas «y punto»...

—Lo he dicho. ¿Qué más, Fallon?

—Hablaremos luego —farfulló Simon.

—Vale. ¿Más?

—Vale. Lo siguiente es un pequeño grupo especial que pueda estar listo para movilizarse y teletransportarse en cuanto recibamos aviso de la existencia de un campamento de los saqueadores o de un ataque. Voy a pedirle a Poe que lo dirija. Un tercer equipo debería estar listo para salir pitando si nos enteramos de cualquier centro de confinamiento o laboratorio que se nos haya pasado. Starr y Troy, creo. Y espero que nuestros aliados nos presten apoyo en todos ellos si es necesario. Hablaré con Vivienne para concretarlo.

Miró a Mallick, que disfrutaba despacio de su tortilla y de una tostada con mermelada de ciruela, la fantástica compota de frutas.

—Necesitarás otros ejércitos especiales que se abastezcan de tus bases establecidas —dijo mientras comía—. No solo miembros mágicos, pero sí principalmente.

—Sí. Mi intención es pasar un tiempo en cada base para ayudar con el adiestramiento.

—Y quieres que yo haga lo mismo, y que pase menos tiempo aquí para disfrutar de la excelente cocina de tu madre.

Algunas hebras grises se entrelazaban en su cabello, y tenía las arruguitas alrededor de los ojos y de la boca más marcadas. Desearía poder dejarle tranquilo en su casa, con sus abejas, igual que desearía poder dejar que sus padres disfrutaran en paz de la granja.

Pero el mundo los necesitaba.

—Te lo compensaré. También voy a pedirle a Duncan que haga rotaciones. Me gustaría mantener a Tonia y a Travis aquí; están muy asentados en el cuartel. Y como Nueva Esperanza ya ha sufrido tres ataques de Petra o de sus padres, creo que hay que mantener a los demás aquí para defenderla. Cuando Petra se entere de que he matado a Allegra, si es que no lo sabe ya, puede que lance otro ataque contra nosotros. Deberíamos estar en alerta máxima.

—Lo mismo que tú —agregó Mallick—. Allegra estaba entre nosotros, pero ninguno vio debajo de su falsa máscara. No vimos más allá del disfraz de White.

—Utilizó todo su poder —repuso Fallon—. Para el disfraz y para esconderse tras él.

—Max le hizo daño. Les hizo daño a Eric y a ella en las montañas, antes de que viniéramos a Nueva Esperanza —dijo Lana—. Y después del ataque aquí, les hice daño yo. Luego tú, Fallon. Tú te sumaste. Nunca se recuperó, no del todo.

—Es cierto. —Fallon pensó que el daño causado al poder de Allegra comenzó con Max, y que fue justo que su padre acabara con Eric.

—Por eso no podía atacar, por eso estaba débil cuando lo hizo. Por eso está muerta.

—Tendría que haber aguantado hasta alejarse de ti —añadió Lana—. Tendría que haber mantenido esa máscara hasta estar en la cárcel. Cuánto daño podría haber causado a los guardias y a la seguridad una vez dentro. Pero no podía esperar. Contigo tan cerca, no pudo controlarse. Petra es más poderosa y posee más control.

—No será suficiente. —Fallon alargó el brazo para acariciar el dorso de la mano de su madre—. Ya me encargo yo de los platos. Y en lugar de pedirles a los comandantes que vengan aquí, iré a hablar con todos ellos de uno en uno en sus bases, así tendré la ocasión de disculparme con cada uno de ellos personalmente.

—Pues si Fallon hace de ayudante de cocina, yo voy a pasarme por el cuartel. Se me ocurren algunos soldados para el equipo especial que quiere formar. Ha sido genial, cielo. Gracias. —Simon se levantó de la mesa y le dio un beso a Lana en la cabeza—. Pero aun así, lo hablaremos luego.

—Ajá.

—Si me disculpáis, me voy con Simon. Yo también tengo cosas en las que pensar. Gracias por el desayuno, Lana.

—Siempre eres bienvenido a esta mesa.

Cuando se quedaron a solas, Fallon se volvió hacia su madre.

—Antes de ponerme con los platos, empezaré con la disculpa.

—No es necesario. Ya he hablado del tema con tu padre y lo he entendido. De verdad. Y todo lo que has dicho aquí... —Suspiró—. ¿Qué madre no quiere que su hija vea el mundo y todas sus maravillas?

—Quiero llevarte. Quiero que todas las personas a las que amo elijan un lugar para que pueda llevarlas al sitio que más desean ir.

—Será toda una aventura. —Acarició el cabello de Fallon y enarcó las cejas—. ¿Corte con cuchillo de combate?

—¿Queda muy mal?

—Mmm —respondió Lana antes de echarse a reír—. Bueno, en lugar de pedir disculpas, espero que me hables del anillo que llevas. Siempre había imaginado que estarías entusiasmada cuando me contaras que estabas prometida.

—No quería decir nada hasta que estuviéramos tú y yo solas.

—Ya lo estamos.

—Es más bien una promesa. En algunos aspectos, creo que llevamos prometidos desde antes de que naciéramos. Pero esta es la promesa y la elección de ambos. Y estoy entusiasmada.

—Extendió la mano y, durante un momento, un instante inestimable para Lana, fue solo una joven enamorada—. ¿A que es precioso?

—Es precioso y es perfecto.

—No llores, mamá.

—Solo un poco. Duncan es justo lo que deseo para ti. Justo lo que deseo —dijo, y la estrechó en sus brazos.

Al cabo de tres semanas, Lana se unió a Simon y al recién formado equipo especial en un ataque contra una base de guerreros de la pureza en Arkansas. Avanzaron hacia Luisiana, cruzaron Mississippi y atravesaron Alabama.

Cerca de la ciudad inundada y en ruinas de Mobile, las tropas de la Playa irrumpieron por el este para ayudar a conducir al enemigo hasta la barrera del golfo de México.

En lo que se conocería como el Verano de la Luz, Poe y su equipo se movilizaron para atajar los ataques de los saqueadores en el Medio Oeste y en el sudoeste. Troy y Starr, con su equipo de mágicos, erradicaron varios centros de confinamiento.

Fallon, en rotación constante, se unió a cada grupo por turnos mientras se abrían paso por el este y el oeste, el norte y el sur.

Durante más de tres abrasadores días de agosto, en los que los rayos del sol hicieron que los bosques se convirtieran en leña en llamas, en los que la tierra se sacudió y se partió igual que la cáscara de un huevo, luchó mano a mano con Duncan.

En la fortaleza de los sobrenaturales oscuros en Los Ángeles, las mansiones se habían convertido en palacios y prisiones. Los cañones atravesaban las calles destrozadas de Beverly Hills y servían como fosas letales para aquellos que tenían la desgracia de ser capturados. El hedor de una década de sacrificios de sangre sobre el altar de mármol negro erigido en Rodeo Drive impregnaba el aire.

En las colinas en llamas, hadas y duendes luchaban por apagar los incendios, trabajaban para rescatar a cualquiera que hubiera logrado escapar de la ciudad y esconderse en cuevas y cañones. Y allí, sobre la ciudad donde la magia colisionaba y cortaba, el cielo se tornó rojo.

Fallon estuvo pendiente de cualquier señal del dragón negro y de su amazona durante la lucha, pero mientras diezmaban al enemigo y lo empujaban hacia las playas y hacia las violentas olas del Pacífico, no vio ni rastro de Petra.

Escudriñó la ciudad mientras surcaba a lomos de Laoch el rojo cielo, las colinas en las que los incendios aún parpadeaban y los árboles calcinados que se alzaban como esqueletos entre el humo.

No estaba muerta como Washington, sino herida de gravedad, y la hemorragia no había sido del todo restañada. Los huesos rotos sanarían con el tiempo, sus cicatrices recientes podrían comenzar a fundirse con el paisaje para la siguiente generación. Aquella tierra, aquella ciudad, se convertiría en lo que quienes se asentaran allí se esforzaran en hacer de ella.

Pero nunca jamás se derramaría sangre inocente en nombre de la oscuridad.

Duncan, Tonia y su equipo transportarían a los enemigos supervivientes hasta Washington, la ciudad muerta. Allí permanecerían, con sus poderes mágicos anulados.

Bajó a por Faol Ban, llamó a Taibhse y se teletransportó a casa junto a ellos.

Se sorprendió al ver a Fred y a sus tres hijos menores trabajando en el huerto de su madre.

Fred echó hacia atrás su flexible sombrero amarillo, con sus lazos y flores alrededor de la parte superior, y agitó una mano. Llevaba unas gafas de sol con los cristales rosas en forma de corazón.

—¡Hola! Bienvenida a casa. Se nos ha ocurrido echarle una

mano con el huerto a tu madre, ya que está muy ocupada este verano.

—Te lo agradecerá. Todos lo agradecemos.

En cuanto Fallon desmontó, Angel se acercó corriendo, con su cabello tan brillante como alegre el sombrero de su madre.

—¿Puedo cepillar a Laoch y darle agua?

—Claro. También se ha ganado una zanahoria. —La chica adoraba los caballos, así que se hizo a un lado y la dejó acercarse.

—Eso le alegrará el día. A ti tampoco te vendría mal peinarte y un poco de agua.

—Supongo que no. —Fallon se percató de que los niños no se habían inmutado al verla cubierta de sangre y de hollín. Vio a Willow salir volando del huerto y caer sobre el lobo para abrazarlo, una atención que a Faol Ban parecía gustarle.

—Max y Rainbow están entrenando, ¿verdad?

—Sí. —Fred se agarró las manos y miró hacia los barracones—. Después del ataque...

—Esta parte casi ha concluido.

—¿De veras? —Fred desvió la mirada hacia sus dos hijos pequeños mientras su chico trataba de convencer al lobo de que fuera a buscar un palo. Esas cosas no eran dignas de Faol Ban.

—Un final, un comienzo. Una oportunidad, una elección. Todo ello bañado en sangre y lágrimas. Pero sus tendones son sacrificio, coraje y fe. Su corazón es siempre el amor, ahora y entonces. —Mientras la visión se apoderaba de ella, Fallon alzó el rostro al cielo, ya no de un rojo sangriento, sino de un azul intenso—. He aquí la tierra, el aire, el agua y el fuego, y todas las magias que se unen. Todo eso aviva la luz. Ve arder la luz como un millar de soles, Queen Fred, y sabrás cuándo la espada golpea, la flecha vuela y la sangre sella el final de la oscuridad.

Los ojos de Fallon se despejaron y se clavaron en los de Fred.

—Tienes una nueva luz dentro de ti.

—Uf, vaya. —Fred exhaló una bocanada, se quitó el sombrero y se abanicó la cara con él—. Nadie prevé una profecía, ¿verdad? Y esta ha sido un bombazo.

Fallon señaló una silla en el patio.

—Siéntate.

—Puede que un minuto.

Cuando lo hizo, Fallon le sirvió un vaso del té que reposaba al sol en una mesa, lo enfrió con las manos y se lo ofreció.

—Siento haberme entrometido. Es que me ha cegado como si fuera un rayo.

—No pasa nada. —Fred bebió un sorbo de té y se palmeó el vientre—. Sí, otra vez. Es una locura, ¿no?

—No. Eddie y tú hacéis unos niños preciosos.

—La verdad es que sí. Es muy buen padre. Los niños le echan de menos ahora mismo. Está con Poe. Están orgullosos de él, pero le echan de menos.

—Tú también.

—Aún no se lo he contado. Sentí la chispa cuando ya se había ido. La he sentido suficientes veces como para reconocerla.

—Menuda bienvenida va a tener. —Se acuclilló—. Tú has sido una luz desde el principio, Fred. Eddie y tú. Tus hijos portarán esa luz. Vosotros habéis ayudado a salvar el mundo. Ellos ayudarán a sanarlo.

—¿Es otra profecía?

—Esta vez no. Es fe.

Esa fe la acompañó en septiembre, cuando parecía que el fuego y la sangre de la guerra jamás tendrían fin. La acompañó cada vez que Chuck interceptaba otra llamada de auxilio o que los exploradores descubrían otro bastión.

La acompañó a la clínica para mantener fuerte la llama cuando visitó a los heridos. La acompañó a las tumbas y a los homenajes.

—Están huyendo —dijo Duncan.

Habían terminado una reunión con los comandantes y los líderes de los equipos y estaba sentada con Duncan y con su padre.

Sabía lo que Duncan quería; que decretara que había llegado el momento de ponerle fin.

—Los ataques constantes y focalizados han dado sus frutos —convino Simon—. Aún veremos algunas escaramuzas, pero les hemos roto la columna. Los sobrenaturales oscuros son el principal problema en este momento, tal y como hemos hablado. No podemos darles tiempo ni posibilidades para que se reagrupen.

—No lo haremos. No sé por qué no es el momento de acabar con ello, solo sé que no lo es. Hemos recibido múltiples informes contradictorios sobre Petra, pero nada concreto. Es parte del círculo y tendremos que enfrentarnos a ella, derrotarla para fusionar de nuevo el círculo y ponerle fin.

—Pues haremos que vaya a Escocia —arguyó Duncan—. Ahí termina.

Su resolución de acabar, su absoluta certeza de que podían hacerlo, se colaron entre los engranajes de su mente como si fuera arena.

Irritándola.

Le costó no mostrar dicha irritación en su voz.

—Cuando nosotros lo decidamos, no ella, según nuestros términos, no los suyos. Y necesitamos saber más sobre cómo acabar con esto y con ella. Con el dragón negro. Y con lo que alimentan en el bosque. No podemos permitirnos fracasar.

—No podemos ganar si no luchamos.

En ese momento renunció a seguir conteniéndose y se dejó llevar por la irritación.

—Hace un año, los sobrenaturales oscuros gobernaban Nueva York, Washington, Los Ángeles y otras ciudades. Los guerreros de la pureza y el ejército nos cazaban como si fuéramos animales. Ya no. Hemos luchado, estamos luchando. La gente lucha, sangra y muere cada día. ¿Crees que no quiero ponerle fin?

—Espera...

—Espera tú —le espetó a Duncan—. Lo sabré cuando lo sepa.

Se teletransportó, presa de la furia.

—Está cansada —la excusó Simon tras meditar un momento—. Y frustrada; es el cansancio y la frustración los que hablan por ella.

—Lo sé —respondió Duncan.

—Supongo que sí. También está preocupada. No por ganar, sino por enviar más tropas y enterrar a más personas. Es un peso constante sobre sus hombros.

—Eso también lo sé. —Duncan se levantó y empezó a pasearse de un lado a otro—. No está sola en eso.

—No, no lo está.

—Siento una opresión, y no sé si es porque se equivoca y es el momento o porque tiene razón y yo quiero que sea el momento. Sea como sea, ahora está cabreada y no es muy probable que escuche.

Simon se dio cuenta de que era un joven reflexivo. Bueno, no podía reprocharle nada en ese aspecto, ya que a él también le gustaba meditar de vez en cuando. Mantuvo la serenidad y dejó que el chico reflexionara mientras él le estudiaba.

A diferencia de muchos otros soldados, Duncan no había optado por la trenza..., o trenzas. Llevaba suelto su cabello rizado, negro como la medianoche. Tampoco llevaba tatuajes, cuentas ni amuletos.

Como Fallon, siempre llevaba la espada consigo. Y, al igual

que ella, poseía un cuerpo de gran altura y delgado, bien musculado. Bueno, en versión masculina, pensó Simon.

Sus botas mostraban kilómetros de uso y cicatrices de guerra, literalmente. Era un soldado cojonudo y un comandante sagaz.

Pensativos ojos verdes, barba de varios días. Simon se pasó la mano por su propia cara; sabía que eso tampoco podía reprochárselo.

Y no podía criticar al muchacho —al hombre, se corrigió— por amar a su hija.

—Llévale flores.

—¿Qué? —Duncan dejó de pasearse y le miró fijamente—. ¿Flores?

—Sí, flores. Suma puntos llevar algo cogido por ti mismo, algo silvestre. Si huelen bien, más puntos aún.

—¿Flores silvestres que huelan bien?

—Eso es. La pillarás por sorpresa. Puede que siga cabreada, pero también desprevenida. Después, expón tus razones.

—Bueno, hay flores por todas partes.

—Confía en mí.

—Vale. —Se metió las manos en los bolsillos, dubitativo—. Bueno, cuando esto haya terminado quiero...

—Sabía que llegaría —suspiró Simon.

—Cuando haya terminado, quiero que Fallon y yo busquemos una casa, montemos una casa, que encontremos una casa. Juntos. Me gustaría que me dieras tu bendición.

Simon se apoyó en el respaldo.

—Jamás serás un granjero.

—No, señor.

—Bueno, ya tengo a Travis y a Ethan para eso. Los dos han nacido para ser granjeros. Pero mi hija necesitará un poco de terreno. Le gusta cultivar cosas. Se sentiría encerrada si viviera en una ciudad. No le molestaría estar cerca, pero necesita espacio para respirar.

—La quiero, Simon. Voy a hacer todo lo que sea necesario para darle lo que desea, lo que la haga feliz.

—Ojalá no supiera que eso es cierto, porque así podría decirte que te alejaras de mi niña y la retendría conmigo. Pero sé que es verdad. Puedes considerarlo una bendición. —Se levantó y le ofreció una mano—. Una cosa —añadió cuando estrechó la de Duncan—. No, dos cosas. Termina esto de una vez por todas. Y no te portes como un gilipollas con mi niña.

—Hecho. Ambas cosas.

Le llevó flores. Se sentía idiota, sobre todo porque le había seguido la pista hasta un prado repleto de flores, pero él le llevó un puñado de lirios de los valles.

Fallon las miró como si nunca antes hubiera visto una maldita flor y eso hizo que se sintiera todavía más imbécil.

—¿Para qué son?

—Son para ti. —Se las puso en las manos y después continuó con una sencilla verdad—: Son como tú. Brillantes, preciosas y llenas de luz. En fin...

Entonces, por su forma de sonreír y la manera en que inclinó la cabeza para inspirar su olor, supo que Simon tenía razón. La había pillado desprevenida.

—Perdóname por presionarte. Lo que ocurre es que... siento una opresión. Siento que me oprime cada vez con más fuerza. No dejo de ver el círculo de piedras, los cuervos, el rayo. Noto su opresión en ese bosque marchito, regodeándose allí, y un hormigueo me recorre la mano de ganas de empuñar la espada. Tonia también. A ella le ocurre lo mismo.

—Lo sé. Lo sé, Duncan, y hace que resulte más frustrante saber que aún no es el momento. Que sigue sin ser el momento. He preguntado. He trazado círculos y he preguntado, pero es la única pregunta que no responden. He mirado en la bola de cristal. Veo al dragón, al dragón negro, con Petra montada en él. Y nada de lo que hago, de lo que hacemos, la detiene.

»He mirado en el fuego, he buscado en las llamas. Veo a Tonia sangrando en el suelo, al dragón lanzando su aliento letal, una lluvia de rayos negros. Y el centro del círculo se abre más y más y de él surge más oscuridad. Te arrastra a ti. No puedo impedirlo. Y estoy sola.

Entonces le tocó a Duncan enfurecerse.

—Por el amor de Dios. ¿Por qué no me lo has contado antes?

—Tenía que pensar. ¿Qué significa? Sé que significa que eso puede ocurrir si no esperamos, si no encontramos la manera de matar al dragón y destruir a Petra.

—Nosotros somos más fuertes que ella.

—Eso lo creo, pero ¿lo que hay allí, en aquel lugar? La alimenta a ella lo mismo que ella lo alimenta. Y el dragón... —Se interrumpió, entornado los ojos—. El dragón —repitió—. Tenemos que matar al dragón. Conoce sus propias debilidades, ¿verdad? Si quieres saber cómo matar a un dragón, pregunta a un dragón. Tengo que hablar con Vivienne.

Duncan le agarró la mano por si acaso tenía intención de teletransportarse en el acto.

—¿No tienes ningún hechizo matadragones? ¿Te vas a Canadá?

—Ignoro qué tipo de protección pueden haberle otorgado. No voy a Canadá. Necesito hablar con Vivienne en mi terreno, no en el suyo. Necesito a Chuck.

Recurrió a Arlys también para que la ayudara a elaborar una invitación que fuera diplomática a la vez que halagadora. Le pidió a su madre que preparara una tarta arco iris. Cogió un rubí de las cámaras acorazadas de Washington y con él conjuró un regalo para la reina roja.

Vivienne, resplandeciente de color verde esmeralda, llegó con su séquito. Fallon la recibió sola en el patio, ya que el huerto estaba en plena gloria estival.

—Qué bonito es esto. Qué esplendor. Y, como es natural, tus verduras son estupendas.

—Somos granjeros —respondió Fallon con naturalidad—. Por favor, siéntate. Te pido disculpas en nombre de mi madre. Mi padre y ella han tenido que marcharse esta misma mañana.

—¿De veras? *Qu'est-ce qui s'est passé?*

—Han tenido que ocuparse de un pequeño grupo de guerreros de la pureza. *Ne t'en fais pas.* Antes de irse, mi madre ha preparado una tarta en tu honor. La llamamos tarta arco iris. —Fallon le sirvió una porción—. He pensado que tal vez quieras disfrutarla con una copa de vino de hadas.

—Perfecto. —Las esmeraldas brillaban en sus orejas mientras comía—. Está deliciosa.

—Espero que aceptes este símbolo de nuestra gratitud por tu lealtad y camaradería. No habríamos podido devolver Nueva York a la luz sin tu ayuda.

—Mi gente se alegra con la tuya. —Abrió el estuche que Fallon había atado con un elegante lazo dorado. Una expresión maravillada apareció entonces en su rostro mientras cogía el dragón de rubí enroscado y lo depositaba en la palma de su mano—. ¡Oh! *C'est magnifique. C'est merveilleux! Merci, mon amie, merci beaucoup. Je suis...* Oh, en inglés, quiero expresarme en inglés. Estoy conmovida, profundamente. Siento tu luz en este tesoro.

—Duncan ha dibujado el dragón..., a ti..., para ayudarme a crearlos. Es un regalo hecho con gratitud sincera.

—Sí. Y será inestimable para mí. —Lo devolvió con cuidado al estuche y tomó otro trozo de tarta—. Pero yo, como soy también una mujer astuta, presiento algo más que agradecimiento.

—Sí, pero sin importar cuál sea tu respuesta, el regalo es tuyo, igual que la luz que porta.

—¿Cuál es la pregunta?

—Aunque traemos luz al mundo, todavía hay oscuridad. Y hay alguien que por encima de todo pretende servir a la fuente de la oscuridad, a quien dedica sacrificios humanos. Niños.

—*Mes dieux*. Todos aquellos que abusan de los niños son malvados, los más malvados y oscuros, sin importar qué forma adopten.

—Coincidimos en eso. Esa mujer es mi prima, sangre de mi sangre.

—*Je suis désolée*. Tienes mi más sincero apoyo. La familia no se elige, *n'est-ce pas?*

—No, así es. Desde el cielo de Nueva York, en el momento de la victoria, mi malvada prima mató a un amigo, a un hermano de corazón.

Vivienne acercó el brazo y posó la mano sobre la de Fallon.

—Lo sé. El joven duende, tan guapo, que estaba contigo la primera vez que vine a visitarte. *Je suis profondément désolée, mon amie.* Sé que buscaste la soledad en tu dolor. Espero que hayas hallado consuelo.

—Lo he hallado, y una determinación renovada, así como una fe aún más fuerte. En visiones y en sueños la he visto en Escocia, junto al escudo. Cabalga a lomos de un dragón negro.

—Me he enterado de ello, por supuesto. —Deslizó un dedo sobre el rubí tallado—. Algunos pueden incluso convertir la belleza en maldad.

—Para acabar con la oscuridad, para sellar el escudo una vez más, he de destruir la fuente. Para lograrlo, debo destruir a mi prima. Y para acabar con mi prima, debo derrotar al dragón. —Fallon esperó un segundo—. ¿Cómo puedo matarlo?

Vivienne enarcó una ceja y bebió un sorbo de vino.

—¿Me lo preguntas a mí?

—En esos sueños, en el fuego, en la bola de cristal, he visto que ni siquiera las flechas encantadas logran atravesar al dragón. Dirigidas directas al corazón, se rompen y caen. Las mágicas también. Se alimenta de la fuente. Sí, te lo pregunto a ti. ¿Cómo lo mato?

—¿Me preguntas a mí? —repitió Vivienne, cuya voz se había tornado fría—. ¿Me pides que te proporcione los medios para destruirme? ¿Me ofreces tarta y vino, me entregas un símbolo de lo que soy, y después me pides que te revele cómo podrías matarme si desearas lo que yo poseo?

—Te he hecho una promesa. Lo tuyo, tuyo es. ¿Por qué habría de querer hacer daño a una amiga y aliada tan preciada?

—Los hay que podrían codiciarlo.

—Estás y siempre estarás bajo mi protección, lo mismo que tu gente. Ayúdame a ponerle fin a esto para que tu gente y la mía, para que todas las personas, puedan tener paz. Creo que los dioses te trajeron a mí para que pudiéramos demostrar nuestra mutua lealtad. Y habiéndolo hecho, que pudiera hacerte esta pregunta. Busca en tu corazón y dame la respuesta.

Vivienne dio un respingo, se levantó y deambuló por el patio con paso airado y haciendo ondear su vestido esmeralda.

—Me pides que ponga mi vida en tus manos.

—Atrae a niños fuera de sus camas, por lo general a las niñas más jóvenes, y los conduce hasta un bosque donde solo la muerte y la oscuridad permanecen. Allí, sobre un altar, los abre en canal y se los ofrece como alimento a la bestia. El dragón la protege, mata por ella, incendia por ella. ¿Quieres que te lo muestre?

Vivienne estiró una mano.

—No. Ya he visto suficiente lo que estos malvados pueden hacer.

—La última a la que evisceró sobre el altar tenía solo dieciséis años. Se llamaba Aileen.

—*Mes dieux, merde, ça pute!* —Cuando se quedó sin insultos, lo cual la llevó un rato, Vivienne se volvió para mirar con dureza a los ojos de Fallon—. ¿A quién se lo contarás?

—A Duncan y a Tonia, también de mi sangre.

—¿Como la puta de tu prima?

—No se parecen en nada a ella. Lo sabes sin necesidad de que te lo diga. Se lo diré al hombre a quien me he prometido y a su gemela, que es una hermana para mí. Las dos personas que, junto conmigo, envolvieron el cuerpo de Aileen en una manta y lo llevaron con su familia. Las dos personas que vendrán para acabar con esto y que juntas podamos destruir a quien convirtió a la oscuridad la magnificencia de su espíritu animal.

Vivienne se sentó de nuevo y sirvió más vino en su copa. Lo bebió de un solo trago.

—Somos muy pocos —murmuró—. Esperaba que hubiera una forma de llevar al dragón negro de nuevo a la luz. Al menos a las sombras, ¿sí? Pero ¿niños, niñas jóvenes, sacrificadas? No hay perdón para eso. —Vertió más vino mientras Fallon esperaba. Esta vez solo bebió un sorbo—. En las historias narran que hay que atravesar el corazón del dragón con una espada. O cercenarle su gran cabeza. *Mais non.* Puede que a los dragones de la antigüedad se les pudiera matar así, pero no a aquellos que nos transformamos.

»Espero que haya más de nosotros. He de abrigar la esperanza. Quizá estén ocultos, quizá duerman aún. —Tras exhalar un prolongado suspiro, tomó otro sorbo de vino—. Solo hay una forma de matar al dragón. Se le debe atravesar el ojo. El ojo izquierdo —añadió, señalándose con el dedo debajo del suyo—. Solo entones caerá, se extinguirá su fuego. Solo entonces una espada atravesará su armadura para cercenar la cabeza. Debes quemar la cabeza para destruirlo. Has de hacer estas tres cosas o no morirá.

—Gracias.

—Mátale, pon fin a esto. Me tomaré otra copa de vino. Y me llevaré la tarta entera a casa.

Fallon no pudo evitar sonreír.

—De nada. —Entonces asió la mano de Vivienne y dejó

que la verdad fluyera dentro de ella—. Cuando lo mate..., lo haré en parte por ti, la llama del norte, para asestar ese golpe en nombre de la belleza de lo que eres y de lo que él se ha negado a ser.

25

Lo sintió moviéndose en el aire, agitándose en su sangre, susurrándole en la mente. Durante las semanas transcurridas desde su encuentro con Vivienne, Duncan, Tonia y ella habían entrenado con el único objetivo de destruir a un cambiante dragón y a su amazona.

Y aun así no había encontrado ninguna respuesta en cuanto a cuándo.

Sin embargo, sabía que se acercaba una tormenta, soñó con el rayo y con el círculo de piedras. Con el derramamiento de sangre y el palpitante corazón de lo que aguardaba en el mortífero bosque.

Ese corazón palpitante también le susurraba. Oía sus tentadoras promesas, sus seductoras mentiras, veía la máscara que usaba, apuesta y cautivadora cuando se colaba en sus sueños.

Interrumpía su descanso mientras ella se abría paso a empujones de los sueños irregulares a un estado de agitación. Cada noche encendía la vela que Mallick le había dado cuando era un bebé para mantener esa chispa de luz constante, para mantener la oscuridad a raya.

Cuando la alteración del sueño y la tensión comenzaron a hacer mella en ella, Lana fabricó amuletos y pociones para el descanso, pero Fallon no los usó. Aunque mentía sin parar, tal vez en un momento dijera o pensara algo que pudiera utilizar para acabar con él.

Pero ¿cuándo?

Vamos, murmuraba. *Ven a mí a través de la bola de cristal. Espero para abrazarte. Estamos hechos para ser uno, para conocer todos los placeres, todo el poder. Tu sangre me liberó. Ven a beber de la libertad que liberaste. Tómalo, saboréalo, conócelo.*

Despertó y se sorprendió de pie, contemplando la bola de cristal en la que las sombras se arremolinaban. ¿Había intentado llegar a él? No podía estar segura, pero tras noches y noches de acoso, había encontrado una debilidad.

Sobresaltada, sostuvo la mano sobre la llama de la vela de modo que esa pequeña luz brillara y despejara las sombras.

Necesitaba pasar a la acción, intentarlo de nuevo.

Se vistió, cogió cuanto necesitaba y salió a la noche. Aunque el verano se mantenía con vehemencia pasado el equinoccio, olía ya los primeros indicios del otoño. En breve llegaría la siega, la cosecha, la extensión de color sobre los árboles.

Pensar en ello hizo que le invadiera un profundo anhelo por la granja, la casona, los campos, el huerto, el bosque, que en otro tiempo ofrecía toda la aventura que pudiera desear.

¿Volvería a verlo? ¿Volvería a sentarse algún día bajo un árbol con la nariz metida en un libro y su caña de pescar en el agua? Quería saber que su madre trabajaría el huerto y su padre, los campos. Quería saber que habría masa de pan fermentando en la cocina, velas encendidas en las ventanas.

Había hecho todo lo que le habían pedido, pensó. ¿Cuánto tiempo más tenía que esperar?

Entró en el establo decidida a volar con Laoch, pero encontró a la leal Grace, ya despierta, con la cabeza y su hocico salpicado de gris por encima de la puerta de la casilla.

—¿Tú tampoco puedes dormir? —Fallon le acarició la mejilla y vio un océano de amor y paciencia en los ojos de Grace—. Muy bien, tú y yo, como solíamos hacer. —Ensilló a su yegua y metió sus herramientas en las alforjas—. No corras —ordenó mientras la llevaba afuera y montaba—. Podemos dar un tranquilo y agradable paseo.

Pero cuando llegaron a la carretera, Grace emprendió el trote con el brío de una potranca.

—Supongo que esta noche no sientes la edad que tienes.

Como si quisiera demostrarlo, Grace alargó el paso hasta adoptar un fluido y suave galope. Fallon se dio cuenta de que nada podría haber disipado la tensión y la fatiga de manera más absoluta.

Durante un rato volvió a ser una adolescente y Grace una joven potranca. No cabalgaban por los bosques ni los campos de su hogar, pero había libertad en la noche, en el palpitante corazón de la tierra, en la jubilosa velocidad de una yegua leal. Y en la absoluta quietud, solo interrumpida por el brioso retumbar de los cascos y el suave y estimulante susurro de la brisa sobre los surcos de maíz, de trigo, entre los árboles y la hierba.

La luz de las estrellas bañaba las grandes calabazas que crecían en sus matas, las jugosas uvas en sus vides; brillaba en los ojos de los ciervos que pastaban a altas horas, en los sigilosos andares de un zorro que estaba cazando.

Oyó el grito, y al levantar la mirada vio las amplias alas blancas desplegadas de Taibhse, el brillo plateado de las de Laoch. Faol Ban emergió de entre las sombras para seguir el ritmo de la yegua. Los resquicios del sueño se desvanecieron mientras doblaban la última curva hacia Nueva Esperanza.

Frenó a Grace para ponerla de nuevo al trote y después al paso mientras se aproximaban al huerto.

—No sé por qué quiero intentar esto aquí —dijo en voz alta—. Puede que sea porque no ha funcionado en ningún otro lugar. —Desmontó y se colgó la alforja al hombro—. Tengo que intentarlo.

Trazó el círculo y encendió las velas blancas con su aliento. En el centro situó una pequeña estatuilla de la diosa madre y su ofrenda de vino y flores.

Señaló hacia el norte con su athame.

—Poderes del norte, escuchadme. Poderes del este, a vosotros os ruego. Poderes del sur, os invoco. Poderes del oeste, vedme. Soy vuestra hija. Soy vuestra sierva. Soy vuestra guerrera. Trazo este círculo con fe, con confianza, con respeto y con honor.

En medio del círculo hizo flotar el caldero, lleno de agua bendita, y desplegó las llamas bajo él. Sacó polvo de cristal de un saquito y lo esparció sobre la superficie del agua.

—Para la percepción, para la sabiduría, para una visión clara como el día. Mezcla, fusiona, burbujea y macera, aleja la bruma para una visión certera. Para la fuerza —dijo mientras agregaba algunas hierbas—, para el conocimiento, para entender la respuesta. Calienta, hierve y libera tu aroma, agita el viento para que la pregunta transporte ahora. —Removió el aire y lo elevó.

»Y ahora, para sellar mi búsqueda, tres gotas de sangre añado—. Se pinchó en el dedo y vertió tres gotas en la mezcla—. En esta hora, en esta noche, renuevo mis votos para la luz portar. —El poder la atravesó. Levantó los brazos en alto mientras el parpadeo del rayo despertaba sobre las montañas del oeste—. Este lugar, en esta hora, invoco mi fuente de poder. Diosa madre, acepta mi ofrenda de la tierra y de la vid. Escucha a tu hija, divina Ernmas. Dame una respuesta, dame una señal.

Dentro del círculo, el viento aulló y elevó el humo del caldero, que se desplegó como la niebla. Durante un momento pareció que hablaba un millar de voces, un millar de manos trataban de tocarla, con un poder que estuvo a punto de doblarle las rodillas.

El relámpago restalló en el cielo y el rugido del trueno disipó la niebla. Se hizo el silencio.

Pero ya no estaba sola.

—Max —susurró su nombre con un hilo de voz—. Papá. —Y trató de tocarle.

Su mano le atravesó.

—No soy corpóreo. —Su voz era apenas un eco—. El velo no es lo bastante delgado.

—Pero estás aquí. —La decepción por no poder tocarle lidiaba con la gratitud—. Estás aquí. Lo he intentado muchas veces, pero no he podido encontrarte.

—No lo necesitabas antes de ahora. Fíjate. Qué mayor estás. Preciosa, eres preciosa. Ya eres una mujer y una guerrera. Llevas la espada.

En sus ojos vio orgullo y tristeza con total claridad. Deseaba más que nada en el mundo merecer lo primero y erradicar de alguna manera lo segundo.

—Tengo tantas cosas que contarte. La espada, el escudo, el libro. Recuperamos Nueva York. Nosotros..., no sé por dónde empezar. Verte de nuevo significa mucho para mí. Vinimos a Nueva Esperanza. Estamos en Nueva Esperanza.

—Sí. —Miró hacia el campo de maíz—. Lo sé.

—Si hubiera sabido... No tendría que haber hecho esto aquí.

—Estoy aquí porque lo has hecho. Ya te lo dije, no me arrepiento de nada. ¿Cómo podría hacerlo cuando te estoy viendo?

—Está muerto. Eric ha muerto. Allegra también. Siento si eso te duele.

—No. Perdí a mi hermano en el Juicio Final. Eso en lo que se convirtió no era mi hermano. —Si había pesar en sus palabras, en su rostro, se disipó igual que la niebla—. Eso en lo que se convirtió habría intentado matarte una y otra vez si tú no le hubieras matado a él.

—No fui yo. Fue Simon.

—Simon. —Max asintió—. ¿Aquí? No puedo ver, pero puedo sentir. Volvieron aquí. —Una vez más, miró hacia el campo de maíz, que se agitaba con la brisa otoñal—. Eric murió aquí, igual que yo.

—Sí, aquí. Y hace solo unos meses maté a Allegra aquí. Creo que quizá sea esa la razón de que esto, tu vuelta, estuviera destinada a ser aquí. Tienen una hija.

—¿Eric tuvo una hija? Eric y Allegra tienen una hija... —repitió despacio. Luego miró hacia arriba, como si escudriñara las estrellas—. Será como ellos.

—Sí. Es más oscura y poderosa que ellos. Hemos llegado muy lejos, hemos logrado mucho, papá. El precio es terrible, pero estamos ganando esta guerra. Sin embargo, no puedo ponerle fin, no puedo acabarla hasta que Petra, la hija de Eric, y aquello a lo que sirve, sean destruidos. Pese a todo este poder. —Se pasó las manos por el cabello y las levantó en alto—. Pese a todo lo que me han dado, no consigo la respuesta a la única pregunta que necesito. Cuándo atacar. No te pregunto cómo, no pregunto el coste. No pregunto si sobreviviré. No pregunto si la hermana de mi corazón o el hombre al que amo sobrevivirán. Solo cuándo.

—Llevas puesto un anillo.

—¿Qué? Ah, sí. Duncan.

—El hijo de Katie. —Asintió y desvió la mirada de nuevo, no hacia el campo de maíz, sino hacia el huerto—. Te hace feliz.

—Sí. Te caería bien. Sé que era solo un bebé cuanto tú falleciste. Ojalá pudieras conocerle ahora. Está de servicio, sofocando un estallido de los sobrenaturales oscuros en el oeste.

—Un soldado —murmuró Max.

—Soldado, comandante, artista. Lo es... todo.

—Ya veo.

—Hemos de ser Duncan, Tonia y yo quienes vayamos al círculo y destruyamos a Petra y a la fuente de la oscuridad. Tenemos que ser los tres quienes restauremos de nuevo el escudo. La sangre que compartimos, la sangre de los Tuatha de Danann. Si atacamos demasiado pronto o demasiado tarde, fracasaremos. Y no puedo verlo.

—Confía en tu legado y en tu sangre —le dijo—. Fuiste concebida con amor y magia en el mismo instante en que la oscuridad trajo la muerte. Ni un momento antes, ni un momento después.

—El 2 de enero. —Buscó dentro de sí misma—. Sabía que era el día en que teníamos que atacar Nueva York, así que veo la lógica, el cierre. Pero no siento que sea la respuesta ahora, no para esto.

—Este huerto, renovación y renacimiento, año tras año. Aquí entregué mi sangre para mantenerte a salvo. Tu madre dejó cuanto conocía para mantenerte a salvo. Nosotros te engendramos, pero naciste una noche de tormenta y llegaste a las manos de otro hombre. Un padre. Y la luz tomó su primer aliento en el mundo en esas manos, esa noche. Tres fuimos los que te amamos y protegimos hasta que te convertiste en lo que estabas destinada a ser. Así como hay tres ahí. —Señaló hacia el alicornio, el lobo y el búho—. Tres seréis los que le libréis la batalla final una noche de tormenta. Una noche de poder.

—Mi cumpleaños. —Entonces lo sintió, sintió la respuesta, el conocimiento—. Casi no queda nada —reconoció—. Mi cumpleaños, pues para esto es para lo que he nacido. Te han enviado a ti para decírmelo. Tú eres la señal y la respuesta.

—El mensajero —la corrigió con una sonrisa—. No puedo quedarme.

—Pero casi no hemos tenido tiempo. —Recurrió a algo feliz—. Fred y Eddie tienen cinco hijos y van a tener otro.

—¿Eddie? —Max rio, y el sonido de su risa se dispersó en la noche—. Eddie y Fred. No lo vi venir, pero ahora que lo sé..., en fin, es perfecto. —Esbozó una resplandeciente sonrisa de placer—. ¿Has dicho cinco hijos?

Qué bueno era verle sonreír, qué bueno era ver disiparse la tristeza.

—Seis en primavera. Su hijo mayor se llama Max.

Sus ojos, grises como los de ella, se suavizaron.

—Diles que me siento honrado. No puedo quedarme —repitió—, pero todo cuanto tengo estará contigo cuando empuñes esa espada. Bendita seas, mi valiente y hermosa hija.

—Pero si no... —Desapareció, y Fallon se quedó a solas mientras la magia aún vibraba—. Bendito seas, Max Fallon, mi valiente y hermoso padre.

Cerró el círculo, y mientras en su mente daban vueltas planes y posibilidades, cabalgó de regreso a casa a lomos de Grace. No debería haberse sorprendido al descubrir a Mallick esperándola en la quietud que precede al alba. Aguardaba en la orilla del jardín mientras las primeras estrellas comenzaban a desvanecerse.

—¿Lo sabías?

—No. —Deslizó una mano en el ronzal de Grace mientras Fallon desmontaba—. Pero sentí el despertar de la magia, los poderes agitarse y a ti con ellos, y lo supe. Te han enviado a Max Fallon para darte la respuesta.

—Su imagen, su espíritu, y solo unos minutos. —Apoyó la frente en el pómulo de Grace—. Quería decirle tantas cosas, y hemos tenido tan poco tiempo. Cuando he podido pensar en todo lo que le quería decir, ya se había ido de nuevo. No sé si volveré a verle.

—Se suele decir, aunque no signifique mucho, que él está siempre contigo.

—He pedido una señal y ahí estaba él.

—Y ¿qué señal podría ser más clara? ¿A quién podrían haber enviado que te amara más a ti, a la luz, que Max Fallon? Deja para más tarde la divagación sobre la brevedad, niña. Tienes trabajo que hacer.

Típico de él, pensó. Simplemente sigue adelante.

—No estoy dándole vueltas a eso, estoy... —De mal humor, comprendió, pero ¿acaso no tenía derecho?—. Pensando. Considerando las cosas.

—Sabes qué tienes que hacer, hazlo. Yo me ocuparé de Grace. Le entregó las riendas.

—Estás pensando que puedes engatusarme para que te invite a desayunar.

—Yo no engatuso —respondió con considerable dignidad—. Imagino que los habitantes de la casa no tardarán en despertar y que tu madre, con lo amable que es, me invitará.

—Es lo mismo.

—Ni mucho menos —objetó cuando ella se teletransportó—. Hoy vas a tener avena extra para desayunar —le dijo a Grace—. Y si hago que Lana piense en tortitas, no se puede considerar que sea engatusar.

Fallon se teletransportó con Duncan. Le encontró ya preparado, vestido y colocándose la espada.

—¿Problemas? —se apresuró a preguntar Fallon.

—Aquí no. He soñado... Te he visto, te he sentido. Estaba a punto de ir a echar un vistazo. —Ella se acercó a él y le rodeó con los brazos—. No debería haberme vestido.

Fallon meneó la cabeza con una pequeña carcajada y se acurrucó contra él.

—Lo he intentado de nuevo, he preguntado otra vez. Han enviado a Max. Han enviado su espíritu.

Duncan la apartó y enmarcó su rostro con las manos.

—Ha sido duro para ti.

—Sí. Y maravilloso. Maravilloso y duro. Pero me ha dado la respuesta. El momento casi ha llegado, Duncan.

—¿Cuándo?

—Dentro de nueve días.

—Nueve días. Es... —Hizo un cálculo rápido y Fallon vio

en su rostro la certeza—. Tu cumpleaños. Por supuesto, tu puñetero cumpleaños. Qué idiotas hemos sido al no haberlo visto.
El principio y el fin.

—Vengo de tres. Max, mi madre y Simon. Me dieron a tres.
El búho, el lobo y el alicornio. Tres más; el libro, la espada y el
escudo. Y me han dado la respuesta con nueve días de antela-
ción. Tres, tres y tres.

—Y tres iremos al círculo de piedras, al escudo roto y al bosque letal. La sangre de los tres contra los tres que quedan. La
fuente, el dragón y la bruja. Una noche de tormenta la luz respira vida. Una noche de tormenta, la luz golpeará a la oscuridad.
—Duncan hizo una pausa y se encogió de hombros—. No eres
la única capaz de vaticinar.

—Sé que llevamos toda la vida preparándonos para esto, pero
quedan solo nueve días y hay mucho por hacer. Tengo que volver y empezar.

—Te sigo.

—¿Y los sobrenaturales oscuros de aquí?

—Contenidos. Hay algunos exploradores cazando rezagados
y unos pocos civiles que necesitan ayuda. Puedo organizarlo y
regresar a Nueva Esperanza en un par de horas.

—Me parece bien. Voy a buscar a Tonia.

Duncan le agarró la mano y tiró de ella para darle un beso.

—Dentro de doce días, para seguir con los múltiplos de tres,
tú y yo tendremos una cita.

—¿Una cita?

—Como solía hacer la gente. Cenar, música o lo que sea, y
sexo.

—Me gusta cenar, la música o lo que sea, y el sexo.

Se aferró otro minuto a esa esperanza, a esa promesa, y después le dejó marchar.

Convirtieron la sala de guerra en lo que Simon apodó la central de los mágicos. Mientras las tropas continuaban reprimiendo estallidos, los instructores seguían con el adiestramiento, la gente cosechaba, almacenaba leña y provisiones para el próximo invierno, Fallon, Duncan y Tonia trabajaban con hechizos y armas.

La vida seguía en Nueva Esperanza. Los trabajos de ampliación de la clínica casi estaban terminados, Arlys emitía para cualquiera que pudiera escucharla. Chuck siguió buscando rumores acerca de los estallidos.

Los tres, con un fin en común, centraron todo cuanto tenían para asegurarse de que la vida seguía su curso.

Todos los días dedicaban varias horas al adiestramiento de combate, en las que luchaban contra docenas de espectros creados por Mallick. Si derrotaban a uno, él les enviaba otros tres, más oscuros, más violentos.

Todas las noches se curaban los moratones, los huesos magullados, los esguinces y torceduras.

—No pueden emprender esto debilitados y exhaustos —protestó Lana.

Mallick observó mientras Fallon luchaba con cinco a la vez, Duncan hacía retroceder el fuego del espectro de un dragón y Tonia saltaba de la espalda de un enemigo para dispararle en el ojo. Y cuando su flecha falló por mucho al recibir el latigazo de una cola, la fuerza la arrojó al suelo con violencia.

—No podrán ganar a menos que estén preparados para lo que venga. No podemos saber qué forma adoptarán, cuántas formas adoptarán. Tienen que estar preparados.

—Es demasiado. —Lana arrojó su poder y acabó con dos espectros—. Basta. ¡Ya basta! —Bajó las manos e hizo pedazos a todos los espectros de Mallick—. Tú solo ves guerreros —espetó—. Yo veo sangrar a mi hija, veo sangrar a los hijos de mi amiga. Otra vez. ¿Cuándo acabará? ¿Cuándo dejaremos de ver sangrar a nuestros hijos?

Fallon, que estaba de rodillas, se levantó, pero Duncan ya se encaminaba hacia ella. La rodeó con los brazos.

—No pasa nada. Estamos todos bien. Nada de lo que se pueda inventar el viejo acabará con nosotros. Nada en Escocia nos liquidará. Necesitamos que creas en eso.

Se apartó, con los ojos llenos de lágrimas, y le acarició la mejilla con una mano.

—Mira tu cara —dijo, y sanó las heridas recientes.

—Tan guapo que asusto, ¿eh?

Lana le acarició la otra mejilla.

—Siempre lo has sido.

—A mi madre no le vendría mal un poco de compañía. Ella también está muy afligida por todo esto.

—Solo quieres librarte de mí.

—Está asustada. Hannah y ella lo están. Les vendría bien tu compañía. Sobre todo si consigues llevarte a Arlys, a Fred y a Rachel. Sois su círculo, Lana. Necesita a su círculo.

—De acuerdo. —Suspiró y se apartó—. Voy a buscar a Fred y nos iremos a la ciudad. —Miró a Fallon—. Deja de contener tus poderes. Utilízalos. —Se teletransportó.

—Los estoy utilizando —farfulló Fallon, haciendo una mueca mientras se frotaba el hombro dolorido—. Con cabeza. Se llama estrategia. En cualquier caso, gracias —le dijo a Duncan.

—No hay problema, y es la pura verdad.

—Tiene razón. —Tonia caminó para aliviar el agarrotamiento de su rodilla y su cadera—. Mamá está destrozada con todo esto. Intenta que no se le note, igual que Hannah, pero están destrozadas.

—Dentro de un par de días no tendrán que preocuparse. —Miró de nuevo a Mallick—. Más. —Y giró la espada para atajar el primer golpe.

La noche antes de su cumpleaños, Fallon se preparó. Se bañó

a la luz de las velas, en agua con salvia, romero e hisopo para purificar su cuerpo para la batalla que se avecinaba.

Bebió una copa de vino de hadas, elaborado con las uvas cosechadas durante una luna azul y ofreció otra a la madre diosa. Encendió la vela que Mallick le había dado, la colocó en la ventana, a la luz de la luna, y se vistió bajo los resplandores gemelos.

—Para esto he nacido. Este es el camino que elegí tomar por voluntad propia. Para esto abrí el libro. —Acercó el Libro de los Hechizos a la vela y lo depositó junto a esa luz—. Para esto blandí la espada y el escudo. —Se colocó el escudo y se sujetó la espada—. Por el corazón del progenitor, el corazón de la madre, el corazón del padre, no regresaré aquí hasta que no haya hecho lo que he nacido para hacer. Si fracaso, te pido que cuides de mi familia. Te pido que otra persona abra este libro, blanda esta espada y este escudo y continúe luchando.

Guardó el cuchillo en la funda que Travis le había hecho hacía años. Mientras lo recordaba, cogió una bolsa y metió el tulipán pintado y las campanillas que Ethan y Colin le habían hecho para aquel trascendental cumpleaños. Un ejemplar de *El rey hechicero*, con las palabras de Max en su interior y su foto en la contraportada, la piedra que le había quitado del casco a Laoch y que Mick había tallado con su rostro. Y el osito rosa de peluche.

Al cuello llevaba la alianza y la medalla, ambas cosas usadas por sus padres.

Talismanes, pensó mientras empaquetaba en otra bolsa las herramientas de magia. Regalos hechos con el corazón.

Duncan y Tonia guardaron sus herramientas y sus armas. Cada uno realizó sus rituales privados y se reunieron fuera de sus cuartos.

—¿Listos?

Tonia asintió.

—Revolucionada y lista para ponerme en marcha. —Miró hacia las escaleras—. Puede que esta parte sea más difícil que lo que pase en Escocia.

—Sí. Vamos.

Katie y Hannah esperaban abajo.

—Estaba pensando en unas tostadas francesas para desayunar —comenzó Duncan.

—Y beicon —añadió Tonia—. Mucho beicon.

Hannah agarró con fuerza la mano de Katie.

—Incluso fregaré los platos.

—Ahora nos entendemos. Nosotros nos ocupamos, mamá.

Katie levantó la mano libre para detener a Duncan.

—En primer lugar, tengo algo para vosotros tres. Lana y Fred me han ayudado a hacerlos, así que por ese lado tienen magia, pero creo que lo que los compone también es mágico. —Apretó la mano de Hannah antes de soltarla y después sacó del bolsillo tres pequeños colgantes con cadenas—. Utilicé la alianza de boda que me dio vuestro padre.

—Oh, pero mamá...

Katie meneó la cabeza ante la objeción de Tonia.

—Él habría querido muchísimo a sus tres hijos. Y he usado los pendientes que Austin me regaló sus últimas Navidades. Él también os quería muchísimo. Así que estos son de los tres, un número mágico..., para vosotros tres. Mis pequeños. Estoy muy orgullosa de todos vosotros. Hannah. Doctora Parsoni —se corrigió.

Hannah cogió el colgante que le ofrecía.

—Un caduceo. Es precioso. Significa mucho.

—Duncan.

Cogió el colgante con forma de espada y le sostuvo la mirada mientras se lo ponía por la cabeza.

—Tú eres la auténtica guerrera, Kathleen MacLeod Parsoni. Siempre lo has sido y siempre lo serás.

—Tonia.

Tonia parpadeó para contener las lágrimas cuando cogió el colgante de un arco con una flecha en su sitio.

—Tú eres el pegamento, mamá. Eres la razón de que estemos todos aquí.

Sus tres hijos la rodearon.

Fallon esperaba despedirse en casa, pero su familia, incluido Colin, insistió en acompañarla hasta el huerto comunitario, donde se reuniría con Duncan y Tonia. De modo que cabalgaron juntos hasta Nueva Esperanza, igual que hicieron años atrás.

Azuzó a Laoch para que se acercara a Colin.

—No sé muy bien cuánto tiempo estaré ausente. Podrían ser un par de horas, podrían ser días. Estaría bien que estuvieras por aquí hasta que regrese.

No dijo «si» regresaba, no se permitía a sí misma pensar en ello.

—Arlington está asegurada. No necesito tener poderes mágicos para saber dónde soy necesario.

—Vale. ¿Qué tal el brazo?

Lo dobló por el codo y consiguió formar un ángulo de casi cuarenta grados.

—Dale unos meses más y combatiremos algunos asaltos.

—Aun así, perderías.

—No a menos que hagas trampa.

—Imposible. Igual que sigues sin ser presidente.

—He renunciado a eso —dijo con tranquilidad—. Estoy pensando en comandante en jefe mundial. Comandante en jefe Swift.

—Eso podría ser. —Se sintió extrañamente reconfortada cuando entró en Nueva Esperanza, donde el huerto estaba iluminado con farolillos, luces de hadas y la luz de la luna.

Y donde cientos y cientos de personas esperaban.

—No esperaba...

—Lo ha organizado Katie —le dijo Lana—. Y con tu padre, tus hermanos, Mallick y algunos buenos amigos, lo hemos mejorado.

—Por favor, dime que no es necesario que pronuncie un discurso.

—No es necesario.

No hubo vítores, sino que la gente retrocedió para que pudiera llegar hasta donde la esperaban Duncan y Tonia.

Cuando desmontó, Lana la abrazó una última vez.

—Tu luz me cambió. Todo lo que tengo va contigo esta noche.

Retrocedió para quedarse con Mallick, y entonces Simon la abrazó.

—Regresa conmigo, cielo. Lucha con fuerza, dale una paliza y vuelve a casa.

Antes de que pudiera hablar, Mallick y su madre se adelantaron. Levantaron sus manos y sintió que sus poderes palpitaban y se fundían. De ellos surgió una llama, recta como una lanza.

—Este fuego arderá hasta que los hijos de los Tuatha de Danann regresen. Cuando hayan ganado su batalla, esta llama permanecerá inalterable, una llama eterna que simbolizará la luz.

La gente formó círculos, los originales de Nueva Esperanza en el centro, con sus rostros familiares iluminados por la luz del fuego, otros expandiéndose hacia afuera, círculo tras círculo.

—Esto es Nueva Esperanza —sentenció Fallon—. Este es su corazón. Esta es la razón de que podamos hacer esto. De que vayamos a hacerlo.

Círculo tras círculo, pensó. Unidad y fe.

Con Taibhse posado en la silla de Laoch y Faol Ban a su lado, asió las manos de Duncan y Tonia.

Otro círculo, forjado con sangre, con confianza, con un fin.

Sintió el reloj avanzar hacia la medianoche y cerró los ojos. Cuando llegó el momento, los abrió.

Se teletransportaron como uno solo desde Nueva Esperanza hasta el corazón de la tormenta.

26

Relámpagos negros y rojos retallaban, golpeando el suelo como tremendos martillazos, abriendo las entrañas de los campos en llamas con grietas humeantes. El humo se elevaba en huracanados ciclones que cubrían la luna y las estrellas, haciendo que la noche se ahogara en la oscuridad.

Los cuervos graznaban sin cesar en medio de todo aquello.

Duncan arrojó una bola de luz contra la oscuridad, después otra, e iluminó las piedras y su ondulante centro.

—Parece que nos están esperando.

—¡Traza el círculo! —gritó Fallon, que señaló con la espada hacia el norte e invocó a los dioses.

Colocaron las velas y el caldero, encendieron el fuego, tocaron la campana, pronunciaron las palabras. Fallon desvió los rayos de poder a poder, desafiante, desatando su ira.

—En esta hora, la de mi nacimiento, al mal que sobre la tierra camina desafiamos. La Elegida soy, del poder y de la luz nacida, por la sangre y por decisión propia a liderar esta lucha predestinada estoy.

—Nosotros, hermana y hermano que compartimos vientre, nos unimos a la Elegida para erigir tu tumba —continuó Duncan—. Con sangre y con poder los dioses han profetizado, a las criaturas de la oscuridad de regreso al infierno enviamos.

—Nosotros, hijos de los Tuatha de Danann, tres somos —vociferó Tonia—. Y aquí y ahora nuestro destino aceptamos. Este lugar, esta hora, esta noche, entregamos a la luz todo cuanto somos.

—¡La sangre se une a la sangre! —clamaron al unísono mientras Fallon hacía un corte en las palmas de todos—. La luz se une a la luz. El poder se une al poder.

Cuando unieron sus manos, la fusión hizo que la luz estallara en sus palmas. Se agarraron con más fuerza cuando el estallido los sacudió y los recorrió de arriba abajo.

—¡Aguantad! —Duncan elevó la voz para que se le oyera en medio del vendaval—. Está funcionando.

La fuerza del viento casi hizo que a Fallon le fallasen las rodillas. Vio que la goma del pelo de Tonia salía volando, liberando los ingobernables rizos igual que dedos furiosos.

La ondulada tierra del círculo de piedras comenzó a abrirse, a revelar las fauces que yacían bajo ella.

—¡Terminad! —Mientras la tormenta rugía a su alrededor, Fallon contuvo el aliento—. Elévate, magia, elévate, elévate y golpea a la criatura de muerte, de mentiras. Muéstranos el camino para encontrarla, y nosotros al abismo la llevaremos y nuestra sangre para siempre la atará. He aquí la promesa de los tres. Hágase nuestra voluntad.

El huracanado viento se aplacó, pero el aire que soplaba lo hacía con la crudeza del invierno. La tierra del interior de las piedras se mantuvo quieta y se abrió.

—¿Es suficiente? —preguntó Tonia.

—Tendrá que serlo. —Fallon señaló hacia un delgado haz de luz que conducía al interior del bosque—. Tenemos el camino.

—Y tenemos compañía —apostilló Tonia, rompiendo la conexión para colocar una flecha.

Duncan envolvió su espada en llamas mientras docenas de sobrenaturales oscuros emergían del bosque.

—Vamos a necesitar un círculo más grande.

Tonia rio, llena de energía, incluso impaciente.

—Un punto para ti —dijo, y lanzó la primera flecha.

—No os acerquéis al agujero. —Fallon disparó con su poder y acabó con tres de un solo golpe—. Han esperado hasta que lo hemos abierto. Quieren empujarnos a él.

Saltó sobre Laoch y levantó el vuelo para atacar desde el aire.

—Yo me ocupo del flanco izquierdo —le dijo Duncan a Tonia—. Tú ocúpate del derecho.

—Hecho. —Se tiró al suelo, rodó bajo una bola de fuego y lanzó una flecha empapada en luz.

Duncan devolvió los rayos al enemigo con un golpe de espada y giró para enfrentarse a la palpitante espada negra de otro adversario. Al sentir movimiento detrás de él, se dio la vuelta para atacar. Faol Ban se abalanzó sobre la garganta de un cambiante pantera y le evitó las molestias.

El fuego y la furia de Fallon sacudieron la tierra. Dejó un rastro de destrucción a medida que se abría paso entre el poder que se aproximaba mientras Taibhse destrozaba a los cuervos y los arrojaba al abismo en medio del humo y los graznidos.

Se lanzó y saltó.

—Elévate con él —le gritó a Tonia, y acto seguido se abrió paso, atacando a espada y a fuego, para luchar con Duncan, espalda con espalda.

—Son una distracción. —A pesar del frío, el sudor resbalaba por su cara—. Una distracción cojonuda, pero una distracción. ¿Quieren llevarnos hacia el abismo? Nosotros les llevaremos a ellos.

Fallon asintió y echó la mano hacia atrás para agarrar la suya.

—¡Empuja!

Emergió en una especie de rabia ardiente, salvaje y potente.

Entre los gritos posteriores, los aullidos de los cambiantes y la fulgurante velocidad de los duendes, los hicieron retroceder más y más. Lo peor fueron los gritos, ya no humanos, que rasgaron en clamoroso viento cuando cayeron, rodaron y se precipitaron al abismo.

Un puñado escapó y huyó a la carrera.

—Si llegan al pueblo... —comenzó Fallon.

—Yo me ocupo. —Tonia describió un círculo en el aire, a lomos de Laoch—. ¡Seguid! Me encargaré de esto y os alcanzaré enseguida.

—Puede con ello. —Duncan miró a Fallon—. ¿Preparada?

Se adentraron juntos en el bosque.

Las sombras se cernían, cambiaban. Algunas respiraban, y su aliento llevaba la muerte. Sintieron ese latido, el pulso del corazón negro. El palpitar de la fuente.

La luz invocada por el hechizo era un haz delgado y serpenteante.

—Sabía que llegaría esta noche. —Fallon siguió la luz, armada con la espada y el escudo—. Siempre lo supo. Puede que todo, toda la sangre, todas las batallas, toda la muerte y la desdicha, fuera otra distracción. Porque esto es lo que estaba esperando.

Es a ti a quien esperaba, pensó Duncan, y se mantuvo cerca.

Los esqueléticos árboles cubiertos de hielo parecían deslizarse sobre el suelo como si quisieran bloquearles el paso. Las ramas, igual que dedos dentados, trataban de alcanzarlos. Duncan cortó una con la espada y escuchó un breve grito agudo mientras de la extremidad cercenada manaba sangre negra.

—Es realmente espeluznante.

—Basta. Basta. —Fallon envainó la espada y usó las manos para cortar el aire—. Despejaos. —Los árboles congelados se quedaron inmóviles y despejaron el camino—. Distracciones —repitió.

—Sí. Conduce adonde encontramos a la niña, al altar.

—Nos quiere allí. Cree que ganará. Nos quiere allí. ¿Lo percibes? ¿Lo oyes?

Le agarró la mano.

—Ahora sí —respondió mientras ese influjo, esa atracción, le carcomía por dentro como dedos afilados, mientras la voz reverberaba con suavidad en su cabeza.

Una voz de mujer, de una amante. Haciendo promesas, promesas...

Siguieron avanzando. El pulso latía más rápido y más fuerte, como una voz propia que se estremecía en las entrañas, retumbaba bajo sus pies. El camino se ensanchó y después se desplegó hasta otro círculo de piedras y la pulida losa de roca que descansaba sobre ellas.

Un pentagrama invertido palpitaba sobre ella, con un rojo resplandor.

—Un círculo nuevo, una losa nueva. Es obra de Petra —comentó Duncan—. *Pero no solo de ella* —le dijo a Fallon a través de la mente.

No solo de ella, respondió, *pero ella está aquí. Está cerca*.

Ahora, pensó Fallon, y una vez más asió su espada. Levantó la vista al oír el rugido. Vio la ola de fuego, oyó la delirante risa.

—Y aquí está. —La euforia que recorrió a Duncan se marchitó en una repentina y nauseabunda alarma—. Oh, santo Dios, Tonia.

Su gemela se precipitó desde el cielo, sangrando, con la manga de la chaqueta en llamas. Se golpeó contra el lateral del altar y cayó como un muñeco de trapo a sus pies.

—No, maldita sea. No. —Se agachó y pasó la mano por la chaqueta para apagar el fuego y después sobre su hermana para buscar las heridas.

Fallon se apresuró a cubrirlos con su escudo para detener un flujo de fuego.

—Son demasiadas. No puedo encontrarlas todas. Tenemos que llevarla a Nueva Esperanza.

—No. —Tonia buscó su mano y trató de asirla—. Tenemos que ser los tres. Ayúdame a levantarme.

—Tienes heridas internas. Muchos huesos rotos. Fallon, ayúdame.

—Déjame ver. Deja que lo intente. —Le temblaba el brazo por sujetar el escudo contra la constante barrera de fuego, pero asió las manos de Duncan y de Tonia y exploró.

Un dolor atroz, inenarrable, y una luz que se apagaba.

—Ayúdame. —Con voz débil y el rostro pálido como la encapotada luna, Tonia cerró los ojos—. Tenemos que acabar esto.

En Nueva Esperanza, la torre de luz titiló, y pareció encoger. Hanna cayó de rodillas en el círculo, con su madre. El colgante que llevaba al cuello y simbolizaba su poder brilló.

—Cielo. —Katie se acuclilló junto a ella—. ¿Qué...?

—Tonia. Me necesita. Me necesitan. —Se levantó y agarró el botiquín médico que había dejado en el suelo para cuando regresaran—. Tonia. Está herida. Puedo sentir... —Asió el colgante con la mano—. Tengo que ir. Llévame, Lana.

—No estás preparada. Yo iré y la traeré.

—Tengo que ir. —Hannah sostuvo el resplandeciente colgante y después asió la mano de Lana—. Es mi hermana. Yo también fui elegida. —Miró a su madre—. Fui elegida —repitió—. Deprisa. Está herida.

Cuando Lana le cogió la mano, Simon se acercó.

—No puedo llevaros a ambos, a dos no mágicos sin preparación.

Él asintió y se obligó a retroceder de nuevo.

—Trae a nuestra chica a casa. Tráelos a todos a casa.

—Te quiero. —Miró a Katie, con los sentimientos asomando a sus ojos—. Protegeré a los tuyos con todo lo que poseo. Lo juro. Con todo lo que poseo.

Acercó a Hannah hacia ella y se teletransportó.

—Mis pequeños. —Katie se llevó las manos a la boca y se derrumbó en los brazos de Arlys—. Mis pequeños.

—Hay luz en ti —dijo Mallick—. Hay en ti la luz de una madre, y amor. ¡Envíaselo! —Lanzó su propia luz al fuego—. Todos los aquí presentes tenéis luz, tenéis fe, tenéis amor. Enviadlos.

Katie se irguió, con las lágrimas resbalando por su cara, y asió la mano de Jonah y la de Rachel.

—Vosotros ayudasteis a traerlos al mundo, a los tres. Ayudadme a traerlos a casa.

Jonah sostuvo la mano de Katie, pero no la miró a los ojos. No podía ver vida ni muerte. Solo veía oscuridad.

Entonces Fred le agarró de la otra mano y le murmuró al oído:

—También ellos te trajeron de nuevo al mundo. Cree en ellos.

Hannah estuvo a punto de resbalarse de los brazos de Lana cuando se teletransportaron hasta el altar. Su vista se oscureció, pero meneó la cabeza para aclararla.

A Duncan le habría gustado soltar un taco al ver a su otra hermana en el campo de batalla, pero estaba demasiado ocupado colaborando con Fallon para sanar las graves heridas de Tonia.

—¡No te acerques! La alejaré —le dijo a Fallon—. Ayúdalas con Tonia. Llevadla a Nueva Esperanza.

—No puedes ocuparte de todo tú solo.

—No voy a perderte, ni a ti ni a mis hermanas. —Clavó la mirada en la suya una última vez—. Cuida de ellas.

Fallon maldijo cuando Duncan echó a correr, gritando el nombre de Petra para atraer el fuego.

—¡Hombres! —consiguió decir Tonia con voz débil—. ¿Qué puedes hacer? Hannah, no deberías estar aquí.

—Me necesitabas. Tengo también mis herramientas mágicas —le dijo a Lana con rapidez mientras sacaba una botella y una jeringuilla—. El equipo completo.

—Nada de sedantes. —Tonia agitó la mano—. Todavía tengo trabajo por hacer. El puto dragón me dio con la cola. Erré el tiro. Laoch intentó cogerme, pero todo sucedió muy rápido. Le ha quemado. Ignoro la gravedad.

Fallon se levantó. El fuego surcó el cielo. Llovieron relámpagos rojos como la sangre de Tonia. Y en el bosque, aquel corazón palpitó con oscuro y profundo júbilo.

—Lleváosla de aquí.

—No...

—Lejos del bosque —prosiguió Fallon—. Seguid el sendero de luz y lleváosla de aquí. No vamos a perderte, Tonia. Hannah y mi madre se asegurarán de ello, pero no podéis estar aquí las tres.

—Hay que esperar para teletransportarse de nuevo. No será un paseo para ninguna, pero será rápido. —Lana miró a Fallon, a su hija, a su amor. Le había prometido que jamás volvería a perder la fe en ella. Cumpliría esa promesa.

—Creo en ti.

A solas, con las palabras de su madre flotando aún en el aire, Fallon se volvió hacia el altar.

—Así que ahora tienes lo que querías. A mí, a solas. Se acabaron las distracciones.

Cerró los ojos y dejó que la oscuridad se acercara.

Sintió sus patas de araña trepando por su piel, sus sinuosos dedos serpenteando alrededor de sus tobillos. Le rozó los labios con los suyos, exhaló su frío aliento sobre sus ojos. Y la rodeó, la envolvió, apretándola con suavidad, con mucha suavidad, y le murmuró al oído:

No son dignos de nosotros. Estos mortales son inferiores a nosotros, seres débiles, insignificantes criaturas mágicas. Tiéndete sobre mi altar, hija de los dioses de luz, y conoce la oscuridad. Conoce el placer que solo a ti te ofrezco.

—Ha habido otros antes de mí.

Solo me preparaba para ti. Yace conmigo, Elegida, y bebe mi oscuridad, tan intensa, tan dulce. Yo beberé tu luz, tan audaz, tan brillante. Con nuestra unión, seremos la Elegida.

—Yo soy la Elegida.

La oscuridad apretó y la dejó sin aliento.

¿Deseas el dolor cuando tanto te ofrezco? Solo me alimentaré de ti. Acepta el placer, siente el dolor, entrégame tu luz o te la arrebataré. Entrégame tu luz y yo perdonaré a la madre.

Fallon dio un agónico paso hacia el altar, posó una mano temblorosa en él, sintió su gélida superficie, su tentadora promesa mientras la oscuridad la asfixiaba.

A través del velo oyó la risa delirante de Petra, vio el rojo resplandor del fuego calcinando el cielo. En su mente vio enfermedad, muerte, guerra, masacres, la ponzoña de la magia negra. Tanta pérdida, tanta violencia.

Así ha sido siempre, y así será siempre. Hermano matando a su hermano por un trozo de tierra o por una mujer casquivana. Niños muriendo de hambre mientras otros engordan con puñados de caramelos. El mundo arde por la codicia y la ambición. Hay quienes os cazarán, os quemarán, os destruirán por lo que sois para salvarse a sí mismos. Por vuestro poder. Ven conmigo, yace conmigo. No son más que juguetes con los que jugar, romper y tirar. Nosotros somos eternos.

—¿Puedes oírlos? —Dio otro paso, y otro más mientras la excitación de lo que la envolvía vibraba sobre su piel, latiendo como alas de polilla—. ¿Puedes?

¿Sus gritos? ¿Sus lamentos?

Sintió la sangre sobre sus manos. La de Tonia, la de Duncan, la suya.

—Su canto de fe. —Sacó su espada y atravesó la oscuridad—. No beberás mi luz. Arderás en ella. —Y, agarrando la empuñadura con su mano ensangrentada, hundió la espada en el pentagrama y ensartó la losa de piedra.

La oscuridad se retorció. Se partió y se sacudió. Mientras gritaba, Fallon inyectó su poder en la piedra, en el corazón, a través de la espada.

—Soy Fallon Swift. Hija de los Tuatha de Danann. Hija de Max Fallon, de Lana Bingham, de Simon Swift. Soy la Elegida. Soy tu final.

La losa se rajó, escupió sangre y ponzoña. Salió despedida por su fuerza, y se quedó sin aliento al estrellarse contra el suelo. El latido disminuyó; el pulso se debilitó. Se puso en pie mientras sus pulmones trataban de coger aire. Su momento triunfal se malogró cuando la oscuridad se filtró de la piedra destrozada y, aunque sin apenas fuerzas, ascendió hacia el nebuloso cielo.

—No. —Lanzó luz a los restos del altar, lo redujo a polvo y propagó el fuego sobre el polvo. Después se teletransportó mientras rezaba.

Herido o no, Laoch voló con Duncan sobre su espalda. Cerca del círculo, Hannah y Lana continuaban tratando a Tonia. Corrió hacia ellas, con el escudo alzado para protegerlas.

—Está herido, débil, pero no acabado. ¿Cómo está Tonia?

—Herida y débil. —Hannah respiraba deprisa, pero aferraba con fuerza la mano de su hermana—. He hecho todo lo que puedo aquí. Tu madre está intentando hacer más. Tenemos que llevarla a un quirófano.

—No hasta que hayamos terminado —respondió Tonia con los dientes apretados—. Ayuda a Duncan.

—Lo haré. Yo... —Entonces Fallon vio la oscuridad arrastrarse por el cielo, la vio rodear a Petra, deslizarse y meterse dentro de ella—. Coge esto. —Le entregó el escudo a Hannah—. Utilízalo.

Desplegó sus alas y salió disparada hacia arriba.

—¡Está dentro de ella! Lo que queda de la fuente está ahora en su interior.

—¡Hola, prima! —Petra se giró hacia ella, con los ojos como dos negros pozos por lo que ahora habitaba en su interior—. Te hemos estado esperando.

Fallon pasó por debajo de la afilada cola del dragón y se lanzó bajo el vientre reforzado. El animal le lanzó una bocanada de fuego antes de que pudiera intentar atacarle al ojo.

—¡Estoy llena! —Petra extendió los brazos y escupió rayos por las yemas de los dedos—. ¡Igual que fuegos artificiales! Como mi fiesta favorita. El Cuatro de Julio, cuando mi padre mató al tuyo.

Desvió el chorro de fuego de la espada de Duncan con un gesto de su mano y siguió con una ráfaga de viento que estuvo a punto de tirarlos de la montura.

El cabello blanco y negro de Petra ondeó y después se enroscó, como serpientes que azotaban el aire.

—No puedes tocarnos sin tus patéticos poderes. Llevo dentro el corazón. Mío es todo lo prometido. —Alzó los brazos y llamó a los cuervos para que sobrevolaran y se lanzaran sobre ellos con sus humeantes alas—. ¡Qué te parece un poco de esto!

Arrojó una lluvia de fuego, que se convirtió en flechas y cayeron sobre el escudo que Hannah luchaba por sujetar.

—Tienes que ayudarles. —Tonia apartó las manos de Lana—. Tienes que ayudarles. Ella..., la oscuridad..., se está haciendo más fuerte.

—Mantén ese escudo en alto, Hannah.

Lana salió corriendo de debajo de su protección y lanzó su poder. Hizo que estallara en llamas.

A por mí, pensó frenética. Ven a por mí. No tendrás a mi hija, no tendrás a los hijos de Katie. ¡Ven a por mí!

Petra lanzó rayos, fuego, viento en todas las direcciones, su rostro se iluminó de placer mientras el dragón atacaba con su cola. Dio media vuelta mientras el poder de Lana estremecía el aire.

—Fíjate a quién tenemos aquí. —Rebosante de júbilo, disparó varios rayos a los pies de Lana—. Baila, baila, baila. Tú mataste a mi madre, puta. Ahora podrás verme matar a la tuya. ¡Fuego va! —gritó, y se echó a reír mientras el dragón lanzaba su aliento ardiente.

Fallon se teletransportó hasta el suelo e invocó un torbellino para lanzar la llama sobre el campo, que ya ardía.

—No puedes aguarme la diversión. Y no puedes salvarlos a ambos. ¿A cuál salvarás? Pito, pito... —Disparó una ráfaga de rayos contra Duncan—. Gorgorito. —Otra ráfaga a Lana.

—Dios, pero qué gilipollas es. —Tonia tomó aire con los dientes apretados y trató de incorporarse—. Tienes que ayudarme, Hannah.

—Tienes que estarte quieta.

—Hannah, esa zorra lleva dentro el corazón de la puñetera oscuridad y va montada en un dragón. Tienes que ayudarme. Coge una flecha de mi carcaj.

El cielo está en llamas, pensó Hannah mientras el atroz calor la envolvía.

—Tonia. No tienes fuerzas para disparar el arco, ni a nivel físico ni mágico.

—No, pero sí puedo apuntar. —Por los dioses que aún podía apuntar—. El resto vas a tener que hacerlo tú. Vamos, es hora de que jueguen las chicas. Colócala. —Le dolía hasta respirar, pero Tonia llenó los pulmones de aire y lo expulsó—. Está distraída, ahora mismo somos insignificantes para ella. Tienes que sujetarme bien, erguida.

—No puedo hacer eso y sostener el escudo.

—Déjalo. Ahora es todo o nada. Coloca la flecha, sujétame bien para que no me mueva. —El mundo amenazaba con ponerse a dar vueltas, pero no iba a permitir que eso pasase—. Tensa el arco, pero no sueltes hasta que yo te lo diga. Solo tenemos un disparo. —Porque si fallaban, un dragón cabreado nos va a reducir a cenizas, pensó—. Un disparo —repitió, y parpadeó para aclararse la vista.

Al comprender el error de intentar desviar el fuego de las mujeres, Duncan descendió con Laoch. Se bajó de un salto y se colocó a su lado.

—Juntos —dijo—. Dejad que fluya.

—Espera. —Fallon le agarró del brazo. Vio a Tonia levantar el arco y a Hannah tensarlo—. Espera. —Se hizo a un lado. Podía hacer que se girara para facilitarle la labor a Tonia. Solo un poco—. Eh, prima. ¿Qué te parece un pequeño mano a mano, solo tú y yo?

Fallon desplegó de nuevo sus alas y se elevó. Y sí, Petra hizo girar al dragón mientras sonreía y le acariciaba el cuello.

—Llegaremos a eso. Lo estamos dejando para el final. Verás arder a los demás antes de que te hunda en la oscuridad. Entonces reinaré. ¡Yo! Como siempre debió ser. La oscuridad se deleitará y se deleitará y...

Tonia apuntó.

—Sigue hablando, zorra. ¡Ahora, Hannah!

La cuerda del arco vibró y la flecha cortó el aire. La afilada cabeza dio en el blanco, perforando el ojo izquierdo. Y el asta se hundió hasta el fondo.

La dentada cola del dragón se agitó sin control mientras el sinuoso cuerpo corcoveaba sin cesar. Sacudió su poderosa cabeza con fuerza para intentar sacarse la flecha. Cuando cayó, el rugido de la bestia agonizante estremeció el aire y se extendió sobre los pastos en llamas, aplastándolos. Fallon cercenó su cabeza al tiempo que un grito se desgarraba de su garganta.

—¡Quémalo! —le gritó a Duncan, pero él ya le había prendido fuego.

Lana sopló para enviar al abismo la cabeza ardiendo del dragón y el cuerpo en llamas del hombre.

—¡Era mío! —Petra apenas tuvo tiempo de desplegar las alas

antes de golpearse contra el suelo. Aterrizó mal en la tierra salpicada de ascuas y gritó de dolor—. ¡Era mío! Os mataremos. Os mataremos a todos.

—Estás acabada. —Duncan envainó su espada, emprendió la ofensiva solo con su poder e infundió luz cuando Petra arrojó oscuridad.

—Deja que haga esto —murmuró Fallon—. Lo necesita. Abre —dijo cuando Duncan hizo retroceder a Petra y lo que moraba en ella hacia las piedras—. Encierra la oscuridad. —También ella envainó su espada.

La siguiente llamarada de Petra se extinguió al golpear la barrera.

—El círculo aguanta. La luz aguanta.

Petra arremetió contra Duncan con el rostro desencajado, golpeando la barrera con los puños ensangrentados.

—¡No me harás volver! —tronó aquella voz que ya no era la suya.

Petra, atrapada por lo que había acogido en su interior, se lanzó contra el círculo, corrió alrededor de él a velocidad de vértigo, hasta que la sangre de la mujer empapó el suelo.

—Basta —ordenó Fallon—. Ya basta.

—Levántame —insistió Tonia mientras Duncan entraba en el círculo—. No pienso perderme esto.

—No deberías... Da igual. —Hannah la rodeó con un brazo—. Apóyate en mí.

—Siempre lo hago.

Petra se hizo un ovillo en el suelo, maltrecha, sangrando y con el cabello enmarañado. Levantó el rostro hacia Duncan, con aquellos ojos que ahora eran de un azul dulce e inocente.

—Me ha obligado a hacer cosas terribles. Mira cómo me ha herido. Ayúdame, Duncan. Rescátame.

—Esta vez no. —Empujó, aunque con más delicadeza de lo que se había creído capaz, y la hizo retroceder.

—Ven conmigo. —Petra le tendió los brazos, sonriendo con los dientes ensangrentados, y el corazón de la oscuridad trató de agarrarle a través de sus manos.

Fallon intervino.

—Vete al infierno.

Las manos y los pies de Petra dejaron surcos en la tierra mientras luchaba contra la fuerza que la empujaba. Sus dedos se agarraron al borde del abismo. Miró a Fallon con una última sonrisa y le dijo con la voz de la bestia:

—Volveremos a por ti.

Cuando cayeron, con un grito de lo que antes era una mujer y un rugido de aquello que había acogido en su interior, Duncan desenvainó la espada y la envolvió en llamas para destruirlos a ambos.

—No, no lo haréis.

—Espera —le dijo Fallon, que se acercó a Laoch y cogió lo que necesitaba de la alforja—. ¿Estás preparada para esto? —le preguntó a Tonia.

—Puedes estar segura. ¿Un poco de ayuda? Aún no me sostienen las piernas. Parece que me he roto las dos.

—Yo te cojo. Dejamos el círculo abierto solo para los tres —les explicó a su madre y a Hannah—. No podíamos arriesgarnos. Tenemos que cerrarlo, sellarlo y purificarlo.

—Esperaremos. —Lana rodeó la cintura de Hanna con el brazo.

Esperaron y observaron mientras los hijos de los Tuatha de Danann cerraban la tierra debajo de la piedra. Con su sangre mezclada sellaron el escudo y lo purificaron con luz.

Fallón grabó el símbolo quíntuple en el escudo con la espada que había sacado del fuego.

Mientras lo hacía, la luz estalló en el cielo. Brilló como si fuera mediodía, inundó el mundo y sintió su suave tibieza en la cara.

—Aquí volverá a crecer la hierba y florecerán las flores silvestres —dijo mientras la luz se atenuaba y la noche regresaba despacio—. Los ciervos vendrán a pastar, los hombres pueden venir a ver. Pero la señal prevalecerá y el escudo forjado con sangre y con luz para siempre la oscuridad retendrá.

—La tierra está limpia —aseguró Duncan.

Tonia se apoyó en él.

—Este escudo es infalible.

—Abierto. —Fallon salió del círculo—. Este lugar está abierto a todo el que camine, vuele o se arrastre en la luz. Y para siempre vetado, dentro y fuera, a cualquiera que busque la oscuridad.

—Mientras la noche siga al día —dijeron al unísono, con las manos unidas de nuevo—, mientras el día siga a la noche, la luz este mundo protege.

Fallon se volvió hacia su madre.

—Se acabó. Ha terminado.

—Lo sé. —Lana enmarcó el rostro de Fallon, con los ojos anegados de lágrimas—. Lo sé.

—En ningún momento te vi aquí. Mamá, en ningún momento vi a Hannah. No lo habríamos logrado sin vosotras dos.

—Y lo que has traído de Nueva Esperanza contigo —agregó Duncan.

—Me ha parecido oír que cantaban. —Tonia se tambaleó—. ¿Oís cantar?

—Algo parecido. ¿Y si Hannah y tú os lleváis a Tonia?

—Sí. —Le lanzó una débil sonrisa a Duncan—. Ya puedo irme. Porque..., ¡oh!

Duncan cogió a su hermana cuando se desmayó.

—Solo se ha desmayado —le aseguró Hanna mientras comprobaba el pulso de Tonia—. La llevaremos a la clínica. Cuidaremos de ella. Vamos. —Con Hannah a un lado y Lana al otro, sujetaron a Tonia.

—Vamos a tener que teletransportarnos otra vez —le advirtió Lana.

Hannah se preparó mientras sostenía a su hermana.

—Puedo aguantarlo.

—Sé que puedes. —Miró a Fallon a los ojos, se llevó la mano al corazón y se teletransportó.

A salvo. Ahora estarían a salvo. Fallon se pasó las manos por la cara sucia.

—Estaba en el altar. Podía sentirlo en la piedra. Quería que me tumbara en la losa para poder arrebatarme la vida y la luz. Así que he destruido el altar, pero no lo maté. Solo lo debilité. Yo...

—Se acabó. Ya está.

Ahora que el poder se desvanecía, no parecía real, no parecía del todo cierto.

—No sé cómo sentirme. ¿Aliviada? Toda mi vida ha estado enfocada en este momento, así que ¿qué siento ahora que ha terminado? —Le miró. Real. Sólido. Y todo volvió a la calma—. Estás hecho un desastre. Magullado, sangrando, con quemaduras. Supongo que yo también.

—Nos curaremos el uno al otro. —Duncan le cogió la mano. La luz brillaba aún entre ellos y se concentró en eso mientras hablaba—: La quería muerta, quería hacerlo. Por Denzel, y también por Mick. Por muchos y muchos otros. Pero a la hora de la verdad, me di cuenta de que simplemente estaba loca. Era patética. Malvada, pero patética. Acabar con ella... —No le provocó satisfacción ni placer alguno—. Está bien sentir alivio —decidió—. El alivio funciona.

—Me conformo con ello, y ahora tenemos que... ¡Laoch! Oh, por Dios, Laoch. Tengo que... —Corrió hacia él y pasó una mano por el flanco donde el dragón le había quemado. En lugar de una herida, incluso una cicatriz en proceso de curación, llevaba el símbolo quíntuple, igual que el escudo—. A veces los dioses son buenos —murmuró. Exhaló un suspiro cuando

Taibhse descendió para posarse en la silla dorada y Faol Ban se sentó junto al alicornio a esperar—. Tenemos que asegurarnos de que hemos destruido todo lo que había en el bosque, que no queda nada que pueda...

—Fallon. —Duncan le dio un beso en la frente con una ternura que los sorprendió a ambos, e hizo que se diera la vuelta—. Mira.

El bosque había vuelto a la vida. Los árboles crecían sanos, los pinos estaban verdes, los robles rebosantes de color bajo la luz de la etérea luna. Una luna y unas estrellas que brillaban en un cielo tan claro como el cristal.

Unas luces danzaban entre los árboles y sobre los pastos, que ya no estaban quemados.

—Han venido las hadas. Están dotándolo todo de vida. Lo están reviviendo todo.

—Nosotros también volveremos y traeremos a mi madre para que pueda ver la casa de nuevo. Para que pueda abrirla a la luz.

—Alguien cultivará la tierra otra vez.

—Alguien lo hará.

Fallon sonrió.

—El alivio está bien. La felicidad es mejor. Creo que acabo de alcanzarla. Y que todo haya terminado es lo mejor de todo. Vámonos a casa, Duncan.

—Vámonos a casa. —Tiró de ella y se teletransportaron a Nueva Esperanza en medio de un beso.

EPÍLOGO

La víspera de Año Nuevo de un año que terminaba y comenzaría en la luz, la nieve se extendía como un manto sobre los durmientes jardines, cubría las ramas de los árboles como pañuelos de encaje. El viento soplaba frío y puro sobre las familias de muñecos de nieve.

Los amigos se reunieron dentro de la casa donde la familia de Fallon había formado un hogar en Nueva Esperanza. Comida para todos en mesas cubiertas con manteles, vino y whisky servidos en copas con generosidad. La música sonaba con júbilo.

Fred, con su abultado vientre de embarazada, agitaba las alas y bailaba con su hijo mayor mientras Eddie tocaba su armónica, con un perro a los pies y su hijo pequeño en el regazo, dando palmas al compás. Por los viejos tiempos, Poe y Kim discutieron mientras jugaban al Scrabble y sus hijos ponían los ojos en blanco.

Jonah observaba a su hijo mediano, que por fin reunió valor para sacar a bailar a una chica guapa, y le dio un codazo a Rachel. Ella apoyó la cabeza en el hombro de Jonah con un suspiro y después alargó los brazos y atrapó a Gabriel antes de que este pasara a toda velocidad.

—Mamá necesita un abrazo.

—Papá también.

En el piso inferior, varios invitados se reunieron para jugar al póquer con piedras y plumas, y nueces caramelizadas para las apuestas más altas. Colin miró a Flynn con los ojos entornados mientras este subía diez nueces otra vez.

—No está permitida la lectura mental de duende, colega.

—No lo necesito contigo. Tienes tics.

—No tengo.

—Sí tienes —le corrigió Travis, mirando su mano con el ceño fruncido—. Estás moviendo el pie, así que vas de farol.

—Yo... también —dijo Colin con una carcajada y se retiró.

Al otro lado de la habitación, contenta con observar la fiesta y la partida, Starr acariciaba a Blaidd. Cuando Ethan se sentó en el suelo a su lado, ella se apartó un poco.

—Le gusta que le acaricies —dijo Ethan con naturalidad—. No a todo el mundo ni a todos los animales les gusta que les toquen. Pero le gusta que tú le acaricies.

Ella se quedó sentada durante un momento y se aclaró la garganta.

—Hay mucha bondad en tu mente. No todo el mundo la tiene. Sé que la granja es tu hogar, pero siento que vas a regresar pronto.

—Vendremos de visita. Nueva Esperanza también es mi hogar.

Arlys se abrió paso entre la multitud. Llevaba el cabello peinado en un elegante recogido para la fiesta y el programa de fin de año que acababa de emitir. Una taza humeaba en su mano mientras se dirigía hacia su suegro, que permanecía sentado al amor de la lumbre.

—Infusión de equinácea, para esa garganta dolorida.

—¿Una infusión? —se burló Bill, indignado—. Es Nochevieja.

—Infusión para la garganta. —Se inclinó y le dio un beso en la mejilla—. El whisky que lleva es para el resto de ti.

—Entonces, bien. —Le agarró la mano—. Va a ser un buen año.

—El mejor.

—¡Will Anderson! —gritó—. Tu padre no crio a un hijo tonto. Baila con tu preciosa mujer.

—Qué buena idea. —Will la condujo hacia la música y después la estrechó en sus brazos y se meció con ella—. Una idea magnífica. Theo está coqueteando con la hija de Alice Simm. No puedo culparle. Es muy mona.

—Me he fijado. Y Cybil coquetea con el hijo mayor de Kim.

Will se echó hacia atrás de golpe.

—¿Qué?

—¡Típico! —Arlys tiró de él—. Si es tu hijo, es un «¡sí, señor!». Si es tu hija, «¡frena!». Puede que tenga que escribir un artículo sobre eso.

—Ah, no, de eso nada.

Arlys se echó a reír y se apretó contra él.

—Chuck está bailando. No con otra persona, y tampoco es bailar exactamente. Pero es un movimiento que se acerca al concepto básico de bailar. Katie está en la cocina cotilleando con Lana. Dios, cuánto voy a echar de menos a Lana. Hannah ha bajado a la partida de póquer con Simon. Y... —Levantó la vista hacia él—. Toda la pandilla está aquí, Will. Estamos todos aquí, y te quiero.

En la cocina, Katie se sirvió más vino y lo contempló.

—Creo que voy a cogerme una melopea.

—Cíñete al vino de hadas. No deja resaca.

—Lana. Lana, ¿qué voy a hacer sin ti?

—Vendremos de visita. Con mucha frecuencia. —Lana sirvió más vino para ambas, porque hablar hacía que se le saltasen las lágrimas—. Y vosotros tenéis que venir a visitarnos. Quiero que veáis la granja. De hecho, por la presente decreto que todo el mundo venga a la granja este verano para celebrar una gran fiesta. Lo exijo.

—Me apunto. —Katie parpadeó para contener las lágrimas—. Vamos a echaros de menos a Simon y a ti, y a los chicos.

—Colin se va a quedar en Arlington. —Katie entendió la sonrisa agridulce de Lana—. Es soldado, no granjero. Así que también habrá que visitarle allí. Y Fallon... —Lana tomó aire y lo expulsó. Igual que dar a luz, pensó. Dejar que un hijo encontrara su camino por sí solo no se diferenciaba demasiado de traerlos al mundo—. Este será ahora su hogar. Esta casa, su hogar con Duncan.

—¿Tú..., te han...?

—Simplemente lo sé. Así que visitas, montones de visitas. Puede que algún día quieran una boda o unos esponsales. Tendremos que planear una fiesta, ¿verdad, Katie? Nuestros niños.

—Cuidaré de ella por ti. La quiero, Lana. Quiero a Fallon y a tus hijos.

—Lo sé. Yo quiero a Duncan y a tus hijas. Hemos criado unos hijos fuertes, ¿no crees?

—Unos chicos increíbles. Brindo por tus cuatro hijos y por los tres míos. —Alzó su copa.

—El siete es el número de la buena suerte —sentenció Lana y alzó la suya.

—Señoras.

Lana se giró hacia la voz y rio.

—¡Mallick! Has venido.

Cuando rodeó la encimera para darle un abrazo, él le dio una palmada en la espalda con torpeza, pero sonrió.

—Quería desearte, desearos a todos, feliz Año Nuevo.

—¿Te apetece un poco de vino?

—Te lo agradecería. Esta casa está llena de luz —agregó mientras ella le servía una copa—. Serán felices aquí. Brindo por dos estupendas madres y por sus magníficos hijos.

—Gracias.

—Y yo te doy las gracias por los pasteles de sebo y por la receta que Fallon me trajo en Nochebuena.

Le había conmovido profundamente encontrarla en la puerta de su cabaña aquella noche, con el sebo y el comedero que había hecho para él con la rama de un árbol caído cerca de su hogar de la infancia en Gales.

Un poco sentimental, se aclaró la garganta y bebió un trago de vino.

—¿Me han dicho que hay una partida de cartas en la habitación de abajo?

—¿Póquer? —Katie ladeó la cabeza para estudiarle—. ¿Juegas al póquer?

—He vivido mucho tiempo. —Sonrió, le dedicó una ligera reverencia y bajó.

Duncan y Fallon estaban sentados en los escalones, desde donde podían contemplar el movimiento y oír las voces y la música. Bebieron vino y compartieron un plato.

Simon se detuvo al pie de la escalera y después subió.

—¿Por qué no estás bailando con mi hija?

—Bueno, estábamos...

—Creía que estabas jugando al póquer —interrumpió Fallon.

—Lo estaba hasta que Mallick se ha presentado y me ha limpiado. Nos ha limpiado a casi todos. —Miró hacia abajo, donde Hannah hizo el gesto de vaciarse los bolsillos antes de sentarse junto a Fred.

—Papá, es un hechicero con siglos de vida.

—Y un tahúr. Ven a bailar con tu viejo.

—Yo no veo a ningún viejo, pero bailaré contigo. —Le pasó el vino a Duncan y asió la mano de su padre.

—Solo quería un minuto. —Apoyó la mejilla en su cabello—. Se acerca la medianoche. Año nuevo, nuevos cambios.

—Iré a veros tan a menudo que os hartaréis de mí. —Esbozó una sonrisa.

—Eso es imposible. Quiero esto para ti, esta vida. Incluso a ese chico de ahí. Seguramente te quiere tanto como yo.

—Todavía hay trabajo por hacer. Voy a depender mucho de ti.

—Esta noche no pienses en el trabajo. Sé feliz. —Le hizo una seña a Duncan, esperó y después apretó la mano de Fallon antes de colocarla en la de Duncan—. Baila con la chica —le ordenó, y se apartó.

—Soy pésimo bailando.

—Tú solo coge mi mano y mécete.

—Eso puedo hacerlo.

—Esto sienta bien. Es bueno para todos. Tonia se ha recuperado del todo y se está divirtiendo.

—Sí, se... ¿Quién es ese?

—Es Filo. Era uno de los amigos de Mick, ayudó a tomar la Playa.

—Bueno, ahora le está tirando los tejos a mi hermana.

—Y ella se los está tirando a él. —Fallon le giró la cabeza despacio para mirarle a la cara—. Yo te los estoy tirando a ti, así que presta atención.

—Solo quiero...

Tonia pasó bailando y le dio un pellizco en el brazo a Duncan.

—Métete en tus asuntos. ¡Es guapísimo! —le dijo a Fallon—. Piensa que soy alucinante. Y se traslada al cuartel.

—¿Qué...? —comenzó Duncan cuando ella se alejó de nuevo.

—¿Tienes algún problema con los duendes?

—Solo cuando le tiran los tejos a mi hermana. Y ¿quién es ese tío que está intentando ligar con Hannah?

—Te quiero, Duncan.

—No creo que... —Miró de nuevo a Fallon y cayó en la cuenta, simplemente cayó en la cuenta—. Y yo te quiero a ti.

—Casi es medianoche. Terminaré el año contigo y lo empezaré contigo. Y me prometo a ti todos los años que vengan después.

—Contigo. —Le besó la mano—. El final, el comienzo, y todos los años que vengan después.

—Comienza la cuenta atrás. ¿Lo notas?

—Sí. Contigo.

La gente comenzó la cuenta atrás en un coro de voces que se alzaron al unísono, esperanzados por el año venidero.

Duncan le dio un beso que se alargó mientras el viejo año moría y el nuevo nacía.

Y con el beso, igual que el beso, la luz brilló, se asentó y perduró.

«Para viajar lejos no hay mejor nave que un libro».

EMILY DICKINSON

Gracias por tu lectura de este libro.

En **penguinlibros.club** encontrarás las mejores
recomendaciones de lectura.

Únete a nuestra comunidad y viaja con nosotros.

penguinlibros.club